Patricia Storace
Ein Abend mit Persephone

Patricia Storace

Ein Abend mit Persephone

Aus dem Amerikanischen von
Bettina Abarbanell

Alexander Fest Verlag

Für Mrs. Emily M. Flint und
in liebevoller Erinnerung an Mrs. Louise S. Lovett

Ποῦ 'ναι ἡ ἀγαπὴ ποῦ κόβει τὸν μονοόμματα στὰ
δυὸ καὶ τὸν ἀποσβολώνει

Wo ist die Liebe, die mit einem Schlag die Zeit zerteilt und bannt?
Giorgos Seferis

In den verschiedenen Städten Griechenlands und bei den religiösen Zusammenkünften in diesem Land ..., auf jener größten und
bevölkerungsreichsten aller Inseln, habe ich geduldig alten Träumen und ihren Auswirkungen gelauscht.
Artemidoros von Daldis

Laßt uns an Griechenland glauben!
Seraphim, Erzbischof von Athen und ganz Griechenland

Inhalt

Marmormädchen

Arche tou paramythiou, kalespera sas, das ist ein traditioneller Anfang griechischer Märchen: Das Märchen beginnt, guten Abend euch allen.

Ich habe in Athen gelebt, unweit der Kreuzung einer Hure und eines Heiligen. Mein Viertel bestand, bunt gemischten, aus Hochhäusern und einer Handvoll neoklassizistischer Villen, von denen manche mit Brettern vernagelt waren, während ihre Eigentümer auf ein angemessenes Angebot für ihre Erbschaft warteten. In den Haushaltswarengeschäften um die Ecke gab es neben Schraubenziehern, Draht in verschiedenen Längen und Fugendichtung auch Rahmen für Heiligenbilder mit elektrischen Kerzen, damit man sich für die ewige Flamme nicht um das Öl zu kümmern brauchte. Alle Läden in der Nachbarschaft – die Reinigung, der Fleischer, der Gemüsehändler, das TV-Fachgeschäft, der Billigkleiderladen und die Boutique für Brautmoden, das Geschäft für Schulzubehör und Schreibwaren, in dem es großformatige, farbenfrohe Bilderbücher zu griechischen Mythen und Geschichten von Alexander dem Großen zu kaufen gab –, sie alle hatten zum Schutz gegen den bösen Blick einen Talisman über dem Tresen hängen. Bei der abendlichen *volta,* dem Spaziergang, der den meisten Athenern während der qualvoll heißen Sommermonate Bewegung verschafft, konnte man von manchen Straßen aus für kurze Augenblicke den Hymettos sehen, mit immer dunkler werdendem, violettem Licht beschmiert – wie eine Zeichnung, die jemand begonnen und dann mit Tinte wieder durchgestrichen hatte.

Die winzige Wohnung, die ich gestern bezogen habe, hat mir bereits eine Ahnung vermittelt, wie anders die Welt ist, in die ich gekommen bin – physisch, gesellschaftlich, historisch. Eine möblierte Wohnung mit eingerichteter Küche zu finden ist hier nicht einfach; für die Ausstattung muß der Mieter üblicherweise selbst sorgen. Bis die Mitgift, *proika*, 1983 für ungesetzlich erklärt wurde, waren Kühlschränke und Betten Bestandteil des Ehevertrages. Und bis vor kurzem lebten die meisten Griechen, solange sie unverheiratet waren, bei ihren Eltern, brauchten daher keinen eigenen Hausrat. Noch heute, wo die Paare häufig erst spät heiraten, aber schon vor ihrer Hochzeit zusammenwohnen, leben viele in einer Art Kompromiß zwischen Unabhängigkeit und familiärer Überwachung. Ihre Eltern oder Großeltern haben mehrstöckige Häuser gebaut, in denen jedes Kind, sobald es erwachsen ist, auf einer anderen Etage untergebracht wird – zusammen mit entfernteren Verwandten, die sich unausgesetzt Besuche abstatten, einander beim Wiegen ihrer Babys und beim Umrühren ihrer Eintöpfe abwechseln, stets darauf hoffend, einen Blick von dem Mann zu erhaschen, mit dem Kiki letzten Monat dreimal ausgegangen ist.

Das Miniaturwohnzimmer meines Apartments wird von einem Kronleuchter beherrscht, so groß, als wäre er für einen Ballsaal gemacht: Ausdruck der für den griechischen Mittelstand typischen Vorstellung von innenarchitektonischer Pracht, die vermutlich auf die orthodoxen Kirchen mit ihren oft monumentalen vergoldeten Lüstern zurückgeht, deren Arme einen Regen von Votivgaben erdulden. In einer Ecke steht ein Vitrinenschrank, darin eine blau-weiße griechische Flagge, ein paar Muscheln, ein Porzellanteller von der Insel Paros und eine Nargileh oder Huka (eine orientalische Wasserpfeife). Die winzige Küche ist mit dem allgegenwärtigen mattweißen Marmorwaschbecken und einer Flasche Ajax-Reiniger ausgestattet, der, glaubt man der hiesigen Werbung, Marmor weißer macht. In Südgriechenland wird Marmor häufiger verwandt als Holz, und jedes Wohnhaus, dessen Be-

sitzer nur ein wenig auf sich hält, wartet zumindest im Eingangs-
bereich mit Böden und Stufen aus Marmor auf.

An den beiden Zimmern läuft ein schmaler Balkon entlang, der
auf den mit Topfpflanzen übersäten Hof hinausgeht: ein Versuch
der Mieter im Erdgeschoß, mitten in der Stadt eine grüne Oase zu
schaffen. Wie ich gestern trotz meines Jet lags bemerkte, gibt es
eine Balkonetikette, ich werde sie beherzigen müssen. Als die
Nachbarn ungeniert meine Unterwäsche und die Muster auf meinen Bettbezügen beäugten, die ich auf die Leine hängte, verstand
ich auf einmal das Klischee, mit dem in der Öffentlichkeit trock-
nende Wäsche besetzt ist. Die Größe der Balkons variiert je nach
Wohnungsgröße, und gegenüber, auf einem stattlichen Balkon,
handhabt eine Nachbarin Leine, Klammern und Wäsche mit den
anmutigen, geübten Bewegungen einer Madame Vionnet beim
Ausstaffieren eines Mannequins. Mit ausdrucksloser Miene sieht
sie mich an, ich weiß, daß ich einen seltsamen Anblick biete. Die
lähmende Höhenangst habe ich seit meiner Kindheit nie verloren,
und während ich mich über die Brüstung lehne, um meine Wäsche zu trocknen, sehe ich plötzlich die Schauspieler aus *Der unsichtbare Dritte* vor mir, wie sie auf der Flucht vor einem bewaff-
neten Verfolger über den Rushmore klettern. Bei jedem Kleidungs-
stück muß ich die Augen schließen. Von einem schlecht plazierten
Kleid tropft ein stetiger dunkelroter Nieselregen auf die Balkon-
brüstung unter mir, und als eine Klammer sich löst, fällt ein
schwarzer Spitzenbüstenhalter in spiralförmigen Drehungen auf
den Hof. Unverwandt blickt mich die Nachbarin an. Ich räume
das Feld, sorgsam darauf bedacht, die Anzeichen von Hyperven-
tilation zu verbergen und mich nicht an die Wand zu klammern.

Während ich mich bei einer Tasse Kaffee erhole, höre ich ein
schabendes Geräusch; jemand schiebt eine Handvoll Werbezettel
unter meiner Wohnungstür hindurch. Griechische Wohnungen
werden also genauso mit Reklamezetteln überflutet wie die Zimmer in amerikanischen Studentenwohnheimen. Das Stadtteilkino
lädt zu einem Film mit Whoopy Goldberg, eine Fremdsprachen-

schule bietet mir Französisch-, Englisch-, Deutsch- und Italie-
nischkurse an. Man braucht nur einmal vom Flughafen in die Stadt
zu fahren, um festzustellen, wie wichtig in Griechenland das Erlernen fremder Sprachen ist: Überall sieht man farbenfrohe Schilder, die für Unterricht in *xenes glosses* werben.

Ich erinnere mich an eine Fahrt durch die Vereinigten Staaten,
die ich vor ein paar Jahren unternahm: Ich fuhr von einer Seite des
Kontinents zur anderen und sah nicht eine einzige Fremdspra-
chenschule. Es gab sie natürlich, aber man hätte sie suchen müssen. Hier dagegen sind sie allgegenwärtig; man kann keine hundert Meter gehen, ohne auf eine Schule oder ein Plakat zu stoßen,
das für sie wirbt – als wären fremde Sprachen eine Art lebenswich-
tige Substanz, die man ständig wiederauffüllen muß: wie Milch.
In Griechenland, wo jedes Unternehmen, das mit Sprache zu tun
hat – im Verlagswesen, in der Journalismus- und Unterhaltungs-
branche, in der Touristik –, von denen ungefähr neun Millionen
Menschen abhängig sind, die Griechisch sprechen, stellt die Beherrschung einer oder mehrerer Fremdsprachen eine Notwendigkeit dar. Geschäftsleute, Politiker, die mit Vertretern der Europäischen Gemeinschaft zusammenarbeiten, Ärzte, die mit der internationalen Forschung Schritt halten müssen, Schriftsteller, die
hier ihren Lebensunterhalt in erster Linie durch Übersetzungen
bestreiten: sie alle brauchen Fremdsprachen, um zu überleben.
Eine Witzfrage, die eine Zeitlang die Runde machte, lautete: »Was
sitzt auf dem Dach und macht miau? – Ein Hund, der Fremdsprachen lernt.«

Der Status einer Sprache wirkt sich auch darauf aus, wie gut ein
Land im Ausland bekannt ist, ob die Grundzüge seiner Geschichte zu einem Teil des Allgemeinwissens werden. In amerikanischen Buchläden habe ich wesentlich einfacher Werke zur französischen, deutschen oder spanischen Geschichte gefunden als
zum modernen Griechenland. Dieser Mangel wird vermutlich
schon in der Kindheit vorbereitet: Unterricht in den genannten
anderen Sprachen war leichter zu haben. Ich frage mich, wie es

sein mag, wenn Menschen neben ihren täglichen Verpflichtungen Sprachen lernen müssen; und ich wüßte auch gern, wie es sich auf Menschen auswirkt, deren Muttersprache Englisch ist, im Besitz der augenblicklichen Lingua franca zu sein – ein Privileg, das einst das Lateinische und davor das Griechische hatte. Sich als Muttersprachler auf die Dominanz des Englischen verlassen zu können beeinflußt möglicherweise die Fähigkeit, sich anderen Kulturen zu nähern und sie zu erfassen – als wäre man ein reiches Kind, das einen so gewaltigen Aktienfonds geerbt hat, daß es wählen kann, ob es später arbeiten möchte oder nicht.

Auf einem Werbezettel wird eine fünfbändige Ausgabe von Klassikern der modernen griechischen Literatur angepriesen. Als gelte es, Zweifel auszuräumen, verspricht der Text, daß die von namhaften griechischen Wissenschaftlern verfaßten Einführungen »uns die Taten und den Geist« der Gründer des modernen Staates »in all ihrer Größe vor Augen führen« werden. Fotografien der Goldschnittbände heben sich vom Hintergrund eines Gemäldes aus dem neunzehnten Jahrhundert ab, auf dem romantische Krieger im kurzen griechischen Faltenrock, der Fustanella, zwischen antiken Säulen des Parthenon ausruhen: die klassische Vergangenheit, verteidigt von den Schöpfern des modernen Griechenland. Bei den Büchern handelt es sich um die gesammelten Werke von Kolokotronis, Krystallis, Valaoritis, Solomos und Makrijannis, allesamt Männer des neunzehnten Jahrhunderts, in dem die griechische Nation mit Macht die Bühne der Geschichte betrat. Während ich die aufwendig gestalteten Bände auf dem Werbezettel betrachte, wird mir bewußt, daß diese Dichter von keinem der Fremdenführer, deren Vorträgen ich in Museen oder auf Busfahrten zugehört habe, je erwähnt worden sind. Für gewöhnlich werden Thukydides, Aristoteles oder Sappho hervorgehoben; paradoxerweise ist es die Geschichte des modernen Griechenland, die weiter entfernt scheint als die Antike. Die nahe Vergangenheit, die sowohl in der Erinnerung als auch in der Vorstellung stärker gegenwärtig sein sollte, jene Vergangenheit, die die heutigen Sitten und Gebräuche ebenso wie die politische Situation unmittelbar geprägt hat, ist für eine Darstellung offenbar zu komplex.

Kolokotronis und Makrijannis waren militärische Führer im griechischen Unabhängigkeitskrieg von 1821. Sie haßten einander so sehr, daß der griechische Feldzug gegen die osmanischen Türken um ein Haar auch zu einem Bürgerkrieg geraten wäre. Die Prägegravuren im Einband zeigen beide Männer mit Turban und kunstvollem orientalischem Schnurrbart. Den Gesichtszügen, der Aufmachung sowie dem Ausdruck nach könnten sie Bandenführer aus jedem beliebigen Land des Nahen oder Mittleren Ostens sein, Afghanen, Syrer, Türken. Alle fünf machen die selbstbewußt ernste, imposante Miene eines Gefängnisaufsehers, die in Griechenland Autorität signalisiert. Taki, ein griechischer Freund von mir, schüttelte angesichts einer Fotografie von Franklin Roosevelt einmal den Kopf und sagte gereizt: »Dieses Gesicht – ich werde dieses alberne Lächeln nie begreifen.« In der griechischen Semantik der Gesichtsausdrücke schließt Lächeln die Nuance Macht nicht ein. Für Amerikaner ging von Roosevelts sonnigem, optimistischem Lächeln eine Aura der Unbesiegbarkeit, der Gewalt über Glück und Unglück aus – kaum verständlich für Taki, der Lächeln als eine Form der Beschwichtigung ansah, ein Zeichen der Unterwerfung, und in dessen Muttersprache das Verb »lachen« auch »täuschen« bedeuten kann. Diese Unterschiede in der Sprache des Gesichts zeigt schon die Paßkontrolle. Die amerikanischen Kontrolleure lächeln mit einer lässigen Selbstsicherheit, der Fröhlichkeit nichts anhaben kann, während die Griechen theatralisch die Brauen zusammenziehen: Ein männliches Gesicht soll hier eher imponieren als für sich einnehmen.

Die Männer in der traditionellen griechischen Kleidung des neunzehnten Jahrhunderts sind Literaten. Solomos, dessen Gedicht auf die Freiheit als Nationalhymne vertont wurde, gilt als *der* griechische Nationaldichter. Er und General Makrijannis waren nicht nur herausragende Persönlichkeiten im Kampf um die

Gründung der griechischen Nation, sondern sind zugleich deren Symbole. Solomos, unehelicher Sohn eines griechischen Dienstmädchens und eines italienischen Grafen, der auf der ionischen Insel Zakynthos lebte, symbolisiert jenes Griechenland, das aus der Umarmung von europäischer und griechischer Kultur hervorgegangen ist. Makrijannis hingegen, der gesagt hat, daß Griechenland und Europa voneinander niemals Tänze lernen könnten, und der mithalf, den Sturz jenes bayerischen Königs herbeizuführen, der die neue Nation regieren sollte, er steht für jenes andere Griechenland, das aus der Ablehnung Europas hervorgegangen ist. Diese gleichzeitige Ablehnung und Umarmung Europas bedingt, tektonischen Platten ähnlich, noch heute Verschiebungen und Kollisionen unter der Oberfläche des Landes.

Makrijannis und Solomos hatten noch eine andere Gemeinsamkeit, die sie zu Symbolen des modernen Griechenland werden ließ: ihr Verhältnis zur griechischen Sprache. Solomos, der in Italien erzogen wurde und als Kind das schlichte Griechisch seiner Mutter lernte, mußte sich die Feinheiten der Sprache selbst beibringen, um darin Gedichte schreiben zu können. Makrijannis wuchs weitgehend analphabetisch heran und mußte, damit er seine Erinnerungen festhalten konnte, als Erwachsener ebenfalls erst lernen, Griechisch zu schreiben. Als Griechen gleichsam wiedergeboren, galten beide als Beweis des – auferstandenen – »griechischen Wunders«. Und in diesem Land, das sich selbst als Wiege des Christentums betrachtet und die eigene Nationalgeschichte als eine Art Neuinszenierung von Jesu Leben versteht – was so weit geht, daß der griechische Nationalfeiertag am Tag von Mariä Verkündigung begangen wird –, in so einem Land hat Auferstehung als Idee eine geradezu erotische Macht über die nationale Phantasie. Sie wird erfleht, herbeigesehnt, liebkost – ein Bild, das in Popsongs ebenso gegenwärtig ist wie auf Kirchenwänden. Gestern im Taxi schnappte ich mitten im Chaos des Athener Verkehrs diese Zeile im Radio auf: »Und wenn du mich in zwei Hälften zerteilst, werde ich dich doppelt so sehr lieben wie zuvor.«

Die meisten Nichtgriechen haben von keinem dieser Literaten je gehört. Bis ich zum erstenmal hierher kam, ging es mir nicht anders. Sich nicht orientieren zu können: eine unheimliche Empfindung, die mir aus der Kindheit vertraut ist. Ich wuchs auf, ohne meine Eltern zu kennen, auch wenn ihre Existenz in meinem eigenen Körper, aus Elementen ihrer Körper gemacht, für mich zutiefst real war. Daher wußte ich manches über die machtvolle Gegenwart von Menschen, die für andere unsichtbar ist, und wußte manches über verlorene Welten, obwohl meine verlorene Welt die Vergangenheit, die verlorene Welt Griechenlands aber die Gegenwart ist. Griechenland war, so wie ich, mit Fragen nach der eigenen Herkunft befaßt, wie unterschiedlich die Umstände auch sein mochten. Lange hatte ich all meine Vorstellungskraft aufbieten müssen, um die Folgen tragisch realer Ereignisse zu begreifen. Dann war mir bewußt geworden, welch ungeheure Macht – im Guten wie im Bösen – die Imagination auf alle Bereiche unseres Lebens ausübt, einschließlich derer, die vermeintlich frei davon sind: auf Recht, Wissenschaft und Politik, auf Geschichte und Wirtschaft, aufs Hinschauen und Wegschauen, aufs Beschreiben und Lügen, auf das Verbrechen und auf die Liebe. In Griechenland begegnete mir eine von ihrer Vorstellungskraft gequälte und zugleich erhöhte Nation.

Es klingelt an der Tür. Ich öffne ein wenig zögernd, weil ich nicht weiß, wie vorsichtig ich sein muß. Draußen steht eine kleine, stämmige Frau mit sorgfältig gelegten grauen Locken. Sie hält einen Teller mit undefinierbaren Keksen und trägt einen geblümten Kittel. Im ganzen Flur riecht es wie in einem Schwimmbad, da in griechischen Haushalten mit Vorliebe stark chlorhaltige Reinigungsmittel verwendet werden. »Willkommen in Griechenland«, sagt sie, »ich heiße Kyria Maro. Wenn Sie irgendeine Frage haben, klopfen Sie an meine Tür. Ich bin eine Freundin von Ihrer Vermieterin, sollten Sie sie also aus irgendeinem Grund einmal nicht erreichen können, kommen Sie einfach zu mir. Egal, worum es geht. Und übrigens«, fügt sie in großmütterlichem Tonfall hinzu, so als verriete sie mir eine goldene Regel über das Geschirrspülen oder über den sparsamen Umgang mit Strom, »Makedonien ist griechisch.« Sie reicht mir den Porzellanteller und sagt, ich könne ihn ihr zurückbringen, wann immer ich Zeit dazu fände; dann klappert sie in ihren Hausschuhen den Gang hinunter.

Ich schaue auf den Teller – so seltsam, wie die Kekse geformt sind, kann ich mir beim besten Willen nicht vorstellen, wie sie schmecken werden. Einer, der aus Quadranten besteht, sieht aus wie ein Drache aus Feingebäck, ein anderer wie eine gerillte Wurst und ein dritter wie ein Stück gebratene Spitze. Ich könnte mich ebensogut auf dem Mond befinden. Es scheint, als brauchte ich einen neuen Körper, um hier zu leben, als wären die Anforderungen, die ein fremdes Land an einen Menschen stellt, zunächst physischer Natur. Da ist das Essen, das mir schwer und fremd vorkommt, das Licht, überhaupt diese Welt, in der der Tag eine andere Geographie hat und sich Lebewesen anders durch Zeit und Raum bewegen. Da ist das Gewicht griechischer Wörter, das ich als Veränderung der Schwerkraft empfinde. Und in dem Augenblick, wo der Teller mit Gebäck in mir einen neuen Begriff von Appetit und Genuß begründet, beginne ich zu begreifen, daß diese Sprache den Körper, ja die Welt vermutlich anders wahrnimmt als meine eigene Sprache. Das ist einer der Momente, wo das Reisen am deutlichsten spürbar wird, wo Zeit und Raum, Geschichte und Gefühl eine Kraft auf den Körper ausüben und die Entfernungen, die man in seinem Innern zurücklegt, genauso groß sind wie außerhalb.

Ich muß noch einige Einkäufe machen und ein Bankkonto eröffnen, bevor ich mich mit Freunden in der Stadt zum Mittagessen treffe. Erst nachdem ich mehrmals tief durchgeatmet, mir einen Ruck gegeben habe, traue ich mich die drei Treppen hinunter auf die Straße. Der erste Monat in einem fremden Land ist anstrengend; jeder Gegenstand, jedes Gesicht, jedes Erlebnis nimmt die Ausmaße von Bildern auf einer monumentalen Leinwand an. Die ständige Aufmerksamkeit ermüdet, und selbst der Schlaf ist schlaflos, weil die gewissermaßen vergrößerten Tage, die Zwanzigmeterwörter, die turmhohen neuen Sitten sich ihren Weg bis in die Träume bahnen.

Es erscheint mir fast unhöflich, ja taktlos, daß ich bemerke, wie sehr sich die Straßen in diesem Stadtteil von allen anderen Straßen in allen anderen Ländern unterscheiden. Bis zur sechsten oder achten Querstraße komme ich an zwei oder drei Ikonengeschäften vorbei. Reihen mürrisch dreinschauender Heiliger hängen darin, die aussehen, als würden sie gleich die Beherrschung verlieren, in Wut ausbrechen. Die teureren Bilder haben reichverzierte Rahmen, oder die Kleider der Heiligen sind silbern bemalt. Es sind Frauen, die sie kaufen, und Frauen, die sich um sie kümmern, indem sie Öllampen davor anzünden, Weihrauch verbrennen und sie mit Weihwasser besprühen, als wären die Bilder heilige Hauspflanzen. Ich habe in dem ganzen Jahr, das ich in Griechenland verbrachte, nie gesehen, daß ein Mann eines gekauft hätte. Oft, wenn ich an diesen Läden vorbeiging, mußte ich daran denken, daß in den beiden Perioden des byzantinischen Bilderstreits jeweils Frauen die Ikonenanbetung wiederbelebten: die Kaiserinnen Theodora und Irene. Es geht etwas Beunruhigendes von all diesen blicklosen, unerlöst wirkenden Gesichtern aus, etwas das nach Trost verlangt, gedankenverlorenen, traurigen Eltern gleich, die ein Kind verzweifelt aufzuheitern sucht. Zugleich haben sie etwas Ergreifendes, vielleicht weil ihnen Individualität fehlt, sich jemand ihrer erbarmen müßte – ein Grund, weshalb Mädchen mit Puppen spielen. Als ich klein war, gab ich mein Taschengeld oft für winzige Spielsachen aus, aber nicht so sehr, um sie zu besitzen, ich wollte sie nur erlösen. Ich weiß noch, wie ich einmal ein handtellergroßes Äffchen kaufte und die Verkäuferin mich bat, es gegen ein anderes einzutauschen, weil es nicht das richtige Preisschild hatte. »Sie sind doch alle gleich«, sagte sie und warf es in den Korb, der von Spielzeugäffchen überquoll. »Nein, sind sie nicht«, sagte ich und fischte es wieder heraus. »Nicht mehr.«

Ich komme an einem weiteren Ikonengeschäft vorbei, an diesen todernsten, in silberne Zellen eingesperrten Gesichtern. Von der Phryne-Straße aus schaue ich einen Augenblick lang zu der jenseits eines kleinen grünen Platzes verlaufenden Hagios-Phanourios-Straße hinüber. Phanourios, der Offenbarende, hilft als Schutzheiliger der Erleuchtung, verlorene Gegenstände wiederzufinden, und gewährt Einblicke in die Zukunft. Im übrigen soll er eine so fürchterliche Mutter gehabt haben, daß ein formelhaftes Gebet an seinem Namenstag lautet: »Gott vergebe der Mutter des heiligen Phanourios«.

Phryne war eine Kurtisane im vierten Jahrhundert v. Chr., Geliebte des Bildhauers Praxiteles und Modell für die vermutlich erste Steinstatue einer nackten Frau. Außerdem war sie die einzige, die in der Antike einen Prozeß dank ihrer beredten Brüste gewann. Als sie vom Athener Gericht wegen unmoralischen Benehmens verurteilt werden sollte, streifte sie im entscheidenden Augenblick ihr Kleid von den Schultern bis zur Taille hinunter, und die Richter, wie versteinert, entschieden zu ihren Gunsten. In einer Welt, in der weder Reden noch Denken zu den Rechten der Frauen gehörte, gelang es Phryne, mit ihrem Körper philosophische Fragen aufzuwerfen. »Seid ihr unmoralisch?« fragte sie die Richter. »Ist Begehren unmoralisch? Was ist Unmoral?«

Diese Geschichte mag wahr sein oder nicht. Alles, was wir über das Aussehen dieser in der griechischen und römischen Welt musterhaften Schönheit wissen, ist nichts als ein Traum. Wir kennen die Aphrodite von Knidos nur von römischen Kopien und Abbildungen auf Münzen, und diese stammen von Künstlern, die die Originalstatue wahrscheinlich, die Frau jedoch ganz gewiß nie gesehen haben. Wie dem auch sei, das Kunstwerk stieß bei den Bewohnern der Insel Kos, die es in Auftrag gegeben hatten, auf Ablehnung; sie hielten Nacktheit für unmoralisch.

Die mit kleinen Läden gesprenkelte Hagios-Phanourios-Straße kreuzt die Phryne-Straße. Seiner Logik konsequent folgend, zog Phanourios, der froh war, als Christ die Antwort auf Phrynes Fragen gefunden zu haben, den heiligen Selbstmord durch Jungfräulichkeit und Verzicht dem profanen Selbstmord durch Ausschweifung vor. Griechische Polytheisten waren keine »Heiden« in jenem Zügellosigkeit implizierenden Sinne, den ihre religiösen Widersacher dem Wort gegeben haben. Das alte griechische Wort für »heidnisch« lautet *ethnikos* und ist gleichbedeutend mit »national«. Ich wußte gar nicht, daß du *ethnikos* bist, sagt ein Christ zu einem Polytheisten in einem Gedicht von Kavafis.

Die griechischen Polytheisten betrachteten den Körper mit einem eigentümlichen mystischen Puritanismus; sie glaubten, daß jeder Geschlechtsakt die Lebenskraft der Liebenden vermindere, ja sogar deren Leben verkürze. Ihr Ideal war eine äußerst stilisierte und beherrschte Form der sexuellen Begegnung, in der der »passive« Partner gewissermaßen erniedrigt wird; auf den Szenen, die wir von Vasenmalereien her kennen, sieht sie jedenfalls ziemlich langweilig aus. Womöglich ist es kein Zufall, daß es unter den Mythologien der Welt – vielleicht mit Ausnahme derer der alten Israeliten – keine gibt, die weniger erotisch ist als das, was die antiken Griechen aus einer Vielzahl von Quellen zusammengetragen, erfunden, neu erfunden und anthologisiert haben. Im griechischen Mythos speist sich die erotische Spannung nicht so sehr aus dem Drang nach einem ekstatischen Höhepunkt, sondern aus der Ungewißheit, ob die Beteiligten den Geschlechtsakt überleben werden. Diese Furcht zieht sich wie ein roter Faden durch alle Geschichten von jungen Männern und Frauen, die miteinander oder mit Göttern geschlafen haben und anschließend getötet werden; ebenso durch alle Geschichten über Vergewaltigung, die ja immer eine Morddrohung enthält; und im größeren Rahmen auch durch Homers *Ilias*, in der ganze Generationen und Nationen sterben, weil Helena und Paris miteinander geschlafen haben.

Ich habe vor, zum *laike agora* zu gehen, dem Gemüsemarkt, der an verschiedenen Tagen der Woche in verschiedenen Stadtteilen abgehalten wird. Der Verkehr ist anarchisch, und wer hier zu Fuß geht, muß ständig wachsam sein. Autos fahren über den Bordstein; Motorräder, die überholen wollen, schlängeln sich zwischen den Fußgängern auf den Bürgersteigen hindurch; die Autos parken oft direkt auf den Gehwegen und verkleinern damit die ohnehin schmale Sicherheitszone, die die Fußgänger vor dem Ansturm schützt. Heute ist der Verkehr wegen eines Streiks der Busfahrer noch schlimmer als sonst – die konservative Regierung Mitsotakis streitet sich mit der Busfahrergewerkschaft über ihre Bestrebungen, die Busse zu privatisieren. Es heißt, daß die Straßenbahnen und Taxis sich dem Streik aus Solidarität anschließen werden. Mir macht es nichts aus, zu Fuß zu gehen, denn ich bin es gewohnt, um die acht Kilometer am Tag zu laufen. Aber ich frage mich, was so ein Streik für ältere Menschen wie Kyria Maro bedeutet, falls sie schwere Einkäufe zu tragen oder etwas in der Stadt zu erledigen haben.

Eine rote Ampel zwingt mich, am *periptero* stehenzubleiben, einem Kiosk, an dem man Zeitungen, Aspirin, Batterien und die im südgriechischen Sommer unverzichtbaren kalten Getränke kaufen kann. Schon bin ich in einem Kreuzfeuer von Blicken gefangen: Ein Motorradfahrer hat sein Gesicht von der Ampel abgewendet und fixiert mich mit hingebungsvoller Aufmerksamkeit, während der *periptero*-Verkäufer mich von der anderen Seite ins Visier nimmt. Man muß sich daran gewöhnen, daß es hier kein gesellschaftliches Tabu ist, andere unverhohlen, taxierend, nachdrücklich anzustarren, und mein erster größter Eindruck in Griechenland hat mit den Augen zu tun – den neugierigen Blicken der kaffeetrinkenden Ladenbesitzer, den leblosen Blicken der Ikonen, den Blech- und Glasaugen, die an Schlüsselbunden oder Rückspiegeln baumeln und als Talisman über Türen hängen.

Der *periptero*-Verkäufer winkt mich zu sich heran. »Sind Sie neu hier?« fragt er, eingerahmt von Zeitungen, die über seinem Kopf hängen wie Flaggen an ihren hölzernen Masten. Ich sehe einige der zahllosen griechischen Tageszeitungen; gewöhnlich sympathisieren sie offen mit politischen Parteien. Da ist zum Beispiel die nach der Göttin des Herdes benannte *Hestia*, die im neunzehnten Jahrhundert die Werke vieler der frühen modernen grie-

chischen Romanciers in Fortsetzungen veröffentlichte und heute
zu den scharfzüngigen Zeitungen des rechten Flügels gehört –
Bosnien-Herzegowina ist für sie etwa »türkisches Protektorat«.
Und ich sehe die Zeitschriften mit Titeln wie philosophische Kategorien: *Bilder, So ist es, Sie, Die Frau, Das Eine* sowie das griechische Satiremagazin *Die Maus*.

»Ja, ich bin für ein Jahr hier«, antworte ich, daran denkend, daß
die Wege vieler Diasporagriechen, Studenten, Touristen, internationaler Wissenschaftler und EG-Angestellter durch Athen
führen. Ich wähle einen Karton Erdbeersaft aus dem Kioskkühlschrank. Abgesehen von manchen Weinen und kaltem Gebirgswasser habe ich nie etwas derart Vollkommenes getrunken wie
griechische Fruchtsäfte, jeder einzelne so verschieden in Charakter und Timbre wie die Instrumente eines Orchesters.

»Und, Sie sind Griechin?« fragt der *peripteras*.

»Nein«, erwidere ich.

»Aber Sie sprechen Griechisch?«

»Ja, aber ich rede noch eine Menge *ardzi, bourdzi* und *loulas*«,
sage ich, eine griechische Redensart benutzend. Sie macht den
Leuten Spaß, weil sie besagt, daß man fließend Unsinn spricht.

»Und mit wieviel pro Woche müssen Sie auskommen?«

»Genug für *chorta*, Gemüse, beim *laike*«, antworte ich und gehe,
da die Ampel gerade auf Grün umgesprungen ist, über die Straße.

»Na, dann kaufen Sie Ihre Zeitungen bei mir«, ruft er hinter
mir her, »Ihr Griechisch können Sie hier auch üben, und zwar
völlig umsonst. Obwohl Griechisch eigentlich eine sehr teure
Sprache ist.«

In einem Schaufenster genau gegenüber liegen Hochzeits- und
Taufanzeigen aus. Ihnen ist der goldene Stern von Vergina aufgeprägt, das Symbol, das einige Grabschätze Philipps von Makedonien kennzeichnet, des Vaters von Alexander dem Großen. Die
Obst- und Gemüsestände des *laike* sind mit den schönsten Früchten behängt, die ich je gesehen habe: Oliven in vielen Farben,
Weintrauben, gegen die solche aus Feinschmeckergeschäften wie

viktorianische Wachsdekoration aussehen, Auberginen in königlichem Porphyrin, der Purpurfarbe, die die byzantinische Herrscherfamilie einst für sich beanspruchte, Lorbeerzweige, die hier Daphne genannt werden, nach jener Nymphe, die sich in einen Lorbeerbaum verwandelte, um der Vergewaltigung durch Apollo zu entgehen. »Wohin ich auch gehe und wo ich auch bleibe«, schrieb der Romancier Kazantzakis, »immer halte ich zwischen meinen Zähnen, wie ein Lorbeerblatt, Griechenland.«

Die Händler buhlen lauthals um die Aufmerksamkeit der Käufer. »*Aromata kai chromata*«, Düfte und Farben, ruft einer. Er hält eine Handvoll rubinroter Kirschen in die Höhe, gibt mir eine zum Probieren und freut sich über meine Reaktion. Die Frucht hat tatsächlich mehr als nur Geschmack; er entfaltet sich, hat Dramatik. »Das liegt an der Sonne«, sagt er. »Wir haben mehr Sonne als irgendein anderes Land in Europa, dadurch konzentriert sich der ganze Zucker im Obst und Gemüse. Außerdem pflücken wir sie erst, wenn sie reif sind, und verkaufen sie dann sofort.« Ähnlich herrliches Obst und Gemüse habe ich sonst nur noch in der Türkei gefunden, wohin ich gegen Ende meines Griechenland-Jahres gereist bin.

Ich komme an einem Stand mit Fässern voll Getreide vorbei, das hier *demetriaka* heißt, nach der griechischen Göttin Demeter, so wie Amerikaner die verschiedenen Körner nach der römischen Göttin Ceres »cereals« nennen: eine leise Andeutung komplizierter historischer Risse und Parallelen. Die westliche Welt verdankt ihren Namen dem Umstand, daß sie aus dem Weströmischen Reich hervorgegangen ist, während Griechenland einst zum Oströmischen, zum Byzantinischen Reich gehörte. Die Unterschiede, die in der Polarität der Beziehungen untereinander und dem beidseitigen kulturellen Herrschaftsanspruch zum Ausdruck kommen, sind jedoch selten so deutlich gewesen, wie sie häufig dargestellt werden. Die zwei Reiche standen sich nicht wie die weißen und schwarzen Figuren auf einem Schachbrett gegenüber, sondern waren beide in einen Kampf der Kulturen verstrickt, der nie ganz beendet oder vollständig geklärt werden konnte: Jede Seite war viel zu sehr von den Eigenheiten der anderen geprägt. Mal lebten die zwei Reiche in offener Feindschaft miteinander, mal suchten sie hinterlistig Zuflucht in einem Bündnis, wie zwei Schauspieler, die um dieselbe Rolle konkurrieren.

Im zweiten Jahrhundert träumten offenbar beide häufig davon, das Alphabet des anderen zu erlernen. Der Traumdeuter, der diese Träume aufzeichnete, bemerkte dazu: »Wenn ein Römer im Traum das griechische Alphabet gelernt hat oder ein Grieche das römische, wird ersterer anfangen, griechische Studien zu betreiben, letzterer römische. Außerdem haben viele Römer griechische Frauen geheiratet und viele Griechen römische Frauen, nachdem sie diesen Traum hatten.« Die Sprößlinge der römischen Elite hatten oft griechische Kinderfrauen, und Literatur wie ornamentale Kunst der Griechen hatten für die Römer eine Bedeutung und Eleganz, wie sie im neunzehnten Jahrhundert das Französische für die Russen oder das Persische für die osmanischen Türken besaß. Eine Lehrerin, die an einem der renommiertesten griechischen Gymnasien angestellt ist, erzählte mir einmal, daß ihre Klasse sich geweigert habe, Vergils *Aeneis* zu lesen – ganz im Sinne eines sowohl in der alten griechischen Vorliebe für Skulpturen als auch in der modernen griechischen Vorliebe für Ikonen gegenwärtigen populären Platonismus, der darauf beharrt, daß es nur ein ideales Original gebe, der Rest derselben Gattung hingegen falsch und blutleer sei. Die Schüler vertraten den Standpunkt, daß die *Aeneis* eine billige Nachahmung Homers sei. »Es ist, als würden sie Chopin vorwerfen, eine billige Nachahmung von Beethoven zu sein, natürlich ohne ihn je gehört zu haben«, beklagte sich die Lehrerin. Die Schüler waren außerstande, Vergils Dichtung als eine radikale Umdeutung des Epos und seines Helden zu betrachten.

So durchlässig die Grenzen der Macht auch waren, es entbehrte nicht einer gewissen Ironie: Das Byzantinische Reich, das zu einem von den Griechen beherrschten Reich heranwuchs, wurde von einem lateinisch sprechenden Römer gegründet, der heute einer der wichtigsten Heiligen der griechischen Kirche ist. Und die Sprache des Reiches, die später durch das Griechische ersetzt wurde, war ursprünglich Latein, ja blieb es eine Reihe von Jahrhunderten lang. Im übrigen nannten die Griechen sich bis weit ins zwanzigste Jahrhundert hinein selber Römer, und ihr Wort für den Inbegriff des Griechentums war *Romeisyne*, Römertum. Dieser schwindelerregende historische Strudel erfaßte mich, als ich den Titel einer modernen Kurzgeschichte las, die ein typisches griechisch-orthodoxes Osterfest beschrieb: *Römische Ostern*. Entlang der Spirale dieser seltsamen historischen Entwicklung wurden die Griechen zu ihren eigenen Eroberern.

Die byzantinischen Herrscher im Oströmischen Reich aber waren Herrscher am Scheideweg: Sie mußten nicht nur gegenüber Rom den Anspruch verteidigen, die wahren Römer zu sein, sie mußten auch ihren Rivalen im Nahen Osten – den Persern, Juden, Arabern und Türken – erklären, daß sie, die Byzantiner, zum Römischen Reich gehörten. An den Kulturen des Westens und Ostens teilhabend und doch in keiner ganz aufgehend, war Byzanz ein Transvestitenreich: das Reich am Scheideweg eben, dessen Vorliebe für Doppelwesen aller Art – von den Menschengöttern bis hin zu Digenis Akritas, dem ureigenen epischen Helden der byzantinischen Literatur, dem zweirassigen Ritter der Grenze, das am tiefsten verwurzelte Vermächtnis an das moderne Griechenland darstellt. Digenis Akritas, wie der Name schon andeutet, Sohn eines arabischen Oberhaupts und einer griechischen Aristokratin, sollte später Gegenstand des zweiten Teils von Kazantzakis' *Die Odyssee: Eine moderne Fortsetzung* werden.

Auf der Straße versucht ein Junge die Passanten dazu zu bewegen, seine Sammlung gebrauchter CDs durchzusehen. In der rechten Hand hält er ein Exemplar, auf dessen Cover einer der derzeit bekanntesten Popsänger abgebildet ist: Ich gehe näher heran, um den Titel entziffern zu können: *Unsere nationale Einsamkeit*.

Ich schlendere an Ständen vorbei, lasse die makellosen Naturprodukte hinter mir und komme zu Waren der denkbar schlechtesten Machart: Papierkörbe mit Deckeln, die nicht passen, Plastiksiebe, die bei der ersten Berührung mit kochendem Wasser schmelzen würden, billige Kleidungsstücke mit sträflich häßlichen Mustern. Ich kann nicht einmal die einfachste Glasschüssel auftreiben, nur schmieriges Plastik. So mache ich kehrt und entscheide mich, anders als geplant, für die Auberginen und die Oliven – der Genius ihres Geschmacks wird die Unzulänglichkeiten der Köchin in jedem Fall wettmachen. Plötzlich wird mir mein Einkaufsnetz von einem drahtigen Mann um die sechzig vom Arm gerissen, dessen Augen hinter den altmodischen Brillengläsern braun wie dünner Kaffee und voller Unruhe sind. Er schiebt mir eine Hand unter den Ellbogen und zerrt mich zur Straße. »Sie müssen mit mir kommen, Sie müssen mit mir kommen«, sagt er. Ich denke an Feuer, ein Überfallkommando, Terroristen. »Was ist passiert?«

»Beeilen Sie sich«, sagt er, »schnell. Ich möchte einen Kaffee mit Ihnen trinken.« Es folgt ein Kampf um meine Einkäufe, den ich dank meiner neuen Größe gewinne. Seit ich durch den Zauberspiegel getreten bin, hinter dem dieses Land liegt, bin ich nicht mehr so klein wie in den Vereinigten Staaten, sondern größer als der Durchschnitt. »Wo wollen Sie hin?« ruft er hinter mir her. »Es wird Ihnen nichts geschehen. Ich bin Arzt.«

Durch eine Seitenstraße entkomme ich, laufe an einem trist aussehenden Restaurant voller Männer vorbei, die Zeitung lesen und etwas Warmes essen. Restaurants wie diese findet man überall in der Innenstadt versteckt, Lokale, hauptsächlich von Stammgästen besucht, alten Junggesellen und Witwern, die von keinen Ehefrauen oder Müttern zu Hause bekocht werden. Die Männer sitzen allein an ihren Tischen, als wären es getrennte Welten, und essen schweigend: öffentliche Einzelhaft.

Wieder ruft jemand nach mir, dieses Mal ein Mädchen in Bluejeans, das an der Ecke steht, neben einem auf einer umgekippten Kiste aufgeschichteten Stapel Bücher. »Brauchen Sie ein neues?« fragt sie.

»Was haben Sie denn da?« Ich verlangsame meinen Schritt, hänge das Einkaufsnetz über die andere Schulter und steige zu ihr hinauf. Athen ist voller Hügel, wie San Francisco. Durch diese Stadt zu laufen bedeutet, daß man nicht nur große Entfernungen zurücklegen, sondern auch immer wieder das Gleichgewicht finden muß. Sie hält einen Band hoch, blättert die Seiten auf. »Traumbücher. *Oneirokrites*.«

Davon habe ich sogar selber eins mitgebracht, die *Oneirokritika*, ein Handbuch der Träume aus dem zweiten Jahrhundert n. Chr. Zusammengestellt wurde es von einem professionellen Traumdeuter namens Artemidoros, der von Stadt zu Stadt zog und die Träume, die ihm die Menschen erzählten, erst aufzeichnete, dann klassifizierte, um seinem Sohn einen Leitfaden zur Kunst der Traumdeutung an die Hand zu geben. Es ist eine Sozialgeschichte von bestürzender Intimität, eine Studie des unbewußten Lebens von Menschen einer anderen Welt, die mittels ihrer Träume die Zukunft zu erahnen versuchten – während wir, so viele Jahrhunderte später, der Vergangenheit nachspüren. Die *Oneirokritika*, 873 ins Arabische übersetzt, waren eine Quelle der Inspiration für das große, im Jahre 1006 veröffentlichte Traumbuch von Ad-Dinawari und später, im Westen, für Freuds *Traumdeutung*.

»Ich habe schon eins«, sage ich, »aber es ist alt.«

»Sie sind fremd hier?« fragt sie. Ich nicke. »Wann sind Sie angekommen?«

»Vor zwei Tagen.«

»Dann brauchen Sie ein neues. Sie werden hier andere Träume haben.«

Das leuchtet mir ein, also zähle ich die Drachmen ab und schiebe das Buch neben ein Kilo weißer Pfirsiche in mein Netz. Ich komme an einem Juwelierladen vorbei – es gibt sie in diesem bescheidenen, kleinbürgerlichen Viertel erstaunlich oft, vielleicht fünf innerhalb von neun Häuserblöcken –, und ich muß an eine Geschichte über den großen griechischen Dichter Gorgos Seferis denken. Während eines Sommeraufenthalts auf einer Insel, ich glaube, es war in den Siebzigern, begegnete er einer Frau, die in einer Hand ein Glas Honig, in der anderen ein zerfleddertes Buch hielt. »Nimm den Honig, mein Junge«, sagte sie, »und wenn du wieder in Athen bist, schick mir ein neues Traumbuch, dieses hier fällt bald auseinander.«

Ich bemühe mich, auf den Verkehr zu achten, doch der Gedanke an das Erlebnis eines anderen Reisenden läßt mich schnell wieder unvorsichtig werden. Die Bedeutung der *Oneirokrites* wurde von einem Oxbridge-Altphilologen namens Lawson hervorgehoben, der um die Jahrhundertwende hierherkam und ein Buch über den Fortbestand vorchristlicher Praktiken im damaligen Griechenland schrieb, eine Studie, die zugleich ein ungemein reizvoller Reisebericht ist. Denn Lawsons Buch spiegelt neben den Erfahrungen eines Griechenland-Reisenden die eines Gentlemans, der das England Edwards VII. durchquert – so wie jedes Reisebuch nicht nur einen Aufbruch, sondern auch eine Spurensuche beschreibt: eine Erkundung des Landes, das man hinter sich gelassen hat und das womöglich genauso unbekanntes Terrain darstellt wie jenes, das vor einem liegt.

Sein zugleich mitfühlender wie unabhängiger Geist und seine leicht zynische Denkweise machen mir Lawson sympathisch. Ich mag ihn wegen seines Bekenntnisses, in einem Olivenhain nahe Sparta eine Nymphe gesehen zu haben: »Die Erscheinung war so lebensecht, daß ich – hätte ich schon vorher an die Existenz von Nymphen und an die Gefahr, ihrer ansichtig zu werden, geglaubt – wie mein Reiseleiter hätte schwören können, eine Nymphe gesehen zu haben, und in der nächsten Wirtschaft hätte ich eine ebenso hohe Dosis gebraucht wie er, um meine Nerven zu beruhigen.« Später einmal, auf der Insel Lesbos, hörte ich einen von Lawson aufgezeichneten, derben griechischen Vers über den Aberglauben, daß christliche Priester die Männlichkeit bedrohen: »Wenn du einem Priester auf der Straße begegnest, gib auf deine Eier acht.« Mit rührender britischer Diskretion hatte Lawson ihn ins Lateinische übersetzt: *Si per viam sacerdoti occurres, testiculos* _tuos teneto._ Und mir fällt wieder ein, daß Lawson in Athener Zeitungen oft auf Anzeigen neuer Ausgaben von _Megas Oneirokrites_ (Große Traumbücher) gestoßen war. »In Häusern«, schrieb er, »in die nie eine Bibel ihren Weg gefunden hat, habe ich ein paarmal ein schmutziges, abgegriffenes Exemplar eines solchen Buches gesehen, das zusammen mit dem Kostbarsten aufbewahrt wurde, was die Familie besaß, und einen ehrenvollen Platz in dem Regal hatte, in dem auch das Bild ihres Schutzheiligen stand und dessen heilige Lampe hing.«

Ich habe gerade noch Zeit, meine Einkäufe zu Hause abzuladen und zur Straßenbahn zu laufen, die auf der breiten Hauptstraße dieses Viertels Richtung Innenstadt fährt. Vor einem der Wohnhäuser parkt ein Möbeltransporter, neben ihm steht ein mit Pappkartons beladener Handkarren: Zwei verschwitzte schwarzhaarige Männer tragen einen Eßtisch zu dem Umzugswagen, auf dessen beiden Seiten in leuchtendem Blau das Wort »Metaphora« prangt, es heißt hier soviel wie »Transport«. Ich werde dieses Wort nie wieder verwenden können, ohne jene Bedeutung vor mir zu sehen, die auf den Rücken gewuchtet und wie ein Möbelstück zu ihrer neuen Bleibe getragen wird.

Die Straßenbahn, ein russisches Fabrikat, ist voll besetzt mit Frauen, die in der Stadt Besorgungen machen wollen. Sie fährt an einem kleinen Park vorbei, einer flimmernden Oase, duftend wie eine Kräuterhandlung. _Drosia_, hörte ich gestern jemanden murmeln, als ich auf einer Bank unter einem der Bäume saß, das griechische Wort für Tau, für Frische und Kühle, ein Wort, das wie ein zitterndes Molekül mitschwingt, wann immer ein Grieche an erotisches Verlangen denkt. Es ist faszinierend, sich vor Augen zu führen, aus welchen lokalen Stoffen und Erfahrungen große Ideen gemacht sind: daß der Traum von einem begehrten Körper, die Vorstellung einer Umarmung hierzulande von der Hitze und dem Gestein geformt werden, die, sengend und erbarmungslos, schon Cicero aus der Ruhe brachten. Das Wort, das im Griechischen mit dem größten Verlangen befrachtet ist, lautet _dipsa_, Durst: In Liebesgedichten trinken die Liebenden einander den Tau von den Lippen oder werden, wenn sie sich in den Armen halten, erfrischt, als fiele Tau auf sie herab. Als ich gestern mitten im Park in einem Pfuhl schwankender, smaragdgrüner Schatten stand, deren Dunkelheit nicht nächtlich, sondern fruchtbar war, spürte ich, wie mein ganzer Körper diesen Wortsinn erfaßte, und bekam einen neuen Begriff davon, was Begehren und Lust sein können. Von der Straße kommend hier einzutauchen war wie jemanden küssen, den man seit langer Zeit küssen möchte.

Die meisten Frauen bekreuzigen sich dreimal, als wir an der nach byzantinischer Art kreuzförmig gebauten Kirche vorbeifahren; den Pantokrator im Innern der Kuppel, das Bildnis des Allherrschers Christus, können sie sich vorstellen, ohne die Kirche zu betreten. Es ist sonderbar, daß man, abgesehen von Details, die einzelne Heilige betreffen, schon von außen weiß, wie orthodoxe Kirchen gestaltet sind; in dem New Yorker Stadtteil, in dem ich wohne, gibt es presbyterianische, römisch-katholische und jüdische Gotteshäuser, von deren Innenräumen ich mir kein Bild machen könnte, ohne einen Blick hineinzuwerfen.

Ich habe ein Exemplar der *Abenteuer des Huckleberry Finn* auf meinem Schoß liegen, das ich neben Artemidoros' *Oneirokritika*, Boswells *Das Leben des Samuel Johnson*, einem Kochbuch von Claudia Roden und ein paar anderen Büchern mit hierhergebracht habe. Aber die Menge neuer Eindrücke macht es mir schwer, mich darauf zu konzentrieren. Plötzlich wird mir *Huckleberry Finn* aus der Hand genommen und von einer stämmigen Dame mittleren Alters mit braunen Stützstrümpfen und einem Arsenal von Schmuck inspiziert. Sie gibt es mir ohne Erklärungen wieder zurück, erstattet dann ihrer Sitznachbarin Bericht: »*Gallike glossa*«, sagt sie mit Nachdruck, »französisch«, und deutet in meine Richtung. »Eine kleine Französin.«

Das blaue Glasauge

Als nächstes will ich ein Bankkonto eröffnen, danach treffe ich mich mit meinen Freunden Leda und Theo zum Essen. Wir haben uns in der Plaka, jenem liebenswerten, geschäftigen Altstadtviertel, in einem Restaurant verabredet, dessen Besitzer sich schlicht Schnurrbart nennt, oder manchmal, um der Genauigkeit willen, auch der Schnurrbart von Olympia.

Die Bank ist eine Zweigstelle meiner Bank in den Vereinigten Staaten. Ich erkläre der Angestellten mit dem rabenschwarzen Haar und dem dramatischen Make-up, daß ich ein gutes Jahr hier verbringen werde und deshalb ein Konto eröffnen möchte. Ich gebe ihr die Empfehlungsschreiben des amerikanischen Filialleiters und meines Arbeitgebers, und sie verschwindet, um sie ihrem Vorgesetzten vorzulegen. Als wie wiederkommt, sagt sie: »Ein Dollarkonto können Sie bei uns nur unter folgenden Bedingungen eröffnen: Sie müssen mindestens fünfzigtausend Dollar einzahlen oder griechischer Abstammung sein.« Verwirrt erkundige ich mich nach den Gründen. »Einen Augenblick«, sagt sie. Nach kurzer Verhandlung mit ihrem Vorgesetzten kehrt sie zu mir zurück: »Es gibt keine.« – »Danke«, antworte ich, »ich wollte nur ganz sichergehen«, und nehme meine Briefe wieder an mich. »Aber versuchen Sie es bei der National Bank of Greece«, sagt sie, »ich weiß definitiv, daß es dort die Art von Konto gibt, die Sie benötigen. Viele Griechen aus Amerika und Australien haben so eins.«

Mit gehorsamer Zuversicht schlage ich mich zur griechischen Nationalbank durch und erfahre dort, daß ein Konto, wie ich es brauche, einzig und allein jene Bank anbietet, von der ich gerade komme. »Viele Griechen aus Amerika und Australien haben dort so eins.« Der Bankangestellte bietet an, meine Zeitschriftenartikel ins Griechische zu übersetzen, er verfüge über die »Kompetenz der Universität von Michigan«. Ich verstehe das Ganze nicht. Es scheint kein einschlägiges Gesetz zu geben und keinen Fundus untrüglicher Fakten; ich habe nicht einmal das Gefühl, daß man mir absichtlich Informationen vorenthält, um irgendeinen Vorteil herauszuschlagen.

Ich versuche es bei einer dritten Bank. Nach einer beträchtlichen Wartezeit sitze ich vor einem Angestellten in Hemdsärmeln, wie sie die meisten griechischen Geschäftsleute während des heißen Sommers tragen, und mit Backenbart im Stil der Jahrhundertwende. Ich gebe ihm die Empfehlungsschreiben und meinen Paß, warte auf das Urteil. »Warum wollen Sie in Griechenland ein Konto eröffnen?« Ich verweise auf den Brief meines Arbeitgebers, aus dem hervorgeht, daß ich aus keiner griechischen Quelle Gehalt beziehen würde, und erkläre ihm, ich sei hierher gekommen, um zu arbeiten.

»Sie? Sie wollen hier arbeiten? Was kann das wohl für eine Arbeit sein?« Er bricht in wildes, bühnenreifes Gelächter aus.

»Was ist daran so komisch?« frage ich zurück. Er nimmt meinen Paß, öffnet ihn und fängt an, mein Paßbild zu küssen, sorgsam darauf bedacht, mich sehen zu lassen, daß er dabei seine Zunge benutzt. Aber ich habe in der Tat hier zu arbeiten, sogar in diesem Augenblick, denke ich bei mir – meine Aufgabe besteht darin, mich an dich zu erinnern. Für heute lasse ich das Konto Konto sein und versuche, mich auf dem Weg in die Plaka zu beruhigen. Die Arroganz und das grob beleidigende Verhalten des Mannes berühren mich weniger als seine Vermessenheit; ganz offensichtlich überlegt er nicht. Er stellt dreiste Behauptungen auf, in der sicheren Annahme, alles Wesentliche über mich zu wissen – als wäre ich eine orthodoxe Kirche. Und auf säkulare Weise, denke ich mit bitterem Vergnügen, hat er sogar meine Ikone geküßt.

Als ich beim Restaurant des Schnurrbarts ankomme, das an einer von hübschen neoklassizistischen Gebäuden gesäumten Straße liegt, sitzen meine Freunde mit ein paar anderen drinnen, trinken etwas Kaltes und schauen auf den über der Bar angebrachten Fernseher. Die Tische, die draußen stehen, sind den Touristen vorbehalten. Wenn besonders viel Betrieb ist, springt schon mal einer von Schnurrbarts Bekannten hinter die Bar, um ein Tablett zurechtzumachen oder einen Teller hinauszutragen. Betreten Gäste das Lokal, deren Sprache irgendeiner am Tisch beherrscht, ruft Schnurrbart »Deutsch, Maria« oder »Italienisch, Ari«. Am häufigsten ist allerdings Englisch gefragt; die meisten ausländischen Touristen, die nach Griechenland kommen, sind Briten, um die 1,1 Millionen im Jahr. Nachdem der Freiwillige eine Weile wortreich gedolmetscht und Gäste bedient hat, kehrt er zum Gruppentisch mit seinen Vorspeisen, *mezedes*, und Gesprächen zurück; es liegt etwas Rührendes in diesem Übereinkommen, daß Arbeit nie die Freundschaft blockiert. Der Schnurrbart reicht mir die Insignien des Ehrengastes, Fernbedienung und Programmzeitschrift, und fordert mich auf, eine Sendung auszuwählen. Aus reiner Neugier zappe ich eine Zeitlang durch die Programme. In einer Vorschau auf einen griechischen Detektivfilm werden Frauen so hart geschlagen, daß sie zu Boden gehen. Ich schalte weiter zum griechischen MTV-Kanal: ein Musikvideo, in dem ein Mann eine Frau so lange ohrfeigt, bis sie zusammensackt. Leda blättert im Programm, deutet auf eine Serie mit dem Titel *Der Boß* und flüstert mir zu, daß unser Gastgeber sie sich jeden Tag ansehe. Es handelt sich, wie ich mir nach kurzem Reinschauen zusammenreime, um eine Geschichte mit Tony Danza. Er spielt einen Hausmann, dessen Frau in irgendeiner leitenden Position das Geld verdient – eine Komödie über die Gleichberechtigung also. In dieser Ehe ist die Fragestellung klarer als die Antwort, die zwischen einem und dem anderen, beidem und keinem hin und her schwankt.

»Was möchte unsere Amerikanerin denn essen?« fragt der Schnurrbart auf einem seiner Gänge zur Küche. Er schwenkt ein

Ziegenbein, an dem noch der buschige Schwanz hängt. »Mögen Sie Ziege, Patricia?« spottet er. »Vielleicht ein *glenti* mit Ziegenfleisch?« Seine Frau hat die Ziege gerade von ihrer Heimatinsel mitgebracht, und sie und ihr fünfzehnjähriger Sohn lachen. Die Gesellschaft am Tisch besteht aus seiner Frau mit zwei Kindern, meiner Freundin Leda, Reiseleiterin, und ihrem Verlobten Theo, Architekt, sowie zwei weiteren Männern, Geschäftsmann der eine, Cartoonist, *geloiographos*, der andere. Das Griechische macht keinen Unterschied zwischen malen, zeichnen und schreiben; ein Maler ist ein *zographos* – jemand, der über das Leben, *zoe*, schreibt –, ein Cartoonist schreibt über das Lachen. Es ist schwer vorstellbar, daß dieser Mann mit den traurigen, erschöpft wirkenden Augen Zeichnungen macht, die einen zum Lachen bringen. Er trinkt seinen Kaffee aus und wünscht mir Glück, bevor er zum Mittagessen nach Hause geht. »Griechenland ist wunderschön«, sagt er schulterzuckend, »aber die Griechen sind keine guten Menschen. Ich weiß es, und Sie werden's auch noch merken.«

»Na, Jorgo«, sagt der Geschäftsmann, doch indem er abwiegelt, ernüchtert er nur noch mehr: »Vielleicht ist sie das einzig Gute, was Amerika uns je geschickt hat.« Er trägt das goldene Kruzifix um den Hals, das griechische Kinder bei ihrer Taufe von den Paten geschenkt bekommen. An derselben Kette hängt ein blaues Glasauge. Der Junge ist offensichtlich besorgt, ich könnte über diesen nackten Zynismus entsetzt sein, und sagt beinahe väterlich, so, als rate er mir, während einer unheimlichen Filmszene die Augen zu schließen: »Wissen Sie, unser Leben hier ist schwer, es hat uns hart gemacht.« Seine Mutter verfolgt indessen gebannt die Fernsehsendung. Bei besonders grotesken Situationen ruft sie ab und zu aus: »*Panhagia mou*, heilige Jungfrau, schaut euch das an!« Theo, Ledas Verlobter, schiebt Essen von seinem Teller auf meinen und zerschneidet es für mich wie für ein Kind. Langsam halte ich es für irritierend wahrscheinlich, daß das Leitbild für Zärtlichkeit in Griechenland elterliche Liebe ist, das Leitbild für erotisches Verlangen hingegen Gewalt.

Leda bringt mich dazu, einen griechischen Nonsensvers vorzutragen, meine hiesige Partynummer: »Ich komme an deiner Tür
vorbei, und du brätst gerade Fisch. Du wirfst mir ein Fleischbäll-
chen zu. Lang lebe Zypern!« Das löst wahre Lachstürme aus. Ich
versuche mir vorzustellen, was daran für sie so komisch ist; es
muß wohl ungefähr so sein, als deklamierte jemand mit starkem
japanischem Akzent einen Satz wie »Der Uhu und die Miezekatze
stachen in einem wunderschönen erbsengrünen Boot in See.«
Der Schnurrbart tritt an den Tisch und schenkt seiner kleinen
Tochter ein mit Bändern geschmücktes Schokoladenmotorrad,
was ihm ein strahlendes Lächeln beschert. Im Fernsehen läuft ein
Spot, der die Übertragung der Olympischen Sommerspiele in Bar-
celona ankündigt. Der Schnurrbart schüttelt den Kopf. »Ich bin
erstaunt, daß das Feuer so weit gekommen ist«, sagt er, und ich
sehe ihn fragend an. »Nein, davon hört man nie etwas, aber es gibt
immer wieder Schwierigkeiten mit dem Feuer. Keine technischen,
sondern politische Schwierigkeiten. Einmal mußte das Feuer per
Hubschrauber aus dem olympischen Stadion herausgebracht werden, weil die Leute aus Olympia die Straße versperrten. Und ich
kann Ihnen versprechen, auch für die Spiele in Atlanta werden wir
das Feuer nicht freiwillig hergeben, weil Coca-Cola sie Athen gestohlen hat: Wegen des runden Jahrestags hätten sie bei uns statt-
finden müssen. Aber davon wird nichts in den Zeitungen stehen.«
Auf das Jahr 1996 fällt der einhundertste Jahrestag der modernen Olympischen Spiele; zu Beginn wurden sie im Stadion Kali-
marmara, »Schöner Marmor«, abgehalten, das der Onassis seiner
Zeit, Averoff, der auch das erste Kriegsschiff stiftete, dem Land geschenkt hatte. Die Olympiade von 1896 war Schauplatz eines der
zentralen Mythen des modernen Griechenlands. Wie alle wahren
Mythen ging dieser von Politik – einer politischen Zielsetzung,
Vorstellung oder Handlung – aus und verwandelte sie mittels
mündlicher Überlieferung in Schicksal: ein Schicksal, das als gegeben hingenommen wird, zwangsläufig wie der Wechsel von Tag
und Nacht. Die Fabel moderner griechischer Mythen zehrt aller-

dings von realen Begebenheiten, die überhöht werden, und nicht von imaginären, in der Wirklichkeit neu inszenierten Geschehnissen.

Bei der Olympiade von 1896 also nahm vor einem internationalen Publikum und Mitgliedern der europäischen Königshäuser, einschließlich des Prinzen von Wales, des künftigen Königs Edward II. von England, ein Schafhirte aus Rumelien die Goldmedaille entgegen – in dem für die Griechen wichtigsten Wettbewerb, dem Marathon. Da war es, das wiedergeborene Griechenland: Nach vierhundert Jahren fragmentarischer Existenz als Teil des islamisch-osmanischen Reiches überflügelte es die Welt. Vor den Augen des westlichen Europa, dem es zugleich mit Verachtung wie Ehrfurcht begegnete, und in Gestalt eines einfachen Schafhirten, der allein kraft seines herausragenden Talents gegen teuer ausgebildete Athleten gewann, rannte es mit dem Phantom des alten Griechenland um die Wette – ein Körper, der hinter seiner eigenen verirrten Seele herrennt. Daß der Sieger aus Rumelien stammte, einem Zentrum des Aufstands gegen die Türken im Jahr 1821, gab dem Ereignis eine besondere Note. Das Konterfei des Hirten Spiro Louis erschien auf Fotografien und Stichen, während sein Sieg in die Literatur Eingang fand, ja sogar in die Schlußszene eines Romans der ersten Frauenrechtskämpferin und einer der ersten Schriftstellerinnen Griechenlands: Kalliroi Parren.

Viele Elemente moderner griechischer Mythen waren hier präsent: die Zeugenschaft des erstaunten Westeuropa, die Überwindung einer Pechsträhne, der Versuch, Zeit und verlorene Ewigkeit wieder zu vereinen, und der Glaube an Griechenlands naturgegebene Größe. Die Geschichte wird mir von einem Chor von Stentorstimmen erzählt, mit einem Zorn, der sich nicht nur gegen Coca-Cola, die Vereinigten Staaten und das Olympische Komitee, sondern auch gegen mich richtet – weil ich Geschichten über den Marathon der Antike, nicht aber über Spiro Louis kenne. Da scheint nicht nur der Ärger über den Verlust einer wirtschaftlichen Chance durch, sondern das stechende Gefühl, brüskiert worden zu sein. »Aber wir hätten Athen doch niemals rechtzeitig für die Spiele vorbereiten können«, sagt Schnurrbarts Frau. »Wir haben nicht die notwendigen Einrichtungen, wir haben zu wenig öffentliche Verkehrsmittel, alle würden die Gelegenheit für einen Streik nutzen, und wir kriegen hier noch nicht einmal Luft. Wie können wir von Sportlern erwarten, in diesem *nephos* gegeneinander anzutreten?« Sofort wird sie niedergebrüllt.

»Die Olympiade gehörte uns; und wenn die Herrscher dieses Planeten erkannt hätten, was sie uns schuldig sind, hätten wir dieses Problem gelöst. Aber wir sind ein kleines Land, und die Supermächte bestimmen über unser Schicksal«, sagt der Schnurrbart.

»Quatsch«, ereifert sich seine Frau, »*kolokythia*. Unsinn. Sieh dir doch an, wie wir unsere Touristen bestrafen. Mitten in der Hochsaison brauchen sie nach einem transatlantischen Flug drei Stunden für die Paßkontrolle und zwei weitere Stunden, um ein Taxi zu bekommen, weil die Busfahrer streiken! Wir bestrafen sie und tun so, als wäre das der pure Zufall.«

Eine Weile wird am Tisch aufgeregt diskutiert, doch bevor ein richtiger Streit entbrennt, finden die Aggressionen ein neues Ventil: Ich soll lernen, auf griechisch zu fluchen. Man bringt mir bei, die Hand ruckartig nach vorn zu bewegen, so als setzte ich zum Gruß mit einer *High-five*-Geste an, und gleichzeitig »Da hast du's!« zwischen den Zähnen hervorzustoßen. Leda vermutet, dies gehe auf eine Praxis zurück, mit der die Byzantiner jemandem den Tod wünschten: Sie beschmierten ihn, einen Trauerritus nachahmend, mit Asche, zerrten dazu an seinen Kleidern und Haaren, zerkratzten ihm dann das Gesicht.

Des weiteren lerne ich, »Onanist« zu rufen, was noch harmlos ist, wenn man es nicht mit einer schauderhaft unzweideutigen Geste verbindet. »Und wenn irgendein Nachbar Ihnen dumm kommt«, erläutert mir der Geschäftsmann genüßlich, »zeigen Sie zwischen Ihre Beine und sagen, er soll es Ihnen auf die Eier schreiben.« Ich kann zwar darin für mich selber keinen Sinn erkennen, aber er fügt hinzu: »Beziehungsweise auf das, was da ist.«

»Oder die vom Bäcker ausleihen«, schlägt Leda vor, »wie ich es gelegentlich schon gemacht habe.« Der Tisch feiert plötzlich ein Fest der Obszönitäten; es bereitet den anderen offenbar ein diebisches Vergnügen, mir wie einem Papagei all diese Wendungen beizubringen. Und seltsamerweise bin ich, die ich im Englischen so leicht erröte, imstande, die schlimmsten griechischen Ausdrücke mit phlegmatischem Gleichmut herunterzuspulen. Das Erröten scheint an ein Aufeinandertreffen des kindlichen und des erwachsenen Ich gekoppelt, das in einer Sprache, die man erst als Erwachsener erlernt, nicht reproduziert werden kann.

Der Geschäftsmann, dessen Vater aus Smyrna stammt, der türkischen Hafenstadt, die einst so griechisch war, daß die Türken sie »treuloses Smyrna« nannten, erzählt, sein Vater sei zusammen mit Onassis zur Schule gegangen. Kaum hat er Smyrna erwähnt, flüstern alle belustigt. »Er ist ein Türke«, sagt Schnurrbart augenzwinkernd. »Nicht mit Wasser getauft, sondern mit Joghurt.« Der Geschäftsmann schlägt die Sticheleien mit einem kryptischen Epigramm in den Wind: »Wenn Griechen Türken sind, dann sind viele Türken auch Griechen; Karagiosis-Karagös« – letzteres eine Anspielung auf die beliebte Figur aus einem in beiden Ländern populären Schattenspiel-Zyklus.

Auf einem kleinen Weinberg baut der Geschäftsmann den Wein, den er trinkt, in seiner Freizeit selber an, aber, so erzählt er mit sorgenvollem Blick, vermutlich habe ihn jemand »auf dem Kieker«, denn vor ein paar Tagen habe seine Schwester ihren Hund dort tot aufgefunden, gestorben am »bösen Blick«. »Wissen Sie«, erklärt er mir, »Augen erzeugen Elektrizität, wie der Mund – der ganze Körper ist elektrisch aufgeladen, vor allem aber die Augen und der Mund. Der böse Blick ist das Produkt eines negativen Magnetismus, ausgehend von einer Person, die sich dieser Kraft womöglich nicht einmal bewußt ist. Dieser negative Magnetismus führt dazu, daß das Opfer einen Unfall hat oder krank wird oder etwas verliert, das ihm viel bedeutet. Tiere sterben oft daran, weil sie weniger Abwehrkräfte haben.«

»Pferde zum Beispiel«, ergänzt der Schnurrbart, »weil sie nie kotzen.«

»Viele meinen, der böse Blick sei nichts anderes als *phthonos*«, sagt Leda, einen Schlüsselbegriff des griechischen Wortschatzes ins Spiel bringend, der für eine giftige, allgegenwärtige Eifersucht steht. Das Wort *phthonos* ist so alt wie Homer; früher bezeichnete es die Eifersucht, auch Arglist der Götter gegenüber den Menschen: Sie versprachen einem Helden Unsterblichkeit, um sie ihm dann bald wieder fortzunehmen, oder lockten Menschen in eine Falle. Heute scheint diese göttliche Bosheit Sterblichen in ihrer Beziehung zu anderen Sterblichen vorbehalten zu sein.

»Sicher hat *phthonos* etwas damit zu tun«, sagt der Geschäftsmann. »Wir sind ein sonderbares Volk – wir empfinden es als Schande, irgendeinem anderen Griechen aus Versehen zu helfen. Deshalb sind wir so patriotisch. Wir lieben die *patrida* so sehr, weil wir einander hassen.« Er schüttelt sich vor Lachen. »Sie glauben mir nicht?« fragt er. »Schauen Sie her.« Er nimmt eine Zeitung von einem leeren Stuhl, schlägt die Anzeigenseiten auf und deutet auf eins der Inserate: Eine gewisse Kyria Kalliope bietet *kafemanteia* an, Dienste als Kaffeesatz-, Tarotkarten- und Handleserin: »Wenn irgend jemand, der Ihnen feindlich gesinnt oder neidisch auf Sie ist, Sie mit einem Zauber belegt, kann sie Ihnen dessen Namen nennen und dafür sorgen, daß das Glück wieder in Ihr Haus einzieht.« Er zeigt auf ein anderes Inserat einer Kyria Agape, Frau Liebe, die »von Gott mit der Macht ausgestattet ist, Sie vor Ihren Feinden zu beschützen und den Bann des bösen Blicks zu brechen«. Sie bietet auch telefonische Beratung für im Ausland lebende Griechen an. Ich gebe ihm die Zeitung zurück. »Sehen Sie?« sagt er.

»Können Sie mir auch erklären, wer den bösen Blick hat?« frage ich ihn; ich habe längst begriffen, daß man mich nicht auf den Arm nimmt.

Er berührt das blaue Glasauge, das er an seiner Halskette trägt. »Es wäre gut, wenn man das immer gleich wüßte, aber das ist unmöglich. Leute mit gerunzelter Stirn und zusammengezogenen Augenbrauen haben ihn häufig – und natürlich Leute mit blauen Augen.«

Die Angst vor dem bösen Blick, so viel weiß ich, geht überall im Nahen Osten um – es gibt arabische, hebräische, türkische, persische Zauberformeln dagegen: eine alte Angst, von der schon in Paulus' Briefen an die Galater die Rede ist. Doch das blaue Glasauge, das nahezulegen scheint, daß das Unglück aus Europa kommt, fasziniert mich.

Die Welt des Magischen hat ihre Wurzeln oft in der konkreten sozialen Welt; sie ist ihr nicht diametral entgegengesetzt, sondern vielmehr verwandt, untrennbar mit ihr verwoben. Das blaue Glasauge am Hals des Mannes aus Smyrna erinnert mich an die gotische Minderheit im Byzanz des vierten Jahrhunderts, ein halbvergessenes Beispiel für die Beliebigkeit von Rassenvorurteilen. Denn in der damaligen byzantinischen Gesellschaft waren es die Hellhäutigen, Blauäugigen, die Abscheu und Angst erregten, sie waren Sklaven, Straßenkehrer, als Söldner Kanonenfutter, Menschen, die in täglichem Kontakt mit Unrat, Müll und Blut lebten: ein ausgebeutetes Volk, das, wie man befürchtete, eines Tages aufbegehren, seine Herren und Gebieter niedermetzeln würde. Im sechsten Jahrhundert hatte sich die gotische Bevölkerung schließlich integriert, aber ich frage mich, ob das blaue Glasauge nicht irgendwann davor schützen sollte, selbst Gote zu sein, ein Talisman, der das Unglück des blauen Auges vom eigenen Gesicht fernzuhalten versprach.

Vielleicht wurden auch die blauäugigen Kreuzfahrer, die die byzantinische Hauptstadt Konstantinopel plünderten, mit diesem Glücksbringer gebannt. Doch das kleine, blicklose Auge war zunächst vermutlich nicht so sehr ein Talisman der Protektion, sondern der Projektion, und zwar jenes erstaunlichen psychologischen Mechanismus der Mächtigen, dessen uneingestandene Kraft so viele klassische griechische Tragödien charakterisiert: der Tod, der an die Tür klopft. Sie ist am Werk, wenn der Mord an Iphigenie durch ihren Vater als gesellschaftliche Notwendigkeit hingestellt, die mörderische Antwort ihrer Mutter Klytämnestra hingegen als ein teuflisches Vergehen gebrandmarkt wird; sie ist am Werk, wenn die Verbrechen des Ödipus gegen seine Eltern aufgebauscht werden, während man die Tatsache, daß die Eltern ihn als Säugling auf einem Hügel aussetzten, wie selbstverständlich akzeptiert. Das blaue Glasauge birgt eine Mahnung daran, daß nicht nur das Opfer den Mörder, sondern auch der Mörder das Opfer fürchtet. Da Leda vom bösen Blick als einer Ausgeburt des *phthonos* sprach, könnte das Glasauge ebensogut ein Schutz gegen den inneren *phthonos* sein.

»Zum Glück gibt es Mittel, den Bann zu brechen«, sagt der Mann aus Smyrna. »Meine Tante, übrigens eine erfahrene Kaffeesatzleserin, falls Sie mal einen Blick in die Zukunft werfen wollen, hat schon manch einen davon befreit.«

»Und Priester können das auch«, sagt Schnurrbarts Frau. »Im Gebetbuch steht ein Spruch gegen den bösen Blick.«

»Im orthodoxen Gebetbuch?« frage ich.

»Ja«, sagt sie, »ich zeig's Ihnen, wir haben eins in der Küche, in der Besteckschublade.« Sie holt ein schwarzes, in Leder gebundenes Buch mit Lesebändchen herbei und liest: »Heiler unserer Seelen ... wir flehen dich an, vertreibe, verbanne und verjage alles Teufelswerk ... wende alle Verschwörung und Magie, alles Übel, allen Schaden und bösen Zauber, den Augen von Übeltätern und schlechten Menschen bewirkt haben, von deinem Diener ab.« Kirchengriechisch ist schwer für mich zu verstehen – ich brauchte ein Wörterbuch des Griechischen zur Zeit des Neuen Testaments. Aber die anderen scheinen ebenfalls ihre Mühe damit zu haben; sie stolpern und diskutieren über einzelne Wörter, ja müssen schulterzuckend über ganze Wendungen hinweggehen, ohne sie entschlüsseln zu können. Das Griechische ist eine seltsam regellose Mixtur aus Kontinuität und Zersplitterung. Obwohl beträchtliche Teile des alten und des modernen Wortschatzes identisch sind, läßt sich nicht leugnen, daß man, um die Werke mancher Autoren des neunzehnten Jahrhunderts zu verstehen, auf Glossare, sogar Wörterbücher angewiesen ist. Der Stolz auf die enge Verbindung zwischen Alt- und Neugriechisch ist groß, jedoch gibt es noch einen anderen Stolz, beinahe ein geheimes Ideal: die Vision einer Welt nämlich, in der zum Verständnis jedes einzelnen griechischen Schriftstellers ein spezielles Wörterbuch nötig ist. In einem Land, in dem Griechisch und Türkisch, Altes und Neues, Römisches und Byzantinisches, Osten und Westen, Christliches und Polytheistisches nebeneinander existieren, steckt auch die Sprache voller Bezüge und Zweideutigkeiten. Christen hießen im Griechisch der Spätantike einst Atheisten. Und mit dem Wort »Anathema« verflucht man heute, in einer bitterbösen Wendung, etwa den Tag, an dem man einer mittlerweile verflossenen Liebe zum ersten Mal begegnete. Vor langer Zeit stand *anathema* dagegen für alles, was einem Gott geweiht war, ob verflucht oder gesegnet – es war sogar möglich, den Parthenon, der 447 v. Chr. begonnen wurde, als ein *anathema* des Siegs über die Perser zu bezeichnen. Noch in dieser heftigen Umkehrung liegt, so will es scheinen, eine unbewußte Segnung.

Das Beunruhigende an diesem Gebet ist, daß der böse Blick nicht nur dem Bösen, sondern auch dem Guten entspringen kann, als Antwort auf eine menschliche Gabe, auf Schönheit, Tugend oder Glück.

»Deshalb denken Sie daran«, sagt der Geschäftsmann, bevor er in sein Büro zurückkehrt, »machen Sie niemandem ein Kompliment, ohne *phtou phtou phtou* zu sagen. Denn wenn Sie das Kompliment nicht durch Spucken wieder zurücknehmen, könnten Sie aus Versehen den bösen Blick auf ihn lenken.«

Wir übrigen leeren die Flasche harzigen griechischen Weißweins zu Ende, und das Gespräch kreist um Dinge, die ich sehen, tun oder lesen sollte. »Sie müssen sich *Lampsi* (Das Leuchten) ansehen, die bekannteste griechische Fernsehserie«, sagt Schnurrbarts Frau, »das wäre wunderbar für Ihr Griechisch.« Ihr Mann funkelt sie an. »Stimmt doch«, sagt sie standhaft. »Da wird so vieles wiederholt, daß man leicht folgen kann, auch wenn man mal etwas nicht mitbekommen hat.«

»Seifenopern«, sagt der Schnurrbart verächtlich. »Nachgemachte amerikanische Seifenopern. Hat sie den Parthenon gesehen? Nehmt ihr sie mit zum _son et lumière_?« herrscht er Theo und Leda an. »Die Akropolis bei Nacht: das ist ein schöner Anblick. Sie sollten sich die Lichter anschauen, hinterher zusammen zu Abend essen und zu später Stunde noch einmal dort umherwandern. Vielleicht wird Patricia die Marmormädchen weinen hören.« Mein fragender Blick wäre kaum nötig gewesen. »Sie wissen doch sicher, daß englische _milordi_« – eine Hellenisierung von my lord, die dem Wort einen merkwürdig sarkastischen Klang verleiht – »eine der Koren gestohlen haben, die das Erechtheion trugen. Sie behaupten, sie hätten sie den Türken abgekauft, dabei war es nicht an den Türken, sie zu verkaufen. Aber wir werden sie wiederbekommen. Melina Mercouri wird sie zu uns zurückholen. Na, wie auch immer, als die _milordi_ die Kore stahlen, war die Akropolis eine türkische Festung. Griechen durften sie nur mit besonderer Erlaubnis betreten, deshalb konnten wir unsere Schätze nicht verteidigen. Und die _milordi_ wollten den Rest auch noch haben. Also schickten sie des Nachts eine Gruppe von Türken, die im Schutz der Dunkelheit die anderen Mädchen mitnehmen sollten. Aber auf dem Weg dorthin hörten die Türken die Mädchen schluchzend nach ihrer Schwester rufen, und als sie näher kamen, hörten sie gequälte Schreie wie von Frauen, die vergewaltigt werden. Sofort ließen sie ihre Schaufeln und Seile fallen und rannten davon. Die _milordi_ konnten sie nicht mehr dazu bewegen, wieder dort hinaufzugehen. Einige der Türken wurden angeblich verrückt, hörten unablässig Frauen schreien, die sie gar nicht sahen, und es waren fürchterliche, grausame Schreie. Menschen, die in der Nähe wohnen, behaupten, daß sie in manchen Nächten noch immer die Marmormädchen um ihre gewaltsam entführte Schwester weinen hören, und sie sagen, Griechenland werde erst wieder Griechenland sein, wenn sie zurückkomme.«

»Nein, edle Fürstin«, sagt meine innere Stimme seltsamerweise, als ich die kämpferische Begeisterung in seinem Gesicht sehe. Dann fällt mir ein, woher dieser Ausspruch stammt: aus *Antonius und Kleopatra*, jenem Stück über Leidenschaft und Illusion, in dem die Liebenden sich gegenseitig zerstören müssen, weil ihre Liebe vom Mythos und nicht vom Leben getragen wird. Kleopatra sagt über Antonius: »Den Ozean überschritt sein Bein; sein Arm, / Erhoben, ward Helmschmuck der Welt; sein Wort / War Harmonie, wie aller Sphären Klang … Gab es wohl jemals, gibt's je solchen Mann, / Wie ich ihn sah im Traum?«

»Nein, edle Fürstin«, antwortet ihre Dienerin.

Unsere kleine Gesellschaft beginnt sich aufzulösen, weil die Zeit der Siesta naht, noch immer ein nicht wegzudenkender Teil des griechischen Sommers, auch wenn sie im Winter aus den Städten allmählich zu verschwinden scheint. Aber der Schnurrbart ist ganz mit den *milordi* beschäftigt, hat eine weitere Geschichte über sie parat. Während Theo mit seinen Autoschlüsseln hantiert, erzählt mir also der Schnurrbart, was er von seinem Großvater gehört hat.

»Wo, glauben Sie, kamen die *milordi* her?« fragt er mich.

»England«, erwidere ich hilflos.

»Falsch, jedenfalls nach der Geschichte meines Großvaters. Sie kamen aus Griechenland. Vorchristliche Griechen, übriggebliebene Götzenanbeter. Er sagte, man habe erkennen können, daß sie niemals Christen gewesen seien, und zwar weil sie sich nie bekreuzigten, wie es Christen tun. Einmal, als er mich hier besuchte und wir mit der Straßenbahn an der englischen Kirche in der Innenstadt vorbeikamen, sahen wir, wie Engländer mit Käfigen, Katzen und angeleinten Hunden in die Kirche marschierten. Eine Frau in der Straßenbahn fragte laut: ›Sind die Engländer Christen?‹ Und mein Großvater antwortete, ziemlich ungeduldig: ›Natürlich nicht, gute Frau. Haben Sie übersehen, daß sie ihre Tiere mit in die Kirche nehmen?‹ Er erklärte mir das so: Als die Griechen Christen geworden seien, hätten die *milordi*, die ihre alten Götter nicht aufgeben wollten, all ihre Reichtümer genommen und seien nach Europa ausgewandert. Denn diese Völker dort seien die Vorfahren der *milordi*, deshalb zögen sie mit uns in den Krieg, und deshalb seien sie auch wiedergekommen, um die Marmorstatuen des Erechtheions mit nach England zu nehmen. Eine alte Blutsverwandtschaft. Das sei der Grund, warum sie hier Häuser hätten und so viele von ihnen das Bedürfnis verspürten, jeden Sommer hierherzukommen und den alten Steinen ihre Aufwartung zu machen: so, wie sie es früher getan haben.«

Theo möchte jetzt unbedingt aufbrechen, also umarmen wir uns zum Abschied, danken und gehen. Ich laufe schnell in eine Apotheke, bevor die Läden schließen, kaufe eine Tube Sonnencreme. Der Apotheker gibt sie mir in einer Tüte, darauf der Stern von Vergina und der Slogan: »Dreitausend Jahre Griechisch-Makedonien.« Wir schlängeln uns durch den Verkehr. Wann immer sich einer vordrängelt, lehnt Theo sich aus dem Wagenfenster, umfaßt einen imaginären Penis und ruft: »Ja, onanier nur, du Onanist! Amüsier dich! Onanier ruhig weiter!« Griechische Kraftausdrücke klingen überraschend gewählt, förmlich, beinahe so, als wäre derjenige, der sie äußert, rhetorisch geschult – eine Qualität, die ihren Höhepunkt in den Reden des Johannes Chrysostomos erreichte. Der byzantinische Kirchenpatriarch war ein Meister der geschliffenen Invektive, wie man es auch von hochrangigen griechischen Geistlichen heute kennt. Ich frage mich, ob aus Theos Flüchen eine Spur der byzantinischen Rhetorik-Ausbildung herauszuhören ist, in der die Studenten nach bestimmten Vorbildern sowohl Lob- als auch Schmähreden zu halten lernten.

In meinem Wohnhaus werden für die stillen Stunden die Fensterläden zugeklappt, und ich gehe so leise wie möglich die Treppe hinauf. Gerade habe ich mich selber zu einem Mittagsschlaf hingelegt, als ein Streit ausbricht, ein Trio: zwei Frauen, Mezzosopran und Sopran, und ein Mann, Bariton. Während die Beschuldigungen des Mezzosoprans wie eine Wasserfontäne rauschen, hebt die Verteidigung des Soprans an, um ihn mit noch größerem Getöse zu übertönen – wie ein frischer Wasserstrahl, der aus einer anderen Quelle des Springbrunnens hervorschießt. Diese Darbietung, unterlegt von der zwischen beiden hin- und herwebenden Stimme des Mannes, zieht sich über mindestens zwanzig Minuten hin; jedesmal wenn sie sich ihrem Ende zu nähern scheint, kommt es erneut zu einem Ausbruch, und ich staune über die unerschöpflichen Quellen des Zorns. Für jemanden, der sich sprachlich nicht gewappnet fühlt, ist es eine geradezu unheimliche Oper: weil man die ganze Zeit in der Angst lebt, daß der Streit eskalieren und man selber hineingezogen werden könnte, ohne über die rechten vermittelnden oder beschwichtigenden Worte zu verfügen. So ähnlich müssen Babys empfinden, wenn ihre Eltern sich streiten – das Gefühl, hilflos einer Gefahr ausgeliefert zu sein.

Tatsächlich, es klingelt, und eine vor Aufregung stotternde Frau steht vor der Tür. »Haben Sie mein Radio gehört, hat es Sie gestört?« kreischt sie mich an.

»Nein, überhaupt nicht«, sage ich, um sie zu beruhigen.

»Das sind die Albaner von unten, sie machen immer nur Ärger und schieben dann mir die Schuld in die Schuhe. Sie sind es nicht gewöhnt, unter zivilisierten Menschen zu leben. Aber Sie sagen bitte, daß Sie kein Radio gehört haben, wenn jemand Sie fragt.«

Da ich keins gehört habe, werde ich das tun. Sie zieht sich in ihre Wohnung zurück.

Die Albaner haben derzeit den Ruf, die Joads* von Griechenland zu sein, ignorante Ödland-Gestalten, bedrohlich, verzweifelt, kriminell und arm. Sie strömen über die Grenzen, um illegal zu arbeiten, und bilden angeblich Banden, die rauben, vergewaltigen, morden und ihre internen Streitigkeiten ins Land hineintragen. Die Griechen werfen ihnen überdies vor, die griechische Minderheit in Albanien zu mißhandeln. Außerdem schwelt ein leicht entflammbarer Grenzstreit um Südalbanien, eine Gegend, von der die Griechen meinen, sie sei dem Nachbarland zu Unrecht einge-

---

* Die Familie Joad aus John Steinbecks »Früchte des Zorns« lebt verarmt und mißachtet am Rand der Gesellschaft.

gliedert worden; um zu betonen, daß Südalbanien zur griechischen Region Epiros gehört, wird es hier daher »Nordepiros« genannt. Als ich eine Wohnung suchte, stieß ich in der Zeitung auf eine Reihe von Anzeigen mit dem Zusatz »Keine Albaner«.

Ich versuche noch einmal einzuschlafen, aber der lange Streit hat zu sehr an meinen Nerven gezerrt. Die verbitterten Bemerkungen des Schnurrbarts über die Olympischen Spiele gehen mir wieder durch den Kopf. Einem Impuls folgend, nehme ich mein neues Traumbuch zur Hand. Der Eintrag, den ich suche, zeigt deutlich den Bruch mit der Welt von Artemidoros. *Koka-Kola* – »Dieses vulgäre, banale und ungesunde Getränk, das der westliche Industrialismus der ganzen Welt aufgezwungen hat, ist bereits in die Welt der Träume eingegangen; ein unheilvoller Traum. Wenn Sie andere in Ihrem Traum dieses künstliche Getränk zu sich nehmen sehen, hüten Sie sich vor oberflächlichen Beziehungen. Wenn Sie es selber trinken, sind womöglich Ihre eigenen Beweggründe fragwürdig, ohne daß Sie sich darüber im klaren sind.«

Ich höre, wie nach und nach die Fensterläden zum Hof wieder geöffnet werden, die Geräusche von Fernsehern, Radios dringen zu mir herüber. Eine Frau erscheint auf ihrem Balkon und versucht mit einem »*Psst, psst, Katerina*« die Aufmerksamkeit einer Nachbarin auf sich zu lenken, wie Leporello in *Don Giovanni*. Mir war bisher nicht bewußt, wie gut Mozart die Balkongemeinschaft durchschaut hat. Mein Telefon klingelt. »Ich wußte, daß du herkommen würdest«, sagt Kostas, mein Freund. Wir haben uns in den Vereinigten Staaten kennengelernt, wo er Verwandte hat; er ging dort aufs College, und ich sah ihn mit der Frage ringen, wo er sich endgültig niederlassen sollte. Schließlich kehrte er, ohne klaren Entschluß, nach Thessaloniki zurück, Griechenlands »zweite Hauptstadt« im Norden des Landes, wo er heute als Rechtsanwalt arbeitet. Jetzt witzelt er, daß er weder nach Thessaloniki noch nach Boston, sondern nach London hätte gehen müssen – weil er nur dort eine ausreichend hohe Dosis Shakespeare bekomme. Ich glaube, ich kenne niemanden, der Shakespeare so sehr liebt wie

Kostas. Seine Leidenschaft ist die eines Sportfans, und das meiste, was er sagt, ist voller Shakespeare-Anspielungen, wie jene Kinderbuch-Illustrationen, in denen man Uhren oder Katzen suchen soll. Erst vor ein paar Stunden habe ich an *Antonius und Kleopatra* gedacht, und jetzt, ein Beweis makelloser Shakespearscher Telepathie, ruft Kostas an.

»Ich wußte, daß du herkommen würdest«, wiederholt er, »ich wußte es schon damals in den Staaten.«

»Und woher?« frage ich, an seine Schübe wirklicher wie eingebildeter Allwissenheit gewöhnt.

»Weil du von allen Shakespeare-Dramen *Ein Wintermärchen* am liebsten magst«, lautet die kryptische Antwort, und wir vereinbaren, uns während seines bevorstehenden Aufenthalts in Athen zu treffen.

»Kostas«, frage ich ihn, »hast du ein Exemplar der *oneirokritika* zu Hause?«

»Meine Schwester hat eins.«

»Meinst du, sie würde es mir für ein paar Wochen ausleihen?«

»Ich glaube schon, aber du kennst doch Artemidoros, oder?«

»Ja«, sage ich, »ich habe sein Buch sogar hier, aber da sind Träume beschrieben, die heute keiner mehr träumen kann. Ich weiß, was ihr im zweiten Jahrhundert geträumt habt. Aber ich möchte herausfinden, was seither in euren Träumen geschehen ist.«

»Also gut, ich werde versuchen, Angeliki das Buch zu entwinden. Denk solange daran, was Emmanuel Roidis, unser großer ungelesener Romancier aus dem neunzehnten Jahrhundert, über mein Land gesagt hat: ›Jede Nation hat ihr Kreuz zu tragen: In England zum Beispiel ist es das Wetter; in Griechenland sind es die Griechen.‹«

Unsterblichkeit

Ich breche ein Stück von dem Fladenbrot ab, das ich gestern in einer libanesischen Bäckerei erstanden habe – es hinterläßt Mehlspuren auf dem Brett. Die Elektrizität ist »im Urlaub«, wie man hier sagt, weil aus Sympathie mit den Busfahrern auch andere Berufsgruppen streiken. Aus den Zeitungen und Rundfunknachrichten kann man erfahren, welche Stadtteile wann von der Stromversorgung abgeschnitten sind. Krankenhäuser, Geschäfte, Schulen, Pendler, alle sind sie von den Stromausfällen betroffen, die jedoch, so seltsam es klingt, Ausdruck eines nationalen Ideals sind: jede Erfahrung, in der Familie ebenso wie im politischen Leben, sei gemeinschaftlich zu sammeln.

Ich nutze diese Morgenstunden ohne Elektrizität, um das Viertel zu erkunden, in dem ich wohne. Die Hügel Athens machen die Stadt zu einem Labyrinth, leicht kann man sich verirren. Es kommt vor, daß man sich, während man in einer Sackgasse verlorengeht, in der Nähe einer Hauptstraße befindet, ohne es im geringsten zu ahnen. Das gleiche gilt für die Sprache, die eine Sprache der Enklaven ist. Wer Griechisch lernt, lernt im Grunde zwei oder drei Sprachen gleichzeitig, und die Bandbreite von Mundarten ist unüberschaubar.

Ich entdecke eine kleine Straße, in der Weinreben voller Trauben von Haus zu Haus gespannt sind. Immer wieder tritt man in dieser Stadt auf Feigen, Orangen oder Zitronen, die von den Bäumen auf die Straße gefallen sind. An einer Ecke wechselt ein Mann, von Ratschlägen einiger Nachbarn unterstützt, eine Radkappe, und ich höre jemanden mit schöner Stimme ein Schubert-Lied üben. Auf dem Kamm eines Hügels steht eine neoklassizistische

Villa: Stuckgirlanden unter den Fenstern, eine hübsche Eingangs-
tür, deren zwei Flügel ausgehängt, aber von einem Stück Draht
zusammengehalten sind, eine Katze, die durstig im verwilderten
Garten liegt. Die neoklassizistischen Bauten sind jenem bayerischen König gefolgt, dem im Jahr 1832 die Großmächte Griechenland zuwiesen, nachdem das Land seine Unabhängigkeit von den
Türken gewonnen hatte. Otto, der Sohn des in die Antike vernarr-
ten Königs Ludwig I. von Bayern, für den München das »Athen
des Nordens« war, gestaltete die griechische Stadt noch einmal
neu: als Athen. Denn seitdem Konstantin im vierten Jahrhundert
mit Konstantinopel ein östliches Rom geschaffen hatte, war Athen
nach und nach auf seine rein symbolische Bedeutung reduziert
worden. Im Gegensatz zu Konstantinopel bot ihm die Stadt bei
der Gründung eines Reiches im Osten keinen geographischen
Vorteil, und ihre Verbindung mit den alten Göttern, von denen
sich Konstantin abgewandt hatte, ließ sie als Hauptstadt eines
künftigen Christenreiches noch ungeeigneter erscheinen. Unter
der Herrschaft der Osmanen, für die Konstantinopel und Thessaloniki die wichtigsten Städte blieben, verwandelte sich Athen in
eine türkische Provinzstadt. Erst Otto und seine bayerischen Architekten gingen daran, es neu zu erbauen; nach dem Unabhängigkeitskrieg waren nur wenige Häuser stehengeblieben, *Tabula
rasa*: ein verfallenes türkisches Dorf mit kaum einem bedeutenden öffentlichen Gebäude. Sie begannen, die Stadt noch einmal zu
erfinden, und obwohl manche meinen, sie hätten den Ort auf ver-
hängnisvolle Weise mißverstanden und Athen in das München des
Mittelmeerraums verwandelt, haben die neoklassizistischen Häuser doch etwas Liebenswertes. Diese Villen modulieren und re-
flektieren die klassische Architektur auf verschiedenste Weise:
geistreich, zärtlich, ironisch, albern, liebevoll. Sie sind wie eine
Schar junger Mädchen, die zum ersten Mal ein Abendkleid und
Schmuck tragen – manche voller Anmut, manche kichernd, andere verlegen. Sie geben der Stadt, die bisweilen einen erschöpften
Eindruck macht, einen Teil ihrer Jugend zurück.

Athen wimmelt von Menschen, und doch wirkt es manchmal menschenleer – wie eine Geisterstadt. All die unsichtbaren Welten der Vergangenheit, die klassische, die mittelalterliche oder die osmanische (von welcher, außer in der Sprache, kaum noch etwas zu spüren ist, so sehr verabscheuen die Griechen alles, was an sie erinnert), all diese Welten umgeben einen, von oben, von unten. Die Unterwelt, die Welt der Toten, ist hier stets gegenwärtig. Und auch das Durcheinander von Gebäuden – die verlassenen Villen aus dem neunzehnten Jahrhundert, die winzigen, von Dorfbewohnern gebauten Häuschen aus der Zeit der Jahrhundertwende, die weißgetünchten Kästen, die in den zwanziger Jahren für Flüchtlinge aus Kleinasien errichtet wurden und jetzt von großen Apartmenthäusern überschattet sind – macht Athen zu einer Stadt, in der jedermann zugleich er selbst und sein eigener Geist ist.

Ein kühles, schattiges Gäßchen führt mich auf einen gepflasterten Platz, mitten in eine Menschenmenge hinein. Die Leute tragen Fahnen sowie riesige, an Dreifüßen befestigte Blumengirlanden, manche werfen mit vollen Händen Lorbeerblätter auf das Pflaster. Wieder und wieder rufen sie: »Unsterblich! Unsterblich!« Einen Augenblick lang glaube ich nicht richtig verstanden zu haben, doch sie wiederholen das Wort oft und wütend: »*Athanate! Athanate!*« Einigen Frauen laufen Tränen über die Wangen. In diesem dichten Gedränge vorwärtszukommen ist ausgeschlossen, alle scheinen auf irgend etwas zu warten.

»Entschuldigen Sie bitte, können Sie mir sagen, was hier los ist?« frage ich ein Paar, das neben mir steht. Der Mann hält eine kleine griechische Fahne in der Hand. »Wir tragen unsere Jenny Karezi zu Grabe«, sagt er. »Unsere große Schauspielerin. Sie wird hier vorbeikommen.« Er wendet sein von aufrichtigem Schmerz gezeichnetes Gesicht von mir ab, stimmt kraftvoll in den Ruf der Menge ein: »Unsterblich! Unsterblich!« Über Aspasia und Hypatia kenne ich Geschichten, aber von dieser unsterblichen Toten habe ich noch nie gehört.

Ich finde keinen Weg aus dieser Menge heraus. Sie verschiebt sich und schwankt, bewegt sich aber nicht von der Stelle – bis die Menschen in den ersten Reihen den Leichenzug entdecken und sich die Lautstärke des Sprechgesangs, getrieben, aufbegehrend, verdreifacht. Während die Menge vorwärtsströmt, um dem Sarg zu folgen, werde ich mitgerissen, an Schaufenstern vorbei, in denen Grabsteine ausgestellt sind, viele in der Form eines aufgeschlagenen Marmorbuches mit Platz für eine Fotografie. Flüchtig nehme ich einen Gedenkstein mit einem Foto von Marilyn Monroe wahr. In anderen Schaufenstern sind aufwendig verzierte Torten mit Zuckergußaufschriften wie *Kalo Taxidi*, gute Reise, und *Athanatos* zu sehen: *kollybia*, die Speise der Toten, aus Getreide, Samenkörnern und getrockneten Früchten zubereitet, Teil des Leichenschmauses in allen Balkanländern. Die Türken etwa haben eine Speise aus Weizen und Granatapfelkernen, die sie essen, um des Martyriums von Mohammeds Enkeln zu gedenken und Noahs Überleben der Sintflut zu feiern – die Mischung beruht angeblich auf den Vorräten, die nach vierzig Tagen an Bord der Arche Noah noch übrig waren.

Ich werde mit der Menge in den *Protonekrotapheio*, Athens Père Lachaise, hineingespült. Dort gelingt es mir endlich, mich zu befreien. Die Anlage des Friedhofs ist kompliziert; es dauert nicht lange, und ich habe mich, wie so oft in dieser Stadt, vollkommen verirrt. Orientierungslosigkeit, das habe ich inzwischen gelernt, ist bei der Suche nach einem Ein- oder Ausgang jedoch häufig ebenso erfolgreich wie Zielsicherheit. Ich komme an einer lebensgroßen Statue eines kleinen Mädchens mit Dreißiger-Jahre-Kittel, Buster-Brown-Haarschnitt und weithin sichtbarem Taufkreuz vorbei sowie an einem Grabstein, der die Verstorbene stolz als eine Angestellte der nationalen Telefongesellschaft ausweist. Ein Mann in Hemdsärmeln mit einem Strohhut auf dem Kopf befreit die Gräber von Unkraut. Grabpflege ist hierzulande bestimmt eine schwierige Aufgabe, weil Wasser teuer ist und es Mühe kostet, Grünpflanzen am Leben zu erhalten – viele Menschen haben sich deshalb für Rosen und Kränze aus Plastik entschieden.

Im Schatten einer Mauer versuchen zwei Frauen, ein sterbendes Kätzchen wiederzubeleben, indem sie ihm schlückchenweise Wasser einflößen; die Griechen finden es grausam, Tiere zu kastrieren, und legen, glaubt man europäischen Tierschutzorganisationen, statt dessen vergiftetes Futter aus, um die Zahl streunender Tiere zu begrenzen. In der Reihe dahinter zelebriert ein Priester mit langem Gewand, Pferdeschwanz und schwarzem Fes eine Trauerfeier für einen kleinen Kreis von fünf Leuten; das Steingrab, vor dem sie stehen, ist mit Blumen bedeckt, deren Stiele in Folie gewickelt sind, damit sie für die Dauer der Zeremonie frisch bleiben. Zwei Reihen weiter, in Richtung Ausgang, wie ich hoffe, kümmern sich zwei andere Frauen um die Gräber ihrer Toten; die eine trägt ein ärmelloses Oberteil und Shorts, die andere hebt ihren Rock bis zu den Schenkeln an, fächelt sich Luft zu. Ich suche mir einen Weg durch das Gräberlabyrinth, erstaunt über die modernen Versionen jener antiken Grabdenkmäler, die den Verstorbenen Hand in Hand mit dem Hinterbliebenen zeigen. Der kitschige Realismus ist faszinierend in seiner Absurdität: schnurrbärtige Männer in Anzügen, Frauen mit Dauerwellen, Perlen und Pfennigabsätzen, dargestellt in klassischen Posen.

Von einer Anhöhe aus, die den Blick auf eine Art Festhalle freigibt, entdecke ich ein Tor zur Straße. Auf dem Weg hinab sehe ich einige Kisten und Spaten vor dem Gebäude stehen: Es ist ein Mausoleum der Wiederbegräbnisse; Grabplätze sind in Griechenland rar, und die praktische Notwendigkeit hat aus dem Recycling der sterblichen Überreste ungefähr drei Jahre nach der Beerdigung eine religiöse Zeremonie gemacht. Die Überreste werden aus dem Grab genommen, einer rituellen Waschung unterzogen und in Mausoleen erneut bestattet. Die Arbeiter machen offenbar gerade Pause: Cola-Dosen und Bierflaschen lehnen an geöffneten Kisten, die von weißen, gelben und grauen Knochen überquellen.

Fleisch und Stein

E ine leuchtende Zitrone fällt von einem Baum direkt auf unseren Tisch, ein Stern, der sich wie von Zauberhand in eine Frucht verwandelt hat. Aura, eine Schauspielerin, die ich vor kurzem kennengelernt habe, ist den ganzen Vormittag über mit mir durch das Archäologische Museum gegangen, mit seiner Sammlung von Schätzen aus Schliemanns Ausgrabungen und den Skulpturen, die man von Postkarten sowie aus Kunstgeschichtsbüchern kennt, vermutlich das meistbesuchte Museum Griechenlands. Zum Abschluß haben wir uns Auras Namensschwester angesehen, eine Statue ohne Kopf aus dem fünften Jahrhundert, die Verkörperung eines Windhauchs. Ihr Schöpfer tat sein Möglichstes, um einen Steinblock, der fallend Knochen zertrümmern könnte, in die Illusion eines unsichtbaren Luftzugs zu verwandeln: Die Falten ihres Kleides wirbeln, der Topographie ihres Körpers folgend, ungleichmäßig um sie herum, ihr Oberteil schmiegt sich im Windstoß an sie und bildet ihre Brüste nach, eine Brustwarze scheint hindurch. Es ist ein großartiges Werk, das als Metapher für Luft, die nie gemeißelt werden kann, Stein, der nie einen Windhauch verspüren, geschweige denn sich selber verflüchtigen kann, eine sich niemals enthüllende Nacktheit beschwört. Aura sieht ganz anders aus. Sie ist kein Bild, sie macht Bilder, und mit ihren weichen, geschmeidigen Zügen, die nahezu jeden Ausdruck annehmen können, von dem eines Neugeborenen bis zu dem eines Geheimpolizisten, und mit ihrer stämmigen, sogar ziemlich dicken, sanduhrförmigen Figur erinnert sie an eine Schauspielerin aus dem neunzehnten Jahrhundert. Als der Kellner uns Eiskaffee bringt, spiegelt ihr Gesicht augenblicklich seinen Gesichtsausdruck wider, die zusammengezogenen Brauen und geschürzten Lippen. Eine Eidechse landet unversehens auf ihrem Kopf, und es ist seltsam, zu beobachten, wie sie dem Tier, bevor sie es vom Tisch verscheucht, in die Augen sieht und seinem starren Blick begegnet.

»Und?« fragt sie. »Wie finden Sie all das, was Sie gesehen haben?« Ich habe dieses Museum oft genug besucht, um die Räume meiner persönlichen Meilensteine leicht wiederfinden und Wallfahrten unternehmen zu können, auch hin zu Exponaten, die anderen vermutlich trivial erscheinen würden: eine Pfanne zum Beispiel, deren Griff die Gestalt von Aphrodite hat und von der ich als dem idealen Behältnis für Rühreier mit Trüffeln zum Champagnerfrühstück am Valentinstag liebend gern eine Kopie hätte. Doch meistens verlasse ich dieses Museum, gestehe ich Aura, mit immer neuen Eindrücken, da mir stets bewußt ist, daß wir beim Betrachten der Statuen teilweise nur vermuten können, was wir sehen: Das Museum verhüllt die Statuen genauso, wie es sie ausstellt. Beim letzten Mal ging ich mit dem Gefühl fort, daß den Skulpturen etwas Tragisches anhaftet. Ich hatte eine berühmte Statue betrachtet, *Poseidon*, der reglos schwebend einen Speer wirft, und mir war bewußt geworden, wie absolut das Scheitern in jeden präzise geformten Muskel, jede Sehne, in die vollkommenen Hüften dieses vollkommenen Körpers eingearbeitet war: obwohl zu physischer Höchstleistung gebracht, konnte er nie atmen, nie die Grenze zum Leben überschreiten. In vielen anderen Kunstformen wäre das einerlei, in der Bildhauerei jedoch nicht – die Unfähigkeit dieser vollkommen gestalteten Körper, zum Leben zu erwachen, ist eine Meditation über die Unfähigkeit menschlicher Wesen, nicht zu sterben.

Seit ich hier wohne, sehe ich Statuen in einem anderen Licht; sie sind nicht mehr etwas Seltenes, sondern allgegenwärtig wie die gemalten Ikonen, die mir in Werkstätten, Läden, Privathäusern, Kirchen, Restaurants und auf den Straßen begegnen. Diejenigen, die in der Antike Artemidoros von ihren Träumen erzählten, leb-

ten buchstäblich mit ihnen. Sie versuchten die Träume zu verstehen, in denen sie Statuen wie im Alltag salbten und wuschen, vor
ihnen den Boden kehrten, sie im Tempel mit Wasser besprühten,
in Augenblicken der Verzweiflung verunstalteten oder sie voller
Wut aus einem Haus hinauswarfen. Sowohl gesellschaftliche als
auch religiöse Bedeutungen der Statuen spiegelten sich in ihren
Träumen wider: Da Athleten mit Standbildern geehrt wurden, as-
soziierte man Sieg und öffentliche Ehrung, aber auch Freiheit –
wenn ein Sklave von seiner eigenen Statue in Bronze träumte,
deutete das auf seine Freilassung hin, denn Bronzestatuen wurden nur freien Männern errichtet. Also konnte keine Frau je davon träumen, frei zu sein, denn bei den Standbildern, die Frauen
darstellten, handelte es sich fast immer um Göttinnen oder, auf
Grabdenkmälern, um Verstorbene und ihre Dienerinnen.

Die antiken Träumer verbanden mit Statuen demnach bestimmte Ideen; Götter mochten sie vorzugsweise sitzend oder
regungslos und in gewohntem Aufzug, »so«, sagte Artemidoros
über Zeus, »wie wir ihn uns vorgestellt haben«. Sie sahen womöglich den Sonnengott Helios (eine seiner Verkörperungen im
Traum zu erleben war ein besseres Omen, als dem Gott zu begegnen); sie sahen Herakles, was als gutes Vorzeichen für Männer galt,
die in einem Gerichtsverfahren standen; oder sie sahen Tyche, die
Göttin des Glücks. Für die Träumer von heute, so lese ich in modernen Traumbüchern, symbolisieren Statuen zumeist Regungen
des eigenen Innenlebens: Wer im Traum eine Statue sieht, kann
damit rechnen, bald jemandem zu begegnen, der ihm zum Vorbild
werden wird; das Standbild einer berühmten Persönlichkeit ist
ein Vorbote guter Neuigkeiten, etwa ein Hinweis darauf, daß man
demnächst für irgendeine Mühe Belohnung erntet; sich selbst als
Statue zu träumen kann bedeuten, daß das eigene Gefühlsleben
auf Abwege geraten ist. In den Kapiteln über Träume, die von
Ikonen handeln, finden sich hingegen Hilfestellungen zu konkre-
tem persönlichem Schutz und Beistand, den Schlüsselbegriffen
ähnlich, die seinerzeit Artemidoros den Traumstatuen zuordnete.

Das heißt allerdings nicht, daß man von Kontinuität sprechen kann, denn wenn unsere Wünsche und Bedürfnisse vielleicht auch dieselben geblieben sind, hat sich das Ich, mit dem wir wünschen, doch verändert. Wer heute im Traum eine Statue erschafft, wünscht sich irgendeinen Aspekt seiner Persönlichkeit zu vervollkommnen und bereitet sich auf eine Gelegenheit vor, dies zu tun. Im zweiten Jahrhundert jedoch wurde dieser häufige Traum als positives Zeichen gedeutet, vor allem für Ehebrecher, Demagogen, Fälscher und alle anderen Sorten von Betrügern weil das Erschaffen von Standbildern zeige, »was nicht existiert, so als ob es doch existiere«.

Und heute nun, erzähle ich Aura, fiel mir nicht nur die Schönheit der Statuen ins Auge, sondern auch die Begrenzung, die jeder Begriff von Schönheit in sich birgt: weil er Vollkommenheit fordert, an die die Schönheit fortan gebunden ist, vor allem aber im Sinne einer tatsächlichen Begrenzung. Aura fragt mich, was ich damit meine, ich habe selbst Mühe, es zu verstehen. Daß die Schönheit, die die Statuen verkörpern, sich nur an der Schwelle dessen befindet, was Schönheit ist; sie bleibt Fragment. Was wir sehen, ist Schönheit in ihrer idealisierten, nicht in ihrer erlebten Form, Schönheit, wie einer sie sich wünscht, nicht, wie einer sie liebt. Ihr fehlt die Häßlichkeit, die ebenfalls ein Teil unserer Vorstellung von Schönheit ist, Teil der ganz eigenen Schönheit eines geliebten Körpers und Gesichts. Ihr fehlt die erschütternde Freude am Erreichbaren. Und ihr fehlt noch etwas anderes: die menschlichen Geschlechtsteile in ihrer Demut und Herrlichkeit, eine Schönheit, die viel zu komplex ist, als daß sie idealisiert werden könnte. Die Statuen von Frauen haben keine, und die der Männer haben niedliche, symbolische Geschlechtsteile, symmetrisch zumeist, damit die Linienführung des Körpers nicht gestört wird.

»Was Sie sagen, läßt mich an ein Phänomen denken, das in unserer Sprache vorkommt – weil sie so alt ist«, sagt Aura und setzt ihre Sonnenbrille auf. »Wenn eine Wendung oder ein Wort verschiedene Zeitalter und Grammatiken durchlaufen und Elemente aus anderen Sprachen absorbiert hat, geschieht es bisweilen, daß Bedeutungen hinzutreten, die einander kommentieren. Ich denke an das Verb ›idealisieren‹, das in anderen, seltenen Zusammenhängen auch ›sublimieren‹ bedeuten kann. Überlegen Sie einmal, wie sich mit dem Christentum unsere Idealvorstellung vom Körper gewandelt hat: von der bildschönen Physis des Athleten hin zum ruinierten, ausgemergelten Körper des Heiligen. Johannes der Täufer wird stets fast nackt dargestellt, wie die antiken Götter und jugendlichen Athleten. Aber seine Arme und Beine gleichen Stöcken, scheinen gepeinigt, als wäre er krank. Trotzdem ist dieser Körper eine Art Ideal, nämlich der ideale christliche Körper: die eingefallene Brust, die Erbärmlichkeit seiner Glieder, der heilige, gequälte Gesichtsausdruck, mit dem er um das ewige Leben fleht, das der Schönheit verwehrt blieb. In beiden Welten jedoch war es der männliche Körper, der das Ideal repräsentierte, physisch, moralisch und gesellschaftlich. In der *Nikomachischen Ethik* kann man nachlesen, wie Aristoteles den gemessenen Schritt eines Mannes als Beweis für dessen vornehme Seele beschreibt. Manche Vorstellungen vom Körper haben sich in unserer Bildersprache niedergeschlagen; das alte Wort für Bettler, *ptochos*, ebenso wie das moderne Adjektiv für ›arm‹, bezeichnet zum Beispiel jemanden, der sich duckt. Von Frauen erwartete man sowieso, daß sie krochen und unterwürfig den Blick senkten. Für den Typ Frau, der das nicht tat, stehen die zahlreichen Kämpfe der Amazonen gegen die Griechen, die jene natürlich besiegt haben; der Name einer der berühmtesten amazonischen Kriegerinnen, Antiope, bedeutet ›die Frau, die dir direkt ins Gesicht sieht‹. Und was den männlichen Körper im Christentum betrifft – fahren Sie zum Kloster Nea Moni auf Chios und nach Patmos, dort werden Sie die neuen Körper sehen, die dem Herrscher des Himmels gehören; es sind gar keine Körper mehr, sondern Werkzeuge, so daß ihr Verlust ohne Belang ist, ganz im Gegensatz zum Verlust oder dem Altern eines schönen Athletenkörpers.«

»Also«, fährt Aura fort, »idealisieren und sublimieren. Wir

haben unsere Statuen verehrt, weil sie Größe und Göttlichkeit repräsentieren; aber manchmal haben wir unsere eigene Kunst auch leidenschaftlich gehaßt. Statuen wie die meiner Namensschwester zum Beispiel und viele andere, die nie wiederauftauchen werden, sind nicht zufällig kopflos: Wütende Christen oder kaiserliche Truppen haben sie enthauptet, manchmal begraben und ihre dämonischen Kräfte neutralisiert – indem sie Kirchen darüber errichteten. Sie müssen sich das wie Lynchen vorstellen. Augustinus selbst jubelte wie ein Fußballfan, als er sah, wie eine Horde von Menschen sich auf eine Herakles-Statue stürzte, ihr den goldenen Bart abriß. Aber in gewisser Weise sind diese Statuen wiederauferstanden. Lassen Sie mich Ihnen eine Geschichte aus unserem Revolutionskrieg erzählen. Sie kennen sicher General Makrijannis, den Analphabeten, der zum ersten Meister moderner griechischer Prosa wurde? Während des Krieges kam er in den Besitz zweier Statuen, einer weiblichen und einer männlichen, die er für einen Prinzen hielt; er bewunderte die Kunstfertigkeit, mit der sie gemacht waren, und schrieb, daß man sogar Adern erkennen könne. Ein paar Soldaten hatten sie während eines Überfalls auf der Insel Poros an sich genommen und wollten sie irgendwelchen Europäern in Argos für gutes Geld verkaufen. Makrijannis nahm die Soldaten beiseite und erklärte ihnen, sie dürften niemals zulassen, daß diese Statuen unser Land verlassen – welche Summe man ihnen auch bieten würde. Er sagte: Für diese Statuen haben wir gekämpft.«

Wir bestellen beide noch einen Kaffee. Aura erkundigt sich nach meinen Eindrücken vom griechischen Theater, aber ich habe bisher noch kein Stück gesehen, sondern nur meine Erfahrungen mit griechischen Fernsehsendungen gemacht. Die hiesigen Serien amüsieren mich mit ihren Schiffsmagnaten, in Skandale verwickelten Politikern und inzestgeladenen Liebesaffären, die sich fast ausschließlich innerhalb der Familie abzuspielen scheinen – der Mann, der in die Frau seines Bruders verliebt ist, der Stiefsohn, der keine Gelegenheit ausläßt, seiner Stiefmutter den Hof zu machen. Überraschend ist, in welchem Maße die Schauspielkunst hier auf das Fernsehen verschwendet wird; griechische Schauspieler leben hauptsächlich vom Fernsehen, erst in zweiter Linie von Theater und Filmindustrie, so daß Fernsehspiele und -serien mit hervorragenden, klassisch ausgebildeten Schauspielern besetzt, und Literaturverfilmungen fürs Fernsehen ungeduldig erwartete kulturelle Ereignisse sind.

Schmerzlich berührt habe ich außerdem zur Kenntnis genommen, daß in Komödien, Dramen, Serien und Spielfilmen, ob sie aus den fünfziger Jahren stammen oder erst eine Woche alt sind, täglich zu sehen ist, wie Frauen geschlagen und geohrfeigt werden. Ich habe eine Woche lang Buch geführt, um zu prüfen, ob mein Entsetzen über diese so selbstverständliche Gewalt mich über die Häufigkeit täuschte: »täglich« war nicht einmal der angemessene Ausdruck. Episoden, in denen Männer Frauen schlugen, kamen wesentlich öfter vor als Prügeleien zwischen Männern, ja so oft, daß sie sich nationalen Vorlieben ebenso zu verdanken schienen wie dramaturgischen Erfordernissen. Innerhalb einer Woche gelegentlichen Fernsehens konnte ich miterleben, wie eine Schwester in einem lyrischen Inseldrama von ihrem Bruder geschlagen wurde, eine Tochter in einer höchst unterhaltsamen Komödie von ihrem Vater eine heftige Ohrfeige bekam, eine Ehefrau in einem Melodram wiederholt vom Bruder ihres Mannes geprügelt und schließlich vergewaltigt wurde, ein Mann in einem Mehrteiler seine Freundin verführte, indem er sie ohrfeigte, und ein Muttersöhnchen seine Frau in der Hochzeitsnacht gewaltsam bestieg. Ich weiß nicht, welche Auswirkung diese Bildersprache auf Kinder hat – Schulkinder, die mit ihren Eltern nach dem Abendessen fernsehen oder zwanzig Minuten am Nachmittag, bevor sie sich an ihre Hausaufgaben setzen. Die Erfahrungen dieser Woche rufen mir ins Gedächtnis, daß der womöglich wichtigste griechische Roman des neunzehnten Jahrhunderts, ein Klassiker des griechischen Realismus, *Die Mörderin* heißt und von einer Frau handelt, die aus der Überzeugung, daß das Leben griechi-

scher Frauen unerträglich sei, kleine Mädchen ermordet: um ihnen
alles Weitere zu ersparen.

»Mir war nicht klar, wie schockierend solche Gewalt auf Außenstehende wirken muß«, sagt Aura, »so als wäre sie eine Säule
unserer Kultur, noch dazu eine tragende.« Sie nippt an ihrem Kaffee. »Idealisieren und sublimieren. Wenn ich so darüber nach-
denke, könnte ich keine Bestimmung in unserem Strafgesetzbuch
nennen, in der irgendeine Form der Gewalt gegen Frauen als
Straftat definiert wäre. Auf die Verstümmelung oder Beschädi-
gung von Statuen dagegen stehen hohe Strafen.«

Metamorphose

Heute ist das Fest der Metamorphose, uns als Fest der Verklärung bekannt, jenes Augenblicks, in dem Christus die Jünger auf seinem Antlitz erstmals die strahlende Göttlichkeit schauen ließ. Schillernde Verwandlungen sind Teil aller Wundergeschichten, auch einer so gängigen wie *Aschenputtel*, wo aus einem Kürbis eine Kutsche wird und aus einem mißhandelten, unglücklichen, schmutzigen Kind eine wunderschöne, begehrenswerte Frau. In der griechischen Ikonenmalerei ist dies eines der häufigsten Motive: Christus, von goldenen Strahlen umgeben wie die Sonne, mit seinen Jüngern, die ehrfürchtig vor ihm auf die Knie fallen, während irgendwo auf dem Bild das Wort »Metamorphose« aufleuchtet – in diesem Land der Doppelwesen, wo selbst die Sprache, göttlich und sterblich zugleich, eine zweifache Natur hat. »*Leukos Oikos*«, das Weiße Haus, sagen die Leute in jenem klassisch gefärbten Griechisch, das alles vergöttlicht, was es benennt; *aspro spiti*, weißes Haus, sagen sie dagegen, wenn sie einen Weg beschreiben, ein Ausdruck, der auf das Wort *hospitium* aus der Zeit der Kreuzfahrer zurückgeht. Metamorphose ist hier auch als Phantasie präsent, die das politische Leben geprägt hat. Griechenland, so hieß es, würde sich nach 1821 als unsterbliche Idee erweisen und Stück für Stück alles zurücknehmen, was es als osmanische Provinz verloren hatte – zuallererst von Rom, das sich, wie es glaubte, seiner klassischen Kultur bemächtigt hatte. Dann würde es sich wieder als Territorialmacht entpuppen, mit der Hauptstadt Istanbul, das erneut Konstantinopel hieße, und schließlich erkannt werden als das Reich, das nicht nur über Gebiete, sondern auch über Geschichte und Kultur herrscht.

Es ist sechs Uhr morgens. Zu dieser Stunde ist die Luft noch kühl und frisch. Sie hat das für Attika so charakteristische würzige Aroma, in dem sich der Duft von Orangen- und Zitronenbäumen, Salbei, Eukalyptus und Zypressen mit den ebenso intensiven Gerüchen von Chlorreinigern, Lammbraten, Knoblauch und Benzin vermischt. Irgend jemand aus dem dritten Stock muß noch vor mir auf den Beinen gewesen sein, denn draußen auf dem Flur riecht es wie in einer katholischen Kirche. Vielleicht war es Kyria Maro oder Kyria Flora – an Festtagen füllen ältere Damen oft ihre reichverzierten Messingweihrauchfässer auf, die man für den Hausgebrauch überall kaufen kann (in meinem Viertel findet man kirchliche Gegenstände wie Stola, Ewige Lampe, Einmeterkerzen viel leichter als einen Holzlöffel oder eine Pfeffermühle), und verbreiten in allen Ecken ihrer Wohnungen sowie in den Fluren der Apartmenthäuser Schwaden des heiligen Wohlgeruchs.

Ich nehme mein Traumbuch zur Hand und schaue nach, ob es einen Eintrag unter dem Stichwort »Metamorphose« gibt. Es verheißt Glück, steht dort, Glück, das unmittelbar auf den Schlaf übertragen wird. »Wer diese Szene im Traum sieht, dem wird Glück widerfahren. Vielleicht wird er durch sein tägliches Tun Ruhm ernten, durch ein gewöhnliches Werkzeug, mit dem er arbeitet und das sich als bedeutende Erfindung erweist oder ein neues Unternehmen hervorbringt; etwa der Kuchen einer Hausfrau, der sie dazu inspiriert, eine Bäckerei zu eröffnen, oder der Schraubenschlüssel eines Mechanikers, der zu irgendeiner Neuerung in der Konstruktion von Automotoren führt. Und wer dies im Traum sieht, der wird erkannt werden und Nachfolger haben. Wenn viele Menschen im gleichen Zeitraum diesen Traum haben, kann das als ein Vorbote nationalen Ruhms gedeutet werden.« Wie die Götter und Göttinnen in Träumen früherer Zeit, die bei Artemidoros in Gestalt von Statuen erscheinen, muß der christliche Gott so geträumt werden, wie die Kunst ihn darstellt. Es ist überdies interessant zu sehen, mit welch großer Zuversicht Glück vorhergesagt wird. In einer ganzen Reihe von Verwandlungsträumen bei Artemidoros ist Metamorphose ambivalenter: Dort hängen die Folgen eines Traums davon ab, wer der Träumer ist. Der gleiche Traum wirkt sich auf Männer und Frauen, freie Menschen und Sklaven verschieden aus. Wenn ein Sklave träumte, daß er sich in Gold oder Silber verwandelt, konnte er damit rechnen, verkauft zu werden. Hatte dagegen ein reicher Mann diesen Traum, so mußte er darauf gefaßt sein, hintergangen zu werden – weil alles, was aus Silber und Gold gemacht ist, Menschen anlockt, die Böses im Schilde führen. Der Traum, in eine Frau verwandelt zu werden, galt für einen armen Mann als günstig, für einen reichen als ungünstig: Dem Armen prophezeite er, daß er einen Gönner finden, dem Reichen hingegen, daß er all seinen Einfluß verlieren werde. Wenn aber eine Frau träumte, zum Mann zu werden, so bedeutete das fast immer eine Verbesserung ihrer Situation: War sie unverheiratet, kündete der Traum von ihrer baldigen Hochzeit; war sie kinderlos, verhieß er ihr einen Sohn: »... und auf diese Weise wird sie sich in einen Mann verwandeln«. Einer Prostituierten schließlich weissagte er, daß es ihr nie an Kunden mangeln werde.

Aus einem Radio oder Fernseher schallen Kirchengesänge zu mir herüber, die die Metamorphose feiern: in jener tranceähnlichen Intonation der orthodoxen Zeremonie, in der sich unerschöpfliche rhythmische Wiederholungen mit wellenförmigen stimmlichen Verzierungen verbinden. Der Kantor singt wie zirkulierendes Blut, wenn es nur ewig zirkulieren würde. Der stechende, rosmarinhaltige Geruch des Weihrauchs dringt unter meiner Tür hindurch. *Libani* wird er hier genannt, zurückgehend auf das archaische Wort für aromatischen Weihrauch, der bei Opferungen verbrannt wurde. Ich schlage in meinem Traumbuch unter »Weihrauch« nach, obwohl ich besser prüfen sollte, ob ich für meinen heutigen Ausflug nach Olympia alles Nötige beisammen habe. »Wer sieht, daß ein Priester das Weihrauchfaß in seine Richtung schwenkt, und die Dämpfe einatmet, dem wird geschmeichelt und etwas vorgespiegelt werden.« Diese Art der Traumbetrachtung kennen wir von Artemidoros: Die Deutung beruht auf einem Wortspiel. Das Verb *libanizo*, mit Weihrauch besprenkeln, heißt auch schmeicheln – er ist verrückt nach Weihrauch, sagt man über jemanden, der Schmeicheleien liebt. Doch die Technik, die Artemidoros mit so großem Geschick anwandte, hatte zugleich einen spürbaren Mangel: daß man nämlich einen Traum in einer Sprache, die man nicht versteht, kaum erfolgreich deuten kann. Artemidoros muß das gewußt haben.

Ich gehe hinunter, um auf Leda zu warten. Sie führt heute eine zypriotische Reisegruppe durch Patras und Olympia und hat mich dazugeladen. Ich bin neugierig darauf, mir die alten Städte gemeinsam mit Leuten anzuschauen, die an diesem Erbe teilhaben. Solange sie noch nicht da ist, studiere ich die Namen der anderen Mieter auf den Klingelschildern. Es gibt einen Zahnarzt, einen Journalisten, wie immer einen Fremdsprachenlehrer. Die Mehrheit der Namen stammt von Peloponnesiern und Kretern: *-poulos* ist eine gängige peloponnesische Endung und bedeutet »Kind von«, wie in Jannopoulos; *-akis* ist ein Diminutiv, wie in Grigorakis, kleiner Gregor, und ist die häufigste kretische Endung, Substantiven gibt sie einen sowohl liebevollen als auch abschätzigen Klang. Kommt her, *mikraki*, ruft man Kleinkindern zu, das Wort macht sie mikroskopisch klein und niedlich. In *Amerikaniki* hat dieselbe Endung etwas provokativ Beleidigendes, das die Amerikaner klein macht, naiv und dumm, auch wenn sie aus einem großen, mächtigen Land kommen. Neben all den *-poulos* und *-akis* gibt es einen Albertos Koen, der in New York vermutlich Albert Cohen hieße.

Im Sommer sind die Menschen schon sehr früh auf den Straßen, entweder um die Hitze zu überlisten oder um die allgegenwärtigen Reisegruppen auf den Weg zu bringen, bevor der Verkehr schlimmer wird. Die Touristenbranche ist genauso eng an das frühe Aufstehen und den Wechsel der Jahreszeiten gebunden, wie es das bäuerliche Leben schon immer war – von Juni bis Oktober ist Erntezeit, und ein beträchtlicher Teil des Jahreseinkommens muß in diesen Monaten verdient werden. Die Griechen sind Menschen-Bauern, und die Zeitungen überwachen pausenlos Umfang, Zustand und Eigenheiten des Ertrags im Vergleich zur Ausbeute im vorigen Jahr.

Die Zyprioten wohnen in einem Hotel ohne großen Komfort nahe beim Omonia, dem Platz, der mit seinem Namen »Eintracht« der Pariser Place de la Concorde nachzueifern scheint. Dabei ist er ein verkommenes Zentrum billiger Hotels und in den Nächten Schauplatz von Drogenhandel, Prostitution und Raubüberfällen. Auf Athens Straßen kann man sich nachts normalerweise ungewöhnlich sicher fühlen, weil sich ein großer Teil des Lebens – das Abendessen, Theateraufführungen – spät in der Nacht abspielt, aber alle raten mit ernster Miene: Geh niemals nachts zum Omonia, schon gar nicht allein. Leda weist mir einen Platz hinter dem Fahrer zu, einem alten Freund von ihr, kümmert sich um Gepäck, Gutscheine und bugsiert die Zyprioten in den Bus. Es ist eine Gruppe einfacher Arbeiter, winzig, hohlwangig, mit Augen wie transplantierte Oliven und einem verdutzten Gesichtsausdruck. Ihre gedrungenen Körper ähneln prähistorischen Statuetten und führen mir erneut vor Augen, daß Größe, so selten, wie sie hier ist, ein überaus wichtiges Attribut der Göttlichkeit war. Die monumentalen Statuen der Antike spiegelten dies wider, auch in Träumen waren die Götter deutlich größer als die Sterblichen. Neulich wurde mir erzählt, daß das Militär sich anstrengen muß, um genügend große Männer für die Bewachung des Präsidentensitzes und des Parlaments zu finden. Kleinwüchsige machen in der Fustanella, dem Faltenrock griechischer Soldaten des neunzehnten Jahrhunderts, nämlich eine klägliche Figur – ohne muskulöse, üppig-lange Beine, die die zur Tracht gehörenden Strümpfe füllen und ein Gegengewicht zum weichen, in kunstvolle Falten gelegten Rock bilden, sehen die armen Männer aus wie bärtige Pilze.

Der Busfahrer wendet sich mit einer ruckartigen Kopfbewegung den einsteigenden Zyprioten zu, scherzhaft schimpfend: »*Gaidouria*, Esel, Bauern.« Einer der Männer hat das aufgeschnappt und kontert mit einem warnenden Lächeln: »*Kalamarades*, Schreiberlinge, Bürokraten«. Während für die Griechen Zyprioten Bauern sind, verunglimpfen diese die Griechen gern als Bürohengste, wandelnde Briefschreiber – Beamte, die Rechtsgeschäfte protokollieren und dabei die Wahrheit verdrehen, wann immer es ihnen vorteilhaft erscheint. Immerhin beruht dieser regionale Chauvinismus nicht zuletzt auf einer liebenswerten Eigenart der griechischen Sprache: Das eine Schimpfwort gehört zu derselben Wortfamilie wie *kalamari*, jener köstliche Tintenfisch, den wir fritiert zu uns nehmen, und natürlich auch wie »Tintenfaß«. Es ist ein Beispiel für die freimütige Körperlichkeit des Griechischen, die Manier, wie ein Substantiv triefend aus dem Meer gezogen oder vom Boden aufgelesen, ein bißchen gesäubert und wiederverwendet wird.

Außerhalb Athens ist die Straße von Zypressen, Pappeln, Palmen, Eukalyptus- und Olivenbäumen sowie rosa und weißen Oleanderbüschen gesäumt, eine Art Zeichensetzung. Oleander ist hierzulande besser bekannt als »bitterer Lorbeer«, verdammt von der Jungfrau Maria. Die Panhagia, vom Schmerz über die Kreuzigung ihres Sohnes überwältigt, hatte dem Drängen des Gekreuzigten schließlich nachgegeben und den Leichenschmaus zubereitet, ein bißchen Wein getrunken, etwas gegessen – sich damit tröstend, daß er ja wiederauferstehen würde. Da kam eine Dame namens »Heilige Schönheit« mit einem ehrerbietigen Oleander des Weges und verhöhnte sie: »Wer nur hat schon einmal den Sohn am Kreuz und die Mutter bei Tische gesehen?« Im unverkennbaren Dialekt der griechischen Dorfbewohner zahlte die Panhagia es ihr mit gleicher Münze heim, zwang den Oleander, die eigene Bitterkeit in seinen Saft aufzunehmen, und machte die Hoffnungen der Heiligen Schönheit auf eine Karriere im Christentum zunichte: Sie werde in keiner Liturgie vorkommen, und kein christliches Fest solle ihr geweiht sein.

Es gibt noch eine andere Geschichte über den Oleander, die mir gefällt, weil ich in ihr eine Art christliches Pendant zum Mythos der Daphne sehe, die sich in einen Lorbeerbaum verwandelte, um Apollo zu entkommen. Sie handelt von der heiligen Barbara, die überwältigend schön gewesen sein soll. Ihr heidnischer Vater wollte, indem er sie einem Mann zur Frau gab, sich mit dessen wohlhabender, einflußreicher Familie verbinden. So, wie Daphne durch den Wald lief, floh Barbara in die Berge, singend: »Berge, nehmt die Anmut meines Körpers, Wälder, meine dicken Locken, und ihr, Oleander, nehmt den Liebreiz meines Gesichts.« Anders als Daphne betete sie nicht darum, in anderer Gestalt, etwa als Baum, gerettet zu werden. Vielmehr hoffte sie, ihre ganze Sexualität und Schönheit, ja ihr Leben als Teil der Natur abstreifen zu dürfen. Beide Geschichten sagen etwas über die zwischen Heiden- und Christentum gespaltene damalige Welt aus, und beide üben mit der Weigerung ihrer Heldinnen, am Sexualleben teilzunehmen, Kritik an ihrer Gesellschaft.

In das kleine Mikrophon hineinsprechend, das zur Ausstattung jedes Reisebusses gehört, erzählt Leda den Zyprioten die Geschichte von Pelops. Ich wundere mich darüber, weil ich angenommen habe, sie sei ihnen bekannt. Aber Leda erläutert mir später, daß die älteren Leute sie aller Wahrscheinlichkeit nach nie gehört hätten, vielleicht ohnehin nur wenige Jahre zur Schule gegangen seien.

Die Pappeln am Straßenrand stehen fest auf abschüssigem Boden, aufrecht, tapfer, schlank und grün wie an steilen Felswänden sich hochrankende Kletterpflanzen. Jorgos, der Fahrer, legt eine Kassette mit *skyladika* ein, »hündische«, leidenschaftlich melodramatische Nachtclub-Musik, die zutiefst vulgär und herrlich animalisch sein kann. Sie bringt das unverkennbare Timbre griechischer Stimmen zur Geltung: bei den Männern den angestautkehligen Ton, bei den Frauen die sonderbar rauchige Fleischigkeit – selbst bei Maria Callas kann man sie heraushören, deren Stimme einen erhabenen, aber niemals vergeistigten Klang hat. *Skyladika* ist ein völlig anderes Ventil als amerikanische Nachtclub-Musik, die den Provinzler über trockenen Witz und trockenen Champagner belehren will und von ehemaligen Provinzlern ersonnen wurde – *skyladika* bietet einem die Möglichkeit, wild zu sein und in Gedanken all die Dinge zu tun, die Nachbarn empören würden. Sie fordert dazu auf, sich vom Dogma der Zweckmäßigkeit zu befreien, das selbst das griechische Liebesleben einfärbt: Die Tradition der von den Eltern arrangierten Ehen ist ungebrochen. »Zweimal, zweimal« – die Sängerin weidet ihren Text aus wie ein Jäger sein Wild –, »zweimal habe ich denselben Fehler gemacht.«

An einer Tankstelle machen wir halt, um Getränke zu kaufen. Hier gibt es die Süßigkeiten aus dem Nahen Osten zu kaufen, die Griechen so sehr lieben: zuckrige, mit Sesam oder Pistazienkernen bestreute Pasten. In diesem Umfeld ist Schokolade überdeutlich ein Produkt der Neuen Welt. Leda amüsiert sich, weil die zypriotischen Reisenden vor Neugier auf meine Person beinahe zu platzen scheinen, aber zu schüchtern sind, um mich anzusprechen; sie fragt sich, wer den ersten Schritt wagen wird. Als wir wieder in den Bus steigen, flüstert sie mir zu, daß inzwischen ein getarnter Versuch unternommen worden war – eine Frau hatte sich auf meinen Platz gesetzt und wurde daraufhin von einem Mitreisenden zurechtgewiesen: »Da können Sie nicht sitzen, da sitzt die kleine Engländerin.« Die Angesprochene räumte den Platz sofort, nahm aber die Gelegenheit wahr, ihrerseits eine strenge Belehrung anzubringen. »Sie ist keine Engländerin«, sagte sie von oben herab, »sondern eine Waliserin.«

Das Eis wird schließlich von einem zehnjährigen Jungen gebrochen, der die Reise von seinen Großeltern geschenkt bekommen hat. »Wer bist du?« Mutig rutscht er auf den Sitz hinter mir. Er heißt Charalambos, nach einem östlichen Heiligen. Später schlage ich in einem Buch nach: Im zweiten Jahrhundert wurde er von Polytheisten ermordet, weil er ihre Götter nicht respektieren wollte, auf Heiligenbildern tritt er oft einen feuerspeienden weiblichen Teufel mit Füßen, Herden schützt er vor Krankheiten, und bei Epidemien wird er um Hilfe angerufen. Der kleine Charalambos wirkt geschäftig wie jemand, der eine Menge mitzuteilen hat, und unter seinen Augen sind schon die dunklen Schatten, die vielen Griechen einen tragischen Blick verleihen. Meine Antwort deutet er auf seine Weise. »Ach, dann wirst du jetzt also Griechin.« Er läuft eilig davon, um seinen Großeltern zu berichten und sie, wie ich seinen Gesten entnehmen kann, zu fragen, ob er eine Weile vorne bei mir sitzen darf. Sie beäugen mich mit freundlicher Zurückhaltung. Die Großmutter ist eine stämmige Frau mit angenehmen, aber argwöhnischen Zügen – ein Ausdruck, den ich schon kenne: verhaltenes Lächeln, das Desinteresse verspricht. Für jeden noch so verhaßten Familienangehörigen würde es sofort aufleuchten. Ihr Mann ist mir als Typ auch mittlerweile vertraut: vierschrötig und rundlich. Sein Gesicht signalisiert oberflächliche Gastfreundschaft, ein Gebaren, das der Welt den Arm um die Schulter legt, um ihr in die Tasche zu greifen, zivilisierter Anfang des Geschäftemachens. Ich bestehe den Test, und Charalambos eilt den Gang zu mir zurück.

Wir kommen rechtzeitig zum Mittagessen in Olympia an und marschieren zu einer Taverne, in der Plätze für uns reserviert sind. Ein Bauer, von seiner morgendlichen Arbeit völlig verdreckt, läßt sich gerade an einem Tisch nieder; die Brüder, denen die Taverne gehört, kennen ihn gut. Sie beeilen sich, noch bevor er irgend etwas berührt hat, meterweise Papier zur Abdeckung von Tisch und Stuhl anzuschleppen und ihm ein kaltes Bier zu servieren. Die peloponnesische Sonne ist zutiefst undemokratisch. Sie diktiert, wann man morgens aufwacht, schreibt vor, wann man hungrig ist, zwingt, zu trinken und sich in den Schatten zu setzen: ihre Befehle werden entgegengenommen. Gegen drei Uhr nachmittags sinkt man in Schlaf, als hätte man ein Mittel eingenommen – um gegen fünf, wenn die nach Westen zeigenden Zimmer in den Flammen des Sonnenuntergangs aufgehen, wieder zu erwachen. In Olympia verdichtet sich die Hitze, als rühre sie von der geballten Kraft aller Körper her, die je existiert haben.

Leda treibt die Zyprioten durch das Museum, wissend, daß sie es nur so lange aushalten werden, wie sie Zeit brauchen, um die kolossalen Statuen zu photographieren. Was von Olympia übrig ist, vermittelt uns, zusammen mit unserer eigenen modernen Interpretation der Olympischen Spiele, ein einseitiges Bild: Vor allem die Präsenz des Todes ist zuwenig berücksichtigt. Olympische Spiele heute konzentrieren sich auf die Belohnung von Leistung, doch die der Antike mit ihren ungezählten Statuen siegreicher Athleten – den stets zum Scheitern verurteilten Versuchen, den eigenen Körper zu überleben – und dem Altar für Zeus, gemacht aus der Asche derjenigen Athleten, die bei jeder Olympiade starben, sie waren voll unbewußter Ironie. Selbst die Schirmherrschaft des Pelops, der das dem Untergang geweihte Geschlecht des Atreus begründete, indem er den Mord an seinem eigenen Möchtegernmörder in die Wege leitete, zeigt, daß es keine Sieger gab.

Eine seltsam unterdrückte Weiblichkeit geht von diesem Ort aus, an dem es verheirateten Frauen bei Todesstrafe verboten war, sich die Wettkämpfe anzuschauen. In einem Relief steht die Göttin Athene taktvoll dezent hinter Herakles, mit einer Hand das Gewicht stützend, das er stemmt. Den Zugang der Athleten zum Stadion kann man nur als vaginal beschreiben, diesen langen Tunnel, der in einem Rundbogen mündet und die Athleten ins Tageslicht, in Kampf, Sieg oder Niederlage entläßt. Da hineinzugehen und im sonnendurchfluteten Stadion wieder herauszukommen, war wie eine Geburt.

Leda, der Busfahrer und ich ziehen uns während der Siesta an einen Strand zurück, der hinter Eisenbahngleisen, einem Wäldchen und ein paar Sanddünen verborgen liegt. Die Pinienhügel riechen beinahe wie der Weihrauch, den eine der beiden *kyries* am Morgen verströmen ließ, und an dem von Piniennadeln übersäten Pfad stehen Büschel über Büschel samtigen Salbeis. Wilde Seelilien wachsen aus den Sanddünen heraus, und dahinter liegt das Ionische Meer. Es ist wärmer als die Ägäis, seidiger auf der Haut, und unsere Beine werden von den Wellen, die mir wie neue Ideen vorkommen, jäh umspült.

Als wir uns vor dem Abendessen wiedertreffen, schaut Charalambos im Fernsehen gerade einer griechischen Athletin zu, die bei der Olympiade als Synchronschwimmerin startet. Sein Großvater nickt mir zu. »Sie ist ein Delphin«, sagt er, »ein Delphin.« Der Moderator kündigt an, daß die Berichte über die *Olympiakes Agones* fortgesetzt werden, und mir kommt in den Sinn, daß in dem Wort *agones* für westliche Ohren eine Ahnung von der besonderen Tragik sportlicher Wettkämpfe mitschwingt: Die Leistungen, die für uns inszeniert werden, sind vielleicht unwiederholbar, das überragende Können eines Athleten entgleitet ihm womöglich, noch während die Zuschauer applaudieren, im Augenblick des Triumphes kann sogar der siegreiche Sportler verlieren. Charalambos schaut kaugummikauend zu mir hoch. »Bist du schon eine Griechin?« fragt er.

Am nächsten Morgen belegen Charalambos und ein anderer Junge seines Alters die Plätze hinter mir. Er hat seinen Spaß daran, mich auf griechisch Gegenstände benennen zu lassen, auf die er zeigt. »Was ist das?«, er hält mir einen Finger hin. »*Daktylos*«, sage ich brav. »Und auf englisch?« fragt er. *Finger*, antworte ich. »Und was bedeutet Finger, *bre*?« Während ich noch überlege, wie ich, in welcher Sprache auch immer, das Phänomen Finger zusammenfassen könnte, sagt Charalambos ungeduldig: »Finger. Das bedeutet scharfmachen, scharfmachen, *bre*.« Und enttäuscht, ja verächtlich wendet er sich seinem Freund zu und sagt: »Sie hat keine Ahnung.«

Wir halten vor der Sankt-Andreas-Kathedrale, der Kirche des Schutzheiligen von Patras. Sie ist riesengroß, neu und einigermaßen geschmackvoll, wenn sie mir auch mit all den traditionellen Gegenständen in leuchtenden Farben allzusehr wie ein spiritueller Supermarkt vorkommt. Auf der Treppe werden wir von einem Priester begrüßt. Leda erklärt mir, daß er in Zusammenarbeit mit verschiedenen Reisebüros gegen eine gewisse Gebühr Pilgergruppen unter seine Fittiche nimmt und einen kleinen Segnungsgottesdienst für sie zelebriert. Er hat einen üppigen, kastanienbraunen Pferdeschwanz sowie ein bühnenreif herablassendes

Lächeln: ein Hollywood-Agent, der eine weltberühmte Persönlichkeit vertritt. Auf dem Weg in die Kapelle, die die sterblichen
Überreste des Heiligen birgt, kaufen und entzünden alle Teilnehmer der Gruppe pflichtschuldig Kerzen, während der Priester
ihnen erzählt, wie die Gemeinde den Kopf des Heiligen nach fünf
Jahrhunderten im römischen Exil zurückerhielt. Wir kommen an
einem großen folkloristischen, aber auf seine kindliche Weise
durchaus ansprechenden Bild der Panhagia vorbei, auf dem sie
den Hafen von Patras umarmt, einschließlich der Kathedrale, in
der sie selbst dargestellt ist – eine Art ästhetischer Mathematik,
die eine Präsenz erschafft, indem sie etwas bis ins Unendliche
multipliziert. Hinter einer niedrigen Absperrung in der Kapelle
unmittelbar neben dem Reliquienschrein singt der Priester »Kyrie
Eleison«, wirft seine Stola über die Köpfe derer, die am nächsten
stehen. Als das Gebet beendet ist, spricht er über die türkische Be-
setzung Zyperns, und viele der Touristen beginnen zu schluchzen. Er erinnert an ein Kloster, das Sankt Andreas geweiht war
und nun auf türkischem Boden steht. »Ich werde für Sie beten«,
sagt er, »und für den Tag, an dem es Ihnen vergönnt sein wird, zu
Ihrem Kloster zu pilgern, und Ihr Heiliger nicht länger in Ketten
liegt.« Zwei Formen von Macht greifen hier auf bemerkenswerte
Weise ineinander: die Macht des Magischen und Rituellen, die
eine romantische, göttliche Sehnsucht erzeugt, und die Macht der
politischen Belehrung, im Augenblick höchster Empfänglichkeit
damit verquickt.

Die Gruppe passiert die Absperrung. Alle küssen die Hand des
Priesters sowie den reichverzierten, vergoldeten Kasten, der den
Schädel des Märtyrers birgt und vor lauter Juwelen vibriert, als
wären sie die Gedanken des Toten. Manche geben dem Priester
Drachmenscheine, schreiben spezielle Segnungswünsche auf Zettel. Einige der Zyprioten sind von der Rede des Priesters noch
immer aufgewühlt, Charalambos' Großvater schüttelt den Kopf.
»Gott muß die Lösung finden«, sagt er, »Gott und die Amerikaner, denn sie waren es schließlich, die uns das eingebrockt haben,

sie wollten, daß die Türken die Insel teilen, damit sie selbst dort ihre Stützpunkte errichten können. Ein Wunder, daß sie den Griechen überhaupt ein bißchen Land gelassen haben.« In seinen Augen lebten Türken und Griechen vor der Invasion 1974 in einem goldenen Zeitalter der Eintracht, aber ich weiß, daß das nicht wahr sein kann. In dem Gefühl, daß es unmöglich ist, von irgendeiner Seite eine verläßliche Version der Vorfälle zu hören, steige ich in den Bus, der uns zurück nach Athen fährt. Eine Familie sitzt auf Aluminium-Gartenstühlen vor ihrem kleinen Gemüseladen, spielt Backgammon. Das Spiel wird kurz unterbrochen, als unser Priester erscheint, um eine Wassermelone zu kaufen. Er rafft seine schwarzen Röcke zusammen, steigt in einen teuer aussehenden deutschen Wagen und braust davon, die Straße hinunter. Ein Aufkleber an der Heckscheibe verkündet: »Makedonien ist einzig und allein griechisch.«

Eine Fähre wird den Bus auf die Straße nach Ioannina verfrachten, eine wichtige Stadt nahe der albanischen Grenze, in der Lord Byron viel Zeit verbrachte. Am Kai gibt es ein anarchisches Durcheinander: lautes Gebrüll und mehrere Beinahezusammenstöße, während sich Autos, Reisebusse und Lastwagen vorwärtskämpfen. Dem Mann, der die Fahrzeuge auf die Fähre winkt, sind die Terminnöte eines jeden einzelnen denkbar gleichgültig; seine Aufgabe ist es, so viele Wagen wie möglich auf dem Schiff unterzubringen, die korrekte Reihenfolge interessiert ihn nicht. Für Leda ist diese angespannte Situation nichts Neues; sie muß sich aggressiv für ihren Bus einsetzen, damit die ihr anvertrauten Reisenden später ihre Anschlüsse nicht verpassen. Ich beobachte, wie meine Freundin, die sonst sehr freundlich ist, dem Fährmann gnadenlos zusetzt. Sie ist eine Verpflichtung eingegangen, er nicht; nur Willenskraft und Sturheit können ihn dazu bringen, ihre Belange wichtig zu nehmen. Es ist ein normales, ermüdendes Charakteristikum des griechischen Alltags, daß der Erfolg einfacher Transaktionen, die andernorts als wechselseitige Verbindlichkeit angesehen werden, von dauerhafter oder vorübergehender Gönnerschaft abhängt. Wenn es uns gelingt, auf diese Fähre zu kommen, wird das also zum Teil Ledas Durchsetzungsvermögen, zum Teil aber auch dem Zufall zu verdanken sein: der Laune des Fährmanns. Der hört nicht auf, andere Fahrzeuge auf das Schiff zu winken, sie hört nicht auf, ihn zu belagern. »Als nächstes ist mein Bus dran, er muß jetzt drankommen«, sagt sie wütend. Der Mann funkelt sie an: »Was glauben Sie, was ich hier tue – mich amüsieren? Meinen Sie, ich onaniere hier?« Leda erwidert: »Weiß ich doch nicht. Bitte finden Sie jetzt einen Platz für meinen Bus.« Er gibt uns grünes Licht, und wir gleiten bald übers Wasser, anderen Fähren entgegen: hier, wo Meere regelrechte Autobahnen sind.

Nach dem Mittagessen trenne ich mich von der Reisegruppe. Ich verabschiede mich von Charalambos, und seine Großeltern schießen ein Foto von uns. Ein verliebter Klempner aus Famagusta bittet sie, auch ihn mit mir zu fotografieren. »Umarmen Sie mich, umarmen Sie mich«, ruft er ausgelassen, während sie die Entfernung einstellen, und ich weiß genau, wozu dieses Foto in Geschichten über seinen Sommerurlaub herhalten wird.

Ich fahre nach Athen zurück und gerate mitten in ein Höllenspektakel. Zwei griechische Athleten, ein Mann und eine Frau, haben unerwartet Gold gewonnen. Beide kommen aus politisch brisanten Gebieten in der Diaspora. Der Mann ist erst kürzlich aus Südalbanien, oder Nordepiros, nach Griechenland eingewandert. Die Frau, die erste Griechin, die eine Goldmedaille gewonnen hat, stammt aus einer Familie aus der Pontosregion am Schwarzen Meer. Die Zeitungen können gar nicht genug Bilder von ihnen abdrucken, und in allen Fernsehfachgeschäften laufen ununterbrochen Videoaufnahmen ihrer Siege. Pyrros Dimas, ein Gewichtheber, hat das naive, reine, hübsche Gesicht des idealen griechischen Sohnes, und wie der perfekte griechische Sohn, der seine Mutter ehrt, ruft er im Augenblick größter Anstrengung, als er nämlich die Hantel hochstemmt: »Für Griechenland! *Gia ten Ellada!*« Ihm gehört der idealisierte Sieg. Doch es ist nicht sein Ausruf, sondern der der Läuferin Voula Patoulidou, der sich der

Sprache unauslöschlich einprägt, der in Rückblicken wiederholt wird, in politischen Karikaturen auftaucht, zum Refrain eines Popsongs avanciert und offensichtlich nie mehr in Vergessenheit geraten wird. In ihm kommt erneut zum Ausdruck, daß Griechenland das Land der zwei Seiten ist, daß das berühmte griechische Licht im griechischen Schatten seinen ewigen Zwillingsbruder hat. Als Voula Patoulidou sich selbst und ihre Konkurrentinnen überraschte, indem sie das Zielband durchriß, rief sie mit erstickter, aber hörbarer Stimme: »Für Griechenland, für das beschissene Griechenland!«

Der Lebensquell

In griechischen Apartmenthäusern legt der Briefträger die Post häufig auf einem Tisch in der Eingangshalle aus. Meine ist geöffnet worden, und eine CD, die in einem Brief erwähnt wird, fehlt. So etwas ist hier keine Seltenheit, ja scheint nicht einmal als Diebstahl zu gelten; jemand ergreift einfach eine günstige Gelegenheit – »Ich hab's zuerst gesehen«.

Der Boden hinter meiner Wohnungstür ist wieder mit Reklamezetteln und Prospekten übersät, den Quellen zeitgenössischer Mythologien. Auf einem ist die Zeichnung eines Zweiges voller Oliven mit brustwarzenähnlichen Spitzen zu sehen. »So lebenswichtig für unsere Kinder wie Muttermilch«, steht darunter, »Ehre sei der Olive.« *Time*, Ehre, Prestige, öffentliches Ansehen: ein ebenso wesentliches griechisches Wort wie *phthonos*, und als ich weiterlese, merke ich, daß diese Olivenölwerbung eine kleine Abhandlung über nationale Werte enthält. »Nichts ist mit Olivenöl vergleichbar«, heißt es da, ganz im Sinne des populären Platonismus, für den Unvergleichlichkeit eine Bedingung der Vollkommenheit ist. »Flüssiger Schatz, nannte es Homer, Hippokrates beschrieb es als Heilmittel. Heute erklären die Ärzte einmütig, daß Olivenöl für jung und alt eine Quelle der Gesundheit, ein Lebensquell sei.« Die ewige Weisheit der Alten – hier wird sie von der modernen Wissenschaft bestätigt, deren technologische Kräfte ihrerseits fest im Altertum wurzeln; in der Olive ist beides enthalten. Implizit wird mit dieser Werbung auch an griechische Taufriten erinnert, in denen Paten und Priester Schürzen trugen, um ihre Kleidung vor Olivenölflecken zu schützen; denn die Taufe ist natürlich die erste Stufe auf dem Weg zur Unsterblichkeit.

Der andere Zettel, der mir ins Auge fällt, wirbt für ein *paidikos stathmos*, eine »Kinderstation«. Kindertagesstätten finden sich überall in der Stadt, seit immer mehr griechische Frauen arbeiten gehen; eines von acht griechischen Kindern wird heute in privaten oder staatlichen Einrichtungen betreut. In diesem Fall handelt es sich um eine Ganztagsschule, deren Eigenwerbung entlarvend und zugleich rührend ist: »Unsere beiden Gebäude liegen einem Park gegenüber; sie sind sonnendurchflutet, weil sie nicht an Hochhäuser angrenzen, und wir haben Höfe mit Erde und Sand!« Desweiteren wird reichhaltiges Unterrichtsmaterial versprochen, wichtig in einem Land, in dem manche Schulen derart überfüllt und schlecht ausgestattet sind, daß sie die Kinder im Schichtwechsel kommen lassen müssen und für anspruchsvolle Übungen in bestimmten Fächern auf *phrontisteria*, Privatschulen, zurückgreifen. Auch Englischunterricht wird angeboten, der jedoch »in keinem Fall zu Lasten oder gar auf Kosten des Griechischen« gehe. Ich denke über den bittersüßen Geschmack von Versprechungen nach – wie defensiv sie allesamt klingen! Ein Versprechen kann Reichtum und Freude bergen, aber es enthält auch ein tragisches Element: ein Tor, das man verschließt, um eine Gefahr auszusperren. In der kirchlichen Hochzeit westlicher Prägung ist beides gegenwärtig: das freie, auch großzügige Liebesversprechen, abgegeben im Angesicht drohender Verluste, des Todes.

Ich laufe die Spiro-Merkouri-Straße bis zur Straßenbahnhaltestelle hinunter, um in die Innenstadt zu fahren, wo ich zuerst mit Leda im Mignon, dem Athener Nobelkaufhaus, und später mit einem Journalisten zum Mittagessen verabredet bin.

Das Mignon muß einmal wie der mehrstöckige Beweis städtischer Pracht gewirkt haben, ein Ort, den Menschen vom Lande aufsuchten, um Wintermäntel zu kaufen und sich in der Stadt zu vergnügen. Es gibt sogar eine Bücherabteilung, mit Tischen voller Bildbände über Makedonien und umfangreichen Anthologien von Texten türkisch-griechischer *rembetika*-Musik, die in den zwanziger Jahren aufkam, nachdem die osmanischen Griechen aus der Türkei vertrieben worden waren. Auf dem Weg zur Haushaltswarenabteilung, wo Leda, die als Angestellte des Staates Anspruch auf einen fünfzehnprozentigen Preisnachlaß hat, mir einen Fön kaufen will, kommen wir an der Cafeteria vorbei: Jugendliche, die sich nach der Schule treffen, um sich die Zeit mit Computerspielen zu vertreiben. Da ich gern alles sehen möchte, gehen wir hinunter zur Geschenkabteilung: Ikonen, wo ich auch hinschaue, reichverziert mit Silber und Gold, als gehörten sie zum byzantinischen Krongut. Außerdem Regale über Regale voller Glücksbringer: Messingtalismane gegen den bösen Blick, glänzende Hufeisen, Knoblauchzehen aus blauem Glas, kleine Reliefplatten mit Darstellungen von Segelschiffen, Granatäpfel aus Pappmaché, die an blauen Perlenketten hängen – eine Welt sichtbar gemachter Wünsche, Perlenseile, an denen man sich festklammern kann, Stöße glückbringender Ikonen, auszuteilen wie Karten in einem heiligen Glücksspiel.

Das wahre Licht

M it Lautsprechern ausgerüstete Lastwagen fahren durch das Viertel des Journalisten, mit dem ich zum Mittagessen verabredet bin – mobile Läden, deren Waren über Mikrophon angepriesen werden: Fisch, Brennholz, Stühle, Blumentöpfe und Balkonmöbel. Der Journalist heißt Kyrios Angelopaidi, Herr Engelskind. Viele griechische Nachnamen gehen auf dörfliche Spitznamen zurück, enthalten Bruchstücke lokaler Reputationen oder lokalen Spotts. So kann man Leuten begegnen, die Herr Indienreisender, Frau Adoptivkind, Herr Kleines Märchen heißen. Als ich heute morgen die Zeitung überflog, fiel mir eine Hochzeitsanzeige ins Auge: die Braut hieß Penelope die Barfüßige.

Als ich eintrete, ist der Strom gerade »auf Urlaub«. Herr Engelskind empfängt mich mit einer in Silberfolie gewickelten Kerze im Erdgeschoß und entschuldigt sich, daß wir wegen des lahmgelegten Fahrstuhls fünf Stockwerke zu Fuß hinaufgehen müssen. Seine beiden scharfsichtigen Kinder, die zum Mittagessen nach Hause kommen, holen uns ein, bevor wir oben sind, und erröten, als ihr Vater sie voller Stolz dazu anspornt, ihr Schulenglisch vorzuführen. Durch den Stromausfall ist Frau Engelskind in der Vorbereitung des dreigängigen Mittagessens unterbrochen worden, aber sie versichert mir, daß es nur noch zehn Minuten dauern werde, bis der Streik aufs nächste Viertel übergreife.

Kaum brennt das Licht wieder, stelle ich fest, daß ich auf einem roten, mit Plastikfolie überzogenen Samtsofa sitze, vor mir ein enormer gläserner Tisch, der auf vier Meerjungfrauen aus Messing, vier Barbiepuppen mit Fischschwänzen, ruht. An den Wänden hängen diverse Diplome und Zeugnisse, eine Ikone, die Kaiser Konstantin und dessen Mutter Helena darstellt, sowie eine Lithographie von Kolokotronis, »dem alten Mann aus Morea«, der 1821 gegen die Türken antrat und aus derselben Gegend stammte wie Herr Engelskind. Während seine Frau in die Küche geht, holt er eine Flasche Wein. »Sehen Sie, was das für ein Wein ist?« Es ist makedonischer Rosé. »Sie haben da übrigens eine sehr hübsche Kette um – ist sie griechisch?«

»Sie ist aus New York.«

»Das Gold ist so fein gearbeitet, daß ich dachte, sie müsse griechisch sein. Weil Sie ja hier sind, um etwas über unsere Gebräuche und Traditionen zu erfahren, will ich Ihnen das Wichtigste über uns verraten: Griechen sind Licht – Hellenismus, _ellenismos_, ist Licht, spirituelles Gold. Im Westen wie im Osten wird fürchterliche antigriechische Propaganda getrieben; der Westen möchte, daß wir ihm unterlegen sind, und die Moslems umzingeln uns von allen Seiten, wollen uns wieder zu Sklaven machen. Die Menschen im Westen hätten ohne uns weder Kultur noch Geschichte, und doch verunglimpfen sie heute das klassische griechische Altertum – genauso wie sie sich vom Christentum abgewandt haben, um der Wissenschaft zu frönen; aber sie werden schon noch merken, daß sie unser Licht zum Leben brauchen. Und im Osten lechzen sie danach zu sagen, daß ihre Kulturen dem antiken Griechenland überlegen gewesen seien und wir sie nur nachgeahmt hätten. Ich will Ihnen etwas zeigen, was alle griechischen Kinder in der Schule lernen.«

Er reißt ein Blatt Papier von einem Block, zeichnet eine ägyptische und eine dorische Säule darauf. »Sehen Sie, wie oberlastig die ägyptischen Säulen waren, wie kunstvoll die Kapitelle? Und nun schauen Sie sich die griechische Säule an: Hier sind Masse und Kraft im Fundament konzentriert, nicht in der Spitze. In ägyptischen Säulen kam die Monarchie, in unseren die Demokratie zum Ausdruck. Sie machten Mumien, wir Statuen. Ihre Kultur kreiste um den Tod, unsere dagegen ist eine Kunst des Lebens – ihre Kunst ist die Kunst der Sklaverei, unsere die der Freiheit!«

Herr Engelskind läßt keinen Zweifel daran, daß nur ein Griechenlandverächter, nur ein Opfer bösartiger internationaler Propaganda sich daran erinnern würde, daß das alte Griechenland als erste Sklavengesellschaft des Westens gilt. Ich habe gelesen, daß zur Zeit des klassischen Altertums einer von drei Athenern Sklave war; verschiedene Quellen, einschließlich der Vasenmalerei, belegen, daß in den Werkstätten der großen Bildhauer, in denen die wunderbaren griechischen Skulpturen geschaffen wurden, Sklaven arbeiteten. Ganz zu schweigen von den Frauen, deren Situation – unbezahlte Arbeit, fehlender rechtlicher Status – noch heikler war, weil sie als ein organischer und nicht als ein politischer Zustand betrachtet wurde. Da keine Rechtsprechung nötig war, um ihre Unterwerfung durchzusetzen, blieb sie unabänderlich. Anders als männliche Sklaven waren Frauen keine Menschen, sondern Bestandteile des männlichen Lebens, Hände oder Füße. Sklaven konnten befreit werden, Frauen nicht.

Das alte Griechenland, eine ethnisch begründete Androkratie, »Demokratie« zu nennen ist kaum sinnvoller als die Bezeichnung »Volksrepublik« für China. »Demokratie« im alten Griechenland hatte etwas von einer demagogischen Wortprägung, mit der die Regierenden den Regierten schmeicheln, ihnen etwas einreden wollten. Was mich jedoch interessiert, ist das leidenschaftliche Engagement, mit dem Kyrios Angelopaidi die Legende des klassischen Griechenland hochhält – es ist ihm heilig, ein heiliger Bezirk, dem man sich ausschließlich mit Verehrung nähern kann. Griechenland ist ihm auf eine Weise heilig, wie seine Kinder es nicht sind, denn Heilige könnte er gar nicht großziehen; was für ein Unterschied, idealisiert oder geliebt zu werden!

»Und mehr noch«, ereifert sich Herr Engelskind, »das Wort Gottes kam auf griechisch in die Welt. Es wurde uns gegeben, damit wir die christliche Kultur schaffen, so, wie wir die klassische Kultur geschaffen haben. Daß alle Lehren Jesu auf griechisch aufgezeichnet wurden, ist kein Zufall, sondern ein göttliches Mysterium. Jesus sagt im gesamten Evangelium nur einen einzigen aramäischen Satz, und der spricht von Angst und Verrat. Die Juden betonen, sie wurden von Jehova auserwählt, wir aber wurden von Christus auserwählt. Christus ist das fleischgewordene griechische Wort. Und noch etwas: Unsere ganze Geschichte ist ein Zyklus von Wundern, mit dem Verstand nicht zu begreifen. Es ist kein Nationalismus, wenn ich das sage. Wer kann schon erklären, wie die Zyklopenmauern von Mykene möglich waren, die Vollkommenheit des Parthenons, der gebaut wurde, bevor ihr Amerikaner eine Sprache hattet, die Erhabenheit der Hagia Sophia, deren Schönheit die wilden Russen bekehrte, die Frauen von Zalongo, die von den Klippen in den Tod tanzten, damit die Türken sie nicht ergreifen konnten, oder die Ereignisse von 1940, als wir fast mit bloßen Händen Mussolinis Soldaten besiegten? Griechenland wird niemals sterben, egal, wie gern man unser Licht auch auspusten möchte.«

Nach dem Essen schenkt Herr Engelskind mir zwei Bücher: eins von Fotis Kondoglou, einem zeitgenössischen neobyzantinischen Maler, dessen Bilder ich mir in verschiedenen Kirchen und Gebäuden der Athener Innenstadt ansehen könne, und ein zweites, das mir eine Menge über den Hellenismus verraten werde. Es heißt _Griechenland, Licht der Welt, gehe voran!_, geschrieben von einem Mönch des Klosters, das auf dem Pentelikon liegt. Auf dem Umschlag sieht man ein Foto der berühmten hellenistischen Bronzeskulptur eines auf einem Pferd galoppierenden Jungen, eine Statue, die 1926 am Kap Artemision aus dem Meer geborgen wurde. »Das«, sagt Herr Engelskind, »ist der Geist Griechenlands, nie im Ruhezustand, immer in Bewegung, stets vorwärtspreschend.« Ich frage mich, ob er weiß, daß der Junge von Wissenschaftlern längst als schwarzer Afrikaner identifiziert worden ist.

Elvis

Ich blättere in dem Buch des Mönchs und schaue zwischendurch immer wieder auf die Uhr, weil ich rechtzeitig im Marmorstadion sein möchte, wo den griechischen Goldmedaillengewinnern ein feierlicher Empfang bereitet wird; ganz Athen ist dazu eingeladen. Mein Blick fällt auf eine Ermahnung: »Drei Dinge müssen die heutigen Griechen begreifen. Erstens: Erleuchtung gab es nicht nur im alten Griechenland, sondern auch danach, in Byzanz, in den Jahren 1921 und 1940 sowie in unserer Zeit – mit Griechenlands Nobelpreisen, seiner Schiffahrt und den griechischen Kolonien in der ganzen Welt. Zweitens: Neue archäologische und historische Forschungen belegen, daß Griechenland durch seine unmittelbaren prähellenischen ägäischen Vorfahren allen anderen zivilisierten Völkern für lange Zeit weit voraus war. Drittens: Die gegenwärtigen geographischen Grenzen entsprechen Griechenland nicht. Die Großmächte haben uns zu Boden gepreßt. Die verlorenen Vaterländer zurückzugewinnen bleibt Griechenlands ewiges Ziel.« Ich blättere bis zur letzten Seite vor und sehe dort die blasse Fotografie einer Landkarte mit der Bildunterschrift: »Und unser Zypern, wie unser Nordepiros und unser Kleinasien, ist Griechenland.« Der Traum von einem Griechenland, wie es vorübergehend unter Alexander existierte, die Große Idee, für die so viele Griechen in den zwanziger Jahren starben, in einem Buch aus den neunziger Jahren taucht sie wieder auf. Wohin ich hier auch reise, immer reise ich in Träumen.

Die Polizisten, die an diesem heißen Spätsommerabend Dienst haben, tragen kurzärmelige blaue Hemden. In der Mitte des Stadions ist ein in den griechischen Nationalfarben geschmücktes, von zwei großen Videoleinwänden flankiertes Podium aufgebaut. Darauf stehen dicht gedrängt etwa zehn Stühle für die Sportler und Würdenträger bereit. Die Leinwände zeigen wieder und wieder Pyrros Dimas' Triumph; wann immer er sein: »*Gia ten El-lada*!« ausruft, bricht Applaus los. An den Eingängen haben sich Verkäufer postiert, die gegrillte Maiskolben anbieten, während andere Händler die Sitzreihen hinauf- und hinunterklettern, um kleine griechische Flaggen und *pasatempo* unter die Leute zu bringen, »Zeitvertreiber«: Kürbiskerne in kleinen Tüten. »*Pasa-tempo, paidia*«, rufen sie, griechische Gruppen nach alter Gewohnheit mit »Kinder« anredend. »*Oriste, paidia, pasatempo.*« Auf einem riesenhaften, auf der anderen Seite des Stadions über das Geländer drapierten Transparent steht: »Nordepiros ist Griechenland.«

Um die Wartezeit zu überbrücken, wird die Nationalhymne angestimmt; ein kleines Mädchen, das auf den Schultern ihres Vaters sitzt, schwenkt im Takt ihre Fahne. Bis zur Ankunft der Limousinen wird die *Freiheitshymne* mindestens viermal gesungen – in ihrer sanften, für das neunzehnte Jahrhundert so typischen Melancholie steht die Melodie in auffälligem Kontrast zur Brutalität des Textes, in dem die personifizierte Freiheit mit ihrem furchterregenden Schwert den heiligen Gebeinen der Griechen entführt. Der Text stammt von Solomos, einem Zeitgenossen Byrons. Lord Byron gilt in Griechenland als Inbegriff eines heldenhaften ausländischen Philhellenen; der Athener Stadtteil Byronas ist nach ihm benannt, und dort steht eine gewaltige romantische Statue aus dem neunzehnten Jahrhundert, die ihn sterbend in den Armen Mutter Griechenlands zeigt. Byrons Ansehen überschattet dasjenige von Solomos: Die Geschichten seiner Abenteuer und letzten Tage in Griechenland sind so bekannt, wie Solomos es nie war. Und doch hat dieser in einer, wie ich finde, für das romantische neunzehnte Jahrhundert exemplarischen Szene einen Nachruf auf Byron gedichtet. Als Solomos im Jahre 1824 von dessen Tod in Mesolongion erfuhr, soll er in einer Taverne nämlich auf den Tisch gesprungen sein und aus dem Stand eine neue Strophe für das Gedicht erfunden haben, das ich gerade als Nationalhymne hörte: »Freiheit, laß den Kampf für einen Augenblick, und laß dein Schwert, / Komm her an diesen Ort und betrauere / den Leichnam von Lord Byron.« Griechenland verzerrt die Erinnerung, wie ein fehlerhaftes Teleskop.

Kinder mit blauweißen Schärpen spielen Fangen zwischen den Sitzreihen, während die Sportler eintreffen und zum Podium geleitet werden; ein Priester in goldener Robe segnet sie, und Politiker halten Lobreden auf ihre Leistungen. Ein Video zeigt die Schauspielerin Irene Papas im weißen Gewand der Antike vor der Akropolis stehen – nicht die einzige Parallele, die zwischen diesen Athleten und den Olympioniken des griechischen Altertums gezogen wird. Auf den Stufen zum Podium kniend, werden sie mit grünen Kränzen gekrönt, die anscheinend extra groß ausgefallen sind, damit die Zuschauer sie sehen können; aus der Ferne erinnern sie an Salat. Gruppen von Tänzern beziehen die Athleten in ihre Tänze aus Pontos und Epiros ein. Morgen früh, wenn ich an dem Stadion vorbeigehe, wird der Boden mit grünen Maishülsen übersät sein.

Ich habe beschlossen, einen Schnellkursus in griechischer Konversation zu belegen, bevor ich, um eine Geschichte für eine Zeitschrift zu schreiben, auf die Inseln Thasos und Naxos fahre. Vor einigen Tagen erhielt ich einen obszönen Anruf und stellte fest, daß meine stockende Antwort alles andere als wirkungsvoll war. Das Telefon hatte geklingelt, und ein Mann behauptete, er rufe von der örtlichen Polizeidienststelle aus an, um eine Routinebefragung neuer Bewohner dieses Viertels durchzuführen. Im Geiste höflicher Kooperation stand ich ihm zunächst bereitwillig Rede und Antwort, aber als sich der Ton seiner Fragen änderte, war ich verloren. In gewisser Weise muß es auch für ihn seltsam gewesen sein – als versuche er, ein obszönes Telefongespräch mit einem Außerirdischen zu führen, dessen tastendes Suchen nach den richtigen Vokabeln und grammatischen Strukturen jenseits der intergalaktischen Sprachgrenzen sicher nicht das gewesen ist, was er im Sinn hatte.

Die Zusammensetzung des Kurses ist amüsant: eine mit einem Griechen verlobte Französin, ein halbgriechischer Schwede, ein halbgriechischer Deutscher, ein spanischer Altphilologe, ein wohlhabender Mexikaner, der jedes Jahr auf romantische homosexuelle Pilgerfahrt geht. Die Tür öffnet sich, alles verstummt. Anstatt der Kursleiterin kommt aber Elvis Presley herein, mit Koteletten, engen Jeans, Stiefeln und weißem T-Shirt. Seine Augen sind rotumrandet, als hätte er eine lange *tabernaki*-Nacht hinter sich, und sein Griechisch, mit dem er sich uns vorstellt, ist ein phantastischer Zwitter, mehrsilbige Wortungetüme schaukeln im langsamen Wellenschlag eines Südstaaten-Akzents auf und ab. »*Con su permiso*«, murmelt der Mexikaner anerkennend.

Elvis erzählt uns, daß er aus Savannah stamme, doch für Einzelheiten bleibt keine Zeit: Unsere Lehrerin erscheint mit Kopien der Zeitungsartikel, über die wir diskutieren sollen. Ihr Mund verzieht sich zu einem sardonischen Grinsen, als sie Fotokopien einer Werbung für Coca-Cola verteilt. Das Bild zeigt den Parthenon, dessen Säulen durch Colaflaschen ersetzt sind, eine Werbung, die zuerst in italienischen Zeitungen erschien, später, zur Empörung vieler, auch hier. Die Lehrerin hat einen Werbemanager gebeten, an der Diskussion teilzunehmen, und es liegt auf der Hand, daß man uns an diesem Morgen nicht nur Sprach-, sondern auch Politikunterricht erteilen wird.

»Was halten Sie davon?« fragt sie die Gruppe und skizziert uns Reaktionen der griechischen Regierung: Der Kultusminister werde vom Zentralen Archäologischen Rat demnächst gebeten werden, das Thema in der Europäischen Gemeinschaft zu erörtern. Der Bürgermeister von Athen habe verlauten lassen, die Werbung sei inakzeptabel und müsse zurückgezogen werden. Melina Mercouri habe sich darüber entrüstet, daß Coca-Cola bereits die Olympischen Spiele gekauft habe und nun drauf und dran sei, sich den Parthenon anzueignen. Und manche forderten, das Unternehmen solle sich öffentlich entschuldigen. »Meinen Sie«, fragt die Kursleiterin, »daß so eine Anzeige den gebotenen Respekt vor unserem klassischen Erbe zeigt?«

Der Werbemanager erwidert gelassen, daß sie Teil einer internationalen Kampagne sei, welche Colaflaschen als Architekturelement zentraler Gebäude präsentiere, einschließlich des Empire State Buildings. Bisher habe sich niemand daran gestoßen. »Finden Sie das Bild im übrigen schlimmer als diese?« Er reicht eine Auswahl von Anzeigen herum. Eine davon zeigt die Aphrodite von Milos neben einer Waschmaschine stehen, »Ich bin neidisch« stöhnend. Auf einer anderen ist den Säulen der Akropolis ein Computer gegenübergestellt, um anzudeuten, wie haltbar er sei. Eine dritte, erzählt er uns, habe für einen ähnlichen Skandal gesorgt: eine Werbung für Schuhe. Zu sehen ist ein Model, das sich leichtfüßig aus der Gruppe der Marmormädchen löst, die das Gebälk der Korenhalle tragen – weil sie nicht die richtigen Sandalen tragen, können sie weder zum Leben erwachen noch sich von ihrer Last befreien. Aber es ist schwer herauszufinden, warum eine Werbung Anstoß erregt und eine andere nicht. »Wir dürfen die Symbole des Altertums nicht in den Schmutz ziehen«, sagt die Lehrerin. »Es ist unsere Aufgabe, den jüngeren westlichen Kulturen, die aus der unseren hervorgegangen sind, ein Beispiel zu geben.« Der Werbefachmann erläutert uns, daß die für die Sandalenwerbung verantwortliche Firma sie mit dem Argument verteidigt habe, daß sie das griechische Volk an die Karyatide erinnere, die dem Erechtheion geraubt worden sei – und daher durchaus patriotische Gefühle wecke. Die Lehrerin bittet verschiedene Kursteilnehmer, ihre Meinung dazu zu äußern. Ich bin froh, nicht aufgerufen zu werden, ein Blick auf die Uhr an der Wand zeigt mir ohnehin, daß die Stunde sich ihrem Ende nähert. Die Lehrerin liest einen Abschnitt aus dem griechischen Werbekodex vor: »Keine Werbung darf sich Gegenstände nationaler Bedeutung, Heiligtümer, das nationale, kulturelle und geistige Erbe, nationale Schwächen, religiöse Lehren zunutze machen ...« Sehnsucht

nach Ehre und Ansehen, *philotimo*, reicht also bis in die Werbung
hinein, die mit ihrer eigenen Praxis, so sehen es manche, den Beweis für nationale Schwächen erbringt. Andere wiederum sagen,
daß *philotimo*, als eine Art inoffizielle nationale wie persönliche
Zensur des kritischen Denkens, selbst eine nationale Schwäche
sei. Ich sehe, daß die Kursleiterin den Parthenon als kleinen goldenen Talisman am Armband trägt. Herausfordernd schaut sie
zum Werbemanager hinüber, der ihren Blick mit gespielter Drei-
stigkeit erwidert und seine Trumpfkarte aus der Aktentasche
zieht: eine Flasche Ouzo in Form eines antiken Tempels. »Kann
man zollfrei am Athener Flughafen kaufen«, sagt er grinsend.
»Viele werden sagen, wir haben nichts anderes zu verkaufen. Ich
aber sage, lassen Sie uns alle vor dem Mittagessen einen *ouzaki*
trinken gehen.«

Elvis hat ein kleines Auto und schlägt vor, zum Mittagessen auf
den Pentelikon hinaufzufahren. Offensichtlich hat er Heimweh,
denn seine Augen leuchten auf, als ich ihm eine der Dosen Hafer-
schrot in Aussicht stelle, die ich mitgebracht habe. »Das wäre toll«,
sagt er, »hier kriege ich zum Frühstück immer nur *koulouria*, dieses Sesambrot, und Kaffee.« Zuerst fahren wir zum Kloster Kaisariani auf dem Hymettos; der Verkehr ist gar nicht so schlimm,
weil sich die Stadt wegen des bevorstehenden zweiten großen
Festes im griechischen Kalenderjahr, Mariä Himmelfahrt, geleert
hat. Genau wie über Ostern fahren die Griechen am 15. August,
dekapente Augustou, nach Möglichkeit heim in ihre Dörfer oder
auf ihre Inseln, oder aber sie pilgern zu den Kirchen der Jungfrau
Maria, einer Dame, die hier schon oft gesichtet worden ist – obwohl sie auf griechischen Boden nie einen Fuß gesetzt hat. Das
Kaisariani-Viertel ist noch immer als linkes Arbeiterviertel bekannt, und am Marktplatz gibt es ein Büro der Kommunistischen
Partei mit einem weithin sichtbaren Banner. Diese Gegend war
ein Zentrum des Widerstands gegen die Nazis, und die Flüchtlinge, die sich in den zwanziger Jahren hier niedergelassen hatten,
benannten die Straßen nostalgisch nach Städten in Kleinasien.

Das Kloster Kaisariani (dessen Herkunft, wie so oft in Griechenland, niemand kennt, so daß der Herausbildung von Volksetymo-
logien Tür und Tor geöffnet ist) gilt unter Athenern als bevorzug-
tes Ziel sonntäglicher Sommerfrische, das städtische Äquivalent
zum Ausflug aufs Land – auf den Bergwiesen picknicken sie, spielen Fußball und sammeln die Oliven, die zu sammeln ihnen Schilder ausdrücklich verbieten.

Auf dem Weg hinauf zum Kloster, einer Gründung aus dem
elften Jahrhundert, versuche ich mir den *nyphopazaro* vorzustellen, den »Brautbasar«, der bis weit in die dreißiger Jahre hinein regelmäßig stattfand. Heiratsfähige junge Frauen mußten mit ihren
Eltern die grünen Pfade auf und ab schlendern, um hinterher zu
erörtern, wessen Blicke sich getroffen hatten und welche davon die
bedeutsamsten waren. Wie man von vielen Töchtern aus Flücht-
lingsfamilien erfahren kann, war dieser Brautbasar nicht nur ein
Ableger des sexuellen Konservatismus, sondern auch eine Arena
verzweifelter Manöver. Denn griechische Flüchtlinge aus Kleinasien befanden sich in einer sozial mißlichen Lage: Einerseits
wurden sie von den »autochthonen« Griechen oft verachtet, andererseits fühlten sich die Alteingesessenen von den kosmo-
politischen Zuwanderern als Provinzler abgestempelt. Zudem
machten viele der Flüchtlinge die ihnen Unterschlupf gewäh-
rende Regierung für die Katastrophe verantwortlich, die sie zur
Flucht gezwungen hatte: eine Art Schizophrenie. Sie galten daher
als mißtrauisch, womöglich illoyal, und der gesellschaftliche Umgang mit ihnen war unerwünscht. Wohl um das Chaos perfekt zu
machen, war das System der Aussteuer, auf dem jede Hochzeit
beruhte, vollkommen in sich zusammengebrochen: Die Flüchtlinge hatten all ihr Hab und Gut in der Türkei durch Feuer oder
Enteignung verloren, ihre Aussichten auf Entschädigung waren
unbestimmt. In einer Welt, in der eine Frau nur in der Ehe eine
Zukunft hatte, aber ohne Eigentum kaum an den Mann zu bringen war, befanden sich die Flüchtlingsmädchen also in einer ver-
zweifelten Situation. Kostas schickte mir neulich Kopien zweier

damals populärer Lieder aus einer Sammlung, die ein Freund von ihm, Nachkomme von Flüchtlingen, zusammengestellt hat. Es sind tragische Popsongs, wie man sie in Griechenland häufig hört, wo die Menschen ebenso oft vor Kummer tanzen, singen wie vor Freude. In einem der Lieder heiratet ein reicher junger Mann eine *prosphigoula*, ein kleines Flüchtlingsmädchen, und seine Mutter ist darüber so erbost, daß sie zwei Schlangen brät, dem Mädchen dann vorsetzt und es so vergiftet. Ein anderes, gesungen von einem Bräutigam *in spe*, ist von einer so nackten Grausamkeit, wie sie mir in einem Lied über die Ehe noch nie begegnet ist: »Wenn deine Mutter mir keine Schuldscheine und kein Bargeld gibt, wird es schwierig mit uns.« Und weiter: »Wenn deine Mutter mir kein Haus und kein Auto gibt, bekommst du mich nie zum Mann. Wenn deine Mutter nicht ihr eigenes Haus für mich aufgibt, heirate ich eben eine andere.« Aber wenn es ihrer Mutter gelang, die Hochzeit zustande zu bringen, was dann? frage ich mich an diesem herrlichen Spätsommernachmittag, in dieser friedlichen Oase, von der aus man ganz Athen und den Saronischen Golf überblicken kann. Landschaften sind voller Geheimnisse, so wie das Alltagsleben der Menschen voller verborgener Träume ist.

»*To teras*«, sagt Elvis, »das Monster«, während er auf das wilde Durcheinander weißer Häuser hinunterblickt. Die Stadt sieht wie ein lebendiger Organismus aus, den man unter dem Mikroskop betrachtet, Molekülketten, die ohne Unterlaß unvorhersehbare neue Verbindungen eingehen. Ungerührt, als existierte sie überhaupt nicht, steht ein Esel im Vordergrund, während ein Mann Körbe voll Oliven auf seinen Rücken lädt.

Elvis und ich besichtigen Küche und Bäder des Klosters, lauschen dann in der Kirche den Schlußbemerkungen eines Reiseleiters, der eine Gruppe von Rentnern herumführt; jeden Monat machen sie einen anderen Ausflug, erzählen sie uns lächelnd. »Sie sehen also«, sagt der Reiseleiter, auf ein Fresko zeigend, das die *myrrophores* darstellt, jene drei Frauen, die aromatische Öle herbeiholten, um den toten Leib Christi zu salben, »die byzantinische Kunst ist genauso gut wie die Kunst der Renaissance, nur anders. Ich hoffe, Sie werden sich daran erinnern, wenn Sie mehr über die Schätze der byzantinischen Kunst erfahren, die die wahre Frucht des antiken griechischen Erbes ist.« Die Gruppe applaudiert. Mir fällt ein Heiligenbild ins Auge: Die Jungfrau Maria mit ihrem Kind sitzt in einer Brunnenschale, die auf einer Säule aufliegt und die Form eines weiblichen Schoßes hat; aus vier Löchern strömt Wasser in ein Becken hinab. Es ist eine jener Ikonen, die Maria als *Zoodochos Pege*, als Lebenspendenden Brunnen, darstellen, ein Aspekt, dem sogar ein eigener Feiertag gewidmet ist; angeblich nehmen sie auf eine bestimmte Heilquelle vor den Toren Konstantinopels Bezug. Der Anblick ist irritierend: eine christliche Aphrodite, die nicht aus dem Meer emporsteigt, sondern in einem engen Becken eingeschlossen ist, von Wasser umgeben, zu dem sie keine körperliche Beziehung hat, zusammengekrümmt in einer Art Vogelbad hockend. Zudem kauert sie darin in voller Bekleidung, so schwer behängt und verschleiert, daß das einzige sichtbare Fleisch das ihres abgeklärten Gesichtes ist.

»Laß uns nach Drosia fahren, da gibt es gute *peinerli*«, sagt Elvis. Er stiftet Verwirrung, indem er gleichzeitig Türkisch und Englisch spricht (*peinerli* heißt auf türkisch soviel wie Brot mit Käse und ist eine Art französische Brotpizza, die Flüchtlinge aus Kleinasien mitgebracht haben). Aber ich möchte mir erst ausgiebig Zeit für das Kloster auf dem Pentelikon nehmen mit seiner Ausstellung von Materialien einer »geheimen Schule«, die unter osmanischer Herrschaft zeitweilig in Betrieb war und sowohl Griechisch als auch die Prinzipien der Orthodoxie lehrte. Je nach dem, wer davon erzählt, sollte entweder die türkische Absicht, aus Griechen analphabetische Sklaven zu machen, listig hintertrieben werden, oder es waren Brutstätten des sakralisierten Nationalismus; wahrscheinlich ändert sich die Sichtweise von Region zu Region, weil die Beziehungen zwischen der jeweiligen türkischen und griechischen Bevölkerung von Ort zu Ort unterschiedlich waren. In jedem Fall aber beschwört der Ausdruck »geheime

Schule« das in der Folklore verankerte Bild zartgesichtiger Knaben herauf, die unter der Anleitung eines weisen Priesters bei Kerzenschein griechische Buchstaben schönschreiben, und das berühmte griechische Kinderlied: »Lieber kleiner leuchtender Mond, scheine, damit ich den Weg zur Schule finde, um das Alphabet, die Buchstaben und die anderen Lektionen zu lernen und Dinge über Gott.« Ich habe einmal gehört, wie zwei namhafte griechische Dichter, beide für ihren Witz und ihre Liebschaften bekannt, nach einem weinseligen Abendessen mit verblüffend piepsigen Knabenstimmen die letzte Zeile umdichteten, so daß sie lautete: »… und wie man Mädchen küßt«.

Elvis stirbt fast vor Hunger, bugsiert mich deshalb eilig in sein Auto. Wir finden ein Restaurant mit nach Pinien duftendem Garten und *peinerli*, und Elvis fragt mich, ob ich Gedichte mag. Da ich nicke, holt er einen Zeitungsausschnitt über Kavafis hervor. »Als er älter wurde«, sagt er, »pflegte er seine Gäste bei Kerzenlicht zu empfangen, damit sie seine Falten nicht sahen. Er bot ihnen *raki* in rosa Gläsern an und hielt stets einen Jasminzweig in der Hand, um daran zu riechen. Das gefällt mir an diesem Land: daß so etwas in der Zeitung steht. Neulich habe ich etwas Ähnliches gesehen, eine kleine Überschrift: ›Persischer Dichter – Verkehrsunfall, Zustand stabil‹. Das ist doch nett. In Amerika gibt es Journalismus; hier sind die Zeitungen eher wie persönliche Briefe gehalten, in denen erzählt wird, was alles so geschieht. Das wäre etwas für mich, sollte mein Griechisch dafür irgendwann einmal gut genug sein. Oder ich gehe zum Militär und werde Dichter. Ich habe die idealen Voraussetzungen dafür – wie Solomos. Oder Kavafis. Seine Muttersprache war Englisch. Es ist, als müßten die hiesigen Dichter sich selber erst zu Griechen machen. Vielleicht werde ich also irgendwann Dichter. Und Grieche.«

Ein Traum von der Jungfrau

Zu Mariä Himmelfahrt wäre ich gern auf die Insel Tinos gefahren, jene Kykladen-Insel, die für ihre heftigen Sommerstürme und ihre Wunder wirkende Ikone bekannt ist. Aber man muß Monate im voraus buchen, um an dieser perfekt organisierten Wallfahrt teilnehmen zu können, denn es pilgern jedes Jahr um die siebzehntausend Menschen dorthin. Tinos wird manchmal griechisches Lourdes genannt, obwohl es als ein weiteres untrügliches Zeichen für den Unterschied zwischen Ost- und Weströmischem Reich gelten muß, daß Tinos ein lokaler, nicht internationaler Wallfahrtsort ist. Viele Westeuropäer könnten aus den Tiefen ihres Gedächtnisses den Namen der heiligen Bernadette zutage fördern – was sicher zum Teil dem schmalzigen Film mit Jennifer Jones zu verdanken ist –, nur wenige aber kennen die griechische Nonne Pelagia, die infolge einer Eingebung die Ikone der Jungfrau Maria fand. Aus Sicht der Westeuropäer ist Griechenland so weit entfernt, daß es in die geographische Kategorie »Osteuropa« herkömmlicherweise nicht eingeordnet wird, seit den Balkankriegen von 1812/13 zählt es gerade einmal zu den Balkanländern: Griechenland gehöre weder zu West- noch zu Ost-, sondern zu Oriental-Europa, wo Westen und Naher Osten aufeinandertreffen – auch wenn beide vielleicht vorgeben, sich niemals begegnet zu sein.

Anders als die Jungfrau von Lourdes hat die Panhagia Tiniaka der Welt keinerlei Botschaft zu verkünden. Sie tut, im Austausch gegen Opfergaben, ausschließlich Wunder. Ist jene ein schimmerndes Traumbild, das als jähe Spiegelung des Himmels auf dem Antlitz der Welt erscheint, kommt diese, wie so viele andere in der

Erde oder im Meer begrabene griechische Ikonen, aus der Unterwelt – die Jungfrau von Tinos steigt nicht auf die Erde herab, sondern erhebt sich aus dunklen Tiefen, ist Zeugnis der Ewigkeit und göttlichen Abstammung Griechenlands, beweist die geheimnisvolle Gegenwart der Götter. In gewisser Weise verkörpert sie Griechenlands modernen Traum, wiedergeboren zu werden, denn 1822 wurde sie gefunden, nur ein Jahr nachdem die Griechen gegen die osmanische Herrschaft aufbegehrt hatten, um zu werden, was sie nicht einmal in der Antike gewesen waren: eine Nation. Pelagia, die 1971 heiliggesprochen wurde, träumte von einer schönen, königlich gekleideten Frau, die ihr befahl, an einer bestimmten Stelle der Insel nach einer Ikone zu graben und ihr dort eine Kirche zu erbauen. Daß es eine Ikone der Verkündigung war, schuf einen weiteren Bezug zum Unabhängigkeitskrieg, dessen Ausbruch an Mariä Verkündigung gefeiert wird. Zusätzliche politische Bedeutung bekam die Ikone, als ausgerechnet am 15. August 1940, Mariä Himmelfahrt, ein italienisches U-Boot das vor Tinos ankernde griechische Kriegsschiff *Elli* torpedierte. Was dieses Vorspiel zum Versuch des faschistischen Italien, Griechenland für die Achsenmächte zu erobern, in der griechischen Phantasie auslöste, taucht in vielen Liedern auf: Der Angriff wurde als ein Wiederaufleben des Kampfes zwischen Griechen und Römern um die Herrschaft über die Zivilisation verstanden, als ein Vorstoß der römischen Katholiken, sich die orthodoxe Jungfrau und wahre Göttin des Christentums anzueignen. Maria aber, so wird gesungen, verachtete die Angreifer, weil sie ihr Fest entweiht hatten, und verhalf den schlecht ausgerüsteten Griechen über die italienische Armee deshalb zu einem erstaunlichen Sieg.

Ich hätte die Panhagia Tiniaka, die Wunder wirkende Ikone, gern gesehen. Wie so viele andere Ikonen, die vor den Bilderstürmern in Höhlen vergraben oder versteckt worden waren und später wie verdrängte Träume plötzlich wieder ins Bewußtsein vorstießen, entstieg sie einem Traum. Dieser Traum von der Jungfrau Maria, die den Befehl erteilt, für ihr Abbild ein Haus zu errichten,

ist einer der geläufigsten Träume im modernen Griechenland;
überall auf den Inseln und in den Bergen sind kleine Kapellen,
sogar eindrucksvolle Kirchen aus dieser Vision hervorgegangen:
Traumarchitektur. Ich hätte auch gern die reiche Silberernte der
tamata gesehen, von vergoldeten Lampen herabhängende Votivgaben, die einiges über zeitgenössische griechische Kunst verraten. Da gibt es silberne Schiffe und mit silbernen Trauben verzierte Plaketten, die Seeleute und Winzer der Jungfrau gewidmet
haben; eine silberne Grubenlampe mit Dankesworten für die
Rettung eines Bergarbeiters, der sich in den Silberminen von Lau-
rion verirrt hatte, jenen Minen, die im Altertum den Peloponnesischen Krieg finanzieren halfen; einen mit silbernen Blutegeln besetzten Silbereimer von einem Apotheker, dem die Jungfrau im
Traum empfohlen hatte, zur Behandlung verschiedener Krankheiten Egel zu verwenden; ein 1880 gebautes Modell des Athener
Marktplatzes mit einer Dankesbotschaft von jemandem, der beim
Einsturz eines der Gebäude unversehrt geblieben war; ein silber-
nes Haus mit der Aufschrift *Chios 1888*, vermutlich von einer Familie, die das verheerende Erdbeben überlebt hatte. Berichten zufolge gab es außerdem ein Silbermodell eines Weinladens, der vor
einem Brand bewahrt wurde, eine Silberplakette mit Darstellungen von Schlachtmessern und tierischen Eingeweiden, eine silberne Pistazie von jemandem, der beinahe an einer erstickt wäre,
und sogar einen silbernen Brunnen von einem kretischen Türken
namens Mustafa Aga, der 1845 nach einer Anrufung der Jungfrau
von einer Lähmung geheilt worden war. Sie alle sind Teil eines
sehr griechischen Kunstbegriffs: Kunst als Sühne und Zauber-
bann.

Das Fernsehen überträgt das Fest in aller Ausführlichkeit, drei
oder vier Stunden lang. Der Bischof, der den Gottesdienst hält,
sieht mit Satintalar und goldenem Stab wie ein König aus. Die
Anwesenheit der Marine wird deutlich hervorgehoben: Nahauf-
nahmen von Matrosen, die die wunderwirkende Ikone küssen,
Offiziere in steifen Uniformjacken. Gelegentlich ist die Ikone

selbst auf Schiffsreise gegangen, zuletzt nach Athen, um dem sterbenden König Paul, Großvater des entthronten Konstantin, Heilung zu bringen.

Seltsam, dieses Zusammentreffen der wundersamen Technologie der Nahaufnahme mit der wunderwirkenden Panhagia. Auf den Schiffen im Hafen, die wie lebensgroße Votivgaben aussehen, flattern griechische Fahnen. Der Fernsehkommentator erwähnt die Namen der anwesenden politischen und wirtschaftlichen Größen, die Kamera verweilt auf ihren Gesichtern. Der Wirtschaftsminister, der Minister der Handelsmarine, der Staatssekretär der Ägäis und schließlich Andreas Papandreou und seine dritte Frau, die dralle Dimitra Liani Papandreou, feiern Mariä Himmelfahrt, so höre ich, am liebsten auf Tinos; es heißt, Frau Papandreou habe in den schlimmsten gesundheitlichen und politischen Krisen ihres Mannes die Jungfrau um Hilfe angerufen.

In einem juwelenbesetzten Miniaturpavillon wird die Ikone von einer Ehrenwache der griechischen Marine die Kirchentreppe hinuntergetragen. Der Fernsehkommentator rekapituliert einige der Wunder, die ihr zugeschrieben sind: die Heilung von Blinden, Lahmen, Verrückten. Eine Militärkapelle hebt an, einen Marsch zu spielen, während die Kirchenglocken läuten – Kinderstimmen, die über einen grenzenlosen Spielplatz davongetragen werden. Zumindest ein Aspekt mittelalterlicher, ja sogar antiker Wirtschaft, das zeigt dieses Fest, hat überlebt: daß religiöse Handlungen und Gegenstände unbedeutenden kleinen Städten enorme Mengen an Geld und Prestige einbringen können.

Als sich die Ikone ihren Weg durch die Menschenmenge bahnt, versuchen viele Pilger, den Pavillon zu berühren, fahren mit den Fingerspitzen voller Inbrunst daran entlang. Frauen kommen ihm, auf Knien, entgegen. Hunderte Wallfahrerinnen haben, in der Hoffnung, von der Jungfrau zu träumen, die ganze Nacht auf dem Kirchplatz ausgeharrt. Familien, die der Panhagia ein Anliegen vortragen wollen, ersehen oft eine Frau aus ihrer Mitte dazu aus, nach Tinos zu fahren und die Hauptstraße zur Kirche hinaufzurutschen – während Motorräder und Autos um sie herumrasen. Aufnahmen dieser Frauen lassen sie wie Krüppel aussehen, als ob sie, um geheilt zu werden, Behinderte imitieren müßten.

Schließlich steigen die Würdenträger in eines der Kriegsschiffe und fahren hinaus, um an der Stelle, an der die *Elli* sank, einen Kranz ins Meer zu werfen. Tinos: ein faszinierendes Theater, in dem verschiedene Formen der Macht das Schauspiel ihrer Beziehungen aufführen. Politiker lassen sich gern an Orten blicken, die mit heiligen Symbolen verknüpft sind, um den Eindruck zu erwecken, als wären sie selbst in irgendeine letzte, übergeordnete Machtstruktur verwoben und sowohl ihr Wille als auch ihre Handlungen wären Ausdruck einer höchsten moralischen Autorität – die raffinierteste aller Verkleidungen, in der die nackte Macht die Bühne betritt. Kurz bevor ich Griechenland wieder verließ, wurde Papandreou erneut zum Premierminister gewählt, und ich hatte Gelegenheit, die barocke politische Maskerade seiner Wallfahrt nach Tinos mitzuerleben. Anders als gewöhnliche Pilger wurden die Papandreous eigens von dem Archimandriten begrüßt, der als eine Art persönlicher Dolmetscher in einem Singsang ihre Bittgebete vortrug. Das Paar und sein Gefolge wurden zur Wunder wirkenden Ikone geführt, um ihr die Ehre zu erweisen, und danach in einen kleinen Empfangsraum hinter der Kirche gebeten, wo man ihnen zur Erfrischung Wasser sowie das berühmte *loukoumi* von der Nachbarinsel Syros anbot. Als das Ehepaar die Kirche verließ, spendeten Mitglieder der Pasok-Partei stürmischen Beifall, während Papandreou zurückapplaudierte. Dann richteten sie das Wort an die Menge. Er sagte: »Wir sind auf das wunderschöne Tinos gekommen, um wie jedes Jahr zur *Megalochari*, zur Jungfrau, zu pilgern, weil sie uns Lebenskraft und Zuversicht gibt.« Sie sagte: »Es ist eine altehrwürdige und niemals zu vernachlässigende Verpflichtung gegenüber der First Lady des Universums, der Heiligen Jungfrau.« Die Papandreous verließen die Insel per Hubschrauber; die First Lady Griechenlands hielt Flaschen mit heiligem Öl und Weihwasser umklammert, eine wir-

kungsvolle Demonstration der Volksnähe ebenso wie der Allein-
herrschaft. Die Zeitungen veröffentlichten später ein Bild von ihr
mit aufwendig frisiertem blondem Haar, in einem aufreizenden
Sommerkleid vor der Ikone kniend, während Papandreou, der
neben ihr steht, den Eindruck erweckt, als gäbe es nichts Rühren-
deres für ihn als eine zu seinen Füßen kniende Blondine.

Ich schalte auf einen anderen Sender um, erwische die Abend-
nachrichten. Der Sprecher wünscht zunächst allen Marias und Pa-
naiotis viele glückliche Jahre sowie einen schönen Namenstag.
Dann folgt ein Bericht über die Goldmedaillen-Läuferin Voula
Patoulidou, der eine Kopie einer Wunderikone der Jungfrau von
Soumela überreicht wird, die pontischen Griechen heilig ist. 1951
hat man ihr Bild von der Türkei nach Griechenland gebracht, als
Massen pontischer Griechen entwurzelt wurden. Pontier gibt es
seitdem in Griechenland, Amerika, Kanada, Schweden, Australien, Georgien, und alle spielen sie die pontische Leier, tanzen und
ringen – ein Volk, das für seine Athleten und Ringer berühmt geworden ist. Voula hat der Jungfrau von Soumela eine Kerze gestiftet, die so groß ist wie sie selbst, und macht ein feierliches Gesicht,
als sie die Ikone entgegennimmt; sie sei eine Inkarnation der pontischen Seele, sagt man ihr. Der Nachrichtensprecher liest jetzt die
Strichliste der Verkehrsunfälle vor, die von Griechen, in Europa
bekannt für ihre risikoreiche Fahrweise, stets mit Spannung verfolgt wird: An diesem Wochenende der Mariä Himmelfahrt gab
es 112 Verletzte und 27 Tote.

Träge lasse ich den Fernseher laufen, während ich Briefe
schreibe und mein Tagebuch auf den neuesten Stand bringe. Eine
Show beginnt, die einsame Herzen miteinander verkuppeln will,
und die Moderatorin, eine Frau um die Sechzig mit Locken wie
Rapunzel und dem kürzesten Rock, den ich hier bislang gesehen
habe, erscheint. In symbolischer Umarmung die Arme ausstrek-
kend, wünscht sie allen Zuschauern einen fröhlichen Panhagia-
Tag. »Möge die Jungfrau die Gebete eines jeden von Ihnen erhören«, sagt sie. Maria scheint mir eine seltsame Schirmherrin zu

sein, wenn es darum geht, einen Liebhaber zu finden, aber als der Junggeselle, der den drei zur Wahl stehenden jungen Frauen Fragen stellen wird, auf die Bühne kommt, küßt er die Moderatorin auf beide Wangen und überreicht ihr ein Paket: eine Ikone der Jungfrau Maria. Fasziniert lausche ich dem eigentümlichen Patois der Moderatorin, die eine schwindelerregende Anzahl englischer, italienischer und französischer Wendungen mit einem griechischen Grundvokabular mischt. Als sie die weiblichen Mitstreiterinnen begrüßt, berührt sie das Haar der einen und sagt: »*Agape mou*, Ihr Haar ist so *dama*, so *femme fatale*, so *plaka*, ja, *do it, do it*.« In öffentlichen Diskussionen schwingt stets die Klage über die Xenomanie der Griechen mit, ihre Gier nach fremdartigen Sitten, Wendungen und Gegenständen. Doch das hybride Geplapper der Moderatorin erinnert mich eher an aus dem neunzehnten Jahrhundert stammende Beschreibungen der Sprache von Menschen aus Smyrna – eines Reedervolks, das Import und Export trieb und deshalb in ständigem Kontakt mit durchreisenden Fremden lebte. Dem ländlichen Griechisch fehlt diese Internationalität, und es ist ein faszinierender Gedanke, daß sie ihre Wurzeln nicht in der Xenomanie, sondern in Erfordernissen der Schiffahrt und des Handels hat.

Der Junggeselle sitzt auf einem Hocker hinter der Wand, die ihn von den drei Frauen trennt. Die Moderatorin fragt ihn nach seinem Berufsziel, und er antwortet, er wolle Biomechanik-Ingenieur werden. Sie bekreuzigt sich: »Möge die Panhagia Sie erhören.«

Er beginnt, den Kandidatinnen Fragen zu stellen. »Mädchen Nummer zwei«, sagt er, »wenn du die Wahl hättest, Penelope oder Circe zu sein, für welche würdest du dich entscheiden?«

Kalte Schulter

Anscheinend habe ich mir beim Möbel- oder Kistenrücken die Schulter verletzt. Der Schmerz ist in den letzten Tagen immer schlimmer geworden, schlimm genug, fürchte ich, um einen Arzt aufzusuchen. Schließlich muß ich in der Lage sein, meinen Koffer zu tragen, wenn ich in ein paar Tagen auf die Inseln fahre. Also rufe ich einen Freund an, der wie ich während der Ferienzeit in Athen festsitzt, und frage ihn, ob er mir einen Arzt empfehlen könne. »Was hast du denn?« möchte er wissen und versichert mir, als ich ihm mein Problem beschrieben habe, daß ich keinen Arzt brauche. »Du hast eine Erkältung«, sagt er bestimmt. »Eine Erkältung in der Schulter. Wahrscheinlich bist du mit offenem Fenster Auto gefahren und hast sie dir verkühlt. Leg einfach heiße Kompressen darauf, dann wird es schon bald besser. Du brauchst keinen Arzt.«

Ich wünschte, er hätte recht, aber der Schmerz ist so stark, daß er meine ganze Aufmerksamkeit beansprucht; nichts lindert ihn. Kostas ist in Brüssel, Leda und ihr Verlobter sind auf Andros; niemand, den ich um Rat fragen könnte, ist in der Stadt. Also beschließe ich, bei dem Ehepaar im Erdgeschoß zu klingeln, das die Umlagen von den Mietern kassiert und für die Ferienzeit die Hausmeisterpflichten übernommen hat. Sie bitten mich herein, bieten mir Kaffee an, und Herr Mylonas, dem ich bei der Feier für die olympischen Sportler in die Arme gelaufen bin, läßt sich wortreich über die Zeremonie aus. »Wissen Sie«, sagt er, »ich war drauf und dran, mich nicht mehr für die Olympischen Spiele zu interessieren, nachdem wir den Zuschlag für die Spiele zum hundertsten Geburtstag nicht bekommen hatten. Es schien alles nur Big

Business und schmutzige Politik zu sein. Aber als Voula und Pyrros gewonnen hatten, da existierten die Spiele plötzlich wieder – Der alte griechische Geist war für uns Griechen wiederauferstanden. Und das Gefühl, daß wir eines Tages wieder sein werden, was wir einmal waren, daß die Wunder noch auf unserer Seite sind. Verdanken tun wir das ausgerechnet einem kleinen pontischen Mädchen und einem Jungen aus Nordepiros, wo Griechen wie Sklaven im sogenannten Albanien leben! Und, fanden Sie die Zeremonie etwa nicht bewegend? Wissen Sie, wann immer die alten griechischen Athleten bei den Olympischen Spielen großartige Siege errangen, rissen die Menschen in ihren Heimatorten die Mauern nieder, wenn sie nach Hause kamen. Ich sage Ihnen, und ich schäme mich nicht dafür: Ich hatte Tränen in den Augen, als sie unseren Kindern genau wie den alten Athleten Kronen aufsetzten. Für eine Ausländerin wie Sie, die aus einem Land mit so wenig Geschichte kommt, muß es doch ein wunderbares Erlebnis gewesen sein.«

Ich stimme ihm zu. Da schon dem Bezahlen der Nebenkosten stets eine etwa zweistündige Unterhaltung vorausgeht, weiß ich, daß es nicht angebracht ist, sofort auf den Punkt zu kommen. Aber schließlich finde ich einen geeigneten Augenblick und frage, ob sie einen Arzt kennen, der sich meine Schulter ansehen könnte.

»Sie brauchen keinen Arzt, meine Liebe«, sagt Frau Mylonas. »Sie haben sich die Schulter verkühlt. Gehen Sie nicht zum Arzt.«

»Sie hat recht«, sagt Herr Mylonas. »Die Ärzte hier bereichern sich bloß an den Kranken. Man muß ihnen nach der Behandlung einen Umschlag unter dem Tisch hindurchreichen, zusätzlich zu dem Honorar, das ihnen zusteht. Und unsere Krankenhäuser sind das reinste Inferno. Wenn Sie hier krank werden, setzen Sie sich in ein Flugzeug, und fliegen Sie nach England oder in die Schweiz, wenn Sie sich's leisten können; ich fahre Sie persönlich zum Flughafen. Sie wissen nämlich nicht, was Chaos ist, bevor Sie eines unserer allgemeinen Krankenhäuser gesehen haben. Hunde und Katzen streunen unbeaufsichtigt durch die Flure und betteln an den Krankenbetten. Die Bettwäsche wird nicht gewechselt – das ist Sache der Patienten. Manchmal ist kein Sauerstoff mehr da, manchmal kein Alkohol. Die Anweisungen der Ärzte kommen unter Umständen gar nicht beim Pflegepersonal an. Behandlungen finden statt, wo immer gerade Platz ist – ich habe erst kürzlich in der Zeitung gelesen, daß in einer Klinik die Chemotherapie in einem Raum durchgeführt wurde, in dem sich normalerweise Personal aufhält: weil sonst nirgends Platz für die Geräte war. Überhaupt kann es sein, daß man nur dann ein Bett bekommt, wenn man der Krankenschwester oder dem Arzt Geld zusteckt; manche Stationen sind sogar in der Hand von politischen Parteien. Natürlich kann ich das alles nicht beweisen; wo gibt es schon einen Zeugen, wenn eine kranke Person auf einer Trage vor die Wahl gestellt wird, entweder Tausende von Drachmen zu bezahlen oder auf dem Flur zu liegen? Selbst ich, der ich überzeugt bin, daß es ohne unser Land überhaupt keine Kultur gäbe, muß Sie vor unseren Krankenhäusern warnen: Wir gehen grausam mit kranken Menschen um.«

Während ich ihm zuhöre, kommt mir eine Anekdote von William Miller in den Sinn, einem der besten Sozialhistoriker des modernen Griechenland, zur Zeit der Belle Époque hat er hier gelebt: Die Königin von Griechenland habe einmal darum gebeten, für eine ihr nahestehende Person ein Bett in einem Krankenhaus in Piräus zu besorgen. Man teilte ihr mit »daß das besagte Bett leider Teil des Bereichs sei, den jene örtliche politische Partei reserviert habe, zu der der Patient nicht gehöre … die beiden Parteien hatten einen Vertrag geschlossen, mit dem sie das Krankenhaus unter sich aufteilten.«

»Und dann die Szenen.« Frau Mylonas schüttelt den Kopf. »Die kranken Leute, die sich gegenseitig schubsen und schlagen, um als erste zum Arzt vorzudringen, und die kreischenden Verwandten. Meine Liebe, Sie sind zu still, niemand würde Notiz von Ihnen nehmen. Aber für eine verkühlte Schulter brauchen Sie sowieso keinen Arzt.«

Ich bitte sie trotzdem, nur für den Notfall, mir den Namen eines Arztes zu nennen, verspreche aber, die Salben zu benutzen, die sie mir fürsorglich mitgegeben haben. Während ich wie immer die Treppen hinaufsteige, anstatt den Fahrstuhl zu nehmen, versuche ich dem Gefühl des Déjà-vu, das diese Laiendiagnose in mir auslöst, auf den Grund zu gehen. Es kommt mir vor, als ob die Wahrnehmung des menschlichen Körpers als Mosaik aus einzelnen Teilen, die voneinander unabhängige Schwächen und Stärken haben, mich über die mir vertrauten Grenzen hinweg auf mittelalterliches Terrain zurückbefördert – in jene Zünftewelt der äußersten Zergliederung, wo spezielle Engel über Kirchen, Altäre, Städte, Menschen, Nationen wachten, ja sich selbst der Verstand auf strikten Bahnen bewegte. Kostas hat oft von seiner Überzeugung gesprochen, daß der Graben zwischen Griechenland und Europa deshalb so tief sei, weil dieses von der Renaissance geformt wurde, jenes nicht. Eine gewisse Ahnung davon habe ich an manchen Abenden in der Taverne bekommen, wenn die um den Tisch versammelten Gäste alle Speisen, die ihnen aufgetragen wurden, miteinander teilten. Man kann dieses Muster gemeinsamen Essens auf byzantinischen Darstellungen des Abendmahls sehen: Auf dem Tisch stehen weniger als zwölf Schüsseln und Gläser, weil mehrere Jünger daraus aßen, tranken. Das Einzelgedeck ist eine Erfindung der Renaissance – wenn ich also mit Freunden in der Taverne sitze, esse ich in einer noch weiter zurückliegenden Vergangenheit. Gerade eben mußte ich erfahren, daß mein Körper durch ein mittelalterliches Prisma wahrgenommen wird. Vielleicht läßt mich dies deutlicher spüren, daß ich mich im Nahen Osten befinde, in dessen Alltagskultur große Bruchstücke mittelalterlichen Denkens und Fühlens bewahrt sind. Meine Reise jedenfalls hat mir gezeigt, daß es nicht nur eine Schwerkraft des Raumes, sondern auch eine Schwerkraft der Zeit gibt, und nun ringe ich mit den Folgen zeitlicher Schwerelosigkeit, so, wie Astronauten mit der Schwerelosigkeit im Raum ringen: Um ärztlich behandelt zu werden, muß ich jemanden finden, der sich meinem Körper mit der Vorstellungskraft des zwanzigsten Jahrhunderts nähert.

Oben in meiner Wohnung rufe ich den Arzt an, mache einen Termin für den Nachmittag aus. Während ich gedankenverloren auf mein Bücherregal starre, kommt mir plötzlich die Erleuchtung, woher das Déjà-vu-Gefühl von vorhin rührt. In der im zwölften Jahrhundert geschriebenen Biographie des byzantinischen Herrschers Alexios Comnenos, von seiner Tochter Anna verfaßt, steht zu lesen, daß er nach einem Pferderennen einmal schwer erkrankte – »und infolge des heftigen Windes, der damals blies, gaben, wenn man so will, seine Körpersäfte auf, verließen seine Extremitäten und siedelten sich in einer seiner Schultern an«.

Die Schwester Alexanders des Großen

D ie Taverne befindet sich in dem Viertel, in dem der Dichter
Palamas einmal gewohnt hat. Palamas hatte für das zwanzigste Jahrhundert eine ähnliche Bedeutung wie Solomos für das
neunzehnte – nicht unbedingt aufgrund seiner Kunst, sondern als
nationale Figur, als Verkörperung des Landes, denn Griechenland
ist das Land des Logos: das, was existieren soll, muß zuerst gesprochen werden, das, was bedroht ist, kann in den Tiefen der
Sprache überleben. Es ist schwer, im amerikanischen Englisch das
Wort *poet*, Dichter, zu benutzen, ohne einen Rückstoß unangenehmer Assoziationen zu provozieren: Geziertheit, überzogene
Hintersinnigkeit, Scheinheiligkeit, Enge, Religionsunterricht am
Sonntag, wenn man viel lieber draußen spielen wollte. Denkt man
an Statuen in Washington und New York, fallen einem Standbilder von Lincoln, Washington, General Sherman ein, ein Denkmal
Walt Whitmans, das gibt es nicht. Ich kenne auch keine Straße, die
nach ihm benannt ist, geschweige denn eine Stadt. Überall in
Griechenland dagegen heißen Straßen oder Plätze nach Palamas
und anderen Dichtern. Das bedeutet nicht unbedingt, daß hier die
Menschen Gedichte lieber mögen als in Amerika, Dichter stellen
einfach etwas anderes dar. Ein Äquivalent wäre jemand wie Ar-
thur Ashe, Sportler und exemplarische Gestalt, ein Mann, dessen
geniale Begabung die Beziehung zwischen Tennisplätzen und
Gerichtshöfen offenlegte, dessen Spiel brillant, ja aufregend war,
weil es die Welt beschrieb, und der die sportliche Glanzleistung
schlechthin vollbrachte: zu leben, was er dachte.

In ganz Griechenland, insbesondere aber in Athen, entspricht
die ideale Taverne einem Traumdorf, klein, vollkommen, ein Fest

wird gerade gefeiert: Die Tische stehen auf einem Platz unter
schattenspendenden, dickstämmigen alten Platanen, vielleicht
scheint der Mond friedlich durch die Zweige, Wein fließt aus Fässern, die Küche ist reich gefüllt mit hausgemachten Speisen, an
langen Tafeln drängen sich Familien, die zusammen trinken, singen, Witze machen, die keine Mühe haben, diesen Luxus zu bezahlen, sich nicht um den neuesten Dorfklatsch kümmern, die um
kein Erbe streiten, nicht mit blitzendem Messer oder gezogener
Pistole aufspringen, um ein weiteres Kapitel einer familiären Auseinandersetzung zu beenden. Es ist ein Dorf, wie es Dörfer nie
gab, und als ich die geschäftige Straße voll geparkter Motorräder,
periptera und kleiner Gemüsehändler hinter mir lasse und durch
die Tür gehe, betrete ich eben diesen Traum von einem Dorfplatz.
Ich bleibe einen Moment lang stehen, um mir einen Zeitungsbe-
richt anzusehen. Die griechischen Olympioniken, Voula und Pyrros, haben von Präsident Karamanlis die höchste griechische Auszeichnung entgegengenommen: das Goldene Kreuz des Ehrenor-
dens. Man kann kaum umhin, an ein goldenes Taufkreuz zu
denken, das zentrale moderne griechische Symbol; es ist, als wären diese beiden, vom Staat getauft, zu Patenkindern der Nation
erklärt. Stutzig macht ebenfalls das im Griechischen hochaufgeladene Wort »Ehre«, für das hier schon viele Kehlen durchgeschnit-
ten worden sind. Möglicherweise muß eine Auszeichnung ein
kostbares Wort im Titel tragen, ein Wort, für das Menschen leben
und sterben.

Es ist elf Uhr abends, aber an den Tischen werden Säuglinge
mit weitgeöffneten Augen auf dem Schoß gehalten, Kinder laufen
hin und her, ganz dem gedehnten griechischen Zeitgefühl gemäß.
Ich sehe meine *parea*, die Leute, mit denen ich verabredet bin, an
einem Tisch am anderen Ende des Hofes sitzen: Kostas, der sich,
aus Brüssel kommend, kurz in Athen aufhält, Aura und ihr hol-
ländischer Ehemann, ein Fernsehproduzent, mit dem sie befreun-
det sind, sowie ein paar Leute, die ich nicht kenne, darunter ein
alter Mann wie aus dem Märchen, mit weißem Haar und leuch-

tenden blauen Augen, der eine Art scharfer winterlicher Kraft ausstrahlt. Sie winken mich zu sich herüber, schenken mir ein Glas Retsina ein. Diese Taverne ist unter anderem für ihren selbstgekelterten Wein berühmt, und obwohl ich Retsina nicht übermäßig mag, kann er zu einfachem ländlichem Essen doch sehr erfrischend sein. Unter den Weinen ist er das Pendant zu Meerwasser, was fälschlicherweise wie eine Beleidigung klingt – ein Schluck Meerwasser hat denselben verwirrend vitalen, bitteren Geschmack.

Kostas reicht mir ein Paket mit französischen Büchern aus Brüssel für seine Eltern, Kunsthistorikerin und Rechtsprofessor, die auf der Insel Thasos ein Sommerhaus besitzen. »Sie wollen also über Kabala nach Thasos fahren?« fragt mich Marina, die zwei Kunstgalerien hat, eine für den Winter in Athen, eine für den Sommer auf der Insel Skiathos. Ihr Sohn besucht, wie viele griechische Kinder, jeweils eine Hälfte des Jahres die Inselschule, die andere Hälfte eine Schule in der Stadt und ärgert sich jedesmal, wenn er im September, der schönsten Badezeit, nach Athen zurück muß. »Ja«, sagt Marina und streicht ihm übers Haar, während er sie wütend ansieht, »wir gehören zu den zahlreichen Griechen, die die Kerne des Granatapfels gegessen haben und das Jahr nach dem Vorbild Persephones verleben: sechs Monate auf der Erde, sechs Monate in der Hölle. Ich finde es auch schrecklich, wieder in Athen zu sein. *Ach*, ich beneide Sie darum, daß Sie auf eine so schöne Insel wie Thasos fahren. Übrigens, mein Vater ist Makedonier«, der alte Mann am Tisch nickt mir zu, »und sein Dorf liegt nicht weit von Thessaloniki entfernt. Sie haben Glück, daß Sie nach Makedonien fahren, dort werden Sie echte Griechen sehen.«

»Die einzigen wahren Griechen«, sagt ihr Vater, »sind die Makedonier. Wir sind nicht halb slawisch oder albanisch oder türkisch wie all die anderen, sondern die reine griechische Rasse, direkte Nachfahren der alten Griechen.«

»Erzählt der alte Mann Ihnen gerade, daß die Makedonier die einzigen wahren Griechen sind?« ruft ein dunkeläugiger Mann vom anderen Ende des Tisches zu mir herüber. »Seien Sie vorsichtig, hier sitzt ein Kreter mit am Tisch.«

Jemand aus einem Dorf in Epiros antwortet mit einer Aufzählung berühmter Schulen, wohltätiger Einrichtungen und Museen, die vermögende Epiroten gegründet haben: »Ohne uns würde die moderne griechische Nation gar nicht existieren. In uns fließt Blut der Byzantiner, die nach den Kreuzzügen der Franken aus Konstantinopel geflüchtet sind.«

Der alte Mann tätschelt meine Hand, murmelt: »Die Kreter haben viele Rosinen im Kopf, Tatsache ist, daß die meisten von ihnen von sarazenischen Arabern abstammen.«

Kostas zwinkert mir zu und sagt leise: »In Wirklichkeit gibt es, mit einer einzigen Ausnahme, in ganz Griechenland keine Griechen. Erinnerst du dich noch an meine _giagia_, Anastasia?« Letzten Sommer in Athen hatte ich sie auf der Hochzeit seiner ältesten Schwester kennengelernt. Anastasia, selbst in Konstantinopel aufgewachsen, klärte mich über die Gäste auf. »Sie müssen nicht glauben, meine Liebe, daß all diese Leute echte Griechen sind. Ich schaue sie mir an und denke: Setz dich auf deinen Esel, geh zurück in dein kleines Dorf. Ich weiß nicht, was das für Griechen sind, die ihre Kinder schlagen und nicht wissen, wie man die Speisen zivilisierter Menschen zubereitet. Die wahren Griechen kommen aus Konstantinopel oder Kleinasien, meine Liebe, wir wurden nie türkifiziert, wir sind immer geblieben, was wir waren: die Schöpfer der Orthodoxie und die Herrscher des Oströmischen Reichs.« Als Kostas mich damals von ihr weglotste, sagte er: »Du hast natürlich gemerkt, daß sie übertrieben hat – aber sie hat dir nichts vorgespielt. Das ist ein wesentlicher Unterschied.« Ja, ich erinnere mich an sie und flüstere ihm zu, daß ich jetzt wisse, wie man jede noch so hitzige Debatte über Papandreou, Mitsotakis und ihre beiden Parteien entschärfen könne – wie könne die Regierung Griechenland überhaupt repräsentieren, wenn niemand darin wahrer Grieche sei? »Du würdest dich wundern«, sagt Kostas, »wie oft eben dieser Einwand vorgebracht wird.«

Marina dreht den Kopf ihres Vaters zur Seite. »Sehen Sie dieses Profil? Alle echten Makedonier kann man am Profil erkennen – sie haben das Profil Alexanders des Großen. Sie werden das sehen, wenn Sie in Makedonien sind, und Sie werden verstehen, warum Makedonien griechisch ist.« Ihr Vater wacht mit der Wärme und dem Absolutismus griechischer Gastfreundschaft über meinen Teller, mein Weinglas. Die griechischen Traditionen der *philoxenia* werden immer als etwas beschrieben, was die Gastgeber dem Gast angedeihen lassen, aber sie sind zugleich eine Demonstration absoluter Macht; es ist eine Gastfreundschaft, der Gewalt innewohnt – vielleicht ist das allen osmanischen Völkern gemeinsam, lautet doch ein türkisches Sprichwort: »Der Gastgeber ist der Sultan.« In Griechenland wird der Gast nicht gefragt, was er möchte, sondern er nimmt, was der Gastgeber ihm anbietet.

Das Essen kommt nicht in Einzel-, sondern in Gemeinschaftsportionen auf den Tisch, wird verteilt. »Patricia«, sagt Marinas Vater, »möchten Sie Zwiebeln in Ihren Salat?« Er hält einen Löffel Zwiebeln in die Höhe, griechische Zwiebeln, die wie Samson feurige Kraft und Süße verbinden. »Nein, danke«, antworte ich, »die Zwiebeln hier sind sehr scharf, wenn sie roh sind.« »Patricia«, sagt der Vater mit der unerschütterlichen Bestimmtheit eines Menschen, der entschlossen ist, einem anderen in großer Not zu helfen, »es ist richtig, daß sie scharf sind, aber sie sind von unschätzbarem Wert für den Cholesterinspiegel, beugen Rheumatismus vor und sind entscheidend für die freie, gesunde Zirkulation des Bluts. Ich bin sicher, Sie möchten doch Zwiebeln in Ihren Salat.« Kostas gibt mir einen Fußtritt. »Ja«, sage ich, als hätte ich mich gerade umentschieden. »Ich glaube, ich möchte doch Zwiebeln in meinen Salat.«

»Thasos«, seufzt Aura. »Dann fliegen Sie sicher nach Kabala und nehmen dort die Fähre?« Ich nicke. An einem anderen Tisch wird ein Lied angestimmt, ein Hadjidakis-Lied mit dem Titel *Laß uns auf dem Mond spazierengehen*. Das allgegenwärtige unbefangene Singen gehört zu den liebenswertesten Eigenarten der Griechen: Busfahrer nehmen ganze Vorräte von Lieblingskassetten mit auf Reisen, und Abendessen enden oft mit Gesang. In einer Nation, die derart mit der Bürde des Argumentierens beladen ist, ermöglicht Singen direkte Verständigung. »Also«, sagt Aura, »in den Gewässern um Thasos kann es Ihnen passieren, daß Sie der Schwester Alexanders des Großen begegnen, die sich angeblich öfter dort aufhält. Und wissen Sie, was Sie ihr antworten müssen, wenn sie Sie nach ihrem Bruder fragt?«

»Ich überbringe nicht gern schlechte Nachrichten«, sage ich, »aber ich stand eigentlich unter dem Eindruck, Alexander der Große sei – tot.«

»*A pa pa pa!*« schreit Marina, und Aura lehnt sich vor: »Ist Jesus Christus etwa tot? Sein Grab war leer, oder? Alexander hat nicht mal ein Grab, auch wenn noch so viele Leute behaupten, es gefunden zu haben. Ich weiß es, denn mein Großvater hat in einer Baumwollfirma in Alexandria gearbeitet, und alle Jungs, die dort angestellt waren, brachten ihre Wochenenden damit zu, nach dem Grab zu suchen. Es ist also gut möglich, daß Sie dort, wo Sie hinfahren, Mitgliedern des makedonischen Königshauses begegnen. Ich möchte Ihnen einen Gefallen tun und Ihnen das Leben retten: Sie haben sicher schon Bilder von der Gorgo gesehen, der riesigen Meerjungfrau mit phantastischen Haarmassen und herrlichen Brüsten, die aus dem Meer emporsteigt und über dem Kopf in beiden Händen ein Schiff hält? Das ist die Schwester Alexanders des Großen.« Ich habe viele solcher Darstellungen auf Holz oder Keramik gesehen – der Spielzeug- und Geschenkartikelladen in meiner Straße hat einige davon im Schaufenster hängen. Immer aber habe ich die Meerjungfrau für eine Art seltsames maritimes Pendant zum heiligen Georg gehalten, weil sie sich aus dem Meer erhebt, um ein Schiff zu retten, so wie Georg seine Lanze warf, um einen Drachen zu töten. Ich wußte nicht, daß sie von so vornehmer Herkunft ist.

»Die Sache geht folgendermaßen vor sich«, fährt Aura fort. »Sie schwimmt zu Ihrem Schiff und umfaßt mit den Händen den

Rand vom Deck; dann fragt sie: ›Lebt der große Alexander?‹ Und Sie antworten: ›Er lebt und regiert, *zei kai basileuei.*‹ Oder: ›Er lebt, regiert und herrscht über die Welt.‹ Daraufhin trägt sie Ihr Schiff schnell, auch sicher ans Ziel; sie glättet die Wogen und lehrt Sie die Musik des Meeres. Deshalb sagt hier jeder Musiker, wenn er ein neues Lied komponiert hat: ›Das hat mir die Gorgo eingegeben.‹ Falls Sie ihr aber erzählen, daß Alexander tot sei, wird sie in Wut ausbrechen und Ihr Schiff mit ihrer riesengroßen Faust in den Meeresboden rammen. Oder sie wird verzweifelt sein und anfangen, weinend Trauerlieder zu singen, *myrologia*: die Sprache des Schicksals. Und keiner wird überleben, denn wenn die Meerjungfrau weint, müssen alle ertrinken. Ihre *myrologia* schwellen zu mächtigen Taifunen an, sie reißt sich Strähnen aus ihrem glänzenden Haar, die zu Blitzstrahlen werden, und ihr Schluchzen bringt gewaltige Sturmfluten hervor, die Schiffe überspülen. Und da ich gerade von Flüssigem spreche: Brauchen wir nicht noch eine Karaffe Wein?«

Marinas Vater erhebt sich von seinem Stuhl, um den Kellner herbeizuwinken. Während ich seine Bewegungen beobachte, wird mir bewußt, daß wir nicht genau genug hinsehen, wenn wir in einem gealterten Körper lediglich Schwäche entdecken. Der alte Mann bewegt sich vielmehr mit einer ganz besonderen Kraft, die er nicht etwa aus den Überresten seiner Jugend bezieht, sondern aus einem vollendeten Willen, einer Kraft, die auf einer präzisen Einschätzung seiner Möglichkeiten beruht. Sein gealterter Körper ist eine Art physischer Philosoph, der in dem Augenblick, da er sich vom Stuhl erhebt, Bewegungen aufgrund von Wissen und praktischer Erfahrung wortlos analysiert.

Der Kellner bringt uns neuen Wein. Als alle Gläser wieder gefüllt sind, prostet Kostas Aura zu: »Wunderbar. Du erweist unserem Gast einen großen Dienst, indem du ihr diese Geschichte erzählst. Denn sie lehrt uns, daß man als Grieche lügen lernen muß, wenn man überleben will. Schließlich wissen wir alle, daß Alexander tot ist, aber um weiterleben zu können, sind wir dazu verdammt, immer wieder das Gegenteil zu behaupten. Die einzige Griechin, die nichts von seinem Tod weiß, ist die Gorgo, und die ist verrückt. Diesen Teil der Geschichte hast du ausgelassen, Aura: Wie kam es überhaupt, daß die Schwester von Alexander dem Großen zur Meerjungfrau wurde?

Also, nachdem Alexander alle ihm bekannten Länder der Welt erobert und all ihre Schätze an sich genommen hatte, versammelte er Zauberer, Astrologen und Traumdeuter um sich, die ihn berieten, und fragte sie: ›Wo finde ich die Bibliothek mit den Schriftrollen, auf denen das Los aller Lebewesen aufgezeichnet ist? Jedes Königreich auf Erden habe ich unterworfen, aber erst, wenn ich das Reich der Zeit erobert habe, werde ich die Früchte meiner Errungenschaften dauerhaft genießen können.‹ Ein weiser Traumdeuter antwortete ihm: ›Majestät, Ihr seid der mächtigste Sterbliche auf Erden, aber was die Schicksalsmächte, diese großen Dichter, schreiben, läßt sich nicht ungeschrieben machen; man kann es nur ein bißchen redigieren, hier die Grammatik berichtigen, dort eine Formulierung glätten. Es gibt meines Wissens nur eines, was Ihr tun könnt, wenn Ihr lange genug leben wollt, um Euch an Eurem Königreich zu erfreuen und Euren Ruhm auszukosten – Ihr müßt unsterblich werden. Und das ist schwierig, sehr, sehr schwierig.‹ Alexander sagte: ›Ich habe dich nicht gefragt, ob es schwierig, sondern ob es möglich sei.‹ Der Traumdeuter erwiderte: ›Also gut, Majestät. Innerhalb der Grenzen Griechenlands, Eures eigenen Reiches, gibt es das Wasser, das Unsterblichkeit verleiht: Wer davon trinkt, braucht den Tod nie mehr zu fürchten. Aber um an dieses Wasser heranzukommen, muß man sein Leben aufs Spiel setzen. Man muß zwischen zwei Bergen hindurchgehen, die zusammenprallen und jeden zu Staub zermahlen, der zu entfliehen versucht; viele Athleten und Aristokraten sind auf ihrer Suche nach dem Wasser von ihnen zermalmt worden. Wenn Ihr diese Berge unversehrt hinter Euch gelassen habt, müßt Ihr in Griechenlands Unterwelt hinabsteigen, wo Ihr einem schlaflosen Drachen begegnen werdet, der das Wasser Tag und Nacht bewacht. Ihr müßt den Drachen töten, das Wasser an Euch nehmen und noch einmal durch das Mahlwerk der Berge hindurchgehen.‹

Sofort bestieg Alexander sein Pferd Bukephalos, das fliegen konnte, obwohl es keine Flügel hatte. Zusammen bestanden sie alle Prüfungen, und Alexander nahm die Glaskaraffe mit dem Wasser an sich, brachte sie in seinen Palast in Makedonien. Doch der große Held vergaß, daß es eine Sache war, das Wasser in seinen Besitz zu bringen, eine andere, es zu bewachen. Er gab die Karaffe seiner Schwester, um sich von seinen Heldentaten zu erholen, und als sie damit in den Palast ging, stolperte sie und vergoß das Wasser. Zufällig fielen ein paar Tropfen auf einen Hügel voll wilder Zwiebeln: Das ist der Grund, weshalb Zwiebeln eine so große Haltbarkeit haben und den ganzen Winter über aufbewahrt werden können, ohne zu verfaulen.

Nachdem Alexander sich ausgeruht hatte, ließ er seine Schwester rufen, damit sie ihm das Wasser zu trinken bringe. In dem Glauben, daß die Karaffe mit gewöhnlichem Wasser gefüllt gewesen sei, erzählte sie ihm, daß sie gestolpert sei und es verschüttet habe, ihm aber eine neue Karaffe bringen werde. Der große Alexander wurde beinahe wahnsinnig vor Wut und verfluchte seine Schwester, weil sie ihn des ewigen Lebens beraubt hatte. Er verdammte sie für alle Zeiten, halb Frau, halb Fisch zu sein und weder ganz an Land noch ganz im Meer zu leben. Gott erhörte ihn und verwandelte sie in eine Meerjungfrau, die die Menschen von ihren Schiffen aus in den Wellen schwimmen sehen können. Und das Gefühl, schuld am Tod ihres Bruders zu sein, treibt sie so um, daß sie zwanghaft jedes Schiff anhält, um die Menschen zu fragen, ob Alexander lebt, und jeden tötet, der ihre Frage verneint.

Merk dir also, Patricia: Wenn du in Griechenland eine Geschichte hörst, mußt du immer darauf gefaßt sein, auch über ihren Schatten zu hören, ihre Gegengeschichte. Denn wie schon Marina gesagt hat, haben wir sechs Granatapfelkerne gegessen, und so gibt es von all unseren Geschichten zwei Versionen: In der Hölle klingen sie anders als im Himmel. Und du weißt jetzt, daß man in

Griechenland nie die Vergangenheitsform wählen darf, wenn man von Alexander dem Großen spricht – obwohl du weißt, daß er tot ist. Falls du also der verrückten Meerjungfrau begegnest, was wirst du sagen?«

»Er lebt und regiert.« Wieder schallt von einem Nebentisch ein bekanntes Lied zu uns herüber, eines der anrührendsten und elegischsten modernen griechischen Lieder überhaupt. Sein Text ist ein Gedicht von Seferis mit dem Titel *Verdrängung*, jedermann kennt es, weil die Theodorakis-Melodie so beliebt ist: »Mittags hatten wir Durst, aber das Wasser war brackig ...« Nach den ersten Takten kann keiner widerstehen, auch die elegante Marina und ihr weißhaariger Vater nicht, die Köpfe beim Singen dicht beieinander, als wären sie in ein vertrauliches Gespräch vertieft: »Mit wieviel Herz und Geist / wieviel Sehnsucht und Leidenschaft / lebten wir unser Leben ...« Es gibt Geister in dieser Sprache, es gibt einen Geist in diesem Lied: den Geist Alexanders. Denn das griechische Wort *pothos*, Sehnsucht, beschreibt sowohl seinen Drang, die Donau zu überqueren, als auch sein Verlangen, zum Orakel von Zeus-Ammon in Ägypten zu pilgern – um offiziell zu einem Sohn des Zeus erklärt zu werden. »Mit wieviel Herz und Geist / wieviel Sehnsucht und Leidenschaft / lebten wir unser Leben. Falsch! / Und so änderten wir unser Leben.«

Pothos, Alexanders Wort, hat eine besondere Nuance: als wären Sehnsucht und Ehrgeiz miteinander verschmolzen, als begehrte ein Liebender angesichts des Gegenstands seiner Sehnsucht auch Ruhm. In einer Welt, in der die besonders Ehrgeizigen, wie Alexanders Mutter, verkündeten, ihre Kinder seien aus der geschlechtlichen Vereinigung mit Göttern hervorgegangen, ist diese Nuance nicht ohne Sinn. Ich stelle mir vor, ich könnte spüren, wie Alexander seinem Wort zu entkommen versucht, ein in einem Glas gefangener Leuchtkäfer. Vor meinem geistigen Auge tauchen jene Kinderbücher auf, in denen man Punkte durch Linien verbinden muß, um Sternbilder erkennen zu lernen. Die Griechen schufen ihre Sternbilder aus Mythen und Unsterblichkeiten, aber ich bin keine Griechin, und so zeichne ich die meinen anhand von Geschichte und Sterblichkeit. Ich ziehe eine gedachte Linie zwischen zwei Leuchtkäfern, die eine ungeheure Entfernung zurückgelegt haben: ein Leuchtkäfer-Eroberer, der für einen Augenblick in einem Wort hörbar wurde, und ein vorübergehendes Leuchtkäfer-Bewußtsein, das dieses Wort erkannte und verstand. Mein Sternbild ist aus Leuchtkäfern gemacht.

Spiegel als Biographen

E iner der schlimmsten je in Attika dokumentierten Wald-
brände, der letzten Sonnabend ausbrach und eine zwanzig
Kilometer breite glühende Front vor sich herschob, scheint absichtlich gelegt worden zu sein. Ein Sprecher der Landesregie-
rung und verschiedene örtliche Regierungs- und Umweltbeamte
machen eine Gruppe von Brandstiftern verantwortlich, die für
Bauunternehmer und Grundstückspekulanten arbeiten.
Brandstiftung ist eine der häßlichsten Traditionen im modernen Griechenland. Reisereportagen aus dem neunzehnten Jahrhundert definieren sie beinahe einstimmig als gängige Methode,
Eigentumsansprüche geltend zu machen oder Boden für die Landwirtschaft zu erschließen; berichtet wird auch von der gleichgülti-
gen, fast verächtlichen Haltung der Griechen gegenüber dem
Wald: Wenigstens zum Teil hänge das mit dem Umstand zusammen, daß fruchtbarer Boden knapp und von zentraler Bedeutung
für die Mitgift sei. Selbst der philhellenistische Historiker William
Miller schrieb um die Jahrhundertwende empört, daß die im Ausland lebenden griechischen Millionäre ihre Aufmerksamkeit lieber darauf richten sollten, Griechenland wiederaufzuforsten und
die Bewohner über die Bedeutung des Waldes aufzuklären, anstatt großartige städtische Bauwerke zu errichten. Im heutigen
Griechenland der achtziger und neunziger Jahre ist die Einstellung zum Schutz der Wälder immer noch zwiespältig: Über vierzig Prozent der Wälder in Attika sind Gegenstand von Rechts-
streitigkeiten, und das staatliche Engagement ist ebenso halbher-
zig wie das der Bürger. Für die Bewachung der Wälder wird zu
wenig Personal eingestellt, und die Regierung greift nur selten

gegen Bauunternehmer und Spekulanten durch, die zuweilen auf irgendeinem Gelände zu bauen beginnen, sobald das dort gelegte Feuer erloschen ist: Ganze Städte sind auf diese Weise hochgezogen worden. Da Ansprüche auf geschütztes Land selten auf verläßlichen Dokumenten beruhen, in vielen Fällen folglich weder widerlegt noch bewiesen werden können, veranschaulichen sie die enorme politische Kraft von Mythen. Der vielleicht bekannteste und erste Fall einer Landnahme kraft Phantasie steht im Alten Testament: Die Hebräer vernichteten Völker und griffen deren Götter an, weil jene in Gebieten lebten, die sie selbst beanspruchten – und zwar aufgrund einer Geschichte, die Gott ihnen erzählt hat. Ironischerweise ließ sich Yehuda Alkalai mit seinem Klassiker des Zionismus, dem 1843 veröffentlichten Buch *Die dritte Erlösung*, von der griechischen Revolution von 1821 inspirieren – ein Effekt, den die Revolutionsführer, christliche Nationalisten, die zu den osmanischen Juden eine problematische Beziehung hatten und oft verächtlich von ihnen sprachen, kaum beabsichtigt haben konnten. Die Juden, die mit Chanukka unter anderem die Zurückweisung der griechischen Kultur feiern (»Griechen verbündeten sich gegen mich«, heißt eine Zeile in einem Chanukka-Gebet), scheinen Israel also zumindest zu einem Teil nach modernem griechischem Beispiel gestaltet zu haben. Geschichten, die miteinander offenbar wenig zu tun haben, treffen bisweilen ganz unerwartet aufeinander, wie jene Paare, deren zufällige Begegnung zur Hochzeit führt. Vielleicht sollten wir uns Geschichten daher vorsichtiger nähern; viele von ihnen leben womöglich länger als wir. Ich habe gelesen, daß der Wald, auf den durch angebliche Erbschaften Ansprüche erhoben werden, in manchen Gegenden Griechenlands größer scheint, als er in Wahrheit ist. »Wir haben auch ererbte Ansprüche auf die vielen Wohnungen im Himmel«, erzählt mir Kostas während eines gemeinsamen Abendessens in Athen. »Dort ist die Umgangssprache das Koine-Griechisch des Neuen Testaments. Stell dir bloß vor, was passiert wäre, wenn Jesus Lateinisch gesprochen hätte.«

Während ich mich anziehe, um ein paar Besorgungen zu machen, bevor ich am Nachmittag nach Kabala fliege, schaue ich mir einen weiteren Bericht im Fernsehen an. Man sieht Aufnahmen von ausländischen Würdenträgern, die vor dem Präsidentenpalast begrüßt werden. Das Gebäude, das hier höhnisches Gelächter, Sympathie oder auch Angst hervorruft, ist in meinen amerikanischen Augen nicht mehr als eine solide mediterrane Sommerresidenz. Ich komme mindestens zweimal in der Woche daran vorbei, und es erschreckt mich, die Gesichter der Staatsoberhäupter so dicht vor mir zu sehen, daß ich sie in allen Einzelheiten erkennen kann. Auf der anderen Straßenseite stehen immer Kamera- und Übertragungswagen, in deren offene Türen man Reporter und Kameraleute herumlungern sieht, mit einem Fuß auf dem Bürgersteig, laufenden Radios und brennenden Zigaretten.

Da das Fernsehen offensichtlich Bilder erzeugt, die im Erfahrungshorizont des Zuschauers bereits vorhanden sind, wird mir bewußt, daß dieses Medium ein technologisch verfeinerter Spiegel ist: Jedesmal wenn ich eine griechische Sendung einschalte, mit ihren verschiedenen Grundtonarten und Modulationen, Symbolen und Bräuchen, kommt es mir vor, als schaute ich in einen Spiegel und sähe nicht mich selbst, sondern eine unerwartete, mit fremden Wesen bevölkerte Welt – als hätte ich Träume, die zum Leben eines anderen gehörten. Sowohl in den Träumen, die Artemidoros aufgezeichnet hat, als auch in denen meines *oneirokrites* aus dem zwanzigsten Jahrhundert spielen Spiegel eine Rolle. Der Unterschied liegt in der Art der Bilder, die die Träumenden im Spiegel zu sehen erwarten. Die Spiegel des zwanzigsten Jahrhunderts, inspiriert von surrealistischen Malern, zeigen Unvorhergesehenes, Bilder von fremden Menschen, Tieren oder Landschaften, ganze Welten auf einem Gesicht; sie verzerren, so, als suche der Träumende sein Bild in einem zerbrochenen Spiegel. Artemidoros' Spiegel sind gehorsamer, statischer: wie die Gesichter seiner Träumenden, die sie selbst zu bleiben scheinen, auch wenn ihre Spiegelbilder sie häßlicher aussehen lassen, als sie in Wahrheit sind. »Vor einem Spiegel zu stehen und sich darin zu erblicken, so, wie man wirklich ist, bringt Glück«, schrieb er, aber ich habe den Verdacht, daß dies ein Beispiel jener Ironie ist, die ich häufiger bei ihm zu entdecken meine. Gerade ein Traumphilosoph weiß doch, daß kein Spiegel uns so zeigt, wie wir wirklich sind – weil wir, wie Schneewittchens Stiefmutter, nie ohne Wunsch in den Spiegel schauen. Einen flüchtigen Blick auf unsere wahre Erscheinung können wir bestenfalls im Gesichtsausdruck eines anderen Menschen erhaschen, und dies auch nur, wenn wir erkennen, daß das Gesicht eines anderen kein bloßer Spiegel ist.

Ich versuche ein Taxi anzuhalten, um zum Friseur in die Innenstadt zu fahren, aber der Fahrer wirft den Kopf zurück wie ein Pferd beim Aufzäumen, rollt die Augen und schnalzt mit der Zunge: ein nonverbales Nein, das die Griechen mit den Türken gemein haben. Das Athener Taxisystem ist, denke ich manchmal, eines der Hauptargumente gegen die Stadt. Man wird nur mitgenommen, wenn die Richtung dem Fahrer gerade paßt. Deshalb muß man ihm das gewünschte Fahrtziel lauthals zurufen, so daß alle Welt es hören kann – für zurückhaltende, schüchterne oder empfindsame Menschen eine Zumutung. Dennoch finde ich schließlich einen willigen Fahrer und komme rechtzeitig bei Ho Kyrios Emmanuel, wie der Friseurmeister ehrfurchtsvoll von seinen Mitarbeitern genannt wird, an.

In einer Welt, in der Titel für gewöhnlich schnell fallengelassen werden und die Zeitungen den früheren Premierminister Papandreou nur Andreas nennen, wirkt die Beibehaltung des »Kyrios« und des förmlichen bestimmten Artikels »Ho« geradezu theatralisch. Ho Kyrios Emmanuel ist ein Künstler, »und zwar von Natur aus«, erzählt er mir, »weil ich aus Alexandria stamme und wie viele Kinder der von Alexander auserwählten Stadt eine sehr alte Seele habe: künstlerisch und nicht leicht zu beeindrucken. Ich glaube, ich bin jetzt in meinem letzten Leben angekommen; es gibt nur noch wenig, was ich nicht gesehen habe. Sie dagegen haben, glaube ich, eine sehr junge Seele, Sie sind in Ihrem ersten

Leben – das sehe ich daran, wie freudig überrascht Ihre Augen jedesmal aufleuchten, wenn Sie etwas Neues hören, als wären Sie ein
Neugeborenes, das nicht glauben kann, wie schön die Welt ist.«
Ich finde mich damit ab, daß Ho Kyrios Emmanuel mir einen me-
taphysischen Haarschnitt verpassen wird. Möglicherweise besitzt
auch er, ohne etwas dafürzukönnen, jene brutale Sentimentalität,
die für Antike und Christentum gleichermaßen charakteristisch
ist und die ein Gesicht, auf dem sich Leid abzeichnet, zwangsläufig für ein weises, wahrscheinlich auch gutes Gesicht hält. Aber
Weisheit wird gewiß nicht nur durch Leidenshunger erlangt. Ho
Kyrios Emmanuel glaubt mich durchschaubar wie ein Heiligenbild. Gleichgültig, ob ich Menschen gesehen habe, die so korrupt
waren, daß sich ihr Leben nur als verfault beschreiben läßt; ob ich
mein Gesicht einfach nicht zu einer Bühne des Schmerzes machen
will; oder ob ich wie ein Guerillero gekämpft habe, um auf meinem Gesicht einen Weg für die Freude freizuschlagen – für Ho
Kyrios Emmanuel bin ich ein Spiegel, in dem er das Bild seines eigenen geschliffenen Urteils und seiner alten Weisheit sieht.

Ich bitte ihn, mir von Alexandria zu erzählen, das den Großteil
seiner griechischen Bevölkerung in den sechziger Jahren verloren
hat, als sich Nasser dafür stark machte, daß in erster Linie Ägyp-
ter von Ägyptens Ressourcen profitieren. »Vielleicht bedarf es
dazu einer alten Seele, aber man kann Alexanders Gegenwart nirgends so deutlich spüren wie dort, nicht einmal in Makedonien,
wo er als Knabe lebte. Alexandria war ihm im Traum erschienen:
Gewisse, von einem weißhaarigen Mann gesprochene Verse Homers bedeuteten ihm, daß er den richtigen Ort gewählt hatte. Und
in Ägypten bestätigte sich auch, daß Alexander ein Gott war, der
wahre Sohn des Zeus. O ja, dafür gibt es Beweise. Haben Sie zum
Beispiel von dem Zeichen gehört, das kam, kurz bevor Alexander
in der Schlacht von Gaugamela gegen den persischen König Da-
rius kämpfte? Alexander sprach zu seinen Truppen und spornte
sie zum Sieg über die Barbaren an. Er hob seine rechte Hand, um
Schutz für die Griechen zu erflehen – für den Fall, daß er der

wahre Sohn des Zeus sei. Zuvor hatte es Auseinandersetzungen über den richtigen Zeitpunkt des Angriffs gegeben, doch in diesem Augenblick flog ein Adler, der Vogel des Zeus, herab und schwebte über Alexanders Kopf; dieser Vogel führte die griechischen Truppen in den Kampf, aus dem sie dann siegreich hervorgingen. Sie glauben das nicht? Es gab Zeugen.« Dies ist das erste Mal, daß man mir eine Geschichte von Plutarch erzählt, während mir die Haare gefönt werden. Der Friseurmeister wirkt wie jemand, dem es Vergnügen bereiten würde, mir durch die Angabe der Quelle seine Bildung zu beweisen; da er keine nennt, weiß er also vermutlich gar nicht, daß seine Geschichte von Plutarch stammt – oder daß es überhaupt eine Geschichte ist.

Auf dem Flughafen belehrt mich ein Schild am Check-in-Schalter: »Makedonien ist seit Jahrhunderten griechisch. Lesen Sie die Geschichtsbücher.« Auf Band aufgenommenes Klingeln kündigt Flüge nach Rhodos, Kephallenia, Kreta, Zakynthos an, eine Auswahl von Träumen. Ich steige in die Maschine nach Kabala, die innen mit einem Bestiarium geflügelter Fische dekoriert ist, und fliege bei Sonnenuntergang, das Wasser ein blauer Weltraum unter mir, über den Saronischen Golf ins blaue All. Während des Fluges lese ich ein Männermagazin, auf dessen Titelblatt der junge Marlon Brando prangt; ein paar der Redakteure stammen aus Regierungskreisen oder haben dorthin gewechselt. Das ist vielleicht eines der seltener bedachten Merkmale eines kleinen Landes: daß das Netz der Beziehungen zwischen Medien, Wirtschaft und Regierung beinahe unweigerlich sehr viel engmaschiger ist. Ich schlage den Leitartikel auf, der vom griechischen Mann und seiner Mutter handelt. Er beginnt mit makabren doppelseitigen Farbaufnahmen aus Fernsehen und Showbusineß von bekannten Persönlichkeiten mit ihren Müttern: Vier dralle Frauen um die Sechzig züchtigen ihre Söhne, Männer um die Vierzig, indem sie sie an den Haaren ziehen und ohrfeigen. Eine tut so, als windele sie ihren muskulösen Sohn, dessen behaarter Bauch durch das weiße Tuch grotesk wirkt und dessen ausgewachsene Hoden sich abzeichnen. Auf einer anderen Doppelseite sieht man einen kräftigen Komiker mit Vollbart und dunklen Ringen unter den Augen auf den Knien seiner Mutter liegen, die ein damenhaftes Hemdblusenkleid trägt und die Hand über seine halbentblößten Pobacken erhebt, um ihm eine Tracht Prügel zu verabreichen. Jede Mutter beschreibt die Höhepunkte der Geburt ihres Sohnes, auch was er ihr bedeutet. »Alles. Er bedeutet mir alles«, sagt eine; »er ist mehr als alles für mich«, sagt eine andere, »er ist mir wichtiger als mein Leben.«

Dann folgt ein Fragebogen, anhand dessen jeder Mann den Filmarchetypus der griechischen Mutter finden soll, der am besten zu ihm paßt. Die fünf zur Auswahl stehenden Archetypen haben ein lokales Aroma wie landwirtschaftliche Erzeugnisse. Sie verdichten meine Ahnung davon, welch tiefgreifende Wirkung es hat, von frühester Kindheit an mit Heiligenbildern zu leben, mit streng vorgegebenen Posen und Kostümen, die klassifizieren und stabilisieren: eine Systematik des Heiligen. Wie Ikonen sind diese fünf weiblichen Urbilder zwischen Macht und Ohnmacht, Leblosigkeit und Übermenschlichkeit gefangen. Da ist eine beleibte, makellos bürgerliche Dame mit Hut, die sich massiv in das Privat- und Berufsleben ihres Sohnes einmischt und ihn beherrscht, indem sie ihn gnadenlos bekocht, ja ihm stets sein Lieblingsgericht auftischt, um mögliche Proteste im Keim zu ersticken. Die zweite ist eine katzenäugige, adlernasige Frau von grausamer Schönheit, die sadistische, kapriziöse Mutter, die ihren Sohn drangsaliert und versucht, seine Freundinnen loszuwerden, indem sie sie auszahlt. Der dritte Typ ist eine Frau von an Irrsinn grenzender Selbstverliebtheit, die ihr Kind in erster Linie als Nebenfigur in einer Geschichte betrachtet, in der sie selbst die Hauptrolle spielt. Nummer vier, mit furchterregend scharfgeschnittenem Gesicht und verzerrtem, verbittertem Mund, ruft »du Verfluchter«, wenn ihr Sohn irgend etwas für sie erledigen soll, und lehrt ihn früh, daß das Leben die Hölle ist und er ihm deshalb so brutal begegnen muß, wie es ihm selbst begegnet; sie zückt das Messer, wenn ihr

Sohn ausziehen will, und droht, sobald sie seine Freundin kennenlernt, sich umzubringen, sollte er diese Schlampe heiraten. Die letzte Variante ist der Favorit aller Sentimentalen: die *laike*-Mutter, die Mutter aus dem Volk, gutherzig, ungebildet, »arm wie unser armes Griechenland«, eine Frau, die jenseits der Welt der Bräuche und des gesunden Menschenverstands nichts kennt, »die Bedauernswerte«, die zärtliche und herablassende Gefühle zugleich weckt.

Als ich mich das nächste Mal traue, aus dem Fenster zu schauen, befinden wir uns im Landeanflug, scheinbar geradewegs ins Meer hinein. Wir fliegen über ein Schiff, dann über ein paar marschige Flecken Land, die wie Karnevalsmasken im Wasser treiben, und sinken, sowie plötzlich fester Boden sichtbar wird, auf die Landebahn. Ich klettere in den Flughafenbus, auf dem »Kabala« steht, und fahre weiter in die nordgriechische Nacht, in dem sonderbaren Gefühl, zwischen zwei Welten zu schweben: Die einsame Freiheit in einem Bus auf der Landstraße ist für mich eine zutiefst amerikanische Empfindung. Wir kommen durch ein Dorf hindurch, dessen Lichter mit beinahe verzweifelt wirkendem Glanz die erste Fülle der Nacht erhellen. Jedes Haus, an dem wir vorbeifahren, funkelt, als strahlte es sein Innerstes aus. An der Hauptstraße liegt ein *kafeneion*, vor dem schattenhafte alte Männer mit konzentrierten Gesichtern miteinander trinken und Karten spielen, daneben eine *ouzeri*; die Gläser glitzern in dem seltsam isolierenden grellen Schein, wie in Nahaufnahme gefilmt.

Schließlich erreichen wir Kabala, eine Stadt an einem sichelförmigen Hafen, die in die dahinter aufragenden Hügel hineingebaut ist. Bei Nacht sieht sie wie ein mit weißen Lichterblumen behängtes schlafendes Lamm aus. Oben auf einer Anhöhe liegen, mit Scheinwerfern angestrahlt, eine Burg und eine Kirche, und die Städter spazieren auf ihrem *corso*, ihrer Abendpromenade, *pano-kato, kato-pano*, am Ufer entlang. Ich miete ein Zimmer in einem finsteren, aber günstig gelegenen kleinen Hotel und will gerade meinen Koffer zum Fahrstuhl tragen, als ein Mann mit Baseball-

kappe erscheint, mir seine Hilfe anbietet. »Sie kommen nicht aus
Athens, Greece, oder?« fragt er mit starkem texanischen Akzent.
»Nein«, sage ich, »aber Sie kommen aus Athens, Texas, stimmt's?«
»Nein«, antwortet er entzückt, »Beaumont, nicht Athens. Wir
sind hier draußen zur Arbeit auf Bohrinseln eingeteilt, und wenn's
Ihnen nichts ausmacht, würde ich wahnsinnig gern mal für eine
Stunde mit jemandem reden, den ich verstehe.« Ich stelle den
Koffer in meinem häßlichen Zimmer ab, mit Jesusbild über dem
Bett und einem schönen Blick über den Hafen, in dem gerade die
festlich erleuchtete Fähre aus Thasos einläuft. Dann gehe ich hinunter, um mit dem heimwehkranken Texaner auf dem *corso* spa-
zierenzugehen, von einer Reihe Fischrestaurants am linken bis zu
einer Disko und einem kleinen Rummelplatz am rechten Ende.
Ein runzliger alter Mann grillt Maiskolben auf einem Rost, ein
anderer herrscht über eine Art Tresen auf Rädern mit verschiedenen Fächern für Kichererbsen, Kürbiskerne und Pistazien, jene
kleinen Snacks, die die Griechen so lieben. Ein Jugendlicher vor
uns verzehrt einen ganzen Rosenkranz von Kürbiskernen, zählt
sie, befingert sie, hält sie in der geschlossenen Hand, ohne deren
Geschick und Geübtheit er wahnsinnig werden müßte. Es ist eine
heiße Septembernacht, doch ungeachtet der eisgekühlten Limo-
naden, die alle trinken, lautet die gängige Abschiedsformel zu dieser Jahreszeit »*Kalo cheimona*«, guten Winter.
   Wir essen in einer der Fischtavernen am Hafen, die der klassischen Tavernen-Geographie entsprechend fast unmittelbar an
den täglichen Fischmarkt angrenzen, und trinken eine Flasche
Hagios Panteleimon; gut zu wissen, daß der Schutzheilige der
Bäcker zu seinem Brot auch Wein zu trinken hatte. Am Nebentisch sitzt eine Gruppe von Schülerpärchen, gerade so alt, daß ein
Freitagabend im Restaurant, ohne Eltern, ein rauschhaftes Vergnügen für sie bedeutet. Alle haben sich besonders schön zurecht-
gemacht, und der Tisch gleicht dem griechischen Tavernentisch,
wie man ihn aus Filmen kennt: überall Teller und Flaschen, ein ar-
chetypisches Bild des Genusses. Die Jungen rauchen und kippeln,

Hände in den Hosentaschen, à la *mankas* mit ihren Stühlen. *Mankas* ist in der griechischen Poesie ein Schlüsselwort für Männlichkeit, das auch negative Konnotationen haben kann, aber immer Unbesiegbarkeit meint sowie eine Großzügigkeit, in der Wagemut, Kraft zum Ausdruck kommen: eine Art Machopendant zur häufiger mit Frauen assoziierten Wohltätigkeit. Doch die Großzügigkeit des *mankas* hat weniger mit Freigebigkeit als mit Gönnerhaftigkeit zu tun. Der *mankas*-Charakter verknüpft sich am lebhaftesten mit Erfahrungen der Kleinasien-Katastrophe; er ist ein Gradmesser der Auswirkungen, die dieses Ereignis auf Griechenland hatte, und ein männlicher Archetypus zugleich. Ein *mankas* war ein vertriebener kleinasiatischer Grieche, der sein Eigentum verloren hatte und sich als Tagelöhner und Dieb durchschlug, auch wenn er einst wohlhabend gewesen war. Er fiel durch die Maschen des Systems, gehörte weder zu den Bauern noch zum Bürgertum und schuf sich daraufhin seine eigenen Gesetze: das griechische Männlichkeitsideal. Bestimmte Posen und Eigenheiten wurden schon bald mit dem *mankas* in Verbindung gebracht: stolzierender Gang, Bedrohlichkeit, gefährliche Sexualität, eine aus dem Mundwinkel hängende Zigarette, die ständige Bereitschaft zu tanzen wie zu töten. Ursprünglich trug der *mankas* in Erinnerung an die Menschen, die er im Kampf getötet hatte, ein schwarzes Trauerband um seinen Hut, eine Großmut, die sich der Macht des Überlebenden verdankte.

Der *mankas* ist eine zentrale Gestalt in der modernen griechischen Mythologie, und ich erzähle Jerry aus Beaumont, was ich darüber weiß. Ein Mythos verbindet eine reale Person oder Eigenschaft mit der Vergangenheit hin zur Unendlichkeit, so daß sie Zeitlosigkeit versinnbildlicht und so zum Beweis für die als wesentlich empfundene Kontinuität zwischen altem und neuem Griechenland wird. Es ist ein typisch hellenischer Handstreich: die magische Illusion der Ewigkeit. Ein Mythos muß überdies alles daransetzen, wahr zu erscheinen und dabei so viel Geschichte wie möglich zu zerstören; deshalb erzählt er vom Leben der Götter, und deshalb können wir nie konkretes historisches Wissen über die Götter erlangen, denn wenn wir einen Gott als eine historische Gestalt betrachteten, könnten wir ihn nur schwer für unsterblich halten. In gewisser Weise ist es daher ein Widerspruch in sich, von einem alten Mythos zu sprechen, denn ein Mythos unterhöhlt ja gerade die Vorstellung von der Vergangenheit zugunsten einer ewigen Gegenwart.

»Können Sie jetzt erraten, wer der archetypische *mankas* ist?« frage ich Jerry, aber der möchte lieber, daß ich es ihm sage. »Alexander der Große.« Ich hole mein Notizbuch heraus und lese ihm ein Zitat vor, das Aura für mich abgeschrieben hat: »Niemand war *mankas* genug, um zu leisten, was er damals leistete. Den ganzen Osten zu erobern und sich so zu benehmen, wie er es tat! *E*, darin kam das wahre Wesen des *mankas* zum Ausdruck.«

Jerry trinkt einen, wie mir scheint, nachdenklichen Schluck vom Wein des Heiligen. »Eins ist sicher – man hört hier verdammt viel über Mr. Great und seine Makedonier.«

Gerade hier, denke ich, wo man über die eigene Identität so zwiegespalten ist. Ein Blick in eine kleine Auswahl von Schriften und Büchern über die »makedonische Frage« zur Zeit der Jahrhundertwende und vor den Balkankriegen ließ mich ein bißchen besser verstehen, warum die Griechen Makedonien heute als so bedroht ansehen. Die Gegend war einst Heimat von Griechen, Bulgaren, Albanern, Juden, Serben, Walachen und Türken, und Bücher in nahezu allen Sprachen gestehen jedem Balkanland Ansprüche zu. So kaleidoskopisch waren die Ansprüche und Gegenansprüche, die von allen Parteien vorgetragen wurden, daß selbst einer der hellenophilsten Autoren jener Zeit zu dem Schluß kam, daß die Mehrheit der Bevölkerung Makedoniens bulgarisch sei. Der Status von Kabala selbst war unklar genug, daß der Politiker Venizelos, der Griechenland 1912 und 1913 durch die Auseinandersetzungen um Makedonien lotste, es während all der zu Beginn des zwanzigsten Jahrhunderts geführten Verhandlungen über griechische Grenzen für einen möglichen Trumpf hielt, die

Stadt im Austausch gegen andere Konzessionen an Bulgarien ab-
zutreten. Die komplizierten Beweggründe und Entschlüsse der
interessierten Staaten, die hinter den allesamt fragwürdigen An-
sprüchen auf Makedonien standen, machen diese Episode zu
einem der traurigsten Kapitel der Menschheitsgeschichte: überla-
den mit den ermordeten Leibern von Menschen, die ihr Leben
opfern, wenn es um Ewigkeit geht, um angeblich so geheiligte
Gebietsansprüche, daß kein Kompromiß mehr möglich scheint.

Am Tisch der jungen Leute neben uns werden Melonen und die
prallen griechischen Septembertrauben aufgetragen. Die Jugendlichen stimmen einen aktuellen Hit an, wiegen sich in seinem
fröhlichen Rhythmus: »Ich habe das Leben und den Tod akzeptiert, und ich habe nichts mehr zu befürchten …«

Am Morgen gehe ich zu dem bescheidenen Haus, in dem Mehmet Ali aufwuchs, im neunzehnten Jahrhundert Statthalter von
Ägypten. Er ließ im Niltal Baumwolle anpflanzen, machte Königin Victoria einen der beiden als Nadeln der Kleopatra bekannten
Obelisken zum Geschenk und hatte einen politischen Massen-
mord zu verantworten, bei dem 1811 um die fünfhundert der
herrschenden Mamelucken abgeschlachtet wurden, Gäste auf einem Fest zu Ehren seines Sohnes. Klein, wie es ist, bewahrt das
Haus die geradezu radioaktive östliche Trennung zwischen Männern und Frauen, mit abschließbaren Räumen eigens für die
Frauen und einem Speisenaufzug, mit dem sie den Männern Essen schicken konnten, ohne selbst in Erscheinung zu treten. Vielleicht ist es ein Gradmesser der osmanischen Präsenz in Makedonien, daß sowohl Mehmet Ali als auch Atatürk hier geboren
wurden.

Ich nehme den Bus, der »Drama« als Ziel angibt, um mir Phil-
ippi anzusehen, jenen Ort, an dem die römische Republik durch
die Streitkräfte des künftigen Kaisers Augustus ihren Todesstoß
empfing. Während ich Philippis Akropolis hinter mir lasse, von
der aus man die trostlos anmutende makedonische Ebene überblicken kann, und zum Baptisterium der Lydia gehe, das an die

Konversion der ersten Europäerin zum Christentum erinnert, denke ich darüber nach, wie unwahrscheinlich es ist, daß sich noch einmal so viele weltverändernde Ereignisse in ein und derselben Gegend konzentrieren werden. Manche Leute behaupten, diese historische Dichte hänge mit einem unerklärlichen Magnetismus von Ort und Atmosphäre zusammen; das mag stimmen, aber es läßt sich auch nicht leugnen, daß Brutus, Cassius und Paulus gar nicht weit reisen konnten. Ihre Bühne war auf den Raum beschränkt, den schlechte Straßen, begrenztes Kapital, unberechenbare Meere und primitive Verkehrsmittel ihnen eröffneten, und die starke philosophische Gärung, der diese Welt ausgesetzt war, resultierte zum Teil auch aus ihrer geographischen Enge. Wie anders muß allein die Idee des Zufalls damals empfunden worden sein – Überlagerung und Wiederholung waren darin als Kräfte sicher wesentlich stärker präsent als in unserer Welt, in der, passend zu unserer Art des Reisens, der Zufall mit der Vorstellung verbunden ist, daß Dinge sich aus weiter Entfernung aufeinander zu bewegen. Ohne Flugzeuge, Tragflügelboote, Fähren, Busse, gepflasterte Straßen und Autobahnschilder würde ich wohl an diesem Morgen nicht zum Baptisterium gehen und die tiefrote Farbe der Kleidung bewundern, in der Lydia immer dargestellt ist; sie handelte sehr erfolgreich mit Farben, war eine der reichen Witwen, die der frühchristlichen Kirche eine wirtschaftliche Grundlage verschafften. Die Frau, die den Souvenirladen betreibt, schließt ihn für einen Moment, um mit mir in die Kapelle zu gehen. Zehn oder elf Kinder, erzählt sie mir, würden hier jeden Sonntag getauft, und auch für die Taufe Erwachsener, die in die orthodoxe Kirche aufgenommen werden, sei diese Stätte außerordentlich beliebt. »Sie sind orthodox«, sagt die Dame zu mir, und als ich den Kopf schüttle, fügt sie hinzu: »Aber Sie müssen orthodox sein, weil sie Griechisch sprechen.« Ich verneine noch einmal, und sie wirkt aufrichtig enttäuscht. »Na ja, wenigstens benehmen Sie sich gut. Es kommen so viele Leute her, die nicht orthodox sind und sich schrecklich aufführen.« Sie sagt, ich solle mir unbedingt noch den Fluß ansehen, in dem Lydia getauft wurde, einen schnellen, glitzernden Fluß, der am anderen Ufer von dichtem Gebüsch und zwei herrlichen Bäumen begrenzt ist.

Die moderne Geschwindigkeit, über die ich vorhin nachgedacht habe, läßt mir genügend Zeit, mehr von Kabala zu sehen, bevor die Fähre nach Thasos ablegt. Ich esse mit Reis und Minze gefüllte Tomaten zum Mittagessen, gehe anschließend in das kleine archäologische Museum der Stadt. Unter den Schätzen, die ganz in der Nähe von Kabala ausgegraben wurden, befindet sich auch ein Silberspiegel aus dem dritten Jahrhundert v. Chr., der so geschickt aufgestellt ist, daß ich von beiden Seiten hineinschauen kann. Ich betrachte mein Spiegelbild: Auf dem alten Silber flakkert mein Gesicht wie ein ferner Traum, etwas, was sich gleichzeitig auflöst und formt. Es ist, als stünde ich meiner eigenen Zukunft gegenüber, oder meinem eigenen Geist.

Der Pate

Am Kai vor der Fähre nach Thasos wimmelt es von Männern mit Kapitänsmützen. Ströme von Autos, Motorrädern, Lastwagen mit Bier- und Weinkisten sowie Kühlwagen voll frisch geschlachteten Fleisches werden von ihnen auf die Fähre gewinkt. Ich frage einen der Männer, wo ich mein Ticket vorzeigen muß. »Geben Sie's diesem Schönen«, sagt er und kichert, denn es ist verwirrend offensichtlich, daß der Mann, den er meint, in der Gruppe der hübscheste ist.

Im Gemeinschaftsraum unter Deck gibt es einen Kiosk, an dem man fettige Snacks, Obstsäfte, Bier und einen Weißwein kaufen kann, der nach der Via Egnatia benannt ist, jener Straße, die – von den Römern gebaut, um das Ost- mit dem Westreich zu verbinden – durch Makedonien und Thrakien hindurch von Rom nach Konstantinopel führte. Die in allen Ecken aufgehängten Fernseher zeigen die Vorschau auf eine Serie über Jacqueline Onassis mit dem Titel *Jackie e Agapemene*, Geliebte Jackie.

Ich gehe an Deck, um Kabala entschwinden zu sehen. Auf dem Weg nach oben komme ich am Kontrollraum vorbei, von dem aus das Schiff gesteuert wird, ein Raum, in dem Körbe voll Blumen und Basilikum von der Decke herabhängen; kein griechisches Schiff, dessen Kapitän etwas auf sich hält, scheint ohne schutzspendenden Topf Basilikum in See zu stechen, und auch nicht ohne eine Ikone von Sankt Nikolaos, dem Schutzheiligen der Seefahrer und Händler – ehemals als Poseidon bekannt, heißt es.

Basilikum heißt *basiliko*, königliche Pflanze, und wird in Ehren gehalten, seit Konstantins Mutter Helena es an jener Stelle in Jerusalem wachsen sah, wo sie der Legende nach das Kruzifix fand. Leider bedeutet das auch, daß Griechen nur selten mit Basilikum kochen; statt dessen wird es in verschiedenen kirchlichen Zeremonien verwendet, und das griechische Schuljahr beginnt mit einer Feier, in der ein Priester die Schulkinder mit in Weihwasser getauchtem Basilikum segnet. Das griechisch-amerikanische Kind einer Familie, die ein Jahr hier verbringt, erzählte seinen Eltern, nachdem es diesen Brauch kennengelernt hatte: »Der Priester hat mich mit Petersilie gehauen.«

Die griechischen Inseln geben Anschauungsunterricht im schieren Mangel an Kontinuität zwischen der alten und neueren Geschichte. Mit ihren Gründungsmythen, die die politische Historie ebenso tief unter sich begraben wie die an alten Stätten erbauten Generationen neuer Häuser, schaffen die Inseln sich oft selbst eine Verbindung zu Hellenen und Hellenismus: Thasos soll ein phönizischer Prinz gewesen sein, verwandt mit der asiatischen Prinzessin Europa; nachdem sie von Zeus entführt worden war, begab er sich auf die Suche nach ihr und landete auf der später nach ihm benannten Insel. Zwar sind auch prähistorische Menschenansiedlungen bezeugt, aber erst im siebten Jahrhundert v. Chr. wurde die Insel von Bewohnern der Insel Paros in größerem Maße und langfristig besiedelt. Der Lyriker Archilochos, der in die Literatur das jambische Metrum einführte, war einer dieser Siedler; in einem der indirekt überlieferten Fragmente, die den Großteil seiner erhaltenen Versdichtungen ausmachen, beschreibt er Thasos als »eine Insel, die mit Wäldern gekrönt ist und im Meer liegt wie das Rückgrat eines Esels«. Auf Thasos machte er der Tochter eines reichen Mannes den Hof, und als ihr Vater sein Versprechen brach, sie ihm zur Frau zu geben, soll er derart vernichtende, verletzende Verse geschrieben haben, daß er die gesamte Familie in den Selbstmord trieb. Für mich ist er in erster Linie als Chronist des Berufssoldatenlebens interessant: ein mutiger und zynischer Mensch, der sich auf geradezu brutale Weise darüber im klaren ist, wie sehr er seine Weltsicht vereinfachen muß, um sich zum Töten bereit zu erklären, der mit geübtem Auge das Versagen seines alternden Körpers mißt, sich der beständigen Präsenz des Unglücks erbarmungslos bewußt ist. Ich habe geahnt, daß Thasos mich in die Stimmung versetzen würde, ihn zu lesen, habe aber keinen Band mitgenommen, weil ich sicher war, auf der Insel einen zu finden. Natürlich war das ein Irrtum. Thasos existiert in Archilochos' Dichtung, aber Archilochos fehlt im modernen Thasos, zumindest in dem Augenblick, als ich dort war. Um fair zu sein: Von der jüngeren griechischen Literatur habe ich nicht viel mehr gefunden.

Thasos, wie die meisten griechischen Inseln, hat eine Geschichte wechselnder Eroberer und Regierungen, so daß Nachbarn auf ganz und gar verschiedene historische Entwicklungslinien zurückblicken können. Manche gleichen sich allerdings – so wurden alle Inseln, einige bis in die siebziger Jahre hinein, von Piraten heimgesucht, ein Grund, warum die Küsten so schwach besiedelt blieben. Zu den am häufigsten nacherzählten Wundern aus den Inselschatztruhen christlicher Folklore gehören Geschichten über die wundersame Rettung vor Seeräubern. Zwischen Piraten und Eroberern hin- und hergeworfen, konnte das politische Leben der Inseln also kaum instabiler sein. Thasos etwa war von europäischen Kreuzfahrern besetzt, Genuesern, Türken, mehrfach von Venezianern, von Russen, die die reichbewaldete Insel für den Schiffbau ausbeuteten, aber auch von ägyptischen Inspektoren, Stellvertretern Mehmet Alis, der einen Teil seiner Kindheit auf der Insel verbracht hatte und ihr durch beträchtliche Steuersenkungen seine alte Verbundenheit gezeigt haben soll.

Wir legen auf der Seite der Insel an, wo 1989 ein angeblich von Brandstiftern gelegtes Feuer wütete, das um die hundert Hektar Wald zerstörte. Die verwüsteten Abhänge und Hügel, an denen der Bus entlangfährt, sind noch immer mit verkohlten Stümpfen übersät. Nachdem ich mich in einem Hotel in der Hafenstadt einquartiert habe, rufe ich Kostas Eltern, Kimon und Elpida, an, die hier in einem Fischerdorf ihr Sommerhaus haben; sie schlagen mir vor, mich am nächsten Morgen abzuholen und zu einer

»phantastischen« Badestelle mitzunehmen, ein Versprechen, das ich ernst nehme, weiß ich doch, daß viele Griechen Strände ähnlich nuancenreich beschreiben können wie Weinkenner verschiedene Rebsorten und Jahrgänge.

Ich mache mich auf den Weg ins archäologische Museum; als offizielles Bindeglied zur Vergangenheit ist dieser Museumstyp der Stolz vieler Städte und Inseln. Die Vielfalt der Wollsachen, Pullover, Decken und Handschuhe, die man hier überall kaufen kann, warnt davor, daß der Winter auf dieser nördlichsten ägäischen Insel streng und makedonisch werden wird. Die Häuser sind nicht typisch kykladisch, sondern mit ihren kleineren Fenstern und schrägen Dächern darauf ausgerichtet, mit Kälte und Schnee fertig zu werden. Die Läden bieten außerdem jene seltsame Mischung aus Plunder, Qualität, Kitsch und Krimskrams feil, die das Einkaufen zu einem gleichermaßen von Schicksal wie Planung diktierten Erlebnis macht. Es gibt idiotisch grinsende Pudel, die ganz und gar aus Seemuscheln gefertigt sind, Aphrodite-Püppchen in leicht pornographischen Varieté-Posen, Zaubertricks und Überraschungen; auf einer Packung steht: »Die Horror-Axt – macht ein Horror-Geräusch«, was mir allein wegen der gutgemeinten Drohung gefällt. In einem anderen Regal stehen bemalte Porzellanteller mit bekannten griechischen Sprichwörtern – beliebt, um jemandem in Form eines Souvenirs eine Botschaft zukommen zu lassen. »Wenn du den Tanz Jesajas nicht kennst, bringe ich ihn dir bei«, steht auf einem Teller, auf dem ein tanzendes Paar abgebildet ist: eine Anspielung auf den Teil des griechisch-orthodoxen Traugottesdienstes, bei dem Braut und Bräutigam dreimal um den Altar herumtanzen.

Das archäologische Museum ist klein, familiär, nur ein paar wenige mit milchigblauer Farbe getünchte Räume, in denen die Schätze von Thasos mit einem deutlichen Sinn für Dramatik ausgestellt sind – es fehlen einige besondere Werke, die sich französische Archäologen im neunzehnten Jahrhundert angeeignet und in den Louvre gebracht haben. Kommt man herein, fällt der Blick als erstes auf einen gewaltigen Kuros, der einen Widder trägt; der Jüngling beherrscht den Raum mit seiner massiven Statur und ist doch dem schlaffen, hilflosen Tier in seiner Eigenschaft, sterben zu müssen, erschreckend ähnlich. In einem anderen Raum sitzt eine hellenistische Aphrodite seitwärts auf einem Delphin, die hübschen Brüste entblößt, der vielversprechende Bauch mit Tüchern verhüllt, während ihr kleiner Sohn Eros auf der Schwanzflosse reitet. Sie zeigen eine andere Facette der Unsterblichkeit: Götter haben ebensowenig unter Verlust und Wandel der Liebe zu leiden wie unter dem Tod. Auf ihrem Delphin reiten die beiden Liebesgottheiten mit sportlichem Schwung durch das Meer der Liebe, genießen dessen Gefahren und Leidenschaften wie ein Spiel.

Zum Mittagessen suche ich mir ein Restaurant mit Blick auf den Hafen: ein Raum mit offener Küche, eine Glaskuppellampe hängt von der Decke, und ein Fernseher teilt sich das Regal mit einer Huka, doch ich setze mich lieber nach draußen. Ich beobachte Fischerboote, Fähren und die auf dem Wasser leuchtende Sonne, lasse mich vom ausklingenden Sommer, diesem großen Hypnotiseur unter den Jahreszeiten, forttragen. »Willkommen in unserem Restaurant«, sagt der Mann, der mich zu meinem Tisch geführt hat. »Ich heiße Steve und komme aus Bulgarien.« Er trägt eine Brille mit Hornrand, hat eine heiter-neurotische Ausstrahlung. »Und woher kommen Sie?« Meine Antwort überrascht ihn; Amerikaner seien hier seltene Gäste, die meisten Touristen seien Deutsche. »Können Sie richtiges amerikanisches Englisch sprechen?« fragt er. »So wie Eddie Murphy?« Wahrscheinlich nicht, sage ich. Er ist geknickt. »Dann muß Ihr Griechisch besser sein als Ihr Englisch. Ich liebe Eddie Murphys Sprache. Hoffentlich höre ich eines Tages mal jemanden so reden.«

Kimon und Elpida kommen am frühen Morgen zu mir ins Hotel. Elpida schreibt gerade den Text für den Katalog einer Pariser Ausstellung und hat den leicht zerfahrenen Blick eines Menschen, dem die Zeit davonläuft; aber sie wollte sich nicht davon abhalten lassen, wenigstens einen Tag mit mir zu verbringen. »Willkommen, willkommen«, sagt Kimon, und Elpida fügt lachend hinzu: »Und einen fröhlichen Sankt-Euphemias-Tag.« Meine unausgesprochene Frage beantwortend, erklärt sie: »Euphemia ist die Schutzheilige der Schneider, eine Näherin, die während der Christenverfolgungen unter dem römischen Kaiser Diokletian gefoltert wurde. Ihre Gebeine liegen in Konstantinopel – meine Großmutter erinnerte sich noch daran, wie sie in ihrer Kindheit am Euphemias-Tag zur Messe ging und am Schluß gesegnete Nadeln an alle Frauen der Gemeinde verteilt wurden. Ich habe gerade gestern mit meiner Mutter telefoniert, deswegen mußte ich an die Nadeln denken; sie läßt Sie grüßen.«

»Aber es gibt noch einen besseren Heiligen für Patricia in der Stadt«, sagt Kimon. »Die Stadt« nannten die byzantinischen Griechen Istanbul, als es ihre Hauptstadt war, und für die meisten Griechen, die ich kenne, heißt es heute noch so. Verschiedene Gerichte der osmanisch-griechischen Küche werden »nach Art der Stadt« zubereitet, und manch einer behauptet, der türkische Name Istanbul sei eine Transkription des griechischen *eis ten Polin*, in die Stadt. Und obwohl Konstantinopel schon seit dem fünfzehnten Jahrhundert Istanbul heißt, liest man im griechischen Fernsehen, wenn Reporter aus der Türkei berichten, in der Untertitelung häufig: Soundso aus Konstantinopel. »Patricia ist Dichterin und keine Schneiderin, also ist ihr Schutzheiliger eher Sankt Kosmas, der Dichter. Wenn Sie einmal die Stadt besuchen, müssen Sie einen Abstecher zur Chora-Kirche machen, um sich die Mosaiken und das Porträt von Kosmas mit Feder und Manuskript anzusehen.«

»Ich finde die Chora schöner als die Hagia Sophia, und da bin ich nicht die einzige«, sagt Elpida. »Aber vielleicht ist in diesem Augenblick der Schutzheilige des Frühstücks für Sie der interessanteste. Am besten fahren wir zu einem kleinen Hotel, das von einer griechisch-deutschen Familie geführt wird. Danach müssen wir, wenn es Ihnen nichts ausmacht, ein paar Einkäufe erledigen, was uns einige Tassen Kaffee und viel Klatsch und Tratsch kosten wird, aber dann kommt der Strand.«

Wir fahren an Pinien und Pappeln vorbei, an Feigen- und an Granatapfelbäumen, mit ihren leuchtendroten Kugeln der natürliche Archetypus des Weihnachtsbaums. Das Hotel, ganz aus sauberem Marmor und Glas, liegt auf einem dichtbewaldeten Hügel: eine Alpenhütte am Strand. Hinter dem Tresen der Rezeption ist eine Bibliothek deutscher Taschenbücher eingerichtet, und im Frühstücksraum herrscht eine unheimliche Stille; die Stimmen der deutschen Gäste sind gedämpft, was griechische Stimmen niemals sein könnten. Ein Sohn der Inhaber kennt Kimon und Elpida, weist uns einen Tisch mit schönem Blick über die Bäume zu. Er und Kimon fangen ein Gespräch über den Maastricht-Vertrag an, dessen Vor- und Nachteile in diesem Sommer überall heftig diskutiert werden. Die Meinung des Jungen ist geteilt, wie seine Herkunft. Er glaubt, daß Griechenland als eines der einkommensschwachen Länder Europas von der Einigung profitieren werde, Deutschland dagegen einen unverhältnismäßig hohen Beitrag zur Unterstützung der ärmeren Länder werde leisten müssen. Kimon hält die Zustimmung zum Maastricht-Vertrag für unvermeidbar, meint jedoch, daß es zu seinen Lebzeiten nicht, vielleicht überhaupt nie zu dessen Umsetzung kommen werde. Und er fragt sich, ob die Deutschen am Ende nicht sogar stärker von den Griechen profitieren würden als umgekehrt. »Jetzt, wo Griechenland EG-Mitglied ist, kann niemand den Verkauf griechischen Grundbesitzes oder griechischer Häuser an Ausländer mehr verbieten. Und das bedeutet, vor allem angesichts unserer labyrinthischen Gesetzgebung und unserer Erbschaftssteuerregelung, daß es für einen griechischen Eigentümer oft günstiger ist, sein Haus zu verkaufen, als es der Familie zu hinterlassen. Die Erben haben häufig mehr vom Erlös aus einem Verkauf, zumal sie dann die beträchtlichen Kosten sparen, die damit verbunden sind, ältere Häuser dem von der Regierung vorgeschriebenen Standard gemäß zu renovieren.« Es liegt eine gewisse Ironie darin, daß das unserem Be-

griff »Konservierung« entsprechende griechische Wort *anapalai-
osi* ist, was in wörtlicher Übertragung keineswegs das Wiederher-
richten, sondern das »Wieder-alt-Machen« eines Gebäudes meint.
Wenn man so will, ist dies das architektonische Pendant zur Kathareuousa, dem »gereinigten« Griechisch, das im achtzehnten Jahrhundert in dem allgemeinen Bemühen, aus der neuen eine neo-
klassische Nation zu machen, ersonnen wurde, um das gesprochene Neugriechisch mit klassischem Griechisch anzureichern.

»Ihr könnt euch gar nicht vorstellen – jedenfalls kann ich es mir
nicht vorstellen«, sagt Kimon und schenkt sich noch mehr Kaffee
ein, »welche Auswirkungen das auf unser Land haben wird. Schon
jetzt gibt es ganze Ortschaften auf Thasos, die praktisch deutsch
sind, alles herrliche Grundstücke in erstklassiger Lage mit alten
Häusern darauf. Auf manchen anderen besonders malerischen
Inseln wie Santorin und Kreta ist es genauso, oder auf Chios, dessen Mastixdörfer mit ihren einzigartigen Häusern bei Ausländern
heißbegehrt sind. Hier sind gewaltige Veränderungen im Gange –
es gibt regelrechte ausländische Netzwerke, die die Inseln nach
Grundbesitz durchkämmen, sich Politiker vor Ort heranziehen
und dann ihre eigenen Bauarbeiter einschiffen, um die Häuser zu
restaurieren, was den Ortsansässigen natürlich gar nicht gefällt.
Und was, wenn unsere Inseln zu lauter Floridas werden, Renten-
paradiesen für Europäer, die nur wenig Interesse für die Probleme
der dortigen Gemeinden aufbringen, da deren Wurzeln nicht die
ihren sind? Aber am allerwenigsten läßt sich meines Erachtens
voraussehen, wie sich das Steuersystem wandeln wird, weil so
viele Häuser Eigentümer haben werden, die keine griechische
Einkommenssteuer zahlen, und sich der Wert von Grundbesitz
infolge des Tourismus ohnehin dramatisch verändert hat. Wenn
wir uns darüber nicht genügend Gedanken machen und kein
Gleichgewicht finden, wird womöglich eine Situation entstehen,
in der Griechen es sich nicht mehr leisten können, in Griechenland zu leben. Auf ihrer eigenen Insel! Ihr könnt euch nicht vorstellen, wie mich das beschäftigt! Es ist so wichtig für uns, zu klä-

ren, wie wir durch Ausländer unseren Lebensunterhalt verdienen
können – was wir ja übrigens schon immer getan haben, ob nun
als Siedler oder als Emigranten –, ohne jedoch zu ihren Gunsten
auf unseren Besitz zu verzichten. Dieses Problem haben wir nie
zufriedenstellend gelöst, weder in alter noch in neuerer Zeit.«

Wir fahren in das Dorf Theologos, das nach dem Evangelisten
Johannes benannt ist. Hier lebt ein Ehepaar, welches Kimon und
Elpida mit Eiern, Obst und Gemüse versorgt. Im neunzehnten
Jahrhundert war Theologos eine der wichtigsten Städte auf Tha-
sos; das türkische Viertel ist trotz der Massaker, die Griechen und
Türken hier aneinander verübt haben, noch heute erkennbar. Mit
ihren Steinmauern, Schieferdächern und für Thasos typischen
Torbögen sehen die Häuser aus wie auf dem makedonischen
Festland.

Der Bauer und seine Frau sitzen auf ihrer Terrasse, Hühner
picken in dem kleinen Gärtchen hinter der Mauer, eine große
orangefarbene Katze sonnt sich zu ihren Füßen. Sie essen mit Öl,
Knoblauch und Tomaten gebratene grüne Bohnen, Brot und
Käse, trinken dazu Wein. Die Bauersfrau im sackartigen Blüm-
chenkleid, das in Dörfern offenbar die Alltagsuniform aller älterer Frauen ist, steht auf, als sie uns sieht, um uns willkommen zu
heißen. Ihr Mann bleibt sitzen, nickt uns zu. Sie sind wie ein
Team, das zwei verschiedene Verhaltensweisen eingeübt hat: höflicher Respekt hier, freundliche Gleichgültigkeit dort. Als die
Bäuerin Stühle für uns holen geht, sehe ich, daß sie Socken, aber
keine Schuhe trägt, um das linke Knie ist ein Verband gewickelt.
Ihr Mann steckt sich eine ganze rohe Knoblauchzehe in den
Mund, bietet mir spöttisch auch eine an. Ich lehne, erwartungs-
gemäß, dankend ab, wohingegen er sich noch eine Zehe nimmt
und sie hinunterschluckt wie eine Aspirintablette.

Die Bauersfrau stellt ein Silbertablett mit drei Kristalltellern
voller in Sirup getauchter Walnüsse auf den Tisch, die hiesige Spezialität, während diesmal ihr Mann und Kimon über die Maas-
tricht-Vereinbarung diskutieren. »Sie wird nur den Kapitalisten

nützen«, sagt Iannis, »das Volk wird leer ausgehen. Ich bin dafür, Mitsotakis abzusetzen – Andreas muß wieder her. Er ist der einzige, der sich für die Menschen interessiert.« Ich frage ihn, welche griechische Regierung zu seinen Lebzeiten die beste war. »Es hat in Griechenland noch nicht ein einziges Mal eine gute Regierung gegeben«, antwortet er. Freundlich bietet er an, mir etwas über die Insel zu erzählen. Ich möchte wissen, ob es irgendwo noch Zeugnisse von Mehmet Alis Kindheit gibt. Iannis sagt: »Ist er hier aufgewachsen? Das wußte ich nicht. Aber ich bin *agrammatos*, ungebildet. Sie sind gebildet. Wenn Sie das in Ihren Büchern gelesen haben, wird's schon so sein. Aber ob Sie nun Mehmet Alis Dorf finden oder nicht: In jedem Fall werden Sie heute am Strand von Aliki schwimmen gehen. Und Sie werden sehen, wie die verbrannte Seite der Insel einmal gewesen ist. Es war Sabotage, wissen Sie.« Ich frage ihn, ob die Brandstifter je gefunden wurden. »Nein«, sagt er. »Das waren Profis. Wahrscheinlich Türken. Oder vielleicht Italiener, um den Tourismus kaputtzumachen.« Eine traditionelle griechische Analyse: der Rivale im Osten oder der Rivale im Westen.

Elpida und ich gehen in die Küche, um der Bauersfrau beim Einpacken der Eier zu helfen, die Elpida hier jede Woche kauft. An der Wand hängt ein Bild von Jesus, der durch Weizenfelder wandert, und auf dem Boden stehen riesige Fässer voll Olivenöl. Iannis' Frau fragt mich, ob sie mir etwas von diesem privaten Vorrat verkaufen solle, und gießt das Öl in eine Plastikflasche um. »Sie sind griechischer Abstammung«, sagt sie, »das erkenne ich an Ihrem Griechisch. Es sind immer die Frauen, die die Sprache bewahren. Ich habe einen Neffen und eine Nichte, die in Zimbabwe aufgewachsen sind – er kann kein Wort Griechisch, aber sie spricht es fließend. Die Frauen bewahren die Sprache wie die *proika*, die Möbel und das Leinen, die wir zur Hochzeit bekommen. Ein Teil von Ihnen ist griechisch, sonst könnten Sie die Sprache nicht so gut.« Das ist ein makelloses Stück altgriechischen Volksglaubens, den schon Platon teilte. Ich suche und finde die entsprechende Stelle später in meinem Notizbuch, eine Zeile aus dem Dialog

Kratylos, 418 b: »Es sind die Frauen, die die alte Aussprache am längsten beibehalten.«

Iannis überhäuft uns mit Feigen und Granatäpfeln von seinen Bäumen, dann fahren wir weiter durch die Hitze, an schattigen, verschwiegenen Weilern vorbei, zur Bucht von Aliki, auch sie, wie so vieles in Griechenland, geteilt. Auf der einen Seite stehen die Ruinen eines antiken Tempels, Wellen peitschen gegen die Felsen: ein Ort der Sühne; man kann Marmorblöcke im Meer erkennen, die vielleicht im siebten Jahrhundert für den Transport vorgesehen waren, denn Aliki war damals ein Zentrum des Marmorexports und trieb Handel mit vielen Häfen des Mittelmeerraums. Auf der anderen Seite scheint das Wasser, glatt wie ein Porzellanteller, zu lächeln. Das Schwimmen in dieser Bucht, die die Ruhe eines Sees mit der Ursprünglichkeit des Meeres verbindet, hat etwas von einem Traum. »Das Wasser ist *pétillant*, nicht wahr?« sagt Kimon, als er vor mir auftaucht, »sanft, aber zugleich vital und festlich wie ein *blanc de blancs*.«

Später wandeln wir auf schmalen Straßen hinter der Bucht durch Schwaden weingeschwängerter Luft, und noch bevor wir uns darüber wundern können, erscheint eine alte Frau hinter einer Gartenmauer und reicht uns büschelweise Trauben herüber. Zwischen deren Geschmack und dem von Wein liegt ein winziger, doch unüberbrückbarer Abstand, derselbe, der auch das Genie von Weisheit trennt. »Dieser Monat wird der Weinleser genannt«, sagt Elpida. »Ist Ihnen jemals aufgefallen, wie viele religiöse Feiertage es in den Monaten gibt, die für die Landwirtschaft wesentlich sind? Im September zum Beispiel, dem Monat der Weinlese und Obsternte, gibt es jede Woche mindestens einen oder zwei. Wir kultivieren das Übernatürliche im selben Maß wie das Natürliche.«

Nach Sonnenuntergang fahren wir zu ihrem Sommerhaus. Es liegt in einem Fischerdorf, das so kompakt ist wie ein Vierzeiler. Kostas ruft an, voll Begeisterung über ein Interview mit einem Altphilologen, das er in der Zeitung gelesen hat. Altphilologen

kommen in den Medien regelmäßig zu Wort, unter anderem deshalb, weil unablässig erörtert wird, auf welche Art und in welchem Umfang Altgriechisch an den Schulen unterrichtet werden
soll. Die Meinungen scheinen, ziemlich vorhersehbar, zwischen
rechtem und linkem Flügel auseinanderzugehen: Im rechten Lager
wünscht man sich Altgriechisch als Pflicht-, im linken dagegen als
Wahlfach: Ein kluger Unterricht im Neugriechischen könne den
Schülern auch das klassische Griechisch nahebringen, zumal jener
Mehrheit, die die Altphilologie nicht zu ihrem Beruf machen
wollte. Der rechte Flügel dagegen ist der Ansicht, daß im attischen
Griechisch des fünften Jahrhunderts die ganze Bedeutung des
Griechentums enthalten sei.

Warum es Kostas mit seinem Anruf so eilig hatte, hat jedoch
mit mir zu tun. Der Altphilologe war gebeten worden, eine klassische Entsprechung für eine Zeile aus einem Hit dieses Sommers
zu finden: *I feel high when you're near by.* Er schlug einen Vers
aus Platons Dialog *Ion*, Abschnitt 536b, vor. »Und jetzt hör dir
den Schluß an.« Kostas liest vor: »›Ist Altgriechisch eine lebende
Sprache?‹ Der Professor antwortet: ›Nicht gerade lebend, aber
unsterblich.‹ Ich wußte, daß dir das gefallen würde!« sagt Kostas.
»Was habt ihr morgen vor?«

Es zeigt sich, daß Kimon und ich zum Theater des Dionysos
hinaufsteigen. Ein Ring aus Marmorbänken fällt sanft zum Rund
der Bühne hinab, dem dahinterliegenden Kliff gleich, das ebenso
sanft zum größeren Rund des Meeres hinabfällt: ein Theater, das
in der Landschaft seine Fortsetzung findet. Wir kaufen uns etwas
Kaltes zu trinken und laufen zurück zu einem Aussichtspunkt, an
dem eine blendend weiße Kapelle mit rotem Ziegeldach unter
schattenspendenden Pinien steht. Zwei Fähren kreuzen in entge-
gengesetzten Richtungen, die eine unterwegs nach Thasos, die andere zum Festlandhafen Keramoti. Ein Angler sitzt auf einem
Felsen, der so zerfurcht ist wie das gealterte, alkoholgerötete Gesicht W. H. Audens. Das Wasser hat hier alle möglichen Blautöne:
milchig, mit Smaragdgrün getuscht, blauschwarz, aquamarinblau.

Kürzlich war der Namenstag meiner kleinen Patentochter in New York, und ich zeige Kimon Bilder von ihr. Namenstage spielen in Griechenland noch immer eine wichtige Rolle. »Einen Paten auszusuchen ist bei uns eine ziemlich komplizierte Angelegenheit«, sagt Kimon. »Für einen Politiker bedeutet ein Patenkind so viel wie eine garantierte Wählerstimme im Tausch gegen seine Protektion. Viele wählen eine Person, deren Macht mit eigenen Interessen verknüpft ist – ein Schiffbauer also einen Mann, der einen Wald besitzt. Aber man muß dabei auch bedenken, daß die Kinder dann nach geltendem Kirchenrecht einander nicht heiraten dürfen; die eine Allianz schließt die andere aus. Wenn Sie wählen könnten, Patricia, wer wäre nach Ihrem Dafürhalten der beste Pate?«

»Ich weiß nicht – der Premierminister?«

»Vielleicht. Aber es gibt ein bekanntes Märchen, ein *paramythi*, über die Suche nach dem idealen Paten, das besagt, daß selbst so eine Wahl unsicher ist. Möchten Sie es hören?«

»Bitte.« Kimon zündet sich eine weitere seiner zahllosen Zigaretten an; sie scheinen für viele Griechen einen Ersatz für die *kompoloi* darzustellen, die »Kummerperlen«, die wohl allmählich zu altmodisch geworden sind. Ich blicke hinaus auf die schimmernde, blaugrüne Anarchie des Wassers, von alters her ein Sinnbild unberechenbarer Gönnerschaft, angefangen bei Odysseus, den Poseidon haßte, während sich Seejungfrauen unerwartet seiner erbarmten, bis hin zu Onassis, dessen Dynastie und sagenhafter Reichtum auf Wasser gegründet waren.

»Es war einmal ein Bauer, der ein paar Olivenbäume und einen kleinen Weinberg besaß, aber ein klägliches Dasein fristete. Als sein Sohn geboren wurde, war ihm deshalb sehr daran gelegen, den einflußreichsten Paten für ihn auszusuchen, den er nur finden konnte; denn was für ein Mädchen die Mitgift ist, ist für einen Jungen der Pate.

›Frag unseren Dorfvorsteher‹, riet ihm sein Schwiegervater, ›er ist nicht nur der mächtigste Mann bei uns, er kennt auch wichtige Leute in Konstantinopel.‹

›Nein‹, sagte der Bauer höflich, aber bestimmt, ›ich möchte für meinen Jungen einen Paten, der noch einflußreicher ist und noch weiterreichende Beziehungen hat, aber zugleich absolut verläßlich ist. Du und ich, wir wissen beide, daß der Dorfvorsteher käuflich ist. Ich möchte jemanden, der ganz und gar gerecht ist, damit mein Kind niemals betrogen wird, wenn es am meisten Schutz braucht. Morgen werde ich mich auf die Suche nach dem vollkommenen Paten für meinen Sohn begeben. Ich bitte dich, den Anbau zu überwachen, während ich fort bin.‹

Am nächsten Morgen machte sich der Bauer zu Fuß auf den Weg, auf dem Rücken eine Flasche Wein von seinen eigenen Reben, den kalten Lammbraten und die Pastete mit wilden Kräutern, die seine Frau ihm mitgegeben hatte. Haben Sie schon einmal *chortopitta* gegessen, Patricia? Ich werde Elpida bitten, uns eine zu machen. Sie wird aus frisch gepflückten Kräutern und Schafskäse zubereitet, das eleganteste Gericht aus der Küche der Armut. Sicher werden sie es mögen. Also, der Bauer wanderte die Küstenstraße entlang und dachte nach, als er plötzlich vor sich eine königliche Prozession sah: Männer hoch zu Roß, andere, die eine mit Samtvorhängen, Juwelen und silbernen Laternen geschmückte Sänfte trugen, wie sie Sultane auf kürzeren Reisen benutzen. Ein hochaufgeschossener alter Mann mit wuchtigem Schädel, schlohweißem Haar und langem Bart entstieg der Sänfte und blickte auf den Bauern hinab.

›Wohin des Weges, so weit entfernt von deinem Acker?‹ fragte er den Bauern.

›Euer Ehren, ich habe einen Sohn bekommen und bin auf der Suche nach dem vollkommenen Paten, weil ich ihm jeden nur erdenklichen Vorteil verschaffen möchte.‹

›Ich biete mich selbst als Paten deines Sohnes an‹, sagte der Greis.

›Aber ich suche nach einem Paten, der vollkommen gerecht ist und dem das Wohl meines Sohnes am Herzen liegt.‹

›Ich bin der Mann, den du suchst‹, sagte der große alte Aristokrat.

›Wie heißt Ihr, Herr?‹ fragte der Bauer.

›Ich bin Gott.‹

›Dann, bei allem Respekt, seid Ihr nicht die Person, die ich zum Paten meines Sohnes wählen möchte.‹

›Warum nicht?‹ fragte der alte Mann. ›Ist der Name Gottes nicht gleichbedeutend mit Gerechtigkeit?‹

›Nein, Herr. Ihr gebt den Bösen Reichtum und Freude, den Guten aber Mühsal und Schmerz. Ihr laßt Euch bestechen. Seht Euch nur Euren Samt und Eure Silberlampen an. Ihr seid unberechenbar. Und Ihr habt nur in bestimmten Kreisen Einfluß. Ihr seid nicht der richtige Pate für meinen Sohn.‹ Und der Bauer ging weiter und ließ Gott mit seinem Gefolge auf der Küstenstraße stehen. Er aß ein wenig von dem Lammbraten, trank einen Schluck Wein und verbrachte die Nacht auf einem Feld unter freiem Himmel. Am nächsten Tag setzte er seine Reise fort und begegnete einem großen, athletischen Mann, der einen groben, selbstgewebten Umhang trug.

›Wohin des Weges, Bauer?‹ fragte der Mann mit dem Umhang.

›Ich bin auf der Suche nach einem Paten für meinen neugeborenen Sohn, einem Paten, der vollkommen gerecht ist und ihn nicht enttäuschen wird.‹

›Dann hast du in mir den Richtigen gefunden‹, sagte der Wandersmann. ›Nimm mich mit zu dir nach Hause, und ich werde mich für deinen Sohn einsetzen.‹

›Wie heißt du?‹ fragte der Bauer.

›Ich bin Petrus‹, antwortete der Mann mit dem Umhang.

›Dann kann ich dein freundliches Angebot nicht annehmen‹, sagte der Bauer. ›Jeder weiß, daß du das Tor zum Paradies bewachst, und jeder weiß, daß du parteiisch bist. Du liebst die Sünder mehr als die guten Menschen. Die Trinker, die Habgierigen, die Böswilligen förderst du, doch das gutwillige, anständige Volk läßt du im Stich. Wenn ein Mörder dir eine Kirche baut, sind die Tore zum Paradies für ihn weit geöffnet. Aber wenn ein guter Mann es sich nicht leisten kann, eine Kerze für dich anzuzünden, fährt er zur Hölle. Du bist nicht der richtige Pate für mein Kind.‹

Der Bauer ging weiter und ließ Petrus sprachlos zurück. In dieser Nacht schlief er in einer Höhle. Als der Morgen kam und er hinausging, sah er dort drei schöne Frauen mit Körben im Arm, die wilde Kräuter pflückten.

›Wohin des Weges, Christ?‹ fragte die schönste von ihnen.

›Ich bin auf der Suche nach einem Paten für mein Kind, jemandem, der von vollkommener Gerechtigkeit ist und meinem Sohn Schutz gewährt.‹

›Ich werde die Patin und Beschützerin deines Kindes sein‹, sagte die Dame.

›Und dein Name, Schwester?‹ fragte der Bauer.

›Ich bin die Jungfrau Maria‹, antwortete sie.

›Dann muß ich in aller Höflichkeit ablehnen‹, sagte der Bauer. ›Du hast dein Kind einem entsetzlichen Tod überlassen, als wäre es an dir gewesen, sein Leben hinzugeben: ohne zu wissen, ob dieses Schicksal von Gott oder vom Teufel bestimmt war. Du hast dein Kind nicht beschützt, Schwester, und zudem bist du dafür bekannt, Bauwerke und Kerzen und Schmuck zu verlangen. Deine Ikone in meiner Kirche ist mit Gold und Diamanten behängt, wohingegen Gottes Kinder barfuß gehen. Ich werde mir einen anderen Paten suchen.‹

Der Bauer setzte seinen Weg fort, während eine salzige Brise vom fernen Meer herüberwehte. Ein anderer Bauer kam ihm entgegen, der sich offenbar mit der harten Arbeit der Ernte geplagt hatte, denn er schwitzte und trug eine Sichel.

›Wohin des Weges?‹ fragte der Drescher.

›Ich bin schon seit drei Tagen unterwegs und suche nach einem Paten für mein Kind. Aber ich habe ihn noch nicht gefunden, denn ich suche nach einem Mann von allerhöchster Gerechtigkeit.‹

›Dann hast du Glück, daß du mir begegnet bist‹, sagte der Drescher. ›Ich bin ein äußerst gerechter Mann und erkläre mich bereit, für dein Kind Pate zu stehen.‹

›Bisher‹, sagte der Bauer, ›habe ich die Angebote von Gott, Petrus und der Jungfrau Maria abgelehnt. Nennst du dich gerechter als diese?‹

›Ich bin gerechter als Gott, gerechter als der Felsen, auf dem Er Seine Kirche erbaut hat, gerechter auch als die Königin des Himmels, die man mit Überredungskünsten für sich gewinnen kann.‹

›Und wer bist du?‹ fragte der Bauer.

›Ich bin der Tod‹, sagte der Drescher.

›Dann sagst du die Wahrheit. Du begünstigst weder die Reichen noch die Armen, weder die Häßlichen noch die Schönen, weder Mann noch Frau. Du nimmst sowohl das Kind, das an der Brust saugt, als auch die blinde Frau, die an ihrem Stock umherhinkt. Du bist vollkommen gerecht. Willst du der Pate meines Sohnes sein?‹

›Ja‹, sagte der Tod und begleitete den Bauern nach Hause. Er selbst hielt das zappelnde Kind über das Taufbecken und salbte es mit dem heiligen Öl; er reichte den Gästen gezuckerte Mandeln, erhob beim Tauffest sein Weinglas auf die Gesellschaft und sang mit ihnen die griechischen Lieder, die er so gut kannte, da er in so vielen selber vorkommt. Am Ende des Tages dankte der Tod seinem Gastgeber und sagte: ›Es geschieht nicht oft, daß ich zu einem Fest eingeladen werde und die Gelegenheit habe, mit den Lebenden zu singen und zu tanzen. Es ist eine Ehre, der *nonos* deines Jungen zu sein, und ich möchte dich dafür ebenfalls ehren. Ich möchte, daß mein Patensohn von seinem *nonos* profitiert; wenn du also willst, verhelfe ich ihm zu Reichtum und großem Ansehen. Von jetzt an wirst du als Arzt tätig sein, und du wirst zum bedeutendsten Arzt der Welt werden.‹

›Wie soll das zugehen, Exzellenz?‹ fragte der Bauer nervös. ›Ich bin *agrammatos*, ich kann kaum die Initialen Christi auf dem heiligen Brot in der Kirche lesen.‹

Der Tod zuckte mit den Schultern. ›Der reiche Bei aus deinem Dorf ist krank, aber ich weiß, daß er noch nicht sterben wird. Geh zu ihm, verschreib ihm etwas, egal, was, und sag ihm, daß er gesund werden wird. Daraufhin wirst du schlagartig für dein medizinisches Können berühmt sein. Und wenn du von anderen Kranken um eine Diagnose gebeten wirst, sieh dich nach mir um. Wenn ich am Fußende des Krankenbetts stehe, verschreib dem Patienten irgendein Kraut, das dir gerade in den Sinn kommt, und er wird überleben. Stehe ich am Kopfende, sagst du, der Fall sei hoffnungslos. Und du wirst immer recht haben.‹

Also ging der Bauer zum Bei. Er heilte ihn und wurde im ganzen Land für die Treffsicherheit seiner Diagnosen berühmt. Bald war er einer der reichsten Männer im Land, die Regierungsbeamten, die Diplomaten, die Richter, die Schiffseigentümer, der Sultan selbst waren seine Patienten, und er konnte seinem Sohn jeden erdenklichen Luxus bieten und ihn auf erstklassige Schulen schicken. Jeden Tag segnete der ehemalige Bauer den Tod, seinen *koumparos*, für dessen Großzügigkeit. Sein Reichtum wuchs, und er wurde alt. Eines Tages, als er gerade unter einer belaubten Platane in seinem Garten saß und eine Wasserpfeife rauchte, sah er einen Fremden auf sich zukommen.

›Wer seid Ihr?‹ fragte er.

›Erkennst du mich nicht wieder?‹ fragte der Fremde.

›Mein Augenlicht ist nicht mehr, was es einmal war‹, sagte der Arzt entschuldigend.

›Aber du erkennst mich doch noch, wenn ich am Krankenbett stehe‹, sagte der Besucher.

»Oh, ich bitte um Verzeihung, *koumpare*‹, sagte der Arzt. ›Mir ist heute nachmittag so schwindlig, und alles sieht verschwommen aus. Was kann ich für dich tun?‹

›Du kannst mit mir kommen, um zu sterben‹, sagte der Tod, ›deine Zeit ist gekommen.‹

Der Arzt zitterte und warf sich ihm zu Füßen. ›Hab Erbarmen, *koumpare*, gib mir noch ein bißchen Zeit um deines Patensohnes willen. Ich flehe dich an, laß mich noch bleiben, bis er verheiratet ist und sein eigener Sohn geboren wird.‹

›Ich kann nicht auf dich warten, Freund‹, erwiderte der Tod. ›Wir müssen Seen und Meere und Berge und Ebenen überqueren, und du mußt mit mir kommen.‹ Also machten sie sich gemeinsam auf den Weg, über Inseln und Berge und Gewässer, bis sie zu einem riesengroßen Palast kamen, der in einer Höhle verborgen war, einem Palast, so groß wie der Himmel und mit so vielen Fenstern, wie es Sterne in allen Galaxien gibt. ›Wir sind am Ende unserer Reise angelangt‹, sagte der Tod. Er führte den Bauern in einen hell erleuchteten Raum, in dem viele Reihen von Kerzen brannten, manche stark, andere schwach, und eine war kurz davor, ganz zu erlöschen. Der Tod stellte den Arzt vor diese Kerze und sagte: ›Dies ist die Kerze deines Lebens. Siehst du, wie die Flamme erlischt?‹

›Aber hier ist ein ganzer Vorrat neuer Kerzen, die hell leuchten‹, sagte der Arzt. ›Kann ich nicht meine gegen eine davon tauschen?‹

›Es sind die Lebenslichter deiner Verwandten‹, sagte der Tod.

›Was ist mit dieser hier, sie scheint hell und flackert nicht‹, sagte der Arzt und deutete auf eine lange Kerze.

›Das ist das Leben deines Sohnes, meines Patenkindes‹, erwiderte der Tod.

›Was macht das schon?‹ sagte der verzweifelte Arzt.

›Ich bin der gerechte Pate‹, entgegnete der Tod, und blies die Kerze des Arztes aus.«

Ein skeptischeres Märchen habe ich noch nie gehört, das sage ich Kimon auch. Er lacht. »Natürlich. Wir sind zutiefst skeptisch, wie alle wahrhaft abergläubischen Menschen. Ich denke, deshalb irritieren uns Ungläubige so sehr, die Überzeugungen anderer Völker. Weil wir nämlich fürchten, daß das, woran sie glauben, ihnen einen Vorteil verschafft, um den wir jedoch betrogen werden. Weil wir selber kein Wort von dem glauben, was wir sagen. Weil wir, wie die Geschichte deutlich macht, nicht einmal Gottes Wort für bare Münze nehmen. Sie wissen sicherlich, daß wir zwei Wörter für das Verb ›lieben‹ haben? Die gängige Erklärung dafür lautet, daß das eine bedeutet, mit dem Herzen zu lieben, also Liebe zu schenken, das andere dagegen, mit dem Körper nach Liebe zu verlangen, ihrer also zu bedürfen. Ich aber glaube vielmehr, wir haben zwei Wörter, damit wir, wenn wir an dem einen gescheitert sind, immer sagen können, wir hätten das andere gemeint. Wollen wir langsam zurückgehen und ein Eis essen?«

Die Karte der Konditorei zeigt farbige, großformatige Fotos der zur Auswahl stehenden Eisbecher, jeder mit einem Namen aus der Mythologie: Aphrodite, Danaë, Adonis, Namen der alten Götter. Kimon blättert die Seiten durch und bemerkt, es könne vielleicht als Zeichen für den Wandel des religiösen Empfindens gelten, daß diese Sinnesverführungen nicht nach den Heiligen Cecilia und Katharina und Stephan hießen, auch wenn Danaë und Adonis eines ähnlich gewaltsamen Todes gestorben seien.

»Ich hoffe, Sie mögen Ihr Eis auch mit alten Gottheiten und allem, was dazugehört, Patricia«, sagt er und zwinkert mir zu. Ich erwidere sein Lächeln. Mir scheint, daß der Konditor es instinktiv richtig gemacht hat, da das Eisessen – der süße Geschmack, der sich verflüchtigt, noch während man ihm nachspürt – der klassischen Idee der Lust näher kommt als alles andere.

Ich entscheide mich für Persephone, eine mit Granatapfelkernen verzierte Kugel Eiscreme. Kimon bestellt Leda zwei Kugeln Vanilleeis, die mit Rosetten aus Schlagsahne sowie kleinen griechischen Fahnen bedeckt sind und in einer schwanenförmigen Schale serviert werden. Persephone und Leda schmelzen in der Sonne des späten Nachmittags, verwandeln sich in milchige Seen, noch bevor wir unsere unsterblichen Eisspezialitäten verzehren können.

Wünsche als Historiker

»Führe sie in den Hafen der Erlösung«, lese ich auf der Fähre nach Naxos, eine Zeile aus einem Gebet, das Sturmwinde und Unwetter vom Meer fernhalten soll. Eine Frau und ein Mann kommunizieren allein durch Küsse miteinander; ab und zu halten sie inne, greifen sich gegenseitig an die Schenkel, schauen hinaus aufs Meer. In den Gebeten eines Volkes sind dessen Sehnsüchte und Ängste aufgehoben – jedenfalls diejenigen, die es öffentlich äußern darf. Die Gebete für besondere Gelegenheiten, die das griechisch-orthodoxe Gebetbuch enthält, bergen zudem Spuren der sozialen, politischen und wirtschaftlichen Geschichte: Es gehört bekanntlich zu den ironischen Folgen der vierhundertjährigen osmanischen Vorherrschaft, die die Griechen erdulden mußten, daß sich in ihrem Erfahrungshorizont bis weit in die siebziger Jahre hinein ein Gefühl der Verbindung zur Welt des Mittelalters aufrechterhalten hat, ihr Glaube an die Ewigkeit bestehen blieb. »Wären die alten Griechen stolz auf uns und unser heutiges Athen?« lautet eine Frage, die Schulkindern oft gestellt wird und die, sagt Kostas, alle Jahre wieder in Zeitungen oder Zeitschriften die Seite mit *Vermischtem* füllt. Als ich auf Thasos war, schickte er mir einmal eine Kostprobe mit einem Foto von pausbackigen Kindern, die mit ihrem Lehrer den Parthenon besichtigten: Sie sollten ihr eigenes modernes Leben an den vollkommenen, den alten Griechen messen.

Wofür beten die Menschen hier, wovor haben sie Angst? Sie erbitten den Segen für neugegrabene Brunnen, damit das Wasser rein und trinkbar bleibt: in diesem Teil der Welt, wo Wasser noch immer ein Luxus ist und zuweilen so streng rationiert wird, daß eine

Mißachtung der Beschränkungen Bußgelder, sogar Gefängnisstrafen nach sich zieht. Sie beten, daß Schaden von ihren Weinbergen, Feldern und Gärten abgewendet werde. Sie bitten um den Segen für Obst, Wein, Oliven, die Saat, für Anbau und Ernte sowie für die Zeit, wenn die Trauben gekeltert werden. Mit tragischer Regelmäßigkeit beten sie, von der Bosheit anderer Menschen verschont zu bleiben. Sie beten, daß ihre alten Götter sie in Ruhe lassen, die, Dämonen gleich, den Flüssen, Bäumen und Bächen, besonders aber den menschlichen Körpern gelegentlich ausgetrieben werden müssen. Sie beten, daß ihre Rinder, Schweine, Pferde, Ziegen, Schafe, Maultiere, Esel und Bienen nicht von tödlichen Krankheiten heimgesucht werden. Manche Gebete erinnern an den beständigen Hunger in dieser Welt. Eine traditionelle Pointe bei den Karaghiozes-Schattenspielen, die die Griechen von den Türken übernahmen, war das fröhliche Versprechen der Titelfigur: »Heute abend werden wir essen und trinken und wieder hungrig zu Bett gehen!« Zwischen 1941 und 1944, als die deutschen Besatzer griechische Landwirtschaftserzeugnisse beschlagnahmten, um sie nach Deutschland zu transportieren, so daß in Griechenland mehr Bürger starben als in irgendeinem anderen besetzten Land, nahm ein berühmter Karaghiozes-Spieler Stücke, in denen es ums Essen ging, mitfühlend aus dem Programm. Gebete gelten dem Käse, in anderen wird Gott gebeten, das Fleisch zu segnen und das Salz, jenen Eckpfeiler der Konservierung von Lebensmitteln, die das Überleben sicherten.

Die Griechen beten bei allen Vorgängen, die mit Wasser zu tun haben, sei es beim Bau eines Schiffes, im Augenblick einer Bootsfahrt oder bei der Fertigstellung von Fischernetzen. Sie beten bei der Grundsteinlegung eines Hauses, das früher so oft darüber entschied, ob ein Mädchen heiraten konnte oder nicht, und sie beten, wenn die Familie das neue Haus bezieht. Sie beten, um jemanden, der sich dem römisch-katholischen Glauben zugewandt hat, zur Orthodoxie zurückzuführen. Seit sie Konstantinopel verloren haben – zuerst an die europäischen, christlichen Kreuzfahrer, später an die Türken – und die Hakenkreuzfahne am Parthenon flattern sahen, beten sie auch dafür, von Invasionen verschont zu bleiben. Sie erbitten, keinen Bürgerkrieg mehr erleben zu müssen: Von dem letzten, der Anfang der fünfziger Jahre endete, sind sie derart traumatisiert, daß die meisten noch heute nicht darüber sprechen können. Und sie beten dafür, vor Pest, Hungersnot, Feuer und Krieg bewahrt zu werden. Kurz, ihre Gebete kreisen darum, nicht erleben zu müssen, was sie schon einmal erlebt haben: Gebete wappnen sie gegen die Welt, in der sie zu Hause sind. Das griechische Wort für Gebet bedeutet soviel wie »Wunsch«.

Weiße Möwen fliegen neben der Fähre her, wunderschöne, unergründliche Aasfresser. Ich schaue noch einmal zu dem Mann und der Frau hinüber, die einander voll leidenschaftlichen Begehrens Gesichter und Schenkel streicheln. Naxos ist friedlich, als wir an diesem späten Sonntagnachmittag in den Hafen einfahren, die Portara, das monumentale Tor in der Form des griechischen Buchstabens *pi*, Überrest eines Apollo-Tempels, unmittelbar vor Augen. Die Venezianer, die Naxos nach dem vierten Kreuzzug als Siegestrophäe an sich nahmen, verwendeten angeblich Teile des Tempels, um das Kastro zu errichten, damals Mittelpunkt von Naxos-Stadt. Ihr einstiges Wirken hat sich auf dieser Insel am deutlichsten niedergeschlagen, sei es in der kleinen mittelalterlichen Festungsstadt, die sie erbauten und in der sie ein Feudalsystem einführten, das erst nach der türkischen Eroberung abgeschafft wurde, sei es in der römisch-katholischen Kathedrale, sei es in den überall im Landesinneren verstreuten Bauwerken der venezianischen Kolonialzeit. Der kretische Romancier Kazantzakis ging in Naxos-Stadt auf die von katholischen Mönchen geleitete Schule, heute das archäologische Museum der Insel, obwohl sein griechisch-orthodoxer Vater den finsteren Verdacht hegte, daß die Mönche den Jungen zu bekehren versuchten.

Die Portara, sie soll auch der Ort gewesen sein, an dem Dionysos erschien, um die von Theseus verstoßene Ariadne heimzuführen – jedenfalls eine von ihnen, denn in der griechischen Welt des erbarmungslosen Dualismus scheint es zwei Ariadnes gegeben zu haben: eine, die starb, als Theseus sie verließ, und die man fortan mit Begräbnis- und Trauergesängen anbetete, und eine andere, die überlebte, Dionysos heiratete, und deshalb mit Hochzeitsliedern und -tänzen gefeiert wurde.

Die Festungsstadt ist über die Maßen schön; sie eröffnet Ausblicke aufs Meer, die in ihrer Weite und Farbigkeit geradezu erschütternd sind. Die Notwendigkeit der Verteidigung mit religiöser Empfindsamkeit verbindend, besteht sie aus einem Gewirr von tunnelartigen Treppengassen, niedrigen Toren und plötzlichen Gabelungen, durch die man zu unerwarteten Durchgängen gelangt: ein Ort, in dem man seinen Weg findet, indem man sich verirrt. Und doch hallen auch in Naxos-Stadt, wo die Sonne so dramatisch untergeht, die Straßen von seichter Strandurlaubsmusik wider, und die Restaurants bieten jene »internationale Küche« an, die das Markenzeichen der Provinz ist. Kimon und Elpida haben mir einen Brief für einen Freund mitgegeben, der der Vorsteher eines Dorfes im Landesinneren ist, und ich bin froh, ihn morgen aufsuchen zu können.

Ich breche früh auf, um unterwegs in einigen Dörfern haltmachen zu können. Schnell wird mir klar, warum Lord Byron von allen griechischen Inseln Naxos die liebste war: So viele Ebenen der Romantik treffen aufeinander. Die Romantik der Legende und die der Aristokratie, die Romantik der Verzweiflung, die den nervös wirkenden braunen Bergen innewohnt, deren jähes Ansteigen und Fallen an das Kardiogramm eines Herzpatienten erinnert, und schließlich die Romantik der Fruchtbarkeit: terrassenförmig angelegte Weinberge, Olivenbäume, Obstgärten, Kartoffelfelder sowie Häuser, die in Bougainvillen und Jasmin gehüllt sind wie reiche Frauen in Pelze. Naxos ist die größte der Kykladeninseln; imposant, wie die Terrassen des bebauten Landes, der Freitreppe eines herrschaftlichen Hauses gleich, zu den Tälern hinabsteigen. Ich sehe mir den Turm eines venezianischen Adligen an; die kleine Steinkapelle, die sich wie eine Hauskatze an ihn schmiegt, hat eine doppelte Identität: Ein Schiff ist dem griechisch-orthodoxen Gottesdienst geweiht, das andere dem römisch-katholischen.

Das Dorf Apiranthos ist eine Welt aus Marmor, die sogar den Spitznamen _marmarina_ trägt, »die Marmorne«; die kunstvollen Marmortafeln über vielen Türen, auf denen Namen und Daten eingraviert sind, künden von dem Reichtum, der hier einst geherrscht haben muß. Heute dagegen, grummelt der mürrische Besitzer eines Museums, fließe alles Geld nach Naxos-Stadt. »In Apiranthos ist während der Hochsaison kein Geld zu verdienen, und schauen Sie sich um: Trotz unserer Ausblicke haben wir kein Hotel, nur ein paar Fremdenzimmer.« Er begleitet mich hinunter zum Volkskundemuseum, an einer kleinen Herde eingepferchter Ziegen vorbei, von denen zwei odaliskengleich auf einem Holztisch liegen. Das Gebäude ist ordentlich, hübsch – nur unbewohnte Häuser können so aussehen. Selbst in diesem kleinen Wohnhaus bestimmt das neue Ideal des Fotogenen die Inneneinrichtung; auch wenn seine Möbel sorgfältig ausgesucht sind, entspricht es doch keinem dörflichen Haus. Vor allem die Küche wirkt unnatürlich aufgeräumt, mit ihren adrett zur Schau gestellten Keramik-_pithoi_ für Oliven und Wein sowie den unglaublich sauberen Paddeln, mit denen man Brot in den Ofen schiebt. Im Schlafzimmer hängt eine _stephanotheke_ an der Wand, eine geschnitzte Holzkiste, in der die imaginären Hochzeitskronen des Paares aufbewahrt sind, und zwischen zwei Pfosten des Ehebettes ist eine farbenfroh bestickte Hängematte aufgespannt, so daß die Mutter nicht aufstehen mußte, um ihren Säugling zu schaukeln – ein genial erscheinendes Arrangement, aber keines der Kinder, die ich kenne, wäre kooperativ genug, um diese Art der Verpackung hinzunehmen.

»Sie müssen wiederkommen«, sagt der Museumsbesitzer, als ich in mein Auto steige. »Sie können in meinem Haus ein Zimmer mieten. Es ist ein Museum.« – »Ein Museum wovon?« frage ich. »Von mir«, antwortet er.

Ich fahre weiter, auf der Suche nach dem Dorf des Mannes, der mich erwartet und dessen Name wörtlich übersetzt soviel heißt wie Basilius Gewehr: ein Name, der auf die Treffsicherheit oder den Erwerb einer eindrucksvollen Schußwaffe, vielleicht auch auf die Unbeherrschtheit eines seiner Vorfahren zurückgehen mag. Es ist ein Ausdruck des enormen Gewichts der öffentlichen Meinung sowie der martialischen Macht des Tratsches, daß so viele Menschen in Griechenland Nachnamen tragen, die einst Nachbarn ihnen verpaßt haben; aufgrund eines momentanen lokalen Rufes sind sie für immer gekennzeichnet. Kein Wunder, daß eines der auffälligsten Merkmale der Gebete, die ich auf der Fähre gelesen habe, das tiefe Mißtrauen gegenüber anderen Menschen ist – eine Tradition, die mit der griechischen Gastfreundschaft Hand in Hand geht.

Die Welt von Naxos ist von anderer Dimension und Farbgebung als das leuchtende, edelsteingleiche Thasos: Naxos ist kupfern; was man sieht, scheint weiter vom Betrachter entfernt, als wäre man gleichzeitig dort und doch nicht dort. Als ich im Dorf ankomme, sind Herr Gewehr, seine drei Töchter und sein Vater, allesamt in Gummistiefeln, gerade dabei, Wein zu machen. Kaskaden von Trauben liegen an der Wand aufgeschichtet. Sie wurden bereits mit den Füßen zerstampft, erklärt mir Herr Gewehr, und werden nun mit der Presse gekeltert. Er schippt große Schaufeln voller zerquetschter Früchte in die Maschine, während die drei Töchter, ihre Augen sind purpurschwarz wie die Trauben, die gekelterte Flüssigkeit aus einem Becken in Eimer schöpfen. Das älteste Mädchen gibt die Eimer an ihren Großvater weiter, der den Saft wiederum in Fässer umfüllt. »Wenn man Trauben zu Wein verarbeitet«, sagt mir Herr Gewehr, »spielt Zeit eine ebenso wichtige Rolle wie die Sonne und der Boden. Deshalb finde ich es nicht nur praktisch, sondern es bringt meiner Meinung nach auch Glück, wenn drei Generationen gemeinsam die Trauben auspressen. Wie könnte mein Wein dabei nicht gut werden?«

Ich setze mich auf eine Steinmauer und schaue zu, wie die Familie Wein keltert, ein lebendes Votivbild – bis Basilius und Maria, sein schüchterner Teenager, soweit sind, zum Mittagessen mit mir in das Küstendorf Apollonas zu fahren. Auf einem Feld steht ein neugeborener Esel, der wie ein Plüschtier aussieht, und auf der Schnellstraße überholen wir Männer, seitwärts auf ihren Maultieren reitend. Mit Eseln läßt sich das in steile Terrassen unterteilte Ackerland noch immer am besten erreichen, und das ländliche Griechenland ist von ausgetretenen Maultierpfaden kreuz und quer durchzogen.

In Apollonas angekommen, pilgern wir zu dem gigantischen Kuros, der seit dem sechsten Jahrhundert v. Chr., als sein Schöpfer ihn offenbar für mißlungen erklärte und einfach zurückließ, auf dem Rücken liegt. »Möchten Sie kein Foto machen?« fragt mich Basilius. Ich halte Notizbuch und Stift hoch, die ich bei mir trage. »Das ist Ihre Kamera?« Zweifelnd zuckt er die Schultern. Doch mir zeigt diese malerische Szene einmal mehr, daß das Sprichwort, ein Bild sei mehr als tausend Worte wert, in Griechenland genau umgekehrt lauten müßte. Selbst die phantastischsten Fotografien wirken seltsam einbalsamiert, ja künstlich in diesem Licht und in dieser Landschaft, wo ein Wort mehr als tausend Bilder wert ist.

In der Taverne »Kleiner Delphin« setzen wir uns an einen Tisch mit Blick aufs Meer und essen Schafskäse aus der Gegend, Huhn mit Tomaten-Zimt-Sauce als Spezialität der Wirtin sowie Salat aus Tomaten, die ich ihr zuvor in ihrem Garten pflücken half; dazu gibt es Wein vom Faß. Basilius ist nicht zufrieden, bis ich Messer und Gabel beiseite lege. Er beugt sich vor und sagt: »Kennen Sie das Sprichwort?« Nein, antworte ich, ich kenne es nicht. Er lächelt. »Es besagt, daß man eine Frau und ein Huhn mit den Händen genießen muß.« Die Wirtin behält unsere Gläser im Auge, bringt uns bald eine zweite Karaffe Wein, mehr Brot. Ihrer Kochkunst, ihrem gepflegten Garten, ihren wohlversorgten Gästen merkt man ihre Umsicht und liebevolle Fürsorglichkeit an. Sie kommt mir vor wie einer jener Menschen, die die aus einer Gabe erwachsene persönliche Leistung zu einem Naturgesetz erheben: Ein ausgewogenes Verhältnis von Kräutern und Fleisch führt zu gesundem Land und Vieh, führt zu gesunder Kost für die Menschen, führt zu Überlegungen, wie man die Fruchtbarkeit des Bodens erhalten kann, und schließlich zu einem Bewußtsein dessen, was es bedeutet, Teil einer Gemeinschaft zu sein: all dies möglicherweise Folgen des Experimentierens mit Oregano und Zimt.

Ich wünschte, wir könnten etwas weniger Gefühlloses tun, als sie zu bezahlen – ihr etwas schenken, das sie schon immer haben wollte, statt ihr etwas zu geben, was sie verdient hat –, doch es wird genügen müssen, ihr für ihre wunderbare Kochkunst zu danken. »Wir sind hier auf Naxos schon immer für unseren Wein berühmt gewesen«, sagt Basilius und nimmt einen anerkennenden Schluck. »Wußten Sie, daß hier der Wein von Dionysos entdeckt wurde? Es gibt eine Geschichte darüber, die jeder irgendwann einmal zu hören bekommt, zumindest jeder, der auf Naxos aufwächst, obwohl wir natürlich große Einwanderergemeinden haben – unsere Mütter und Großmütter waren die Hausssklavinnen, Ammen, Kindermädchen, Näherinnen und Köchinnen der reichen Familien vom Festland und in Kleinasien oder Ägypten. Sie arbeiteten eine bestimmte Anzahl von Jahren auf der Grundlage der Vereinbarung, daß die Familie sie danach mit einer *proika* ausstatten würde.«

»Na, wenigstens gibt es keine *proika* mehr«, werfe ich ein. »E«, macht er, ein Geräusch, das so kulturspezifisch und unübersetzbar ist wie das deutsche »hm«, »die *proika* gibt es in demselben Sinne nicht mehr wie Schafdiebstahl, der ebenfalls ungesetzlich ist. Unter den Türken hatten wir genug Übung darin, so zu tun, als befolgten wir die Gesetze. Bei uns befolgen die Männer einige Gesetze, und die Frauen befolgen, was die Männer sagen. Vielleicht wird die *proika* irgendwann einmal verschwinden, aber im Augenblick hat sie nur eine andere Gestalt. Heute ist das ideale Mädchen eines, das im Staatsdienst angestellt ist, weil es nicht gefeuert werden kann. Oder bei einem multinationalen Unternehmen. Und erstklassige Grundstücke sind noch immer attraktiv.

Aber manches hat sich auch verändert. Heute muß auch der Junge etwas zu bieten haben: Er muß beweisen, daß er in der Lage ist, seinen Lebensunterhalt zu verdienen, oder er muß einen guten Schulabschluß haben, wenigstens ein _kalo paidi_, ein anständiger Kerl, sollte er sein, während es vorher völlig ausreichte, wenn er ein Paar Hoden hatte. Wenn Sie eine Weile hierbleiben, werden Sie merken, daß es die _proika_ noch gibt. Aber es ist viel amüsanter, über Dionysos zu reden, der Ariadne ohne _proika_ nahm. Möchten Sie die Geschichte hören?« Ich nicke.

»Als Dionysos noch ein junger Mann war, machte er sich auf die Reise nach Naxos. Da es ein langer Weg war, setzte er sich zwischendurch auf einen Stein, um auszuruhen. Als er auf seine Füße hinabschaute, sah er eine Pflanze, die direkt vor ihm zu wachsen begann. Die Form ihrer Blätter und Stiele war so schön, daß er beschloß, sie mitzunehmen und auf Naxos wieder einzupflanzen. Also grub er sie mit der Wurzel aus und nahm sie mit auf die Reise. Doch die Sonne brannte, und er fürchtete, die Pflanze könnte verwelken, bevor er Naxos erreichte. Auf der Straße sah er den Knochen eines Vogels liegen, und er kam auf die Idee, die Pflanze in den hohlen Knochen hineinzutun, um sie so vor der Sonne zu schützen. Dann setzte er seine Reise fort. Doch in seiner göttlichen Hand wuchs die Pflanze weiter und sproß so schnell, daß sie bald oben und unten aus dem Knochen herausschaute. Wieder überlegte er, was zu tun sei. Da fand er einen Löwenknochen, der natürlich größer war als der des Vogels, und er schob den Vogelknochen mit der grünen Pflanze hinein. Doch nach kurzer Zeit ließ seine göttliche Kraft die Ranken der Pflanze auch aus dem Löwenknochen hervorsprießen. Da entdeckte er einen Eselsknochen, der noch größer war als der des Löwen, und er verstaute darin die beiden anderen Knochen mit der Pflanze. So kam er auf Naxos an. Als er die Pflanze in den guten, dunklen Boden unserer Insel setzen wollte, merkte er, daß ihre Wurzeln sich bereits eng um die Knochen gewunden hatten und er sie nicht von ihnen lösen könnte, ohne sie zu zerstören. Also pflanzte er sie so, wie sie

157

war, mitsamt Blättern und Knochen wieder ein. Es dauerte nicht lange, und die Pflanze schlug Wurzeln und blühte und wurde zu einer Rebe, die Trauben hervorbrachte. Aus diesen Trauben bereitete der Gott den ersten Wein und gab ihn den Menschen zu trinken. Und die wunderbare Wirkung dieses Getränks, sie verdankt sich der Art und Weise, wie Dionysos es nach Naxos gebracht hat. Denn wenn die Menschen Wein trinken, singen und frohlocken sie zuerst wie die Vögel. Und wenn sie mehr davon trinken, werden sie stark wie die Löwen und ebenso kampflustig, und wenn sie noch mehr Wein trinken, benehmen sie sich wie die Esel.«

Basilius haut mit der Faust auf den Tisch, so sehr gefällt ihm seine Pointe. Ich finde sie auch witzig: weil es nicht der Komik entbehrt, eine so moralisierende christliche Geschichte über den unvergleichlich amoralischen Gott Dionysos zu hören. Der Gott der zügellosen Inspiration, hier wird er benutzt, um das dörfliche Gegenstück zur Warnung vor Trunkenheit am Steuer vorzubringen. Das Geschenk dieses Gottes, der Wein, wird nicht anders als mit erhobenem Zeigefinger und trockener Skepsis entgegengenommen; seine wunderwirkende Fruchtbarkeit, seine landwirtschaftlichen Kräfte hingegen werden verehrt.

Das Gespräch über die *proika* hat mich neugierig auf die andere Welt gemacht, die alle Realitäten des griechischen Lebens begleitende Traumwelt, und ich schlage später im Traumbuch von Kostas' Schwester Angelike nach, das, da es ihrer Mutter gehörte, mindestens aus den fünfziger Jahren stammt: Wer davon träumt, eine *proika* zu bekommen, wird in irgendeiner finanziellen Angelegenheit betrogen werden, wer jedoch eine *proika* gibt, wird Geld von einem Verwandten aus dem Ausland erhalten. Der Traum von einer Hochzeit ohne Mitgift bedeutet, daß ein Feind auf den Plan treten und einen langgehegten Wunsch zunichte machen wird. Und träumt man von irgendeiner der zahlreichen Fastenzeiten, die die Kirche verordnet, so heißt das, daß man ohne Mitgift heiraten wird. Ich frage mich, was nach 1983 geschah, als die *proika* als Teil der Ehevereinbarung für gesetzwidrig erklärt wurde.

Meine eigenen Traumbücher kamen damals heraus, und tatsächlich kann ich unter _proika_ in ihnen keinen Eintrag finden. In dem Augenblick, als die Mitgift aus dem Gesetzbuch getilgt wurde, verlor sie also ihren Status als Traum.

In einem Dorf im Melanes-Tal sehen wir uns einen weiteren monumentalen Kuros an, der wie ein König der Fruchtbarkeit daliegt: als schliefe er, um im Frühling zu erwachen und die Welt zu schwängern. Während der Kuros in Apollonas ernst war, gebrochen, und seine Umgebung ihm etwas Tragisches verlieh, thront dieser in idyllischer Landschaft über einem herrlichen Garten voller Birn- und Zitronenbäume, Platanen, Zypressen, Sonnen- und Ringelblumen, schafft eine angenehm ausschweifende Atmosphäre. »Wünschte Ihr Freund, er wäre so groß?« Basilius grinst mich an und deutet auf den riesenhaften steinernen Leib des Kuros. »Vielleicht«, antworte ich trocken. »Und Sie, wünschten Sie, er wäre so groß?« bohrt er mit aufgesetztem akademischen Interesse weiter. »Wie kann ich nicht wünschen, was er sich wünscht?« sage ich gehorsam, und wir steigen hinab, um im blumigen Schatten Kaffee zu trinken.

Zurück in Naxos-Stadt – der Chora, wie Hauptorte auf griechischen Inseln üblicherweise heißen – gehe ich zum Hotel, um Kostas anzurufen; ich habe ihm versprochen, mich auf Reisen mindestens einmal in der Woche bei ihm zu melden. »Saftig, sehr schmackhaft, _ach_, meine kleine Mutter«, sagt ein Mann, als ich vorbeigehe, im Vertrauen darauf, daß ich nur verstehe, was in meiner eigenen Sprache geredet wird, welche das auch immer sein mag. Er benutzt das Adjektiv _nostimos_, das sich von dem altgriechischen Wort für Heimkehr herleitet, _nostos_, und in Geschichten über Odysseus' Rückkehr zum Mutterland verwendet wird. Irgendjemand hat mir dazu die phantasievolle Erklärung geliefert, die heutige Bedeutung des Wortes sei entstanden, weil die Heimkehr für Odysseus so süß gewesen sei wie der Geschmack hausgemachter Speisen; sie werde oft als etwas beschrieben, was die erotische Sehnsucht griechischer Männer wecke.

In den Sammlungen moderner griechischer Balladen über *xeniteia*, das Leben im Exil, habe ich selbstverständlich keine einzige gefunden, die aus der Perspektive einer Frau gesungen wird, was unter anderem daran liegt, daß griechische Frauen bis 1956 nicht wählen durften und bis 1983 mit rechtlichen Behinderungen lebten, die an den Status von Frauen in manchen islamischen Ländern denken lassen. So übte der Ehemann in der Familie eine absolute Autorität aus: Ein junger Mensch konnte sich ohne die schriftliche Erlaubnis des männlichen Familienoberhauptes keinen Paß ausstellen lassen, und falls der Vater aus irgendeinem Grund verhindert war, ging die Entscheidungsbefugnis nicht etwa auf die Ehefrau, sondern auf einen »Familienrat« über, der in Absprache mit einem Gerichtshof handelte. Der Ehemann war auch berechtigt zu entscheiden, wo seine Frau leben sollte. Deshalb sehnen sich die Frauen in den *xeniteia*-Balladen entweder danach, daß ihre Männer nach Hause zurückkehren, oder sie bitten um Erlaubnis, mitkommen zu dürfen, werden jedoch zurückgewiesen. »Dort, wo ich hingehe, mein Mädchen«, heißt es in einem Lied, »ist für Frauen kein Platz. / Du würdest unverheiratete Türken und verheiratete Männer aus Europa treffen, / die dich entführen und mich ermorden würden.«

Während ich in Griechenland umherreise, verliere ich allmählich die Illusion, zu wissen, wo ich bin. Wörter sind wie die Facetten von Edelsteinen: In einer Sprache, die von Geschichte und Erfahrung, Vorurteilen, Ideologie, Politik, Mythos und Lust geschliffen wurde, zeigen sie nur den Abglanz ihres Sinns. Griechische und lateinische Schlüsselwörter, sie können nicht so zur Deckung gebracht werden, daß sie dieselbe Nuance wiedergeben. Das ist manchmal sogar innerhalb des Griechischen der Fall, beispielsweise wenn die Griechen Gott um ihr *artos*, ihr tägliches Brot, bitten, aber *psomi* essen. Und die Heimat, nach der sich die Griechen sehnen, ist nicht identisch mit der Heimat der Pioniere des amerikanischen Westens, für die man die Mühen einer sowohl körperlichen als auch spirituellen Reise auf sich nehmen muß und

die man am Ende doch selber erschafft, weil man sie auf anderem
Wege nicht finden kann. Heimat in der griechischen Ballade ist
vielmehr etwas Reales: der vertraute Ort, an dem man aufgewachsen ist, wo Mutter und Vater lebten, wo Menschen einen als Jungen gekannt haben, die Kindheit, die Nachbarschaft. Vielleicht ist
es auch der Ort, an dem man kein Held sein muß, an dem man
immer ein Junge bleiben darf. »Kauf deine Schuhe in deinem eigenen Viertel, auch wenn sie zusammengeschustert sind«, lautet ein
bekanntes griechisches Sprichwort. Die *xeniteia*-Lieder gestatten
zudem wunderbare Blicke durch den Spiegel in die Welt Amerikas, wie sie von der anderen Seite aus gesehen wird. Da sind die
düsteren Balladen über die stürmische Überfahrt nach New York,
über die Einsamkeit der Neuankömmlinge, die wie Vögel ausein-
anderstieben und durch die Straßen New Yorks irren, ohne jemanden zu kennen, über den sonderbaren Trotz des Sohnes, der
seiner Mutter verkündet, daß er eher tot umfallen werde, als nach
Chicago zu gehen, der bittet und fleht, nicht in Amerika sterben
zu müssen; da sind die eifersüchtigen Lieder griechischer Jugendlicher, die sich mit älteren Männern um die Mädchen streiten
müssen – vermögenden grauhaarigen Männern, die aus Amerika
heimgekehrt sind, mit Geld um sich werfen, Schnurrbärte tragen
und die *palikaria* spielen.

Als ich Kostas anrufe, klingt er bedrückt, und so erzähle ich
ihm die christliche Fabel über Dionysos, die ich heute beim Mittagessen gehört habe. Er kennt sie, weiß aber nichts über ihren
Ursprung. »Manche dieser Geschichten, die unsere unmittelbare
Abstammung von den alten Griechen belegen sollen, sind in
Wirklichkeit durch europäische Reisende des achtzehnten und
neunzehnten Jahrhunderts zu uns gekommen. Sie waren erstaunt,
wenn sie feststellten, daß die Dorfbewohner nichts von der antiken Mythologie wußten, mit der sie selber aufgewachsen waren,
und erzählten ihnen Geschichten aus der griechischen Literatur,
die dann zu Volkserzählungen wurden. Es gibt eine Anekdote
über einen philhellenischen Kämpfer im Unabhängigkeitskrieg

von 1821, der irgendeinem Klephten-Führer sagte, er erinnere ihn
an Achilleus, woraufhin ihn der Freischärler fragte: ›Wer war
Achilleus? Hat seine Muskete viele getötet?‹ Aber wir werden nie
Gewißheit über das genaue Verhältnis von Export und Import in
diesen Geschichten haben, denn wir sind, oft sogar absichtlich,
schlechte Historiker, dafür jedoch große Fabeldichter. Wir werfen euch Amerikanern vor, kein historisches Verständnis zu haben, dabei zeigen die Griechen noch weniger Geschichtsbewußt-
sein als ihr, bloß eine Art Imperialismus im Hinblick auf die Geschichten der Vergangenheit. Welche andere Nation würde so
blindlings Besitz vom Altertum ergreifen, daß sie ihre Luftwaf-
fen-Akademie ›Schule des Ikaros‹ nennt, einen Schutzherrn be-
mühend, der ja gar nicht fliegen konnte und wegen fehlerhafter
Ausrüstung in den Tod stürzte! Wir merken überhaupt nicht, wie
komisch wir wirken: wie ein Emporkömmling, der sich mit An-
schaffungen brüstet, die ihn kultiviert erscheinen lassen sollen.
Als ich in den Staaten war, mußte ich jedesmal lachen, wenn ich
hörte, daß der griechisch-amerikanische Männerverein sich ›Söhne
des Perikles‹ nennt, ein fabelhafter Fauxpas, wenn du dich an den
Protagoras erinnerst: Die ehelichen Söhne von Perikles waren solche Idioten, daß Platon sie als Beispiel heranzog, um zu zeigen,
daß Tugend nicht erblich ist. Ganz besonders heute habe ich
genug von uns.«

»Warum?« frage ich.

»Weil die Polizisten Demonstranten verprügeln und jetzt, offenbar mit Billigung von weiter oben, dazu übergehen, ihre Dienst-
gradabzeichen abzunehmen, so daß sie im Fall einer Klage niemand wiedererkennen kann. Der zuständige Minister hat in einer
Pressekonferenz gesagt, es gehe alles mit rechten Dingen zu,
schließlich wolle man den Polizisten doch ›die Arbeit erleichtern‹.
Nach dem allgemeinen Aufschrei, der darauf folgte, nahm er alles
zurück und sagte, sie würden die Abzeichen nun doch tragen, er
sei nur nicht ausreichend informiert gewesen. Aber was mich am
meisten deprimiert: Offenbar gilt es hier als normal, verprügelt

zu werden. Ich bin selbst schon verprügelt worden, verdammt
noch mal. Ich habe gerade ein Interview mit einem ehemaligen
Minister gesehen, der gefragt wurde, ob er noch nie von der Polizei verprügelt worden sei. Doch, natürlich, sagte er, während der
Auseinandersetzungen um die staatliche Einheit von Zypern in
den Sechzigern. Aber damals trug die Polizei Dienstgradabzei-
chen. Kinder werden in den Schulen geohrfeigt, geboxt und mit
Gürteln geschlagen. Im neunzehnten Jahrhundert wurden sie regelrecht gefoltert. Weil du Sprichwörter so liebst, hier ist eins:
›Prügel kommen aus dem Paradies.‹ Wenn das stimmt, ist Gott ein
Sadist. Tut mir leid, aber es macht mich rasend, daß dies ein Teil
unseres zivilen Lebens ist und niemand etwas dagegen unter-
nimmt, egal, welche Partei an der Macht ist. Und natürlich wäre es
mir lieber, du würdest das alles nicht mitbekommen.«

»Unmoral, die man nicht sehen will, kann man auch nicht beenden«, erwidere ich, irgendwo nach einem Halt suchend.

»Ich weiß«, sagt er; aber ich merke, daß er sich nicht besser
fühlt. »Wie auch immer, hier ist noch ein Bonmot, das dir gefallen
wird. Irgend jemand fragte kürzlich einen cleveren politischen
Karikaturisten, ob das Land eine Zukunft habe. Ach, sagte er, es
hat eine Vergangenheit, man kann nicht alles haben.«

Ich gehe hinaus, um bei Sonnenuntergang am Hafen spazieren-
zugehen und nachzuschauen, wen die beiden modernen Statuen
darstellen, die ich bemerkt habe. Auf dem Sockel der einen befindet sich ein Relief von Shakespeare – es ist ein Englischprofessor,
Michaeli Damiralis (1857–1917), der einen Teil seines Lebens damit zubrachte, Shakespeare ins Neugriechische zu übersetzen.
Daß dies erst so spät geschah, zeigt, wie wenig beständig die Verbindung zwischen Griechenland und dem Westen war. Auch das
erste Klavier erreichte das griechische Festland erst im neunzehnten Jahrhundert: Im selben Augenblick, da eine neue Sensibilität
für die Klassiker des griechischen Altertums erwacht war, betra-
ten Bach, Mozart, Haydn, Beethoven, Chopin die Bühne, und allesamt wurden sie durch das Prisma der Romantik gesehen. Die

andere Statue stellt einen Minister namens Protopapadakis dar, der 1922 zusammen mit fünf anderen wegen krimineller, ja sogar hochverräterischer Führung des Kleinasien-Feldzugs hingerichtet wurde. Bedeutet sie, daß Naxos mit der Meinung zahlreicher Griechen und ausländischer Diplomaten übereinstimmt, die die Hingerichteten für Sündenböcke und ihre Ermordung für einen Akt oberflächlicher Rachsucht hielten? Oder bedeutet das Standbild, daß Naxos seine Söhne nach Art des griechischen Mutterprinzips in Ehren hält, was auch immer sie auf dem Kerbholz haben? Nie werde ich es erfahren.

Durch das basarähnliche Durcheinander von Konditoreien, Tavernen und Krimskramsläden – »Wir kaufen Gold, Silber, gebrauchte Bücher« – schlendere ich zurück zum Hotel. Im Salon schauen sich ein paar Leute, Griechen und ausländische Touristen, eine Musiksendung an – man sieht einen rubensschen Türken in Glitzerkleidung, der mit kreisenden Hüften einen Bauchtanz vorführt und sich zwischen den Strophen anzüglich mit der Zunge über die Unterlippe fährt. *Pousti*, sagt jemand, das türkische Wort für »passiver Homosexueller« benutzend, das auch im Griechischen gebräuchlich ist. Als ich die femininen Bewegungen des Mannes beobachte, wird mir auf einmal klar, was das Skandalöse daran ist: Er verstößt weniger gegen die Sexualität des Individuums als vielmehr gegen die der Kultur. Geächtet wird in diesen beiden Ländern mit ihrer Vergötterung der Männlichkeit nicht, wer eine Frau begehrt, sondern wer eine Frau zu sein begehrt. In einer Kultur, wo Bildersprache, Verhalten und Religion die Sehnsucht, weiblich zu sein, ganz und gar unterdrücken, geht von dem Gedanken, daß Weiblichkeit sowohl Freiheit als auch Unterwerfung bedeuten kann, etwas Beängstigendes aus. In dem Glauben, daß niemand sonst ihn hören kann, raunt derselbe Mann, der *pousti* gesagt hat, seinem Nebenmann zu: »Was sie griechische Liebe nennen, nennen wir osmanische.« »Ja, aber da gibt's einen Unterschied«, erwidert der. »Die Griechen benutzen Vaseline, die Türken Spucke.«

Sobald man frühmorgens an der Küste einer griechischen Insel den ersten Lichtschimmer wahrnimmt, hört man nasses Klatschen. Fischer schlagen Kraken gegen die Felsen, damit sie zarter werden: ein Vorgang, der die Quelle mancher Anzüglichkeiten ist, weil das griechische Wort für »schlagen« in der Umgangssprache auch »vögeln« heißt. »Was muß man schlagen, damit es weich wird? Einen Kraken und eine Frau.« Ich setze mich zum Frühstück in eine der Tavernen am Hafen. Auf den Stühlen des Nachbartisches sind die toten Leiber der Kraken zum Trocknen ausgelegt. Sacht bewegen sich ihre Arme in der Morgenbrise: ein Totenkopf mit acht ineinander verwobenen, hin- und herschaukelnden Knochen. Die Fähre nach Athen hat angelegt; gerade ist eine Gruppe von Griechen mit allen möglichen Mitbringseln an Bord gegangen: Tüten voller Obst, Inselblumen, Naxos-Gruyère und Naxos-Joghurt, alles vermutlich für Verwandte bestimmt. Ich beobachte die skandinavischen und deutschen Touristen an Deck, ausdruckslose Gesichter. Die Regeln des griechischen Mienenspiels sind andere: Auf einem Gesicht sollen sich stets, auch im Ruhezustand, Gefühle spiegeln. Ein Mann an der Reling, ganz offensichtlich Grieche, reißt die Augen auf, runzelt die Stirn, verzieht das Gesicht. Mit ihren dichten Augenbrauen und grob modellierten Zügen sehen Griechen häufig wie Theaterschauspieler aus, die gelernt haben, ihre Emotionen bis in die hintersten Reihen zu projizieren; ihre Mimik ist eine Art Schminke, ein durch Übertreibung erzieltes Verhüllen der privaten Gedanken, genauso wirkungsvoll wie die Tabula rasa des nordeuropäischen Gesichts.

Ich schaue zur Protopapadakis-Statue hinüber und denke darüber nach, wie oft hier in Griechenland der geistige Weg in die Vergangenheit breit und gepflastert erscheint, während der in die Zukunft entweder unkenntlich ist oder einfach verschwindet. Die Naxos-Reiseführer konzentrieren sich wenn nicht auf das Altertum, so auf dörfliche Traditionen: den Versuch einer Frau zum Beispiel, von ihrem zukünftigen Mann zu träumen, indem sie an bestimmten Festtagen salzige Speisen zu sich nimmt; der Mann, der ihr dann im Traum Wasser anbietet, wird ihr Ehemann sein. Die Geschichte der Insel vom Mittelalter bis zur heutigen Zeit bleibt dagegen so gut wie unberücksichtigt; selbst die faszinierende Gestalt des sephardischen Juden Joseph Nasi, der 1566 von einem türkischen Sultan zum Herzog von Naxos ernannt wurde, wird mit keinem Wort erwähnt. Passend zum Dionysos-Mythos war besagter Sultan ein solcher Liebhaber des Weins, daß er Selim der Säufer genannt wurde – die Ernennung des Herzogs beruhte nicht zuletzt auf einer Art Schmuggel: Nasi versorgte den Sultan mit Wein, obwohl der Alkoholimport nach dem Buchstaben des islamischen Gesetzes verboten war. Doch Nasi und Naxos waren einander offenbar unsympathisch, denn der Jude lebte nur für kurze Zeit in der venezianischen Festung, kehrte bald nach Konstantinopel zurück.

Ziellos schlendere ich umher, weide mich am Anblick der mal grün, mal blau gestrichenen Türen. Eine Frau hält eine junge Mutter auf der Straße an, um sich das Baby anzuschauen. Sie macht ihr keine Komplimente, immer auf der Hut vor dem bösen Blick, ruft aber hinter Mutter und Kind her: »Möge es für Sie leben.« Für uns sind Wünsche eine *niaiserie*, das auf Postkarten gekritzelte »Ich wünschte, du wärest hier« ebenso wie die »herzlichen Glückwünsche« zum Geburtstag eines jeden, egal, wie vertraut er uns ist. In Griechenland aber schafft ein Wunsch zumindest für einen Augenblick Intimität zwischen zwei Menschen: Als ich mir in Athen einen Kassettenrecorder kaufte, rief der Verkäufer »*Kalorrizika*« hinter mir her, ein Wort, mit dem man hier allen Neuanschaffungen ein gnädiges Schicksal wünscht.

Ich bleibe vor einem Geschäft stehen und betrachte einen hübschen geschnitzten Holzspiegel und eine sorgfältig bemalte Truhe, beide auf dem schmalen Gehweg ausgestellt. Im Laden sehe ich in buntem Durcheinander weitere Möbel in unterschiedlichen Stadien der Fertigstellung, ein geschnitztes Blatt hier, eine gerade begonnene Weizenähre dort. Der Schreiner möchte mir die Truhe zeigen, die ich so wohlwollend betrachte, aber ich erkläre ihm, daß ich sie nicht kaufen kann. Er glaubt, ich wolle den Preis herunterhandeln, und nennt mir eine hohe Summe. Instinktiv murmele ich »*po po po*«, das griechische »Ogottogott«. – »Nicht *po po po*«, sagt der Mann verstimmt, »die Truhe ist mindestens so viel wert.« Nichts läßt einen Fremden so schnell stocken wie der Ärger eines Gegenübers – nur der Muttersprachler schafft es, mit Ärger und Grammatik gleichzeitig fertig zu werden. Ich selber ärgere mich ja auch, meint doch der Schreiner, mein Kopfschütteln habe sich auf die Qualität seiner Arbeit bezogen. Wir retten die Situation auf griechische Weise mit einem Wunsch. Schüchtern frage ich ihn, ob er alles, was ich hier sähe, selbst gemacht habe. »Ja«, antwortet er barsch, »ich mache alles selbst, jedes Stück.« Ich überwinde mein Stottern, sage: »*Geia sta cheria sas*, auf die Gesundheit Ihrer Hände, möge ihr Talent wachsen und gedeihen.« Überrascht sieht er mich an. Seine Wangen röten sich vor Freude, und er dankt mir mit einem freundlichen Kopfnicken. »Ihr Griechisch hat Brüche«, sagt er, »aber Ihr Herz ist ganz.«

Vergangenheit als Zukunft

Im Schaufenster des Schulbuchladens bei mir um die Ecke liegt ein dickes albanisch-griechisches Wörterbuch aus, eine stillschweigende Billigung der wachsenden Zahl von Albanern, die täglich zu Hunderten illegal über die Grenze strömen – bevor die griechische Polizei sie zusammentreibt und in Busladungen zurückschickt. Ein weiterer Balkan-Knoten: Griechen und Albaner würden gern vollständig getrennt voneinander wahrgenommen werden, aber manche Teile Griechenlands, zum Beispiel die Insel Hydra, waren einmal mehrheitlich von Albanern bewohnt, so wie es umgekehrt im heutigen Albanien noch Dörfer gibt, die überwiegend griechisch sind. Während der osmanischen Jahre dienten die Albaner den Türken oft als Handlanger, eine Reihe von griechischen Revolutionshelden war jedoch albanischer Abstammung. Und die Fustanella ist angeblich eine Abwandlung des albanischen Kriegergewandes, und wird deshalb manchmal auch als albanischer Kilt bezeichnet. Auf dem Balkan schien und scheint der westliche Begriff der nationalen Grenze also keinerlei Bedeutung zu haben; von verschiedenen ethnischen Gruppen bevölkerte Dörfer überziehen die Region in einem dichten Gewebe, und Grenze meint hier offenbar die ethnische Enklave eines Dorfes – was, wenn es stimmen sollte, erklären würde, warum nationale Souveränität im Balkan vornehmlich auf drei Wegen zustande gekommen ist: durch Föderation, durch Kolonisation oder durch Genozid.

Heute gehe ich die Miete und meine Stromrechnung bezahlen, die mir in einem mit dem Stern von Vergina und der Aufschrift »Makedonien – Das ewige griechische Licht« bedruckten Umschlag zugestellt wurde, eine Aufgabe, die den ganzen Nachmittag in Anspruch nehmen wird. Das sei noch gar nichts, versichert mir Leda; sie müsse jedesmal einen ganzen Abend dafür veranschlagen, mit einer Flasche Wein, manchmal auch einem Kartenspiel. Wenigstens bin ich jetzt wieder auf der Höhe, nach einer Grippe, die laut griechischer Diagnose gar keine Krankheit ist: Als ich mich schlecht fühlte, sagte ich eine Einladung zum Abendessen ab, und die Gastgeberin fragte mich: »Was für Symptome haben Sie denn?« Husten, Gliederschmerzen, Schluckbeschwerden, verstopfte Nase, Fieber. »Wieviel Grad?« fragte sie weiter. 101, antwortete ich. »Und was gilt auf einem Fahrenheit-Thermometer als normal?« 98,6. »Ach, dann haben Sie gar kein Fieber«, sagte sie. »Nein?« fragte ich schwach. »Nein. Fieber beginnt erst bei viel höheren Temperaturen, 104 vielleicht oder 105.« Jetzt weiß ich also, daß man, um sich für griechisches Fieber zu qualifizieren, im Sterben liegen muß, während die Gehirnzellen gemütlich vor sich hin schmoren. Ich bin nicht ganz sicher, ob es in Griechenland überhaupt so etwas wie Krankheit gibt. Krankheit ist das, woran jemand gestorben ist: Das Leben ist Leiden, Krankheit ist der Tod.

Meine Vermieterin, Kyria Ioanna, ist eine beängstigend gute Hausfrau: Ihre Parkettböden sind auf Hochglanz gebohnert, die unzähligen Spitzendeckchen auf ihren Möbeln stramm wie die Haltung eines Marineoffiziers, die zahlreichen Kristallnippsachen funkeln, die Holztische glänzen – staubfrei, ein Zustand, der in Athen schwer zu erreichen ist. Die sonderbar funktionslosen Stoffquadrate und -wimpel auf Rücken- und Armlehnen, die zu groß geratenen Servietten ähneln, werden bei Kyria Ioanna und in anderen bürgerlichen griechischen Wohnzimmern sehr ernst genommen. Ich vermute, daß in ihnen eine Erinnerung an feine spätantike Teppiche und Seidentuniken fortlebt, einst so wertvoll, daß schon die Goten, die Rom einnahmen, sie als Beute forderten. So wie heute in den versilberten Platztellern die prachtvollen Silberservice fortleben. Und auch die Altarbehänge und Priestergewänder, die vor Gold und komplizierten Stickereien nur so strotzen, sind nicht allein zu dekorativen Zwecken aufwendig gearbeitet – sie sollen an den immensen Wert erinnern, den sie als Teil des Kirchenschatzes und als Beweis kirchlicher Machtfülle früher besaßen.

»Einen Moment noch«, ruft sie, bevor sie zur Tür kommt, »ich mache gerade *chorta*«, in Olivenöl und Knoblauch geschmorte Blätter: eine archetypische Hausfrauentätigkeit. Kyria Ioanna hat den für Frauen mittleren Alters typischen kleinen, quadratischen Körper ohne Kurven, eine feste Masse ohne Ein- und Ausbuchtungen – eine *ntoulapa* nennt man das, wie die vierschrötigen Holzschränke, die an Stelle von Einbauschränken üblich sind. Bei unseren ersten Begegnungen vermißte ich das amerikanische Begrüßungslächeln; nur allmählich entspannte sich ihr Gesicht. In Griechenland ist der erste Blick hart, prüfend, lang. Ein Lächeln muß verdient werden. Das gilt auch für rein zufällige Kontakte: der unverhohlene, taxierende Blick, dessen eine Variante – unter vielen – der Blick der sexuellen Aufforderung ist. Geht man um elf Uhr morgens an einem mit zeitunglesenden, kaffeetrinkenden Männern vollbesetzten *kafeneion* vorbei, fällt ein Moskitonetz von Blicken auf einen herab, ein Gewebe unausgesprochener Urteile.

Aber Kyria Ioanna und ich mögen uns. Sie ist eine nachdenkliche, witzige, starke, auch freundliche Frau mit unverkennbar griechischem Wesen: einer Kombination aus Rücksichtnahme und Unverblümtheit, impulsiver Wärme und großer Achtung vor dem Gegenüber. Die griechische Etikette ist keine grandiose Konstruktion, kein kunstvoll angelegter Park wie die französische, keine gesellschaftliche Tauglichkeitsprüfung wie die britische, sondern eine lebendige Verbindung von Vornehmheit und Leidenschaft: eine harte, wenngleich zerbrechliche, bei hohen Temperaturen gebrannte Keramik.

Ich gebe ihr das Kuvert voller Drachmenscheine, die sie, um Entschuldigung bittend, vor meinen Augen zählt; dann zieht sie einen kleinen Tisch heran, stellt mir etwas Süßes und ein Glas

Wasser hin, legt eine Serviette daneben. Heute gibt es ein Stück feine Schokoladen-_tourta_, das von der Geburtstagsfeier ihres Sohnes übriggeblieben ist. Der Kuchen ist üppig, aber nicht schwer und hält geschmacklich genau die Balance zwischen bitter und süß, die gutes Gebäck auszeichnet. Sie bittet mich, ihr vom vergangenen Monat zu erzählen, von meinen Reisen, meiner Lektüre, es macht ihr Spaß, meine Fortschritte im Griechischen zu verfolgen. Gerade habe ich einen Roman gelesen, der während der Zeit der deutschen Besatzung spielt, und Kyria Ioanna, damals noch ein Kind, sagt, sie könne sich noch an den Tag im Oktober 1944 erinnern, als die Naziflagge von der Akropolis heruntergeholt, und statt dessen die griechische Flagge gehißt wurde. Sie erinnert sich auch an die schweren moralischen Nöte im Krieg, als die Menschen in den Häusern, selbst kaum in der Lage, sich über Wasser zu halten, mit ansahen, wie Nachbarn auf der Straße verhungerten. Und an die profitgierigen Schwarzmarkthändler, die hinterlistigen Diebstähle all dessen, was verkäuflich war, an Chaos und wahlloses Sterben, nicht etwa gefolgt vom Frieden, sondern vom griechischen Bürgerkrieg, von Heckenschützen und mitternächtlichem Klopfen an Wohnungstüren.

Ob sie sich ebenfalls an die Beerdigung des Dichters Palamas erinnere, frage ich sie, eine der symbolträchtigsten Szenen der jüngeren griechischen Vergangenheit, in Geschichtsbüchern, Romanen, Kinderbüchern über den Zweiten Weltkrieg immer wieder nacherzählt und dank des Fotos von Angelos Sikelianos auch ein vertrautes Bild. Sein überwältigend schönes Gesicht schmerzverzerrt, hält er die berühmt gewordene Grabrede: »In diesem Sarg liegt Griechenland«, begann der Dichter, und als er geendet hatte, sang die Menge, den deutschen Soldaten trotzend, die schußbereit dabeistanden, die verbotene Nationalhymne. Palamas' Bedeutung liegt sowohl in seiner Volkstümlichkeit als auch in der Rolle, die ihm bei der Erfindung und Definition des modernen griechischen Lebens zukam, der Sprache, der Kultur und der nationalen Identität. Sein Werk ist, wie meine neueren Traumbücher, eine Enzyklopädie der Schlüsselsymbole, der Ikonen des zeitgenössischen Griechenland. Zusammen mit anderen Dichtern ermöglichte er dem Land, das einem Waisenkind glich, weiterzuleben: indem er ihm Eltern, ein Haus und ein Erbe verschaffte.

Die Geschichte des modernen Griechenland, sie ist in erster Linie die Geschichte einer entstehenden Nation. Die Beschäftigung mit Palamas und seiner Generation führt überdeutlich vor Augen, welch kulturelles Brachland Griechenland war und wie planvoll sie darangingen, es zu bebauen. Nicht, daß es keine Vergangenheit gegeben hätte oder daß die Griechen aufgrund ethnischer Verwässerung nicht die legitimen Erben gewesen wären, wie es im neunzehnten Jahrhundert der deutsche Wissenschaftler Fallmerayer behauptete, als er sagte, die »Rasse der Griechen« sei durch Invasionen und Mischehen ausgestorben; vielmehr hatte die Nation ihre Ansprüche an die Vergangenheit nur noch nicht formuliert. Die Vergangenheit war da, aber dem Zugriff entzogen, wie die Erbanlagen dem Zugriff eines einzelnen. Eine Beziehung zu dieser Vergangenheit zu finden hatten schon die christlichen Byzantinern versucht, denen es nie gelang, ihr Problem mit dem Polytheismus der klassischen Zeit befriedigend zu lösen: eine Aufgabe, mit der sich Griechen und Türken noch heute auseinandersetzen müssen, denn wie die »schwarzen« und »weißen« Bevölkerungsteile der Vereinigten Staaten sind diese beiden Kulturen trotz aller Feindseligkeiten auf vielfältige Weise eng miteinander verknüpft.

Und noch etwas: Dichtung spielt in der Begräbniszeremonie eine zentrale Rolle – nicht nur wegen Palamas, sondern auch, weil Poesie und Gesang in Zeiten der Besatzung freies Reden tarnen; auch während der osmanischen Zeit existierte Griechenland ausschließlich in Liedern, Gedichten. Zum Ausdruck kommt außerdem die Mystifizierung des Griechischen, das den Griechen gewissermaßen heilig ist; im Offenbarungsmythos überläßt der hebräische Gottvater die Bühne seinem Sohn, Logos, dem griechischen Wort, der griechischen Sprache, dem auserwählten Code des Christentums. Doch das allergriechischste Detail dieser Beerdigung ist vielleicht die Beerdigung selbst, ein Trauma, das immer wieder das unbändige, beharrliche griechische Verlangen nach Wiederauferstehung weckt. Sowohl in der griechischen Gesellschaft als auch im nationalen Ritual haben Begräbnisse einen besonderen Stellenwert. Sie sind, wie die zahlreichen Dorfgeschichten belegen, in denen sich zerstrittene Familien über einem Sarg die Hand zum Frieden reichen, Momente der Versöhnung, aber auch Momente des trotzigen Rufens nach neuem Leben – bei der Beerdigung Georgios Papandreous während der Militärdiktatur (1967–1974) schrie jemand: »Steh aus deinem Sarg auf, alter Mann, und sieh dir an, was aus uns geworden ist!« Das Begräbnis Melina Mercouris im Jahre 1994, kurz nachdem ich Griechenland verlassen hatte, war sehr wahrscheinlich die größte öffentliche Beisetzung in neuerer Zeit, einen ganzen Tag lang wurde es vom Fernsehen übertragen.

»Sie lesen mehr griechische Literatur als die meisten Studenten, die ich kenne«, sagt Kyria Ioanna. »Ich glaube, das liegt zum Teil am Krieg. Nachdem wir die Zeit der Besatzung und des Krieges durchgestanden hatten, haben wir unsere Kinder und Enkel verwöhnt; wir wollten ihnen einen Traum davon mitgeben, was wir selber gern gehabt hätten. Aber ein wenig Entbehrung ist gar nicht so schlecht. Unten im Parterre leben ein Witwer und seine drei Kinder, alle zusammen in zwei Zimmern. Der älteste Junge ist Anwalt, das Mädchen Lehrerin, der Jüngste studiert noch; seine Geschwister unterstützen ihn finanziell. Mein eigener Sohn dagegen lebt zwar bei uns, bezahlt aber nichts dafür. Er bekommt sein Essen umsonst, beteiligt sich weder am Einkauf noch am Kochen, seine Wäsche wird gewaschen, ich mache sein Zimmer sauber, wir bezahlen seine Arztrechnungen. Er hat ein großes Auto, wir haben ein kleines. Er hat einen CD-Spieler, ein Videogerät hat er auch. Was es bedeutet, einen eigenen Haushalt zu führen, weiß er nicht. Er wird sich noch wundern, wenn er heiratet, es sei denn, er findet eine wie mich. Aber wenigstens haben wir mit ihm nicht solche Probleme gehabt wie meine Schwägerin Mimi mit ihrem

Stavros. Der nämlich wollte unbedingt in London studieren, aber seine Leistungen sind nicht berühmt. Weil er allein ist und keine Hilfe hat. Ich habe Mimi gesagt, sie muß zu ihm fahren, wenn sie möchte, daß er gute Noten nach Hause bringt.«

»Zu ihm fahren?« frage ich, unsicher, ob das ein Witz sein soll, wo sie doch gerade von Vorteilen des Mangels gesprochen hat. »Ja«, sagt sie. »Zu ihm fahren, wie ich es mit meinem Elias gemacht habe. Ihm eine schöne Wohnung suchen, nicht so etwas Ungemütliches wie ein Studentenwohnheim, und wenn er Prüfungen hat, dasein, um sauberzumachen, seine Wäsche zu waschen, für ihn zu kochen und seine Bleistifte anzuspitzen, damit er besser lernen kann. Mimi tut einfach nicht für den Jungen, was sie tun könnte, sie sollte zu ihm fahren.«

Lust auf einen Heiligen

»*T* *i oraia mera*«, was für ein schöner Tag, hallt es an diesem sonnigen frühen Novembermorgen auf der Insel Ägina aus allen Himmelsrichtungen wider. Heute ist das Fest des heiligen Nektarios, das letzte im Freien stattfindende Kirchenfest vor dem Frühjahr, inoffiziell der Übergang zu Herbst und Winter, obwohl ich gestern noch im Meer geschwommen bin. Die Feierlichkeiten beginnen um 17 Uhr am Vortag, und die ganze Nacht zu durchwachen gilt als spirituelles Verdienst. Viele Menschen sind vor Tagesanbruch aufgestanden, um das Grabmal des Heiligen zu küssen, und im Bus zur Kirche gibt es nur noch Stehplätze. Ich zwänge mich hinein, lande direkt hinter dem Fahrer. Als wir am Friedhof vorbeikommen, bekreuzigen sich alle Fahrgäste dreimal. Die Männer tragen Basilikumzweige in den Knopflöchern: an orthodoxen griechischen Feiertagen kein ungewohnter Anblick.

Das Kloster steht auf einem Hügel, eine kleine heimelige Taverne liegt ihm genau gegenüber. Der Ort verlangt eigentlich nach einem Kirchengebäude, das sich in die Furchen dieser Landschaft schmiegt – ein von einem Gott gekneteter, rissiger Teig –, mit Mauern, deren Tünche mit der löwenfarbenen Erde harmoniert. Statt dessen ist beim Bau der Kirche ein wilder, rückwärtsgewandter griechischer Ehrgeiz zum Zuge gekommen: Offensichtlich hat der Architekt versucht, Istanbuls Hagia Sophia zu kopieren. Das Kloster Hagios Nektarios ist noch nicht fertig, aber der Busfahrer erzählt mir, daß es trotzdem bereits Griechenlands größte Kirche sei. Die Wände sind von einem grellgelben Orange, die Fenster rot umrandet, und das Gebäude thront knollenförmig an seinem Platz wie eine rohe Zwiebel, die jemand weggeworfen hat, weil sie im Innern verfault ist. Auf der Veranda vor der Taverne sitzen lauter Menschen, die Bier trinken, ihre Pflicht gegenüber dem Heiligen haben sie schon erfüllt. »*Chronia polla*«, viele Jahre, begrüßt uns der Polizist, der den Verkehr leitet, ein Wunsch, der an allen griechischen Feiertagen üblich ist. In einem Auto liegt hinten auf der Ablage – ein goldener Bischofsstab.

Parkplatz und Weg, der sich in Spiralen zum Klostereingang hinaufwindet, sind voller Menschen in verschiedensten Aufmachungen. Eine Frau, die eine mit Ziermünzen bedeckte Jacke und einen Brokatrock trägt, sieht aus, als käme sie geradewegs aus einem Nachtclub. Ganze Trauben von Witwen oder frommen Frauen erscheinen in Schwarz, schwarze Kleider, schwarze Umhänge, schwarze Strümpfe. Hier ist Schwarz eine andere Farbe als in Paris oder New York, und soll den Körpern keine bildhauerischen Konturen verleihen: In der byzantinischen Welt waren leuchtende Farben das Privileg von Königen und Reichen; schwarze Stoffe, auf denen man Schmutz und Flecken nicht sah, trugen nur die Menschen ohne Status, Erniedrigte, die Drecksarbeit verrichteten und es sich nicht leisten konnten, ihre Kleider makellos sauberzuhalten. Daß Weiß zur Farbe der Taufe wurde, verdankt sich nicht etwa einem abstrakten Symbolismus, sondern der simplen Einsicht, daß weiße Stoffe leicht fleckig werden.

Die Menge setzt sich aus Menschen aller Altersstufen zusammen, vereinzelte Teenager, viele Alte. Aber ich sehe auch Eltern mit kleinen Kindern auf dem Arm, einige junge Paare, ein paar Mütter mit Zehn- bis Elfjährigen, außerdem politische Wallfahrer: hochrangige Militärvertreter, gutgekleidete Frauen und Männer, deren Frisuren und vornehme Haltung davon zeugen, daß sie gewohnt sind, Prozessionen anzuführen, fotografiert zu werden. Sie gelangen durch einen separaten Eingang ins Kloster, während die Polizei die Menge durch den engen Haupteingang treibt. Blauweißgestreifte Wimpel und griechische Fahnen flattern im Wind, am Fuße des riesigen Klosters sind Stände aufgebaut: Blond gelockte Schnullerpuppen hängen von kreuz und quer gespannten Seilen herab, Radios werden verkauft und Kameras, grobe Kristallvasen, auf runden Tellern einzeln portioniertes Halwa und Baklava.

Am Weg zum Kloster sitzen Menschen auf der Erde, Krücken neben sich, während geistig verwirrte Pilger von Brüdern, Schwestern oder Eltern hinaufgeleitet werden. »Er ist beim _panegyri_«, eine leicht boshafte Wendung, die mindestens auf byzantinische Zeiten zurückgeht, als Geisteskranke in der Hoffnung auf magische Heilung zu mittelalterlichen Festen pilgerten, wahrscheinlich ganz ähnlich wie dieses. Ein bärtiger, verdreckter Mann mit heldenhaft steinernem Eremitengesicht sitzt auf einem Klappstuhl; ich höre, wie er einem Lehrer, der stehengeblieben ist, um mit ihm zu reden, erzählt, daß er sein Leben damit zubringe, von _panegyri_ zu _panegyri_ zu wandern; als der Lehrer weiter in Richtung Parkplatz geht, ruft der Mann hinter ihm her: »Viele Jahre, Herr Lehrer, Herr Lehrer und Katechumene!« Unmittelbar vor dem Eingang zum Kloster hat sich eine Frau aufgebaut, verkauft Kerzen, Weihrauch und Glücksbringer gegen den bösen Blick.

Die Schlange vor der Kirche ist enorm, man muß mindestens eineinhalb Stunden darauf warten, Nektarios' Grabmahl küssen zu dürfen. Ich schnappe Sätze aus der Bergpredigt auf, durch Lautsprecher verzerrt: In der Liturgie hungern und dursten die Menschen, sie sind sanft. In dieser selbstsüchtigsten aller Menschenmengen bin wohl nur ich es, die Sanftmut zeigt. Mit sicherem Instinkt Leiden erzeugend, wo gar keins zu sein brauchte, drängelt und stampft die Menge vorwärts, bis jeder sich so unbehaglich, so klaustrophobisch wie möglich fühlt. Alte Damen schubsen sich aggressiv hin und her, und jedesmal, wenn es ein bißchen vorwärtsgeht, wirft eine heftige Woge die Menschen beinahe um. Als ich den mit Palmwedeln, in Folie gewickelten Nelkensträußen und einer griechischen Plastikflagge dekorierten Eingang zum Kloster erreiche, werde ich beinahe die Stufen hinuntergestoßen, falle entschuldigend gegen eine Frau. Sie hält eine silbern verpackte Flasche Olivenöl für den Heiligen in der Hand, angesichts

Hunderter vergoldeter Lampen, die Lichttränen von den Decken tropfen lassen, braucht er einen reichlichen Vorrat davon. Wenn ein Pilger hinfiele oder sich unwohl fühlte, er würde zu Tode getrampelt, und jeder Unfall hätte ein enormes Totengeläut zur Folge. In der Kirche geraten die Leute noch mehr außer sich; sie treten einander rücksichtslos, um gierig nach dem heiligen Brot zu greifen, das ein Priester verteilt, legen Blumen und Geld auf Nektarios' Grabmal und küssen es mit einer Leidenschaft, als wäre es der eigene Mann. Ich nehme den Geruch versengten Stoffes wahr und lösche einen beginnenden Brand, den die Kerze eines Pilgers am Ellbogen meines Pullovers entfacht hat. Heißes Wachs von der Wolle zupfend, trete ich den Rückzug an. Autodafé, *actus fidei*, ein Glaubensakt.

Ein Nymphentempel

»Du Miststück, du hast C.C. Capwell verraten!« höre ich noch, als ich aus dem Haus der brillanten Dichterin trete, bei der ich zu Gast bin, und zum Hafen von Ägina aufbreche. Sie ist eine der großen Redekünstlerinnen der Welt, eine Frau, die virtuos in vielen Sprachen Witze erzählt: die einzige wahre Mystikerin, die ich kenne, auch die einzige wahre Kennerin von Seifenopern. Auf spanisch, französisch, griechisch, russisch und englisch fällt sie über jeden her, der ihren Lieblingscharakteren – und dazu gehört C.C. Capwell – am Zeug flickt.

Auf dem Weg zum Hafen werde ich zur Wahl Clintons beglückwünscht. »Es ist gut für die Welt, daß Sie einen so cleveren, aufrichtigen, jugendlichen Präsidenten haben«, sagt jemand zu mir. Ich mache halt, um einen Kaffee zu trinken; Reihen sauber gestrichener blauweißer Boote liegen am Hafenrand vertäut. Einige davon tragen die magischen Namen *Zoodoros Pege*, Lebenspendende Quelle, oder *Hagios Nikolaos*, nach dem heiligen Nikolaus, Schutzpatron der Seeleute. Auch Namen der Gegend kommen vor, *Hagios Nektarios* zum Beispiel und *Aphaia*, eine Tochter des Zeus, deren Tempel ich heute besichtigen werde.

Gern würde ich eine Spinatquiche bestellen, aber mein Kellner, offenbar mit der nachmittäglichen Kaffee- und Zeitungskundschaft vollauf beschäftigt, ist nirgends zu sehen. Drinnen an der Bar sitzt ein dünner, dümmlich aussehender Mann. »Gibt's schon was Warmes zu essen?« frage ich ihn. Er schaut mich verstört an. Ich versuche es auf englisch – nichts. »*Albanos*«, sagt er dann. Albanisch. Tatsächlich hat er das abgezehrte Äußere, das Albaner hier nie zu verlieren scheinen, auch nicht, wenn sie an Gewicht zuneh-

179

men, hat diesen leeren Blick, der an Fische erinnert, aufmerksam, aber nicht dazu gemacht, zu anderen Menschen eine Verbindung herzustellen. Grund dafür ist sicherlich das Leben voller Härten und Gewalt, das die Albaner in ihrer Heimat führen müssen, außerdem das Mißtrauen, das man ihnen in Griechenland entgegenbringt, weil man fürchtet, mit ihnen komme die Kriminalität ins Land. Während ich mit dem Mann rede, fällt mein Blick auf ein Poster hinter seinem Rücken: Clark Gable trägt, in *Hosa Pernei Anemos*, Vivian Leigh auf seinen Armen davon. Ich gehe hinüber zum Busbahnhof, um zu Aphaias Tempel zu fahren.

Der Stationsvorsteher schaut von seinem Kartenspiel auf, weist auf einen Bus mit zwei riesigen, links und rechts der Windschutzscheibe aufgemalten Augen. Nicht viele Menschen sitzen darin, eine Handvoll Schulkinder, ein paar alte Frauen in Schwarz mit Einkäufen vom Markt und ein älterer Mann mit sperrigen Materialien für irgendeine Bastelei. Einen kleinen Jungen setzt der Fahrer bei einer winzigen Schule, nicht größer als eine Bergkapelle, ab. Dann unterhält er sich mit einem etwa zwölfjährigen Mädchen, das hinter ihm sitzt, ich höre sie beide lachen. Als es aussteigt, holt er unter dem Lenkrad einen Karton Eier hervor: »Warte, mein Goldstück, könntest du die wohl meiner Frau vorbeibringen?« Weiter geht es durch niedrige Pistaziengehölze, deren Früchte Äginas Haupterntegut sind, immer die steilen, von der Landschaft erzwungenen engen Straßen entlang. Kurz vor dem Tempel ist ein so schmaler Abschnitt, daß die Autos nur in einer Reihe fahren können, und acht Wagen setzen bergab zurück, um dem Bus die Vorfahrt zu lassen.

Pinien, deren blaugraue Zapfen wie Votivgaben aussehen, rahmen den Tempel der Zeus-Tochter ein. An seinem Fuß füttert eine Frau eine kleine Kolonie Hühner und Hähne. Heute sind alle Touristen außer mir Griechen: ein sicheres Zeichen, daß die Jahreszeit gewechselt hat. Ich denke darüber nach, wieviel dieser Bau seiner hervorragenden Lage verdankt. Höhe ist wichtig; man braucht das Gefühl, das Höhe religiösen Menschen vermittelt: an einem Ort angekommen zu sein, an dem sich viele Perspektiven treffen, von dem aus man einen weiten Überblick hat. Geräusche sind nicht weniger wichtig – eine vergeistigte Stille, unterbrochen nur, wie hier, von der macht- und geheimnisvollen Sprache des Windes in den Pinien oder von den Rezitationen des Wassers wie auf Thasos: Die Götter müssen sprechen an so einem Ort. Und schließlich muß auch ein Mysterium spürbar sein, eine Verbindung mit anderen, unsichtbaren Orten, mit unbekannten Welten. Hier sind es die Wasser des Saronischen Golfes, die sich zwischen Ägina und dem griechischen Festland auf ein Ziel zubewegen, das man nicht sehen kann, blaues Meer und Licht in unendlicher Weite, während geräuschlos Boote vorbeisegeln, Klippen im Rücken, die selber wie heilige Bauwerke aussehen, Teile göttlicher Architektur. Dies ist ein Ort, der die Welt wie einen Traum erscheinen läßt, eine wirkliche Welt und zugleich ihr Traumbild.

Auf dem Rückweg zum Dorf Ägina entgehe ich nur knapp meiner Verehelichung. Ein einsamer Tavernenbesitzer verkündet laut, er denke nach Jahren des Junggesellendaseins nun doch ans Heiraten, seine Wahl sei auf mich gefallen. Nachdem ich mich aus seinen Fängen befreit habe, verfolgt mich ein Mann auf dem Motorrad durchs ganze Dorf, er ruft mir zu: »Hier ist mein Vorschlag: Wir fahren in die Berge, schauen uns die Landschaft an und schlafen miteinander!« Ich erkläre ihm, daß ich einen *desmos* habe, eine Bindung. Er fragt: »Einen Ehemann?« Als ich verneine, sagt er: »Warum gönnen Sie sich nicht zwei Männer? Sehen Sie, wie schön ich bin«, und er fährt mit den Händen über seinen Körper. »Finden Sie mich etwa nicht schön?« Junge Männer wie er werden *kamaki* genannt, Harpunen, weil sie Fragen stellen, deren Antworten entweder Beleidigungen oder Einwilligungen sind, beides aber führt zum gewünschten Resultat. Ich lasse ihn stehen, gehe Richtung Bushaltestelle.

Über einen schmalen Pfad steige ich noch rasch zu einer Kapelle hinauf. Sie ist nicht größer als eine Hütte. Eine winzige Taverne schmiegt sich wie ein Vogelnest an ein Riff oberhalb der See, die weiß schäumend an den Felsen züngelt. Sonderbar: Wie sich das Meer bei einem Dorf voll Angriffslust, beim nächsten friedfertig zeigt. Eine Frau backt Brot in einem Ofen vor dem Haus, eine hochträchtige Hündin läuft den Pfad mit mir entlang. Es ist eine Sankt-Johannes-Kapelle, an der Haupt-Ikone deutlich erkennbar. Die Tür ist lose mit Draht verschlossen. Im Innern liegen auf einem Tisch die Utensilien der Hausarbeit, die Frauen hier für Gott verrichten: neue Kerzen, Streichhölzer, Olivenöl. Am Fuß des Altars eine Vase mit frischen Blumen. Draußen ein kleiner Friedhof. Plastikblumenkränze schmücken die Gräber, und in die Grabsteine sind Fotografien eingelassen, die Männer mit spitzen Mützen, die Frauen mit um den Kopf gewundenen schwarzen Schals. Marmorplatten liegen flach auf den Gräbern: Die darin eingemeißelten Grabsprüche sehen aus, als hätte jemand auf einem Notizblock eine Nachricht für die Verstorbenen hinterlassen. Ihre Banalität – »Wir denken an dich, der du so weit fort bist, und wünschen dir eine gute Reise« oder »Wenn du auch fortgegangen bist, bleibst du doch in unseren Gedanken« – ist ein Lebenszeichen: Nur Lebende sind fähig zu solcher Banalität; in die Todessphäre gehört sie nicht. Die Särge müssen wohl mit Eselskarren über den holperigen, hügeligen Weg heraufgebracht worden sein.

Am Nachmittag treffe ich meine äginetische Gastgeberin und ihre anderen Gäste, um ein letztes Mal in dieser Saison im Meer zu baden. Die Wassertemperatur ändert sich: In der leichten, champagnergleichen Kühle, die die Ägäis selbst am heißesten Sommertag hat, wird allmählich Kälte spürbar. Der schwindende Nachmittag führt ein Märchen für uns auf: Als die Sonne untergeht und breite Lichtgarben über die dunkler werdende See wirft, steigt der Mond am Himmel auf, ein Perlendestillat, in vollkommener Balance zwischen Tag und Nacht. Eine Viertelstunde lang schwimmen wir zwischen Sonne und Mond.

Ich betrachte reihum alle am Tisch. Wie ich sind sie eben aus dem Meer gekommen, die Gesichter vom Schwimmen geglättet, auf den Lippen das leise, unbewußte, ganz und gar körperliche und private Lächeln von Menschen, die gerade geküßt worden sind. Welch ungeahnte Intimität erlebt man mit einer Gruppe von Menschen, mit der man ein wunderbares Bad im Meer genommen hat. Ein Außenstehender könnte in die Runde sehen und wüßte, wie jeder von uns nach der Liebe aussieht. Unsere Gesichter sprechen von diesem Glück.

Polytechnische Nacht

Heute ist der Jahrestag des Studentenprotestes gegen die Junta. An der Universität von Athen, dem Athener Polytechnikum, fuhr am 17. November 1973 das Militär mit Panzern in die Menge der Demonstranten, mehrere Studenten wurden getötet. Das Grab eines dieser ehrenvoll bestatteten jungen Leute habe ich auf dem großen Zentralfriedhof Protonekrotapheio gesehen. Viele haben mir erzählt, daß dies, zumindest symbolisch, ein Wendepunkt war: Rechte wie Linke begannen in der Junta einen Feind zu erkennen, im Begriff, die griechische Zukunft zu zerstören. Die Erinnerung daran wiegt so schwer, daß man den 17. November zu einem nationalen Feiertag erklärt hat.

Mir wurde geraten, wenigstens am Abend zu Hause zu bleiben. Antiamerikanische Gefühle würden heute nämlich hohe Wellen schlagen – die Vereinigten Staaten hatten die griechische Junta unterstützt, bei der Planung des Coups, der das Militär an die Macht brachte, spielten sie eine undurchsichtige Rolle. Die Warnungen kommen so zahlreich, von Freunden, von Bekannten, daß ich sie ernst nehme. In der Zeitung lese ich ein Interview mit einem bekannten Teilnehmer der damaligen Studentenproteste, mittlerweile Radiomoderator und Schriftsteller. Auf die Frage, ob der Geist des Polytechnikums von 1973 noch lebendig sei, antwortet er: »Ja ... wie Alexander der Große.« Oft wird der unmögliche, bisweilen despektierliche Versuch unternommen, die heutigen Studenten, deren moralische Welt ungleich ambivalenter ist, mit den damaligen Helden zu vergleichen. Es war schon immer schwerer, ein gutes Leben zu führen, als einen guten Tod zu sterben.

Später, in den Nachrichten, sehe ich, daß Menschen seit dem

frühen Morgen Kränze vor dem Polytechnikum niederlegen. Auf allen Seiten wird um die Stimmen der Jugend geworben: Die Oppositionspartei hat Repräsentanten ausgeschickt, die sich vor Ort blicken lassen, auch Reden halten sollen; und die regierende Partei stellt eine große Summe in Aussicht, um das Gebäude des Polytechnikums zu restaurieren.

Auf dem Weg zu einer Freundin, die gerade ein Kind bekommen hat, kaufe ich ein für das zauberhafteste aller griechisch-türkischen Gerichte: mit Lamm, Zimt und Reis gefüllte Quitten. Eine Nachbarin hält mich an, um meine Kette aus bunten Sternen zu bewundern. »Ist sie aus Makedonien?« fragt sie mich. Die Auseinandersetzung um die neue Republik Makedonien, deren Staatsgebiet bis vor kurzem zu Jugoslawien gehörte, hat ihren Höhepunkt erreicht – alle Sterne, die die Griechen im Augenblick sehen, sind für sie Sterne von Vergina.

Das Neugeborene wird keinen Namen tragen, bis es in ein, zwei Jahren getauft ist. Einstweilen wird es nach einem beliebten, mit Puderzucker bestreuten Gebäck »Kourkoumbini« genannt, als wäre das sein richtiger Name. Ein Jammer, finde ich, daß man ihn später gegen ein herkömmliches »Iannis« oder »Konstantin« austauschen muß. In manchen Teilen Griechenlands sollte der Brauch der verzögerten Namensgebung vor bösen Geistern schützen, die andernfalls kommen und das zarte Kind mitnehmen könnten. Auf Zakynthos hießen ungetaufte Kinder oft – weit weniger appetitlich als Kourkoumbini – »Drakos« oder »Drakaina«, Drachen, um die bösen Geister abzuschrecken. Kourkoumbini, wie alle griechischen Babys, liegt sogar auf dem Wickeltisch zwischen Ost und West: Nach einem türkischen Gebäck benannt, schläft es in einer Wiege mit Mickymaus-Bettwäsche, über sich eine Pu-der-Bär-Tapete, während sich auf seiner Wickelkommode Vaseline und Johnson's Babypuder den Platz mit einer Ikone des Erzengels Michael teilen.

Als ich am nächsten Morgen die Nachrichten sehe, bin ich froh, daß ich am Abend zu Hause geblieben bin: Die polytechnische

Nacht war voller Gewalt. Um die fünfhundert selbsternannte »Anarchisten« sind durch die Innenstadt gerannt, haben Schaufenster eingeschlagen, warfen Molotowcocktails in Postämter und verschiedene Banken, haben Läden, Busfahrkartenschalter sowie ein Bürogebäude der konservativen Neuen Demokratischen Partei bombardiert. Sechsundzwanzig Personen wurden verhaftet, außerdem hat die Bereitschaftspolizei vor dem Polytechnikum Posten bezogen.

Die Zeitungen hätten allen Grund, täglich einen Demonstrationsplan abzudrucken. Die Proteste auch dieser Woche dauern an: Griechische Bauern machen Front gegen die Landwirtschaftspolitik der Regierung, indem sie die Autobahn Athen – Lamia blockieren, Milch auf den Straßen von Thessaloniki verschütten, die Zufahrtswege zur Stadt versperren. Lehrer demonstrieren vor dem Amtsgebäude des Bildungsministers. Medizinstudenten gehen auf die Straße, prügeln sich mit der Bereitschaftspolizei; einige Studentinnen behaupten, die Polizei habe es vor allem auf sie abgesehen. Ich lese bei Artemidoros nach: Schlägereien im Traum seien günstig, schreibt er, falls der Träumer Menschen verprügele, über die er herrsche; nur für die eigene Frau gelte das nicht: Schlage man sie im Traum, sei das ein sicheres Zeichen dafür, daß sie fremdgehe.

Ich bin mit einem Verwandten eines Nachbarn verabredet, einem Programmierer, der nicht weit von mir wohnt. Er ist nicht nur in diesem Viertel geboren, aufgewachsen und zur Schule gegangen, er hat bis heute hier gelebt. Da ich ein paar Briefe einstecken möchte, gehen wir am Postamt vorbei, wo es separate Briefkästen für In- und Auslandspost gibt, die zu meinem steten Vergnügen mit den Worten *esoterio* und *exoterio* gekennzeichnet sind.

Wir setzen uns in ein verrauchtes Café, bestellen *mezedes* und zypriotischen Rotwein, der Othello heißt. Vorbereitungen für eine nationale Kundgebung zur Makedonienfrage sind in vollem Gange, und Christos ist angesichts des Namens, den die neue Republik sich selbst gegeben hat, fuchsteufelswild. »Das sind Räuber, Diebe«, sagt er. »Stellen Sie sich vor, ich würde einfach in Ihrer Wohnung kampieren und behaupten, es sei meine.«

»Aber das tun sie ja gar nicht«, entgegne ich, »Sie befürchten nur, daß sie es tun werden.«

»Wenn die sich weiter Makedonien nennen, werden wir in den Krieg ziehen, werden wir sie bekämpfen!« Christos haut mit der Handfläche auf den Tisch.

»Glauben Sie wirklich, Krieg wäre hilfreicher als eine politische Lösung?« frage ich. »Die Europäische Gemeinschaft unterstützt Griechenlands absoluten Anspruch auf den Namen doch gar nicht, also werden Beziehungen zu wertvollen Verbündeten strapaziert. Dieses dogmatische Beharren auf dem Namen, das kommt mir vor wie der Versuch, Politik zu machen, als gäbe es eine ideale Welt ohne Kompromiß. Wenn Sie wirklich meinen, daß mit der Verwendung des Namens Makedonien zugleich Anspruch auf das Gebiet erhoben wird, wäre es dann nicht höchste Zeit, gemeinsam nach einem Kompromißnamen zu suchen und die Grenzen mit Hilfe eines von der Europäischen Gemeinschaft unterzeichneten Vertrags festzulegen?«

»Vorsicht, Vorsicht«, zischt Christos und bohrt seinen Zeigefinger in die Luft. »Makedonien ist griechisch! Glauben Sie etwa, Alexander der Große war ein Slawe? Wozu soll so ein Vertrag gut sein? Jeder weiß, wo die Grenzen sind, darum scheren sie sich sowieso nicht. Die haben es auf Thessaloniki abgesehen!«

»Aber selbst wenn das stimmen sollte«, sage ich, »ist der Name doch kein Hexenspruch, der durch Zauberkraft die Grenzen sichert.« In diesem Teil der Welt, denke ich bei mir, haftet den Personennamen, Ortsnamen sehr wohl etwas Magisches an. Der Name eines Menschen steckt dessen Territorium ab, formuliert ein Patronatsrecht, erhebt Anspruch auf Besitzstände, eine Eigenschaft oder ein Ziel. Die osmanischen Türken gestatteten über einen langen Zeitraum ausschließlich den wohlhabenden, oft protürkischen Phanarioten, ihre Söhne Alexander zu nennen. Manche byzantinischen Griechen sahen es als böses Omen an, daß der

Herrscherfamilie »die Namen ausgegangen waren«; sie glaubten, die Thronbesteigung eines Konstantin im Jahre 1449 deute den Niedergang dessen voraus, was Kaiser Konstantin einst begründet hatte. Und natürlich hat auch Griechenland mit Namen Gebietsansprüche geltend gemacht.

»Glauben Sie, daß Skopje den Namen Makedonien in der gleichen Weise benutzt wie Athen den Namen Nordepiros?« frage ich mit taktloser Neugier.

»Nein, das ist etwas ganz anderes«, antwortet Christos. »Makedonien ist griechisch. Und Nordepiros auch. Das war schon immer so und wird auch immer so bleiben.«

Es gelingt uns, das Thema zu wechseln. Prompt gibt mir Christos einen weiteren Einblick in die politischen Überzeugungen des griechischen *moyen homme*. Er läßt sich über die polytechnische Nacht aus, schlägt vor, wie man die Unruhen beenden solle: Die wahre Lösung des Problems bestehe darin, die MAT, eine Abteilung der Bereitschaftspolizei, das Polytechnikum umstellen zu lassen und ohne Verzug einige der Übeltäter zu Tode zu prügeln. In der Stimme eines jungen Mannes den Tonfall der Junta zu hören überrascht mich. Allerdings wird die Junta nicht einfach von außen eingesetzt worden sein – in einem Land, das eine autoritäre Tradition besitzt, zu einem Teil paternalistisch, zum anderen diktatorisch, repräsentierte sie vermutlich einen starken innenpolitischen Impuls.

»Als Dichterin«, sagt Christos, während wir über winzige Plätze schlendern, die aus allen Athener Stadtvierteln kleine Dörfer, fest umrissene Bezirke machen und selbst jetzt, wo die Abende kühl sind, Leben haben, »streuen Sie den Menschen sicher Blumen auf die Pfade ihres schwierigen Lebens.« Während er seine lyrische Ader entdeckt, drängt er mich an eine Hauswand. »Das kann ich schwer beurteilen«, erwidere ich. »Sie müßten wohl selber mal ein paar meiner Gedichte lesen.« »Nein«, sagt er, »ich bin sicher, daß es so ist. Wir müssen den Dichtern dankbar sein für die Rosenblüten, die sie auf unsere steinigen Wege streuen.« Ich gebe mir alle Mühe, Desinteresse zu zeigen, aber Christos ist viel intensiver mit dem beschäftigt, was er tut, als mit dem, was ich tue. Komplimente werden produziert, als hätte ich Münzen in einen Musikautomaten geworfen. Schließlich ist er bei »Sie sind wunderschön« angekommen. »Vor allem Ihr Haar«, sagt er. »Ich mag Ihre Frisur. Genau so eine Frisur hätte ich auch gern, wenn ich eine Frau wäre.«

Wie es immer gewesen ist

»Englischsprachiges Mädchen für Unterrichtsstunden gesucht«, steht auf einem der zahllosen Zettel, die an einem Telegrafenmast kleben. Reklamezettel werden überall angebracht, ob an den Sockeln von Bankgebäuden oder an Straßenlaternen, und sie werben für alles mögliche, von der Eröffnung neuer Clubs über Benefizveranstaltungen zur Rettung griechischer Füchse bis hin zu Telefonsex – »Wählen Sie zwischen ›Das Geheimnis der Meerjungfrau‹, ›Nacktes Kreta‹ oder ›Sinnliche Tage auf Mykonos‹«. Daneben gibt es schwarzumrandete Blätter, die Beerdigungen oder Trauerfeiern ankündigen: »Wir trauern um unseren geliebten Ehemann, Vater, Großvater, Bruder und Onkel, Rechtsanwalt, Abgeordneter von Achaia und Minister. Morgen werden wir ihm in der Heiligen Kirche der schlafenden Jungfrau die letzte Ehre erweisen. Die Ehefrau: Alexandra. Die Kinder. Die Enkel. Die Schwester. Die Neffen und Nichten. Die übrigen Verwandten.«

Der Toten wird neun Tage lang und dann am vierzigsten Tag nach ihrem Ableben gedacht, danach in zyklisch wiederkehrenden Zeremonien – um dafür zu beten, daß die heimgegangene Seele zur Ruhe kommt. Verstorbene, so heißt es, kehren rechtmäßig während der fünfzig Tage zwischen Ostern und Pfingsten zur Erde zurück, geht es nicht mit rechten Dingen zu, kommen sie als Vampire. Geschichten, Heilmittel, Flüche: es gibt eine umfassende Vampirkunde. Ein Körper, der nicht verwest, deutet darauf hin, daß der Verstorbene entweder heilig ist oder ein Vampir. Die Kehrseite der idealisierten griechischen Familie scheinen Vampire zu sein: In mir bekannten Geschichten sind die bevorzugten Opfer

Menschen, die ungelöste familiäre Konflikte mit ins Grab genommen haben. Der hiesige Vampirismus, er ist eine wunderbar einfache Metapher für die tragische Seite der Blutsverwandtschaft.

Während ich die Reklamezettel studiere, spüre ich plötzlich, daß mich jemand an der Taille berührt. Ich schaue, den Kopf nach links wendend, hinab und sehe, wie eine sympathische, gutbürgerliche Frau den Stoff meines Pullovers befühlt. »Ein reizender Pullover«, sagt sie und dreht mich weiter zu sich herum. »Aus China?« »Nein«, antworte ich, während sie das Muster nachzeichnet. »Lauter Blumen«, sagt die Frau. »Sieht einfach zu reinigen aus. Was haben Sie dafür bezahlt?« »Nicht viel.« »Und wo haben Sie ihn gekauft?« »In New York.« »Gefällt mir sehr gut. Schlicht. Und sexy. Eine schöne Woche noch«, und sie schlendert davon.

An der Ecke rutsche ich auf einer späten Feige aus, die von einem Baum auf den Asphalt gefallen ist. Auch hier wird gebaut; ein hübsches neoklassizistisches Haus mit einem ansehnlichen Hof scheint sich geweigert zu haben, einem großen Apartmentkomplex zu weichen; jetzt wird es bestraft, indem man direkt nebenan mit großem Getöse einen zweiten hochzieht, dessen Balkons sich drohend über sein trotziges kleines Dach neigen. Die Straßen: eine ständige Baustelle, auch dort, wo gar keine neuen Häuser entstehen; Erde und Schotter behindern schon vor der eigenen Haustür das Fortkommen. Auf den Gehwegen halten Großmütter in Bademänteln und Pantoffeln freundschaftliche Schwätzchen.

Im Vorbeigehen höre ich im Radio eine Sendung laufen, in der die betagte Schriftstellerin Dido Sotiriou aus _Blutgetränkte Erde_ liest, ihrem berühmten Roman über Griechen in der Türkei während des Kleinasienkonflikts. Viele Leute, auf deren Urteil ich etwas gebe, haben mir gesagt, daß ihnen das Buch wegen seines blumigen Stils und der allzu einfach gestrickten politischen Analyse nicht gefalle. Doch für einen Außenstehenden dokumentiert es nicht nur ein bestimmtes Ereignis, sondern es zeigt zudem, auf welche Weise die meisten sich daran erinnern. Es ist, als blätterte man in einem jener barocken Fotoalben der Jahrhundertwende, die, allzu aufwendig, in Samt gebunden und mit getrocknetem Lavendel parfümiert sind, aber echte Bilder enthalten. Und auch jetzt, beim Vorlesen, sind Sotirious Worte eine Art Trauerschmuck, Onyxbroschen, die in ihrer gewollten Schwermut ein wenig unfein wirken, vom Haar des verlorenen Geliebten aber echte Strähnen enthalten.

Am Polizeirevier stehen wie üblich Wachleute mit Maschinengewehren. Ich nehme eine Abkürzung durch den kleinen Park vor dem Euangelismos-Krankenhaus. Auf einer Bank schläft ein Mann; ein behaarter, muskulöser Arm hängt herunter, den anderen hat er über die Augen gelegt, um sie vor dem Licht zu schützen. Er trägt ein mit gelben Rosen bedrucktes Kleid und ein Paar hochhackige Schuhe.

Vor einem Hotel in der Nähe des Restaurants, in dem ich zum Mittagessen verabredet bin, versucht eine alte Dame, ein Taxi zu ergattern. Als ein hoteleigener Minibus vorfährt, weigert sie sich, aus dem Weg zu gehen. »Sie fahren Ausländer«, sagt sie und spuckt aus, »aber Ihre eigenen Leute lassen Sie stehen. Für Sie mache ich keinen Platz.« Der Fahrer lehnt sich aus dem Fenster, bittet sie charmant und freundlich, zur Seite zu gehen. »Da kann ich ja nur lachen«, gibt sie griesgrämig zurück.

Marina und ihr Vater sitzen an einem Tisch in der Sonne, trinken Ouzo und diskutieren über eine geplante Gesetzesänderung. Allen griechischen Ladeninhabern würde sie erlauben, auch sonntags zu öffnen. Marinas Vater spricht sich vehement dafür aus. »Es wäre gut fürs Geschäft«, sagt er, »und überhaupt, die Händler sollten frei entscheiden können, was sie tun. Warum muß man ihnen Vorschriften machen?« Die Kirche ist strikt dagegen, Marina ist es auch. »Wenn einer nun sonntags nicht öffnen möchte, alle anderen es aber tun? Wie kann er dann konkurrenzfähig bleiben? Außerdem sollten wir nicht zulassen, daß der Kommerz unser Leben beherrscht und Kultur, Musik, Essen und Geselligkeit in den Hintergrund drängt; wir wollen nicht wie die Amerikaner leben, die immer nur arbeiten – Freiheit bedeutet uns Griechen alles.«

Es ist kühl, aber die Griechen sitzen, wenn es nicht gerade schneit, lieber draußen. Immer wieder hört man jemanden *Chronia polla* rufen, viele Jahre, denn heute ist der Namenstag aller Männer, die Nikolaos heißen; Seefahrer und Schiffe empfangen besondere Segnungen. »Hatten Sie bei dem Erdbeben neulich nacht Angst?« fragt mich Marinas Vater. Das Beben hatte einen Wert von 6 auf der Richterskala erreicht. Ich las gerade einen Roman, als das Zimmer sich leicht, aber deutlich auszudehnen und wieder zusammenzuziehen schien, als wäre es aus elastischem Material. Den unverhältnismäßig großen Kronleuchter sah ich schwanken, und mein Laptop verrutschte ein bißchen auf dem Tisch. Das Beben hatte jedoch aufgehört, noch bevor ich genügend begriff, um mich zu fürchten.

»*Ach*«, sagt Marina, während sie in der Zeitung blättert, »Morde, überall Morde. Hier ist von einem Mann die Rede, der in den Fahrstuhl stieg und den Mieter der Wohnung über ihm tötete, weil der seiner Meinung nach zuviel Lärm machte. Und hier steht etwas von einem ledigen Mann aus Kabala, der erst seine Mutter und dann sich selber erschoß; es heißt, er habe Angst gehabt, als erster zu sterben und seine Mutter allein zurückzulassen. Na ja, wenigstens sorgt Clinton für gute Nachrichten. Lauter Griechen hat er um sich, also kann er uns nicht hassen, wie alle anderen es tun: nur weil wir uns dagegen wehren, daß eine andere Rasse unser Erbe an sich reißt. Wir lassen uns nicht von Leuten an der Nase herumführen, die keine Europäer sind, sich aber als solche ausgeben. Wir wissen genau, wer wer ist. Ich bin Griechin – ich bin Europa.«

»Clinton wird nämlich keinen Krieg auf dem Balkan wollen«, ergänzt ihr Vater. »Auch sonst nirgendwo. Er ist Pazifist, wissen Sie. Hat sich geweigert, in Vietnam zu kämpfen.« Sehr behutsam, wie man ein Ei in ein Vogelnest zurücklegt, entgegne ich, daß Clinton kein Pazifist sei. »Was, das wußten Sie nicht?« sagt Marinas Vater. »Er ist Baptist, und es verstößt gegen die religiösen Überzeugungen der Baptisten, Krieg zu führen. Das war schon immer so.« Auf Jugendkreuzzügen und -erweckungsversammlungen hatte ich genügend Gelegenheit, eine Reihe ziemlich blutrünstiger Baptisten kennenzulernen, aber meine Erfahrung wiegt nichts gegen den Glauben dieses Mannes, gegen den dogmatischen nationalen Refrain: *panta einai etsi*, das war schon immer so.

Später treffe ich mich mit Aura. Sie nimmt mich zu einer Wohltätigkeitsveranstaltung mit, bei der die bekannte Schauspielerin Katia Dandoulaki lesen wird. Aura erwartet mich vor dem Theater, voll hämischer Freude über die kürzlich veröffentlichten Ergebnisse einer Studie zur griechischen Sexualität. »Jede zweite Ehefrau geht mindestens einmal fremd«, ruft sie mir, zur Verwunderung der Passanten, wie eine frohe Botschaft zu. »Das muß so sein, meine Liebe, ich habe es auch getan. Allerdings habe ich meine Affäre dann geheiratet – darüber sagt die Untersuchung nichts. Aber das Beste kommt noch: Zwei von sechs Paaren haben über kurz oder lang Affären im ›engsten Familienkreis‹. Ich kann dir nicht sagen, wie viele Leute ich selber kenne, die sich haben scheiden lassen, um zum Beispiel ihre Schwägerinnen zu heiraten. Meine Liebe, die griechische Familie ist eine noch verschworenere Gemeinschaft, als immer gesagt wird. Einfach wundervoll.«

Im Theater haben sich mehrere Generationen des griechischen Kunst- und Geisteslebens versammelt: Schauspieler, Sänger, Regisseure, Tänzer, Schriftsteller. Aura macht mich mit einer namhaften Romanautorin bekannt, die durch einen Bestseller zu einer Wortführerin ihrer Generation avanciert ist – eine schmale, dunkle Frau in teurem Mantel, deren Miene gewichtigen Pessimismus ausdrückt. Ich lerne einen Schauspieler kennen, der in einer *Hamlet*-Inszenierung auftritt, was, da die Griechen es wie »Omelette« aussprechen, ungeahnte Bilder in mir weckt. Und einen vollbärtigen Essayisten mit einem schönen, aus einer byzantinischen Münze geprägten Ring.

Mir fällt auf, daß es bei dieser Zusammenkunft kein »draußen« gibt: Man lernt sich nicht kennen, man trifft sich wieder. »Hier hat jeder mit jedem geschlafen«, flüstert Aura mir gehässig zu. Die Schauspielerin Dandoulaki, die ihren Schmuck mit einer

Grandezza trägt, als wären die einzelnen Stücke Auszeichnungen für Heldentaten, beginnt aus einem Gedichtband vorzulesen. Wie alle ihre Kollegen von der Bühne muß sie hart arbeiten, um ihren Lebensunterhalt zu verdienen, verdingt sich nebenher bei Film und Fernsehen. Sie hat eine phantastische Stimme, eine facetten-reiche Landschaft aus Timbre und Modulation: Wangen und Mundwinkel spannt sie an wie eine Koloratursängerin, die sich um jede einzelne Note bemüht, und jeder Gesichtsausdruck bleibt einen Augenblick bestehen, bevor er in einen anderen übergeht. Auras Ehemann sagt, auch er sei sich dieser Besonderheit ständig bewußt. Es ist, als gehe es weniger um die Darstellung einer indi-viduellen Persönlichkeit als um die Offenbarung eines Gottes: Der Schauspieler will etwas verkörpern, will Vehikel für etwas Zeitloses sein. Ich denke an das Fest der Metamorphose im Au-gust zurück. Wir, die Erben der Weströmer, haben die Idee der Metamorphose von Ovid übernommen und verbinden damit Veränderung, Durchlässigkeit, Wandel. Die Griechen hingegen verstehen Metamorphose als etwas Göttliches, Ewiges: vielleicht die Voraussetzung für diese Theaterkunst, die schauspielerische Meisterleistung schlechthin.

Traum von einem Körperlosen

»Garten der Verrückten« lese ich auf einem Tavernenschild etwas außerhalb der Hafenstadt Rafina. Dank eines Liedes von Vasilis Tsitsanis ist der Ort auch all jenen ein Begriff, die hier noch nie gewesen sind. Tsitsanis ist so beliebt, daß viele ihn, als eine der Säulen der modernen griechischen Kunst, auf eine Stufe mit General Makrijannis, dem Maler Theophilos oder den anonymen Komponisten des Volkslieds stellen. Der größte Meister der Bouzouki war es auch, der mit seinen Liedern die Zeit der deutschen Besatzung dokumentierte, die *katoche*. Falls es Griechen gibt, die nicht wenigstens vier oder fünf der bekanntesten Tsitsanis-Lieder singen können, so habe ich noch keinen von ihnen getroffen: In der griechischen Musik ist er bis heute so präsent, daß ein Journalist 1993 ein Interview mit ihm führte, obwohl er bereits 1963 gestorben war.

Der Rafina-Song ist ein heiteres Lied über eine Krebsfamilie, die von einem verführerischen Brassenmann auseinandergebracht wird – Frau Krebs nimmt er mit nach Rafina, während ihre kleinen Krebse weinend am Strand zurückbleiben. In gewisser Weise erinnern der Krebsmann, der unbeholfen nach Rafina humpelt, um seine Frau zurückzuholen, und die lebensfrohe Krebsin, die die Nächte durchmacht und sich mit ihrem neuen Liebhaber im flachen Wasser vergnügt, an den lahmen Hephaistos und die treulose Aphrodite, auf Spielzeugmaße reduziert. Der Puppenspieler und seine Marionette: Selbst in der modernen griechischen Theogonie gibt es diese Konstellation; in den Kirchen hört man die Gläubigen oft intensiv mit Heiligen, ja sogar mit Christus und seiner Mutter verhandeln – *Panagitsa mou*, beginnt da manches

Gebet, meine liebste kleine Jungfrau, und *Christouli mou*, mein lieber kleiner Christus, mach, daß dies oder jenes geschieht.

Ich finde die Fähre nach Andros. Der Kontrolleur winkt mich in den Salon der ersten Klasse, obwohl ich nur ein Ticket zweiter Klasse habe. »Ich bin der einzige Grieche, der auch im Winter lächelt, alle anderen machen bis zum Frühling eine *moutra*, ein langes Gesicht. Aber ich freue mich, weil wir Griechenland jetzt bis zum Frühling für uns haben. Ich finde, wir sollten die Gelegenheit beim Schopfe packen, selber zu erleben, wie es sich in den Salons der ersten Klasse sitzt.«

Wir machen in Gaurion fest, einem gelangweilt wirkenden Hafen mit billigen Restaurants und einem jener hübschen Taubenschläge, wie sie für Andros und das benachbarte Tinos typisch sind. Der Bus, der den charakteristischen Steilkurven der Küstenstraße folgt, ist voller Enkelkinder, die das Wochenende bei ihren Großeltern verbringen. Eines nach dem anderen werden sie abgesetzt, bevor die Fahrt weitergeht – auf und ab, durch Schlaufen und Ösen, als wäre der Bus eine Sticknadel. Während meines Aufenthalts auf Paros sah ich eine marmorne Insel, aber Andros ist aus Stein und aus Seide. Ein von drei fruchtbaren Tälern durchzogener grauer Felsblock, ist die Insel berühmt für ihre Steinmauern, ihre mittelalterlichen Festungstürme und ihr seidiges, vollkommenes Quellwasser, das Sariza-Wasser aus dem Dorf Arikia. Und: Vom elften bis zum achtzehnten Jahrhundert war Andros Zentrum der Seidenherstellung, also eine Insel der Seide. In dem Gebet, das ich auf der Fähre nach Naxos gelesen habe, wurden kleine Seidenwürmer ermahnt, sich zu vermehren wie Abrahams Kinder; es dürfte hier entstanden sein, wo in den Zimmern einst Seidenraupen an Gitter gehängt wurden und ein gängiger Neujahrswunsch lautete: »Möge dir dein Quentchen Seide beschieden sein.« Im neunzehnten Jahrhundert machte dann die Schiffsindustrie Andros reich, bescherte Familien ein großes Vermögen.

Andros-Stadt strahlt eine angenehme provinzielle Wohlhabenheit aus. In der Architektur mancher Häuser begegnet man Traditionen der venezianischen Baukunst, zum Beispiel der Arkade – eine Erinnerung an die langjährige Vorherrschaft der Venezianer, die hier ein regelrechtes Feudalsystem errichteten; nach ihrer Vertreibung durch die Osmanen wurde es mit griechischen Lehnsherren und -leuten weitergeführt. Über der Stadt mit ihrer langen Hauptstraße für die *boltoules*, die hier noch immer üblichen Abendspaziergänge, liegt eine Atmosphäre des Gemeinsinns; die klug organisierten Museen, die Bücherei und das Altenheim verleihen dem Ort die Aura gemeinschaftlichen Bemühens und geteilter Zuversicht. Ich gehe in die Bücherei hinein, ein elegantes Bürgerhaus, das ein bedeutender Wohltäter aus dem neunzehnten Jahrhundert mit Namen Kairis der Stadt gestiftet hat. Der Bibliothekar erlaubt mir, einen Blick in den kleinen Raum zu werfen, der Kairis' eigene Bücher enthält, das Kernstück der Sammlung – Bücher in französischer, deutscher und griechischer Sprache, Enzyklopädien, Gedichtbände, medizinische Fachliteratur. Eine Inselbibliothek, deren gesammeltes Wissen per Boot in diese Gegend gelangte: das läßt mich an Prosperos geheiligte Bände in Shakespeares *Der Sturm* denken. Auf meinem Erkundungsgang durch die Stadt sehe ich ein paar Arbeiter, die ein Gebäude unweit des Marktplatzes restaurieren. Einer von ihnen winkt mich ins Haus herein. Gerade sind sie dabei, grobe Plastikverzierungen an der Decke anzubringen und die Wände in schreiendem Limonengrün und schwindelerregendem Blau zu streichen. Einer der Maler grinst, so daß ich seine Zahnlücken sehen kann, wischt sich die Stirn und sagt fröhlich: »Scheußliche Farben, nicht? Aber das ist unser Auftrag.«

Auf dem Land finde ich mich in einer Welt aus Stein wieder. Häuser, Mauern, Brücken, alles ist aus aufeinandergestapelten Steinen gemacht, den Burgen und Bauernhöfen ähnlich, die Kinder aus Bauklötzen zusammensetzen. Felsblöcke liegen auf dem Boden wie Sättel auf Pferderücken, erheben sich zu dicken, hohen, quadratischen mittelalterlichen Türmen. Im Erdgeschoß war ursprünglich ein einziger riesiger Raum mit einer gewaltigen Feuerstelle, *tzaki* genannt; eine noch heute geläufige Wendung, um jemandes aristokratische Herkunft zu beschreiben, lautet: er oder sie komme »von einer Feuerstelle«. Die Steintürme wurden mit Blick auf allergrößte Gefahren errichtet, Architektur der Blutrache. Sie haben weder Türen noch Fenster – um hineinzukommen, brauchte man eine Leiter. Statt dessen sieht man Einkerbungen am oberen Rand der Mauern, um Eindringlinge mit kochendem Öl oder Wasser übergießen zu können, und nachträglich eingelassene Schießscharten. Innen gab es Speisekammern und unterirdische Gänge, die als Fluchtwege dienten oder zum Herbeischaffen neuer Munition. Die leere Stelle, an der sich das in Marmor gemeißelte Familienwappen befunden haben muß, konfrontiert mich mit dem Bild der Familie als eines Hortes der Privilegien, aber auch des Streits, der Feindschaft und der Verpflichtung zum Töten, allein aufgrund der Zugehörigkeit zu einem bestimmten Klan. Ein breiter, nicht zu überbrückender Graben trennt es von der Idealvorstellung der Familie als Keimzelle aller Gemeinschaft, erst recht vom Bild der Heiligen Familie, das den Bewohnern dieser Türme gleichwohl vor Augen stand. Der Turm, den ich besichtige, ist eine Ruine, doch Blutrachetraditionen leben auf Kreta, in Mani wie auch im Credo der sizilianischen Mafia fort. Diese Landschaft, sie ist ein Wechselspiel zwischen rohem, nacktem Fels und zu Strukturen gefügtem Bruchgestein; schwer zu sagen, welches von beidem einladender ist.

Ich fahre hinauf in das Dorf Menites, das in einer grünen Grotte gefangen ist wie Licht in einem Smaragd. Unerschöpfliche Quellwasser ergießen sich aus einem Marmorlöwenkopf in einen Brunnen. Als Persephone mit Hades darüber verhandelte, sechs Monate im Jahr fern von der Unterwelt verbringen zu dürfen, wünschte sie sich nicht, was mir plötzlich in aller Deutlichkeit bewußt wird, zum Olymp zurückzukehren, auch nicht in den Himmel, sondern sie wollte auf die Erde, zum Beispiel in dieses Dorf. Lambros, ein Ikonenmaler, den zu besuchen Marina mir ans Herz gelegt hat, erwartet mich zum Mittagessen. Zuerst aber trinken wir unter Bäumen gemeinsam Kaffee. Er ist ein gutaussehender Mann mit einer vollen Unterlippe, die mich an eine hochaufwogende Welle erinnert, und mit einem Blick, der hier als *satiriko vlemma* bezeichnet wird: der tragikomische Blick des Satyrs, der Unersättlichkeit suggeriert, aber auch in einen Ausdruck unstillbarer Sehnsucht umschlagen kann. Ich beginne zu verstehen, warum ganz Athen mit ehemaligen Frauen und Kindern von Lambros übersät ist.

»Gut, daß Sie mich hier antreffen«, sagt Lambros, »Ikonenmaler führen ein Nomadenleben. Wenige Kirchen können es sich leisten, einen von uns voll zu beschäftigen, deshalb muß ich von Ort zu Ort gehen und Stückwerk tun. Um mich über Wasser zu halten, muß ich außerdem Auftragsarbeiten annehmen – vorigen Monat etwa habe ich eine Kapelle auf einem Schiff ausgemalt –, während der Zeit, in der der Kirchenvorstand die von mir vorgelegten Skizzen prüft, ob die Hierarchie der Heiligen darin auch korrekt wiedergegeben ist. Denn die Bilder, die in der byzantinischen Tradition stehen, sind *dogmatismena*, sind Inkarnationen der Theologie, Gottes Fingerabdrücke sozusagen. Und sie sind das Vermächtnis des grandiosesten Reiches, das die Welt je gesehen hat, des Byzantinischen nämlich; sein ganzes Streben hat es auf das Übernatürliche und auf das Ewige gerichtet. Ich genauso, denn wenn ich male, entkörpere ich den Heiligen, ich entmaterialisiere ihn; das Bild wird Gebet. In der byzantinischen Kunst kommt die Meditation über den Körper, die ja in der griechischen Antike begonnen wurde, zur Vollendung. Sehen Sie, Christus hat eine neue Qualität der Erotik in die Welt gebracht: Die alten Griechen gestalteten vollkommene irdische Schönheit; wir knüpfen daran an und gestalten vollkommene göttliche Schönheit. Für die alten Griechen war der vollkommene Körper der des Athleten, für Christen aber ist er der Geist des Engels – wir nennen Engel auch ›die Körperlosen‹. Nicht wie eure vulgären westlichen Gemälde mit einem dicken, feisten Christus, goldgewandeten drei Königen und einer in Designermode gehüllten Panhagia; das ist, wie ein bedeutender orthodoxer Künstler unserer Zeit namens Kondoglou geschrieben hat, nichts weiter als gemalte Oper. Und es hat keinerlei Bezug zum Buchstaben, geschweige denn zum Geist des Evangeliums – jenes Evangeliums, das so einfach ist, daß es die Labyrinthe der Philosophen auf den Kopf stellt. Selbst unsere heilige Stadt ist körperlos – euer Papst sitzt in Rom, einer weltlichen Stadt. Unser Oberhaupt dagegen, der Erste unter Gleichen, ist Patriarch von Konstantinopel. Sie werden sagen: Es gibt gar kein Konstantinopel, dieser Patriarch lebt in Istanbul! Aber unser Konstantinopel ist eine körperlose Stadt, die Hauptstadt eines körperlosen Engelsreichs.

Sie sollten einmal Kondoglou lesen, er hat viele Bücher geschrieben, und wenn er auch vielleicht kein großer Künstler war: ein großer Kenner alles Griechischen, *Romiosyne*, war er allemal. Dann werden Sie verstehen, daß ihr Westler nur Bilder macht, wir aber Sakramente. Unsere Kunst ist wahre christliche Kunst, eure nichts als ausgeschmückter Egoismus. Wie eure abstoßenden gotischen Kirchen, in denen auf so charakteristische Weise zum Ausdruck kommt, wie sehr ihr der materiellen Welt erlegen seid. Sie sind wie Raketen – der Mensch scheut keine Kosten, um Gott zu finden, er beharrt auf Ihm. Die byzantinische Baukunst dagegen hat, mit Ausnahme der Hagia Sophia, einen menschlichen Maßstab: Gott umgibt den Menschen, Gott sieht den Menschen, ob dieser es will oder nicht. Unglücklicherweise wird dieser animalische westliche Einfluß nun die griechische Seele beschmutzen, jetzt, wo wir uns an die EG verkauft haben, damit sie unsere Straßen pflastert und unsere Museen klimatisiert. Und das ist eine Tragödie! Denn wenn Sie uns kennenlernen und unsere Geschichte studieren, werden Sie feststellen, daß die Handlungen unserer heiligen Menschen die Handlungen des vierzehnten Jüngers Jesu sind.«

»Und wer war der dreizehnte?« frage ich.

»Konstantin natürlich. Unser Volk ist dem Pfad gefolgt, den Alexander in der vorchristlichen Welt und später Konstantin für uns vorgezeichnet haben – dem Pfad, auf dem wir zu Göttern werden. Das ist Teil unserer orthodoxen Theologie. Nicht zu verwechseln mit eurer ›Erlösung‹, wo man ein Stück Tugend zur Bank bringt und göttliche Gnade als Zinsen zurückbekommt. Um uns zu verstehen, müssen Sie das Konzept der Theosis verstehen. Unsere Kirche lehrt, daß das Ziel jedes Christen die Vergöttlichung ist – Sankt Athanasius hat geschrieben, daß Christus zu uns sagt: ›In meinem Reich werde ich Gott mit euch als Göttern sein.‹«

Lambros führt mich den Pfad zu seinem Haus hinauf. »Und der Weg dorthin ist nicht das Moralisieren, wie wir es aus dem Westen importiert haben, dessen sittliche Regeln eine Form des spirituellen Kapitalismus sind. Nein. Ich war nie ein guter Mensch, ich bin kein guter Mensch, und ich werde nie einer sein. Marina hat Ihnen wahrscheinlich von meinen Gelüsten erzählt – ich habe mehrere Ehefrauen gehabt, ich habe Frau und Kind in Deutschland sitzenlassen, ich hatte viele Liebesaffären. Bei uns gibt es diese westliche Sache nicht: diese Beziehungen, diesen Tauschhandel. Wir haben keine guten Beziehungen, wir haben große Lieben.«

Seine Frau Elene kommt heraus, um uns zu begrüßen, gefolgt von einem kleinen Jungen von sechzehn Monaten. Sie hat blaugrüne Augen, Nase und Mund sind wie Juwelen geschnitten. »Wie eine Jungfrau sieht sie aus, finden Sie nicht? Ich meine nicht wie eine Frau, die nie einen Mann gehabt hat, sondern wie eine Frau von frischer, unerschöpflicher, sich ewig selbst erneuernder Schönheit.« Als wir durchs Wohnzimmer gehen, fällt der Blick des kleinen Jungen plötzlich auf ein Ikonenbild der in goldenes Blatt gehüllten Jungfrau Maria, das in der Ecke auf einer Staffelei steht. Er fängt an zu brüllen. Eleni holt das Gemälde herunter, hält es ihm an die Lippen. »Gib Mami einen Kuß«, sagt sie. Dann führt sie uns an einen gedeckten Tisch im Garten. Sie bringt uns einen dicken Laib Brot – »wie Christus in Seinen Windeln«, sagt Lambros, während er mir eine Scheibe abschneidet – und stellt einen Teller *phroutalia* auf den Tisch, ein Kartoffel-und-Wurstomelette, für das Andros berühmt ist. Aber sie setzt sich nicht zu uns, spricht auch nicht mit uns, solange sie zwischen Haus und Garten hin-

und herläuft, uns Bratkartoffeln, eine Flasche Wein und Salat bringt. Ich beobachte sie, wie sie mit gesenkten Lidern, die Lippen in beinahe strenger Ruhe geschlossen, Teller und Gläser vor uns hinstellt, ohne uns auch nur anzusehen, nicht einmal den kleinen Jungen, der sich immer wieder an ihr Bein klammert. Sie ist eine Ikone, denke ich. Lambros hat eine Ikone gemacht und sie geheiratet.

»Auf unsere Gesundheit«, sagt er und zeigt mir die Flasche: Es ist *agioritiko*, Wein vom heiligen Berg Athos, jener griechischen Halbinsel, die Frauen nicht betreten dürfen – ein Verbot, das sich sogar auf weibliche Tiere erstreckt. »Die Weingärten des heiligen Berges bringen wunderbare Weine hervor, weil dort kaum Autos fahren dürfen, so daß es keine Luftverschmutzung gibt. Dort geschah es, daß ich mich zur Orthodoxie bekannte und etwas von Gottes Plan für mein Leben begriff. Das können Sie natürlich nicht verstehen, bevor Sie nicht selbst dort gewesen sind und es gespürt haben. Aber Sie werden nie hingehen. Keine Frau wird jemals dort hingehen.« Er verzieht das Gesicht zu einem Lächeln, das ich schon kenne, zumal von Freunden, die gerade von einer Athos-Wallfahrt zurückgekommen sind. Es ist ein selbstgefälliges Lächeln, dem das kleinliche Vergnügen am Ausschluß anderer zugrunde liegt.

»Ein Mann, der sich Gott hingeben will, muß aller irdischen Liebe entsagen. Als ich damals zum Berg Athos pilgerte, ließ ich eine Frau zurück. Ich wanderte und meditierte und betete und wohnte in einem Kloster. Eines Nachts hatte ich einen Traum, in dem ich am Strand stand, während sich aus dem Schaum der Wellen, die gegen die Felsen brandeten, ein körperloser Engel formte und sich aufrecht aus dem Wasser erhob. Dieser Engel sah mich an und begann, goldene Tränen zu weinen. Ganz langsam rollten sie über sein Gesicht. Und als die Tränen ins Meer fielen, wurden sie zu Frauen. Nein, Frauen waren wie wunderschöne Gefangene in den goldenen Tränen eingeschlossen, und ich erkannte darin meine Ehefrauen und meine Geliebten. Als ich aufwachte, begriff ich, daß diese Frauen ein Geschenk Gottes waren, daß Er geplant hatte, alle meine Beziehungen scheitern zu lassen, damit ich mich Ihm ganz hingebe und durch die Tränen hindurch die vollkommene Liebe erkenne.«

Elenis saubere Wäsche trocknet an einer Leine, die zwischen zwei Bäume gespannt ist. Ein Schmetterling läßt sich auf einem mit leuchtend bunten Blumen gemusterten Handtuch nieder, das sich sacht im Wind bewegt. Langsam breitet er seine Flügel aus, schließt sie dann wieder. Er glaubt bestimmt, er sei in einem Garten gelandet.

Der Tag Makedoniens

Heute ist der Tag der großen Demonstration auf dem Pedion Areios, dem sogenannten Marsfeld, auf dem früher die Militärparaden abgehalten wurden. Die Hoffnungen gehen dahin, die Europäische Gemeinschaft zu überzeugen, daß der Name Makedonien für die neue Republik inakzeptabel sei. In den Nachrichten wird laufend von der parallel stattfindenden, noch leidenschaftlicheren Demonstration in Thessaloniki berichtet, denn seit die griechische Armee während der Balkankriege in den Jahren 1912 und 1913 dort einmarschierte und, den Bulgaren um Haaresbreite zuvorkommend, Thessaloniki einnahm, ist die Stadt ein Symbol Griechisch-Makedoniens. Leidenschaftlicher ist sie allerdings auch deshalb, weil besondere Dokumente von ultranationalistischen Organisationen der neuen Republik Makedonien aufgetaucht sind: Die aufgedruckten Bilder von Thessalonikis Weißem Turm erwecken den Eindruck, daß der neue Staat diesen wichtigen Hafen besitzen will. Bulgarien, traditionell Griechenlands schärfster europäischer Konkurrent um makedonisches Gebiet, wird ebenfalls beargwöhnt; viele Griechen glauben, Bulgarien wolle die nach den Balkankriegen festgelegten Grenzen anfechten und benutze für seine Kampagne die Makedonienfrage als ersten Akt. Andere befürchten, daß die neue Republik die slawischsprachige Minderheit Griechisch-Makedoniens aufzuwiegeln beabsichtige, indem sie ihnen einen Staat mit einer unabhängigen »makedonischen« Identität in Aussicht stellt. Und manche fragen sich besorgt, ob nicht die Türken von Auseinandersetzungen über die Balkangrenzen profitieren würden. Heute bleiben die Schulen in ganz Griechenland geschlossen, damit Lehrer und

Schüler an den landesweit stattfindenden Demonstrationen teilnehmen können: Griechische Schulen haben demonstrations-, nicht hitzefrei.

Auf dem Pedion Areios wimmelt es von Menschen, die Fahnen mit dem Stern von Vergina schwenken, auf der provisorisch errichteten Holztribüne wird gesprochen: »… Die Sonne von Vergina ist das Licht des griechischen Bewußtseins …« Die Reden wechseln ab mit griechisch-makedonischen Volksliedern und -tänzen; einige der männlichen Tänzer tragen die Fustanella der Makedonomachi, der Guerillakämpfer, die in der Zeit vor den Balkankriegen griechische Dörfer verteidigten und Bulgaren wie Türken zu vertreiben suchten. Die Menge skandiert: »Makedonien, himmelsstürm'risch, bleibt für alle Zeiten griechisch«, und irgend jemand elektrisiert eine Gruppe von Menschen mit dem Ruf, Griechenland sei zum allerletzten Mal von Europa betrogen worden. Ein Historiker ergreift das Mikrophon, spricht über Alexander den Großen und den unverkennbar hellenischen Charakter Makedoniens im Altertum. »Makedonien ist griechisch! Lest die Geschichtsbücher!« tönt es aus allen Ecken.

Je länger ich die alten Männer in den Kriegsuniformen ihrer Väter tanzen sehe und je inbrünstiger der gleichsam mythische Alexander angerufen wird, um so deutlicher wird mir bewußt, daß die Zwiesprache mit dem geheiligten, über jeden Zweifel erhabenen Altertum nur die wirklichen Sorgen zudeckt, die sich die Griechen um den Status der Region machen; auch die Zweideutigkeit des griechischen Anspruchs auf Makedonien sowie die Befürchtung, die territoriale Einigung sei damals letztlich nur für die Griechen – und vielleicht für die Serben – zufriedenstellend gewesen, werden übertüncht. Die früheren Auseinandersetzungen um Makedonien wurden nämlich nicht etwa mit zarten Hinweisen auf Alexander beigelegt, sondern durch Guerillakrieg und Terrorismus auf seiten aller betroffener Nationen, mit der hektischen Gründung nationalistischer Schulen und mit der Stärkung ethnischer Enklaven durch alle beteiligten Parteien. Liest man das vergangene Geschehen als politische Geschichte und nicht als Glaubensgeschichte, stellt man fest, daß die heutige Rhetorik sehr viel mit der Zeit vor den Balkankriegen zu tun hat und nur sehr wenig mit Alexander, dessen Identität angenehm dehnbar ist – griechisch, makedonisch oder olympisch, wie es einem gerade zum Vorteil gereicht. Was sich heute auf dem Pedion Areios abspielt, hat viel stärkere Wurzeln in der *Megale Idea*, der Großen Idee, die im neunzehnten Jahrhundert beinahe unmittelbar nach der Geburt des griechischen Staates formuliert wurde: in dem Traum, das Osmanische Reich durch ein neues Byzanz zu ersetzen. Das Griechenland der »zwei Kontinente«, es sollte auch Epiros, Makedonien, Thrakien, Kreta und die ägäischen Inseln umfassen, die damals »versklavtes Griechenland« genannt wurden, mit Konstantinopel als wiedergeborener Hauptstadt. Vor allem Makedonien spielte in diesen panhellenischen Vorstellungen eine kritische Rolle.

Etwa seit den siebziger Jahren des neunzehnten Jahrhunderts erschienen in Griechenland pädagogische Handbücher und Traktate, in denen die mittelalterlichen Rivalitäten zwischen Bulgaren und Byzantinern, die mit dem Sieg des Kaisers »Basilius des Bulgarenmörders« endeten, erneut beschworen und die Türken nicht nur als heidnisch, sondern als eine überwiegend finstere Rasse dargestellt wurden. Neugegründete Gesellschaften zur Förderung des Hellenismus entsandten Vertreter zu Gesprächen mit prominenten Europäern und schickten Missionare in die griechischen Gemeinden in der Türkei. William Miller schrieb 1912, daß in griechischen Grundschulen verwendete Landkarten die Region zwischen der Donau und der Ägäis nicht als »Balkan-«, sondern als »Hellenische« Halbinsel bezeichneten: »In der Makedonienfrage sind die meisten Griechen Chauvinisten; sie wollen nur ihre eigene Meinung zu diesem schwierigen Rassenproblem hören und sind mit seltenen Ausnahmen derart gegen die Bulgaren eingenommen, daß es aussichtslos ist, mit ihnen zu diskutieren, und der philosophische Politiker, der glaubt, daß beide Seiten etwas

zu sagen hätten, wird schnell als bulgarophil abgestempelt. ...
Man hört Politiker über Alexander den Großen reden und Argumente auf dessen makedonisches Reich stützen, als wäre er ein
Zeitgenosse M. Delijannis' [des damaligen Premierministers], und
einmal hörte ich einen sehr starrköpfigen Händler aus Patras Demosthenes als schlechten Patrioten und Vaterlandsverräter anprangern, weil er Philipp von Makedonien einen ›Barbaren‹ genannt
und damit das griechische Argument, daß alle, zumindest die meisten Makedonier Griechen seien, angeblich beschädigt hatte.«

Die moderne griechische Nation bildete sich durch sorgfältige
Ausdehnung der Grenzen, ein Prozeß, der ungefähr ein Jahrhundert lang andauerte, während die Bevölkerung immer wieder
plötzliche Verschiebungen erlebte – zum Beispiel den Zuzug
zahlreicher ägyptischer Griechen infolge von Präsident Nassers
Bemühen in den sechziger Jahren, ägyptische Geschäfte unter
ägyptische Kontrolle zu bringen. Themen, die die Landesgrenzen
betreffen, bringen die Griechen deshalb leicht in Rage. Die Makedonienfrage ist derart aufgeladen, daß griechische wie ausländische Historiker, deren Veröffentlichungen die national akzeptable Haltung zu Makedonien anzufechten schienen, Morddrohungen erhalten haben.

Fernsehreporter befragen Schulkinder und ihre Lehrer, die in
meiner Nähe stehen. »Was haltet ihr von dieser Demonstration?«
Ein Zehnjähriger sagt: »Sie zeigt, daß Griechenland vereinigt ist,
und beweist, daß Makedonien für alle Zeiten zu Griechenland gehört«, seine Klassenkameraden schwenken Plastikfahnen. Der
Lehrer fügt hinzu: »Es ist für alle Griechen wichtig, an diesem historischen Tag mit dabeizusein.« Beunruhigend, finde ich, daß es
keine Möglichkeit für irgendeine Art der kritischen Einschätzung, geschweige denn des Widerspruchs gibt. Die Schulen wurden geschlossen, damit alle Kinder demonstrieren können, aber
der Anblick der Lehrer, die ihre Herden anführen, hat etwas Irritierendes. Ich kann mir nicht vorstellen, was passieren würde,
wenn irgend jemand sagte, ja, die Grenzen müssen stabil bleiben,

aber der öffentliche Umgang mit dieser Frage ist anstößig. Oder wenn einer durchblicken ließe, daß er einen Kompromiß in der Namensfrage für möglich halte, oder andeuten würde, daß es eigentlich die Aufgabe der Schulen sei, selbständiges Denken zu fördern. Hier, wo die Schulen streng von Regierung und Kirche überwacht werden, könnten die sozialen und beruflichen Konsequenzen in der Tat schwerwiegend sein. Ironischerweise stellt diese Demonstration, die von vielen Teilnehmern so leidenschaftlich unterstützt wird, also zugleich eine Form gesellschaftlicher, sogar akademischer Zensur dar.

Ich erinnere mich an eine andere Passage aus den Aufzeichnungen von William Miller, geschrieben in der Zeit vor Ausbruch der Balkankriege, als das Schicksal Makedoniens noch ungewiß war. Ein Drittel der jüngeren Studenten der Athener Universität komme, so heißt es da, aus dem »versklavten« Griechenland. »Dieser Faktor ist es«, so fährt Miller fort, »der der Universität ihre wahre Bedeutung gibt und sie zum Hätschelkind der griechischen Regierungen macht. Denn jeder Grieche, der aus Gegenden stammt, die jenseits der gegenwärtigen Grenzen des Königreichs liegen, und in Athen studiert hat, wird mit der ›Großen Griechischen Idee‹ im Kopf in sein Heimatdorf oder seine Heimatstadt zurückkehren. ... So kann es uns kaum wundernehmen, daß Studenten, die in der Teilnahme an politischen Demonstrationen aufgehen, keine Strafen zugemessen werden, oder daß die Bitten ehemaliger makedonischer Studenten, von allen Gebühren befreit zu werden, weil ihre Häuser von bulgarischen Banden zerstört worden seien, beim Premierminister Gehör finden.« Dies deckt sich genau mit den Befürchtungen vieler Griechen, die sich heute fragen, welche Konsequenzen es hat, wenn die Skopjer Republik mit dem Namen Makedonien akzeptiert wird: In den Erdkundebüchern der Grundschulen des neuen Staates könnten Karten abgedruckt sein, die Griechisch-Makedonien einschließen, und die Kinder könnten lernen müssen, daß der Name Beweis ist für den historischen Anspruch auf verlorenes Gebiet, das zurückerobert werden sollte.

Hochzeit

»Paß auf, daß dich niemand in der Gegend für einen Transvestiten hält«, witzelte Kostas, als ich ihm erzählte, daß ich zu einem Hochzeitsempfang an der Syngrouallee eingeladen sei. »Wenn du dein Goldlamé-Kleid anziehst, lehne ich jede Verantwortung ab – eine auffallend gekleidete Frau an der Syngrouallee ist aller Wahrscheinlichkeit nach ein Mann. Leg dir vierzehn Paar Augen zu, wenn du dorthin gehst«, sagt er, eine zur Vorsicht mahnende Wendung, die ihm besonders gefällt, weil sie ihn an Argus, den vieläugigen Wächter der Io, erinnert.

Zersprungene Ziegel, Betonbruchstücke, Glasscherben und Eisenrohre, die groß genug sind, um sich darin zu verstecken, versperren den Zugang zu dem Luxushotel, in dem der Hochzeitsempfang für die Tochter eines Verlegers und den Sohn eines Großreeders stattfindet. Die Absätze meiner goldenen Slipper versinken im Treibsand des Straßenmülls, nachdem mich das Taxi gegenüber vom Hotel abgesetzt hat. Einige der dreizehnhundert geladenen Gäste forschen gemeinsam nach dem Haupteingang. Irgend jemand erspäht ihn schließlich, erstattet dem Suchtrupp Bericht. Ihm und einem Mädchen im silbernen Satin-Blümchenkleid folgt man zwei Treppenfluchten hinunter, an Sicherheitsbeamten vorbei, mitten durch die Schlange der Gratulanten hindurch. Kellner warten mit Champagnergläsern auf. Die Gäste haben sich, symmetrisch, nach Geschlecht im Raum verteilt: auf der einen Seite eine Festung von rauchenden, miteinander konferierenden Männern in schwarzen Anzügen; auf der anderen Seite die Frauen, das Haar von Profis mit einer offensichtlichen Vorliebe für barocke Springbrunnen kunstvoll geflochten und toupiert.

Ihre Kleider sind aus Brokat und glitzern von Pailletten, wie die festlichen Roben griechischer Priester, prächtige Landschaften aus Goldfäden, Juwelen und Seide. Riesengroße, von Gästen belagerte Tresen verankern den Saal, und die gesamte, nach meiner Schätzung mindestens dreihundert Meter lange hintere Wand ist mit Buffettischen gesäumt. In den Ecken der Tanzfläche sind, vergänglichen Skulpturen gleich, gewaltige Blumenarrangements aufgestellt, an deren Sockeln Schilder mit Namen und Telefonnummer des Floristen prangen, und in der Mitte der Tanzfläche steht, wie auf einem Altar, eine neunstöckige, ungefähr zwei Meter hohe Torte.

Hochzeiten wohlhabender Griechen ziehen sich ungewöhnlich lange hin: Zwischen Trauung und Empfang wird den Gästen Zeit gegeben, ihre grandiose Kirchen- gegen die grandiose Abendgarderobe einzutauschen. Und da schon die kirchliche Feier in würdevollem Tempo vonstatten geht, mit Gesängen und Handlungen mit den die Ewigkeit symbolisierenden dreifachen Wiederholungen, kann eine Hochzeit zu einer tagesfüllenden Veranstaltung werden. Das ist einer der Gründe, warum Aura sich gesträubt hat, mit mir zur grünen Lichtung der Hagia Philothei hinauszufahren, der vermutlich beliebtesten Athener Hochzeitskirche, die man Monate im voraus buchen muß. »Ich kann einfach nicht seelenruhig einer Zeremonie beiwohnen, die auf der Vorstellung beruht, daß die Frau dem Mann untergeben ist. Ich sage in Griechenland nicht einmal gern, daß ich verheiratet bin. Auf französisch oder englisch: kein Problem, aber auf griechisch spüre ich den Stich der Etymologie. *Pantremene*, verheiratet, geht auf das altgriechische *hypandros* zurück, unter einem Mann, ihm unterworfen sein. Also kann ich auf griechisch nicht verheiratet sein, denn ich stimme dem nicht zu. Aber fahr du ruhig hin – es ist eine wunderbare Gelegenheit, Zeugin jenes Augenblicks zu werden, in dem gesellschaftliche Ideologie sich, durch die Alchemie der Liturgie, in göttliches Gebot verwandelt.«

Aura hat nicht zuviel versprochen. Erstaunlich, wie die untergeordnete Stellung der Frau sowohl im Verhältnis zum Mann als auch innerhalb der Schöpfung auf geradezu hetzerische Weise immer wieder betont wird, und man die Frau ohne Unterlaß ermahnt, ihrem Mann und Gebieter in allen Dingen zu gehorchen. Während Braut und Bräutigam vor dem Altar stehen, beide mit Kränzen aus kleinen weißen Blumen geschmückt, die durch ein Satinband miteinander verbunden sind – als wäre es eine neue Nabelschnur –, wird der Bräutigam angehalten, seine Frau zu lieben wie sein eigen Fleisch und Blut; an die Braut dagegen ergeht die Weisung, ihren Mann zu fürchten, ihm ehrfurchts-, ja angstvoll ergeben zu sein. Daraufhin tritt ihm die Braut in einer traditionellen Geste des Trotzes fest auf den Fuß. Die Erinnerung an eine alte bestickte Hochzeitsdecke, die ich einmal mit Kostas zusammen auf Kreta sah, läßt mich für eine Weile den zeremoniellen Faden verlieren.

Der Saum der Tagesdecke bestand aus lauter in bunten Farben aufgestickten, winzigen Kirchen; unerbittlich, wie Panzer, rückten sie immer weiter vor, um die ganze Decke herum. Ich konnte an Kostas' Gesicht ablesen, daß ihn das endlose, triumphierende Herumreiten auf dem Ehestand nervös machte. Ohne die Decke, das verkündete die in den Spielzeugkirchen verborgene Macht, hätte die Liebe ein romantisches Abenteuer sein können, nun aber war sie nichts anderes als Schicksal. Kostas hatte sich über die einseitige Mahnung, daß die Frau den Mann fürchten solle, lustig gemacht und gesagt: »Sie brauchen uns Männer ja nicht extra zu ermahnen, die Frau zu fürchten versteht sich von selbst.«

Doch ganz gleich, wer wen fürchtet, dachte ich – hier wird ein Machtkampf ins Herz einer Zeremonie hineingetragen, die eigentlich die Liebe und gegenseitige Achtung der beiden Partner feiern sollte. Und als ich zusehe, wie Braut und Bräutigam ihre rituellen drei Runden um den Altar drehen, während wir sie mit Rosenblüten, gezuckerten Mandeln und Reis bewerfen, wird mir auf einmal klar, was für mich das Seltsamste an dieser Trauung ist: die Tatsache nämlich, daß Braut und Bräutigam keine Gelöbnisse abgelegt, kein Wort gesprochen haben. Bei uns kreist die Trauung um Fragen, die gestellt und beantwortet werden müssen, hier um Ermahnungen. Auf dem Weg zum Empfang kommt mir der Gedanke, daß sich darin womöglich die Tradition einer von den Eltern arrangierten Ehe spiegelt, schließlich war die Einwilligung von Braut und Bräutigam ohne Belang.

Im Hotel setze ich mich zu der Gruppe von Freunden an den Tisch, mit denen ich verabredet bin. Zwei Amerikaner, die sich uns als Tweedledum und Tweedledee vorstellen, gesellen sich zu uns. Dum sieht wie ein teuer gekleideter Woody Allen aus; er trägt eine wertvolle goldene Uhr und eine sorgsam ausgesuchte italienische Brille, die seine winzigen glanzlosen Augen vergrößert: Augen eines fleischfressenden Fisches, die keine Skrupel, nichts als Willen ausdrücken. Auch Dee ist ein Amerikaner, wie ihn das ausgehende zwanzigste Jahrhundert hervorgebracht hat, mit einem jungenhaften Gesicht, als hätte er seine Seele einer Schönheitsoperation unterzogen: ein Künstler, dessen Kunst darin besteht, sich ein Publikum zu schaffen, und dessen Spezialität pornographische Aufnahmen sind, von sich und seiner Frau. Er erzählt mir, daß er einen Teil des Jahres in München verbringt, und ich frage ihn, warum. »Weil in München der Sex gut ist«, antwortet er. »Hast du gehört, was ich gerade gesagt habe?« Er stößt Dum an. »Ich habe gesagt, ich lebe in München, weil da der Sex besser ist.« Dum, geistesabwesend, nickt anerkennend und winkt einen Kellner zu sich heran, um noch ein Glas Champagner zu ergattern. »München ist sehr fruchtbar«, sagt Dee. »Sogar die Kühe triefen vor Milch. Darum ist der Sex dort so gut. In Afrika sind die Kühe trocken und knochig, aber in München sind sie fett und üppig und voller Milch.« Wieder stößt er Dum an. »Hast du gehört, was ich gerade gesagt habe? Über die Kühe in München?« Er drängt mich, eine Athener Ausstellung seiner Arbeiten anzusehen. »Sie werden staunen. Gehen Sie hin. Ich verspreche Ihnen, Sie werden eine Überraschung erleben.«

Plötzlich ertönt Mendelssohns Hochzeitsmarsch, in einer derart diktatorischen, pompösen Bearbeitung, daß er mich an Musikstücke erinnert, die nach militärischen Siegen im Radio gespielt werden. Braut und Bräutigam schreiten auf einem weißen Teppich durch die Menge hindurch zur Torte. Der Mann ist kraftvoll, dunkel, hübsch; eifrig bemüht er sich um die Braut, ein Tänzer, der die Primaballerina präsentiert. Sie trägt das raffinierteste Kleid, das ich je gesehen habe, ein Arrangement aus mehreren Drahtreifen, über die ein mit Brillanten besetztes Netz drapiert ist. Sterne schmücken ihre Brüste und die üppigen bloßen Schultern: Es sieht aus, als wäre sie in Galaxien gekleidet. Dee lehnt sich zu Dum hinüber. »Glaubst du, daß Romeo ihr das Kleid selber angepaßt hat?« Während das Paar den Kuchen anschneidet und, im Saal umherwandernd, mit dem mühevollen Teil der Hochzeit beginnt, antwortet Dum: »Wenn er weiß, welche Bedeutung Ari in der Welt der Kunst zukommt, muß er mit Nadeln in der Zunge zu ihren Füßen gekniet haben.«

Auf beiden Seiten des Raumes schieben Kellner runde Riesentische herein, auf deren Eiskruste Austern, Wodka- oder Aquavitflaschen liegen, während andere Kellner mit Tabletts unterwegs sind und Kaviar auf Toast anbieten. Jeder in Griechenland noch so schwer erreichbare Luxus aus anderen Ländern und Breiten, hier wird er aufgeboten. Der Saal spaltet sich in verschiedene *pareas*, geschlossene Gesellschaften: die *parea* der Bonzen, die *parea* der Großeltern, die *parea* vom Athener College, der angesehensten Schule Griechenlands, die regelmäßig nicht nur künftige Premierminister, sondern auch Oppositionsführer hervorbringt. Eine Band fängt an zu spielen: »I like to be in America, everything free in America«, singt der Bandleader, danach etwas von Elton John und ein paar lateinamerikanische Lieder, nach denen hier gern getanzt wird. Buffettische offerieren in vier Sprachen geräucherten Lachs, Pasteten, zartes, nicht durchgebratenes Rindfleisch, in Griechenland sonst kaum zu bekommen, sowie Spargel – keine einzige griechische Speise, keinen griechischen Wein, obwohl das Aufgebot in mir Bilder des überdimensionalen Kochgeräts heraufbeschwört, das ich in manchen griechischen Dörfern gesehen habe: riesige Kessel und gewaltige Tabletts, im Dienste öffentlicher Festivitäten. Ari, denke ich, bewirtet das Dorf. Keine Trinksprüche, keine Reden; die ganze Veranstaltung ist eine einzige Demonstration von Überfluß, heldenhaft großzügig, aggressiv und zugleich panisch. Selbst die *koupheta*, die gezuckerten Mandeln, die bei Hochzeiten im Nahen und Mittleren Osten als kleine Geschenke unter den Gästen verteilt werden, sind nicht wie sonst in Tüll und Satinbänder gewickelt, sondern werden in mit Monogrammen versehenen Kristallkästchen dargeboten.

Als wir aufbrechen, ist die Tanzfläche voll; viele singen leise den englischen Text der Melodie mit, die die Band gerade spielt: »This land is your land, this land is my land, from California to the New York island ...« In Athen, da wird auf luxuriösen Hochzeiten nach amerikanischen Protestliedern aus der Zeit der Depression getanzt.

Granatäpfel

Weihnachten rückt näher – vielleicht sollte ich sagen: Silvester, denn *protochronia* ist unserem Heiligabend ähnlicher und Weihnachten eine auf den griechischen Baum gepfropfte, fremde Frucht. In meinem Viertel verwandeln sich die kleinen, zellenartigen Schaufenster, in denen sonst zwischen alten Pappkartons und vereinzelten Weinflaschen immer neue Würfe wilder Kätzchen hausen, in märchenhafte, vor Weihnachtsschmuck glitzernde Gemächer. Ich laufe gern draußen herum, denn in meiner Wohnung ist mir ständig kalt. Im Vergleich zu Nordgriechenland, wo einige Dörfer eingeschneit sind, herrscht in Athen zwar kein strenger Winter. Aber südgriechische Häuser sollen im Sommer möglichst viel kühle Luft einlassen, und meinem gelingt das auch im Winter sehr gut. Außerdem wird bei mir die Heizung nur dreimal am Tag eingeschaltet, so daß ich in meinen eigenen vier Wänden zittere, und mir nachts, in Embryonalhaltung, die Decke bis unters Kinn ziehen muß.

In der Auslage einer Buchhandlung sehe ich mir Geschenkbücher für Kinder an. Darunter befindet sich ein Band, der dieses Jahr in zahlreichen Schaufenstern und Katalogen feilgeboten wird: *Ich, Alexander, König von Makedonien, Sohn des Zeus, Herrscher der Welt.* Der Umschlag ist in düsteren Blut-und-Boden-Tönen gehalten und zeigt Alexander in androgyner Schönheit mit blonden Locken, das Gesicht von einem rötlichen Bart gerahmt, der Blick voll zorniger Entschlossenheit. Ich gehe hinein, um die Übersetzung von *Betty und ihre Schwestern* (*Mikres Kyries*) für die Tochter einer Freundin zu kaufen, blättere darin. Die griechische Fassung macht mir Spaß – Amy, die sich im amerikanischen Original sagen lassen muß, daß sie ein affektiertes, eitles Gör sei, wird im Griechischen vorgehalten, sie rede, ganz im Sinne der gespreizten Kathareuousa, gespreizt. Die Verkäuferin fragt: »Soll es ein Geschenk sein?« und packt es, als ich nicke, mit großer Kunstfertigkeit ein. Diese Begeisterung für alles, was mit Schenken zu tun hat, rührt mich. Was immer man hier auch kauft, stets wird man gefragt, ob es ein Geschenk sei, und wenn es eines ist, wird ihm Glanz verliehen, oft sogar mit Hilfe eines »zweiten Geschenks« – ein Stab mit kleiner goldener Rose, ein Talisman gegen den bösen Blick, ein winziges Schiff.

Mein Päckchen wird mit einem kleinen Keramikgranatapfel verziert, dem Schlüsselsymbol dieser Jahreszeit. Obstverkäufer auf dem Markt haben auf ihren Tischen vergoldete Granatäpfel liegen. Blumenhändler bieten in Silberfolie gewickelte Granatäpfel an, die man am Silvesterabend mit aller Kraft gegen die Türschwelle schleudern soll, um Samen des Glücks zu verstreuen. Verkaufstische in Geschenkläden sind mit leuchtend roten Granatapfelkerzen übersät, und in Juweliergeschäften kann man kleine Anhänger in Granatapfelform kaufen, manchmal zum Aufklappen, mit lauter silbernen Samen darin. Erneut wird mir bewußt, daß nicht nur die Welt des Unbewußten, sondern erst recht die Bilderwelt des täglichen Lebens, die wir ja mit in unsere Träume nehmen, in Griechenland eine andere ist als in Skandinavien, Mexiko, Benin.

Der Granatapfel, er ist Symbol für das Versprechen, daß Persephone, die Königin des Totenreiches, alljährlich zur Erde zurückkehren und den Frühling mitbringen wird, bevor sie wieder in die Unterwelt hinabsteigen muß. Im Westen trägt er als Sinnbild der winterlichen Jahreszeit keinerlei Bedeutung, aber im Osten hat er eine lange Geschichte: als magischer Gegenstand, vermittelnd zwischen Leben und Tod. In Ägypten beispielsweise gibt es ein Wandgemälde, auf dem Osiris, dem ersten Gott des ägyptischen Pantheons, der starb und wieder zum Leben erwachte, vom Pharao Seti, Vater von Ramses II., ein Tablett mit Brot, Wein und

Granatäpfeln gereicht wird. In Griechenland ist der Granatapfel Persephones Frucht – im Land der Dualitäten zumindest eine Hälfte davon. Die andere Hälfte gehört Hades, dem Gott der Unterwelt, der seiner Frau einen Granatapfel zu essen gab, damit sie ihn nicht verläßt. Deshalb symbolisiert der Granatapfel weder den Tod noch das Leben, sondern die Untrennbarkeit von Leben und Tod.

Den Traumgranatapfel deuten die alten Griechen anders als die modernen. Für Artemidoros ist er kein gutes Omen, denn er steht »wegen seiner Farbe für Wunden, wegen seiner Stacheln für Qualen, wegen des eleusinischen Mythos für Sklaverei und Unterwerfung«. Neuere Traumbücher dagegen sehen im Granatapfel ein Symbol für Fruchtbarkeit, für die Rückkehr des Frühlings; dem, der von ihm träumt, werden reizvolle erotische Abenteuer prophezeit. Bekommt im Traum jemand einen Granatapfel geschenkt, könne dies jedoch auch bedeuten, daß das eigene Leben in Gefahr ist, daß irgendeine Macht der Unterwelt nach einem greift wie Hades nach Persephone. Ein aufgeschnittener oder aufgeplatzter Granatapfel künde von Reichtum, der keine Freude bringt, und ein Granatapfel voller Samen von einer großen Liebe, die man nicht heiraten wird. Aber selbst dort, wo moderne Traumbücher im Granatapfel ein Zeichen von Gefahr erkennen, präsentieren sie diesen alten Traum als Sinnbild einer neuen Realität: einer erotischen Beziehung, einer erotischen Ehe, einer erotischen Wahlfreiheit, die unter dem System arrangierter Eheschließungen lange Zeit undenkbar war. Es gibt Träume, die sich wandeln, weil sich die Welt wandelt; und die Träume, die die alte Welt hervorbrachte, werden unübersetzbar.

Ich nähere mich der Plaka, der Altstadt, die an diesem kühlen Wintertag mit ihren Bäumen voll leuchtender, flammendroter Clementinen und ohne alle Touristen schöner ist, als ich sie je gesehen habe. Welche Ironie doch darin liegt, denke ich, daß antike Götter beim Fest eines Gottes anwesend sind, dessen Mitstreiter sie doch vernichten wollten. Ich bleibe an einem Zeitungsstand stehen, um einen Blick in die Weihnachtsausgaben zu werfen. In Frauenzeitschriften ergeben die Seiten übers Kochen und Backen eine regelrechte Anthologie europäischer Rezepte und Gebräuche: *bûche de Noël*, *Christmas pudding*, Pfeffernüsse. Neue Bilder, neue Träume. Eine der Zeitschriften druckt einen Klassiker des zwanzigsten Jahrhunderts ab, die Geschichte *Weihnachten in Mesolongion* von Penelope Delta. Da ich neugierig darauf bin, kaufe ich mir die Zeitschrift.

Plötzlich taucht Eleutheria neben mir auf, ein Mädchen, das ich ab und zu treffe, wenn ich ins *hamam* gehe, ins Dampfbad. Sie zeigt mir voller Stolz ihre Versace-Lederhosen, die sie im Ausverkauf erstanden hat, als sie ihren Freund in den USA besuchte. »Vier Frauen haben mich auf dem Weg hierher heute schon beschimpft«, sagt sie. »Die Hose muß wirklich gut aussehen. Du weißt ja, wie das hier geht – die einen sagen ›*Phtou, phtou*‹, mögest du vom bösen Blick verschont bleiben, und die anderen sagen ›*Katara mou*‹, mein Fluch wird bis in alle Ewigkeit auf dir lasten.« Während wir die Plaka gemeinsam hinter uns lassen, blättert Eleutheria meine Zeitschrift durch, weist mich auf eine neue Palette von Lidschatten hin, die sie vorige Woche zu ihrem Namenstag bekommen hat. »Hagios Eleutherios – der Heilige der Freiheit und der Erlösung, Schutzheiliger aller schwangeren Frauen und Häftlinge.« Sie lächelt. »Wenn du im Krankenhaus auf eine Entbindungsstation gehst, begegnet dir seine Ikone auf Schritt und Tritt, und einer schwangeren Frau wünscht man gute Befreiung.«

Wir gehen weiter in Richtung Hermes-Straße, ein Name, der sich dem Neoklassizismus des neuen griechischen Staates verdankt. In Städten ist die Hauptgeschäftsstraße häufig nach dem alten Schutzpatron des Handels benannt, ein Versuch, die Erinnerung an das alte Griechenland zu beleben und über den Klassizismus zu Europa zurückzufinden: Byzanz und Westeuropa hatten sich immerhin zu sowohl politischen als auch religiösen Feinden entwickelt. »Machst du Weihnachtseinkäufe?« fragt Eleuhteria. »Ja«, antworte ich. »Ich habe noch ein bißchen Zeit«, sagt sie.

»Wir verteilen unsere Geschenke erst am ersten Januar. Und wir tun etwas, was in der nächsten Generation bestimmt überholt sein wird: Wir geben den Männern die Geschenke der Frauen und den Frauen die Geschenke der Männer und tauschen sie hinterher aus. Wenn also mein Bruder aufgerufen wird, bekommt er, sagen wir, ein Paar Ohrringe, ich dagegen kriege einen Schlips. Ich weiß nicht, warum das so ist; vielleicht weil kurz nach *Protochronia* Fasching ist und alle Welt eine Maskerade aufführt.«

In einem Schaufenster ist eine riesige beleuchtete Keramikspieldose ausgestellt, auf der sich drei blonde Kinder in einer Schneelandschaft zu westlichen Weihnachtsliedern im Kreis drehen; auf dem Sockel steht »Made in China«. Auf mehreren Tischen liegen Unmengen streichholzschachtelgroßer Abreißkalender für das neue Jahr, mit Gedichten, Rezepten oder Auszügen aus den Lebensgeschichten unbekannter orthodoxer Heiliger. Ich entdecke eine auffallend schlichte Version jenes Almanachs, der zu dieser Jahreszeit überall in den verschiedensten Ausgaben verkauft wird, sogar in Bussen und Bahnen. »Wer waren die wahren Griechen?« lautet eine Überschrift. Daneben stapeln sich Weihnachtsbücher für Kinder, in denen die drei Namen des Mannes, der die Geschenke bringt, munter durcheinandergehen. Griechische Kinder erhielten ihre Geschenke früher von Sankt Basilius aus Caesarea, einem dünnen, asketisch wirkenden Mann aus Kleinasien, dem Schutzheiligen der Erziehung; auf Heiligenbildern ist er oft mit Feder und Tafel dargestellt. Heute aber bildet er gemeinsam mit Europas Sankt Nikolaus und Amerikas Santa Claus eine heilige Dreieinigkeit. Eine fette Stoffpuppe, die mich an Santa Claus erinnert, rekelt sich auf einem der Büchertürme. Hinten am Nacken baumelt eine Schnur herab, ich ziehe daran: »Fröhliche Weihnachten«, sagt er, »Hagios Vasilis kommt. *Xa, xa, xa.*«

Ich verabschiede mich von Eleutheria und mache mich auf den Weg zum Theater, wo ich mit Aura und ihrem Mann verabredet bin. Es liegt in einem langsam zerfallenden Viertel voll zugenagelter neoklassizistischer Häuser, die nur darauf warten, daß ihre

Erben sie dem Bau von Hochhäusern opfern. Hans weist mich auf ein baufälliges Wohnhaus hin, ein berühmtes Bordell. Die ganze Gegend strahlt, wie Violetta in _La Traviata_, eine dem Untergang geweihte, quälende Anmut aus, die um so trostloser wirkt, als die Rettung denkbar einfach wäre.

Nach der Vorstellung gehen wir in ein Restaurant im zentralen Fleischmarkt, Les Halles von Athen, das gegen Mitternacht öffnet und um sechs Uhr morgens schließt: ein Treffpunkt für Lastwagenfahrer, Marktangestellte und Intellektuelle. Aura erzählt von einem Interview, das ein älterer griechischer Schauspieler namens Dimitri Horn kürzlich gegeben hat; der Nachname klingt deutsch, und mir fällt wieder ein, daß es eine Handvoll bekannter griechischer Familien mit transkribierten deutschen Nachnamen gibt, von denen manche angeblich zum Gefolge des bayerischen Prinzen Otto gehörten. »Ich erinnere mich deinetwegen daran, weil sein Gemüt und seine Einstellung so griechisch waren. Nach seinen Zukunftsplänen befragt, antwortete er: ›In meinem Alter hat man keine Zukunft mehr.‹ Kannst du dir vorstellen, daß ein amerikanischer Schauspieler so etwas sagen würde, dort drüben, wo man lernt, den Tod nicht als Tod zu bezeichnen, sondern als neue Chance, ohne Atem zu leben? Wir haben einen Sinn für das Unwiderrufliche, der euch gänzlich abgeht. Vielleicht liegt das daran, daß unser Leben stärker kontrolliert ist als eures, sicher aber hat es damit zu tun, daß wir eine Welt verloren haben. Die letzte Frage, die ihm gestellt wurde, lautete, ob es irgend etwas gebe, das er gern vergessen würde. Und was war seine Antwort? ›Alles, für immer.‹«

Kopf oder Adler

Am Silvestermorgen klingelt es um Viertel nach acht an meiner Tür. Als ich öffne, ruft eine Gruppe von Kindern: »Dürfen wir sie erzählen?« So werden die Neujahrslieder eingeleitet, die sogenannten *kalanta*. Ihr Name geht auf die römischen Kalenden zurück, das Fest des Monatsersten, das noch mehr Gewicht bekam, als 153 v. Chr. der erste Januar zugleich zum Jahresanfang wurde. Die Kinder machen einen phantastischen Lärm; eines hält ein hölzernes Schiff in der Hand, auf dem eine brennende Kerze wie ein Mast emporragt. Sie schlagen ihre Triangeln, singen: »Sankt Basilius kommt aus Caesarea, mit einer Ikone und Papier, mit Papier und Feder ... die Feder schrieb ein Schicksal, und das Papier sprach's aus ...« Es ist ein leicht melancholisches Lied, das man zu dieser Jahreszeit in vielen Varianten hört: ein Lied, in dem ein bißchen von der Mühsal langer Fußmärsche mitschwingt, auch etwas von der süßen Sehnsucht und Vorfreude, die einem Wiedersehen nach langer Wanderung vorausgehen. Die Melodie ist es, die mit ihren Wendungen und unerwarteten stimmlichen Perspektiven ein Gefühl sowohl von körperlicher Anstrengung als auch von Weitblick vermittelt, einem Blick aufs Meer. Ich gebe den Kindern Kleingeld und Süßigkeiten, die traditionelle Belohnung für ihren Gesang, und höre sie, noch bevor ich die Tür geschlossen habe, ihren Rundgang fortsetzen.

Sankt Basilius ist der Schutzheilige der Erziehung, aber die Schicksale schreibende Feder, die er in der Hand hält, macht ihn zu einer zweideutigen Gestalt – passend zu diesem Monat, der nach dem doppelgesichtigen römischen Gott Janus benannt ist, dem Gott von Anfang und Ende, Frieden und Krieg. In der Welt des Altertums stellte man sich das Schicksal als einen Lebensfaden vor, gesponnen aus Wolle, die drei furchterregende Frauen in den Händen halten, während man zur Zeit des Basilius-Liedes – es stammt aus der Welt der komplizierten, von Bischofsverwaltern geschaffenen heiligen Bürokratie – unter Schicksal bereits das verstand, was geschrieben steht. Beide Konzepte existieren heute nebeneinander in der griechischen Sprache, die zwei Worte für Schicksal kennt: *moira*, das die Frauen bezeichnet, die Schicksale spannen, und *to graphto,* das Geschriebene.

Das Fest des Sankt Basilius, Silvester, ist ein Fest des Glücks. Wo man auch hinsieht, sind die Schaufenster voller Glücksbringer: goldene Münzen mit Jahreszahl zum Hineinbacken in das süße, klumpige Sankt-Basilius-Brot, das am Neujahrstag gegessen wird, Medaillons mit Reliefbildern von Schiffen als Symbol für die Lebensreise, mit Häusern oder Schlüsseln, wie sie römische Janus-Statuen als Talismane gegen den bösen Blick oft in der Hand halten, und Münzen mit dem Porträt Alexanders des Großen, als Glücksbringer für einen guten Ausgang der Makedonienfrage. Meine amerikanisch geprägte Vorstellung von diesem Fest ist eine andere, erotische: Männer mit schwarzer Fliege und Frauen in glitzernden Kleidern, Champagner, Tanz bis in den Morgen des neuen Jahres hinein, Liebeslieder; wenn man so will, ein Feiertag der Paare, die das neue Jahr empfangen wie eine Frau ein Kind. In Griechenland, auf dem Weg zum Flughafen, wo ich Kostas abholen will, kommt mir der Übergang von einem Jahr zum nächsten eher wie ein Augenblick äußersten Risikos vor: Die gefährdete Existenz hängt am seidenen Faden glitzernder Ketten und leuchtendroter Bänder. Karten- und Würfelspiele, kleine Rouletteräder, Miniaturspielautomaten – als sollte sich jeder an einem rituellen Glücksspiel beteiligen, um das Glück in sein Leben zu locken. Alle drei Gastgeber der Silvesterpartys, zu denen ich eingeladen bin, haben mir Kartenspiele als einen wesentlichen Bestandteil des Abends angekündigt.

Auf dem Weg zu einer dieser Partys fahren wir an einem stark beschädigten Finanzamt vorbei. Nachdem die Regierung versprochen hatte, im neuen Jahr hart durchzugreifen, weil die Gewinne des Schwarzmarkthandels, der Korruptionswirtschaft und der weitverbreiteten Praxis der Steuerhinterziehung zusammengenommen etwa 31 Prozent des Bruttosozialprodukts ausmachten, sind in den vergangenen Wochen vier städtische Finanzämter bombardiert worden – zum Teil, wie ich annehme, um Dokumente zu vernichten, zum Teil, um die von der Regierung geplanten strengeren Maßnahmen abzuwenden. »Es wird schwer sein, ein anderes System durchzusetzen«, sagt Kostas. »Wir haben eine fest etablierte Doppelwirtschaft, in der die Leute daran gewöhnt sind, zweimal bezahlt zu werden; sie rechnen sowohl mit ihrem offiziellen Gehalt als auch mit dem Briefumschlag unterm Tisch. Wir haben sogar einen Schutzheiligen der Steuerhinterziehung, wußtest du das?«

»Und wer soll das sein?« frage ich.

»Sankt Mamas. Schutzheiliger der Schafdiebe und der griechischen Verbrecherwelt. Angeblich wird er vor jedem Bankraub um Beistand gebeten, und Banken werden hier, wie du ja weißt, fast jeden Tag ausgeraubt.«

Schließlich kommen wir bei Aura an und überreichen ihr die *basilopita* von Kostas Mutter, die dank ihrer kleinasiatischen Herkunft für die Herstellung dieses angeblich aus Basilius' Caesarea stammenden Kuchenbrotes besonders qualifiziert ist. Über der Haustür hängt eine große, in Silberfolie gewickelte Zwiebel, ein Glücksbringer, denn Zwiebeln gelten, weil sie auch dann noch keimen, wenn sie nicht mehr im Boden wurzeln, als unsterblich. Der Raum ist voller Zigarettenrauch und Lärm: Karten werden gemischt, Würfel rollen. Eine Tante von Aura liest die Zukunft aus Kaffeesatz, und ich frage mich, welches eigentlich Rorschachs ethnischer Ursprung war. Alles verstummt, als Aura die *basilopita* anschneidet – ein weiteres Traumbild aus meinen modernen *oneirokrites*: Übereinstimmend sagen sie, es sei ein gutes Zeichen, zu träumen, daß man in seinem Stück die Münze findet; solange der

Traum in die Sylvesterzeit falle. Ich wäre ratlos, wenn ich je etwas Derartiges träumte, aber bei uns gibt es diese Sitte nicht, also auch nicht diesen Traum.

Die ersten Stücke der *basilopita* werden von dem, der sie austeilt, mit Widmungen bedacht – Aura schneidet eins für die Armen, eins für das Haus, eins fürs Theater, eins für Amnesty International. »Keiner weiß genau, woher dieser Brauch kommt«, sagt sie. »Und natürlich hat er verschiedene mythische Ursprünge. Zum Beispiel könnte er etwas mit der Verehrung des Sonnengottes zu tun haben, für den ein sonnenförmiger Kuchen gebacken wurde, damit die Sonne der Erde Licht und Wärme zurückgibt. Immerhin war der 25. Dezember das Fest von Mithras, dem persischen Gott des Lichts, dessen Feiertag die Römer als Fest des Unbesiegbaren Lichts übernahmen. Auf diesem Wege fanden persische Weise Eingang in den christlichen Mythos; ein gutes Beispiel ist die Zeus-und-Europa-Geschichte: Der griechische Gott Zeus erobert Asien in Gestalt der asiatischen Prinzessin Europa und zeugt mit ihr Nachkommen. In beiden Fabeln gibt es Figuren, die den verborgenen Ursprung eines Mythos verkörpern.«

»Die christliche *basilopita*-Legende, die ich kenne«, fährt Aura fort, »kreist um die Bürger von Caesarea, dem heutigen Kayseri in der Türkei. Sie wurden von den Stellvertretern des byzantinischen Kaisers so übertrieben hoch besteuert, daß sie ihren Bischof Basilius baten, ein Wort für sie einzulegen. Basilius forderte sie auf, ihm Schmuck und andere Schätze zu bringen, um die Regierungsbeamten, falls nötig, bestechen zu können. Aber es gelang ihm auch so, sie umzustimmen. Als er die Schätze ihren Besitzern zurückgeben wollte, wurden jedoch so viele zweifelhafte Ansprüche angemeldet, daß er Torten backen und in jeder davon wertvolle Gegenstände verbergen ließ. Und wie durch ein Wunder bekam jede Familie genau die Torte, die ihre Wertsachen enthielt. Aber die Christen mußten sich sehr anstrengen, diese Jahreszeit zu erobern: Die Kirchenväter setzten alles daran, um die römischen Januar-Feierlichkeiten mit ihren Transvestiten-Maskenfesten und ihrem Straßentheater zu zerstören. Ein Bischof aus dem ersten Jahrhundert wurde für seinen Versuch, die Feste zu unterbinden, gefoltert – ein Zeichen dafür, wie beliebt sie waren. Und Johannes Chrysostomos, einer der drei Hierarchen der Orthodoxie und ein besonders unangenehmer Mann, predigte im vierten Jahrhundert voller Zorn gegen das Fest der Kalenden. Viel später wurden gegen die Feiern noch immer Verbote erlassen – es war ein Kampf, der bis ins zehnte Jahrhundert andauerte. Man erzählt uns immer, die Römer und die Griechen hätten sich das Christentum spontan zu eigen gemacht, aber das trifft nur auf einige wenige zu. Tatsache ist, daß der Staat seinen Bürgern die christliche Religion aufzwang – Theodosius verkündete immerhin offiziell, daß jeder, der das Christentum ablehne, für verrückt erklärt werden sollte.

»›Kein Mann‹«, deklamiert Aura plötzlich, »›darf weibliche Kleidung tragen und keine Frau Männerkleidung, genausowenig dürfen Masken aufgesetzt werden, seien es komische, satirische oder tragische‹ – dafür hätten dich die Kirchenväter nämlich exkommuniziert. Und keiner hätte dann noch mit dir Geschäfte gemacht oder deine Kinder geheiratet. Später dienten die Maskeraden als getarnte Protestaktionen gegen die Kirche, mit Schein-Zeremonien und Leuten, die, als Mönche verkleidet, riesenhafte Holzpenisse vor sich hertrugen – was die heftige Reaktion der Kirche erklären hilft. Bestimmt hat dir schon mal jemand von den *kalikantzaroi* erzählt, den haarigen Dämonen, die bevorzugt über Silvester auftauchen und erst am 6. Januar wieder verschwinden? Also, ich bin sicher, daß sie Teil der christlichen Kampagne sind: Dämonisiert wurden die Menschen, die unbeirrbar ihre traditionellen Januar-Feste feierten und in Ziegenhäuten und anderen Tierkostümen herumliefen.«

Ich denke bei mir, daß ein Teil dieser Feindseligkeit gegenüber der vom Staat unterstützten Religion sich in das Wesen einiger Heiliger eingeschlichen haben muß. Denn manche führen sich durchaus wie Hausdämonen auf – Sankt Spyridion etwa, der einem Akne beschert, wenn man seinen Festtag ignoriert. Oder er ruiniert die Näh- und Webarbeiten, mit denen man gerade beschäftigt ist, wie eine Legende erzählt. »Der kleine Sankt Spyridion braucht keinen Feiertag«, sagte eine Frau, die erst ihre Webarbeit beenden wollte und dann zu Bett ging. Dort träumte sie von einem aufgebrachten Mönch, der zu ihr sagte: »Da ich so klein bin, wirst du sehen, wie viele kleine Löcher ich machen kann«, und als sie aufwachte, war ihre Arbeit von Motten zerfressen. Und dann gibt es da noch meinen heiligen Lieblingstunichtgut, Sankt Andreas, den Bratpfannendurchlöcherer, der Löcher in die Bratpfanne bohrt, wenn man ihm an seinem Feiertag keine Pfannkuchen backt.

Nachdem der Kuchen aufgeschnitten ist, wenden sich die Gäste wieder ihrer Zukunft zu, während im Fernsehen eine der unzähligen Feiertags-Musiksendungen läuft. In einer Ecke hakt man sich spontan zum Tanz unter, als ein beliebtes Lied in der erotisch-melancholischen Stimme des Sängers Mitropanos erklingt: »Ich liebe dich wie die Sünde, ich hasse dich wie das Gefängnis …« Ich trotze dem Kaffeesatzlesen, das belanglos allgemein ist, und ziehe zum Vergleich Tarotkarten bei einer Frau, die den Namen einer Muse trägt. Die Karten sagen etwas derart Lächerliches voraus, daß ich es sofort verwerfe; als es im folgenden September tatsächlich eintrifft, hatte ich die Prophezeiung schon fast vergessen.

Kostas hat einen beliebten Melina-Mercouri-Film aus dem Jahr 1954 mitgebracht, *Stella*, jenen Film, der sie berühmt machte: ein wesentlicher Bestandteil der griechischen Popkultur, die »der moderne Ausdruck der Folklore ist. Wie dem auch sei«, sagt Kostas, »du kannst nicht weitermachen, ohne diesen Film gesehen zu haben. Er fängt eine griechische Vorstellung von erotischer Liebe ein, die noch immer lebendig ist. Er ist sehr melodramatisch, aber die griechische Vorstellung von erotischer Liebe ist es ja auch.« Er grinst. »Der Film wird dir verstehen helfen, warum wir eines der beiden europäischen Länder mit den niedrigsten Geburtenraten sind.«

Stella ist Sängerin in der Paradies-Taverne, singt »Lieder über Leben, Liebe und Tod«. Ihre Liebhaber sucht sie sich selber aus, und sie behandelt sie ehrlich. Ihre ausgeschnittenen Kleider, die ihren Körper weder nachlässig noch provozierend zur Geltung bringen, erinnern mich an Kostüme von Eiskunstläuferinnen: Wie eine Sportlerin empfindet sie Sinnlichkeit und Schönheit als eine Leistung; beides ist für sie Zeichen ihres Lebenstalents, kein Mittel der Verführung, ist Ausdruck von Selbstachtung statt von Berechnung, gar Bedürftigkeit. Sie beendet eine Affäre mit einem jüngeren Gentleman, der sie nur dazu benutzt hat, sich aus der Umklammerung seiner Familie zu befreien. Dann lernt sie einen Fußballspieler namens Miltos kennen. Nach ihrer anfänglichen Weigerung, mit ihm auszugehen, macht er ihr den Hof, indem er mit seinem Wagen durch den Eingang der Paradies-Taverne rasen und sie überfahren will. Wenn ihm eine Frau gefalle, erklärt er ihr, sei das »wie mit wilden Tieren in einem Käfig«, und er zündet eine Stange Dynamit, die er ihr statt Rosen vor die Füße zu werfen droht. Ein Mann, der wie Stella konventionellen gesellschaftlichen Zwängen trotzt, aber anders als sie begreift er Erotik als einen Kampf um Leben und Tod. Er möchte sie heiraten, aber schwört beim Leben seiner Mutter, sie zu verlassen – falls sie sich weigere, ihm gefügig zu sein. Stella begehrt ihn so sehr, daß sie ihren Zweifeln und Überzeugungen zuwiderhandelt und einwilligt. Liebe, singt sie in der Taverne, ist ein zweischneidiges Schwert: eine Seite Freude, die andere Seite Schmerz.

Die Hochzeit wird auf den 28. Oktober gelegt, den »*Ochi*«-Tag – pure Ironie, wird doch an diesem Tag eine der zwielichtigsten Gestalten der modernen griechischen Geschichte geehrt: der Diktator General Metaxas. Kostas schaltet kurz auf Pause, weil er sichergehen möchte, daß ich über den Nazi-Sympathisanten Bescheid weiß. Metaxas versuchte aus Griechenland eine Art Miniatur-Deutschland zu machen, ja gründete sogar Jugendorganisationen, die nur christliche griechische Jungen aufnahmen. Als die faschistischen italienischen Alliierten ihn aber darum baten, auf

ihrem Weg nach Afrika Griechenland durchqueren zu dürfen,
antwortete er mit »*Ochi*«, Nein.

Die Mutter des Bräutigams, ein untersetzter kleiner Feldwebel
von einer Frau, sucht Stella auf. Sie beschwert sich, daß sie nicht
selbst gekommen sei, um ihr die Hand zu küssen. Freiheraus und
mit der gelassenen, selbstgefälligen Schadenfreude eines Lager-
aufsehers, der einen Internierten zur Rede stellt, erklärt sie Stella,
was Ehe bedeutet – daß es mit dem Singen nun aus und vorbei sei,
daß sie aus ihrer vertrauten, geliebten Umgebung in ein respekta-
bles Haus umziehen müsse, ja daß sie nicht länger Stella, sondern
die Frau von Miltos sei. Stella ist fassungslos. Sie sieht in dieser
Frau ihre eigene Zukunft vor sich, einer Frau, die auf monströse
Weise geschlechtslos wirkt. Ihr wird klar, daß eine solche Ehe ihre
Liebe und Menschlichkeit zerstören würde, daß die geheiligte
Konvention also unmoralisch ist. Doch Stella begehrt Miltos über
alle Maßen. Der Hochzeit kann sie nur entgehen, wenn sie in der
Kirche einfach nicht erscheint. Deshalb stürzt sie sich in die Para-
den zur Feier des *Ochi*-Tags, tanzt bis in den frühen Morgen –
zum letzten Mal. Denn sie weiß, daß Miltos ihr schon bald auf der
Spur sein wird, um sie zu töten. Als sie bei Tagesanbruch in ihre
Straße einbiegt, kommt er ihr mit einem Messer entgegen. Aber
sie weicht ihm nicht aus. »Lauf weg, Stella«, sagt er zu ihr, »ich
habe ein Messer.« Sie bekämpft ihre Angst und die Todesge-
wißheit, geht, in einer schauspielerisch großartigen Szene, mutig
auf ihn zu. In diesem Augenblick ist Stella »der Mann, der Held«,
der Miltos nicht ist, der *palikari*, der sich im vollen Bewußtsein
dessen, was ihn erwartet, nicht von seinem Vorhaben abbringen
läßt – während Miltos, trotz seiner Muskelkraft und trotz des ge-
schärften Messers, das er ihr zwischen die Rippen stößt, hilflos ist,
getrieben: zu schwach, um Stella am Leben zu lassen.

»Manche behaupten, dies sei die griechische Version von *Carmen*«, sagt Kostas, während er die Videokassette zurückspult.
»Ist es überhaupt nicht«, sage ich. »In der letzten Szene, als Stella
auf ihn zugeht, setzt sie Liebe gegen Mord; sie gibt Miltos die

Chance, sich für das Leben und die Liebe in all ihrer Komplexität zu entscheiden, aber er sagt: ›*Ochi*.‹ Das ist nicht die griechische Version von *Carmen*, sondern von *Psycho*! Nur daß der Mord bei Hitchcock als psychische Verirrung dargestellt wird und in *Stella* als gesellschaftliche Norm.«

Ein paar Tage später gehe ich in Melinas Viertel zum *laike*, um ein paar Kartoffeln zu kaufen – griechische Läden öffnen und schließen zu verschiedenen Zeiten, je nach dem, welcher Wochentag gerade ist, und ich hätte nicht mehr rechtzeitig meinen Stadtteil erreicht. Plötzlich erscheint Melina, perfekt frisiert und mit schwerem Goldschmuck behängt, eine Gefolgschaft von Kameras hinter sich. Von allen *laike*-Händlern wird sie herzlich gegrüßt. Als sie an einem Stand vorbeikommt, an dem Bestecke und Küchenutensilien verkauft werden, grinst der goldzähnige, grauhaarige Verkäufer schelmisch, nimmt ein Messer aus einer seiner Kisten, fuchtelt damit herum. »Lauf weg, Stella«, ruft er ihr fröhlich zu, »ich habe ein Messer.«

Die Herrschaft der Frauen

Für das Epiphanienfest am 6. Januar wurden in meinem Viertel große Bottiche magischen Wassers vor den Kirchen aufgestellt. Es ist ein Fest mit vielen Anlässen. Da ist zunächst die Taufe Christi, dessen göttliche Gegenwart das Wasser reinigt; auf Darstellungen der Taufe ist Christus stets zusammen mit der Personifikation des Jordan zu sehen, der in einer Ecke zu seinen Füßen kauert: eine durch die Macht des gottgleichen Sterblichen miniaturisierte Flußgottheit. Zugleich wird an diesem Tag, der auch *Ta Phota*, Die Lichter, heißt, die Rückkehr des Lichts gefeiert, das durch Christus in die Welt kommt. Und schließlich ist es der Tag der Segnung des Wassers: Tropfen geweihten Wassers werden an Orten verspritzt, an denen die *kalikantzaroi*-Dämonen lauern – in den hintersten Winkeln der Häuser, auf den Feldern, in den Weingärten und Brunnen. In Anlehnung an den antiken Brauch, alljährlich Athens Kultstandbild Athene auf heilige Weise im Meer zu säubern, werden Ikonen im Meer, in Flüssen oder Brunnen gewaschen.

Nach dem Gottesdienst drängen sich Frauen mit Krügen, Teekannen und einfachen Trinkgläsern um die Bottiche, um etwas von dem Weihwasser abzubekommen – »dem heiligsten des ganzen Jahres«. Ein Mann und ein Junge, geschäftig wie Köche von Schnellgerichten, schöpfen es in die verschiedenen Behältnisse. Eine meiner Nachbarinnen erzählt mir von der Sitte, aus Gewässern Kreuze heraufzuholen: damit sich das Wasser früher erwärme und das Eis schneller aufbreche. Im ganzen Land springen Männer, die bestimmte Gelübde abgelegt haben, ins Wasser und tauchen nach dem Kreuz, das ihr Bischof oder Priester hineingeworfen hat. In Nordgriechenland, wo die Flüsse und Seen zugefroren sind, ist dies eine besonders schmerzhafte Heldentat, und die Abendzeitungen sind voller Bilder von zitternden Männern mit hart erkämpftem Siegerlächeln. Die Hauptfeier in Athen, behauptet eine Freundin, mit der ich zum Mittagessen verabredet bin, finde in einem beheizten Schwimmbad statt – der Bischof, sagt sie, halte das Kreuz an einer Art Leine, so daß es nicht bis zum Boden sinke. Ich bin nicht sicher, ob sie mich nicht vielleicht auf den Arm nimmt.

Wir beschließen, in Glyphada, einem Vorort von Athen, zu Mittag zu essen. Kaum ist der Wagen abgestellt, laufen wir zum Strand und tauchen unsere Hände in das stählernkalte Meerwasser; auch das soll Glück bringen. Das Restaurant, eine bekannte Küstenkneipe, ist umgezogen und befindet sich nun an der Schnellstraße. Wir setzen uns an einen Tisch mit Blick auf ein riesiges Poster mit Ansichten der Schweizer Alpen, essen mit Reis und Korinthen gefüllte Muscheln. Über der Bar hängt ein Spiegel, auf dem in leuchtendblauen lateinischen Lettern das griechische Wort für Tradition steht. Ein bärtiger Priester in langer schwarzer Soutane, das Haar zum orthodoxen Pferdeschwanz zusammengebunden, wankt mit einer Karaffe zum Tresen, um sie sich auffüllen zu lassen. »Sie sind alle Verräter«, ruft er, »allesamt Verräter. Sie haben uns alle verraten.« Er sieht sich im Raum um, als warte er auf Widerspruch. Da keiner kommt, schlurft er zur Tür, dann und wann pausierend, um sich an den Stuhllehnen anderer Gäste festzuhalten.

Am nächsten Morgen mache ich mich auf den Weg nach Thessaloniki. Ich möchte in einem makedonischen Dorf an einer sonderbaren jährlichen Feier teilnehmen, die *Ginaikokratia* heißt, die Herrschaft der Frauen. Thessaloniki liegt, wie offenbar häufig im Winter, in dichtem Nebel. So sitze ich stundenlang auf dem Athener Flughafen fest, während ein Geschäftsmann, der gerade aus Rußland zurückgekommen ist, mir von seinem Weizengeschäft erzählt und mich mit schlüpfrigen Anekdoten über Frau Papandreou unterhält. »Ihre Brüste«, sagt er, »sind phänomenal, wie technische Meisterwerke. Waren Sie schon mal in Istanbul?« Nein, sage ich, war ich nicht. »Na ja, Dimitras Brüste sind jedenfalls wie die Kuppel der Hagia Sophia.«

Jannis, ein Freund, der ein hervorragender Maler ist, fährt mit mir durch die taubenfarbene Winterlandschaft zu dem kleinen, ansprechenden, wenngleich austauschbaren Dorf Monoklissia, in dem das Fest stattfindet. Auch auf diesem Feiertag haben sich die üblichen archäologischen Schichten des Mythos abgelagert. Manche sagen, er stamme aus Ostthrakien, wo er einst einer Göttin gegolten habe: Einige sprechen vom Tag der heiligen Domna, einem christlichen Fest zu Ehren der Hebammen und der weiblichen Fruchtbarkeit, was, bedenkt man die Idealisierung des Zölibats und die Verdammung der Sexualität im Christentum, ein untrügliches Zeichen für seine vorchristlichen Ursprünge ist. Andere sagen, das Fest sei von griechischen Flüchtlingen aus der Türkei hierhergebracht worden, nach dem Austausch von Volksgruppen im Jahre 1923. Und obwohl alle mir mit seltsamem Nachdruck versichern, daß dieser Feiertag, wie die Januar-Feste und der Karneval, das Wunder der Fruchtbarkeit hochhalte, ist von dem Augenblick an, da wir das Dorf erreicht haben, wieder einmal die Absicht unverkennbar, soziale Botschaften zu transportieren – ein riesiges Banner mit der Aufschrift *Ginaikokratia* wölbt sich über dem Eingang zum Dorf, und ein Männerorchester begrüßt uns, dessen Mitglieder allesamt lange Röcke tragen.

Ich darf ungehindert passieren, aber Jannis wird zurückgehalten, muß von den Frauen, die die Gäste kontrollieren, erst eine Art Eintrittserlaubnis bekommen. Der hiesige Transvestismus ist gesellschaftlicher, ja sogar politischer Natur – die Männer kleiden sich nicht nur wie Frauen, sondern werden von diesen, die sich über männliches Verhalten mokieren, auch wie Frauen behandelt. Eine von ihnen tritt vor, eine Schale Wasser in der einen, einen Basilikumzweig in der anderen Hand, und bespritzt, in Mimik wie Gestik die typischen Segnungen orthodoxer Priester und deren Anmaßung moralischer Autorität parodierend, Jannis voller Schadenfreude. »Warum bespritzen Sie mich?« fragt er, eine Spur verletzt. »Weil Sie ein Mann sind, *bre*, verschmutzt, und gereinigt werden müssen, bevor Sie eintreten.« Sie blinzelt mir zu. Ganz offensichtlich genießt sie es, sich über die Theologie und deren Frauenbild lustig zu machen, insbesondere über das für eine Frau ihrer Generation geltende Verbot, in den Tagen ihrer Menstruation eine Kirche zu betreten; schon die Babys durften nur in der Nähe des Allerheiligsten getauft werden, sofern es Jungen waren.

Als Jannis den Anforderungen der herrschenden Frauen genügt, darf er mir folgen. Wir gehen an Häusern vorbei, in denen Männer mit langen Schürzen und Besen den Tag über eingesperrt sind. Er begleitet mich bis zum Rand des Dorfplatzes, auf den er jedoch keinen Fuß setzen darf: Die *plateia* ist üblicherweise eine männliche Domäne. Jemand zeigt mir den Bürgermeister. Wie eine Haremsfrau steht er an einem Fenster des *demarcheio*, des Rathauses, schaut bekümmert hinaus. Frauen und Mädchen tanzen Reigen auf dem Platz, trinken Wein und Ouzo. Ein einsamer Fernsehreporter mit seinem Kameramann folgt einer erhabenen *giagia* mit langen grauen Zöpfen, die mindestens achtzig Jahre alt sein muß: Eine Flasche Brandy und einen geschnitzten Stock in den Händen, führt sie die Tänze an. Sie nimmt einen bühnenreifen Schluck, verzieht ihr Gesicht zu einer aberwitzigen Karikatur eines autoritätslüsternen männlichen Grinsens und verkündet ihr Urteil: »Keine von uns geht heute abend nach Hause, *bre*!«

Auf dem Weg zurück nach Thessaloniki kommen wir an einem Wegweiser nach Florina vorbei. Die Stadt wird von einem alten Erzbischof mit Namen Augustinos regiert, der seit den sechziger Jahren, der Zeit der Junta, an der Macht ist. In Florina, erzählt Jannis weiter, bleiben Verstorbene unbeerdigt, wenn aus ihren Dokumenten hervorgeht, daß sie nur standesamtlich verheiratet waren. Und früher mußten die Frauen beim Gottesdienst stehen, während die Männer sitzen durften. Außerdem verbot der Erzbischof die Karnevalsfeiern vor der Fastenzeit: Er fürchtete, sie könnten die zwölf olympischen Götter wieder zum Leben erwecken.

Schwangere Männer

Auf dem Platz zwischen Kleiner und Großer Metropolis warte ich auf Kostas. Er will mir die berühmten, an die griechische Revolution erinnernden Zographos-Gemälde zeigen, die General Makrijannis persönlich in Auftrag gegeben hat. Die beiden Kirchen sind Zeugen der mäandernden griechischen Geschichte. Die Kleine Metropolis, auch bekannt als »Die Jungfrau, die Bitten schnell erfüllt«, wahrscheinlich im zwölften oder dreizehnten Jahrhundert erbaut, war im achtzehnten Jahrhundert, unter türkischer Herrschaft, die Kathedrale Athens. Ihre Maße – sie ist kleiner als das Klassenzimmer einer Zwergschule – sagen etwas über den Status der Stadt während der *Tourkokratia,* aber auch während der byzantinischen Ära aus: Athen galt als Provinz, als bloßer Schatten einer einst bedeutenden Stadt. Das Fesselnde an der Kleinen Metropolis ist, daß ihre Erbauer auf antike Marmorreliefs zurückgriffen – ein Verfahren, das auch beim Byzantiner Standbild des christlichen Kaisers Konstantin Anwendung fand, dessen massiver Kopf auf den Rumpf einer Helios-Statue gesetzt wurde. In einige Marmorblöcke sind Tierkreiszeichen und personifizierte Feste des Altertums eingeritzt, auch der panathenäische Schiffskarren, auf dem jedes Jahr Athene ein neues Gewand gebracht wurde – eine Prozession, die auf dem Parthenonfries dargestellt ist. In byzantinischer Zeit, als die Landstriche noch voller griechischer und römischer Altertümer waren, glaubten viele, in Marmorbildwerken wohnten Dämonen, schließlich hatte Christus die antiken Götter als Dämonen enttarnt. Altertumsforscher meinen, zahlreiche Marmorsarkophage seien nur deshalb über lange Zeit intakt geblieben, weil die Menschen sie aus Angst nicht berühren wollten. Allerdings gab es auch pragmatische Dorfbewohner, die sie als Tröge oder Brunnenbecken benutzten. Wer das tat, glaubte vielleicht, auf diese Weise die dämonischen Kräfte zu neutralisieren. Heute sind die Marmorwerke von einem anderen Traum, einer anderen Art Zauber durchdrungen: Ich bin oft in der Kleinen Metropolis gewesen oder an ihr vorbeigegangen, und meine verschiedenen Begleiter haben sie mir stets als mustergültiges Beispiel einer ungebrochenen Kontinuität der griechischen Kultur hingestellt – ein Glaube, der im heutigen Athen so stark ist wie die Dämonenfurcht im zwölften Jahrhundert.

Die Große Metropolis aus dem neunzehnten Jahrhundert, ein Monument der verworrenen Kollaboration zwischen den europäischen Mächten und den Griechen, aus welcher der neue Staat hervorging, wurde von König Otto und seiner Frau Amalie gegründet, die weder griechisch noch orthodox waren. Von 1863 bis 1964 wurden in ihr die deutsch-dänischen Könige gekrönt – bis sich die Griechen 1973 in Wahlen gegen die Fortsetzung der Monarchie entschieden. Die Kathedrale beherbergt die Gebeine orthodoxer Märtyrer: die sterblichen Überreste des inoffiziellen Schutzheiligen der griechischen Revolution, Gregors V., eines Patriarchen von Konstantinopel, der kurz nach Ausbruch des Aufstands von den Türken erhängt wurde, und die Gebeine der Märtyrerin Philothei aus dem sechzehnten Jahrhundert, die an jedem 19. Februar von einem ihrer Nachkommen durch die Straßen getragen werden. Ihre beißenden Bemerkungen über die Bewohner Athens haben mehr als einen Athener von heute darüber spekulieren lassen, wer eigentlich ihre Folterer waren: »Sie sind nicht standfest, diese Athener. Sie sind … unentschlossen, untreu, schamlos, verabscheuenswert, verzweifelt; aus ihren Mündern kommt nichts als Spott und Klage, sie sprechen eine barbarische Sprache, suchen stets die Schuld bei anderen, sind streitlustig, nörgelig, kleinmütig, geschwätzig, anmaßend, zügellos, leichtgläubig, stecken ihre Nase in alles hinein, immer nach den Katastrophen der anderen lechzend.«

Ich schaue auf die Uhr, setze mich auf eine Bank. Kostas ist fünfzehn Minuten zu spät, aber ich habe mich an das äußerst flexible griechische Zeitmaß gewöhnt, finde es inzwischen sogar angenehm: Uhren scheinen als Stellvertreter einer kosmischen Bürokratie angesehen zu werden, die uns zwar nominell beherrschen mag, uns jedoch nie unterwirft. Ein alter Mann setzt sich neben mich, offensichtlich erpicht auf ein Gespräch. Er stamme aus Chios, sagt er. Sofort erzählt er mir von seiner Zeit bei der Marine, und daß ihm eine Heilige namens Hagia Markella nach einem Schiffsunglück aus dem Koma gerettet habe. Wann immer ich mir etwas wünschte, ein Kind zum Beispiel, solle ich zu ihr beten. Plötzlich liegt seine Hand auf meinem Knie. Ich schiebe sie höflich weg und erkläre ihm, daß ich aus einem Ort käme, in dem die Sitten noch strenger seien als auf Kreta. Der Matrose gibt sich überrascht, daß ein solcher Ort in Amerika existieren soll, und stellt mir eine jener geschickten *kamaki*-Fragen, auf die es keine unverfängliche Antwort gibt: »Waren Sie schon einmal mit einem griechischen Mann zusammen?« Ich gehe die Liste meiner Optionen durch. »Ja« würde nach seiner Logik bedeuten, daß es keinen Grund gibt, ihn zurückzuweisen. Bei »Nein« könnte er sagen, du weißt nicht, was dir entgeht, laß es mich dir zeigen. »Ich weiß es nicht mehr« wäre angesichts des nationalen *philotimo* womöglich ein Grund, mich des Landes zu verweisen. Ich entscheide mich für »Warum fragen Sie?«, woraufhin er mir erzählt, daß in allen Hafenstädten Frauen immer nach Griechen verlangten. »Die Amerikaner betrinken sich und sind nur für kurze Zeit zu gebrauchen, aber von einem Griechen, mein Mädchen, kannst du erwarten, daß er es achtmal pro Nacht bringt. Ich weiß noch, wie ich einmal in Tokio die ganze Nacht zwischen zwei Mädchen hin- und hergependelt bin und sie beide zufriedengestellt habe, wie ein Hahn seine Hennen. Achtmal in einer Nacht! Möchten Sie irgendwo mit mir hingehen und es ausprobieren?« Da erscheint glücklicherweise Kostas, und wir brechen gemeinsam auf. »Ich werde an Sie denken«, ruft der alte Matrose. Er winkt hinter mir her.

Auf dem Weg zum Historischen Nationalmuseum im alten Parlamentsgebäude kommen wir an der Statue des Revolutionsführers Kolokotronis vorbei, dessen erhobener Arm, wie Kostas sagt, nach Konstantinopel zeigt. Ich bin sehr gespannt darauf, die Zographos-Bilder zu sehen, weil sich in ihnen erneut Griechenlands Zerrissenheit zwischen Ost und West manifestiert: Ursprünglich hatte General Makrijannis einen französischen Maler beauftragt, nach seinen Beschreibungen Szenen der Revolution zu malen, doch der Europäer konnte sie nicht so umsetzen, wie Makrijannis sie vor Augen hatte, und so entließ er ihn, verpflichtete statt dessen einen Griechen. An vielen der kleinen Souvenir- und Postkartenstände kann man die Reproduktion einer sehr bekannten folkloristischen Darstellung sehen: Der General schickt den europäischen Maler, der sich in Gehrock und Zylinder davonschleicht, mit entschlossener Geste nach Europa zurück.

Der Unterschied zwischen der griechischen Malerei des neunzehnten und der des zwanzigsten Jahrhunderts ist, wie ich bei einem früheren Besuch in der Nationalgalerie feststellen konnte, enorm. Die Maler des neunzehnten Jahrhunderts wurden offenbar hauptsächlich in München ausgebildet, jener Stadt, die das moderne Athen durch den bayerischen König und dessen Gefolgschaft so stark beeinflußt hat. Dem akademischen Realismus des Stils zum Trotz ist der Gegenstand der Bilder oft schwer verständlich: Eine alte Frau, die auf einem Berg kniet, legt anscheinend ein *tamma*, ein religiöses Gelöbnis, ab; ein Bauernmädchen beobachtet mit verstohlenem Kummer eine Frau, die ein Kind wiegt – die eine ist vermutlich die leibliche, die andere die Adoptivmutter; ein paar Männer stürzen, als monströse Fabelwesen verkleidet, in einen Speisesaal, in dem, was sich dem Betrachter keineswegs sofort erschließt, Karneval gefeiert wird; ein alter Mann mit Turban ist im Begriff, ein kleines Kind von seiner Mutter zu trennen, die es auf die Stirn küßt – wahrscheinlich eine Szene, die den osmanisch-türkischen Brauch der *paidomazoma* thematisiert: Nichttürkische Jungen wurden für das Janitscharen-Heer rekrutiert, die Mädchen in Harems gesteckt. Und schließlich ein Bild festlich gekleideter, strahlender Erwachsener mit kleinen Kindern in einer Hütte: Wie ich erfahren habe, stellt es nicht nur häusliches Glück, sondern die Verlobungsfeier der Kinder dar. Mir war, als betrachtete ich chinesische Genreszenen, gemalt im westlichen Stil. Die Gemälde aus dem zwanzigsten Jahrhundert hingegen vermeiden den Realismus im großen und ganzen, viele kehren zum byzantinischen Verzicht auf die Perspektive zurück.

Marmorbüsten griechischer Patrioten und selbstbewußt-grimmige Porträts von Unabhängigkeitskämpfern, Schaukästen mit Beilen, Gewehren und gefährlich gekrümmten Schwertern – das Historische Nationalmuseum gibt sich, auf den ersten Blick, als ein Museum der Raserei. In einer Vitrine sind Dinge ausgestellt, die Kolokotronis gehörten: der berühmte mit Federn geschmückte und mit einem Kreuz gekennzeichnete Helm, Waffen. Ein Wärter kommt auf uns zu. »Ist sie Französin?« fragt er Kostas. »Nein, Amerikanerin.« – »Ich dachte, amerikanische Mädchen trügen immer nur Hosen, aber sie trägt einen Rock.« – »Sie tragen, was ihnen gefällt«, sagt Kostas. »Und warum haben Sie sie hergebracht?« »Sie möchte etwas über griechische Geschichte lernen.« Der Wärter nimmt meinen Arm. »Was, sie möchte etwas über Aliki lernen?« fragt er, auf eine puppenhaft-pausbäckige blonde Schauspielerin anspielend, die stets als »unser nationaler Star« gefeiert wird. »Sie weiß alles über Aliki«, sagt Kostas. »Sie hat *Ferien in Ägina* und *Aliki bei der Marine* gesehen, und ich habe ihr die Kritik vorgelesen, in der es heißt, daß es in Griechenland zwei zeitlose Erscheinungen gibt: Aliki und die Dummheit.« – »Dann lassen Sie mich ihr ein Bild von Athen zeigen, wie es zu Ottos Zeit ausgesehen hat«, antwortet der Wärter, und wir gehen in einen anderen Raum. »Schauen Sie, wie arm Athen war, wie ein Dorf.« »Aber wunderschön«, sage ich. Ironisch, beinahe mitleidig sieht er mich an. »Und jetzt muß sie noch den amerikanischen Arzt sehen«, sagt er dann und führt uns zu einem Bildnis von Samuel Howe. Der Wärter beginnt, uns die Geschichte von dessen Dienst im griechischen Unabhängigkeitskrieg zu erzählen, doch während er spricht, lockern sich ein paar seiner unteren Zähne. Er spuckt sie in die Hand, setzt sie seelenruhig wieder ein. »Ohne meine Zähne kann ich nicht weiterreden«, sagt er.

Die Zographos-Gemälde sind eine Art Geschichte der Geburt des neuen griechischen Staates – vom Fall Konstantinopels im Jahre 1453 bis zu einem Bild, das vernichtet werden mußte, weil auf ihm ein bayerischer Minister mit blutiger Hand Griechenland das Herz aus dem Leibe riß. Auf einem Gemälde krönt Griechenland die Philhellenen – Europäer und Amerikaner, die an seiner Seite kämpften –, auf einem anderen wendet sich Gott an Griechenland und sagt: »Ich werde es so einrichten, daß Otto und Amalie über dich herrschen.« Makrijannis hatte fünfundzwanzig Bilder in Auftrag gegeben. Er beschrieb dem Künstler, einem Veteranen aus Sparta, die Kampfszenen in aller Ausführlichkeit, führte ihn sogar an die Stätten einiger der Schlachten. Mit ihrem Verständnis der menschlichen Gestalt als Symbol, mit ihrer Grundidee, daß die Zeit, ein Kontinuum, die Perspektive schafft und nicht der Raum – weswegen Szenen, die zu verschiedenen Zeiten stattgefunden haben, manchmal auf derselben Leinwand zu sehen sind –, unterscheiden sich diese Bilder grundlegend von dem, was der französische Maler Makrijannis vorgelegt haben muß. Was ist das Wesen eines Bildes: Zographos' Antwort zeigt sich an verschiedenen Vorbildern geschult, an byzantinischen Ikonen, aber auch an griechischer und türkischer Stickerei des achtzehnten und neunzehnten Jahrhunderts; Stoff erzwingt genau dieses magische, schwebende Raumgefühl, diese puppenhaften menschlichen Gestalten – und ich erkenne überrascht ihre Ähnlichkeit mit türkisch-osmanischen Miniaturen.

»Warum sollte denn unsere Kunst nicht mit der von anderen verwoben sein?« fragt Kostas. »Die Musik, die Sprache, die Traditionen sind es doch auch. Wenn wir auch anderem manchmal feindlich gegenüberstehen, so sind wir doch sehr wohl mit ihm verschmolzen; jeder von uns ist das Unbewußte des anderen. Zu

Makrijannis' Zeit, die übrigens gar nicht so weit zurückliegt, standen uns die Menschen, die wir bekämpften, in ihren Sitten und ihrer Lebensweise viel näher als unsere Verbündeten. Auch für Makrijannis waren Bilder voll symbolischer Bedeutung, und ich bezweifle, daß der französische Maler das begriffen hatte. Der General hat nämlich noch eine andere Arbeit in Auftrag gegeben, nachdem Zographos seine Bilder fertiggestellt hatte: Er wollte einen Teil seines Gartens mit Mosaiken aus schwarzen und weißen Strandkieseln, sogenannten *krokalia*, auslegen lassen, und so bat er den Mosaizisten, als Symbol für das seit Jahrhunderten von Tyrannen umgebene Griechenland einen Kreis mit Speeren drumherum zu legen, unterhalb des Kreises einen Hund, der für den loyalen Griechen stehen sollte, sowie die Säulen des Zeustempels, Hadrians Tor und eine Eule als Sinnbilder der klassischen Vergangenheit. Zusätzlich ließ er den Mosaizisten zwei tanzende Männer darstellen, den einen in griechischer, den anderen in europäischer Kleidung. Die beiden Männer streiten sich, weil jeder die Tänze seiner eigenen Heimat tanzen will. Makrijannis schrieb dazu, daß Europa und Griechenland miteinander in Konflikt geraten würden, denn ›kein Mann kann die Tanzschritte eines anderen lernen‹.«

An einem Zeitungskiosk in der Innenstadt bleibe ich stehen. Auf einen Umweltpolitiker, der der Polizei Beweise dafür vorgelegt hat, daß Teile der Wälder von organisierten Grundstücksspekulanten zerstört worden sind, ist ein Mordanschlag verübt worden. Und ein verheirateter Bauhandwerker hat sich mit seiner Schwägerin selbst getötet, noch dazu in der Familienwohnung, in der beide zusammen mit ihren Verwandten lebten. Dieses typisch griechische Arrangement wird oft gepriesen, aber offenbar kann es eine Familie auch einsperren: in ein tückisches Theaterstück, das Leidenschaften und Unverträglichkeiten so stark vergrößert, konzentriert, daß die einzig denkbare Befreiung eine gewaltsame ist. Auf dem Cover einer aufwendig gestalteten Fernsehzeitschrift schließlich ist der beliebte Satiriker Harry Klinn abgebildet, in einem trägerlosen orangefarbenem Gewand. Das erinnert mich daran, daß auch ich heute abend zu einer Karnevalsfeier eingeladen bin.

Der Anblick einiger goldener, von glitzernder Schminke und Schmuck bedeckter Gesichter mit Turbanen, die in einem Schaufenster von Drähten herabhängen, lockt mich in den Laden. Mal sehen, ob sich ein Kostüm, zumindest eine Maske für mich auftreiben läßt. Die Kostüme, ebenso wie die Fernsehsendungen zur Karnevalszeit, die im wesentlichen aus Musik und politischer Satire bestehen, spiegeln die Tradition des griechischen Karnevals als die eines Ventils: für die freie Meinungsäußerung, für den unzensierten Gesellschaftskommentar. Um 1875 bemerkte ein Korrespondent der Londoner *Times*, daß er während des Karnevals einen »sturzbetrunkenen« Athener Humoristen gesehen habe, »der den klassischen Helm Agamemnons, des Königs von Mykene, trug und sich dadurch ein bißchen über Dr. Schliemanns jüngste Entdeckungen lustig machte«. Auch über das andere Charakteristikum des hiesigen Karnevals, den Transvestismus, der eine Chance bietet, vorübergehend zu zeigen, was sich in einem verbirgt, ließ er sich aus. Der Reporter schrieb, es gebe »eine starke Tendenz, sich in Kostüme fremder Länder zu hüllen, … der Türke und, zuweilen, auch dessen Frau scheinen Lieblingsfiguren zu sein« – wenn ich mir die vielen Schaufensterpuppen mit Bauchtanzkostüm und edelsteinbesetztem Schleier, die Fes und Spielzeug-Krummsäbel ansehe, trifft die Beobachtung noch heute zu. Man kann sich aber auch mit Hilfe muskulöser dunkelhäutiger Plastikbrustkörbe und spitzer Speere in einen Afrikaner verwandeln, mit Häkelmützchen und überdimensionalem Schnuller in einen Säugling oder mit Mitterand- oder Margaret-Thatcher-Masken in eine europäische Politikerprominenz. Auch eine kleine Auswahl von Hitler-Masken, mit der Aufschrift »Made in Germany«, wird angeboten. Doch der Vielfalt des Sortiments nach zu urteilen, ist die beliebteste Metamorphose die Verwandlung vom Mann in eine Frau. Ein ganzes Stockwerk ist voller riesiger Brüste, manche weiß, manche schwarz, darunter hier und dort eine Berühmtheit. Einige werden zusammen mit Puppenbabys verkauft, die daran nuckeln. Vorrätig sind auch vollbusige Torsos von Madonna sowie dehnbare schwangere Bäuche zum Aufschnallen.

Der Raum, in dem die Party stattfindet, ist vollgestopft mit whiskeytrinkenden, rücksichtslos rauchenden Männern, viele von ihnen in verschiedenen Stadien der Schwangerschaft. Auffällig, wie wenig typisch griechische Kostüme es gibt: keine Götter des Olymps, keine byzantinischen Herrscherinnen, keine Regionaltracht mit aufwendiger Stickerei, keine Figuren aus den Karagös-Schattenspielen – außer Alexander dem Großen. Die Gastgeber, ein Paar vom Theater, sind als Rhett Butler und Scarlett O'Hara verkleidet. Sie schenken mir ein Glas Wein ein und machen mich mit anderen Gästen bekannt, die in Grüppchen beieinanderstehen. Zuletzt landen wir bei einem Mann, der sich mir als Stamatis vorstellt, ein Vorname, der aufgrund seiner Verwandtschaft mit dem griechischen Verb »aufhören« oft vergeben wird, um eine Pechsträhne oder eine Serie von Todesfällen in der Familie zu beenden; ein Paar, das ich kenne, wählte ihn sogar als eine Art magisches Verhütungsmittel, weil die Frau keine weiteren Kinder mehr bekommen wollte.

Stamatis hat sich als Violetta aus *La Traviata* verkleidet. Sein Dekolleté ist tiefer ausgeschnitten als meines, sein Make-up wesentlich besser aufgetragen. Als unsere Gastgeberin ihm erzählt, daß ich gerade ein Buch schreibe, sagt er, er würde sich gern mit mir unterhalten, solange seine wahre Identität im Dunkeln bleibe. Wir einigen uns darauf, daß er seinen Decknamen im Buch behalten wird. Ich lobe seine Aufmachung und frage, ob die Kameliendame in Griechenland nicht ein traditionelles Transvestitenkostüm sei, denn ich kenne ein Foto des großen griechischen Malers Tsarouchis, verkleidet als Violetta. Tsarouchis, ein exzentrischer Homosexueller, dessen Epigramme hierzulande so berühmt sind, daß sie schlichtweg »Tsarouchia« genannt werden, hatte sein Vio-

letta-Kostüm aus traditionell männlichen Kleidungsstücken zusammengestellt: einem weißen Unterhemd, wie es hier nahezu
von allen griechischen Männern getragen wird, und der Fustanella seines Großvaters. »Sie haben doch bestimmt schon bemerkt«, sagt Stamatis, »daß unsere ganze Kultur eine Transvesti-
ten-Kultur ist: der rote Faden in unserer Geschichte, Sexualität,
Politik und Religion. Das erhabenste Gefühl, für uns ist es an den
Transvestismus gebunden, an den Moment, in dem Wirklichkeit
und Phantasie verschmelzen, in dem Gleichzeitigkeit herrscht,
ähnlich wie im Heiligen Abendmahl. Auch unsere politischen
Ziele sind gewissermaßen Transvestiten: die *Megale Idea*, die Nie-
derwerfung des italienischen Angriffs von 1941 oder jetzt die Makedonienfrage. Durch sie verwandeln wir uns in unsere eigenen
Legenden – das, was tatsächlich geschehen ist, wird korrigiert.
Deshalb übrigens ist der Mythos, der Transvestit unter den litera-
rischen Gattungen, unser Lieblingsgenre. Der Mythos ist nicht,
wie ernsthafte europäische Wissenschaftler behauptet haben, der
Versuch, die Realität zu erklären; er ist der Versuch, sie neu zu erschaffen, Erzählung und Leben werden eins. Dieser Moment der
Verschmelzung, der Kern allen religiösen Rituals, verschafft uns
die Illusion der Unsterblichkeit. Hier in Athen, wo jahrhundertelang sowohl Ramadan als auch Ostern gefeiert wurden, haben wir
nach dem Unabhängigkeitskrieg unsere Kleider gewechselt. Das
hatte vor allem mit dem Auftauchen europäischer Kutschen zu
tun: Die neuen Kutscher tauschten Fes und Fustanella gegen Zylinder und schwarzen Gehrock ein. In unserem Parlament gab es
zwar manche, die trotzdem auf ihrem Fes bestanden, aber selbst
diejenigen, die in Gehröcken erschienen, begleiteten die Debatten
mit dem Geklapper der türkischen *kompoloi*.« Mir fällt ein, daß
meine Freundin Aura mir einmal erzählte, früher habe eine der
großen Herausforderungen auf der Bühne darin bestanden, sich
nicht vom Perlengeklapper der Zuschauer ablenken zu lassen –
selbst in Epidauros, dem antiken Theater, so bedeutsam für die
griechische Tragödie wie Stratford für Shakespeare.

»Für den Osten«, sagt Stamatis und fächelt sich mit Violettas Spitzen- und Perlmuttfächer Luft zu, »kleiden wir uns wie der Westen, für den Westen wie der Osten: Wo sonst als bei uns würden die Menschen so erbittert darauf beharren, daß jede Abweichung vom griechischen Standpunkt einem Verrat an der westlichen Kultur gleichkomme, und im selben Atemzug verkünden, daß der Krieg in Jugoslawien von ›westlichen‹ Kriegstreibern angezettelt worden sei? Für Europa sind wir die Griechen des Altertums, für die Türkei und die slawischen Balkanländer deren christlich-byzantinische Gebieter. Ich sage Ihnen, der Transvestismus in diesem Land ist grenzenlos. Sehen Sie sich manchmal Lazopoulos an?« Natürlich, obwohl ich seinen politischen Humor voll schneller, idiomatischer Insiderwitze kaum verstehe. Dennoch bin ich sicher, daß Lakis Lazopoulos, auch wenn er nie über die Grenzen Griechenlands hinaus bekannt sein wird, ein komödiantisches Genie vom Range Charlie Chaplins ist.

In seiner Fernsehshow kommen zehn Charaktere vor, allesamt spielt Lazopoulos selbst. Der berühmteste von ihnen ist die Witwe Mitsi, die archetypische südländische Mutter, deren zerstörerische »aufopfernde Liebe« ebenfalls eine Form des Transvestismus ist, da sie ihre Bösartigkeit, ihren moralischen Narzißmus und ihren Machthunger verschleiert. Als Witwe Mitsi verkleidet, verwandelt sich Lazopoulos in eine bebuste kleinbürgerliche Matrone, die Helmfrisur ein Symbol der Konventionalität, der enorme Vorbau eine Angriffswaffe, die geschminkten Augen hinter den altmodischen Gläsern zugleich angstvoll und böse funkelnd, die roten Amorsbogen-Lippen geschürzt – Signal für die Bereitschaft zum Flirt, aber auch für Selbstgerechtigkeit, kalkuliertes, erpresserisches, theatralisches, sogar echtes Leiden. Die Witwe Mitsi ist so berühmt, daß eine Zeitung ihren Schöpfer schon einmal in ihrem statt in seinem Namen interviewte. Lazopoulos hat überdies brillante Theatersketche geschrieben, etwa über eine Mutter, die das Leben ihres Sohnes vollständig zu beherrschen versucht, seine Karriere, seine Orgasmen, ja sogar den Schoß sei-

ner Frau, indem sie bei jedem Konflikt verkündet, daß sie sterben
werde, falls ihre Wünsche nicht berücksichtigt würden, und
schließlich ihren Sohn in den Selbstmord treibt. Ein sagenhaft ko-
misches Meisterwerk, bestehend aus reiner, bedrückender Tragik.

»Und unser größter moderner Romancier, Tachtsis, der erst vor
ein paar Jahren ermordet wurde, war ebenfalls ein Transvestit –
Sie haben doch bestimmt *Dreimal unter der Haube* gelesen.«
Habe ich. Es ist ein bemerkenswerter, aus der Perspektive seiner
Frauengestalten erzählter Roman, der, nach Einschätzung vieler
hiesiger Leser, ein vollendetes Bild Griechenlands nach dem Bürgerkrieg zeichnet. Über die Umstände von Tachtsis' Tod wußte
ich allerdings nichts. »Er wurde an einem Sommertag im Jahre
1988 nackt in seinem Bett gefunden. Erwürgt. Zeugen haben aus-
gesagt, daß Tachtsis an jenem Abend, in Frauenkleidern und mit
blonder Perücke, dreimal losgezogen und jedesmal mit einem anderen Mann zurückgekommen sei. Der dritte hat ihn getötet. Er
soll gut gekleidet gewesen sein, durchschnittlich groß, und einen
Schnurrbart getragen haben: Sie können sich darauf verlassen,
daß Nachbarn in Griechenland genau darüber Bescheid wissen,
wie Ihre Liebhaber aussehen und wann sie bei Ihnen aufkreuzen.
Die Polizei fand das Haus vollkommen durchwühlt vor, und aus
irgendwelchen Gründen fehlten ein Fotoapparat und ein Videogerät. Der Angriff muß wohl überraschend gekommen sein, denn
es gab keine Spuren von Gewalt. Der Untersuchungsrichter sagte,
der Mörder habe Tachtsis mit seiner rechten Hand erwürgt. Ist es
nicht merkwürdig, daß sie solche Einzelheiten eines Mordes klä-
ren, den Mörder selber aber nicht finden können? In diesem kleinen Land, im engeren Kreis männlicher Prostituierter, hat es bis
heute keinen entscheidenden Hinweis gegeben. Komisch, nicht
wahr?«

Stamatis entdeckt einen dunkeläugigen Mann mit dichtem
schwarzem Haar, vollen Lippen und einem derart veredelten Körper, wie ihn nur Homosexuelle haben. Eine weitere Variante des
Transvestismus: Die sterbliche Anatomie kleidet sich in Marmor,

um einer antiken griechischen Statue mit klassischem Profil möglichst ähnlich zu sehen. »*Ah, fors' è lui*«, sagt Stamatis in Violettas Italienisch. Ich merke, daß es ihn fortzieht. Er holt seine Visitenkarte aus einem eleganten Etui: Ich könne ihn gern anrufen, wenn ich zwischen meinen Reisen in Athen sei.

Zu Hause schaue ich, durch das Gespräch über die Witwe Mitsi neugierig geworden, in meinen modernen Traumbüchern unter dem Stichwort »Mutter« nach. *Giagias* kommen häufiger vor, aber nur ein Buch führt Träume auf, in denen die Stimmung oder die körperliche Verfassung der Mutter Zeichen setzt – träumt man so von ihr, wie sie ist, bedeutet das Glück; ist sie im Traum dagegen krank oder gar tot, wird man leiden müssen. Ich schlage bei Artemidoros nach, bin erstaunt über den Unterschied: Die Träume werden auf der Grundlage der verschiedenen Stellungen interpretiert, die die Mutter beim Sex mit dem Träumenden einnimmt – bei Artemidoros beherrschen die Männer die Traumwelt ebenso wie die Welt des Wachens, jeder dieser Träume ist der Traum von einem Mann. Zuerst widmete sich Artemidoros dem Geschlechtsverkehr, bei dem sich Mutter und Träumender in die Augen sehen. Dieser Traum verheiße nichts Gutes für jemanden, dessen Vater noch am Leben sei, Gutes dagegen für Handwerker, Arbeiter, denn ein Gewerbe sei wie eine Mutter. Günstig sei er auch für Demagogen, für Personen des öffentlichen Lebens, denn die Mutter sei ein Symbol für das Heimatland, und »so, wie ein Mann, der beim Liebesakt die Weisungen Aphrodites befolgt, den Körper seiner gehorsamen und willigen Partnerin beherrscht, wird der Träumende alle Geschäfte der Stadt beherrschen«. Sex als eine Form der politischen Unterwerfung eines gefügigen Partners, der Demütigung – ein faszinierender Gedanke. Der Traum von verschiedenen Stellungen mit der Mutter, schrieb Artemidoros weiter, sei hingegen ein böses Omen, »denn es ist nicht recht, seine Mutter zu beleidigen.« Die Hierarchie der Bedeutungen wird so den Stellungen selbst zugeordnet, die, außer der ›Missionarsstellung‹, allesamt das Zeichen von »Liederlichkeit, Zügellosigkeit und Berauschtheit« sind; die schlimmste Praxis aber sei die orale Befriedigung des Sohnes durch die Mutter. Was die christlichen Traumbücher betrifft – keines von ihnen enthält auch nur eine einzige Sexszene. Sex wird ausnahmslos mit Hilfe von Symbolen, wie Höhlen und Säulen, thematisiert, nie auf der Grundlage sinnlicher Erfahrung. Die Existenz körperlicher Liebe lädt die Welt mit verborgenen Bedeutungen auf, die nur Eingeweihte verstehen können und die so sorgsam verschlüsselt sind, als müßten sie vor irgend jemandem geschützt werden.

Sauberer Montag

Statt auf dem Philopappos-Hügel in der Nähe der Akropolis Drachen steigen zu lassen und zu picknicken, wie es sich am Sauberen Montag, *Kathare Deutera*, dem ersten Tag der Fastenzeit, für Athener gehört, fahre ich übers Wochenende nach Hydra. Ein Freund hat mir erzählt, es sei das griechische Greenwich Village, »bohemienhaft, künstlerisch, voller Diskotheken und Reederfamilien und vegetarischer Restaurants. Aber nicht Griechenland.« Ich möchte diese Insel trotzdem sehen. Von modernen griechischen Malern ist sie immer wieder dargestellt worden, mit einer ähnlichen erotischen Hingabe, wie sie aus den Provencebildern der Impressionisten spricht. Im übrigen erzählt man mir jedesmal, wohin ich auch reise, daß dies nicht, oder nicht länger, Griechenland sei – als existiere irgendwo, in perfekter Ausgestaltung, ein intaktes imaginäres Griechenland, viel realer als das, in dem wir leben.

Die überwiegend von christlichen Albanern bevölkerte Insel besteht nahezu gänzlich aus Felsen, Klippen, so rötlich und gekerbt wie die Gesichter von Männern, die den ganzen Tag unter freiem Himmel arbeiten und sich, voller Ungeduld, immer aufs neue beim Rasieren schneiden. Die Stadt selber erinnert an ein Bühnenbild: Mit roten Ziegeln gedeckte Häuser stehen, kunstvoll angeordnet, in Verhandlung mit den Klippen, so daß die Stadt, mit dem halbmondförmigen Hafen als Vorbühne, zu einer klaren Aufteilung in einen sichtbaren Vordergrund und einen in der Ferne verschwimmenden Hintergrund gezwungen ist; kein Wunder, daß Maler die Insel, mit ihrer strahlenden Geometrie der Häuser und der Klimax des Hafens, so lieben. Ich schlendere durch die mehrstöckige Stadt und bewundere die blauen Eisengeländer, ineinander verschlungene Anker. Die Häuser unterscheiden sich nur in Einzelheiten: in hübschen, zuweilen spielerischen Eingängen, leuchtend farbigen Türen, Messingtürklopfern in Form von Frauenhänden, zum Teil mit Ringen und Armbändern geschmückt; die meisten Gebäude aber sind Variationen eines Themas, wie Ikonen, die gemacht wurden, um den Forderungen irgendeiner heimischen Theologie Genüge zu tun. Das steile, felsige Gelände, auf dem die dicht aneinandergedrängten Häuser, hilflose Symbole der erzwungenen Verflechtung dieser Gemeinschaft, erbaut werden mußten, verleiht dem Ganzen eine besondere Intensität.

Ein Model in gestreiftem Sommerkleid und weißen Schuhen lehnt, an diesem kühlen Tag, an einem Geländer im Hafen; ein Fotograf hält einen weißen Schirm hoch, um das Licht auf ihrem Gesicht zu testen. Eine Maskenbildnerin mit blondem, geflochtenem Zopf streicht ihr mit einem Rougepinsel über die Wangen, während ein paar griechische Jungen sich wie Tauben auf den Stufen niederlassen, um sie zu beobachten. Die Maskenbildnerin bürstet dem Model die Haare, als wäre es eine Puppe, und langsam bewegt es seinen Kopf von einer Seite zur anderen, probiert verschiedene Abstufungen des Lächelns aus. Der Fotograf fordert sie auf, ihren Rock weiter aufzuknöpfen, um mehr Bein zu zeigen. Inzwischen belagern weitere Jungen und ein Mann mit Kapitänsmütze die Stufen, heftig rauchend, ihr Kinn auf die Hände gestützt, aufmerksam wie Musterschüler, die Beine hoffnungsvoll gespreizt. Die Maskenbildnerin verwickelt mich in ein Gespräch. Sie erzählt mir von dem Athener Hotel, das für sie gebucht war, ein Etablissement, in dem Männer mit Toupets die Zimmer stundenweise vermieten und andere, die an der Rezeption herumhingen, ihr Jobs als Englischlehrerin vermitteln und unbedingt ein Foto von ihr machen wollten: eine bekannte *kamaki*-Trophäe für das Album voll angeblicher Eroberungen, das man den Kumpeln zeigen kann, die Schnappschüsse sind oft wichtiger als Sex. Mit einem von ihnen, einem Universitätsprofessor, sei sie Kaffee trinken gegangen, erzählt sie; er habe ihr anvertraut, daß er sich seine Sexualpartnerinnen aus dem Kreis seiner Studentinnen aussuche. »Ich bedränge sie nicht«, sagte er ihr, »es ist ihre Entscheidung. Natürlich glauben sie, daß es ihren Noten zuträglich wäre, das ist ein Motiv. Aber ich verspreche nichts.« Als er der Maskenbildnerin sein Angebot machte, wies sie ihn ab, aber er warnte sie: »Sie sollten sich schnell einen Mann suchen, denn Ihre Schönheit wird bald dahin sein. Jetzt würde ich Sie vielleicht heiraten, aber in zwei Jahren, glaube ich, nicht mehr.«

Wenn in Griechenland der Tag anbricht, ist es, als schlüge ein Blitz ein: Plötzlich ist das Licht da, absolut und unausweichlich. Hähne krähen, ein Esel läßt sein gequältes Keuchen hören. Ich bin zum *Kathare-Deutera*-Mittagessen in einem hübschen Dorf am Meer eingeladen. Diese Mahlzeit markiert den Beginn der fleischlosen Fastenzeit und besteht aus *taramosalata* und anderen Fischsalaten, einem flachen, mit Sesam bestreuten Brot, das jedes Jahr nur für diesen Anlaß gebacken wird, und Strömen von Wein, dem Betäubungsmittel des Fastenden. Ich mache mich auf den Weg, vorbei an Anwesen mit Zitronenbäumen im Hof, klettere hinter Hydra-Stadt die steilen Steintreppen hinauf, auf denen Esel, Katze, Hund und Vogel ihre Spuren hinterlassen haben. Ein paar Frauen und Kinder, den kommenden Frühling witternd, decken einen Tisch auf einem Flachdach, das aus den Felsen herausragt. Ich wandere auf einem Trampelpfad durch leuchtendgrüne Farm- und Weidelandterrassen; ein Esel kommt mir entgegen, mit einem seitlich aufsitzenden Mann, dessen Frau hinterherläuft, wie auf einem Genrebild aus dem neunzehnten Jahrhundert, das ich in der Nationalgalerie gesehen habe. Zur Rechten, in einem fruchtbaren Tal mit Blick auf die blaue Ägäis, liegt ein traumhaft schöner Bauernhof, und zur Linken, zwischen sternförmigen Büscheln immergrüner Pflanzen und inmitten eines Meeres von Klee, grasen Schafe. Ihre Glocken klingen genau wie Kirchenglocken, was der Bezeichnung Herde für die Gemeinde einen neuen, ganz konkreten Sinn verleiht. Die Welt des südländischen Landlebens, sie wird zum christlichen Symbol – das Göttliche, darin unseren Träumen gleich, besteht aus Bildern, die wir Tag für Tag in unserer unmittelbaren Umgebung sehen, Bildern, die den Gottesdienst von Ort zu Ort verändern, wie unsere Träume die Realität. Oberhalb der Küste fällt der Pfad zum Fischerdorf ab, führt über eine Steinbrücke, die die Form eines ramponierten Regenbogens hat. Männer in Pullovern arbeiten mit Pinsel und Hobel an Booten, trinken eisgekühlten schaumigen Kaffee aus Gläsern. Ein Schiff mit Kurs auf Hydra-Stadt kommt vorbei, auf dem Bug, gelassen wie ein alter Seebär, der der Held einer Kindergeschichte sein könnte, ein Hund, dessen Profil eine Art Hunde-*philotimo* offenbart: ein stolzes Bewußtsein, das Leben auf See gemeistert zu haben.

Ich sehe meine Gastgeber zusammen mit einer fremden Frau und, zu meiner Überraschung, mit Lambros, dem Ikonenmaler, den ich auf Andros kennengelernt habe, an einem Tisch mit Blick aufs Meer sitzen. Lambros ist hier, um ein paar Fresken für ihr Wochenendhaus zu malen. Die Dame mit dem eisengrauen, kurzgeschnittenen Haar, ebenfalls eine Amerikanerin, wie sich herausstellt, erzählt mir ohne Umschweife, daß Griechenland ihre geistige Heimat sei, und vertraut mir ihre feste Überzeugung an, in nächster Zukunft werde man irgendwo entlang der Küste Kretas die verlorenen Spuren von Atlantis wiederfinden. Mir kommt – nicht zum letzten Mal – der Gedanke, daß der romantische Klassizismus, der aus dem Westen hierhergetragen wurde, diesem Land nicht gutgetan hat, und ich setze mich, um mehr über die Theologie der Unterwasserwelt zu hören. An einem anderen Tisch bricht ein Streit zwischen einem kleinen Jungen und seinem Vater aus, der ihm ins Gesicht schlägt. »Du hast mich auf Holz beißen lassen, du hast mich gehauen«, beschwert sich der Junge, und der Vater reißt seinen Kopf zurück wie den eines ungezogenen Hundes, droht mit noch mehr Schlägen. Die Mutter schweigt.

Das Gespräch an unserem Tisch hat sich inzwischen dem Krieg

in Jugoslawien zugewandt. Lambros sagt, er sei empört über die Filmaufnahmen westlicher Fernsehjournalisten, die die Serben als Angreifer darstellten: »Die griechische Berichterstattung zeigt, wer die wahren Opfer sind: die verfolgten serbischen Orthodoxen nämlich. Die anderen Sender, die die westlichen Bilder bringen, vermitteln genau den Eindruck, den der Westen vermitteln will. Jedenfalls werden die Serben zur Strecke gebracht, weil sie sich den Interessen der Ausländer, die diesen Krieg angezettelt haben, nicht beugen wollen.« Ich habe mehrere Reportagen über junge Griechen gesehen, die sich freiwillig der Armee der bosnischen Serben angeschlossen haben, um ihnen in diesem als Religionskrieg empfundenen Kampf zur Seite zu stehen. »Ich kenne Journalisten, die für unseren nationalen Fernsehsender arbeiten«, sagt Lambros, »und verläßliche Informationen darüber haben, daß die Gefechte, die wir zu sehen bekommen, inszeniert sind; wenn man die Bilder einfrieren und vergrößern würde, sagen sie, könnte man deutlich die Hand des jeweiligen Regisseurs erkennen. Und was Sarajevo angeht, so hat mir einer dieser Freunde erzählt, daß der Schaden sehr begrenzt sei und die westlichen Journalisten einfach dieselben Ruinen wieder und wieder fotografierten, um einen falschen Eindruck vom Ausmaß der Zerstörung zu erwecken.« Auch dies, oder Varianten davon, habe ich schon gehört; es ist in bestimmten Kreisen ein Glaubensartikel, an dem mit derselben Verbissenheit festgehalten wird wie an dem zum Dogma erhobenen Titel *Theotokos*, Gottesgebärerin, den man der Jungfrau Maria gegeben hat – deren Rolle als Mutter Gottes hier, wie mir scheint, stärker herausgestrichen wird als ihre Jungfräulichkeit. Lambros möchte, daß sich jemand mit ihm streitet, aber keiner findet sich dazu bereit. Drohend sagt er: »Es ist kein Fanatismus. Es ist kein Fanatismus. Die Orthodoxie ist ein Fleck, den wir durch noch soviel Waschen nicht mehr aus uns herausbekommen. Sie ist keine Religion, sondern eine Lebensweise, sie kommt aus den Tiefen der menschlichen Seele.«

Der Kellner bringt noch eine Karaffe Wein, und Lambros,

schon etwas ruhiger, bemerkt, das Meer erinnere ihn an die Panhagia. Wir trinken den Wein, essen Muscheln und blicken über das glitzernde Wasser hinweg auf einen Spalt zwischen den Klippen, der zum verborgenen offenen Meer hinausführt. Die Herrlichkeit der griechischen Landschaft liegt darin, daß sie die Denk- und Wahrnehmungsprozesse, die sie hervorruft, heimlich selbst zu inszenieren scheint, indem sie das Auge auf strahlende, ergebnislose Pilgerfahrten mitnimmt. Die helle, kalte Frühlingssonne erfüllt das Meerwasser mit flackernden, kreisenden Sternen.

In Kolonos

E in Philosoph nimmt mich mit auf Ciceros und Pausanias' Spaziergang in der Umgebung der Akademie, wo sie nach eigenen Angaben die Gräber von Perikles und anderen bedeutenden Athenern sahen. Ich kaufe mir eine Zeitung mit einem beliebten Cartoon, *Die wilden Babys*, der sich in der heutigen Ausgabe über den griechischen Umgang mit Gott lustig macht. Das wilde Kind wünscht sich gutes Wetter, damit es an *Kathare Deutera* nach altem Brauch seinen Drachen steigen lassen kann, und ruft gen Himmel: »Laß den Wind blasen, *re*, Gott, laß den Wind blasen, *re*!« Der Partikel *re* drückt eine gewisse derbe, bisweilen verächtliche Vertrautheit aus, ein Wort, das man nicht zu seinen Eltern sagen soll. Das nächste Bild zeigt das Kind mit seinem Drachen in strömendem Regen, und zuletzt sagt es: »Okay, *Theouli mou*, mein lieber kleiner Gott, ich hab's kapiert! Bitte tausendmal um Entschuldigung für das *re*!« Das Kind ist sich der Respektlosigkeit, die darin liegt, der Gottheit ungehemmt Befehle zu erteilen, gar nicht bewußt und glaubt, Gott habe sich bloß über die falsche Anrede geärgert, fühle sich in seinem *philotimo* verletzt.

Der Akademie-Bezirk ist heute eine Arbeitergegend, die hauptsächlich aus sechs- bis achtstöckigen Gebäuden besteht; nur hier und da sieht man ein eingezwängtes kleines weißes Haus mit Garten sowie einige offensichtlich irreparable neoklassizistische Villen aus dem neunzehnten Jahrhundert. Mein Freund weist mich auf ein vierschrötiges Wohnhaus hin, auf dessen Balkons Unterwäsche, Jeans und mit Dschungeltieren bedruckte Badehandtücher zum Trocknen hängen: Angeblich waren dort einst die Gärten Epikurs. Wir beenden den Spaziergang in Kolonos, jenem Ort,

an dem Ödipus entrückt wurde, nachdem Theseus ihm im Eume-
nidenhain Zuflucht gewährt hatte. Jetzt ist hier ein Park mit reiz-
vollen Aussichten auf den Parnes, den Pentelikon und die sogenannten Türkenberge. Eine Handvoll Kinder spielt auf einem
Schaukelgerüst, während ein paar Teenager in Lederjacken Feuerwerkskörper in die Luft jagen, die vom Karnevalsfest übriggeblieben sind. Ein ungefähr sechsjähriger Junge rennt mit seinem
Drachen zu der Bank, auf der seine behäbige, schwarzgekleidete
Großmutter sitzt, und bettelt, sie möge höher mit ihm hinaufgehen, damit der Drachen besser fliegt. Sie möchte bleiben, wo sie
ist, aber er klettert auf ihren Schoß, kniet sich auf ihre schweren
Schenkel und legt die Arme um ihren Hals. Er flüstert und
schmeichelt. Sie lächelt nicht, sondern sieht ihn mit einem Blick
unversöhnlicher Ergebung unverwandt an. Er klettert von ihrem
Schoß hinunter und zieht sie hinter sich her wie einen erdgebun-
denen Drachen. Sie atmet schwer, während sie mit ihm Ödipus'
Hügel Kolonos hinaufsteigt.

Seelensamstag

Während der Fastenzeit vor Ostern findet zwischen Lebenden und Toten ein Austausch starker Energien statt, als wäre das vorgeschriebene Fasten für die Lebenden eine Art Tod, der sie hellseherisch macht und die Grenzen zwischen ihnen und den Toten verwischt. Der Seelensamstag ist ein eigens den Toten gewidmeter Tag: Gräber werden gepflegt, und man bereitet den Verstorbenen *kollyba*, die Speise der Toten. Als ich die verkehrsreiche Hymettos-Straße zum Protonekrotapheio hinuntergehe, wo ich kurz nach meiner Ankunft zufällig die Trauerfeier der Schauspielerin Jenny Karezi miterlebte, sehe ich ungewöhnlich viele Taxis, die vor den verschiedenen Toren halten, einige Familien absetzen, andere mitnehmen. Ich laufe an der Friedhofsmauer entlang zum Haupteingang, über mir ein riesenhaftes Schild mit dem *Playboy*-Logo und der Ermahnung: »Lesen Sie den *Playboy* jede Woche«, und nehme durch die Benzinschwaden hindurch den schweren Weihrauchduft wahr, der zu mir herüberweht. Die Blumenläden vor den Toren machen beträchtlichen Umsatz, und ein Bettler mit Krücke steht Wache, bittet alle Eintretenden um Geld. Ich sehe keine Männer in der Menge, ausschließlich Frauen in Schwarz. Viele derjenigen, die gerade herauskommen, halten Plastiktüten mit dem Abfall der frisch beschnittenen, gesäuberten Grabbepflanzungen in den Händen, und aus mancher Tüte lugen Ränder stumpf glänzender Silbertabletts hervor, auf denen die Speise der Toten serviert wurde. Wenn man durch das Haupttor hineingeht, hat man einen unverstellten Blick auf den Parthenon: seltsame Logik dieses Landes, dieser anderen Welt, die im Diesseits und Jenseits von einander entsprechenden Geisterensembles

regiert wird. Auch hier werden Blumen verkauft, Sträuße orange-
farbener und gelber Ringelblumen, Apfelblütenzweige, weiße Nelken. Ich wähle ein paar zungenrosa Hyazinthen. Da es mir unan-
genehm wäre, kein Ziel zu haben, während die Menschen um
mich herum ihre privaten Rituale zelebrieren, beschließe ich, nach
einem Grab Ausschau zu halten, das zum Gedenken auffordert;
so wird mein Umherwandern keine Schnüffelei sein, sondern eine
Suche.

Ich gehe durch die von Grabskulpturen flankierten Reihen,
eine Stadt der Steinmenschen: Büsten von Soldaten aus den Balkankriegen mit ernsten, schnurrbärtigen Gesichtern; das schrein-
ähnliche Grab Korais', der sich für das Kathareuou-Griechisch
stark machte und für die Schaffung des modernen europäischen
Staates stritt; die lebensgroße Skulptur einer am Schreibtisch sitzenden Studentin in Uniform; eine Stele mit dem Relief einer
Frau in herkömmlicher griechischer Tracht, Hand in Hand mit
einem Mann im Anzug; die lebensgroße Skulptur eines Mannes
auf dem Sterbebett, an dem zwei Kinder sitzen, eines auf jeder
Seite. In manchen Reihen gibt es so gut wie gar kein Grün, in anderen wachsen Palmen und Orangenbäume voll goldener Früchte
aus den Gräbern. Über den ganzen Friedhof verstreut singen Priester, die bunte, bestickte Seidenstolen über den Soutanen tragen,
private Gedenkgottesdienste. Eine Frau in Schwarz steht, auf eine
Harke gestützt, am Fuß eines Grabes und ißt *kollyva* von einem
Porzellanteller, während eine andere, die seltsam formell gekleidet ist, ihre Hände zur Hüfte bewegt, um ihren schärpenähn-
lichen Gürtel zurechtzurücken. Hier und dort bieten ärmlich
wirkende Menschen auf Bänken Kerzen im Dreierpack an, die die
Trinität symbolisieren sollen. »Gehen Sie mit Gott«, höre ich
einen dieser Verkäufer zu einem Mann sagen, der seine drei Kerzen anzündet und sie in einen Kasten an seinem Familiengrab
stellt. Auf einer anderen Bank verkauft eine Frau kleine Papier-
tüten mit *kollyva* für all jene, die von zu Hause keine mitgebracht
haben. Eine alte *maurophora*, eine schwarzgekleidete Frau mit

Kopftuch, sitzt vor ihrem Familiengrab, hält eine brennende Kerze in der Hand und blickt starr vor sich hin.

Ich suche noch immer nach einem Grab, das aussieht, als brauche es meine Blumen. Auf meinem Weg durch das Labyrinth der Gräber entdecke ich plötzlich zwischen all den Grabsteinen mit griechischen Inschriften einen mit lateinischen Buchstaben. Als ich näher herantrete, sehe ich den Namen George Polks, des amerikanischen Journalisten, der 1948 in Thessaloniki ermordet wurde und dessen grausamer Tod soviel Leid verursachte; ein Unschuldiger, sagen die Experten, habe sein Leben im Gefängnis verbracht, weil die konservative griechische Regierung und die Amerikaner, die ihr während des Kalten Krieges den Rücken stärkten, entschlossen waren, die Schuld einem politischen Sündenbock zuzuschieben. Ich hatte das berühmte Foto von Polks Leiche gesehen, nachdem sie aus dem Hafen von Thessaloniki geborgen worden war: der Mund geöffnet, der Körper schlaff wie eine Vogelscheuche – ein Bild, das einen zwingt, sich vorzustellen, wie es für ihn gewesen sein mag, als er begriff, auf solche Weise sterben zu müssen. Ich lasse meine Blumen hier, um diesen unsanften Tod mit ein wenig Zärtlichkeit zu bedecken.

Unabhängigkeitstag

Am Unabhängigkeitstag wollte ich in Mani sein. Einige der berühmtesten Kriegsherren, die mit ihren mehr oder minder privaten Armeen kämpften, um die Türken aus Griechenland zu verjagen, stammten von dort. Nachdem die Unabhängigkeit erreicht und viel maniotisches Blut geflossen war, trugen wiederum Männer aus Mani dazu bei, den neuen Staat zu destabilisieren, indem sie, getreu dem Muster griechischer Dualität zugleich für und gegen das Land streitend, seinen ersten Premierminister töteten. Da die Peloponnesier, und insbesondere die Menschen aus Mani, sich stark mit ihrer Rolle im griechischen Aufstand identifizieren, wollte ich diesen Feiertag in Mani erleben und meldete mich für eine einwöchige, von einem erfahrenen Bergsteiger geführte Wanderung an, der diesen Teil des Landes angeblich wie seine Westentasche kennt. Ein paar Tage bevor die Reise losging, besuchte ich das Historische Nationalmuseum, das fast ausschließlich dem Unabhängigkeitskrieg gewidmet ist.

An einem kalten, strahlenden Morgen Ende März brechen wir auf und machen uns nach der üblichen Patchwork-Methode aus Bus, Taxi, Beinen und Geduld auf den Weg zu dem kleinen Küstenort Kardamyli. Zunächst läuft alles genau nach Plan, doch dann setzt eine lange Schlange aus Bussen und Autos mit ausgeschalteten Motoren unserem Fortkommen ein Ende. Drei Polizeibeamte, die sich bestens zu amüsieren scheinen, schlendern zu unserem Bus herüber, um uns mitzuteilen, daß an dieser Straße zur Vorbeugung gegen Steinschlag und Erdrutsch heute Sprengungen durchgeführt würden. Es werde drei Minuten dauern, sagen sie uns, jene berühmten *tria lepta*, die synonym für ein vollkommen fließendes, anarchisches Zeitmaß stehen. Wir finden uns mit der Aussicht auf eine längere Wartezeit ab und machen es uns bequem; manche Mitreisende steigen aus, um am Straßenrand zu rauchen. Der erste Knall hört sich an, als würde monumentales Geschirr zerschlagen, und ein sehr alter Mann, der mir gegenüber sitzt, verzieht den Mund zu einem zahnlückigen Grinsen und sagt: »Mistra ist eingestürzt«, eine Anspielung auf die Ruinen der letzten Bastion des Byzantinischen Reichs, Bauklötze der Geschichtswissenschaft, die auf einem Hügel wie zu einem wackligen Turm aufgestapelt sind. Die Leute, die in seiner Nähe sitzen, lachen über den Scherz, ein Beifall, den der Mann eingeplant hat und genießt; aber als er mich lächeln sieht, winkt er mir zu und sagt, geradezu erstaunt, zu den anderen: »Sie hat gelacht.« Das wunderbare Gefühl, zu verstehen und unerwartet verstanden zu werden, es ist für mich in diesem Augenblick genauso lebendig wie für ihn. Wir grüßen uns, und als er bemerkt, daß ich fröstele, schiebt er sein Fenster ein wenig höher. »Sie frieren«, sagt er. »Ja, der März ist ein Monat mit zwei Gesichtern. Und wissen Sie auch, warum? Als alle Monate heirateten, wollte der März unbedingt zwei Frauen haben. Also heiratete er eine griechische und eine *hanoumissa*, eine türkische Frau. Die griechische Frau war wunderschön und arm, die türkische häßlich und sehr reich. Wenn der März also mit der griechischen Frau zusammen ist, wird es ein schöner Tag, der jedoch keinen Gewinn bringt; ist er mit der türkischen Frau zusammen, wird es ein trüber Tag, doch der Regen fällt vom Himmel wie Silbermünzen und macht den Boden reich für die Sommerernte.«

Häuserwände und Telegrafenmasten am Ortseingang von Kalamata sind mit Handzetteln beklebt, die für ein Theaterstück mit dem Titel *Mana… Mitera… Mama* werben, drei der griechischen Wörter für Mutter. Auf dem Marktplatz im Zentrum sind Vorbereitungen für die Feier des Unabhängigkeitstages im Gange: Flaggentücher in Blau und Weiß werden ausgebreitet, griechische Fahnen gehißt, Mikrophone getestet. Eine Gruppe von Schuljungen in Fustanellas beginnt, eine der Volksballaden über die Klephten zu proben. Obwohl sie in den Liedern stets als patriotische Helden besungen werden, stellte die Dieberei für den neuen Staat ein ernstzunehmendes Problem dar; selbst die ländliche Umgebung Athens war für Raubüberfälle und Kidnapping bekannt, galt als notorisch gefährlich. Von der provisorischen Tribüne des Platzes aus hört man im Vorbeifahren eine Solostimme in der gewundenen, rebenähnlichen orientalischen Tonleiter griechischer Volksmusik ein paar Takte singen, und ein britischer Wanderer beugt sich vor und fragt unseren Reiseleiter: »Ist das ein Ruf zur Moschee?« Entlang der Straße nach Kardamyli gibt es Hotels und Tavernen mit Namen wie *Sydney* oder *Melbourne*, Zeugnisse des Doppellebens der Emigration. Manchen Felswänden entsprießen ganze Büschel purpurfarbener Blumen, und eine der Küste zugewandte Klippe bildet eine große graue Welle, als antworteten die Berge dem Meer. Am Marktplatz steigen wir aus, und ein massiger Mann erhebt sich von seinem Tisch im *kafeneion* gegenüber, kommt gemächlich zu uns herüber. Ohne uns zu grüßen, liest er unsere Gepäckaufkleber, wirft über die Schulter des Reiseleiters hinweg einen prüfenden Blick auf die Papiere, sieht jedem von uns ins Gesicht und schlendert, wortlos, wieder zu seinem Tisch zurück.

Nach dem Mittagessen, das wir draußen einnehmen, wandern wir auf einem scharf gewundenen Maultierpfad zu den Dörfern in den Bergen hinter Kardamyli hinauf. Der Frühling ist in dieser rauhen, felsigen Gegend so verschwenderisch, daß wir auf Schritt und Tritt durch eine Blumenbrandung waten, in Blüten verwandelte Wellen. Silbrig-weiße Milchsterne, Narzissen, Gänseblümchen, wilde weiße und purpurfarbene Iris, rote Anemonen: eine ganze Generation von *jeunes filles en fleur*. Auf einem Plateau, einer Wiese im Taschenformat, stören wir ein Kalb auf, das mit schreckgeweiteten braunen Augen vor uns davonläuft, als wären wir Einbrecher. Hoch oben auf dem Berg stehen ein paar vereinzelte Häuser, von denen eines, unbewohnt, eine sagenhafte Aussicht bietet: auf Berge und Wälder und auch auf das Meer, dessen Ferne, Unbändigkeit und Kraft, alles zu verzaubern, was mit ihm in Berührung kommt – Gedanken, Farbe, Licht –, einen glauben lassen, es sei für eine andere Welt gemacht.

Ein Haus mit einem weniger bemerkenswerten Blick hat ein Türmchen, den für die alten Häuser der Gegend typischen Gefechtsturm, er weist Kugeleinschläge auf; heute wird er von einer Fernsehantenne überragt, die das Haus auf emblematische Weise kennzeichnet, ein moderner Merkurstab. Die Söhne der Mani-Familien wurden »Gewehre« genannt, auch die Architektur der Häuser spiegelt die Erwartung eines Lebens im permanenten Kriegszustand wider. Die Frauen, die das Leben von Heloten, spartanischen Sklaven, führten, stehen in dem Ruf, die begabtesten Traumdeuter auf dem Festland gewesen zu sein – als hätten ihre seherischen Fähigkeiten proportional zu den unerfüllten Träumen, aus denen ihr reales Leben bestand, zugenommen.

Wir kommen in einem versteckt liegenden Miniaturdorf heraus. Dessen winzige *plateia*, einer öffentlichen Terrasse vergleichbar, ist von einer Reihe hoher, stämmiger Platanen umstanden, die, imposant wie reiche Landbesitzer, ihr Schatten spenden. Zwei Frauen mittleren Alters, mit hübschen, entschlossenen Gesichtern, ziehen lange, gebogene grüne Bohnen ab und scherzen dabei mit einem älteren Mann, der auf dem Rand eines Marmorbrunnens sitzt, mit hellwachem Blick, den Stock an die Brunnenwand gelehnt. »Gesundheit für die *palikaria*«, begrüßen sie die Männer, als wir den Platz betreten. Die blauäugige Frau sagt: »Dies ist der erste Nachmittag, an dem man es wieder genießen kann, draußen zu sein. Machen Sie Urlaub? Wo kommen Sie her?« Wir sagen es ihr, und plötzlich über den Platz hinaus deutend, fragt sie: »Haben Sie jemals solche Blumen gesehen, wie wir sie hier haben?« Paul, unser Reiseleiter, hat sich in ein Haus auf dem Kamm verliebt und möchte wissen, wem es gehört. Er erfährt, daß die Eigentümer in Australien seien und nur selten zu Besuch kämen, aber wegen des himmlischen Blicks den Gedanken nicht ertragen könnten, es zu verkaufen. »Ja, aber der Blick von Leigh Fermors Haus ist noch schöner«, sagt der Mann mit dem Stock. »Sie wissen schon, das ist dieser Engländer, der Bücher über Griechenland geschrieben hat und über sein Leben auf Kreta, als Guerillakämpfer im Weltkrieg. Der Krieg hat einen Griechen aus ihm gemacht. Er wollte dort bleiben, wo er sein Leben aufs Spiel gesetzt und gewonnen hatte. So geht es manchem Soldaten. Er ist so glücklich hier – einmal habe ich ihn im Frühling mit einem Hechtsprung in ein Meer voller Gänseblümchen und Mohnblumen eintauchen und sich darin herumwälzen sehen.«

Die Frauen senken nachdenklich die Köpfe und nehmen ihre Arbeit wieder auf. Zwei stämmige kleine Jungen mit den Körpern winziger Männer rennen über den Platz, aus Spielzeuggewehren imaginäre Schüsse abfeuernd. »Worauf schießt ihr, Taki?« fragt die grauhaarige Frau ironisch. »Türken«, ruft er keuchend zurück. »Er ist Botsaris, und ich bin Kolokotronis.« – »Na, wenn ihr den Kampf gewonnen habt, könnt ihr ja herkommen und euch ausruhen.« Sie zwinkert uns zu. »Die beiden sind die einzigen Schulkinder im ganzen Dorf«, sagt sie. »Die jungen Familien leben in Athen, wenn sie nicht nach Australien oder Amerika ausgewandert sind.« Die Jungen kommen und setzen sich, und sie schneidet einen Apfel für sie in Scheiben. »Könnt ihr eure Gedichte für den Fünfundzwanzigsten?« fragt der Mann, das Gesicht der kostbaren neuen Frühlingssonne zugewandt. Taki hält sein Gewehr vor der Brust fest und rattert sein Gedicht herunter, als gälte es, ein Rennen zu gewinnen. Es ist ein tonloser, halsbrecherischer Vortrag, wie er für griechische Schulkinder typisch ist. Das Auswendiglernen spielt in hiesigen Schulen eine zentrale Rolle, und je schneller das Gelernte aufgesagt wird, desto besser; Intonation und Betonung könnten als Zögern mißverstanden werden. Nachdem dieser kleine Held von 1821, textsicher, sein Kunststück mit der Schnelligkeit eines fliehenden Fisches vollbracht hat, lehnt er sich zurück und wartet auf Beifall. »Bravo, Taki«, applaudieren die Leute aus dem Dorf, und die Fremden schließen sich an. Die älteren Dorfbewohner ergänzen: »Ihr seid jetzt unsere Helden. Und morgen bei der Feier werdet ihr auch unsere Helden sein.«

Wir gehen weiter, an einem mit Eisengittern zugedeckten Gräberpaar vorbei, die der lokale Mythos »Gräber von Castor und Pollux« getauft hat, zu einer privaten Familienkirche mit einem wehrhaften Glockenturm, dem jedesmal, wenn ein Sohn geboren wurde, ein Stockwerk hinzugefügt werden konnte. Die Abenddämmerung bricht herein, und die Kälte tritt gegen die Wärme des späten Nachmittags an. Wir machen uns im unterwassergrünen Baum- und Schattenlicht durch Schluchten und Täler auf den Rückweg nach Kardamyli. »Im Herzen von Mani«, sagt Paul, »gibt es, anders als hier am Rande, keine Bäume, nur Sonne, Salz, Dornengestrüpp und Felsen.« Wir begegnen einem Mann, der zu seinem Haus aufsteigt, und Paul fragt ihn nach einem monströsen, im Bau befindlichen Gebäude auf einer Klippe hoch über uns, das wie ein Supermarkt im Embryonalzustand aussieht. »Widerwärtig«, sagt der Mann und erzählt uns eine Geschichte über Bestechung, Mißachtung der Gesetze und Verrat, denn seine Verwandten haben das Land an einen Bauunternehmer verkauft, während er selbst im Ausland weilte. Ich habe außerhalb des Theaters noch keinen Griechen mit einer derart klaren Diktion sprechen hören wie ihn – Griechisch ist keine sinnliche, keine federnde Sprache, es ist steinig und erdig, voll Morast, vulkanischen Gesteins und glitzernder Edelsteine. Aber dieser Mann beweist eine so absichtsvolle Hingabe an die langen zusammengesetzten Wörter und veränderlichen Akzente, als wäre er im Begriff, eine Sammlung von Juwelen blank zu polieren. Er blickt zu dem künftigen Hotel hoch, nimmt seine Papiertüte mit Eiern in die linke Hand und holt seinen Hausschlüssel aus der Hosentasche. »Ich bin der letzte aus meiner Familie, der dieses Stück Land bewohnen wird. Das Hotel wird irgendwann auch mein Haus verschlucken. Ich weiß nicht, was wir über die Orte, an denen wir gelebt haben, denken sollen. Sie waren nicht leicht zu bewohnen und sind es auch heute

nicht, aber ich kann nicht vergessen, wie wunderschön es hier einmal aussah, und der Anblick dieses Tumors auf der Klippe bringt
mich zur Verzweiflung. Ich wünsche Ihnen einen guten Abend.«
Es ist sonderbar, diese beinahe mutwillige, zerstörerische Häßlichkeit zu sehen; fast wirkt es, als wehre sich das Land dagegen,
mit den Pfunden seiner Schönheit zu wuchern. Wir setzen den
Weg fort, an verborgenen Quellen vorbei, deren Wasser unter ver-
blichenen, auf Steinplatten gemalten Ikonen hindurchfließt: bei-
läufige Zeugnisse des griechischen Bemühens, das Natürliche mit
dem Übernatürlichen zu vereinen. Als wir in Sichtweite des Meeres kommen, ist es im Vordergrund klar, in der Ferne mit Dunst
vermischt; einen Teil können wir mit den Augen sehen, den anderen nur mit Phantasie.

Inzwischen haben sich drei britische Matrosen zu uns gesellt,
zwei Männer und eine Frau. Sie erzählt uns, sie habe einen Vorrat
wahrer Kriminalgeschichten mitgebracht, falls sie sich unterwegs
langweilen sollte, und beim Essen erfreut sie uns mit Beschreibungen abgetrennter Körperteile und raffinierter Polizeifallen.
Auf dem Rückweg zum Hotel durch die dunklen Straßen beginnt
sie, Mozart-Arien zu pfeifen, und ich frage sie, ob sie Opern mag.
Aber sie weiß gar nicht, daß die Liedfragmente aus Opern stammen, sondern hat sie aus einer Fernsehsendung über einen musi-
kalischen Detektiv aufgeschnappt. »Sie sind wunderschön«, sagt
sie, »aber mein Lieblingslied ist immer noch« – und sie singt:
»Mein Name ist Jill, ich bin nekrophil.«

Am nächsten Morgen ist die kleine Hauptstraße, an der die
Bushaltestelle liegt, schon früh mit Stühlen gesäumt, und Männer
haben es sich mit Kaffee und Zeitungen darauf gemütlich gemacht, als wäre die Straße ihre Veranda. Niemand könnte unbe-
obachtet durch Kardamyli gelangen. Der Herrscher über die Bushaltestelle ist ein blonder, etwa elfjähriger Pickwickscher Junge,
der freundliche, mitteilsame Moderator des Geschehens; mit
einer Begeisterung, wie sie ein Älterer wohl angesichts eines gut-
gefüllten Weinkellers empfindet, kümmert er sich um die warten-

den Passagiere. Er springt auf mich zu und stellt mir eine Reihe fröhlicher, rascher Fragen: »Was machen Sie in Kardamyli? Auf welchen Bus warten Sie?« So geht er von einem Fremden zum anderen, zuletzt zu den drei britischen Seeleuten. »Sie sind auch bei der Marine?« fragt er die Frau. »Was machen Sie, das Schiff fegen?« – »Nein«, sagt sie, »ich bin Ingenieurin.«

»Ich muß morgen ein Gedicht aufsagen. Wollen Sie es hören?« Er zeigt mir ein Stück liniertes Papier mit einem Vierzeiler: »Die Berge frohlocken, / und die Burgen sind stolz, weil die Jungfrau Maria feiert, / und ebenso das Land, / wenn es Geistliche mit Schwertern sieht und Priester mit Gewehren.« – »Bravo, Kostaki«, ruft der Besitzer des Ladens auf der anderen Straßenseite. Offensichtlich ist der Junge der erklärte Liebling der Stadt.

Während wir auf den Bus warten, kommt ein Mann um die Fünfzig mit ledrigem, gebräuntem Gesicht und Arbeitskleidung auf uns zu, undefinierbare Hosen, kurzärmeliges kastanienbraunes Hemd. »Ich such ein Mädchen, das zu mir ins Haus zieht«, sagt er. Ich entgegne, ich hätte schon einen Job. »Vergessen Sie Ihren Job, Schluß damit. In Griechenland arbeiten nur Männer. Frauen machen es sich bequem. Wenn ich Sie kriege, machen Sie es sich bequem, ich arbeite. Wolln Sie sich mein Haus nicht mal ansehn? Ich wohn da oben in einem kleinen Dorf in den Hügeln. Würd ein Mädchen auch nur für den Sommer nehmen, wenn es will. Vielleicht find ich eins für den Sommer, ganz bestimmt find ich hier eins. Ich hab ein Haus, wissen Sie, ich zahl keine Miete.« Er stellt seinen Fuß auf den Kantstein, ganz der Eigentümer. Die Männer aus dem Pullovergeschäft gegenüber sitzen auf Stühlen am Straßenrand und hören zu, als hätten sie Wetten darüber abgeschlossen, ob er bei mir landen wird oder nicht. Der Gemüsehändler mixt sich einen Kaffee im Glas und kommt eilends heraus, um sich das Theaterstück anzusehen. Er beugt sich zu einem anderen Zuschauer hinüber, wie um ihn zu fragen, ob er etwas Entscheidendes verpaßt habe. Ich sage dem Mann, ich hätte kein Interesse, doch er schert sich nicht um meine Antwort. »Bei mir zahln Sie keine Miete. Warn Sie mal in Chicago, Boston, New York? Mein alter Kumpel arbeitet in Boston.« Er streckt ein Bein vor, zündet sich eine Zigarette an und stemmt eine Hand in die Hüfte. Noch nie ist es ihm in den Sinn gekommen, daß die Nuancen und Rhythmen des Gesprächs, das ein Mann führt, einer einigermaßen erfahrenen Frau verblüffend genau darüber Aufschluß geben, was er für ein Liebhaber ist. »Wenn Sie mich wolln«, sagt er, »ich bin noch fünfzehn oder zwanzig Tage hier, dann geh ich wieder ins Hafenviertel, für lange Zeit. Und wenn es dies Jahr nicht klappt, dann vielleicht nächstes. Bei mir wohnen Sie umsonst. Machen es sich bequem. Wenn Sie mich suchen, ich heiße Antonis« – was in griechischer Aussprache wie Adonis klingt.

Anders als Aphrodite bin ich froh, Adonis zu entkommen. Der Bus transportiert uns in hügeliges Land, wo wir zwischen einander gegenüberliegenden Festungen zweier Sippen mit jeweils eigener Kirche umherwandern. Der Pantokrator, das Bildnis Christi als Allherrscher, in byzantinischen Kirchen das Zentrum der Kuppel, ist in der einen von Tierkreiszeichen umgeben: einer zarten Meerjungfrau, die von leuchtendroten Fischen umkreist wird, und einem bedrohlich aufragenden Mann mit einem Gorgonenhaupt in den Händen und einem Gewand, in dessen Ärmel weitere Gorgonenhäupter gewirkt sind. Diese Bildersprache erinnert mich daran, daß sich die Manioten den Versuchen, sie zum Christentum zu bekehren, jahrhundertelang widersetzten. Die andere Kirche ist nicht im Original erhalten; die dort heute steht, hat Linoleumböden und, als Ikone, die gerahmte Fotografie eines Bildes vom Erzengel Michael, der Gottes Heerscharen überwacht. Draußen schwirrt die Stimme einer unsichtbaren Schafhirtin aus einem nahen Tal durch den Nachmittag; mit jener orientalischen Dissonanz, die für das westliche Ohr tragisch klingt, folgt sie in großen kreisenden Schwüngen ihrer Tonleiter, hinauf und hinunter, jede Pause eine neue Phrase gebärend, kein Ende findend und keinen Frieden.

Am nächsten Morgen um sechs läuten die Glocken der Kirche

von Kardamyli, und die Gesänge heben an. Der Unabhängigkeitstag ist zugleich der Tag, an dem Mariä Verkündigung gefeiert wird. Viele Griechen teilen den Glauben, daß der Eid, den Revolutionäre im Kloster von Hagia Laura auf dem Peloponnes schworen, sowie der Gedenkgottesdienst in Patras sich tatsächlich am 25. März zugetragen haben. Historiker schreiben jedoch, der Staat habe die Unabhängigkeitsfeier auf den Fünfundzwanzigsten datiert, um die Wiedergeburt des Staates und die messianische Geburt Gottes so zu verknüpfen, daß man sich der Gleichsetzung nur schwer entziehen könne. Von unseren Balkons aus nehmen wir den rosmaringeschwängerten Duft von Weihrauch wahr, der über den Platz zieht. (Wie sich Rosmarin in Weihrauchmischungen auf seinen Gebrauch beim Kochen auswirken kann, weiß ich, seit ich einmal zu einem Abendessen bei einer Skandinavierin eingeladen war, die ein Stück Geflügel mit Rosmarin und Weißwein gekocht hatte. Ihre griechischen Gäste blickten traurig auf ihre Teller hinab und sagten, sie könnten kein Huhn essen, das sie so sehr an die Kirche erinnere.)

Die zentralen Plätze der kleinen Bergdörfer, durch die wir heute wandern, sind allesamt mit griechischen Fahnen geschmückt, und in einem Dorf kommen wir gerade rechtzeitig, um die Darbietungen der Schulkinder mitzuerleben. Die kleinen Jungen tragen Fustanellas; der kleinste von ihnen hält eine riesige Flagge umklammert und stemmt sich mit all seinem Gewicht dagegen, damit sie nicht kippt. Die kleinen Mädchen sind mit Samtoberteilen, Fes und Halsketten aus Münzen festlich herausgeputzt: Sie singen ein Lied, in dem die galanten *palikaria* gepriesen werden, die für Griechenland kämpften. Danach laden die Dorfbewohner uns ein, mit ihnen im Vorraum der Kirche zu stehen, obwohl wir Wanderkleidung anhaben, während sie, ein Zeichen für die Bedeutung des Anlasses, in ihrem Festtagsstaat erschienen sind. Einige Frauen tragen Trachten des neunzehnten Jahrhunderts, andere städtische Kostüme und hochhackige Schuhe – große Garderobe für Frauen in Bergdörfern, die sich in ihrer Kleidung nach

Arbeit und Wetter richten, nicht nach Stil und Konvention. Man gibt uns dreieckige Stücke eines nach Anis duftenden, mit Sesam bestreuten Brotes zu essen, und dann tragen ein paar Jungen mit jener Geschwindigkeit, die als Beweis ihrer Könnerschaft gilt, ihre Gedichte vor, etwa so, wie jemand in Sekunden ein Gewehr zerlegt und wieder zusammensetzt.

An einer Wand hängt ein von Lorbeeren umrahmtes Schild mit der Aufschrift *Zeito he Hellas*, lang lebe Griechenland, an einer anderen ein billiges Farbposter, um dessen zentrales Motiv, Mariä Verkündigung, sich kleinere Ikonen der Revolution gruppieren: Kolokotronis in seiner vertrauten Pose auf Felsen sitzend, eine berühmte Seeschlacht, der Fahneneid zu Beginn der Belagerung Mesolongions, eine allegorische Darstellung Griechenlands als trauernder Frau in zerrissenem Gewand. Seltsamerweise tragen die Männer auf dem Poster zeitgenössische Kleidung, die Frauen hingegen sind Allegorien. Während ich noch darüber nachsinne, gesellt sich eine untersetzte Frau zu mir und fragt mich lächelnd, ob ich verheiratet sei. Nein, erwidere ich, und obwohl es in diesen Dörfern Sitte ist, mit achtzehn oder neunzehn zu heiraten, sagt sie: »Klug von Ihnen. Sehen Sie zu, daß Sie zunächst Ihr eigenes Geld verdienen und von niemandem abhängig sind. Dann finden Sie mit einigem Glück einen guten Bräutigam. Ich wünsche Ihnen erst eigenes Geld, dann einen anständigen Mann.« Ich erkundige mich nach ihrem Ehemann und erfahre, daß sie Witwe ist. Als ich ihr mein Beileid bekunde, neigt sie sich, als würde sie beobachtet, fast unmerklich vor, sieht mir tief in die Augen und sagt: »Lang lebe der Tod.« Der Schreck ist um so größer, als dieser Satz zu parodieren scheint, was man Eltern hier bei der Geburt eines Kindes wünscht: »Möge es für euch leben.« Sie lächelt mich freundlich an, als ich mich verabschiede, und sagt: »Einen guten Bräutigam für Sie. Gehen Sie mit Gott.«

Wir klettern zu einer Kirche mit einem spektakulären Blick über eine tiefe Schlucht, unmißverständliches Abbild von Himmel und Hölle: der Sturz in die Schlucht eine tödliche, furchtbare

Möglichkeit, die Kirche darüber schwebend, wie ein Engel im Flug durch die klare Luft. Neben den riesigen Apfelbäumen, jeder einzelne ein Blütenreich, wirkt die kleine Kapelle geradezu zwergenhaft. Meine Freunde holen ihre Kameras heraus, aber ich bin keine geübte Fotografin. Die Bilder, die ich machen könnte, würden diese Bäume fossilieren, während sie in meiner Erinnerung weiterwachsen werden. Mein Versuch, sie zu bewahren, besteht darin, daß ich sie ansehe: diese Blütenquellen, so unerschöpflich, daß die auf das grüne Gras herabgefallenen leuchtendrosa Blüten ganz und gar kein Verlust sind. Ich nehme sie in mich auf, wie man jemandem zuhört, den man liebt, wie man sein Gesicht betrachtet, die unendlich vielfältigen, unfotografierbaren Variationen seines Mienenspiels.

Wir wandern auf einem Trampelpfad in die Schlucht, an einem ausgetrockneten Flußbett entlang, von Felsblock zu Felsblock. Es strengt an, sich auf diese Weise fortzubewegen, erforderlich ist ständige Konzentration: Es gilt, die Entfernung zwischen den Felsblöcken abzuschätzen und das Gleichgewicht zu halten, man muß überlegen, wie man sich die zusätzliche Mühe ersparen kann, ins Flußbett hinunter- und wieder auf die Felsen hinaufzuklettern, für mich eine wichtige Erwägung, weil jeder Abstieg in seiner Tiefe ungefähr meiner Körpergröße entspricht, so daß ich nicht nur mit den Füßen, sondern mit meinem ganzen Körper klettere. In der Schlucht kommt es mir vor, als wären wir in der Unterwelt: über unseren Köpfen dichte, rätselhafte, graue und grüne Schatten, gelbe Schmetterlinge, sichtbar zuerst und dann unsichtbar, ein verborgenes Areal, in dem es keinen Himmel gibt und wo man noch heute Gewehrkugeln und anderen Weltkriegsmüll zutage fördert.

Als wir wieder oben zwischen den Dörfern sind, erscheint mir alles verblüffend menschlich und gepflegt, die Felder wie frisch gemachte Betten, Herden grasender Ziegen und Lämmchen, die, so kurz vor Ostern, nicht mehr lange zu leben haben. Ein paar Ziegen trinken aus einem Dorfbrunnen, die Vorderhufe auf dem

Brunnenrand. Der gepflasterte Weg, der an den kleinen Bauern-häusern vorbeiführt, ist ganz schwarz vor zerquetschten Oliven, und vor einem Haus liegt ein Vorrat an Feuerholz aufgeschichtet, Äste und Zweige von Olivenbäumen, an denen, Ohrringen gleich, noch ein paar Früchte baumeln.

Gegen Abend, zurück in Kardamyli, setze ich mich auf meinen Balkon, blicke auf das Wasser hinaus und spüre die kalten, schnei-denden Abendwinde vom Meer herüberkommen, während die Nacht alles mit sich fortzunehmen beginnt, was der sonnige Frühlingstag verheißen hatte. Plötzlich sehe ich den blonden Jun-gen, den ich heute morgen an der Bushaltestelle kennengelernt habe, geradewegs auf mich zulaufen, als hätte er mir eine drin-gende Botschaft zu übermitteln. Auf der schmalen Gasse direkt unter dem Balkon bleibt er stehen und schaut zu mir hinauf, mit entrücktem Blick, aus dem eine Art Zusammenstoß zweier Seins-zustände spricht, als wachte und schliefe er zur gleichen Zeit. Seine Augen strahlen, seine Arme schweben schwerelos neben seinem Körper. »Ich bin gerade zum ersten Mal geküßt worden«, sagt er ungläubig. »Herzlichen Glückwunsch«, sage ich. »In dem Auto da drüben, sehen Sie?« – »In dem blauen?« frage ich, der hi-storischen Genauigkeit wegen. »Ja. Bisher bin ich immer nur auf die Wange geküßt worden«, sagt er atemlos. »Diesmal war es ganz anders.« – »Alles Gute zum Unabhängigkeitstag«, sage ich zu ihm.

Die Unbesiegbare Befehlshaberin

Der Bus nach Sparta pendelt durch einen Strudel von Bergen, Kerzen gleich, deren Wachs in die Täler tropft. Als wir Kardamyli hinter uns ließen, sah ich, daß jemand mit rotem Leuchtstift auf die Außenwand der Schule geschrieben hatte: »Ihr seid alle Onanisten.« Ich vermute, daß darin, neben allen anderen Bedeutungen, ein alter Klassenschimpf nachklingt. Auf griechischen Vasen, die Masturbationsszenen zeigen, sind die Beteiligten in der Hauptsache Sklaven, Satyrn und Frauen, Menschen also, die einen niedrigen oder überhaupt keinen sozialen Status hatten. Es würde daher Sinn machen, wenn diese Anschuldigung auch sagen wollte: »Ihr seid so weit unten in der Welt, daß ihr euch weder eine Hure noch einen Schuljungen, noch eine Ehefrau leisten könnt.«

Durch das Fenster sehe ich drei Straßenwindungen, die sich wie Dantes Höllenkreise spiralförmig übereinanderlegen, jede die Möglichkeit eines tödlichen Sturzes in sich bergend. Die Topographie Griechenlands ist abenteuerlich; gefangen zwischen den Gefahren der Höhe und der Tiefe, den zerklüfteten Bergen und dem Meer, bewegt man sich stets über irgendeinem Abgrund – einem Abgrund, in dem im Frühling Bäume blühen. Der Bus ist voll alter Mani-Gesichter, die die Sonne genauso rissig gemacht hat wie die Zeit den Stein, aus dem die Straßen gehauen wurden und der seinerseits, zerschlagen und zerfurcht, menschliche Kämpfe und menschliches Leid zu spiegeln scheint. Der Bus hält an einer Steinmauer, um eine Frau mit müden blauen Augen mitzunehmen, die einen billigen bedruckten Schal und einen Beutel trägt; sie muß die Berghänge hinuntergewandert sein, um hierher zu kommen, an sauberen kleinen, über Steine fließenden Bächen

273

entlang, vorbei an noch unbelaubten Bäumen. Wir fahren unter einem überhängenden Felsen hindurch, der das Dach des Busses schrammt – man fährt hier nicht in den Bergen, sondern mitten durch sie hindurch.

Unser Ziel ist Mistra, jene Geisterstadt oberhalb des spartanischen Flachlands, die vielleicht die bedeutsamste mittelalterliche Stätte auf dem griechischen Festland ist: Die Überreste haben einen unmittelbaren Bezug zum heutigen Griechenland, wie er den antiken Orten fehlt – hier begann die nie zu Ende geführte Auseinandersetzung zwischen Christentum und klassischer Kultur, zwischen Philosophie und Theologie, eine Auseinandersetzung, die, offen wie verdeckt, in dem Griechenland, das ich heute bereise, noch überaus gegenwärtig ist. Die Schizophrenie der modernen griechischen Geschichte und Gedankenwelt, hier wird sie augenfällig, weil diese Stätte, eine der letzten Bastionen des Byzantinischen Reichs, von Feinden desselben errichtet wurde. In gewissem Sinne ist Mistra eine mittelalterliche französische Stadt, denn ihre Burg wurde 1249 von einem französischen Duodezfürsten erbaut, Guillaume II. de Villehardouin (eine noch immer gebräuchliche, leicht abschätzige griechische Bezeichnung für Europäer lautet »Franken«), um den Besitzanspruch der Franzosen auf die Peloponnes, Lohn für ihre Teilnahme an der europäischen Eroberung von Byzanz während des vierten Kreuzzugs im Jahre 1204, zu unterstreichen. Die Stadt wurde später zum Gegenstand wiederkehrender Kontroversen unter Mitgliedern der verfeindeten byzantinischen Dynastien, während die Übergriffe der Türken die zentralisierte Macht des Reichs immer stärker aufsplitterten. Dessen letzter Herrscher war ein byzantinischer Fürst aus der Familie Palaiologos mit Vornamen Demetrios, der zusammen mit seinem Bruder Thomas, dem Gouverneur von Patras, Mistras typisch griechisches Finale orchestrierte: Demetrios gehörte zu jener mächtigen griechisch-orthodoxen Gruppierung, der der Schulterschluß mit den Türken vorteilhafter schien als eine Verbindung mit dem römisch-katholischen Europa. 1460, sieben

Jahre nach dem Untergang Konstantinopels, überließ er Mistra Mehmet II. und wurde ein Lehnsmann des Sultans. Sein Bruder Thomas, der eine Art Wiedervereinigung der Überreste des Ostreichs mit dem wiedererstarkenden Westreich befürwortete, ging nach Italien ins Exil.

Aber Mistra war vor allem der Ort, an dem der Philosoph Georgios Gemistos lehrte, ein passionierter Platoniker, der zwecks zusätzlicher Beschwörung seines philosophischen Lehrmeisters den Beinamen Plethon annahm; seine Anziehungskraft auf dem Konzil von Florenz im Jahre 1439 war es, die Cosimo di Medici dazu anregte, die Platonische Akademie zu gründen und damit zur philosophischen Untermauerung der italienischen Renaissance beizutragen. Plethon war eine weitere Verkörperung der paradoxen griechischen Geschichte: Obwohl Wissenschaftler ihn oft als überragenden byzantinischen Philosophen hinstellen, hatte er eigentlich weit weniger Einfluß auf das griechische Denken als auf die griechische Vorstellungskraft. Plethon war einer jener Denker, die im Dämmerzustand von Byzanz wieder dazu übergingen, sich selber »Hellenen« zu nennen, eine Bezeichnung, die als Schimpfwort galt, seit das Christentum zur Staatsreligion erklärt worden war; daß sich die Griechen heute Hellenen nennen, geht zum Teil auf die Wiederbelebung dieser Bezeichnung in Plethons Zeit zurück. Ein deutliches Indiz dafür, wie umstritten sie war und wie absichtsvoll der Entschluß, sie zu verwenden, ist die gegenteilige Entscheidung des Plethon-Schülers Georgios Scholarios, den der Eroberer Konstantinopels, Mehmet II., zum ersten Patriarchen der Stadt unter osmanischer Herrschaft machte, also zum Oberhaupt der griechischen Bevölkerung. Scholarios sagte: »Ich nenne mich nicht Hellene, weil ich nicht glaube, was die Hellenen glaubten.« Statt dessen nannte er sich Christ.

Plethons Selbstverständnis spiegelt eine Auseinandersetzung mit nationalen wie philosophischen Verlegenheiten. Zum einen zeigt sich darin wohl die Ablehnung der Bezeichnung »Römer«, hatten doch Rom und die westliche Kirche während des vierten

Kreuzzugs an der gewaltsamen Eroberung Konstantinopels teilgenommen und sie sanktioniert. Zum anderen, und dies mag als Illustration der Verbundenheit aller Kulturen dienen, ergab es sich womöglich aus der Bewunderung, die die italienischen Intellektuellen der Renaissance für die klassische Kultur hegten – bei den Byzantinern ließ sie ein Bewußtsein des eigenen Wertes entstehen und weckte den Wunsch, mit ihr assoziiert zu sein. Und schließlich spricht daraus die Einsicht in die grundsätzliche Unvereinbarkeit von Christentum und Klassik, die man auf verschiedene Weise zu überwinden versucht hatte, aber stets nur durch falsche Synthesen übertünchte.

Um im Reich Wurzeln zu schlagen, war es für das Christentum entscheidend gewesen, das Bildungswesen, das in der Verantwortung von Polytheisten lag und zum Teil auf polytheistischen Mythen beruhte, unter seine Kontrolle zu bringen. Erziehung und Bildung waren bis dahin in der Hand von Personen gewesen, die philosophisch geschult waren und das menschliche Denken (im Gegensatz zum gesellschaftlichen Handeln) im großen und ganzen als ein nicht vollständig erforschtes Gebiet betrachteten, als ein Streben nach Erkenntnissen, das jeweils weitere Erkenntnisse nach sich zieht. Die christliche Theologie dagegen vertrat den Standpunkt, daß die absolute, endgültige Wahrheit gefunden sei und das Denken selbst sich nicht mehr fortentwickeln könne, als Verkörperung verschiedener Aspekte der vollkommenen Wahrheit aber Inspiration und Erleuchtung bringe. Ihre Beteiligung an der Regierung machte ebenfalls ihre sozialen Vorschriften zu einer Art Theologie und damit unanfechtbar. Die Frage, wie sie angesichts der moralischen und geistigen Grenzen des Menschen zur vollkommenen Wahrheit gelangt sei, versuchte sie zu beantworten, indem sie behauptete, die inspirierte Erleuchtung durch göttliche Offenbarung sei dem Denken überlegen. Der Begriff der göttlichen Offenbarung warf überraschenderweise weitere Fragen auf, die mit politischer Macht zu tun hatten: Was geschah, wenn durch göttliche Gnade inspirierte Gedanken und Einsichten einander widersprachen? Wem war dann die wahre Offenbarung zuteil geworden? Würde die Gnade stets auf seiten der Mächtigen sein und göttliche Wahrheit also denen gehören, die mächtig genug sind, ihre Erkenntnisse umzusetzen und jene in den Bann zu tun, die sie bezweifelten? In gewisser Weise hilft uns die Gestaltung byzantinischer Kircheninnenräume verstehen, welche Rolle das philosophische Experiment und die forschende, kritische Suche im Verhältnis zur Theologie spielen mochten, denn die byzantinische Kunst ist in erster Linie Theologie, erst in zweiter Linie Kunst. Sie sollte nach streng vorgegebenen Mustern, wenn sie auch Raum für Inspiration und künstlerische Kreativität ließen, dogmatische Wahrheiten verkörpern, veranschaulichen, zelebrieren und wiederholen.

Plethon rang mit dem Problem, Klassizist und Philosoph in einem System zu sein, das eine grundlegend andere Vorstellung von der Natur des Wissens hatte als er. Er soll die Begriffe »Gott« und »Zeus« synonym verwendet und das Göttliche mit dem Plural »die Götter« bezeichnet haben. Aber wir werden nie erfahren, was diese Begriffe für ihn bedeuteten – nach seinem Tod ließ sein früherer Schüler von Georgios Scholarios sein Buch *Über die Gesetze* verbrennen.

Als wir uns Mistra nähern, schwebt die Stadt wie eine Krone auf dem Berg. Durch das in Tränen aufgelöste graue Licht des regnerischen Nachmittags kann ich die weichen Konturen der Burg ausmachen. Es ist ein prächtiger Ort, dessen Kirchen und Klöster wie Burgen aussehen. Der Boden ist mit Orangen und Zitronen übersät, die aufgeplatzt sind, als sie herunterfielen, und der Regen bringt ihren Duft zur vollen Entfaltung. Ein Hirte mit Regenschirm treibt eine Herde Ziegen die Hauptstraße entlang und über den Marktplatz, auf dem ein Kriegerdenkmal steht. Es ist eines der wenigen in diesem Land, die an die im griechischen Bürgerkrieg gefallenen Soldaten erinnern, ein derart heikles Thema, daß selbst meine redseligen, überaus diskutierfreudigen Freunde sich wie über kein anderes in dichtes Schweigen hüllen. Während

ich durch die Straßen von Mistra laufe, schaue ich auf die von
Wolkenschatten bedeckte spartanische Ebene hinab; gelbe Wolfs-
milchblüten entsprießen den Steinmauern, und Geranien in alten
Waschmittelbehältern schmücken die Stufen vor den Häusern.
Die Straßen sind voller »Schwarzträgerinnen«, verwitwete und
trauernde Frauen; wenn ein Modeschöpfer die Farbe ihrer Kleider in einem Katalog beschreiben sollte, würde sie wohl »Schatten
des Todes« heißen.

Unterhalb der mittelalterlichen Ruinen wandere ich allein in
der Stadt umher; sie wirkt seltsam verlassen. Ich gehe in das örtliche Lebensmittelgeschäft, in griechischen Städten oft eine ergie-
bige Quelle von Gesprächen. Hier gibt es fertige Béchamelsauce
zu kaufen, für Moussaka oder Pastitsio, Ouzo, Wein, *masticha tou
Chiou*, das chiotische Mastixharz, einzeln verpacktes *kataifi*, ein
griechisch-türkisches, sündhaft süßes Gebäck – in meinen Hand-
büchern für griechische Träumer ein Glückssymbol, bei mir würde
es eher Unbehagen auslösen. Die Bedürfnisse des täglichen Lebens werden von Ort zu Ort völlig unterschiedlich interpretiert –
keines dieser Dinge gilt in Amerika als Grundnahrungsmittel,
und selbst mit anderen EG-Ländern ergibt sich keine nennens-
werte Überschneidung. Ein Mann mittleren Alters, beinahe schon
ein älterer Mann, fängt ein Gespräch mit mir an. »In diesem Ort«,
sagt er, »gibt es fast keine jungen Leute. Sie gehen nach Australien
oder, wie ich, nach Kanada. Ich lebe die Hälfte des Jahres in To-
ronto und arbeite dort in einer jüdischen Fabrik; wir stellen Fenster und Türen her. Die andere Hälfte verbringe ich hier, dieses
Mal über Ostern. Und hier werde ich mich auch zur Ruhe setzen.
Wir kommen als alte Menschen in diese alte Welt zurück.« Während er mir von seiner Familie erzählt, von dem Diabetes seiner
Mutter und davon, wo seine Tanten und Onkel begraben sind,
schweift meine Aufmerksamkeit ein wenig ab, und ich schaue aus
dem Fenster mit seinen synthetischen, orangefarbenen Vorhängen
zur mittelalterlichen Burg, ihren Zypressen. Der Mann folgt meinem Blick und sagt: »Ja, die Burg läßt die *plateia* winzig erschei-

nen. Dies ist eine der sonderbaren griechischen Städte, deren Gegenwart für alle Zeiten davon bestimmt ist, was sich im fünfzehnten Jahrhundert hier ereignete. Die Toten und die Lebenden müssen sich in Mistra das Leben teilen, und vielleicht haben die Toten das größere Stück abbekommen.« Ich erfahre noch mehr über seine Familie und beginne, mich zu entschuldigen, weil ich noch einen Blick auf die Stadt werfen möchte, bevor ich mich wieder zu meiner *parea* geselle. »Ich rede zuviel, ich weiß«, sagt er liebenswürdig und wünscht mir eine schöne Wanderung im Taygetos.

Als ich auf meinem Weg zum Hügel von Mistra an orange gedeckten Steinhäusern vorbeilaufe, ruft mich eine weißhaarige Dame mit freundlichen blauen Augen mit einer merkwürdig schrillen Stimme zu sich herüber, bittet mich zu warten. Sie klettert eine Leiter hinauf, pflückt für mich zwei Apfelsinen von ihrem Baum und wünscht mir eine gute Reise, eine Geste, die mir einen anderen idyllischen Augenblick griechischer Großzügigkeit in Erinnerung ruft. Ende Januar aß ich mit einer Freundin in Galaxidi zu Mittag, einer bis zur Einführung der Dampfschiffahrt wichtigen Hafenstadt in der Nähe von Delphi, voll von zauberhaften neoklassizistischen Häusern und schmiedeeiserner Kunst, Zeugnissen früheren Reichtums. An einem der Nebentische saß ein einzelner Herr, dem der Kellner zu seinem mittäglichen Ouzo gerade einen Teller köstlich aussehender Oliven servierte. Als der Kellner an unseren Tisch kam und uns die *mezedes* aufzählte, erwähnte er die Oliven nicht, und so fragte ich ihn, ob wir auch welche haben könnten. Aber er schüttelte bedauernd den Kopf und erklärte uns, daß diese Oliven vom Baum des Gastes stammten. Wir wählten etwas anderes und vertieften uns ins Gespräch. Der Kellner brachte unseren Wein, die Vorspeise sowie einen kleinen Teller mit sechs Oliven – der Herr vom Nebentisch hatte eine Kostprobe für uns abgezweigt. Er nickte, und wir prosteten ihm zu. Es war eine ganz besondere Sorte Oliven, üppig und zart, wie ein am Baum wachsendes Rinderfilet.

Nach einem steilen Aufstieg erreiche ich die verfallene Stadt:

steinerne Fassaden, ausgehöhlte Gebäude und wenige noch mit Leben erfüllte Kirchen, Klöster. Mir fällt auf, wie konsequent diese Sakralbauten, zumindest außen, die Säulen vermeiden, sie durch amöbenhafte Kuppeln, Rundbögen und turmähnliche Kapellen ersetzen. Der ganze Ort wirkt außerordentlich gefährdet; einige der Klöster stehen in einem so scharfen Winkel am Hang, daß sie jeden Moment abzurutschen drohen. Falls es so etwas gibt wie eine Architektur der Gefahr, dann hier. Im Kloster des Peribleptos, des Hochangesehenen, zeigt ein Fresko Maria mit steinernem Gesicht auf einem Felsen ausgestreckt, den Kopf von ihrem in einer sarkophagähnlichen Krippe liegenden Neugeborenen abgewandt; es ist die unfruchtbarste Geburtsszene, die man sich vorstellen kann, als wäre das irdische Leben, in das man hineingeboren wird, der Tod. Auf dem Fresko, das die Taufe Christi darstellt, schwimmen fünf oder sechs menschliche Wesen zu seinen Füßen, in ihrer nichtssagenden Nacktheit kaum von Fischen zu unterscheiden. Ich wende mich einer vertrauten Szene zu, Mariä Himmelfahrt, die in manchen Elementen stark an Jesu Kreuzabnahme erinnert. Die ruhende Gestalt der Heiligen Jungfrau ist von wehklagenden Aposteln umgeben, die, der Legende zufolge, wo immer sie herkamen, nach Jerusalem versetzt wurden, um bei ihrem Tod anwesend zu sein; hinter ihr steht Christus, ihre Seele in seinen Armen haltend wie ein neugeborenes Kind. Im Vordergrund sind Figuren abgebildet, die ich nicht einordnen kann: Irgend jemand kniet mit ausgestreckten Armen neben dem Totenbett der Jungfrau, während ein Engel mit Flügeln und gezogenem Schwert ihm die Hände abhackt. Schüchtern frage ich eine Nonne, die sich um die Besucher kümmert, wer diese Figuren seien, ich hätte sie in keiner anderen Darstellung des Marientodes jemals gesehen. »Der kniende Mann«, erklärt sie mir, »ist der Jude Jephonia, der den Leib der Jungfrau entweihen und die Bahre umstoßen will; deshalb hackt der Erzengel Michael ihm die Hände ab, als sie die Decke berühren, und gebietet ihm Einhalt. Das ist nicht auf jeder Himmelfahrtsszene abgebildet, aber im Aphendiko-Kloster, unweit von hier, können Sie es auch sehen.« Ich danke ihr und gehe wieder hinaus auf den grünen Hügel. Gern wüßte ich, um welche Zeit herum dieses Bild in den Himmelfahrtsszenen aufzutauchen begann – hatte es etwas mit der drohenden türkischen Eroberung zu tun? Immerhin waren die Türken den Juden freundlich gesinnt und hatten die aus Spanien vertriebenen Sepharden eingeladen, sich in der Türkei anzusiedeln, noch dazu häufig in Gebieten, die ehemals überwiegend griechisch gewesen waren. Wenn ich wieder in Athen bin, werde ich Stamatis anrufen und ihn danach befragen.

Ich wandere ziellos umher, bis ich, in den Hügeln hinter Mistra versteckt, einen Wasserfall entdecke, dessen Wasser sich heiratend und wieder scheidend, Wellen schlägt wie die Schicksale Liebender: Manche fließen zusammen, andere teilen sich, wieder andere werden getrennt und wieder vereint, aber alle erwartet am Ende, unten im See, das gleiche Schicksal.

Am nächsten Morgen fahren wir im Taxi zu einem Dorf, von dem aus man eine römische Straße erreichen kann, einen Maultierpfad. Als wir an einem Feld voller Schafe vorbeikommen, hupt der Fahrer ihnen brüderlich grüßend zu, streckt den Kopf aus dem Fenster und wünscht ihnen Gesundheit: »*Hygeia sta probata!*« Auf unserem Weg nach oben weist Paul uns auf einen nahezu senkrechten Aufstieg hin, über den Hirten ihre Herden erreichen, die sie in einer hoch oben gelegenen Höhle unterbringen – wie Polyphem in der *Odyssee*, der menschenfressende Zyklop; einen Schäfer so zu nennen, ist für ihn überall beleidigend. In der Landschaft Griechenlands hat sich die Welt der Antike am reinsten erhalten, denke ich; als deren unabhängigster Bestandteil verweigert sie sich der Einengung durch unsere Phantasie. Mit der goldenen Welt hat dieser Aufstieg nichts zu tun; es muß eine Tortur gewesen sein, Tag für Tag, bei Regen, Schnee oder Hitze, den steilen Pfad hinaufzuklettern und nachts bei Feuerschein in den feuchten, getarnten Höhlen zu schlafen. Paul erzählt uns, daß der Taygetos traditionell ein Refugium für die Verfolgten gewesen sei, einschließlich der Heloten.

Plötzlich ist es kalt geworden, und die Wolken sind dick, dunkel und rauchig, als wären die Berge mit kaltem Feuer angezündet worden. Der spitzeste, am gefährlichsten aussehende Gipfel, mit fleckigem spätem Schnee bedeckt, heißt Neraidobouno, Berg der Nereiden. Paul erzählt uns, daß auf diesem Gipfel früher Nymphen nackt im Mondlicht getanzt hätten und junge Männer zu ihnen hinaufgeklettert seien; sowie sie die Spitze des Berges erreicht hätten, hätten die Nymphen ihnen ins Gesicht getreten, und sie seien in den Abgrund gestürzt. Die Landschaft, in ihr finden wir unsere Ängste, Sehnsüchte und Bedürfnisse abgebildet. Ich kenne nur wenige griechische Geschichten über vertrauenswürdige Schönheit, sexuelles Glück.

Nach einigem Stolpern, Klammern, Klettern, Springen, Durchhalten kommen wir schließlich in dem kleinen Dorf an, das hauptsächlich aus älteren, mit roten Ziegeln gedeckten Steinhäusern besteht. Es gibt auch ein paar Häuser jüngeren Datums mit Terrassen aus makellosem Backstein, Monumente einer neuen griechisch-australischen, -amerikanischen, -kanadischen Vorstadtlegende. Zwei Jungen spielen auf einer Terrasse dieser winzigen Traum-Vorstadt; ihre Rufe – *hello*, *hello*, *hello* – folgen uns wie Gebirgsechos bis ins Dorf. Der Dorfplatz ist, spiegelbildlich, von zwei Gemischtwarenläden mit identischem Warenangebot flankiert: Wein, Kaffee, Eisenwaren, Brot, Coca-Cola, und ich erfahre, daß der eine von politisch rechts-, der andere von linksgerichteten Kunden besucht wird. Ein alter Mann paßt sich meinem Schritt an und erzählt mir, hier werde es bis zum April schneien, und der Schnee reiche einem im Winter oft bis zur Taille. Der Wind bläst ungehindert die Hauptstraße entlang, das obere Dorf ist durch hohe Steinstufen mit dem unteren verbunden. Der Ort strahlt eine heimliche Verzweiflung aus und verrät die große Angst, die solcher Tarnung vor der Außenwelt zugrunde liegt.

Wir wandern weiter, am Rande einer Schlucht, die den Blick auf gewaltige Felsformationen freigibt, und lassen uns zum Essen in einer Höhle nieder, in der früher, wie in fast allen Höhlen, wohl einmal polytheistische Gottesdienste abgehalten wurden. Später fällt Paul ein, daß er telefonieren muß, weil sich der Zeitplan für den nächsten Tag geändert hat. Er macht bei einem kleinen Haus halt, um die Bewohner zu fragen, ob sie womöglich ein Telefon hätten, das er benutzen könne. Ein stämmiger Mann mit einer Zeitung unter dem Arm öffnet die Tür. Bevor er Paul antwortet, dreht er sich kaum merklich um, schnippt mit den Fingern. Eine dicke Frau erscheint in der Tür, das lockige Haar zwischen Braun und Grau changierend, das Hauskleid mit vertrocknet aussehenden Blumen bedruckt. Sie wirft uns einen verstohlenen Blick zu, kniet nieder und zieht ihrem Mann, der ihr die Füße hinhält, ohne sie anzusehen, erst den rechten, dann den linken Schuh an. Als sie fertig ist, macht er eine ruckartige Kopfbewegung, und sie zieht sich schweigend ins Innere des Hauses zurück.

Am Abend gehen wir in die im dreizehnten Jahrhundert erbaute Kathedrale auf dem Hügel von Mistra, um den *chairetismos* zu lauschen, der vielleicht bekanntesten byzantinischen Hymne, die an den fünf Freitagen der Fastenzeit zu Ehren der Heiligen Jungfrau gesungen wird. Die Hymne ist im Stehen anzuhören, weshalb sie im Volksmund *akathistos*, die »stehende« Hymne, heißt, und beschert einem in ihrer vollständigen Fassung von zwei Dutzend Versen, einem für jeden Buchstaben des griechischen Alphabets, sowie den Wiederholungen des Refrains ein anstrengendes, wenngleich außergewöhnliches Erlebnis. Zuletzt habe ich sie in einer von Kanons durchsetzten Aufnahme gehört, in denen Maria als »Muschel« angerufen wurde, die »die göttliche karmesinrote Robe für den König der himmlischen Mächte färbte«, und als tropfender »Tau, der die Flamme des Polytheismus löschte«. Aber in einer solchen Umgebung habe ich die Hymne noch nie singen hören. Autos und Busse voller Menschen aus benachbarten Städten kommen, um an diesem Ereignis teilzunehmen, und ein Verkehrspolizist leitet sie auf einen mit Kerzen beleuchteten Parkplatz. Am Eingang der Kathedrale steht eine brennende Fackel, deren Licht dem steinernen Gewölbe die Konturen einer

Skulptur verleiht, und in der Kirche hauchen flackernde Schatten von Kerzen den Gesichtern auf den Fresken ein jenseitiges Leben ein. Der Gesang hebt an, die Wörter taumeln und zittern auf ihrer atemgestützten Tonleiter wie Trauben an einem Rebstock. In Abständen stimmt die Gemeinde ein und singt einen aus dem siebenten Jahrhundert stammenden Zusatz: ein Loblied auf die Muttergottes, in dem sie dafür gepriesen wird, Konstantinopel vor der angreifenden persischen Flotte gerettet zu haben – von einer riesenhaften, auf dem Schutzwall der Stadt einherlaufenden, leuchtenden Frauengestalt wurde sie in Angst und Schrecken gejagt: »Dir ... Unbesiegbare Befehlshaberin, schreibt deine Stadt in Dankbarkeit den Sieg zu ... und da deine Macht unangreifbar ist, befreie mich von aller Gefahr ...« Nach einer halben Stunde lassen sich viele Menschen in der überfüllten Kirche auf den Steinboden sinken, hören von dort aus weiter zu. Ich schaue hinab und erkenne die weißhaarige Frau wieder, die mir Orangen geschenkt hat. Merkwürdigerweise ist das englischsprachige Gedicht, das mich am meisten an diese Hymne erinnert, Christopher Smarts Loblied aus dem achtzehnten Jahrhundert *For I will consider my cat Geoffrey*, mit seiner Fülle zunehmend wilder und phantastischer Epitheta, ein jedes das vorhergehende übertreffend. Die heimliche, hochaufgeladene Kraft der griechischen Rhetorik aber liegt darin, daß sie, in der Sprache älterer Hymnen, andere Göttinnen beschwört: wie Persephone ist Maria eine göttliche Braut, wie die Demeter der orphischen Hymnen ist sie die *kourotrophos*, die göttliche stillende Mutter, Rebe, Feld, die Quelle von Milch und Honig, reichgedeckter Tisch. Wie Hekate, Athene und Tyche ist sie die Verteidigerin einer Stadt. Sie wird als Himmelsleiter, Tür und Tor beschrieben, doch in dieser Hymne ist sie das Tor, das sich sowohl nach vorne zu Christus als auch nach hinten, zu ihren göttlichen Müttern und Schwestern hin, öffnet. Und dann, überraschend wie ein Peitschenschlag, attackiert die Hymne plötzlich ihre eigenen Quellen, Wurzel und Grundlage ihrer Beredsamkeit: »O *Theotokos*, Gottesgebärerin, die eloquentesten Redner sind stumm vor dir wie die Fische; denn sie finden keine Worte der Erklärung ... Heil dir, die du die göttliche Weisheit in dir trägst ... Heil dir, die du den Klugen ihre Unklugheit beweist. Heil dir, die du den Spitzfindigen ihre Dummheit vor Augen führst. Heil dafür, daß die gefürchteten Redner zu Dummköpfen gemacht wurden. Heil dafür, daß die Erfinder von Mythen nicht mehr sind. Heil dir, die du die Wortgespinste der Athener zerstört hast ...« Eine Frau neben mir bläst die Kerze in ihrer Hand aus, die, von ihrer eigenen Flamme verzehrt, zu weit heruntergebrannt war.

Kerzen

Ein seltsames Licht scheint von den Tälern Arkadiens auszu-strahlen, als wären die Berge von unten beleuchtet, und über den grünen Straßenböschungen steigen Gänseblümchen auf wie Bläschen in einer Champagnerflasche: Wiederum eine gänzlich andersartige Landschaft, mit sanft gerundeten Hügeln und ter-rassenförmig angelegtem Ackerland, sauber und ordentlich wie sorgfältig korrigierte Übungen in einem Schulheft. Auf der Rück-fahrt nach Athen wird unser Bus von ein paar Leuten angehalten, die am Straßenrand stehen. Einer von ihnen steigt zu und fragt, ob ein Arzt unter uns sei, ein Mann mit Herzbeschwerden habe einen Zusammenbruch erlitten. Der Busfahrer ruft per Funk ei-nen Krankenwagen aus der nächstgelegenen Stadt. Während wir auf ihn warten, begeben sich zwei Drittel meiner Mitreisenden nach draußen, um mit dem kranken Mann zu reden und ihn mit Witzen bei Laune zu halten, während die Zigaretten, die sie sich unverzüglich anstecken, ihn in eine Wolke aus Rauch einhüllen.

In der Stadt sind die Schaufenster mittlerweile voller Kerzen: angestautes Feuer, das darauf wartet, am Ostersonntag entfacht zu werden. Die Pflicht, an diesem beliebten Feiertag fröhlich zu sein, und der stechende Schmerz, den er all jenen bringt, deren Leid sie vom Frohsinn ausschließt, machen ihn eher unserem Weihnachts- als unserem Osterfest vergleichbar. Die Zeitschriften bringen Sonderausgaben, und die Sonntagsbeilagen der Zeitun-gen drucken ausgewählte Ostergedichte sowie Reproduktionen von Anastasis-Ikonen, auf denen Christus die Hölle aufbricht wie die Schale eines Eis, um Adam und manchmal auch Eva aus ihren Gräbern zu zerren. Unter der Rubrik *Vermischtes* wird von der

Not der Menschen berichtet, die sich dieses Jahr weder ein Lamm leisten können noch Geschenke für die Kinder Anastasia und Anastasios, deren Namenstag auf Ostern fällt. Die Schaufenster der Juweliere füllen sich mit Gold- und Emaille-Anhängern in der Form von Eiern, mit eingravierter Jahreszahl; nicht nur im Westen drücken Kommerz und volkstümlicher Journalismus den hohen Feiertagen ihren Stempel auf. Zelebriert wird eine schwindelerregende Synthese von Wiedergeburten: natürlichen, nationalen, kulturellen, göttlichen, aber auch familiären – durch die Erinnerung an die Wiederauferstehung der Toten –, und persönlichen – durch die mögliche Befreiung aus jedweder privaten Hölle.

Wie alle großen Feste ist auch Ostern ein Ozean aus Geschichte und Symbolik, unendlich formbar, sich in Gestalt und Bedeutung stets aufs neue wandelnd. Für die Griechen ist es das *Eorte Eorton*, das Fest der Feste, die Wiederauferstehung des Herrn und gleichzeitig das Ostern der Griechen, *he Anastase tou Kyriou* und *to Pascha ton Ellenon*: ein nationales Heiligtum, an dem die türkischen Herren nicht teilhaben durften. In Volksliedern mit einem Regenbogen von Variationen erbieten sich reiche Türken, einen Griechen zu adoptieren oder zu heiraten, wenn er nur seine Religion aufgibt, worauf dieser traditionell erwidert: »Es wäre besser, wenn Sie Grieche würden, um das prächtige Osterfest mitzuerleben.«

Ostern heißt hier *Lampre*, strahlender Glanz, aber es ist auch stark mit der Dunkelheit verknüpft, eine Zeit empfindlicher, vieldeutiger Beziehungen zu den Toten. Die Verstorbenen in ihrer finsteren Unterwelt, so warnen manche Lieder, dürften keinesfalls erfahren, daß die Lebenden Ostern feierten, denn das würde sie bekümmern oder eifersüchtig machen – als ob die Lebenden das traurige Geheimnis bewahren müßten, daß nur sie die Auferstehung erfahren können. Aber in diesem Labyrinth widerspricht eine Tradition der anderen; so glauben einige, daß die Seelen der Toten am Gründonnerstag aus der Unterwelt befreit würden, um Frühlingsblumen zu bewohnen und in den fünfzig Tagen bis

Pfingsten auf geheime Weise mit den Lebenden zu kommunizieren. Eine düstere Volksweisheit wird den Verstorbenen zugeschrieben: »Mögen alle Samstage kommen und gehen, doch möge der Seelensamstag im Mai niemals kommen.« Denn am darauffolgenden Tag, Pfingstsonntag, kehren die Toten in die Finsternis zurück, es werden besondere Totengebete gesprochen; seltsamerweise ist dies zugleich der erste Tag im Jahr, an dem im Meer geschwommen wird: für die Lebenden eine Rückkehr zur intensiven Körperlichkeit des Sommers, zum Leben unter freiem Himmel, in der Natur.

In wohlhabenden Athener Stadtteilen wie Kolonaki und Kephisia sieht man in Möbelgeschäften Silber und Porzellan auf polierten Tischen funkeln, die für ein imaginäres Ostermahl, *la grande bouffe* nach der langen Fastenzeit, festlich gedeckt sind. Auf dem Weg nach Hause in der Straßenbahn läuft ein Bettler den Gang entlang und sagt: »Gute Leute, laßt Ostern nicht meine Kreuzigung sein. Gebt mir etwas, oder die Wiederauferstehung wird in diesem Jahr zu spät für mich kommen.«

In meinem Viertel stehen vor mehreren Spielzeuggeschäften riesenhafte, anderthalb Meter hohe, rote Eier mit der Aufschrift *Kalo Pascha*, Frohe Ostern. Noch charakteristischer für diese Zeit ist für mich aber der überall in den Straßen widerhallende Wunsch *Kale Anastase*, Gute Auferstehung, auch der Anblick der vielen Kerzen, die erst dann entzündet werden, wenn in der Mitternachtsmesse *Christos Aneste* gesungen wird, Christus ist auferstanden. Es gibt lyrische, mit Bändern und Trockenblumen geschmückte Kerzen; enthusiastische, die die Form von Tennisschlägern, Kameras, Pinseln oder Booten mit Fischernetzen haben; Kerzen, die wie Eiswaffeln, Glühbirnen oder Zauberschwerter aussehen; andere, die in die griechische Flagge gewickelt und mit Spielzeugsoldaten, Brautpuppen oder Karagös-Schattenfiguren verziert sind. Ich kaufe eine Radiokerze mit silbern glitzernder Wachsantenne, um sie einer Freundin zu schenken, die über ein enzyklopädisches Popmusikwissen verfügt. Der Ladenbesitzer wickelt sie sorgfältig ein und legt sie in eine kleine Kiste mit der Aufschrift *Christos Aneste.*

Wenn ich an das ganz anders geartete Ostern denke, das ich einmal in Florenz verlebt habe, wird mir bewußt, daß das Volkstum in gewissem Sinne ein fabriziertes Erbgut ist, zusammengesetzt aus Landschaft, Ernährung, Familie, Geschichte, trügerischen Kontinuitäten, Zwängen, Sehnsüchten, Freuden und dem Schrecken des Todes. Ostern ist das am stärksten konzentrierte Destillat griechischen Volkstums, das ich bisher kennengelernt habe: ein Feiertag, an dem eines qualvollen Todes gedacht wird, der, in unendlicher Freude endend, zu einem ewigen Fest mutiert. In einer Welt, die als hoffnungslos gespalten empfunden wird, vermittelt er jenes zutiefst griechische Gefühl der Gleichzeitigkeit oder, besser gesagt, des Ringens um Gleichzeitigkeit, das zwischen Vergangenheit und Gegenwart, Osten und Westen, Mann und Frau, Türke und Grieche, Tod und Leben, Christentum und Heidentum, Gott und Mensch einen sicheren Boden sucht. Es ist die geistige Welt eines Zirkusreiters, der auf zwei Pferden steht, sie im selben Tempo und Rhythmus halten will. Ostern ist, anders als Weihnachten, sowohl eine Zeit der Freude als auch des Schmerzes, eine Zeit, in der man zugleich trauern und fröhlich sein muß, wie die Frauen mit der Myrrhe, die weinend zu Jesu Grab gehen und erfahren, daß Er nicht mehr dort ist. Die Osterkerzen in allen Fenstern künden von dieser schmerzhaften Schönheit, ein Licht, das erst leuchtet, dann verschwindet. Es sieht Griechenland ähnlich, Kerzen in Meerblau und Granatapfelrot feilzubieten, die mit Blumen und Geschenken verziert sind – als wäre Licht ein wunderbares Spielzeug, das man nach Belieben in der Hand halten kann; es sieht Griechenland auch ähnlich, in dieser alles erfassenden festlichen Stimmung derart tragische Geschenke zu verteilen – Kerzen, von denen am Ende nichts übrigbleibt.

Ich halte nach einem Taxi Ausschau, weil ich zum Abendessen mit Freunden verabredet bin. Ein paar Plakate, die der Nachmittagsregen von einer Wand heruntergespült hat, liegen auf dem Bürgersteig. Sie werben für eine Wochenendparty in einem Schwulenclub und zeigen zehn gesichtslose männliche Körper in weißen Shorts, Schritt an Schritt, Schritt an Arsch. Meine Freunde und ich treffen uns in einer Bar, die sich tapfer eine mexikanische Note zu geben versucht. Ein Ledersattel hängt über der Tür, und hinter dem Halbmond der Theke vollführen die Barkeeper beim Einschenken der Drinks choreographierte Bewegungen, die an Tom Cruise in dem Film *Cocktail* erinnern. Die Kellnerin geht mit Gratisgläschen Tequila herum, und griechische Jungs in weißen T-Shirts und schwarzen Lederjacken im Fünziger-Jahre-Aufzug, wie er bei den Unterdreißigjährigen beliebt ist, rauchen und nicken, einen Song aus der Musikbox mitsingend, mit den Köpfen; der melancholische Ausdruck ihrer levantinischen Gesichter bleibt immer gleich, selbst als sie in den Refrain »Ay Caramba« einstimmen.

Foti und Roula, beide Lehrer von Beruf, schäumen vor Wut – nicht, weil ich mich verspätet habe, sondern weil das Parlament seinen kürzlich eingebrachten Vorschlag, es den Bürgern freizustellen, ob sie ihre Religionszugehörigkeit in den Personalausweis eintragen lassen wollen oder nicht, wieder zurückgezogen hat. »Ostern ist natürlich ein hoffnungsloser Zeitpunkt, um eine solche Reform zu debattieren«, sagt Foti, »und das ist genau der Grund, warum die kirchentreuen Abgeordneten sie gerade jetzt zum Thema gemacht haben. Aber ich sehe darin eine Verletzung unserer Rechte. Von der Schande für ein EG-Land, das sich noch lebhaft an den Zweiten Weltkrieg erinnert, ganz zu schweigen. Niemand sollte gezwungen werden, seine Religion registrieren zu lassen, das ist eine Privatangelegenheit.«

»Hier eben nicht, mein *palikari*«, sagt Roula. »Unsere Verfassung wurde immerhin ›im Namen der wesensgleichen und unteilbaren Heiligen Dreieinigkeit‹ konzipiert.« Sie zünden sich beide eine Zigarette an. »Das blieb auch stehen, als sie in den achtziger Jahren überarbeitet wurde.« Ich frage nach, was für Argumente in dieser Debatte ausgetauscht wurden, denn in meinem Land, wie in einer Reihe von EG-Ländern, stellt die Pflicht, Rechenschaft über seinen Glauben abzulegen, eine klare Einschränkung der in der Verfassung verankerten Religionsfreiheit dar.

»Die Günstlinge der Kirche«, antwortet Foti, »sagten das Übliche: daß der Heilige Berg die Registrierung des Glaubens verlangt habe, daß wir ohne sie unsere Identität verlieren würden, daß die Orthodoxie keine Religion, sondern eine Lebensweise sei, daß die Helden von 1821 und Gregorios V. sich im Grabe umdrehen würden, wenn man diese Pflicht aufhöbe. Wir können uns ja nicht einmal als keiner Religion zugehörig registrieren lassen; wer keine Glaubensrichtung angibt, wird als orthodox verzeichnet, und sei er ein noch so überzeugter Atheist. Apropos Gregorios V. – hast du seine Gebeine in der Kathedrale gesehen?« Ja, das habe ich. Gregorios V., Patriarch von Konstantinopel, wurde 1821 bei Ausbruch der griechischen Revolution von den Türken gehängt und später von der orthodoxen Kirche heiliggesprochen; seine Gebeine liegen in einem dekorativen Schrein, in dem er als Musterheiliger der Verschmelzung von Religion und Nationalismus verehrt wird. »Also, wenn Gregorios' Gebeine knirschen, dann nicht etwa wegen unserer Personalausweise, sondern wegen unseres Staates. Schließlich hat er 1798 eine Streitschrift veröffentlicht, in der er erklärte, die osmanische Regierung sei für die Orthodoxie eine Segnung, weil sie sie von aller Häresie freihalte. ›Die Freiheit ...‹, schrieb er, ›beraubt die Christen weltlicher und göttlicher Segnungen.‹ Er ermahnte deshalb die Griechen, die Religion ihrer Väter und die Regierung der Sultane zu bewahren. Wenn du meine Meinung hören willst, das am besten erhaltene Fragment des osmanischen Reiches ist die griechisch-orthodoxe Kirche.«

In diesem endlosen Spiegelsaal kann einem schwindlig werden. »Selbst ich als Gläubige«, sagt Roula, »finde diese Situation gefährlich. Denn wie ein paar Abgeordnete richtig folgerten, kann die Registrierung allzu leicht zu Zwecken der Diskriminierung mißbraucht werden, auch wenn dies sich ohne weiteres verschleiern oder bestreiten läßt. Ich bin orthodox, aber deswegen dürfen andere Menschen doch nicht bestraft werden, wenn sie es nicht sind! Kürzlich erst, im März, wurde ein Lehrer in Thessaloniki gefeuert, weil er weder an den Schulandachten teilnahm noch sich bekreuzigte. Überleg nur mal, wie das bei anderen Lehrern ankommt! Die Kirche mischt sich massiv in schulische Angelegenheiten ein: Das hiesige Bildungsministerium heißt Ministerium für Nationale Erziehung und Religion; Religion ist ein Pflichtfach an unseren Schulen, und die Kirche hat ihre ganz eigenen Meinungen zu Denkern wie Nietzsche und Freud, ihre ganz eigenen sozialen Präferenzen. Die christlichen Ethikbücher sind manipulativ, man sieht ganz deutlich, welche Antworten erwartet werden. Dadurch wird der Akt des Fragens bedeutungslos, was zusammen mit unserer Betonung des Auswendiglernens in anderen Fächern Folgen hat. Alle Arten der Günstlingswirtschaft können hier ins Spiel kommen, mit handfesten Konsequenzen für die Zukunft eines Schülers, von der Einschränkung der freien Meinungsbildung mal ganz abgesehen – obwohl viele behaupten, die Kirche hätte keine Macht. Tatsache ist aber, daß die Kirche unsere geistige Entwicklung, unsere Denkmuster beeinflußt, manchmal in kaum wahrnehmbarer Weise, vor allem dort, wo es gar nicht um religiöse Lehren geht. Wir lernen nicht zu denken, sondern uns etwas zu merken, zu theologisieren und unveränderliche dogmatische Standpunkte aufzusagen. Wir denken nicht, wir wissen. Und um ehrlich zu sein, wir müssen uns sehr in acht nehmen, wenn wir diese Dinge mit Kollegen diskutieren. Übrigens, es tut mir leid, aber du kannst zu keinem von uns beiden in die Klasse kommen. Wir haben gefragt, und man hat uns gesagt, daß es gegen das Gesetz verstoße, falls du ohne die Genehmigung des Ministeriums für Nationale Erziehung und Religion am Unterricht teilnehmen würdest. Außerdem hat man mich gewarnt, dir zu trauen; du würdest garantiert Schlechtes über griechische Schulen schreiben.«

»Die Kirche hat auch eigene politische Standpunkte«, ergänzt Foti und reicht mir ein Pamphlet, das in seiner Schule herumgereicht wird. Es heißt *Eine nationale Sorge* und berichtet von einem griechischen Gymnasiallehrer, der seine Klasse mit dem Hinweis schockiert, daß die *Harvard Encyclopedia* einen »antihellenischen« Essay enthalte: weil er die Möglichkeit andeute, daß die Makedonier keine Griechen gewesen seien. Empört ruft der Lehrer aus: »Das ist von Skopje aus gesteuerte Propaganda! Die sogenannten Makedonier haben Geheimagenten in den Vereinigten Staaten, Kanada, Australien und überall in Europa.« Sodann werden Beweise dafür geliefert, daß die Makedonier bis auf die Knochen griechisch waren.

»Ich habe Schüler, die ermutigt werden müssen, politische und diplomatische Probleme in all ihrer Komplexität zu betrachten – in ihren Aufsätzen kommen so chauvinistische Wendungen wie ›unsere Feinde, die Skopjer‹ vor«, sagt Foti. »Die Lage in Jugoslawien wird auf die gleiche Weise dargestellt: Bischöfe schimpfen darüber, daß die orthodoxen Serben vom Vatikan und vom Islam verfolgt würden, und Karadžić sagt auf Pressekonferenzen, er führe einen religiösen Krieg zur Verteidigung des wahren Glaubens. Den Schülern mag es durchaus zu ihrem praktischen Vorteil gereichen, sich im Hinblick auf bessere Noten, gute Beurteilung, Universität und Karriere diesen Deutungen anzuschließen. Dreh das Pamphlet mal um.« Es ist der Nachdruck einer Zeitschrift für Teenager, kostenlos verteilt von der Orthodoxen Missionsvereinigung Sankt Basilius' des Großen.

»Du solltest dafür beten, daß ihr in Amerika nie eine Staatskirche haben werdet. Und«, sagt Roula, ironisch grinsend, »*Kale Anastase.*«

Der Bus zur Metamorphose

Während der Kellner die Rechnung für unser Mittagessen schreibt, fällt Stamatis ein, daß er ein Geschenk für mich hat. Erst nach meinem Aufenthalt in Mistra könne ich es richtig würdigen – »jetzt, wo du unsere Kriegsgöttin, die Unbesiegbare Befehlshaberin, kennengelernt hast«, sagt er. »Man kann sie überall in Griechenland kaufen, ein beliebtes Motiv aus den Achtzigern.« Er gibt mir eine Postkarte, auf der, in einer groben Mischung aus volkstümlichen, byzantinischen und westeuropäischen Stilelementen gemalt, eine riesenhafte Maria in traditioneller griechischer Tracht zu sehen ist. Mit ihrem verträumten, mandeläugigen Liebreiz ähnelt sie ein wenig der Schauspielerin Anouk Aimée. Das von ihr gehaltene Jesuskind ist ein kleiner, in die Fustanella gekleideter Mann, sein Gesicht eine Miniaturausgabe des ihren. Sie hält ihn mit einer Hand, während sie mit der anderen eine enorme, an ihrer Schulter ruhende Schrotflinte stützt, deren Doppellauf mit Silber verziert ist.

»Warum fährst du über Ostern nach Korfu?« fragt er mich. »Es gibt viel interessantere Orte für die Feiertage, Pyrgi auf der Insel Chios zum Beispiel, wo Lämmer geschlachtet werden und man bis zu den Ellbogen im Blut wühlt. Du könntest dort verstehen lernen, daß es einen auf beiden Seiten uneingestandenen Dialog zwischen der Orthodoxie und dem Islam gibt. Ich würde gern einmal ihr *kurban bairami* miterleben, mit dem sie, glaube ich, das Opfer Abrahams feiern – auch dabei wird das Lamm zuerst als Haustier gehätschelt und dann für das Fest geschlachtet, wie Ostern ein Fest des Blutopfers. Chrislam.« Ich erkläre ihm, daß ich mich für Korfu entschieden hätte, weil mir unter den Hunderten

von griechischen Osterfesten, die wie lauter verschiedene Wild-
blumenarten sind, immer wieder gerade dieses empfohlen worden sei. Und um herauszufinden, weshalb sie glauben, es könnte
mir besser gefallen als andere.

»Also, ich hätte dich woanders hingeschickt«, sagt er. »Du wirst
dort nicht die ganze Wucht von Ostern zu spüren bekommen. Ich
verrate dir die drei Schlüssel: _cherche la femme,_ setz eine polytheistische Brille auf, und zieh keine voreiligen Schlüsse, um wessen Auferstehung es hier geht. Ostern spielt sich zwischen einer
Frau, einem Mann und einem unsterblichen Vater ab. Ich habe vor
kurzem ein hervorragendes Buch von einer amerikanischen Alter-
tumsforscherin namens Laura Slatkin gelesen, das ich dir sehr ans
Herz lege. Sie betrachtet die Ereignisse der _Ilias_ im Licht der Beziehungen zwischen Zeus, Thetis und Achill. Thetis rettete Zeus,
wie du sicher weißt, in dem Moment, als er vom Thron gestoßen
zu werden drohte; ihre Belohnung hätte darin bestehen können,
den größten aller Götter zu heiraten, wäre ihr nicht prophezeit
worden, daß sie einen Sohn zur Welt bringen würde, der seinen
Vater an Stärke übertrifft. Um zu überleben, mußte Zeus also dafür sorgen, daß Thetis nur sterbliche Kinder gebar. Deshalb zwang
er sie, einen Sterblichen zu heiraten, mit ihm zeugte sie Achill.
Laura Slatkin schreibt, daß Achill andernfalls womöglich Herrscher des Universums geworden wäre, daß die Göttlichkeit des
Zeus von Achills Sterblichkeit abhing. Das erinnert sehr an die
christliche Triade: Jesus Christus ist nicht gestorben, um die Menschen zu retten, sondern um Gott zu retten. Aber es gab natürlich
auch Veränderungen, gewichtige sogar, wie die Verbannung der
Frau aus dem Reich der Götter. Lange vor Jesus war es Persephone, die in die Hölle hinabstieg und das Leben zurück auf die
Erde brachte.

Dies, meine Liebe, ist eine Strafe für das Mysterium weiblicher
Fruchtbarkeit. Ihr vollbringt die große Tat des Gebärens, dank
deren wir euch lange Zeit für göttlich hielten – aber ihr gebärt immer nur sterbliche Kinder. Mit jeder göttlichen Jugend schafft ihr

einen sterblichen Tod. Deshalb erhielten Schwangerschaft und Geburt, die in den alten Oster- und Frühlingsfesten als Symbol und Beschwörung der Unsterblichkeit eine große Rolle spielten, im christlichen Osterfest einen geringeren Stellenwert, und das Wunder der weiblichen Sexualität, die Schwangerschaft, wurde durch das Wunder der männlichen Sexualität, die Erektion, ersetzt. Sieh dir das Bild der *Anastasis* an: Christus aufrecht in der Hölle, die als Höhle dargestellt ist, ein altes und in der polytheistischen Gottesanbetung überaus charakteristisches Symbol des weiblichen Geschlechts; Christus, der die Ruhenden aus ihren Särgen steigen läßt. Und hör dir die Sprache des Festes an: *anastasis*, wieder stehen, *anastaino*, ich stehe wieder auf – oder euer Wort *resurrection*, Wiederauferstehung.«

Bevor ich nach Hause gehe, um für meine Reise nach Korfu zu packen, laufe ich durch das Athen der *Megale Hebdomada*, der Karwoche. An einer Kreuzung rast ein Bus an mir vorbei. Sein über der Windschutzscheibe angegebenes Ziel ist ein Viertel namens Metamorphose.

Zwillingsgipfel

Korfu, vor allem von englischen und deutschen Touristen heftig umschwärmt, ist außerhalb Griechenlands in erster Linie als Ferieninsel bekannt. Über ihren Entstehungsmythos wissen vermutlich nur wenige Bescheid: Es wird erzählt, die Insel sei die Sichel gewesen, mit der Kronos (Saturn) seinen Vater Uranus kastrierte. Der Name Korfu geht wohl auf die Zwillingsgipfel nahe der alten Burg von Korfu-Stadt zurück, die *Koryphai*, der Sage nach Uranus' versteinerte Hoden.

Auf jeden Fall war Korfu die Sichel, die, als angeblicher Auslöser des Peloponnesischen Krieges, das alte Hellas zerstörte. Die Nähe zu Italien machte die Insel kommerziell attraktiv, weil sich von ihr der Handel zwischen Nordafrika, den östlichen Mittelmeerländern und Nordeuropa beherrschen ließ; außerdem war sie eine Art Durchgangsstation auf dem Weg zur Zerstörung der Römischen Republik: Antonius nahm hier zum letzten Mal Abschied von seiner Frau Octavia und stach in See, um sich Kleopatra anzuschließen. Korfu stärkte Antonius und Kleopatra den Rücken gegen Augustus, eine Entscheidung, der alle städtischen Bauwerke der Insel zum Opfer fielen. Als sein eigener Impresario und Gesangschüler zugleich, sang Kaiser Nero auf Korfu vor einem Gefangenenpublikum. Die Verbindung zu Italien setzte sich im Mittelalter fort, als die Insel venezianisches Schutzgebiet wurde; sie blieb es, bis Napoleon der venezianischen Herrschaft ein Ende bereitete. Nachdem die Briten ihrerseits Napoleons Herrschaft beendeten, wurde Korfu von 1815 bis 1864 britisches Protektorat. Damals schickte die Insel, wie zu keiner Zeit unter türkischer Regierung, zahlreiche junge Männer auf italienische

Universitäten, so daß sich eine griechische Intelligenz herausbildete, eine selbstgezüchtete Aristokratie, die mit Hilfe von Geld, Leistung, Schikane oder Heirat italienische Titel zu erwerben vermochte. Nicht umsonst stand Korfu, wie manche benachbarte ionische Insel, bald in dem Ruf, wesentlich schärfere Klassengegensätze hervorgebracht zu haben als andere Teile Griechenlands.

Der erste Präsident des modernen Griechenlands, Kapodistrias, stammte aus Korfu. Seine Ermordung durch peloponnesische Attentäter wurde zu einem Symbol der Auseinandersetzung zwischen europäisch beeinflußten Griechen und einheimischen Kriegsherren, die einen großen Teil des Festlands beherrschten, über die Zukunft des neuen Staates. Korfus Bedeutung als Tor zu Europa wandelte sich nachhaltig durch die griechische Aneignung Makedoniens und den Fortschritt der Technik. Solange man per Schiff reiste, war das übrige Land von Korfu abhängig. Griechische Zeitungen der Belle Époque verfügten nicht über genügend Kapital, um Auslandskorrespondenten zu beschäftigen, und schickten daher einige ihrer Mitarbeiter nach Korfu, wo, William Miller zufolge, europäische Zeitungen gut dreißig Stunden früher ankamen als in der Hauptstadt. Sobald die Korrespondenten sie in Händen hielten, telegrafierten sie ihren Büros in Athen die wichtigsten Nachrichten.

Auf meinem Weg durch Korfu-Stadt mit ihren Kricket spielenden Männern, ihrer italianisierenden Architektur und dem Liston, zwei mit prächtigen Arkaden versehenen Apartmenthäusern, die als Hommage an die Pariser Rue de Rivoli in der kurzen französischen Periode entworfen wurden, begreife ich auf einmal, warum mir so viele Griechen des bürgerlichen Mittelstands empfohlen haben, die Ostertage hier zu verbringen. Die Spannung, die an so vielen griechischen Orten aus der zersplitterten Identität erwächst, das Gefühl der Zerrissenheit zwischen Ost und West, sie scheint auf Korfu aufgehoben, ersetzt durch ein geordneteres Verhältnis zur Vergangenheit: Die Bauwerke zeigen eher Verwandtschaft mit Italien und Frankreich als mit Anatolien und Istanbul.

Der *corso* vor dem Liston wirkt gänzlich anders als die Promenade am Hafen von Kabala. Die Menschen, die hier spazieren gehen und mit den Augen Besitz von den eleganten Arkaden und vornehmen Fassaden ergreifen, geben sich selbstbewußt, wahrscheinlich weil sie sich als Europäer verstehen: Sie erholen sich von der Komplexität ihres Griechentums. Männer, Frauen, Jungen, Mädchen, aufwendig frisierte Pudel – eine ganz andere Sorte Hund, als ich sie sonst in Griechenland gesehen habe – spazieren am Uferweg auf und ab. Drei alte Männer in feinen Anzügen sitzen zusammen an einem Tisch und lesen Zeitung, das Gelesene zwischendurch mit schnellen Gesten kommentierend. Die Karwoche ist eine Zeit des düsteren, feierlichen Ernstes, doch auf Korfu liegt eine kaum unterdrückte freudige Festtagstimmung in der Luft.

Drei Engel erscheinen, leisten einander auf einer handtellergroßen Ikone Gesellschaft, die in einem Schaufenster liegt. Sie sitzen in rubinroten Kaftanen an einem runden Tisch mit einer wunderschönen seegrünen Tischdecke. Man sieht ihnen an, daß sie einen weiten Weg zurückgelegt haben: Das Gemälde zeigt sie in der leicht erschöpften, entspannten Haltung von Menschen, die nach langem Flug ihr Ziel erreicht haben, ihre bloßen Füße ruhen auf Kissen. Sie sehen hungrig, aber vergnügt aus; auf dem Tisch liegen drei kleine Gabeln, und die drei Becher, die vor ihnen stehen, sind genauso golden wie ihre Flügel und Heiligenscheine. Der Neigung ihrer Köpfe und dem wohlwollenden Lächeln des Engels zur Rechten nach zu urteilen, ist ihre Unterhaltung voll Anmut und Witz. Der kühle Wein in ihren glänzenden Bechern und der Wohlgeruch der Speisen, die für sie zubereitet werden, regen sie ganz offensichtlich an. Ich weiß, daß dies die Engel sind, die Abraham in der Wüste heimsuchten, und daß sie, theologisch gesprochen, die Heilige Dreifaltigkeit darstellen sollen. Aber das ist mir egal. Für mich sind sie die Engel der Tafel, die über eine der Friedenskünste gebieten, Künste, in denen Körper und Geist, physische und metaphysische Liebe zu einer Substanz verschmelzen

– eine weit schwierigere Leistung als jede Kriegskunst. Die Ladenbesitzerin, deren slawischer Name übersetzt soviel heißt wie »Gottesgeschenk«, strahlt die festlichste Stimmung aus, die ich je bei einem Verkäufer erlebt habe. »Heute bin ich ein schwebender Engel«, sagt sie, »an anderen Tagen bin ich schwer, manchmal bin ich Dr. Jekyll und Mr. Hyde. Aber Ikonen bringen Glück; den Griechen bringen sie sogar sehr viel Glück, und der Beweis ist, daß Sie mir das erste Geld der Saison bringen.« Sie nimmt die Drachmenscheine, die ich ihr gebe, befestigt sie mit Klebeband an ihrem Aktenschränkchen, damit sie weitere Scheine nach sich ziehen, und schenkt mir zum Abschied einen Achat. »Wenn Sie sich etwas wünschen, müssen Sie ihn in der rechten Hand halten und Ihren Wunsch klar und deutlich aussprechen. Dann nehmen Sie ihn in die linke Hand und sagen: ›Jetzt.‹«

Ich bringe die Engel auf mein Hotelzimmer und komme gerade rechtzeitig, um einen prophetischen Anruf von Kostas entgegenzunehmen, der sicherstellen will, daß ich heute abend in die Kirche gehe. Ich hatte mir vorgenommen, am Donnerstag, Freitag und Samstag die Kirche zu besuchen, weil jeder Gottesdienst der Karwoche einen anderen Charakter, eine andere Intensität haben soll, und frage ihn murrend, ob das nicht ausreichend sei. »Nein, nein, nein«, sagt er, »heute ist der Abend, an dem alle intelligenten Frauen für die Sünde ihrer Intelligenz büßen. Also mußt du hingehen.« Ich antworte, daß ich mich geschmeichelt fühle, und bitte ihn, mir die Sache näher zu erklären. »Heute abend wird außer der Hymne auf den Bräutigam Christus noch eine zweite gesungen, die eine Frau namens Kassiani geschrieben hat. Die Geschichte ist die: Theophilos, byzantinischer Herrscher im neunten Jahrhundert, ließ alle heiratsfähigen Frauen zu sich rufen, um aus ihren Reihen seine Ehefrau auszuwählen. Mit einem goldenen Apfel in der Hand ging er auf Kassiani zu, reichte ihn ihr als Zeichen, daß seine Wahl auf sie gefallen sei, und sagte mit unnachahmlicher Taktlosigkeit so etwas wie: ›Guten Abend, von der Frau kamen das Verderben und unser Niedergang.‹ Kassiani, die die Anspielung auf Eva verstand, antwortete schlagfertig: ›Und von der Frau kam die höchste Herrlichkeit, unsere Erlösung.‹ Das war bei weitem zu clever für Theophilos; er gab seinen Apfel einer anderen. Kassiani zog sich in ein Kloster zurück, wo sie im Namen Maria Magdalenas ein Klagelied schrieb. ›Herr, sie, die so vielen Sünden verfallen ist, hat deine Göttlichkeit erkannt und sich den Frauen angeschlossen, die Myrrhe tragen …‹«, singt Kostas. »Und so tat sie Buße und gesellte sich zu den Frauen, die den Altar der männlichen Vorherrschaft mit dem Duft ihrer Intelligenz besprühen.

Natürlich höre ich dich schon fragen, ob die Männer denn nie für ihre Intelligenz büßen müssen. Aber der Rest der Geschichte, den du natürlich nicht in der Kirche hören wirst, wirft die Frage auf, ob Männer überhaupt genügend Intelligenz haben, für die sie büßen könnten. Denn wie in allen Kulturen, in denen das Macht- und Göttlichkeitsbewußtsein der Männer sich auf die theologisch sanktionierte geistige, moralische und politische Erniedrigung der Frauen gründet, mußten Theophilos' Nachfahren am Ende selbst aus dem Brunnen trinken, den er vergiftet hatte. Die Frau, die er an Stelle der klugen Kassiani wählte, Theodora, war nämlich später an einer der vermutlich größten Dummheiten der Byzantiner beteiligt. Nach Theophilos' Tod übernahm sie zusammen mit einem Onkel, einem Bruder und einem Berater die Macht. Sie trat für die rücksichtslose Verfolgung einer in ihren Augen abtrünnigen christlichen Sekte ein, deren Mitglieder an den äußersten östlichen Grenzen des Reichs konzentriert waren. Eine Armee wurde gen Osten gesandt; Christen kreuzigten Christen. Doch diejenigen, die fliehen konnten, taten sich mit sarazenischen Arabern zusammen, und der Prozeß der Unterminierung der östlichen Grenze begann, ein Prozeß, der im Krieg gegen die Türken und im Fall Konstantinopels gipfelte. Also hör dir die Hymne an, beklage deine Sünden, und denk daran, was Didymos, der Blinde, ein früher christlicher Lehrer aus Alexandria, gesagt hat: Frauen dürfen niemals in eigener Verantwortung, ohne männliche Beaufsichtigung, Bücher schreiben.«

In den engen Straßen hinter der Kirche, dort, wo sich auch die Ionische Universität und einige Hotels befinden, stolzieren am Abend Hähne herum. Ich steige zur Frauenempore hinauf, wo lauter beleibte Matronen in Wollpullovern sitzen, in der ersten Reihe drei alte Frauen mit schwarzen Stolen, griesgrämigen Gesichtern und unbarmherzigen Augen, drei Schicksalsgöttinnen. Ich lausche Kassianis Klage und der *Hymne des Bräutigams*. Wenn es einen Traum gibt, der vom zweiten Jahrhundert bis zu diesem Tag in der griechischen Welt die gleiche Deutung erfahren hat, so ist es der Traum von einer Hochzeit: Stets wird er als Todesahnung interpretiert. Die Bilderwelten fließen ineinander, denn, so Artemidoros, »dem Bräutigam und dem toten Mann begegnen dieselben Dinge: eine Prozession von Freunden, männlich wie weiblich, Kränze, Gewürze, Salben und schriftliche Verzeichnisse der Besitztümer«. Umgekehrt deute der Traum vom Tod oft auf Heirat hin, »denn eine Grabstätte hat, wie eine Ehefrau, Platz für ganze Körper«. Ein pausbäckiger zehnjähriger Junge kommt zur Empore herauf, und seine grauhaarige Mutter steht unverzüglich auf, bietet ihm ihren Platz an.

Der Donnerstagmorgen ist schön wie ein Gedicht. Ich nehme den Bus, um Korfus berühmtestes Bauwerk zu besichtigen: den Palast, den die Habsburger Kaiserin Elisabeth von Österreich 1890 hier errichten ließ und den sie Achilleion nannte – ein häßlicher, vulgärer und törichter Palast in einer der herrlichsten Umgebungen der Welt. Von ihm aus eröffnen sich immer neue erlesene Ansichten der blauen Bucht, so daß es einem vorkommt, als malte sie ihr eigenes Porträt. Er selbst jedoch ist ein Lehrstück über eine gnadenlos perfektionistische Spielart der klassischen Kunst, geradezu faschistisch wie der physische und rassische Idealismus der Nazis, Basis nationalsozialistischer Kunst. Aus der Neigung, Elemente der Sakralarchitektur in den Dienst privaten Häuserbaus zu stellen, spricht ein ungeheurer Machtdrang; nicht weniger unpassend wäre es, wenn Farmer aus dem Mittleren Westen ihre Häuser nach dem Vorbild gotischer Kathedralen bauten.

Sissi war in Bayern aufgewachsen, wo das griechische Altertum verherrlicht wurde; König Ludwig, der antike Kunst sammelte und den ehrgeizigen Plan verfolgte, München zum »Athen des Nordens« zu machen, war ihr Onkel, und auch mit Otto, der auszog, über die, wie ihre Mutter sagte, »Banditen-Untertanen« des neuen griechischen Staates zu herrschen, war sie verwandt. Sie entwickelte eine Leidenschaft für Griechenland und stellte 1891 einen griechischen Hauslehrer namens Christomanos ein, der später einen romantischen, übertriebenen, aber aufschlußreichen Bericht über die Zeit seiner Bekanntschaft mit ihr in Österreich und auf Korfu verfaßte. In den Augen der Kaiserin war Griechenland eine weitere Projektionsfläche für ihre beständige Selbststilisierung als Göttin, ein Bild, das sie offenbar auch in ihrer Gefolgschaft zu erzeugen vermochte: Christomanos schrieb, sie habe, als er ihr in einem Salon, dessen Wände mit blutroter Seide bezogen waren und der von goldenem Mobiliar, Spiegeln und Kristallüstern überquoll, zum ersten Mal begegnete, ihn an Persephone, die Göttin der Unterwelt, erinnert. Als sie, ein paar Jahre nach dem Freitod ihres Sohnes Rudolf in Mayerling, ihren Rückzug nach Korfu plante, richtete sie den Palast im Gedenken an die unsterbliche Thetis und ihren sterblichen Sohn Achilles ein, indem sie als Emblem für Geschirr und Gläser die der Thetis heiligen Delphine wählte und ein monumentales Achill-Gemälde von Franz Matsch erwarb.

Die Anlage strahlt unterdrückte Gewalt aus, mit Selbsthaß gepaarten Egoismus. Standbilder von Zeus und Hera flankieren den marmornen Treppenaufgang, während in Elisabeths Ankleidezimmer der Kopf der Medusa prangt und das Wohnzimmer mit dämonisch grinsenden Gipsengeln geschmückt ist, deren Gesichter und Körper so erbärmlich gemacht sind, als hätten die Kunsthandwerker bei ihrer Arbeit die Kontrolle verloren. Die Friese von Jagdtieren – Hunden, Kaninchen, Keilern – sind beunruhigend, insbesondere wenn man von Rudolfs leichtsinnigem Umgang mit Gewehren weiß. Er hatte eine Serie von Unfällen: Einmal schoß er sich selbst in die Hand, ein anderes Mal verfehlte er nur knapp seinen Vater Franz Joseph, bevor er schließlich Marie Vetsera, eine seiner Freundinnen, und sich selber tötete. Im Park gibt es wie Tischtennisschläger geformte Blätter, in die mit Taschenmessern griechische Graffiti eingeritzt sind, und fünf Männer posieren vor einer gewaltigen Achill-Statue, aufgestellt von Kaiser Wilhelm II., der das Anwesen erwarb, nachdem Elisabeth seiner überdrüssig geworden war. Ich sehe mir das Gemälde von Matsch, das den siegreichen Achill in einer geradezu pornographischen Schlachtszene zeigt, aus der Nähe an: Als eine Art Vorläufer des Action-Darstellers zieht er Hektors toten Körper hinter seinem Triumphwagen her, während eine Menschenmenge aus puppenhaften Gestalten zusieht. Und doch gibt es in diesem nichtssagenden Bild ein prophetisches Detail, das einen frösteln läßt: Über den steinernen Eingang zur trojanischen Stadt hat Matsch ein kleines Hakenkreuz gemalt.

Der Gottesdienst am Abend ist der Kreuzigung gewidmet. Von der mit Kerzen beleuchteten Empore der Frauen aus lausche ich den Lesungen aus der Passionsgeschichte, Texten aus allen vier Evangelien. Ich höre, wie Petrus Christus verleugnet. Der Hahn kräht, und Petrus ging hinaus und weinte bitterlich; der Satz auf griechisch ist von solcher Schlichtheit, daß man darin ein kindliches Gefühl von Scham und Versagen spürt, wie es Petrus empfunden haben mag. Plötzlich werden alle Lichter in der Kirche gedämpft, und hinter der Ikonostase tritt der Priester hervor, ein gewaltiges Kreuz mit einer abnehmbaren Christusfigur auf dem Rücken. Er nagelt Jesu Hände und Füße ans Kreuz; in Höhe von Kopf und Händen werden Kerzen angezündet, während die *giagias* auf dem Balkon schluchzen und stöhnen. Dann trägt der Priester das Kruzifix dreimal durch die Kirche; wieder bin ich verblüfft über die Ähnlichkeit mit einem orthodoxen Hochzeitsritual, dem sogenannten Tanz Jesajas, bei dem Braut und Bräutigam bekanntlich dreimal den Altar umrunden.

Später im Hotel schlage ich bei Artemidoros unter »Kreuzigung« nach. In seiner Welt waren Kreuzigungen ein gewohnter Bestandteil des Lebens, damit auch ein gewohntes Traumbild. Es war Konstantin, der die Kreuzigung als eine römische Strafe abschaffte, wenngleich er statt dessen andere Maßnahmen einführte: etwa die berüchtigte Bestimmung, nach der jeder Frau, die ihrer Herrin dabei behilflich war, ein Stelldichein zu arrangieren, kochend heißes Blei den Rachen hinuntergegossen werden sollte. Überraschenderweise sind Kreuzigungsträume bei Artemidoros im allgemeinen ein gutes Zeichen: für Seeleute zum Beispiel, weil das Kreuz einem Schiffsmast ähnele und wie ein Schiff aus Nägeln und Holz gemacht sei; oder für arme Männer, weil ein Gekreuzigter hoch hinaufgestiegen sei, aber auch weil er fette Beute für viele Raubvögel abgebe – was einem eine gewisse Vorstellung davon gibt, welcher Anblick sich einem Zeitgenossen von Artemidoros geboten hat, wenn er an einem Militärgefängnis vorbeikam. Einen Junggesellen weise der Kreuzigungstraum auf seine bevorstehende Hochzeit hin, die ihm allerdings kein leichtes Leben bescheren werde. In meinem modernen Traumbuch kommt zwar keine Kreuzigung, dafür aber das Stichwort »Kreuz« vor, es deute auf eine schwierige sexuelle Verbindung hin, in der Freude mit Konflikt und Kummer einhergehe. Einem Impuls folgend, schaue ich in beiden Bänden unter »Auferstehung« nach. Das moderne Buch moralisiert, indem es einen solchen Traum als Zeichen von Egoismus oder Anmaßung wertet. Für Artemidoros hingegen bedeutete er Chaos, einen Verstoß sowohl gegen die soziale Ordnung als auch gegen die Logik. »Denn man muß sich die Verwirrung vorstellen, die entstehen würde, wenn die Toten ins Leben zurückkehrten. Sie forderten natürlich ihren Besitz ein, wodurch andere Verluste erleiden würden.«

Am Morgen des Karfreitags – des Großen Freitags (alle Tage dieser Woche werden »Groß« genannt) – steht plötzlich ein schwarzweißes Lamm auf dem Grünstreifen vor dem Hotel, angebunden. Beim Frühstück werden wir nicht mehr, wie gestern, mit heitergeistloser Popmusik, sondern mit Kirchengesängen berieselt.

Heute wird der Kreuzabnahme und, am Abend, der Grablegung Christi gedacht. Die griechische Flagge, deren Farben von der bayerischen Fahne übernommen sind, weht auf Halbmast.

Ich steige zu meinem angestammten Platz auf der Empore hinauf. So überfüllt habe ich die Kirche noch nie gesehen; die Frauen, die einen Sitzplatz haben, wechseln sich dann und wann mit den Stehenden ab, ein erstaunlicher Anblick: Wer in Griechenland je mit Bus, Bahn oder Fähre gefahren ist, weiß, daß Sitzplätze mit Zähnen und Klauen verteidigt werden. Die Tür der Ikonostase wird aufgestoßen, und ein Priester in prächtigem, gold- und purpurfarbenem Talar geht zum schwarzverhüllten Altar, nimmt die Christusfigur vom Kreuz, wickelt sie in ein weißes Tuch. Er spielt die Rolle Josephs von Arimathia, der den toten Jesus zum Grab brachte, und während der Priester die Figur durch die Kirche trägt, regnen von allen Seiten Blütenschauer auf sie herab, genau wie bei einer Hochzeit. Hier wird der alte Zusammenhang zwischen Theater und Auferstehung erneuert: Das Theater ist die Kunst, in der die Menschen ihren eigenen Tod überleben – nachdem Herakles in seinem brennenden Hemd qualvoll gestorben ist, tritt er unversehrt vor den Vorhang, um sich zu verbeugen. In der Literatur gehen alle Tragödien gut aus, weil das Leid ihrer Protagonisten von der Historie und von uns abgerückt ist: jeder Tod eine Auferstehung. Und wir machen das Elend der Figuren fruchtbar, indem wir die Intimität und Losgelöstheit der Literatur benutzen, um ihren Schmerz zu überleben und zu rächen, um im Licht ihres Kummers zu sehen. Aber wir haben nicht gelernt, diese Kunst auf die Tragödien der Historie anzuwenden. Die Griechen und die Bulgaren der Balkankriege, die Byzantiner und die Türken des Osmanischen Reichs, der Westen und der Osten, die Griechen und die Türken der Kleinasien-Katastrophe und Zyperns, sie alle haben die Schäden, die sie einander zugefügt haben, nicht wieder repariert; es sind Tragödien, die andauern. Der heutige Gottesdienst ist selbst eine Art Theaterstück, in dem die Gemeinde und der Priester als Schauspieler, nicht als Publikum agieren. Sie sind es, durch die Jesus stirbt und wiederaufersteht, indem er sich für die Menschwerdung ihr Fleisch, für die Legende ihr Leben borgt. Im Odeon des Herodes Atticus in Athen sieht man oberhalb der Bühne noch heute die *theologeion* genannten Nischen, in denen die als Götter verkleideten Schauspieler erschienen sind; das *theologeion* muß wohl der Vorläufer der Ikonostase gewesen sein.

Der Leib Christi wird zur Bahre getragen, einem richtigen Bett mit Kissen, umrahmt von weißen Nelken, den Blumen der Passion, am Kopfende eine Kaiserkrone aus roten Nelken: ein Hochzeitsbett. Kinder in Pfadfinderuniform präsentieren Waffen – Holzstöcke – und stehen still. Die Christusfigur wird mit einem prächtigen gewebten *epitaphios*, einem Grabtuch, bedeckt, auf das Nelken gestreut werden, und auf die Bahre gelegt, während die Kinder vortreten, um sie zu bewachen; die älteren Frauen schluchzen, zünden braune Kerzen an. Der Priester hält eine einschüchternde Predigt, in der er fremde Sitten und Gebräuche abkanzelt, droht denen, die *xenoi tropoi* folgen, mit dem Verlust des Himmelreichs.

Draußen vor der Kirche ist die Welt wieder zum Leben erwacht. Händler machen ein schnelles Geschäft mit Steingutscherben und billiger Töpferware, die man am Samstagmorgen aus dem Fenster werfen kann, um die Zerschlagung des Todes zu feiern, aber auch um Judas zuzusetzen. Die Straße, in der es viele Fleischerläden gibt, ist von toten Lämmern gesäumt, mit leerem Blick und grimassenhaft gebleckten Zähnen an ihren Füßen baumelnd. An einer Bushaltestelle steht eine Menschentraube in dünnem silbrigem Regen, Blumen und eingewickelte Lammstücke für ihre *mageritsa* in der Hand, die Suppe, die nach dem Samstagabendgottesdienst das Fasten beendet. Ein Mann wuchtet den Leib eines Lamms in den mit Papier ausgelegten Kofferraum seines Wagens. An zahlreichen Ständen werden Kerzen verkauft, und ich suche mir für den Gottesdienst morgen abend eine aus, die die Form einer Calla mit grünen Blättern hat: die schönste Kerze, die ich je gesehen habe. Die Kirchenglocken läuten heute ohne Unterlaß. Ich kaufe mir eine Zeitung und lande auf einem Platz mit einem venezianischen Brunnen, der mir das erinnerungslose Gefühl vermittelt, in Italien zu sein. Ich bestelle *pastitsada*, Pasta, die nicht in Wasser, sondern in Sauce gekocht wird; auch die Küche Korfus ist eher italienisch als nahöstlich, ergänzt durch ein sonderbares Vermächtnis der britischen Gouverneure: Ginger Ale.

Die Zeitung berichtet über einen außergewöhnlich kaltblütigen Mord. Seit ich in Griechenland bin, habe ich des öfteren darüber nachgedacht, wie kulturspezifisch Morde sind, abgesehen vielleicht von Fällen der Notwehr. Mord ist, wie mir der Anblick des gekreuzigten Körpers Christi diese Woche unablässig vor Augen führt, nicht nur mit persönlicher, sondern auch mit kultureller Symbolik aufgeladen, ja er ist, in gewisser Weise, die am wenigsten individuelle aller Handlungen. Dieser von einer Kellnerin und ihrem Freund verübte Mord ist für Griechen besonders empörend, weil er die Idee der *philoxenia* verletzt, der Gastfreundschaft, den geheiligten Vertrag zwischen Gast und Gastgeber: Die beiden Mörder töteten ihre Gastgeberin, die sie, finanzielle Nöte vorschützend, um Hilfe und Unterkunft gebeten hatten. Nachdem diese reichlich beschwipst nach Hause gekommen und zu Bett gegangen war, drückten die Mörder sie in die Kissen und begannen, ihr ins Gesicht zu schlagen. Die Kellnerin versetzte ihr mit einem Messer den Todesstoß: ein von einer Frau an einer anderen Frau verübter Mord in deren eigenen vier Wänden. Anschließend versteckten die Mörder die Leiche in einem Schrank, aßen, tranken und nahmen sich, was sie gebrauchen konnten, Gegenstände, die sie später nach und nach in Secondhand-Läden verkauften. In einem Land, in dem die Tradition der Mitgift das Haus mit allem, was darin ist, zu einem Sinnbild der Frau macht, stellt dieser Mord ein doppeltes Vergehen dar, eine Art Vergewaltigung durch eine Frau.

In Griechenland werden offenbar stets auch die Eltern von Mördern interviewt, in diesem Fall schildert die Mutter ausführlich die Kindheit ihrer Tochter. Sie selbst habe mit sechzehn geheiratet und zwei Jungen und ein Mädchen zur Welt gebracht. Nach sechzehn Jahren Ehe, in denen ihr Mann sie und die Kinder ständig geschlagen habe, sei sie endlich in der Lage gewesen, ihn zu verlassen. Sie behielt die Jungen, während die Tochter mit ihrem Vater nach Kreta ging. Als sie fünfzehn war, erklärte der Vater sie für unerziehbar, steckte sie in eine Besserungsanstalt. Die Mutter holte sie zwar dort heraus, aber das Mädchen, sagt sie, habe sie gehaßt und bei ihrem Vater leben wollen. Sie begreife nicht, wie es dazu gekommen sei, daß ihre Tochter so viel Haß empfinde und doch wirft niemand die Frage auf, warum sie die Jungen behielt und das Mädchen dem Zugriff eines gewalttätigen Mannes überließ, zumal es wiederholt Zeugin gewesen sein muß, wie er die Mutter verprügelte. Es gibt, so scheint es, eine Anthropologie des Mordes, die auch in der Berichterstattung zum Ausdruck kommt. Die Geschichte kreist nur um die Mörderin; über den Mörder erfährt man nichts.

Am Abend gehe ich wieder in die Kirche, diesmal zur Grablegung Christi. Ein traditionelles griechisches Trauerlied, ein *moirologion*, das man in Teilen des Landes noch heute hören kann, wird angestimmt. Es ist eine Art Tribut an den Verstorbenen, den jeder an ihn entrichten kann, egal, in welchem Verhältnis er zu ihm stand; in den meisten, die ich kenne, klagen jedoch Mütter um ihre Söhne. Im Trauerlied des heutigen Abends singt Maria, und neben mir stimmt eine alte Dame mit einem weißen, serviettenartigen Kopfschmuck leise in den Refrain ein: »O süße Frühlingszeit, über alles geliebter Sohn, wohin bist du entschwunden?« In Worten, die Aphrodites Trauer um Adonis entlehnt sein müssen, Maria um Christus klagen zu hören erstaunt mich; auf einmal wird mir klar, was Stamatis meinte, als er sagte, das Fest der Auferstehung werde mich überraschen. Christus wird heute abend zu Grabe getragen werden und morgen abend wieder auferstehen, doch auch andere Gräber werden ihre Toten freigeben: Adonis wird mit ihm auferstehen, durch diese Worte an Christus gebunden wie ein Bruder, der gemeinsam mit ihm begraben ist. Persephone, Pionierin dieser Reise zur Hölle und zurück, wird auferstehen. Und die Toten, die aus der Unterwelt heraufsteigen, um dank Jesu Gnade für fünfzig Tage in den Blumen zu wohnen? Sind sie nur menschliche Tote, oder sind sie kleinere Gottheiten, Nymphen, Flußgötter, Nereiden, die, nachdem sie die Welt verließen, als Christus sie betrat, nun, einer unheimlichen Ökonomie gehorchend, vorübergehend mit ihm auferstehen?

Die Straßen beben vor rastlosen Menschen, die darauf warten, sich der Prozession hinter der nelkenbedeckten Bahre anzuschließen. Die Jungen in der Pfadfinderuniform schultern ihre Gewehrimitate, Schulmädchen, *myrrophores*, myrrhetragende Frauen, halten Körbe voll Blütenblätter in der Hand, die sie später über den Leib des toten Christus streuen werden. Die Mütter bürsten ihnen aufgeregt die Haare, die Väter rauchen – das Pendel der Gefühle beginnt zur anderen Seite auszuschlagen: Schon überlagert die Vorfreude auf den morgigen Tag die Zeremonie der tiefen Trauer, die wir gerade hinter uns haben. Es herrscht eine Atmosphäre wie auf einer Parade; eine Band à la Fellini, lauter weiße Tropenhelme und funkelnde goldene Tressen, intoniert mit dem unbedarft-heiteren Schall einer Militärkapelle Chopins Trauermarsch. Wir zünden, wie bei einer alltäglichen griechischen Beerdigung, unsere braunen Kerzen an, doch als der Marsch anhebt, wird aus dem Leichenzug ein Höllenspektakel. Alle kirchlichen Prozessionen der Innenstadt treffen in den schmalen Straßen wie rivalisierende Gruppen aufeinander, während die Zuschauer, die in drei Reihen die Gassen säumen und Kartoffelchips essen, die Verwirrung nur noch steigern. In der ganzen Stadt stößt ein Christus mit dem anderen zusammen: eine Kollision eingeborener Söhne.

Am Samstagmorgen werde ich von dem Geräusch zerschellenden Geschirrs geweckt, das aus den Fenstern auf die Straße geworfen wird. Ich sehne mich nach einem ruhigen Tag, denn der heutige Abend und der morgige Tag könnten mit ihren Fünfkämpfen griechischer Gastfreundschaft zermürbend werden. Ich

gehe ins Stadtzentrum, um von dort aus mit dem Bus zu einem
kleinen Hafen zu fahren, wo, wie geträumte Bruchstücke des Meeres, Boote vertäut liegen, angemalt in dessen verschiedenen Schat-
tierungen: Blaßblau, mit Smaragd vermischtes Blau, Blau mit einem Stich ins Schwarze und dunkles Karmesin. Auf dem Weg
zum Bus stelle ich fest, daß das schwarzweiße Lamm, das gestern
vor dem Hotel graste, verschwunden ist.

Sankt Spyridion ist der Schutzheilige Korfus und hat den Ruf,
Hautkrankheiten zu heilen. Sein Leichnam liegt, wenn er nicht
auf Prozessionen durch die Straßen getragen wird, in einer nach
ihm benannten Kirche. Menschenmengen defilieren am Abend an
ihm vorbei, um ihm ihre Aufwartung zu machen und ihre Für-
bitten vorzutragen, bevor der Auferstehungsgottesdienst über
Lautsprecher auf den zentralen Platz übertragen wird. Die Kirche
ist eine sonderbare Mischung aus katholischen und orthodoxen
Stilelementen: kein Pantokrator, keine Theotokos, wenn man zur
Decke schaut, sondern schlecht gemalte, italienisierende Szenen
aus Christi Leben, goldgefaßt; durch die Buntglasfenster fällt ge-
töntes Licht, das auf dem gemusterten, mit Lorbeerblättern übersäten Boden – die Botanik des Sieges, die Christi Auferstehung
wie den Triumph eines olympischen Athleten der Antike feiert –
an Blutflecken denken läßt.

Ein hoch aufgeschossener Mann mit einem Motorradhelm unter dem Arm kommt gemessenen Schrittes herein und zündet eine
der dünnen Wachskerzen an, die am Kircheneingang bereitliegen.
Eine *giagia* sitzt auf den Stufen vor dem Chorgestühl, das das
Kirchenschiff säumt; mit ihrer schwarzen Stola, der schwarzen
Schürze und den schwarzen Strümpfen, die Beine weit gespreizt,
sieht sie aus wie eine Kartoffeln schälende Bäuerin. Ein kleines
Mädchen betastet die Braut-Barbie, die an ihrer Kerze befestigt
ist, und ein Junge schwenkt seine lange Kerze gedankenverloren
zwischen seinen Beinen hin und her. Ein anderer Junge in leuch-
tendrotem und ein Mädchen in smaragdgrünem Pullover nähern
sich dem Heiligen Hand in Hand. Während man ihn Anfang der

Woche in seinem Glaskasten liegen sehen konnte, empfängt Sankt Spyridion einen jetzt in aufrechter Haltung. Die Menschen stehen Schlange, um seinen Sarg zu küssen und *tamata* daranzuhängen, blecherne Schmuckplatten mit Symbolen des Traumes, auf dessen Erfüllung sie im Austausch gegen irgendein Gelöbnis oder einen Gefallen hoffen. Als ich zu ihm hinaufsteige, sehe ich, daß Sankt Spyridion braun ist wie ein Mezzotinto, der Kopf in einer unbequem aussehenden Haltung zur Seite gekippt. Seine Füße stecken in silbernen, edelsteinbesetzten Stiefeln. Vor mir filmt ein Mann mit einer Videokamera, wie seine Frau dem Heiligen die Schuhe küßt. Eine Frau hält ihr Baby zu dem Leichnam hoch, so daß das Kind und der Heilige einander eine Weile lang in die Augen blicken. Die Heiligenfresken an den Wänden sind verblaßt, aber die Konturen funkeln silbern, sich auflösende Gesichter rahmend.

Draußen tastet sich die Menge vorsichtig über die Scherben voran; die Balkons der Hotels am Platz sind voller Menschen, die die Auferstehungszeremonie beobachten wollen. Verstreut herumstehende Händler verkaufen Popcorn, Zuckerwatte und Jojos, die im Dunkeln leuchten. Kurz vor Mitternacht flackert eine kleine Kerzenkolonie am Rande des Platzes auf, und der Zelebrant ruft aus: »Kommt und empfangt das Licht.« Einen sexuellen, zärtlichen, verzückten und tragischen Moment lang berührt eine Kerze die andere, wie im Augenblick der Empfängnis: »Christus ist auferstanden«, tönt es aus dem Lautsprecher. Die Menge stimmt in den Gesang ein, und während das Licht von Kerze zu Kerze wandert, fällt purpurner, grüner Krach vom Himmel – zu den Geräuschen der sich auftuenden Hölle, einem Erdbeben sich öffnender Gräber, beginnt das Feuerwerk. Die offiziellen Feuerwerke beherrschen den Mittelpunkt der *plateia*, während die inoffiziellen, die der Kinder und Jugendlichen, von der Peripherie ausgehen. Kostas erzählte mir, daß es jedes Jahr Verletzte und Tote durch selbstgebastelte Feuerwerkskörper gebe; und tatsächlich wurde heute in der Zeitung vom Tod eines kleinen Jungen aus Chios berichtet, der am Abend der Auferstehung seine eigenen

Feuerwerkskörper fabrizierte. Ein besonders lauter Knall ertönt, und jemand fragt mit lustvollem Erschauern: »Was ist passiert, was ist passiert?« Ich komme an einer Popcornverkäuferin vorbei, die ihre brennende Kerze in ein leeres Plastiksalzfaß gesteckt hat, um die Hände frei zu haben. Es soll Glück bringen, wenn die eigene Kerze brennt, bis man zu Hause angekommen ist, und so versuchen meine Gastgeber und ich auf dem Weg zum Restaurant, wo wir die Fastenzeit beenden wollen, die Flammen vor dem Wind zu schützen. Auch die anderen Menschen laufen jetzt mit brennenden Kerzen in wildem Durcheinander zu den Lokalen, die sich um keine Reservierungen mehr scheren und die Leute in der Reihenfolge ihres Erscheinens plazieren. An unserem Tisch holt die Gastgeberin ein paar rote Eier aus ihrer Fendi-Handtasche und reicht sie herum: Jeder soll sein Ei an dem seines Nachbarn aufschlagen. Sie bittet den Kellner um ein paar leere Wassergläser, in die wir unsere Kerzen stellen können, damit sie während des ganzen Essens weiterbrennen, und wir arrangieren sie zu einem Bukett, so daß sie aussehen wie eine neue Sorte weißstieliger Blumen, mit Flammen an Stelle von Blüten. Als wir nach Hause gehen, erwacht in den Diskotheken gerade das Leben.

Stratis und Jocasta, die zu demselben Ostermahl auf dem Land eingeladen sind wie ich, haben mir versprochen, mich am Ostersonntag mit ihrem Auto abzuholen. Während ich auf sie warte, sehe ich mir in einem unabhängigen Fernsehsender die flammende Rede eines orthodoxen Mönchs an. Er beschuldigt den Vatikan und die EG, sich heimlich darüber verständigt zu haben, Griechenland unter den restlichen europäischen Ländern aufzuteilen; die Parallelen zur Auflösung Jugoslawiens liegen für ihn auf der Hand. Er erinnert an die Kleinasien-Katastrophe, Zypern, den Bürgerkrieg und kreischt in fiebriger Ekstase, die orthodoxe Kirche hasse niemanden, sie sei von reiner Liebe erfüllt. Was die griechische Politik unter anderem so schwer durchschaubar macht, ist die Verquickung von Paranoia und gelebter Erfahrung; eines hängt am anderen wie ein Tumor an einem gesunden Organ.

Wir fahren auf einer häßlichen Straße aus Korfu-Stadt heraus, an Reihen billiger Strandhotels und Supermärkten vorbei, die von Plastikversionen klassischer Skulpturen und Pappfiguren von schmalhüftigen Männern, wie sie aus minoischen Fresken bekannt sind, flankiert sind. Neben einem halbfertigen Gebäude, inmitten eines Haufens von Eisen- und Zementschutt, dreht ein Mann ein Lamm am Spieß. Eine Mauer dicht hinter ihm ist über und über mit Graffiti bedeckt: »Sagt nein zu den neuen Freimaurer-Ausweisen«, »Armenier sagen nein zum Pan-Turkismus«, »Die Albaner sind unsere Feinde«, »Das türkische Volk wird siegen«. Wir kommen an einem Videogeschäft vorbei, dessen Außenwände mit grellfarbigen Plakaten alter Filme beklebt sind. Direkt unter *Ho Polites Kein*, Citizen Kane, bräunt ein Lamm, während eine Fahne duftender Küchendämpfe aufsteigt, die die alten Götter so liebten. Hier und da entlang der Straße, sich in solchen Windungen über die Felsen schlängelnd, daß man die Häuser und Läden mal von oben, mal von unten betrachten kann, sieht man Rauchfahnen, eine um einen reichgedeckten Tisch versammelte Familie oder ein aufgespießtes Lamm, das auf einer der für die neueren griechischen Häuser typischen Betonterrassen geröstet wird. Nach fünfzehn oder zwanzig Minuten zeigt sich die Küste in juwelengleicher Schönheit, die der Insel vielleicht zum Verhängnis geworden ist. Die Buchten runden sich wie das Dekolleté attraktiver Frauen, von unsagbar häßlichen Betonhotels beobachtet, Voyeure, die sich oberhalb von ihnen aufgebaut haben.

Stratis und Jocasta möchten Freunden einen Osterstrauß und eine Flasche Wein vorbeibringen. Unweit einer Herde blökender Lämmer, die die Auferstehung überlebt haben, steigen wir zu einem kleinen Bauernhaus hinauf. Die Bauersleute braten vor dem Haus ein Lamm in einer Wolke von Fliegen, während ihr großer, braunäugiger Hund aufmerksam zuschaut. Es ist unmöglich, das Lamm mit seinem kalten, wütenden Blick und den gebleckten Zähnen anzusehen, ohne darin eine Art Stellvertreterkreuzigung zu erkennen. Die Frau bringt uns eine Schale blutroter Eier sowie süßen Wein in dem kupferfarbenen Weinkrug, in dem Griechen ihren Faßwein servieren, und betrachtet das Lamm. »Ich muß immer an Athanasios Diakos denken«, sagt sie reumütig. Diakos war ein griechischer Held von 1821, der sein Mönchsleben aufgab, um für die griechische Unabhängigkeit zu kämpfen. In Balladen und auf Bildern ist er hierzulande ähnlich präsent wie George Washington in den Vereinigten Staaten; für seine Schönheit berühmt, wird er stets mit einem romantischen Schopf schulterlangen, lockigen Haars und prachtvollem, breitschultrigem Körper dargestellt. Traurige Berühmtheit erlangte er jedoch wegen seiner scheußlichen Hinrichtung durch die Türken nach einer damals auch bei den Griechen üblichen Methode: Er wurde mit einem Spieß durchbohrt und bei lebendigem Leibe über dem Feuer geröstet.

Der Bauer trinkt ein Bier und läßt den Hund eins seiner Lieblingskunststücke vorführen, indem er ihm zuruft: »Grab nach Kartoffeln!« Der Hund scharrt Kartoffeln aus der Erde, wird mit einem Stück Lamm belohnt. »Er ist ein sehr kluger Hund«, sagen die beiden stolz. Sie bestehen darauf, den ersten Bissen Lamm mit uns zu teilen. Die Frau läuft ins Haus, um ein Tuch zu holen; nachdem sie das Lamm gemeinsam vom Spieß genommen und hineingewickelt haben, schlägt die Frau es mehrmals mit aller Kraft auf den Boden, damit das Fleisch, wie sie uns erklärt, von den Knochen abfällt und nicht geschnitten werden muß. Immer wieder hebt sie die Arme und schleudert das Tier mit aller Gewalt auf den Boden, bis ihr Mann sagt: »Ist gut, ist gut, jetzt hast du's umgebracht.« Sie heben es auf einen Klapptisch und fordern uns auf, mit den Fingern ein Stück davon zu nehmen, aber sie haben vergessen, den Kopf des Lamms abzuschneiden, so daß das Fleisch über und über mit Hirn beschmiert ist.

Stratis und Jocasta schlagen mir vor, einen Spaziergang zu machen, weil wir noch Zeit haben und sie wissen, daß ich die Insel nicht kenne. In einem kleinen Dorf namens Die Heiligen Diener steigen wir aus, irren durch das feine Gewebe aus verschlungenen

Pfaden und Häusern. Die Gehwege wurden zu Ostern frisch gestrichen, manche mit zarten Mustern in Weiß. Auf den gepflasterten Platz vor der Kirche hat jemand *Chronia polla* – viele Jahre –
geschrieben, was nun zum Teil von einem Teppich aus Lorbeerblättern verdeckt ist: Andenken an die gestrige Feier. Der Ort
strahlt weihnachtliche Ruhe aus. Eine Mutter mit drei kleinen
Mädchen kommt vorbei; sie bekreuzigt sich und hält die drei dazu an, es ihr gleichzutun. Wir lassen ein Haus mit Weinlaub und
Betonterrasse, überhäuft mit Orangen und Zitronen, links liegen
und betreten die jenseitige Welt, die Welt unzähliger Wildblumen,
die seit gestern die Seelen der Toten beherbergen. Die Olivenbäume sind dank der reichen Regenfälle voller Früchte, und der
Boden um sie herum ist mit schwarzen Netzen ausgelegt, um die
heruntergefallenen Oliven aufzufangen. Wir überqueren einen
Bach und blicken auf die Terrassen zurück, die bis zum Meer hinabsteigen. Die schwarzen Netze lassen die schlanken Olivenbäume
wie Frauen aussehen, deren gerade abgestreifte schwarze Negli-
gés in kleinen Häufchen zu ihren Füßen liegen.

Auf dem Rückweg ins Dorf hören wir plötzlich Akkordeon-
musik. Eine Gruppe von sieben Männern und Frauen, von *giagia*s
bis hin zu jungen Burschen, tanzt in einem offenen Kreis. An
einem Tisch sitzen weitere Leute, trinken Wein, essen Lamm. Sie
singen zu der Melodie von *Roll Out the Barrel*, vermutlich ein
Vermächtnis der britischen Herrschaft, und ein junger Mann ruft
uns zu: »*Chronia polla!* Wollen Sie nicht mit uns tanzen?« Wir
tanzen mit ihnen im Kreis. Einer der älteren Männer, offenbar hat
er recht weinselige Feiertage verlebt, reißt ausgewählte Lammstücke für mich vom Braten und sagt, seine blutunterlaufenen,
schläfrigen Augen starr auf mich gerichtet: »Griechen sind die besten Menschen, Sie müssen hierbleiben«, während die anderen am
Tisch dem Jungen mit dem Akkordeon Beifall klatschen; der
Reihe nach wünschen sie sich Lieder. Er spielt ein Liebeslied von
Theodorakis, dann die populäre Hymne: *Griechenland wird niemals sterben*. Jemand singt eine Ballade über einen Akkordeon-

spieler, der mitten im Spiel von deutschen Soldaten erschossen wird, die von einem Lastwagen aus Salven auf ihn abgefeuert haben; wann immer er die Klänge eines Akkordeons höre, so sagt der Sänger im Lied, erwache seither sein Widerstand gegen den Faschismus, niemals werde er den Faschismus tolerieren. Der Wein hat den älteren Mann weit in seine Kindheit zurückgetragen, und er besteht darauf, daß wir uns noch ein Lied anhören, obwohl es inzwischen höchste Zeit für uns zum Aufbruch ist. Ein wenig schwankend steht er auf und singt, was er als Junge gelernt haben muß: »Hitler, prahle nicht damit, wie du Kreta erobert hast ...« Wir küssen uns alle zum Abschied, und als wir uns auf den Weg zu unserem dritten Ostermahl machen, stimmt der Mann ein weiteres Lied an: »Der Duce zieht seine Uniform an, setzt seinen eleganten Hut mit all den Federn auf ... *Ach*, Ciano, ich werde noch verrückt, Ciano, der du mir gesagt hast, ich müsse versuchen, mit Griechenland zu kämpfen ...«

Liebestraum nach dem Ball

In einer Ecke des Nationalparks steht eine Kaserne für diejenigen Soldaten, die das Parlament und den Präsidentenpalast bewachen; als Fußgänger, der die geschäftige Vassilis-Sophias-Allee entlangläuft, erschrickt man nicht selten, wenn sich Bäume und Büsche plötzlich in getarnte Soldaten mit riesigem Maschinengewehr zurückverwandeln. »Ah, Sie haben aber schöne Ohrringe«, höre ich eines Abends, als ich auf dem Weg zu Freunden, die mich zum Essen eingeladen haben, dort vorbeigehe. Diese Botschaft kann nur von der grimmig dreinschauenden Gestalt in Kampfstiefeln auf der anderen Seite des Zauns gekommen sein, deren Augen unablässig die Straße absuchen. Pedanten mögen in diesem Flüstern einen Verstoß gegen die Disziplin erkennen, aber wer wollte die feine Beobachtungsgabe des Wachhabenden kritisieren, wer würde sich unter dem Schutz eines Soldaten, der sich des Lebens freut, weniger sicher fühlen?

Die imposante, aber ziemlich häßliche Villa der Familie Benaki ist mir auf meinen häufigen Wegen in die Innenstadt schon seit geraumer Zeit ein Dorn im Auge: zum einen, weil das darin untergebrachte Museum wegen Renovierung geschlossen ist, zum anderen, weil es mir vor Augen führt, welch armseligen Begriff Außenstehende von moderner griechischer Biographie haben. Die Plutokratenvilla scheint mich jedesmal, wenn ich an ihr vorbeilaufe, tadelnd anzusehen, insbesondere seit ich erfahren habe, daß eine der Benaki-Töchter, Penelope Delta, volkstümliches Griechisch schrieb und ganz buchstäblich die zeitgenössische griechische Literatur begründete – wie jene Israelis, die ihrer neuen Nation Sprache und Literatur gaben. Penelope Benaki Delta, 1874 in

Alexandria, Ägypten, geboren und 1941 in Kephisia, einem grünen, reichen Vorort Athens, begraben, gilt aufgrund der Texte, die sie etwa zwischen 1909 und 1939 veröffentlichte, als Erfinderin des modernen griechischen Kinderbuchs. Es gehört zu den Paradoxien der jüngeren griechischen Geschichte, daß die Kinderliteratur dieser Nation fast ausschließlich im zwanzigsten Jahrhundert entstanden ist und der Großteil ihrer Erwachsenenliteratur kaum früher. Penelope Deltas Kinderbücher sind in vielerlei Hinsicht faszinierend: wegen der erzählerischen Anmut, wegen der Einblicke in das soziale und häusliche Leben der wohlhabenden Griechen ihrer Zeit und wegen des vollkommen bewußten Bemühens der Autorin, zusammen mit anderen Schriftstellern ihrer Generation Griechenland durch die Literatur Gesicht und Gestalt zu geben. Penelope Delta schrieb nicht nur, um griechische Kinderliteratur, sondern um griechische Kinder zu erschaffen; sie wollte ihnen Vorbilder des Hellenismus vor Augen führen und ihnen zeigen, wie sie als Griechen sein sollten.

Sie war das Kind einer wohlhabenden, mächtigen Baumwollfabrikantenfamilie in Alexandria, einer jener Regionen der Welt, deren Baumwollindustrie für Europa entscheidende Bedeutung hatte, solange diejenige in den Vereinigten Staaten aufgrund des Amerikanischen Bürgerkriegs darniederlag. Die in Alexandria lebenden Griechen galten unter allen Gruppen von Ausländern als besonders reich und vornehm; die Baedeker-Führer der Zeit wiesen sie als »Aristokraten« aus, und Familien wie die Benakis, die seit dem neunzehnten Jahrhundert in der Stadt ansässig waren, fühlten sich, mit Blick auf Alexander den Großen, als Mitbegründer Alexandrias, wobei sie vergaßen, daß auch Alexander den Weg nach Ägypten als Kolonisator gefunden hatte. Gerade erst um die sechzig Jahre alt und an türkisch besetztes Gebiet grenzend, war der griechische Staat zu der Zeit, als Penelope heranwuchs, arm und gefährdet. Die ägyptischen Griechen unterstützten ihn mit Bargeld, stifteten, gemeinsam mit anderen außerhalb des Landes lebenden Gemeinden, wohltätige Organisationen und Schulen.

Penelope Deltas Generation verschaffte Griechenland seine heutigen Grenzen, auch ihre eigene Heimatinsel Chios gehörte wieder dazu. Penelope war noch ein Kind, als sie auf Chios zum ersten Mal türkische Soldaten zu Gesicht bekam, und sie beschrieb, wie der Anblick dieser Männer mit roten Fes in ihr und den übrigen Kindern der Familie eine leidenschaftliche Abneigung weckte. Chios, das sich damit brüstet, die Heimat Homers zu sein, war unter byzantinischer und später genuesischer Herrschaft stets eine prosperierende Insel. Es heißt, Kolumbus habe die Kunst der Navigation von den Chioten erlernt, die darin angeblich besonders versiert waren. Als die Türken die Insel einnahmen, blieben sie ihrer üblichen Strategie treu, einträgliche Ländereien weitgehend sich selbst zu überlassen, großzügig zu regieren und nur die Steuern einzustreichen, die durch die Produktion von Seide, Wein und Mastix erwirtschaftet wurden. Mastix, ein Gummiharz, sondern Bäume ab, die ausschließlich auf Chios wachsen; im gesamten Nahen Osten diente es als Zutat für Gebäck, Konfekt und war als Kaugummi in den Harems so beliebt, daß diverse Sultane sich das Nutzungsrecht ausgewählter chiotischer Mastix-Haine sicherten. Die Insel liegt derart nah an der türkischen Küste, daß ein Onkel Penelopes, ein guter Schwimmer, seine Kleidung zu einem Bündel zusammenzuschnüren pflegte und sie sich, damit sie nicht naß wurde, auf den Kopf band, zu den türkischen Häfen von Çesme und Smyrna hinüberschwamm, dort arbeitete und wieder nach Hause kam. Wegen des türkischen Laissez-faire auf Chios verspürten die Inselbewohner nur mäßige Motivation, sich 1821 am griechischen Aufstand zu beteiligen. Tatsächlich waren es griechische Truppen von der Nachbarinsel Samos, die die Chioten zwangen, gegen die Türken zu rebellieren.

Die Türken waren vom Verrat der Insel tief getroffen. Im März 1822 landete eine türkische Flotte auf Chios, und die Soldaten metzelten in offiziellen Hinrichtungen und willkürlichen Morden mindestens 25.000 Chioten nieder; hübsche Frauen und Kinder wurden an Harems oder Sklavenhalter verkauft. Penelopes

Großvater mütterlicherseits, damals noch ein junger Mann, suchte mit Frau und Kindern Zuflucht in einer Kirche, doch als die Türken kamen, nahmen sie seine Familie mit. Er selber entkam und versteckte sich zusammen mit kleinen Kindern, deren Eltern getötet worden waren, wochenlang zwischen Gräbern; nur nachts wagten sie sich heraus, um nach etwas Eßbarem zu suchen. Seine erste Familie sah er nie wieder und vermutete, daß sie umgekommen war, als das osmanische Flaggschiff in einem Racheakt des berühmten griechischen Kommandanten Kanaris in die Luft gesprengt wurde. Penelope aber, mit typisch griechischer Phantasie begabt, malte sich aus, daß vielleicht irgendwo türkische Verwandtschaft existierte, eine Menge kleiner türkischer Cousins. Die zweite Frau ihres Großvaters war Analphabetin; sie redete ihren Mann mit »Herr« an und gebar ihm sechzehn Kinder. Penelope erinnerte sich, wie sie in Alexandria in einem samtbezogenen Lehnstuhl saß und den Benaki-Kindern lauschte, die ihr traurige Gedichte über hungrige Kinder und frierende Lämmer aufsagten.

Ihren Großeltern Benaki erging es während der Massaker anders. Die Benakis stammten ursprünglich aus Mani; infolge einer gescheiterten Revolution im achtzehnten Jahrhundert waren sie in alle Winde zerstreut worden. Ihr Großvater Antonis, bereits auf Chios geboren, sang manchmal ein Lied, das so begann: »Ich bin der Sohn der Benakis, die aus Kalamata stammen.« Zur Zeit des Massakers war er achtzehn Jahre alt und floh mit seinen Brüdern, Schwestern, Nichten und Neffen in die Berge. Dort fanden sie eine Höhle, in der sie sich verstecken konnten. Als eins der Babys weinte, flüsterte Antonis seiner Schwester die aus vielen griechischen Balladen bekannte Drohung zu: »Beruhige oder ersticke es.« Die Türken entdeckten die Flüchtlinge und zogen ihre Krummsäbel, um sie zu töten. Doch ein ehemaliger Diener von Antonis' Vater erkannte ihn wieder, erklärte ihn zu seinem Sklaven und nahm ihn als Matrosen mit auf sein Schiff. Er behandelte und bezahlte Benaki anständig, so daß dieser bald in der Lage war, dem ehemaligen Diener seiner Familie das Schiff abzukaufen.

Fortan segelte er mehrmals nach Alexandria, spürte nach und nach seine Schwestern auf, kaufte sie zurück; nur zwei, die die Türken ins tiefste Kleinasien verschleppt hatten, fand er nicht. Die eine blieb spurlos verschwunden, die andere kehrte nach einer Weile von selbst nach Chios zurück, ohne ihre beiden Kinder, die sie in der Zwischenzeit geboren hatte. Als die Söhne erwachsen waren, machten sie sich auf den Weg nach Chios und baten die Mutter, mit ihnen zu kommen, da sie jetzt unabhängig seien und ihr ein angenehmes Leben ermöglichen könnten. Sie antwortete ihnen, daß sie sie zwar liebe, »aber ihr seid türkische Kinder, und ich bin eine griechische Frau ... uns trennt so viel Blut«. Ihre Söhne konnten sie nicht umstimmen, doch sie besuchten sie oft; sie führte auf Chios ein armseliges, einsames Leben, »ihrem Glauben und ihrer Heimat«, wie Penelope es ausdrückte, »treu bis ans Ende«.

Penelopes Großmutter Benaki wurde im Alter von sechs Jahren von den Türken verschleppt und an einen ägyptischen Harem verkauft. Sie hatte ein Muttermal auf der Stirn, mit dessen Hilfe ihre Verwandten sie schließlich wiederfanden. Als sie es nach ihrer Hochzeit entfernen lassen wollte, hinderte Antonis sie daran: »Das Zeichen hat dich aus dem Harem befreit«, sagte er entschlossen, »mit diesem Zeichen wirst du sterben.« Auf Fotos sehen die beiden streng drein: Die Frau trägt eine Miniatur ihres Sohnes, nicht ihres Ehemanns, an der Halskette wie einen Talisman, einen Beweis ihrer Daseinsberechtigung; beide blicken unbarmherzig, grimmig, humorlos, ihre Haltung ist unbeugsam, ihre Miene unversöhnlich. Von ihren Gesichtern läßt sich ablesen, was ihnen wichtig war: Unbesiegbarkeit, Stolz, kompromißlose Ehrlichkeit, Verachtung anderer Menschen und jedweder Zärtlichkeit, ein absolutistisches Weltbild sowie ein Ehrgefühl, das sie für alles, was sie der Welt gaben, ihren Tribut einfordern ließ.

Infolge des Gemetzels auf Chios ließ sich Penelopes Familienzweig in Ägypten nieder. Als sie geboren wurde, besaß ihr Vater Emmanuel Benaki eine Fabrik in Liverpool, gehörte zu den führenden Persönlichkeiten in der griechischen Kolonie Alexandrias. Obgleich sie in luxuriösen Verhältnissen aufwuchs, bestand ihre Welt aus Bruchstücken, die sie nie zu einem Ganzen zusammenfügen konnte. Da war zum Beispiel der seltsame Umstand, ein privilegiertes Leben in der Fremde zu führen und der einheimischen Bevölkerung nur in Gestalt von Dienern und Bettlern zu begegnen. Sie schrieb, es sei nicht nur erlaubt, sondern Pflicht gewesen, Araber zu schlagen, und wenn sie von ihrem Vater erzählte, der den Gärtner wegen einer vermeintlichen Anmaßung verprügelte, oder von einem britischen Offizier, der einem Araber mit der Peitsche ins Gesicht schlug, drängt sich der Gedanke auf, daß der islamische Fundamentalismus nicht etwa im Koran, sondern in Europa wurzelt.

Es gab noch andere Brüche in ihrem Leben. Obwohl die griechische Kolonie über ein grandioses Macht- und Selbstbewußtsein verfügte, litt sie andererseits unter einem starken Minderwertigkeitsgefühl gegenüber den in Alexandria lebenden Westeuropäern. Sie schämte sich für ihren gefährdeten, schwachen neuen Staat und beneidete die Franzosen und Engländer ebensosehr, wie sie ihnen mißtraute. Die Benaki-Kinder wurden von englischen und französischen Gouvernanten und Privatlehrern erzogen, und Penelope empfand es später als zutiefst beschämend, daß die griechische Kolonie im Ruf stand, über der Leidenschaft fürs Geschäftemachen kulturelle Angelegenheiten zu vernachlässigen. Es war ihr peinlich, daß die Griechen keine eigene Schule besaßen. Mädchen wurden nicht auf Gymnasien geschickt, sondern blieben zu Hause und bekamen Unterricht in Hauswirtschaft, während die Jungen auf römisch-katholische höhere Schulen gingen, weshalb sie, wie zum Beispiel ihr Bruder, bisweilen konvertierten. Die vom griechischen Staat entsandten Lehrer hatten ein so dürftiges Niveau, daß niemand ihnen seine Kinder anvertrauen mochte. Penelope sprach schon als Kind Englisch, Französisch und ein bißchen Arabisch, genau wie die Brüder und Schwestern in einem ihrer berühmtesten Kinderbücher. Im Griechischunterricht lernten die Kinder Kathareuoussa, was dazu führte, daß ihnen die griechischen Bücher, die sie lasen, nicht gefielen und sie sich der gesprochenen Sprache ihrer Landsleute entfremdeten. Noch als prominente Schriftstellerin bat Penelope Kollegen ängstlich, ihr Griechisch zu überprüfen, und viele Leute sagen, die Benaki-Kinder hätten Griechisch mit ausländischem Akzent gesprochen. Dies war nicht etwa eine Besonderheit ihrer Familie – alle griechischen Kinder, mit denen sie verkehrte, unterhielten sich untereinander und mit ihren Eltern auf englisch und französisch: »Griechisch sprachen diejenigen, die keine Fremdsprachen gelernt hatten«, schrieb Penelope. Sogar das häusliche Leben spiegelte die Dualität des griechischen Selbstverständnisses wider: Die Kleidung der Kinder war mit ihren Initialen in lateinischer Schrift gekennzeichnet, doch als Penelope vor ihrer Hochzeit gefragt wurde, wie sie sich ihr Monogramm auf dem Silber, das sie geschenkt bekommen sollte, vorstelle, löste sie großes Erstaunen aus, als sie um eine Gravur ihrer Initialen in griechischen Buchstaben bat.

In Alexandria Grieche zu sein – für Penelope war es, als bewohnte sie ein unterkellertes Haus. Oben standen Tische und Stühle, gab es Leinen, Gläser, Porzellan und aus England importiertes Silber, war die Bibliothek mit fremdsprachiger Literatur bestückt. Der Keller dagegen gehörte Griechenland: Dort lagerten große Krüge Olivenöl, spezielle Steingutgefäße mit in Salz eingelegten chiotischen Oliven, *raki* aus Chios, Blumen- und Rosenwasser, gab es kretische Seife, Feigen und Rosinen aus Smyrna, süße Weine, mit chiotischem Mastix angefüllte Lehmkrüge sowie aus Mandeln und Sesam gemachtes Konfekt, das zur Bewahrung seines Dufts zwischen getrockneten Lorbeerblättern aufbewahrt wurde. Trotz dieses Überflusses glaubte Penelope, daß man sie aufgrund ihrer Volkszugehörigkeit verachtete. Dieses Minderwertigkeitsgefühl, schrieb sie, wurde ihr von ihren ausländischen Kindermädchen und Lehrern eingeflößt, die sich zum Beispiel darüber ereiferten, daß griechische Hochzeiten nichts als finanzielle Transaktionen seien; ein wenig Selbstbewußtsein dagegen vermittelten die Lehrer »unserer eigenen Rasse«, die anderen Kinder und die jesuitischen Lehrer der Jungen. Mit besonderer Verbitterung erinnerte sich Penelope an einen Cartoon, den sie einmal in einer italienischen Zeitung entdeckte, vermutlich zu der Zeit, als Griechenland seine Bestrebungen publik zu machen begann, die Gebiete des einstigen Byzantinischen Reichs zurückzugewinnen und wieder zum »Griechenland der zwei Kontinente und fünf Meere« zu werden. Die Karikaturen stellten verschiedene Länder in ihren militärischen Uniformen dar, und Griechenland wurde als ein Kind im griechischen Faltenrock vorgeführt, das hemmungslos weint und sich mit seiner kleinen Faust ein Äuglein reibt, vor ihm ein Eimer Wasser, in dem sich der Mond spiegelt. Die Erwachsenen, die um das Kind herumstehen, fragen es: »Was willst du denn nun?«, und der kleine Junge ruft: »Ich will, ich will den Mond!«

Penelopes Roman für Kinder, *Trelantonis* (was etwa soviel heißt wie »verrückter«, »wilder« oder »unbezähmbarer Antonis«), vermittelt eine Ahnung davon, wie Griechenland zur Zeit ihrer Kindheit ausgesehen hat. Er spielt im Sommer des Jahres 1881, den die Benaki-Kinder mit Verwandten in Piräus verbrachten. Dort gab es ein Viertel, das wegen seiner guten Seeluft und der Möglichkeit, täglich im Meer zu schwimmen, als Sommerrefugium äußerst beliebt war. Hier wohnten die Kinder im dritten von sieben Häusern, die Ernst Ziller gebaut hatte, ein deutscher Architekt, der 1878 das als »Palast von Troja« bekannte Haus für den Archäologen Schliemann und dessen Frau Sophia im Zentrum Athens entworfen hatte. Im größten der Ziller-Häuser, so heißt es in Penelopes Roman, lebte der König von Griechenland, auch er sprach Griechisch mit ausländischem Akzent: Georg I., Mitglied der dänischen Königsfamilie und Begründer der Glücksburg-Dynastie, der es nie gelang, in Griechenland Wurzeln zu schlagen. Georg war siebzehn Jahre alt und dänischer Seekadett, als die großen Mächte Europas ihn für den griechischen Thron ausersahen. Er selbst erfuhr von dieser Auszeichnung dank eines Fischsandwichs: Bevor er am Morgen in Kopenhagen aus dem Haus gegangen war, hatte er die Sardinenbrote, die er mittags essen wollte, sorgfältig in Zeitungspapier eingewickelt, damit das Öl nicht heraustropfte; als er sie später auspackte und die Zeitung überflog, »las ich zu meinem freudigen Erstaunen, daß ich König der Hellenen war«.

In der Belle-Époque-Welt des Romans bekommen die Kinder aus Mastix gemachtes *loukoumi* und *byssinada*, einen Kirschsirup, der in der Türkei wie in Griechenland zum Süßen von Getränken beliebt war. Die Zinnsoldaten der Jungen ziehen gegen die Türken in den Krieg, und als die Kinder wieder einmal unter der englischen Gouvernante zu leiden haben, die gern tief ins Glas schaut und sie dann als Griechen verhöhnt, greift die griechische Königin höchstselbst ein, indem sie der Tante der Kinder Bescheid gibt. Für einen Außenstehenden liest sich *Trelantonis,* trotz seines häuslichen Realismus, wie eine Phantasiegeschichte aus einer anderen Welt. Mit ihren Matrosenanzügen und Strohhüten ähneln die Jungen und Mädchen auf den Abbildungen europäischen Musterkindern der zweiten Hälfte des neunzehnten Jahrhunderts; zugleich ist jedoch unterschwellig eine deutliche Feindseligkeit zwischen Griechenland und Europa zu spüren, die in den Auseinandersetzungen der übermütigen Kinder mit der boshaften englischen Gouvernante Miss Rice zum Ausdruck kommt. Als Miss Rice die Kinder, auf angebliches Geheiß der Tante, zu Unrecht bestraft, sagt der junge Antonis: »So etwas tun diese Ausländer eben, solche Lügen denken sie sich aus ...«

Die permanente Herabwürdigung der Frauen- und Mädchenfiguren durch den Helden Antonis, noch dazu in einem Roman aus der Feder einer Frau, hat etwas regelrecht Abstoßendes. Die Mädchen werden als schwächlich, prüde, moralisch minderwertig dargestellt, und ausgerechnet das Mädchen, das sich wohltuend von den anderen unterscheidet, wird Antonis am Ende für seine Unverbesserlichkeit preisen und ihn, mit erotischem Unterton, einen »kleinen Gockel« nennen: »Ich mag dich«, sagt sie, »weil du ungebärdig bist, ein *palikari*, ein mutiger, waghalsiger Junge. Du stellst dauernd etwas an, aber du hast keine Angst vor der Strafe.« Als Antonis zum ersten und einzigen Mal ein Mädchen bewundert, sagt er: »Du bist selber ein wagemutiger Junge, du bist ein Mann!« Das Mädchen erinnert daraufhin an die Namen edler Kämpferinnen aus der griechischen Revolution und fragt, ob nicht auch sie *palikaria* seien: »Waren diese Frauen edle Männer?«

Ein weiterer Mißklang, der Penelope während ihrer Kindheit Unbehagen bereitete, kommt in dem Genrebild eines Belle-Époque-Sommers in Piräus nicht vor: die wechselseitige Abneigung der Griechen gegen die *homogeneis*, Griechen »derselben Rasse«, die im Ausland Geld verdienten, ihrer Heimat städtische Einrichtungen stifteten, selbst aber immer in besseren Verhältnissen lebten als die Menschen, die sie unterstützten. Im Athen ihrer Kindheit gab es im Zentrum der Stadt noch Felder, und während »auswärtige« Griechen Mäntel trugen, hüllten sich die Athener weiterhin in orientalische Umhänge. In den Gesprächen, die Penelope zu Hause am Abendbrottisch aufschnappte, beschworen die Bezeichnungen ›Athener‹ und ›Plakiote‹ Bilder habgieriger, eifersüchtiger, jammervoller, vom Schicksal verfolgter und verdammter Menschen herauf, während man mit dem Wort *homogeneis* kultivierte, höfliche Patrizier verband. Penelope zuckte jedesmal zusammen, wenn sie Verwandte sagen hörte, daß sie die griechische Landschaft, nicht aber die Griechen liebten, und später hielt sie eine Bemerkung ihres erwachsenen Bruders fest: »Wenn ich kein Grieche wäre, wäre ich ein Griechenhasser« – eine Empfindung, die sie in sich selbst und in anderen stets zu überwinden suchte. Sie dachte viel über die Ursachen der gespaltenen griechischen Persönlichkeit nach, ja fragte sich, warum dieselben Menschen, wie sie es ausdrückte, beides sein konnten, Helden und Deserteure.

Doch bei aller Ambivalenz der Beziehungen zwischen den auswärts lebenden Griechen und ihren Landsleuten in der Heimat, anderen ausländischen Siedlern und der Bevölkerung der Orte, an denen sie arbeiteten – die instabilste, ambivalenteste und gefährlichste Umgebung, die Penelope je kennenlernte, war ihr eigenes Elternhaus. In ihm gingen öffentlich demonstrierte Würde, Macht und verschwenderische Menschenfreundlichkeit mit Grausamkeit und Despotismus im Privatleben einher. Penelope schrieb, die Kindererziehung sei damals streng und erbarmungslos gewesen, ohne Rücksicht auf die kindliche Entwicklung, außerdem nicht auf Zärtlichkeit und Liebe, sondern auf Angst und Ehrfurcht gegründet; *etsi prepei*, lautete der Schlüsselsatz, so hat es zu sein. Ihr Elternhaus charakterisierte sie nicht als doppelte Monarchie, sondern als doppelte Tyrannei – ihre Mutter schön und unerreichbar, ihr Vater mit dichten, zusammengezogenen Brauen und »aufrecht wie eine Säule« – »zwei Gottheiten«. Es war ein Haus, in dem Ungehorsam, Widerspruch, ja selbst Angst nicht geduldet wurden.

Wenn das Licht einer Lampe nachts unheimliche, groteske Schatten an ihre Schlafzimmerwand warf, traute sich Penelope nie, nach jemandem zu rufen, weil sie fürchtete, ihr Vater werde sie dafür verachten, gar bestrafen. In ihm sah sie den Archetypus des *palikari*: »Furchtlos, unbeugsam, unerbittlich, unbezähmbar, groß, muskulös, stolz, gutaussehend, repräsentierte er für uns alle die Schönheit der Männlichkeit. Was immer mein Vater wollte, das geschah. Es wäre nie jemandem eingefallen, sich ihm zu widersetzen oder ihm zu widersprechen.« Penelope erinnerte sich, wie er sie einmal beim Mittagessen schalt, an den Nägeln gekaut zu haben, und er sie zu sich zitierte, das Tranchiermesser zückte und drohte, ihr den Finger abzuschneiden. Penelope war vor Angst wie gelähmt, als er ihr befahl, sich wieder hinzusetzen. Ihre Mutter erzählte ihr später, er habe sie für das gleiche Vergehen sogar einmal ausgepeitscht, doch dessen konnte sie selber sich nicht mehr entsinnen. Sobald ihr Vater das Haus betrat, hatte Schweigen zu herrschen, und die Hauptmahlzeit wurde aufgetragen, wann immer er heimkam; die Kinder mußten warten, egal, wie hungrig sie waren, mußten sofort gesprungen kommen, egal, womit sie sich gerade beschäftigten. Als eine europäische Gouvernante diesen Brauch kritisierte, war Penelope ihr einerseits dankbar für das Mitgefühl, das sie für ihre vom Hunger herrührenden Kopfschmerzen aufbrachte, mißbilligte andererseits aber die Anmaßung, ja Blasphemie dieser Kritik. Für sie war ihr Vater, notierte sie, so etwas wie ein Kult, eine Religion. »Ich habe seinetwegen furchtbar geweint. Ich habe mein ganzes Leben lang geweint. Er hat mich zu allen Zeiten beherrscht und tyrannisiert, wissentlich wie unwissentlich ... und trotzdem blieb er«, wie sie sagte, die große, alles überwölbende Liebe ihres Lebens.

In ihrem späteren Leben verschrieb Penelope sich immer wieder mit ähnlicher, geradezu religiöser Hingabe charismatischen Führern wie General Nikolas Plastiras und, vor allem, Eleutherios Venizelos, dem politischen Kollegen ihres Vaters und berühmtesten Premierminister des modernen Griechenland. Es war, als hätte sie nur so das Verhalten ihres Vaters billigen und ihre eigene, unerlaubte Kritik unterdrücken können: Wenn sie schon gekreuzigt werden mußte, sollten ihre Qualen ihr wenigstens von Gott, dem Vater, zugefügt werden, an dessen Göttlichkeit sie auf diese Weise teilhätte. Vor allem aber hatte sie sich entschlossen, Griechenland zu verherrlichen, denn solange sie ihre Bücher unter dem Banner des Patriotismus schriebe, wäre ihre Arbeit ein Opfer und kein Akt weiblicher Unabhängigkeit. Griechenland war ein Vater, den Penelope vorbehaltlos lieben, dem sie kritiklos dienen konnte – das Problem quälender Kritik war somit gelöst. Diese Erfahrung ist auch Gegenstand ihrer stählernen, tiefempfundenen, anmutigen und seltsam tragischen politischen Allegorie für Kinder, *Märchen ohne Namen*, in der sich ein junger Prinz und seine Schwester aufmachen, die Vollkommenheit ihres korrumpierten, degenerierten Königreichs wiederherzustellen – mit den Mitteln seiner Führungsgabe und ihrer Bereitschaft zu dienen. Der desolate Zustand des Königreichs wird als bloß vorübergehend geschildert, als eine Episode zwischen vergangener Vollkommenheit und ihrer zukünftigen Wiederherstellung. Die leise Tragik entsteht durch die Beschwörung des verlorenen Ideals – ein hoffnungsloser Kreislauf, in dem ein unerreichbares, da unwirkliches Gutes gesucht und nie wiedergefunden wird. Problematisch an diesem Buch finde ich, daß Penelope das Gute als Ideal darstellt und nicht als etwas Lebendiges, Komplexes, das mit vielen Eigenschaften verknüpft ist, die ungut sind. Denn wenn das Gute als ideale Qualität betrachtet wird, erscheint das Böse als entsetzlicher Fehler, als zyklische Verirrung und nicht als Entwicklung, die sich im Wechselspiel mit anderen Dingen vollzieht. Kritisches Denken, vorsichtiges Überprüfen, weitreichende und dauerhafte Veränderungen werden unmöglich gemacht. Wer das Gute idealisiert, kann das Böse nur bereuen.

Penelopes Mutter war genauso dominierend wie der Vater, eine Frau, die ihrem unterdrückten Zorn über die eigene Situation offenbar zu Hause, in ihrem einzigen Machtbereich, Luft gemacht hat; ihrem Mann war sie gänzlich unterworfen, sogar ihre Briefe hat er gelesen, wie später Penelopes Mann die ihren – eine Praxis, über die sie sich erst im nachhinein Gedanken machte. Ungebildet, beinahe krankhaft mitleidlos, voll angestauter Wut, beeindruckend reich, aber emotional und intellektuell bedürftig, als Frau erniedrigt, aber als wohlhabende Gattin anmaßend, rachsüchtig und selbstgefällig, regierte Penelopes Mutter in ihrem Haus mit Ohrfeigen, Schlägen und ständiger bösartiger Kritik: ein korrupter Landesherr, der sein Territorium im Namen eines abwesenden allmächtigen Sultans verwaltet. Liebevoll behandelte sie ihre Kinder nur, wenn es ihr, was selten vorkam, besserging oder wenn sie krank waren. Das »Nonplusultra der Schönheit des Lebens« fand Penelope in einem sentimentalen Holzschnitt abgebildet, den sie in einer englischen Illustrierten entdeckt hatte und der eine auf dem Rasen knieende, ihr Kind umarmende Mutter zeigte; darunter stand: »Mein Liebling ist wieder gesund.« Schon in früher Kindheit war Penelope von der Idee des Selbstmords besessen, in ihrer Vorstellung vermischte er sich mit Bildern einer weinenden Mutter, dem Gefühl, geliebt und geschätzt zu werden.

Der Selbstmordgedanke, schrieb sie später, habe sie nie mehr verlassen. Als Erwachsene verbrachte Penelope viel Zeit in deutschen Kurorten, um Heilung für nicht diagnostizierbare Leiden, Krämpfe und Erschöpfungszustände zu suchen.

Penelope imitierte ihre Mutter, wenn sie mit ihrem kleinen Bruder spielte, indem sie ihn abwechselnd ärgerte und tröstete, ihn manchmal piesackte, während sie ihn streichelte, und um so wütender wurde, je mehr er schrie. Geschwister wachsen je nach den Sehnsüchten, Phantasien und Reaktionsweisen der Eltern oft unter ganz verschiedenen Bedingungen auf. Von den fünf überlebenden Benaki-Kindern schien Penelope für die brutalste Behandlung ausersehen worden zu sein: Ihr Vater sah sie offenbar als Rivalin an und wurde nicht müde, ihre geistigen Fähigkeiten zu untergraben. Für ihre Mutter war die bloße Möglichkeit, daß Penelope über Talente verfügte, die ihr selbst fehlten, und sie ihr eigenes Schicksal vielleicht nicht teilen würde, vermutlich ebenfalls ein großes Ärgernis, und so beargwöhnte sie eifersüchtig jede von Penelopes Interessen, die sie nicht verstand. Als Penelope sich mehr und mehr dem Lesen und Schreiben zuwandte, bürdete sie ihr immer mehr Arbeiten im Haushalt auf, so daß sie außerhalb des Unterrichts nahezu ständig mit Nähen oder ähnlichen häuslichen Pflichten beschäftigt war. Ihre Mutter haßte ihre Lesebegeisterung, und sobald sie Penelope mit einem Buch erwischte, erfand sie irgend etwas, was dringend erledigt werden mußte, und sagte: »Hör auf mit dem Lesen, ich will nicht, daß eine Philosophin aus dir wird ...« Penelope besaß Gedanken, Gefühle und Fähigkeiten, die sie, wenn sie nicht beschädigt oder gar zerstört worden wären, in die Lage versetzt hätten, aus dem Spinnennetz der Familie Benaki auszubrechen. Aber es schien, als hätten die Eltern ihr eigenes Leben nicht ertragen können, wenn es in dem ihrer Tochter eine größere Hoffnung gab. Penelopes Kummer, so dachten sie wohl, würde den ihren rechtfertigen, und sei keine Frage der Entscheidung oder des blinden Zufalls, sondern unvermeidlich, Bedingung des Lebens schlechthin.

Es gab einen Vorfall, der Penelope wegen seiner beinahe verschwenderischen Brutalität, ja lustvollen Grausamkeit fürs Leben zeichnete, und die Erinnerung daran trieb ihr noch Jahre später, als sie schon erwachsen war, die Tränen in die Augen. Sie war ungefähr sieben, als sie sich eines Tages, unfähig, sich auf ihre Französischlektion zu konzentrieren, einen Ferientag gönnte und Pferde in ihr Heft malte. Als ihre Lehrerin sie am nächsten Morgen nach ihren Hausaufgaben fragte, zeigte Penelope ihr die Seite mit den Zeichnungen und sagte, sie habe die Lektion nicht vorbereitet und irgend jemand habe Pferde auf das saubere Papier gemalt. Daraufhin wurde sie ins Schlafzimmer ihrer Mutter geschickt, die, in einem weißen ärmellosen Negligé, sie fragte, wer das Heft verhunzt habe. Penelope antwortete, sie wisse es nicht, woraufhin ihre Mutter ihr befahl, an den Bettrand zu treten. Dann, erinnerte sich Penelope, »fielen die Arme meiner Mutter, weiß und mächtig wie Holzhämmer, auf mich nieder …« und schlugen mit unbezähmbarer Wut auf Kopf, Schultern, Rücken, Brust, ja sogar ins Gesicht. Penelope schrie und fiel hintenüber, doch ihre Mutter fuhr fort, blindlings auf sie einzuprügeln. Schließlich versuchte ein Dienstmädchen, die Mutter zu bändigen, indem sie ihre »weißen, nackten« Arme festhielt und rief, sie werde das Kind noch töten. Der Boden unter Penelope war voller Urin; ihre Mutter bemerkte es, hörte auf, sie zu schlagen, und befahl dem Dienstmädchen: »Hol einen Lappen.« Penelope, hysterisch vor Angst, Wut und Scham, wurde aus dem Zimmer geführt und später ins Schulzimmer eingesperrt, um ihre Aufgaben zu machen. Irgendwann rauschte ihre Mutter herein, Penelopes kleine Schwester auf dem Arm, und drohte ihr, sie erneut zu schlagen, falls ihre Aufgaben nicht sauber geschrieben seien. Dann drückte sie das Baby an sich und sagte zu ihm: »Paß bloß auf, daß du nicht so ein böses Mädchen wirst wie dieses hier.« Der Vorfall wurde nie wieder erwähnt, aber in Penelope lebte er für immer fort, und alle damit verbundenen Gefühle blieben intakt, unerschöpflich, wie man es sich von der Liebe wünscht. Wenn sie Geschichten las, fragte sich Penelope, warum Mütter ihre Kinder nur in Büchern liebten, nicht aber in Wirklichkeit.

Als Penelope alt genug war, begann sie sich auf den streng überwachten Heiratsmärkten der Tanz- und Opernabende zu zeigen, wie es sich für eine angehende Braut gehörte. Ihre ältere Schwester war bereits mit dem Sohn eines englischen Geschäftspartners ihres Vaters verheiratet worden, und in diesem System galt die Eignung des potentiellen Schwiegersohns zum Leiter des Familienunternehmens als wichtigstes Kriterium: Die Hochzeit mit der Tochter war nebensächlich, entscheidend war die Hochzeit mit dem Vater. Der fing damals gerade an, politische Ambitionen zu entwickeln, so daß diesmal ein griechischer Bräutigam gefragt war.

Die jungen Leute der griechischen Kolonie Alexandrias wurden im Kreis der Familie, im Theater, bei Karnevals- oder Osterbällen zusammengeführt. Die Wahlfreiheit der jungen Männer, die aus Griechenland, Konstantinopel und Alexandria kamen, war nicht größer als die der Mädchen; ihnen drohte der Verlust ihres Erbes und ihrer beruflichen Aussichten, wenn sie sich der Entscheidung ihrer Eltern widersetzten. Um die feinen sozialen Brüche ihres Griechentums zu überwinden, machten die jungen Paare sich in fremden Sprachen den Hof, insbesondere auf englisch und französisch. Die Fragmente solchen Werbens, die in Penelopes und anderen Tagebüchern der Zeit festgehalten sind, vermitteln den Eindruck, daß in dieser Welt der unterdrückten Sexualität schon das Springen von einer Sprache zur anderen ein erotisches Erlebnis war, voll plötzlicher Offenbarungen, jäher, unvorhersehbarer Enthüllungen, geheimer Vokabulare.

Sie tanzten europäische Tänze zu populären neuen Melodien wie dem nach der rumänischen Königin benannten *Carmen-Sylva-Walzer*. In ihrem eigenen Land gab es keine Walzer. Griechische Tänze erforschen, zumeist in zyklischen Mustern, die Ausdrucksformen der Gemeinschaft, auch die Kontinuität zwischen den Generationen; zuweilen, in Männersoli, untersuchen sie darüber hinaus das Wesen der Individualität, und zwar durch Improvisation und faszinierende Bewegungsabläufe, die mit den uniformen Schrittfolgen der im Hintergrund Tanzenden korrespondieren. Die Vorstellung dieses tanzbegeisterten Volkes vom Partnertanz, von den Gesten eines Mannes und einer Frau in einem Zwiegespräch gemeinsamer Bewegung, einem Dialog einander zugewandter Körper, gehört jedoch zu den armseligsten der Welt. Die Paartänze in griechischen Diskotheken stammen zwangsläufig aus anderen Ländern, und als ich einmal von hier aus für einen Kurzbesuch in die Staaten flog und mit einem Freund in einen lateinamerikanischen Nachtclub ging, erkannte ich bestürzt den Esprit, den Erfindungsreichtum, den erotischen Mut, das Lavieren zwischen Leidenschaft und Ethik, die raffinierte philosophische Sinnlichkeit der Partnertänze wieder. Zu der Zeit, als Penelope sich in einen jungen Mann namens Maurokordatos verliebte, hatten die Mädchen in Alexandria neben Spitzenfächern Tanzkarten an ihrer Taille befestigt, und die jungen Männer kamen zu ihnen und baten sie, auf die Liste gesetzt zu werden. Da die Paare sich vor der Hochzeit nicht näher kennenlernen konnten, erschöpfte sich ihre Werbung umeinander in Blicken, Walzern und vorgeschriebenem Verhalten. Zwischen zwei Tanzstücken wurden Heiratsanträge gemacht und abgelehnt, auf dem Weg zum Buffet große Fragen nach Lebenszielen und persönlicher Sittlichkeit erörtert. Penelope beschrieb sich selber als geradezu tugendhaft anständig. In dem Bestreben, sich richtig zu benehmen, verschloß sie sich schon den harmlosesten Komplimenten. Sie suchte einen Ehemann, der ihr gefiel, zugleich aber auch den Wünschen ihres Vaters entsprechen würde. Wenn ein Heiratsvermittler auf Geheiß eines Verehrers zu ihr kam, verwies sie ihn an ihren Vater, weil sie diese Art von Kontakten nur über ihn aufnehmen wollte. Doch bei aller Schicklichkeit wünschte sich Penelope nichts sehnlicher als eine Liebesheirat, um so mehr, als sie auf eine so freudlose Kindheit zurückblickte. Als ihre Mutter ihr vor Augen führte, daß sie nach ihrer Hochzeit womöglich in einem weniger ansprechenden Ort als Alexandria würde leben müssen, sagte Penelope, sie träume allein davon, jemandem treu ergeben zu sein, ihren Ehemann glücklich zu machen. »Bitte erlaubt mir, jemanden zu heiraten, der mir gefällt!« flehte sie ihre Eltern an. »Ich werde todunglücklich, wenn ich nicht aus Liebe heirate!« Ihre Mutter war von Penelopes leidenschaftlichem Ernst so gerührt, daß sie sie in einer ihrer Launen küßte und ihr versprach, sie nicht unter Druck zu setzen, wenn die Zeit der Entscheidung gekommen sei.

Maurokordatos, den Penelope 1894 kennenlernte, war arm, aber von vornehmer Herkunft, und hatte Athen den Rücken gekehrt, um für ihren Vater zu arbeiten. Sie verliebten sich auf französisch und englisch ineinander, als sie auf einem Faschingsball zu einem Walzer tanzten, den sie beide »göttlich« fanden; er hieß *Liebestraum nach dem Ball*. Zwischen den Drehungen und Wendungen versuchten sie zu ergründen, wes Geistes Kind der andere war, und gestanden sich, daß sie beide an Schicksal glaubten. Maurokordatos fügte hinzu, eine magnetische Anziehungskraft habe ihn aus Athen zu unbekannten Freuden nach Alexandria gelockt. Sie beschrieben sich ihre Gefühle füreinander in Parabeln, um sich nicht durch unverblümte Erklärungen zu nahe zu treten. Maurokordatos sagte ihr, er wundere sich, daß es im Büro kein Foto von ihr gebe, er jedenfalls habe nirgends eines finden können, und erzählte ihr damit eine Liebesgeschichte, deren Protagonist er selbst war. Er wurde zu einem häufigen Gast im Hause der Benakis, nahm, als stillschweigend gebilligter Verehrer, an den Mahlzeiten teil und ließ sich von Penelopes Mutter über seine Ansichten zur Ehe aushorchen. Um ihn auf die Probe zu stellen, erzählte sie ihm von einem ihrer Neffen, der erklärt hatte, er werde nur eine reiche Frau heiraten; Maurokordatos antwortete, er finde es bedauerlich, wie häufig das entscheidende Kriterium für die Wahl eines Ehepartners Gold und nicht Liebe sei. Frau Benaki bestätigte, daß Gefühle das Wichtigste seien, und als Penelope ihr später innig dafür dankte, versprach sie ihr, an diesem Prinzip werde auf der Suche nach einem geeigneten Ehemann festgehalten. Sogar zum Osteressen, das die Benakis jedes Jahr gaben, war Maurokordatos hinzugeladen worden. Man spielte Whist, und um Mitternacht läutete ein Diener die Glocke, um zu verkünden, daß Christus auferstanden sei. Die Gäste erhoben sich, tauschten Küsse aus und wünschten einander Glück. Als sie ins Speisezimmer gingen, gesellte sich ein Freund der Familie zu Penelope. Er sagte voraus, daß sie noch in diesem Jahr vor dem Altar stehen werde.

Wenn Maurokordatos sie besuchte, achtete er stets darauf, innerhalb der erlaubten Grenzen zu bleiben, indem er sich nicht zu offensichtlich an Penelope band. Sie hingegen ließ ihm verschlüsselte Botschaften zukommen, spielte zum Beispiel *Liebestraum nach dem Ball* auf dem Klavier. Als sie einander schließlich schüchtern ihre Liebe erklärten, siezten sie sich höflich.

Zu lieben und geliebt zu werden – für Penelope bedeutete es eine unvorstellbare Befreiung und ein großes Glück. Zum erstenmal verstand sie, warum manche Menschen das Leben als Geschenk betrachteten und nicht als Tortur, die man jeden Tag aufs neue mit all seinem Mut und gestellter Fröhlichkeit über sich ergehen lassen mußte: ein Walzer auf glühenden Kohlen. Doch die unschuldige Transparenz ihres Glücks hatte ungeahnte Folgen. Familien sind nicht nur persönliche, sondern auch politische Einheiten, bilden Keimzellen, Übungsfelder für das politische Leben einer Nation, ein Grund, weswegen Staat und Staatskirche so heftig darum kämpfen, sie zu prägen. Was in Familien als richtig und akzeptabel gilt – die rituelle Verstümmelung etwa, Gewalt gegen Ehefrauen und Kinder, Bestimmungen, die es Frauen verbieten, in eigener Verantwortung Auto zu fahren und zu reisen, das Aussetzen ungewollter Kinder oder die Scheidung auf alleinige Initiative des Mannes –, das wird vom Staat selten unter Strafe gestellt, schon gar nicht, wenn es als »Ausdruck göttlichen Willens« theologisch sanktioniert ist. Auch Penelopes Familie war so ein kleines Reich. Ihre Mutter spielte die Botschafterin ihres Vaters und ließ Penelope wissen, er sei ungehalten darüber, daß sie ganze Walzer mit Maurokordatos getanzt und beim Essen neben ihm gesessen habe. Er sei fürchterlich eifersüchtig auf ihn und »glaubt, daß du

ihn liebst«. In ihrem Überschwang erwiderte Penelope, ihr Vater
habe recht, sie liebe Maurokordatos von ganzem Herzen. Frau
Benaki warnte sie. Penelope müsse ihre Gefühle verbergen, denn
ihr Vater möge Maurokordatos zwar sehr gern, »aber nur unter der
Voraussetzung, daß seine Tochter ihn nicht liebt ... Er möchte,
daß du heiratest, aber er möchte nicht, daß du liebst ...«. Auf der
Ebene der Familienpolitik war Penelopes Liebe wie ein wichtiges
Gebiet, das dem Reich seine Absicht bekundete, ein unabhängiger Staat zu werden.

Nachdem Penelopes Eltern Maurokordatos zunächst so freundlich aufgenommen hatten, führten sie nun eine rücksichtslose
Kampagne. Die Verbindung, die ihr stillschweigendes Einverständ-
nis zu festigen geholfen hatte, wollten sie zerstören. Ein kräfte-
zehrendes Tauziehen begann. Zuerst sagte Penelopes Mutter, die
Hochzeit sei noch immer möglich, aber ihr Vater rege sich nun
einmal furchtbar darüber auf, daß sie einander liebten. Als ihre
Mutter ihr jedoch erzählte, Maurokordatos habe sehr wahrscheinlich viele Abenteuer mit vermögenden heiratsfähigen Mädchen
gehabt, begriff Penelope, daß ihr Vater sich gegen diese Hochzeit
entschieden hatte und ihre Mutter, wie sprunghaft ihre Sympa-
thien auch sein mochten, als seine Gesandte auftrat. Sie fragte ihre
Mutter freiheraus, ob sie glaube, daß Maurokordatos sie nur wegen ihrer Mitgift heiraten wolle. Warum sonst, antwortete sie;
ihre neue Maxime widersprach der alten, mußte daher um so heftiger verteidigt werden. Die Familie begann, Maurokordatos die
kalte Schulter zu zeigen und die wenigen Gelegenheiten, bei denen
sich die beiden kurz unter vier Augen sprechen konnten, einzu-
schränken. Penelopes Vater ließ ihr über die Mutter mitteilen, er
sei erbost, daß sie, blaß und mager geworden, so übertrieben zu
leiden scheine, und Penelope rüstete sich für einen heldenhaften
Kampf – entweder würde er damit enden, daß ihre Eltern ihr erlaubten, den Mann zu heiraten, den sie liebte, oder sie wollte
überhaupt nicht heiraten. Sie fand eine Möglichkeit, durch eine
französische Gouvernante, der sie vertraute, mit Maurokordatos

zu kommunizieren, und als er nach Athen zurückgeschickt wurde, gab sie ihm als Andenken einen Glücksbringer mit. Ein Geschenk ihrer Eltern, das, wie viele elterliche Geschenke, zum Ausdruck brachte, was sie mit dem Leben ihrer Tochter im Sinn hatten. Der Talisman stellte ein Segelschiff dar, das sich in einem Sturm durch hohe Wellen kämpft; darunter war der Spruch eingraviert: »So ist das Leben.«

Nachdem Maurokordatos von der Bildfläche verschwunden war, führten die Benakis einen Zermürbungskrieg gegen Penelope. Tagein, tagaus kam es zu qualvollen Auseinandersetzungen zwischen ihr und ihrer Mutter. Auch ihr Vater sprach mit ihr. In ihrer Naivität, erklärte er ihr, sehe sie nicht, daß Maurokordatos ein Mitgiftjäger sei; er kenne die Methoden, zu denen manche Männer griffen, um junge Frauen von ihrer in Wirklichkeit nicht vorhandenen Liebe zu überzeugen. Geschickt arbeitete er daran, sie in seine Welt einzuspinnen, die Welt, wie er sie sah und sehen wollte, aus der sie nicht ausbrechen durfte. Es war politische Nötigung par excellence. Ihre gesamte materielle und emotionale Macht nutzten die Eltern aus, um Penelope von ihrem Verlobten zu trennen. Penelopes Geschichte führt uns nicht nur die soziale Logik der Heiratspolitik vor Augen, sondern sie zeigt auch, daß Ehestiftungen für die Politik der Gefühle ein Podium waren, für uneingestandene familiäre Feindseligkeiten, Bevorzugungen, Ängste, Wünsche und Rachegelüste. Es kommt nicht selten vor, daß Familienmitglieder einander nicht mögen, aber die Kontrolle über die Zukunft eines Kindes durch die scheinbar zufällige Wahl eines unpassenden Ehepartners verschaffte diesen – zumeist halbbewußten – Emotionen einen enormen Spielraum: Manipulation im Gewand und unter der üppigen Schminke des Schicksals.

Obwohl Penelope davon ausging, daß sie und Maurokordatos miteinander verlobt waren, rief ihre Mutter sie eines Morgens zu sich ins Zimmer und las ihr ihre Antwort auf die Anfrage eines Onkels vor, der im Namen eines reichen jungen Atheners um Penelopes Hand angehalten hatte: »Mein Mann und ich nehmen das Angebot des jungen Mannes an … die Summe der Mitgift beträgt 8.000. … Wir sind damit einverstanden, daß unsere Tochter bei den Eltern des jungen Mannes, den sie achten wird, in Athen lebt …« Frau Benaki bestand darauf, daß Penelope der Formulierung des Briefes zustimmte. Als Penelope sich weigerte, fügte sie den Satz ein: »Meine Tochter hat keine Einwände, möchte aber den jungen Mann kennenlernen, bevor wir uns entscheiden …« Da Penelope auch das nicht akzeptieren wollte, sagte ihre Mutter, sie laufe Gefahr, die Zukunft des Mannes, den sie liebe, zu zerstören, denn ihr Vater werde Maurokordatos entlassen, falls sie so weitermache. Penelope erwiderte, wenn sie ihn nicht heiraten dürfe, bleibe sie lieber unverheiratet, worauf ihre Mutter zurückgab, sie habe zu heiraten, wen immer sie für sie aussuchten, und dem Vorbild zu folgen, das die Familie ihr gegeben habe. Penelopes Vater teilte ihr mit, er werde Mauvrokordatos tatsächlich kündigen und ihn, falls er sie weiterhin besuche, sogar mit Fußtritten aus dem Haus jagen; sollte sie ihrerseits den Versuch machen, ihn zu treffen, werde er ihr die Zähne ausschlagen. Wenn Penelope stur genug sei, sich ihrer Verehelichung zu widersetzen, so könne sie von ihm aus ihr ganzes Leben lang im Haus der Benakis wohnen bleiben: essen, trinken und verrotten, wie er sich ausdrückte.

Penelope trank ihren ganzen Vorrat an medizinischem Arsen, doch reichte er nicht aus, um sie zu töten. Sie begann, aus dem Geschäft ihres Bruders Tropfen für Tropfen des Giftes zu sammeln, damit sie beim nächsten Mal garantiert genug davon hätte. Die Lage entspannte sich ein wenig, als Maurokordatos ihr schrieb, daß er sie von ihrem Treueversprechen entbinde, und sie darum bat, dasselbe zu tun. Bei seiner Entlassung seien auf beiden Seiten Worte gefallen, die nicht wiedergutgemacht werden könnten, so daß eine Vereinigung der Familien nunmehr unmöglich sei. Vielleicht hatte er erkannt, daß die Benakis nicht nur niemals in die Heirat einwilligen würden, sondern Penelope viel zu sehr ins Netz ihrer eigenen Familie verstrickt war. Penelope antwortete ihm im Ton moralischer Entrüstung, er möge ihr Briefe und Andenken zurückgeben, und verzieh ihm nie, was sie als Verrat ihrer Liebe betrachtete. Offenbar, so glaubte sie, hatten ihre Eltern in ihrer Einschätzung seiner Person und ihren Ansichten zur Ehe doch recht gehabt, weshalb sie beschloß, sich ihren Wünschen zu fügen und das Leben einer gehorsamen, ehrbaren Ehefrau zu führen; für die Liebe verspürte sie nach dieser Enttäuschung ohnehin nicht mehr die Kraft. Nachdem sie endlich einmal erfahren hatte, was Liebe war, kam ihr der Verlust nun vor, als hätte man ihr das Herz herausgerissen. Als erwachsene, verheiratete, Frau schrieb sie in ihr Tagebuch, daß ihr Herz nicht herausgerissen, sondern getötet worden sei. »Ich suche kein Glück mehr im Leben ...«, notierte sie, »... der Traum ist zu Ende ...« Sie spielte nie mehr *Liebestraum nach dem Ball*, und ihr wurde beinahe übel, wann immer sie es hörte.

Ihr Vater nahm die Familie mit auf eine Reise nach Europa. In dieser Zeit scheint sich Penelope geradezu in ihn verliebt zu haben. »Ich sah meinen Vater, wie er war«, schrieb sie, »ein goldenes Herz ... eine weite Seele, stolz ...« Wenn er sich derart unerbittlich gezeigt hatte, während sie Qualen litt, so lag das, wie sie nun glaubte, schlichtweg daran, daß er von ihrem Schmerz nichts wußte. Sie fand ihn großartig und spürte deutlich ihre Verpflichtung als Karyatide des Hauses Benaki.

Im Sommer, in Luzern, begegnete sie einem Handleser, der sich ein paar Tage lang vor dem Eingang ihres Hotels postiert hatte. Er sagte ihr, daß sie vor allem stolz sei und dieser anmaßende Stolz sie einst vernichten werde. Als sie ihn fragte, ob die Linien ihrer Hand darauf hindeuteten, daß ihr im Leben keine großen Freuden vergönnt sind, antwortete er, sie selbst werde in der Tat nur selten bekommen, was ihr Herz begehre, ihrem Ehemann aber werde viel Schönes widerfahren, an dem sie teilhaben könne. Kurze Zeit später kam ein Onkel von ihr nach Luzern, um der Familie mitzuteilen, daß er einen Verlobten für Penelope gefunden habe. Er heiße Delta, und seine Familie stamme aus Konstantinopel. Derzeit habe er eine Stellung bei der Eisenbahngesellschaft von Thessaly inne, die ihn für einen späteren Direktorenposten qualifiziere, sei gut ausgebildet, *morphomenos*, und spreche perfekt Englisch, Französisch und Deutsch. Penelope erfuhr, daß er weder über persönlichen Besitz verfüge noch eine bedeutende Erbschaft zu erwarten habe, dafür aber sehr viel Geld verdiene. Er sehe gut aus, sei charmant. Zwar würde sie Ägypten verlassen und mit ihm in Athen leben müssen – zur damaligen Zeit eine weniger attraktive Aussicht als heute –, aber wenigstens sei er allein, ohne Verwandte, so daß sie sich nicht auf die allgemein gefürchteten Kämpfe mit der Schwiegermutter um die Liebe des Sohnes, den Haushalt und die Kindererziehung vorbereiten müsse. Zuerst war Penelope entsetzt zu sehen, daß ihre Eltern sie tatsächlich in der gleichen Weise zu verheiraten gedachten, wie sie ein Geschäft abschlossen, aber sie hatte sich entschieden, der Richtung zu folgen, die ihr Vater vorgab. Da sie nun einmal eingewilligt hatte, Delta zu heiraten, war sie neugierig zu erfahren, wie er mit Vornamen hieß. Keiner wußte es. Genausowenig hatte irgend jemand eine Vorstellung, wie er aussah, und Penelope bekam es erneut mit der Angst zu tun. Sie schrieb in ihr Tagebuch, daß sie ihrem eigenen ethischen Selbstmord zugestimmt habe, ihm jedoch nicht mehr entgehen könne, zumal die ständige Kritik und Boshaftigkeit ihrer Mutter ohnehin nicht länger zu ertragen seien. Gemeinsam begab sich die Familie nach Athen, wissend, daß dort Penelopes Schicksal besiegelt würde. Beim Anblick des Parthenons brach Penelope, die sich vor Augen führte, daß dies womöglich ihre zukünftige Heimat war, in Tränen aus.

Herr Delta war, wie sich beim ersten Treffen zeigte, weder gutaussehend noch charmant, noch unabhängig, sondern korpulent, häßlich und alles andere als allein – er hatte einen Bruder, den er unterstützte, und eine verwitwete Stiefmutter, die gefürchtete Schwiegermutter, deren sozialer Status und emotionale Zufriedenheit gänzlich von ihrem Sohn abhingen. Bei ihrer ersten Begegnung fand Penelope Stephanos Delta so unsympathisch, daß sie verzweifelte und einmal mehr erwog, zu Hause wohnen zu bleiben oder sich umzubringen. Als ihre Mutter ihr gute Nacht sagte, teilte sie Penelope mit, Delta gefalle ihrem Vater so gut, daß er keinen anderen Kandidaten mehr in Betracht ziehen werde: entweder Delta oder keiner. Die Vorstellung, sich in einen weiteren zermürbenden Streit mit ihren Eltern zu verstricken, die befreiende Aussicht, wenigstens ihr unglückliches Zusammenleben mit ihnen hinter sich zu lassen, und das Versprechen, das sie ihrem Vater gegeben hatte, ließen sie schließlich klein beigeben. Immerhin wirkte Delta bei ihren nächsten Begegnungen schon ein wenig sympathischer – freundlich und mit einem rettenden Sinn für Humor begabt; zudem erwies er sich als Mann des Zweifels, eine Qualität, die Penelope besonders schätzte.

Bevor die Verlobung offiziell verkündet wurde, bat Delta, der Konvention entsprechend, um ein Gespräch unter vier Augen mit seiner Braut. Im Verlauf dieser Unterredung zeigte er sich als ein ungewöhnlich sensibler Mann, was Penelope rührte und ihr das Gefühl gab, daß sie ihm wenn schon nicht Liebe, so doch Vertrauen schenken könne. Er wollte wissen, ob diese Ehe mit ihrer Zustimmung oder gegen ihren Willen geschlossen werde – eine schmerzliche, zwecklose Frage, denn weder ja noch nein traf zu. Um ihr seine Aufrichtigkeit und seinen Charakter zu beweisen, konnte Delta ihr, ironischerweise, nur versichern, daß er sie nicht liebe: Er wolle ihr keine Gefühle vortäuschen, aber möglicherweise würden sie sich ja später einstellen. In einer Mischung aus Anstand und Verbitterung nahm Penelope ihm diese Sorge ab: »Wir schließen einen Ehevertrag«, sagte sie, »mit Gefühlen hat das nichts zu tun!«

Bei ihrem Verlobungsessen wurden sie nebeneinander gesetzt, um die Trinksprüche und guten Wünsche der Familie entgegenzunehmen. Während der gesamten Mahlzeit sprachen sie einander korrekt mit »Fräulein Benaki« und »Herr Delta« an. Am nächsten Morgen nahm Penelopes Vater sie mit zum Fotografen, wo sie einzeln für Porträts posierten: Die Verwandten sollten sich ein Bild von dem jeweils neuen Familienmitglied machen können.

Nun waren sie offiziell verlobt. *Arrabonas*, das griechische Wort für Verlobung, steht zugleich für eine Summe Geldes, die bei Abschluß eines Vertrages als Kaution hinterlegt wird. Aller Wahrscheinlichkeit nach existierte es schon, bevor die Griechen schreiben und lesen lernten; sicher ist, daß es von dem Wort *arrabon* abstammt, Wissenschaftlern zufolge ein phönizischer Ausdruck, mit dem eine für eine Schiffslieferung zu zahlende Kaution bezeichnet wurde – ein passendes Vermächtnis dieses Seefahrervolks, dessen Göttin Astarte und ihr Adonis-ähnlicher Gemahl vermutlich die Vorbilder für Aphrodite und Adonis abgaben. Ganz gewiß brachten die Phönizier das erste uns bekannte Alphabet der westlichen Welt nach Griechenland, wo es den Lauten angepaßt wurde, die den Griechen vertraut waren, wie auch die phönizischen Götter der einheimischen Vorstellung vom Wesen des Heiligen angepaßt wurden. Die Phönizier waren für die Griechen, was die Mönche Kyrillos und Methodios im neunten Jahrhundert für die Slawen waren, die sie mit dem griechischen Alphabet sowie mit Christus und Maria bekannt machten. Sie bauten auch die bis zum heutigen Tag gültigen Handelsbeziehungen und politischen Bündnisse auf. Der Dank, den das Christentum den Israeliten schuldet, schuldet es also auch den Phöniziern: Das griechische Alphabet avancierte durch Alexanders Eroberungen zur Lingua franca des Mittelmeerraums, später zur Sprache des Neuen Testaments und zum Medium christlicher Missionstätigkeit. Wann immer ich das phönizische *arrabon* höre, hallt darin für mich die ferne Stimme der Europa wider, die Homer zufolge die Tochter von Phönix, dem König der Phönizier, war.

Penelope hatte noch eine weitere Feuerprobe zu bestehen: Sie war mit dem Ideal des Heldentums groß geworden, der Bereitschaft, dem Hellenismus zuliebe Gefahren auf sich zu nehmen. Für sie als Frau bestand dieses Heldentum nun darin, das Risiko einzugehen, daß ihr künftiger Mann sie verachten oder gar verstoßen würde – wenn sie ihm gestand, daß sie einen anderen Mann geliebt hatte, in einem emotionalen Sinne also keine Jungfrau

mehr war. Vielleicht hegte sie insgeheim auch die Hoffnung, daß
dieses Geständnis ihr eine Heirat ersparen würde, der sie mit gemischten Gefühlen entgegensah. Später brachte sie das Thema
immer wieder zur Sprache, als hätte sie darin eine Möglichkeit der
Rebellion gesehen, eine subtile, indirekte Strafe dafür, daß er nicht
der Mann war, den sie liebte.

Nachdem Delta sich ihre Beichte angehört hatte, fragte er sie,
ob sie diesen anderen Mann jemals geküßt habe. Sie schwor bei
Gott, daß es dazu nie gekommen sei. Dann sei es ihm möglich, die
Verlobung aufrechtzuhalten, sagte er und bat sie, ihn zu küssen.
Penelope empfand diesen ersten Kuß als eine Verwundung, eine
widerwärtige Pflicht gegenüber einem Mann, von dem sie sich
nicht angezogen fühlte, den sie nicht liebte. Es war eine höchst
seltsame Entdeckung für eine behütete, jungfräuliche junge Frau,
daß die Ehe Frauen, die um der Sittlichkeit willen ins Feuer gegangen wären, zu Prostituierten machen konnte.

Neugierig zu erfahren, warum ihre Eltern ihr den anderen Mann
ausgeredet hatten, fragte Delta sie nach den Einzelheiten der Geschichte. Sie sagte, sie hätten ihr verboten, ihn zu heiraten, weil sie
ihn geliebt habe und weil er arm gewesen sei. Daraufhin gestand
Delta ihr, daß er ebenfalls arm sei. Penelope war wie vom Donner
gerührt. Nun deutete alles darauf hin, daß ihre Eltern Maurokordatos ausschließlich deshalb abgelehnt hatten, weil sie ihn liebte.

Seitdem sich Stephanos und Penelope aneinander gebunden
hatten, waren sie zu einer seltsamen Scharade gezwungen: ein verlobtes Paar, das ein verlobtes Paar spielen mußte. Wenn sie sich
jetzt trafen, mußte es Stephanos beinahe unhöflich, ja unbarmherzig erscheinen, ihr nicht zu sagen, daß er sie liebe, und sie war
zu Antworten verpflichtet, die der für ihre Rolle geschriebene
Dialog vorgab. Als ihr zukünftiger Mann war er berechtigt, ihr
Tagebuch zu lesen, so daß sie selbst in ihren privatesten Stunden
nicht mehr ehrlich sein konnte, bis andere Angelegenheiten seine
volle Aufmerksamkeit beanspruchten und sein Interesse an ihren
Aufzeichnungen schwand. Fortan saßen sie bei Familienessen ne-

beneinander und machten leicht beaufsichtigte Spaziergänge am Kai von Phaleron, einem damals beliebten Seebad unweit Athens, in dem es Theater, eine Oper und respektable Hotels gab; hier wohnte auch der in Alexandria gebürtige griechische Dichter Kavafis während seines ersten Griechenlandaufenthalts. Auf einem dieser Spaziergänge fragte Penelope Stephanos, ob er imstande sei, sie, falls sie ihn nach ihrer Hochzeit durch irgend etwas kränke, zu schlagen oder zu töten. »Dich zu töten, ja, vielleicht«, erwiderte er, »dich zu schlagen, niemals.« Diese Antwort gefiel ihr.

Penelope war entschlossen, die Rolle der treu ergebenen, zärtlichen Verlobten ohne Fehl und Tadel zu spielen und nicht die Spur eines Zögerns, Unbehagens oder Zweifels zu zeigen. Sie machte ihre Sache so gut, daß ihr Vater erneut eifersüchtig wurde und ihr vorwarf, die Art und Weise, wie sie Stephanos umgarne, sei unziemlich und die Zurschaustellung ihrer gegenseitigen Zuneigung vulgär. Für Penelope war dies eine Erfahrung voll schmerzhafter Ironie: Sie bemühte sich aufrichtig, ihren Verlobten glücklich zu machen und ihrem Vater zu gefallen, indem sie öffentlich demonstrierte, daß sie die Entscheidung, die er über ihre Zukunft getroffen hatte, akzeptierte – und Tadel war der Lohn. Noch an ihrem Hochzeitstag verfolgten ihre Eltern sie mit ihren Anschuldigungen, und während Penelope ihr Brautkleid anzog, schwor sie sich einen feierlichen Eid: Sollte sie je selbst eine Tochter haben, würde sie alles menschenmögliche tun, um sie davor zu bewahren, so zu heiraten, wie sie es jetzt tat.

Die Hochzeitsreise führte das Paar in ein Hotel außerhalb Alexandrias. Der Hochzeitsnacht sah Penelope nicht nur mit der Angst einer unerfahrenen, Jungfrau entgegen, sondern mit der Verzweiflung einer jungen Braut, die weiß, daß sie ihr Leben lang niemals mit einem Mann schlafen wird, den sie begehrt, den sie liebt. Als Stephanos sie allein ließ, damit sie sich vorbereiten könne, zog sie sich hastig aus, sprang unter die Decke, verbarg ihr Gesicht in den Händen und betete.

Angekommen in Athen, war Penelope keineswegs Herrin im

eigenen Haus. Sie mußte sich ihrer Schwiegermutter unterordnen, die so unerwartet auf der Bildfläche erschienen war. Zehn Jahre lang lebten sie unter einem Dach, Jahre, in denen die Schwiegermutter kein gutes Haar an Penelope ließ, unablässig ihre Haushaltsführung kritisierte und sich später massiv in die Erziehung ihrer Töchter einmischte. Obwohl Penelope ihren Mann als überaus freundlich beschrieb, scheint er ihr selten Gesellschaft geleistet zu haben; wenn er von der Arbeit nach Hause kam, las er Zeitung, aß zu Abend und ging ins Bett, offenbar fest entschlossen, jegliche häuslichen Spannungen zu ignorieren. Für Penelope war es ein Leben fahler Freudlosigkeit, ein ständiges Bemühen, belanglose Arbeit zu erledigen und im Angesicht täglicher kleinlicher Boshaftigkeit nicht die Beherrschung zu verlieren. Kinder zu haben brachte ihr, obwohl sie viel vom Mutterinstinkt und dem Wunder der mütterlichen Liebe gelesen hatte, nicht die Erfüllung, an die die Ideologie der Mutterschaft sie hatte glauben lassen. Mutter zu sein bedeutete Arbeit, hieß, für andere zu sorgen, und hatte nichts mit gleichberechtigter Freundschaft zu tun. Die stets ungleiche Liebe zwischen einem Erwachsenen und einem Kind konnte sie nicht zufriedenstellen. Sie selber war als Kind nie geliebt worden, hatte Kindheit nicht erfahren dürfen: Ein Symbol der Elternschaft ihrer Eltern war sie gewesen, ein architektonisches Element der elterlichen Dynastie, eine Marmor-Karyatide, die ein klassisches Gebäude stützt. So lohnend ihr die Mutterschaft in vielerlei Hinsicht erschien – an ihrer emotionalen, geistigen Verarmung konnte sie nichts ändern. Im stillen überlegte sie, was schlimmer war: in einer frei gewählten Ehe die Liebe sterben zu sehen oder zu beobachten, wie durch ein Ehegeschäft die eigene Liebesfähigkeit erlischt. Sie träumte wieder von Selbstmord, aber zugleich haßte sie sich dafür, daß sie ihr Leben haßte. Den Werten ihrer Familie treu, empfand sie rücksichtslose Verachtung für sich selbst. »Mein Gott«, notierte sie, »wie abstoßend sind kranke Menschen … mich eingeschlossen … Die Welt sollte von ihnen gesäubert werden … wenn alle kranken Menschen den Mut

hätten, sich eine Kugel durch den Kopf zu jagen, stünde es sehr
viel besser um die Welt.«

1905, nachdem die Deltas und ihre Kinder nach Alexandria umgezogen waren, so daß Stephanos eine Stellung in der Benaki-
Firma annehmen konnte, begegnete Penelope wie durch ein Wunder einem jungen Mann, der auf beinahe unheimliche Weise zu ihr
paßte. Ion Dragoumis, überzeugter Hellenist, Parlamentarier
und Diplomat beim griechischen Konsulat in Alexandria, wurde
später zu einer der faszinierendsten Gestalten des modernen Griechenland. Seine mehrbändigen Aufzeichnungen, geschrieben zwischen 1895, als er, noch ein Kind, in Konstantinopel lebte, und
1920, als er mit Anfang Vierzig ermordet wurde, weisen ihn als
einen der wenigen bedeutenden Tagebuchschreiber des zwanzigsten Jahrhunderts aus. Wegen seiner sinnlichen, stillebenartigen
Schilderungen häuslicher Szenen und seiner städtischen Skizzen
könnte man ihn mit Virginia Woolf vergleichen – wenn er sich
nicht, als urbaner Grieche, Konstantinopolit und Europäer, ganz
anders als die zurückgezogen lebende britische Schriftstellerin,
mit schwindelnder Leichtigkeit zwischen den Welten bewegt
hätte. Mehr noch als die Fotografien, auf denen man sein feingeschnittenes, ausdrucksvoll ironisches Gesicht mit den leuchtenden dunklen Augen und seinen eleganten Körper sieht, bestätigen
die Tagebücher seinen Ruf als beeindruckende Persönlichkeit, als
begehrenswerter Liebhaber. Nicht zuletzt zeigen sie, daß er über
die erotischste aller Eigenschaften verfügte: die Fähigkeit zur anhaltenden Konzentration. In einer kommentierenden Liste seiner
Lieblingsbücher und -platten, die er als Schüler anfertigte, kommt
sie ebenso zum Ausdruck wie in einer später verfaßten detaillierten Beschreibung zweier kleiner Mädchen, die er eines Tages, während seines letzten politischen Exils auf der Insel Skopelos, am
Strand spielen sah.

Wie Penelope begeisterte sich Dragoumis für den Parthenon;
er schilderte, wie sehr er es liebte, auf einem Stein in seiner Nähe
zu sitzen, sich in Gedanken zu verlieren und ihn, sobald er wieder

hochschaute, dicht vor sich zu sehen. Und wie Penelope verfolgte er mit leidenschaftlichem Pioniergeist die Idee, eine neue griechische Nation zu erschaffen. Er war der Schwager eines berühmten Guerillaführers in Makedonien, Paulos Melas, der ein Jahr nachdem Dragoumis und Penelope sich kennengelernt hatten, getötet wurde. Damals zeigte ein Theater in Alexandria eine umstrittene Aufführung der *Orestie*, die beide gesehen haben müssen. Die Auseinandersetzung zwischen den Anhängern des volkstümlichen Griechisch und der Kathareuoussa hatte gerade einen Höhepunkt erreicht. Die Übertragung des Aischylos-Dramas ins volkstümliche Griechisch Demotike stammte von einem Mann namens Soteriades; zwei Jahre zuvor hatte dessen vermeintliche Vulgarisierung des griechischen Erbes einen Professor an der Athener Universität derart aufgebracht, daß er mit seinen Studenten eine Demonstration veranstaltete, in deren Verlauf ein Zuschauer getötet wurde. Die griechische Regierung verbot im Anschluß daran die Aufführung der übertragenen Stücke: Die Demotike stelle ein Sakrileg dar, verletze gar nationale Interessen.

Für Dragoumis wie für Penelope Delta war das volkstümliche Griechisch die griechische Sprache, wie sie sich tatsächlich entwickelt hatte, und spiegelte die Geschichte des Volkes wider; in der Kathareuoussa dagegen sahen sie eine idealisierte Fassung dieser Geschichte. Es war ein Griechisch ohne türkische, ja sogar ohne lateinische Anteile, ein Traum davon, wie die Griechen des fünften vorchristlichen Jahrhunderts gesprochen hätten, wenn ihnen das Neue Testament schon bekannt gewesen wäre: die Sprache antiker Statuen, die ein Kreuz tragen. Mit der Kathareuoussa, so argumentierten ihre Gegner, wären die Nation, und ihre künftige Literatur für alle Zeiten in einem Traum vom Griechentum gefangen. Nachdem sie Dragoumis kennengelernt hatte, verlegte sich Penelope, die ihre Tagebücher bis dahin auf französisch geschrieben hatte, ganz aufs Griechische und wurde zur einzigen Frau im Kreise derer, die sich für die Demotike stark machten.

Über den Verlauf oder auch nur die Natur der Affäre zwischen

Ion und Penelope läßt sich kaum etwas Genaues sagen. Immerhin scheinen die Intensität ihrer Empfindungen und das gegenseitige Verlangen nach Nähe für die Benakis so offensichtlich gewesen zu sein, daß sie Penelope und ihre Familie nach Frankfurt schickten, um dort ein neues Büro aufzubauen. Als Dragoumis nach einer Weile dort auftauchte, fielen die Benakis erneut über Penelope her und setzten sie nach ihrer bewährten Methode derart unter Druck, daß sie schon bald jede Hoffnung aufgab, je mit Dragoumis zusammenzuleben. In manchen griechischen Märchen lastet ein Fluch auf dem Helden: Sowie er einem Geheimnis auf die Spur kommt oder einen Übeltäter entlarvt, wird mit jeder seiner Anstrengungen ein Teil seines Körpers zu Marmor – erst seine Füße, dann seine Knie, dann seine Brust, bis er schließlich eine Statue ist. Nach dem Verlust Dragoumis' ist Penelope vermutlich, wie eine dieser Märchenfiguren, bis zum Hals zu Marmor geworden.

Was ihr blieb, war ihre Sprache, und sie begann darüber nachzudenken, worüber sie schreiben wollte. In einem Brief an den Dichter Palamas 1909 ließ sie sich über das nahezu vollständige Fehlen griechischer Kinderliteratur aus: Griechische Kinder würden meistens Bücher lesen, die für Kinder anderer Länder geschrieben seien, und es gebe nur wenige, die ihr eigenes Leben, ihre Umgebung, die Gebräuche ihrer Welt zum Gegenstand hätten. In gewissem Sinne seien daher selbst griechische Kinder, die lesen könnten, Analphabeten, weil sie keine Literatur besäßen, die ihre Erfahrungen sichtbar mache. Der Zauber, der von Penelopes Kinderbüchern ausgeht, verdankt sich ebenjenen unschätzbaren Einblicken ins griechische Alltagsleben. An ihren besten Stellen haben sie eine wunderbare Frische, der man Penelopes Freude und Erleichterung anmerkt, zum ersten Mal in der eigenen Sprache zu sprechen, ihr kreatives Vergnügen daran, die Dinge beim Namen zu nennen. Penelope war weder in ihrer eigenen Familie noch in ihrer Ehe jemals zu Hause gewesen; zu ihrer Heimat sollte nun das Haus der griechischen Kultur werden. Sie und ihre Familie zogen nach Kephisia, damals ein grüner Vorort Athens voll unprätentiös eleganter Häuser. Dort verbrachte Penelope den Rest ihres Lebens, und dort schrieb sie ihre Bücher: historische Romane für Kinder, eine Geschichte von Christi Leben, *Trelantonis, Märchen ohne Namen,* und *Mangas,* eine Art *apologia pro vita sua,* erzählt von einem Hund. Ihre Mutter scheint ihre Bücher nie gelesen zu haben, nicht einmal die Christus-Biographie, die ihr gewidmet war.

Mit ihrem Bekenntnis zum Griechentum fand sich Penelope jedoch zugleich in der Welt der moralischen und sozialen Doppelbödigkeit wieder, die offenbar so sehr Teil des griechischen Wesens ist. Ihre Bücher spiegeln ihre schmerzhaft gespaltenen Gefühle gegenüber Frauen und Mädchen sowie eine grobe, beinahe chauvinistische Idealisierung der Jungen und Männer, die ihrem zutiefst humanen Liberalismus ebenso widerspricht wie ihr zuweilen geradezu mörderischer Nationalismus. Die Humanität ihrer Weltsicht zeigt sich auf besonders anrührende Weise in einer Episode aus *Trelantonis,* in der die Kinder eine kleine jüdische Nachbarin quälen. Mit scheinheiligem Antisemitismus ereifern sie sich darüber, daß die Juden Christus getötet hätten, und halten ihr das Kreuz vors Gesicht, um zu sehen, ob sie stirbt – da beim Anblick des Kreuzes in jedem Juden angeblich der Teufel zerbirst. Nach diesem Vorfall erklärt ein Onkel ihnen in aller Ruhe, warum man die Juden nicht für Christi Tod verantwortlich machen dürfe. Er sagt, daß man sie nicht mit theologischem Fanatismus verfolgen, sondern als Menschen behandeln solle, die die christlichen Werte teilen; er wünsche sich, daß alle Christen so gute Menschen wären wie ihre jüdischen Nachbarn, und verteidigt das Prinzip der Religionsfreiheit. Für die damalige Zeit – das Buch wurde erstmals 1932 veröffentlicht – war das eine erstaunliche Rede.

In *Mankas* sind die Abenteuer des Hunde-Erzählers ebenfalls von Lektionen in moderner griechischer Geschichte durchsetzt. Darin machen die in Alexandria lebenden Kinder aus ihrem makedonischen Gärtner einen Helden, der vernichtende Predigten über die Bulgaren hält. Der Gärtner, ein ehemals mit Dragoumis'

Schwager Paulos Melas verbündeter Guerillakämpfer, »aufrecht wie eine Zypresse, Augen, die wie die Sonne leuchten, und das Profil eines alten Griechen«, erklärt, die Bulgaren seien schlimmer als die Türken, denn sie hätten es auf Makedonien abgesehen, das griechisch sei.« Makedonien ist griechisch«, verkündet er. »Wir werden es uns nehmen.« Als einer der Jungen ihm erzählt, daß seine französische Gouvernante seinen Patriotismus verspotte, antwortet der Gärtner: »Laß sie spotten. Sie haben hier nichts zu suchen, die Europäer, und sie wissen nichts von unseren Träumen.« Dann prügelt er sich mit einem bulgarischen Milchmann, weil bulgarische Terroristen seine Familie ermordet haben. »Alle Bulgaren sind gleich«, sagt der Gärtner, »sie sind wilde Bestien.« Der Hunde-Erzähler kommentiert: »Hunde hassen Katzen, wie der Grieche die Bulgaren haßt«; sie seien »Erbfeinde«. Am Ende schließt sich der älteste Sohn der Familie dem Kampf um Makedonien an. Indem Penelope die Bulgaren als Erbfeinde der Griechen darstellt, heiligt sie den politischen Haß, wie andere Menschen religiösen Haß heiligen. Der unversöhnliche politische Dogmatismus, der in ihren Büchern gelegentlich zutage tritt, wird den Kindern zusammen mit ihrer Wärme, ihrem Charme und den herrlichen Abenteuern ihrer Protagonisten präsentiert.

Für den Rest ihres Lebens schrieb Penelope Delta also Bücher, zog ihre Kinder groß und diente ihrem Land, dem sie ihr ganzes Vermögen opferte; auch bei der Gründung von dem berühmten Athens College spielte sie eine Rolle. Als die Deutschen 1941 in Griechenland einmarschierten, wurde der Selbstmord, den sie von Kindheit an immer wieder erwogen hatte, zu einer realen Möglichkeit. Die deutsche Invasion begriff sie als Schändung der einzigen Liebe, die ihr geblieben war: der Liebe zur *patrida*, zu ihrem Vaterland. Sie schluckte Gift; diesmal war es ihr gelungen, die tödliche Dosis richtig zu berechnen. Da sie weder einen Priester noch eine Trauerfeier wünschte, wurde sie in ihrem Garten in Kiphisia begraben. Auf ihrem Grabstein steht ein einziges Wort: Schweigen.

Was Dragoumis betrifft, so wurde er nach seiner Affäre mit Penelope der lebenslange Geliebte der großen Schauspielerin Marika Kotopouli, die als Elektra in der Alexandriner Aufführung der *Orestie* aufgetreten war. Er schrieb und saß als Mitglied der Opposition gegen Venizelos im Parlament. Auf dessen Anordnung ins politische Asyl geschickt, wurde er 1920, kurz nach seiner Rückkehr nach Athen, unter der Leitung eines ehemaligen Leibwächters von Venizelos ermordet, einen Tag nachdem in Paris ein Anschlag auf den Premierminister verübt worden war. Penelopes Vater, Venizelos' Wirtschaftsminister, erzählte Penelope, er habe die Soldaten, die Dragoumis ergriffen hatten, davor gewarnt, ihn zu mißhandeln, doch sie hätten ein Überfallkommando gebildet und ihn erschossen. Später erklärte der ehemalige Leibwächter, der Befehl für die Hinrichtung sei von Penelopes Vater gekommen. Die Benakis einschließlich Penelopes waren entrüstet über diesen Verdacht, der sich nie erhärtete – obwohl es doch erstaunlich ist, daß ein mächtiger Venizelist wie Benaki offenbar keinerlei Anstalten machte, der Gruppe von Soldaten die sofortige Freilassung eines Mannes zu befehlen, den zu ergreifen, geschweige denn hinzurichten sie keinerlei Recht hatten.

Penelope starb, ohne daß ihre Träume in Erfüllung gegangen waren. Dragoumis aber hatte, zwei Jahre vor seinem Tod, einen Traum, der wahr geworden ist. Er schrieb, er sei eines Nachts schweißgebadet aufgewacht, weil er geträumt habe, irgendwelche Leute aus Kephisia hätten ihn umzingelt und von allen Seiten an ihm gezerrt, als wollten sie ihm etwas zuleide tun.

Die Ungeschriebenen

Mit seinen 2.500 Inseln besteht Griechenland, wie der menschliche Körper, hauptsächlich aus Wasser, und wie der Körper eines Menschen, den man liebt, ist es zwar begrenzt, aber unerschöpflich. Jetzt, wo meine Zeit knapp wird, merke ich, daß die tatsächliche Größe dieses Landes täuscht, daß ich, wenn ich es verlasse, vieles von dem, was ich mir zu sehen erträumte, nie gesehen haben werde. Darum kann ich nicht widerstehen, an einer weiteren kurzen, aber anstrengenden Bergtour teilzunehmen, obwohl sie aus der komplizierten, wenn auch verborgenen Logik meiner anderen Unternehmungen herausfällt. Diesmal geht es in die Gegend Agrapha, vor allem die Bedeutung ihres Namens zieht mich an – die Ungeschriebenen. Agrapha grenzt an Thessaly und war berüchtigtes Guerillagebiet: Stätte heftiger mittelalterlicher Kämpfe zwischen Byzantinern und Bulgaren, Übungsgelände des jungen Georgios Karaiskakis, später einer der berühmtesten Strategen des Unabhängigkeitskrieges, Heimat des nationalen Führers Nikolas Plastiras, dessen Rolle in der Kleinasien-Katastrophe vielen Flüchtlingen das Leben rettete, sowie ein Zentrum des griechischen Widerstands im Zweiten Weltkrieg. Angeblich heißt die Region deshalb »Die Ungeschriebenen«, weil ihre Dörfer von den Türken niemals kontrolliert wurden und folglich, im Unterschied zu den *grammena* oder »geschriebenen« Gebieten, nicht in deren Steuerbüchern aufgetaucht sind. Es ist, wie viele sagen, noch heute der am wenigsten entwickelte Landesteil.

Im Bus auf der Fahrt in die Berge spielt der Radiosender, den der Fahrer eingeschaltet hat, wiederholt einen beruhigenden Song für all die griechischen Schulabgänger, die sich auf die im Juni stattfindenden Aufnahmeprüfungen für die Universität vorbereiten: eine unerträgliche Nervenprobe, die, soweit ich gehört habe, ein nahezu fotografisches Gedächtnis verlangt und jedes Jahr ein paar Jugendliche in den Selbstmord treibt. In ihrem Refrain, einer Art nationalem Tranquilizer, verspricht die Sängerin wieder und wieder, daß ganz bestimmt alles gut werde. Ich schlage die Zeitung auf, laut Paul die letzte, die ich zu Gesicht bekommen werde, bis ich wieder in Athen bin. Eine der Überschriften ist ein Sprichwort: »Schläge kommen aus dem Paradies.« Ein Lehrer, der einen Jungen mit irgendeinem stumpfen Gegenstand ins Gesicht geschlagen hat, wurde von einem Gericht freigesprochen. Offenbar hat sich der etwa zwölfjährige Junge geweigert, einem gegnerischen Team zu applaudieren, als es gegen sein eigenes gewann, woraufhin der Lehrer ihn schlug und sagte: »Menschen wie du sind unnütz für die Gesellschaft.« Das Gericht urteilte, daß der Auftrag der Lehrer, Kinder zu bessern, von der Gesellschaft selbst stamme und die besondere Beziehung zwischen Schülern und Lehrern das Verhalten des Mannes rechtfertige.

Unweit der Stadt Karpenesi, wo 1823 Markos Botsaris, einer der angesehensten aller griechischen Revolutionäre, in einem Gefecht mit den Türken getötet wurde, hält der Bus an, und eine junge Frau mit glänzendem braunem Haar steigt zu. Ungefähr achtzehn Jahre alt, ein Baby auf dem Arm und ein Kleinkind an der Hand, lächelt sie den Schaffner an, der sie offenbar kennt, und entblößt ein Urgroßmuttergebiß – die Vorderzähne fehlen. Paul erklärt mir, das sei nichts Ungewöhnliches hier in den Bergen; die Menschen, die außerhalb von Karpenesi lebten, würden von einem einzigen Arzt versorgt, der im Landrover von Ort zu Ort fahre.

Die örtlichen Beziehungen – im Bus werden sie im Kleinformat gepflegt: Der Schaffner ist ein munterer, geselliger Mann, der die Einsteigenden begrüßt, ein bißchen Klatsch hier, einen Witz dort anbringt und einer Frau, die ihm zuruft, der Bus solle jetzt anhalten, augenzwinkernd erwidert: »Es ist doch nicht meine Aufgabe, Sie vor Ihrer Haustür abzusetzen.« An der Endstation, ein paar

Kilometer von dem Dorf entfernt, in dem wir die Nacht verbringen werden, steigen wir aus: grüne Wiesen und Milchkühe, eine alpine Atmosphäre. Sofort schließt sich uns eine kleine Schar Kinder an. Sie sind so voller Warmherzigkeit und Neugier, daß ich mich frage, wie es wohl in Griechenland war, bevor der Tourismus seine jetzige Intensität erreichte, und was seine gemischten Segnungen dieser Region bringen werden.

Während wir durch das Dorf gehen, das aus lauter Staub und wachsamen Augen besteht, fragt mich das mutigste der Kinder, ein zwölfjähriges Mädchen, ob mir Griechenland gefalle. Ich bejahe und frage, ob sie es auch möge. Nach kurzem Zögern stimmt sie zu. Vielleicht würde sie ja lieber in einem größeren Ort leben; Athen und Thessaloniki scheinen immerhin sehr weit weg von hier. Im Gemischtwarenladen ihrer Eltern gibt es Waschpulver, Reis und Batterien zu kaufen – ein Geschäft wie aus einer anderen Zeit, abgesehen von dem großen Farbfernseher in einer Ecke: Ein paar Bodybuilder in Badehosen sind zu sehen, die ihre ungeheuerlichen Bizepse anspannen und der Kamera ihre schön bemuskelten Rückseiten zukehren.

Das Mädchen nimmt mit großer Konzentration unsere Kaffee-Bestellungen entgegen, verbindet dann unsere Zucker-und-Milch-Kombinationen gekonnt mit den dazugehörigen Personen und tritt damit den stolzen Beweis an, daß ihr Dorf den Bedürfnissen von *xenoi* gewachsen ist. Die kleineren Kinder sitzen in kurzen Hosen und Plastiksandalen auf Bänken neben der Tür, schauen flüsternd und kichernd zu uns herüber, als wären wir lebendige Spielzeugfiguren. Ich frage das Mädchen, ob das Dorf, das wir erreichen wollen, schön sei, und sie zieht die Nase kraus: »Es ist kleiner als dieses hier.«

Mit einem Lastwagen fahren wir los, uns an den Seitenverstrebungen festhaltend – ein Anblick, der mich an griechische Soldatenkonvois denken läßt, hier, wo der Militärdienst Pflicht ist und alle in Griechenland geborenen jungen Männer eingezogen werden, selbst wenn sie inzwischen Bürger eines anderen Landes sind.

Das Dorf, eine samtene Zuflucht in den rauhen Bergen, wirkt ebenfalls auf eine so verblüffende Weise schweizerisch, daß wir beinahe erwarten, mit Schokolade und Käse begrüßt zu werden statt mit frisch geschlachtetem Huhn, den allgegenwärtigen Pommes frites und Bier. Es gibt im ganzen Dorf nur eine einzige Dusche – mit kaltem Wasser –, und wir werden auf verschiedene Häuser verteilt; genau wie in einer mittelalterlichen Schenke übernachten Fremde desselben Geschlechts in einem Bett. Die Dorfbewohner zeigen sich erstaunt, als manche der Gäste zögern, aber ich bin über den Schock, den diese Unterbringungsweise anfänglich auch bei mir ausgelöst hat, längst hinaus; auf Fähren, die über Nacht fahren, ist es gleichfalls üblich, daß man eine Kabine mit Fremden teilt.

Das Dorf hat sich draußen vor der einzigen Taverne versammelt, um in der sommerlichen Abenddämmerung Bier zu trinken, und die attraktive, würdevolle Besitzerin nimmt sich auf ihren Wegen zwischen Küche und Gästen gelegentlich Zeit, mit uns zu plaudern. Ihre beiden Töchter, acht und zehn Jahre alt, wohnen während der Woche bei einer Familie im nächsten größeren Ort zur Untermiete, damit sie zur Schule gehen können, und kommen nur an den Wochenenden nach Hause. Sie sagt, es sei für sie alle schwer, aber sie wolle ihren Mädchen unbedingt die Möglichkeit verschaffen, ein selbständiges Leben zu führen – und diesen Ort zu verlassen, sofern sie es wollen. Die Wirtsfrau ist ein Wunder im Vergleich zu all den griechischen Müttern, die ich bisher kennengelernt habe und die sich in ihrer besitzergreifenden Art gegenseitig zu übertreffen suchen, als wären ewig abhängige Kinder Ziel und Stolz der Mutterschaft. In einer Welt, in der die Identität der Frau ausschließlich durch Mutterschaft bestimmt war, büßen Frauen enorm viel von ihrem sozialen Status ein, sobald sie die Kinder ins Erwachsenendasein entlassen, ganz abgesehen von dem emotionalen Wendepunkt. Diese Dorfbewohnerin beweist Mut, und zwar gleich mehrfach.

Später in der Nacht wache ich auf, weil jemand einen Katalog trunkener Flüche vom Stapel läßt. »Er vögelt das Dorf«, ruft er laut, »er vögelt Mütter«, und dann noch lauter: »Er vögelt die Jungfrau Maria!«

Das Wesen der Berge verändert sich von Region zu Region. In Epiros, wo ich nach Ostern ein paar Tage verbrachte, ist die Landschaft kristallin, die Bäume scheinen vor lauter Bienengemurmel zu sprechen, und die Felsformationen sehen wie die mit Mustern verzierten Siegel aus, die in den Teig des traditionellen griechischen Kirchenbrots, *prosphora*, gedrückt werden. Selbst die hölzerne Innenausstattung der Häuser, erdacht und ausgeführt von einem großen Kunsthandwerker der Gegend, der über den Balkan reiste, um von Wien bis nach Konstantinopel für Kunden Häuser zu bauen, spiegelt die Außenwelt: feines Schnitzwerk, eingebaute Betten und Nischen, den Seen und Grotten ähnlich, die die klaren Flüsse in die Berge gegraben haben. Die Landschaft dort ist überraschend erotisch und brachte mir den Sinn einiger volkstümlicher, auf Holz gemalter Bilder näher, die ich einmal gesehen hatte: Gebirgsbäche, die sich in Nymphen verwandeln, das strömende Wasser hinter ihren Köpfen ein durchsichtiger Schleier. Ich beobachtete, wie ein Fluß durch einen gewundenen Kanal jagte, der die Kurven eines Frauenkörpers nachzuzeichnen schien, das Wasser spritzend wie der Samen eines Mannes über die unter ihm liegende Frau. Hier, in einem benachbarten Gebiet, in Bergen, die zur selben Gebirgskette gehören, befinden wir uns in einem anderen Land. Mit ihren übel zugerichteten steinernen Pferchen, den getarnten Dörfern und auf Hochebenen zusammengedrängten Schafherden, von Schäferhunden bewacht, die jeden außer ihren Besitzern hassen, sind diese Berge offenbar eine Schöpfung von großer Anstrengung.

Nach einem anstrengenden Tagesmarsch nähern wir uns dem noch kleineren Dorf, in dem wir diesmal übernachten werden. An einer gewölbten Brücke mit altem Steinfundament, heute grob mit dicken Betonplatten bedeckt, wie ein Stück Schmelzkäse auf gutem Brot, holt uns grinsend ein Junge namens Christos ab. Er führt uns ins Dorf, das hauptsächlich aus den Häusern seiner Familie, einem Gemeindebüro und dem familieneigenen Gemischtwarenladen besteht; die Gebäude drängen sich auf dem bebaubaren Land wie Regale in einer engen Vorratskammer: als öffne man die Tür eines alten Schrankes und entdecke ein Miniaturdorf darin. Christos' Mutter Pareskevi hat am Morgen eine Ziege geschlachtet, um uns eine Spezialität zuzubereiten. Wir sitzen auf der Betonterrasse des Gemischtwarenladens, der hiesigen *plateia*; die Tür des Hauses ist grün gestrichen, ein Zeichen dafür, daß die Familie Andreas Papandreous Partei PASOK unterstützt. Wegen dieser Verbindung, erzählt uns Pareskevi, habe ein der konservativen Neuen Demokratie nahestehender Verwaltungsbeamter ihnen verboten, auf dieser Terrasse Speisen und Getränke zu servieren, so daß sie ihr Bier, ihren Kaffee und ihre *mezedes* von einem anderen Haus aus verkaufen mußten, bis man das Verbot wieder rückgängig machte. Christos bringt ein Tablett mit Bieren heraus und zieht los, um die Sachen, *ta pragmata*, wie Haustiere hier genannt werden, zu füttern. Er hat eine Flasche Milch für irgendein mutterloses Lamm dabei. Ein Nachbar mit langem, eindrucksvollem Bart und alter Militäruniform erscheint, um auf der Terrasse sein abendliches Bier zu trinken, und Pareskevi bringt uns allen frischen Fetakäse, der sich von dem salzigen konservierten Feta unterscheidet wie der Frühling vom Winter.

Das Dorf hat ein paar Verwandte, die in New Jersey leben. Der Beharrlichkeit dieser Emigranten, die jedes Jahr wiederkommen, verdankt es seine einzige Toilette mit Wasserspülung sowie die Stromversorgung; bis 1991 wurden die Häuser mit Kerosinlampen beleuchtet. Noch immer gibt es im Ort keine Waschmaschine und in Pareskevis Haus kein fließendes Warmwasser, dafür ein primitives Klo auf dem Hof. Allerdings besitzt sie einen Fernseher, so daß sie und ihre schwarzverschleierte Mutter in einem der wie Pappkartons übereinandergestapelten Zimmer sich griechische Krimis und *Bezaubernde Jeannie* ansehen können. Im Wohnzimmer steht ein Verlobungsfoto von ihr, das auf einem

feierlichen Ausflug nach Karpenesi aufgenommen wurde. Es zeigt
sie mit einer kompliziert aufgesteckten Frisur, kohlschwarz um-
randeten Augen und jenem persischen Aussehen, das von einer
eigentümlich strahlenden Dunkelhäutigkeit herrührt und für
viele griechische Gesichter typisch ist.

Als wir mit dem Essen fertig sind – zum Nachtisch gab es frischen Joghurt aus Schafsmilch, der wie Sauerrahm schmeckte –,
ist es immer noch hell. Wir sitzen am Rand der Terrasse, um den
Sonnenuntergang zu beobachten. Eine alte Frau kommt einen
nahe gelegenen Hügel herunter ins Dorf. Sie trägt ein knöchel-
langes schwarzes Kleid und über dem dicken weißen Haar ein
schwarzes Kopftuch, außerdem eine gewebte Hirtentasche sowie
zwei Säcke voll *chorta*, wilder Kräuter, die sie in den Bergen ge-
pflückt hat, um ihre Kaninchen zu füttern. »Meine Mutter«, sagt
Pareskevi und erzählt uns, daß sie den beeindruckend steilen
Hang, der vor uns liegt, jeden Tag hinaufklettere, um nach den
Schafen zu sehen. Ihr Haus steht, einer Festung gleich, ganz oben,
so daß sie ankommende Besucher als erste erspähen kann. Sie
habe, sagt Pareskevi, einen großen Teil des Baumaterials selber in
Säcken den Hang hinaufgetragen, und es sei ihr Haus, das über
die Toilette mit Wasserspülung verfüge. Ihre neun Kinder habe sie
allesamt allein, ohne Arzt, darin zur Welt gebracht.

Pareskevi geht ihr entgegen. Aus der Nähe sieht sie wie eine
Endsiebzigerin aus, und sie grüßt uns mit strengem Blick, mit
Augen, die sich nie erwärmen, nie Vertrauen fassen. Ihre Begrü-
ßung, ihre guten Wünsche und ihre Gastfreundschaft sind ab-
strakt, nicht persönlich; die Konvention ist voll Wärme, die Frau
ist es nicht. Sie bietet uns Süßigkeiten an wie ein Medikament, das
man uns verschrieben hat. Sie muß sie uns anbieten, und wir müssen sie essen – keiner von uns kann den nächsten Schritt tun, bevor
wir dieses Ritual nicht über die Bühne gebracht haben: ein häusliches Abendmahl, das sie mit uns teilt, obwohl oder vielleicht gerade weil sie uns nicht mag. Sie strahlt die Kälte eines Menschen
aus, der so viel hat erleiden müssen, daß ihm die Sorge um andere

abhanden gekommen ist. Wenn ich sie so betrachte, frage ich mich, ob der Idee, seinen Nächsten zu lieben wie sich selbst, nicht ein Denkfehler zugrunde liegt; dreht man ein als Erweiterung des eigenen Ich konzipiertes Gemeinschaftsgefühl um, kommt auf der anderen Seite womöglich nichts als blutige Fehde zum Vorschein, Krieg gegen eine Gruppe von Menschen, die als Erweiterung des feindlichen Ich begriffen wird. Vielleicht würde das Prinzip, seinen Nächsten nicht wie sich selbst, sondern als Verkörperung eines ganz anderen zu lieben, zu stärkeren Bindungen führen.

Die alte Frau fragt nach dem amerikanischen Gast, weil sie ihm ein Album mit Hochzeitsfotos von einem Besuch in New Jersey zeigen möchte; sogar Christos war dabei. Er erzählt mir mit verzücktem Gesichtsausdruck, das Schönste sei der Tunnel gewesen, durch den die Autos, unter dem Wasser hindurch, von New Jersey nach New York gefahren seien. Ich werde durch das Album geführt, von der weißen Limousine bis hin zum Empfangssaal in einem Hochzeitspalast voll burlesker Kronleuchter und seltsam geformter, aus Gläsern aufragender rosa Servietten. Es war die Hochzeit des 23jährigen Elias, dem die *giagia* im Jahr davor, als er im Sommer zu Besuch kam, erklärte, es gäbe kein Rückflugticket für ihn, falls er nicht vorher ein einheimisches Mädchen heiratete. Innerhalb von zwei Wochen war er mit einem Mädchen aus einem Nachbardorf verlobt. »Wir wollten nicht, daß er eine Amerikanerin heiratet«, sagt sie. »Sie verlassen ihre Männer, wenn sie sie nicht mehr mögen.«

Der Traum von Narziß

Auf dem Weg nach Ouranopolis, Himmelsstadt, dem letzten Ort auf der Halbinsel Athos, in dem sich Frauen aufhalten dürfen, mache ich in Thessaloniki halt. Von allen griechischen Städten mag ich diese am liebsten: wegen ihrer Sinnlichkeit, ihrer hügeligen Viertel, ihrer Aussicht auf den Thermaischen Golf, ihrer Fußgängerfreundlichkeit, ihrer kleinen Gärten, in denen weißhaarige Greise an Sommerabenden auf Bänken sitzen und alte Liebeslieder singen, wegen der seltenen *rembetika*-Platten, die man auf Flohmärkten hören kann, ihrer unerschrockenen Exzentriker und ihrer feinen osmanischen Kochkunst. Ich habe eine Verabredung mit einem hier ansässigen Verleger, und bevor ich zu ihm gehe, besichtige ich die Basilika des Hagios Demetrios, des Schutzheiligen von Thessaloniki, mit ihren wunderschönen wogenden Mosaiken. Auf dem Weg hinaus schenkt mir der Buch- und Postkartenverkäufer ein kleines Büchlein in englischer Sprache über Nordepiros oder Südalbanien, das der Bischof von Konitsa, einer Stadt an der albanischen Grenze, verfaßt hat. Im Gehen blättere ich ein wenig darin. »Die Geschichte zeigt«, heißt es da, »daß die Albaner sich nie um ihre Freiheit geschert haben … Obwohl sie es nicht zugeben, ziehen sie es vor, Sklaven zu sein … Die Albaner haben kein Recht, jedesmal unruhig und wütend zu werden, wenn die Nordepiroten und ihre griechischen Brüder den gerechten Anspruch auf die Einheit von Nordepiros und Griechenland äußern. Wir fordern nichts anderes als die Albaner hinsichtlich des Kosovogebiets in Jugoslawien …«

Der Verleger erweist sich als ein kleiner alter, drahtiger Mann aus Kephallenia. Sein Büro ist bis zur Decke mit Büchern vollge-

stellt. Ich gehe um die Regale herum, um mir ein Bild davon zu
machen, was er veröffentlicht hat, als plötzlich eine hilfreiche
Hand auf meinem Kopf ruht, dann auf meiner Schulter, schließlich auf meiner Brust. Ich springe zur Seite, mich der angelsächsi-
schen Kampfsportarten erinnernd, die im wesentlichen darin bestehen, so zu tun, als wäre nichts geschehen. Also fülle ich den
Raum mit Bemerkungen, erzähle ihm von meiner Begeisterung
für Kinderbücher und versuche ihn dafür zu interessieren, wie
wenig die meisten von uns über skandinavische Literatur wüßten.
Um außerhalb seiner Reichweite zu bleiben, wage ich mich in
immer neues intellektuelles Grenzland vor, an einer enormen be-
bilderten Geschichte Salonikis und einem düster aussehenden
Koran auf griechisch vorbei, während der Verleger, das Gesicht
sauer vor Entschlossenheit, wenn auch durch eine Kamera in seiner einen Hand nicht ganz im Gleichgewicht, auf mich zusteuert
und, zur Verwunderung einiger im Empfangszimmer wartender
Leute, ruft: »Küssen Sie mich, küssen Sie mich auf den Mund!«
Molon labe, denke ich trocken, »kommt her und nehmt's euch«,
auf den von all meinen Griechischlehrern so geliebten Satz zu-
rückgreifend, den Leonidas vor der Schlacht bei den Thermopy-
len zu den Persern sagte. In erster Linie denke ich natürlich an die
Konferenz- und Schreibtische und Bücherregale, die meinem
Vorhaben, keinesfalls geküßt zu werden, im Wege stehen, allmählich begreifend, wie sehr dies unser intuitives Wissen bestätigt,
daß Küssen und Nichtküssen nicht nur physische, sondern auch
metaphysische Angelegenheiten sind. Diese Konfrontation, sie
berührt vielleicht etwas noch Grundlegenderes als die Liturgie
der sexuellen Flucht und Verfolgung: Wir inszenieren eine antike
Debatte über die Natur der Wirklichkeit. Der Kephallenier stol-
pert um seine eigenen Hindernisse aus Tischen voller Bücher
herum, seine Kamera umklammernd, deren automatischer Blitz
Miniaturexplosionen erzeugt. Er versucht, mich in Posen, die
überzeugend einladend aussehen könnten, einzufangen. Während
er mich von einer Ecke zur anderen jagt, behauptet er, daß ich ein

Bild sei und seine Kamera es beweisen könne. Ich dagegen habe
unglücklicherweise keinerlei Zweifel, daß ich Wirklichkeit bin –
der Beweis ist, daß ich, wie sehr ich es auch wünschte, aus dieser
Situation nicht verschwinden kann. Ohnehin zieht jetzt nicht _mein_
Leben an meinem inneren Auge vorbei, sondern _seines_. Denn es
ist eindeutig, daß ich, unter diesen Umständen, nicht einmal ein
weibliches Bild bin: Für diesen drahtigen alten Kephallenier bin
ich ein Bild seiner selbst – er schaut mich an und sieht sein eigenes
Gesicht, wie es vor dreißig oder vierzig Jahren ausgesehen hat,
seinen trainierten Oberkörper, seine unanfechtbare Kraft; könnte
er mich berühren, hätte er seinen jungen Körper zurück. Doch
mittlerweile sitzen zu viele Leute hinter der Rauchglastür des
Empfangszimmers, als daß er, ohne sich der Lächerlichkeit preis-
zugeben, seine Verfolgungsjagd fortsetzen könnte, und ich flüchte
mich auf die sonnenbeschienene Straße. Wieder einmal bin ich
Zeugin jener historisch veredelten griechischen Leidenschaft für
Ikonen geworden – Schlüssel zum Verständnis nicht nur griechischen Alltagslebens, sondern auch griechischer Politik.

Die Busroute nach Himmelsstadt führt durch die zimtfarbene
makedonische Landschaft, übersät mit Sonnenblumen. Hier hätte
ich gern das jährlich im Mai begangene Anastenaria-Fest miterle-
lebt, bei dem Frauen wie Männer, vom Geist Kaiser Konstantins be-
seelt, der ihnen im Traum erscheint, über glühende Kohlen tanzen.

Die mit Kuppeln versehenen Bienenstöcke am Straßenrand erinnern stark an die puppenhausgroßen orthodoxen Schreine, die,
oft zum Gedenken an Unfallopfer, an kleinen Feldwegen ebenso
stehen wie an vielbefahrenen Schnellstraßen. Sie sehen aus wie
kleine, mit Gottes Honig gefüllte Kirchen. Das läßt mich an eine
Geschichte über die Hagia Sophia denken, die jedes griechische
Schulkind kennt: Keinem Architekten war es gelungen, Kaiser
Justinian einen Plan für die Kirche der Heiligen Weisheit vorzulegen, der ihm gefiel. Eines Tages nach der Messe reichte der Patriarch dem Kaiser das _antidoro_, ein Stück gesegneten, ungeweihten
Brotes, das in der orthodoxen Kirche nach dem Gottesdienst aus-

geteilt wird. Es fiel dem Kaiser aus der Hand. Er bückte sich, um es aufzuheben, konnte es aber nicht finden. Plötzlich sah er eine Biene mit dem *antidoro* aus dem Fenster fliegen. Er gab den Befehl, daß jeder, der einen Bienenstock besaß, die Biene mit dem heiligen Brot dort hineinlocken solle. Der Zufall wollte es, daß ein Architekt einen Bienenkorb hatte und die Biene ausgerechnet bei ihm Zuflucht suchte. Doch als der Architekt hineinschauen wollte, sah er keinen Korb, sondern eine große Kuppelkirche mit einem heiligen Altar, auf dem das *antidoro* lag; von der Biene, durch die Gnade des *antidoro*, vollendet gestaltet, war es der Plan dieser Bienenstock-Kirche, der Justinian vorgelegt wurde und die großartige Kirche von Byzanz, die Hagia Sophia, begründete.

Einige der Dörfer auf dem Weg zur Himmelsstadt haben religiöse Namen wie Sankt Johannes der Täufer oder Große Panhagia. Himmelsstadt selber ist eine Kleinstadt mit einem mittelalterlichen Turm, herrlichen Stränden und beachtlich vielen durchreisenden Mönchen. Wir überholen einen Lastwagen voller Naturerzeugnissen, gefahren von einem Mönch mit Pferdeschwanz und schwarzem Hut. Andere Mönche besteigen die nur für Männer bestimmte Fähre zur Mönchsrepublik Athos, wo weder Frauen noch weibliche Tiere zugelassen sind, abgesehen von ein paar Katzen, die Junge zur Welt bringen sollen, um das unkontrollierbare Volk von Mäuseweibchen in Schach zu halten. Die Halbinsel Athos ist angeblich der Garten der Jungfrau Maria, die ihren Besitz nicht mit anderen Frauen teilen möchte. Einst sei sie in Begleitung von Sankt Johannes nach Zypern gesegelt, um Lazarus zu sehen, der seit seiner Auferstehung dort lebte. Doch dann sei ein Unwetter ausgebrochen, und der Sturm habe sie nach Athos getragen. Ein Kloster erinnert heute an die Stelle, an der ihr Schiff angelegt hat; damals befand sich vor Ort ein Tempel Apolls. In dem Augenblick, als Marias Schiff vor Anker ging, rief die Apoll-Statue, die im Tempel stand, allen Menschen bis hinunter zum Hafen zu, sie sollten der Mutter des großen Gottes Christus huldigen. Der Ausschluß der Frauen hat sicherlich heidnische Wurzeln.

Der hellenistische Dichter Kallimachos schrieb in seiner Hymne auf Zeus über einen Tempel, der an der Stelle stand, an der die Göttin Rhea Zeus zur Welt brachte; »kein vierbeiniges Wesen, das die Hilfe der Schutzgöttin der Geburt benötigt«, heißt es da, noch irgendeine Frau betrete den heiligen Ort, einen Hügel, der Rheas Gebärstatt genannt werde. Ich hätte gern einige der Klöster besichtigt, um zum Beispiel das Fresko zu sehen, das zeigt, wie das kirchliche Schiff gegen die Angriffe Mohammeds kämpft und wie der Papst sein Kruzifix als Enterhaken zu benutzen versucht, um das Schiff zu sich heranzuziehen; auf dem letzten Feld befiehlt Christus dem heiligen Paulus, den Anker zu werfen, und orthodoxe Priester ziehen das Schiff an Land. Nirgends habe ich diese Szene reproduziert gesehen, deshalb frage ich mich, ob es nur eine Fabel ist. Auch hätte ich gern die Ikone der »fürchterlichen Beschützerin« gesehen, die eine Invasion türkischer Soldaten abwehrte. Doch alles, was ich von dem kleinen Ausflugsboot aus, das im Halbkreis um den heiligen Berg herumfährt, erkennen kann, sind hier und da ein paar Lastwagen und paranoid wirkende, festungsartige Klostergemäuer.

Später fahre ich auf eine winzige Insel mit einer derart ruhigen Bucht, daß man dort Runden schwimmen kann, und das Wasser so klar ist, wie Gedanken es sein sollten. Weiter draußen ertönt ein aufgeregter Schrei von ein paar schnorchelnden Kindern: »Tintenfisch, Tintenfisch!« Am Strand hält sich eine größere Familie auf: ein junges Paar mit einem Neugeborenen, ihrem Akzent nach zu urteilen Griechisch-Amerikaner, und einige ältere griechische Verwandte, Eltern bestimmt und wahrscheinlich Tanten, Onkel. Nachdem das Baby der Reihe nach von allen weiblichen Familienmitgliedern die Flasche bekommen hat, streiten sie sanft darum, wer ihm die Windeln wechseln darf. Doch als sie sie ihm ausgezogen haben, schreien zwei der Frauen entsetzt auf: Anscheinend ist der kleine Junge beschnitten. Eine Frau in einem mit violetten Blumen bedruckten Badeanzug ringt die Hände und ruft immer wieder: »Warum habt ihr ihn ruiniert? Wie konntet ihr ihn ruinieren?«

Die schlafende Jungfrau

Jetzt, im Hochsommer, ist ganz Athen nach draußen umgezogen. Die Tavernen sind noch um zwei Uhr morgens mit Familien bevölkert, die in den Gärten essen und die kühlen nächtlichen Brisen genießen; auch kleine Kinder sieht man dort. In manchen schmaleren Straßen winden sich zum Schutz gegen die Sommersonne Weinreben von Haus zu Haus, die *laikes agorades*, die Wochenmärkte borden über von prächtigen weißen Pfirsichen und Melonen, und der Singsang der Händler, »*Aromata kai chromata*«, mit dem sie Düfte und Farben ihrer Früchte anpreisen, hallt in den Straßen wider. Athen ist vor allem eine Stadt des Persönlichen: persönlicher Leidenschaften und Vorlieben, persönlicher Bindungen und Abneigungen; selbst die simpelste Information hat hier die Aura einer Offenbarung. Eine elegante Boutique in Kolonaki, an deren Schaufenster ich oft mit begehrlichen Blicken vorbeigegangen bin, kündigt mit einer überschwenglichen handschriftlichen Notiz im Fenster etwa ihre Schließzeit an: »Wir gehen nicht bloß Kaffee trinken! Wir gehen nicht kurz mal rüber auf den kleinen Platz! Wir fahren ans Meer! Auf Wiedersehen in einem Monat!« Ich selbst muß mich von Stamatis verabschieden, der in seinem Sommerurlaub nach Frankreich reist; denn morgen fahre ich nach Lesbos, um dort mit Kostas den Feiertag der Panhagia zu verbringen, und wenn Stamatis zurückkommt, werde ich schon wieder in den Staaten sein.

Wir treffen uns in Phokionos Negri, einem liebenswerten Viertel mit einer verkehrsfreien Zone voller Grünflächen und Restaurants von unprätentiösem Charme. »Was für Zickzackreisen du machst«, sagt er. »Aber das ist gar nicht falsch in diesem Land;

mein griechisches Lieblingssprichwort ist eine Frage: ›Segeln wir geradeaus, oder ist die Küste krumm?‹ Und du bist nun also um die krummen Küsten von Athos herumgesegelt, dem islamischsten Ort Europas, wo die Jungfrau Maria ihren Harem unterhält. Und wo nach meiner Theorie übrigens auch der Mörder von Tachtsis untergetaucht ist.« »Warum in aller Welt glaubst du das?« frage ich. »Zum einen, weil die Zivilgerichte dort keine Zuständigkeit haben, und zum zweiten, weil die Halbinsel als Unterschlupf für Kriminelle nicht unbekannt ist; es gibt eine Ordensregel, nach der jeder männliche – orthodoxe – Christ, egal, welchen Verbrechens er sich schuldig gemacht hat, in ein Kloster eintreten und an seiner Entscheidung nicht gehindert werden darf. Daher meine Theorie.«

Ich erzähle ihm, daß ich den wichtigsten der Sommerfeiertage, Mariä Himmelfahrt, auf Lesbos verbringen werde. »Lesbos ist eine wunderschöne Insel«, sagt er, »und wenn du schon in der Nähe bist, solltest du dir eigentlich auch Chios ansehen. Aber der Schlüssel zu diesem Fest sind die Ikonen, die Maria tot auf der Bahre liegend darstellen, hinter ihr Christus, der ihre Seele in Gestalt eines kleinen Kindes in seinen Armen hält. Denn an diesem Feiertag geht es um den Tod der Frau als Göttin und um die Aneignung ihrer Göttlichkeit durch Christus. Der ist jetzt eine bedeutendere Mutter, als seine eigene es jemals war – die männliche Mutter, die, ihre eigene Kindmutter im Arm haltend, den Menschen schenkt, was Frauen ihnen nicht geben können: das ewige Leben. Man begegnet dieser Aneignung der Weiblichkeit in den Sakramenten wieder: beim Heiligen Abendmahl zum Beispiel, bei dem Christi Fleisch und Blut zu Nahrung werden; dieses Wunder konnte zuvor nur die weibliche Mutter wirken, doch ihre Milch ernährt Kinder, die sterben werden, während sein Blut denen, die davon trinken, ewiges Leben schenkt. Oder bei der Taufe, bei der das Kind, mit dem Weihwasser als neuerlichem Fruchtwasser, durch einen Mann wiedergeboren wird. Christus, der göttliche Transvestit, ist die Mutter, die das Kind ewig leben läßt. Das

ist der Grund, warum die orthodoxe Kirche – ebenso wie die römisch-katholische – so vehement gegen weibliche Priester ist: Es
würde die magische Substitution zerstören, ihre *idées de cruci-
fixion*, wenn du so willst. Wenn Geschöpfe, die schwanger werden
können, das Fleisch Christi berührten, würden sie dessen Körper
sterblich machen; das alte Versagen ihrer heidnischen Göttlichkeit könnte die seine verderben und aus dem Gott wieder einen
Mann machen, so, wie aus den Göttinnen wieder Frauen wurden.«

Ich setze an, um mich zu erkundigen, wie er seine Zeit in
Frankreich verbringen will, aber Stamatis unterbricht mich. »Du
hast mich einmal gefragt, wie ich das Bild des Juden Gephonia in-
terpretiere, das du auf dem Koimesis-Fresko in Mistra gesehen
hast. Ich denke, es handelt sich um keinen gewöhnlichen Antisemitismus, der ja im wesentlichen eine Antwort auf die jüdische
Ablehnung des Heidentums ist. Schließlich würde jedes Kind, das
in die Schule käme und verkündete, es sei auserwählt und alles,
was die anderen äßen, seien unreine Speisen, den Tag kaum unge-
schoren überstehen. Ich glaube vielmehr, die Bestrafung durch
den Engel, die Gephonia dafür erfährt, daß er Maria berührt hat,
drückt unseren Unmut darüber aus, daß man uns den Monotheis-
mus aufgezwungen hat. Denn die Einführung des Christentums
bei uns läßt sich am besten mit der Einführung des Kommunis-
mus in Rußland vergleichen. Denk an die Gesetze, die gegen die
heidnischen Universitäten erlassen wurden, an denen die Philosophen lehrten; denk an die Arbeitsplätze, die fortan nur noch an
Christen oder Leute mit soliden christlichen Verbindungen vergeben wurden, nicht mehr an Polytheisten; denk an die Soldaten,
die die Schätze aus den polytheistischen Tempeln herausholten,
und an diejenigen, die Konstantin überall im Land vor den
Höhlen postierte, um Polytheisten daran zu hindern, ihren Göttern zu huldigen. Wir brauchten Gephonia ebenso wie die Be-
schuldigung, er und seinesgleichen hätten einen Gott getötet, um
uns selber von der Tatsache abzulenken, daß es in der Geschichte
des versuchten Göttermordes kein umfangreicheres Vorstrafen-

register gibt als unser eigenes. Wir haben nicht nur einen Gott getötet, sondern zwölf. Allerdings nicht mit allzu großem Erfolg, glaube ich.«

Stamatis schaut auf die Uhr und bittet um die Rechnung, die zu bezahlen mir in Griechenland nur ein einziges Mal, mit viel List und Tücke, gelungen ist. »Und ich wünsche dir eine gute Reise«, sagt er, »aber ich warne dich vor dem, was der Schriftsteller Vassilikos über Griechenland sagt: Solange man hier ist, möchte man am liebsten fort, doch von der Sekunde an, da man geht, sehnt man sich grenzenlos danach, zurückzukommen. Ich weiß das. In Griechenland denke ich an den Monat in Frankreich und in Frankreich die ganze Zeit an Griechenland.«

Ähnlich wie vor Ostern war es mir vor Koimesis, Mariä Himmelfahrt, schwergefallen zu entscheiden, wo ich den Feiertag verbringen sollte. Ich war äußerst versucht, auf die Insel Kephallenia zu fahren, wo in einem Dorf Dutzende von Schlangen, die sogenannten »Schlangen der Jungfrau«, zu der Kirche gleiten sollen, die der Koimesis geweiht ist, um sich über die Gläubigen, das heilige Brot, die Ikonen zu schlängeln. Kommen sie nicht, wie in den beiden Jahren schwerer Erdbeben, gilt das als böses Omen. Und ich hätte gern die Trauerfeierlichkeiten und Prozessionen in einigen Regionen Griechenlands miterlebt, die für die Jungfrau eine Art Ostern zelebrieren, indem sie der Feier der Wiederauferstehung des Mannes die Feier der Wiederauferstehung der Frau zur Seite stellen. Aber ich wollte schon lange die Gemälde eines der Schutzheiligen der modernen griechischen Malerei sehen, die im Theophilos-Museum hängen, und im übrigen ist Lesbos eine von Kostas' Lieblingsinseln.

Ich kaufe mir für die Überfahrt ein paar Zeitschriften. Im August empfehlen sie in speziellen Reiserubriken Pilgerfahrten in Orte, in denen es wunderwirkende Ikonen der Theotokos gibt, eine davon auch auf Lesbos. Außerdem sind Briefe von Gläubigen abgedruckt, die von der Jungfrau gerettet wurden: Eine in Kanada lebende Frau hat ein Foto ihres Sohnes mitgeschickt, der als

Dreijähriger drei Tage lang tot war, bevor er von der Jungfrau wiedererweckt wurde. In der Lounge hört jemand Radio; ein freundlich-müder Sprecher feiert die Jungfrau mit Titulierungen, die mich an eine hübsche, aus der Feder von Kallimachos stammende Hymne auf Artemis erinnern, in der diese, auf dem Schoß ihres Vaters Zeus sitzend, ihn bittet, sie zu einer Göttin der vielen Namen zu machen. Der Sprecher sagt: »Sie ist unsere Mitstreiterin und die Wohltäterin unserer Rasse, die uns in unserer Mühsal und unserem Leid den Weg weist und uns mit süßen Küssen tröstet, zärtliche Mutter und entschlossene Verteidigerin eines jeden, der sie braucht. Wir nennen sie Wegweiserin, die Mit-süßen-Küssen-Tröstende, Lebenspendende, Bildnis, Athenerin, Frau der Meere, *Panegyriotissa*, Jungfrau der Feste, *Peponiotissa*, Jungfrau der Melonen (wenn ihre Kirche in der Nähe von Melonenfeldern steht), Jungfrau der kalten Wasser (wenn ihre Kirche in der Nähe einer Quelle steht). Aber welchen Namen wir ihr auch geben mögen, sie ist die Mutter Griechenlands und des griechischen Volkes.« Der Sprecher hält inne, zieht hörbar an seiner Zigarette. Wie immer, wenn mir die große Begabung der griechischen Sprache für das Epitheton, das Beiwort, auffällt, denke ich, daß die Sprache so etwas wie eine Ikonostase ist: eine verschlungene Bildersprache, in der sich Geschichten verbergen. »Sie ist die Unbesiegbare Befehlshaberin, höchster General in Schlachten, Ärztin unserer Kranken, Speis und Trank für alle, die Hunger und Durst leiden, Mitherrscherin über den Himmel und Erste unter allen Heiligen ... «

Der August ist der Monat der Jungfrau: der 15., der 23. und der 31. werden in Griechenland als Feiertage der Jungfrau zusammengefaßt. Die Monatsnamen *Augoustos* und *Ioulios* erinnern mich an die Neuordnung der Zeit, die mit den römischen Kaisern kam; doch nach Ansicht des Volkes werden die Augusttage der Jungfrau Maria geschenkt, als wären sie Goldbarren. In Antiquariaten habe ich alte Drucke von Früchten oder Weizengarben hängen sehen, auf denen der traditionelle Spruch zu lesen war: »August, mein schöner Monat, komm zweimal im Jahr.« Es ist der Monat, der das stärkste Gefühl von Sicherheit, Überfluß, Leichtigkeit und verdienter Freude vermittelt, denn in den Kellern der Bauern lagern Korn und Mais, Heu und Futter für ihr Vieh, Brennholz. Der August ist der Monat der reichhaltigsten Nahrung, mit seinen scheinbar unendlichen Mengen Obst und Gemüse, »so viel, daß man Tücher braucht, um sie einzusammeln«, wie es in einem Vers heißt. In Griechenland ist es ein Monat, in dem es plötzlich möglich erscheint, daß das Leben niemals endet. Aber es ist ein doppelzüngiger Monat: Verse über das Vorbereiten der Winterkleidung, über kürzer werdende Tage und die sommerlichen *meltemia*, jene Winde, die die scharfen Winterstürme ankündigen, kennt er auch.

Die Wände der Lounge sind mit Plakaten griechischer Museen geschmückt sowie mit einer Ansicht der Hafenstadt von Lesbos, Mytilini, von Theophilos im Stil des magischen Realismus gemalt, und einem Poster des Wachsfigurenkabinetts in Joannina, das Leda und ich uns zusammen angesehen haben. Bei der Erinnerung an Sokrates und seinen mit wächsernem Leben erfüllten Tod können wir uns noch heute kaum halten vor Lachen: In Abständen zeigte Sokrates auf den Schierlingsbecher, und mit der gleichen Regelmäßigkeit rollte der Freund, der den Becher in der Hand hielt, seine mechanischen Augen. Wir unterhalten uns mit einem jungen Soldaten, der über die Feiertage nach Hause fährt. Als er sieht, daß Kostas ein Buch über chinesische Kunst liest, holt er ein paar seiner eigenen Arbeiten hervor, Zeichnungen von Männern, die in verzückter Selbstvergessenheit *zembekiko* tanzen, und Studien eines Soldaten, der auf einer Eisenpritsche sitzt und masturbiert. Das Gesicht des Jungen leuchtet, als er von Matisse spricht, und verfinstert sich, als er uns erklärt, was in der Welt falsch gelaufen ist. »Der Fehler liegt beim Humanismus«, sagt er, »dem Humanismus der Renaissance, der den Menschen in den Mittelpunkt der Welt gestellt hat, wo eigentlich Gott sein müßte, den Menschen in all seiner Arroganz, mit seinem Egoismus und Materia-

lismus. Diese Idee der zentralen Bedeutung der Menschheit ist
der Grund dafür, daß wir unsere Umwelt zerstören und Geld
höher bewerten als das Leben.« Es fällt schwer, sich eine arrogan-
tere, verständnislosere Verteufelung des Humanismus vorzustellen, welcher Art seine Mängel auch immer sein mögen, denke ich,
während wir mit dem pausbäckigen Soldaten Kaffee trinken.

Im Morgengrauen legen wir in Mytilene an, einer kleinen Stadt
mit herrlichen neoklassizistischen Häusern, deren Türschwellen
mit gemusterten Fliesen bedeckt sind, vermutlich aus der Zeit der
Balkankriege, als solche Fliesen in Piräus hergestellt wurden. Der
Tag wartet noch auf die Besiegelung durch den Sonnenaufgang,
einen Sonnenaufgang, der dann wie die Einlösung eines großen
Versprechens ist. Wir kommen an einem gefliesten Eingang vor-
über, auf dem *Chairete* steht, Freut euch, ein alter, immer noch
geläufiger Gruß, hier in einer ozeanischen Schrift voller Wellen,
Girlanden und Schwünge geschrieben, umrahmt von fröhlichen
Engeln, die sich an den Enden des Wortes festhalten. In einer Ni-
sche oberhalb einer einst eindrucksvollen Tür entdecke ich ein
paar geschnitzte, bemalte hölzerne Trauben. An einer anderen
Tür hängt ein Bündel Knoblauch, mit einer Gabel durchstochen,
um den bösen Blick abzuwehren. Unwillkürlich muß ich an den
Zyklopen Polyphem in der Odyssee denken, dem Odysseus sein
einziges Auge ausstach. Ich habe mich immer gefragt, ob die
Odyssee nicht voll versteckter sexueller Anspielungen ist; ein Epigramm, an das ich mich erinnere, bezeichnet zum Beispiel die
weiblichen Genitalien als das Auge des Zyklopen. Angesichts dieses besonderen *gouri* gegen den bösen Blick, das ich noch nie vorher gesehen habe, überlege ich, ob die Metaphysik des bösen
Blicks nicht eine zweite, sexuelle Ebene hat.

Wir trinken einen Kaffee und finden einen Taxifahrer, der uns
in das Fischerdorf am anderen Ende der Insel bringt, wo wir übernachten werden. Unterwegs machen wir an der Panhagia Petra
halt, die Theophilos gemalt hat, der Kirche, die irrsinniger Weise
auf einen zerklüfteten Felsen gebaut wurde, weil die Jungfrau

Maria es in einem Traum so befohlen hatte. Vor langer Zeit, heißt es, besaß ein Schiffskapitän aus Lesbos eine Ikone der Jungfrau Maria. Er wußte nicht, daß diese Ikone Wunder wirken konnte. Wo das heutige Dorf Petra liegt, war damals Meer, und nur ein Stück des zerklüfteten Felsens, auf dem die Kirche jetzt steht, ragte heraus. Eines Nachts träumte der Kapitän, daß die Jungfrau auf ebendiesem Felsen wohnen wolle. Der Kapitän fuhr mit seinem Schiff hinaus und segelte an der Küste entlang, um den Felsen zu finden, den sie meinte. Plötzlich rührte sich das Schiff nicht mehr von der Stelle, obwohl der Wind günstig war. Der Kapitän rief: »Komm und hilf uns fahren, Panhagia!« Aber als er nach links schaute, gewahrte er ein strahlendes Licht auf dem Felsen, und mitten darin, in der Luft schwebend, seine Ikone. Als der Kapitän näher heransegelte, um sie sich zurückzuholen, senkte sich das Meer, und der Felsen rückte höher, als nähme die Erde eine neue Gestalt an. Doch der Kapitän wollte seine Familienikone unbedingt zurückhaben, und so kletterte er auf den Felsen und holte sie sich. Am nächsten Tag, als er zum Fischen hinausfuhr, blieb das Schiff abermals abrupt stehen, und wieder war die Ikone verschwunden. Er segelte zum Felsen und sah sie oben auf dem Gipfel. Dieses Mal nagelte er das Bild, nachdem er es sich zurückgeholt hatte, an seinen Mast. In der Nacht träumte er erneut von der Jungfrau. Sie sagte: »Nagele mich ruhig an deinen Mast, wenn du unbedingt willst, aber ich werde immer wieder entkommen, hin zu dem Felsen, auf dem ich mein Haus errichten möchte.« Tatsächlich, als er am Morgen sein Schiff bestieg, war die Ikone abermals verschwunden.

Mittlerweile hatte sich die Jungfrau noch einer anderen Person gezeigt, einem jungen Mädchen aus dem Dorf. Sie befahl ihm, zum Bürgermeister zu gehen und ihn zu bitten, eine Kirche auf dem Felsen von Petra zu erbauen, dort, wo das Wasser jeden Tag weiter zurückweiche. Das Mädchen nahm seinen ganzen Mut zusammen und ging zum Bürgermeister, aber der hörte nicht auf sie. Da erschien ihr die Jungfrau ein zweites Mal, und erneut versuchte sie ihr Glück beim Bürgermeister. Der rührte keinen Finger, um ihr zu helfen. Daraufhin schlug die Jungfrau das Mädchen und warnte den Bürgermeister im Traum, daß sie auch ihm Schaden zufügen werde, falls er sich weigere, ihre Kirche zu bauen. Sein Kind, das neben ihm in einer Wiege lag, wurde plötzlich von Krämpfen geschüttelt. Sofort flehte der Bürgermeister um Gnade und versprach der Jungfrau, daß sie ihre Kirche bekommen werde. Schlagartig erholte sich das Kind. Als die Handwerker sich die Stelle ansahen, an der die Kirche errichtet werden sollte, waren sie ratlos, wie sie eine Treppe in den Felsen hineinhauen könnten, um die Kirche zugänglich zu machen. Plötzlich begann die Ikone der Jungfrau, um die Felsspitze herumzuwandern, als hätte sie unsichtbare Beine, und legte ihnen mit Hilfe von Zweigen, die sie gesammelt hatte, einen architektonischen Plan vor. Nach diesem Plan bauten die Handwerker die Kirche. Schließlich war sie fertig, und die erste Messe fand statt. Der Priester besprenkelte jeden Winkel der Kirche mit Weihwasser, und nach dem Gottesdienst stieg ein junger Handwerkslehrling mit einem Tablett voll *raki*-Gläsern die Treppe hinauf, um die Handwerker zu ihrer Arbeit zu beglückwünschen. Doch der Junge glitt auf den steilen Steinstufen aus, stürzte schreiend in die Tiefe. *Panhagia mou*, riefen alle wie aus einem Munde und liefen zum Rand des Felsens, um hinunterzuschauen. Da sahen sie den Jungen mit seinem Tablett durch die Luft zu ihnen heraufsteigen; die weiße Serviette, die säuberlich über seinem rechten Arm lag, flatterte nur ein wenig im Wind. Als seine Füße den Felsboden berührten, ging er zu den Handwerkern und reichte ihnen das Tablett. Kein Tropfen *raki* war verschüttet worden.

Während wir fahren, spielt Perikles' Radio ein Lied über unerwiderte Liebe. Das griechische Nein, *ochi*, mit seinem runden, reinen o-Laut erschafft eine Welt, in der Absichten nie in die Tat umgesetzt werden, ein Eindruck, zu dem die *aaach-waach*-Laute griechischer Seufzer das ihre beitragen; sie schröpfen, überschwemmen, entleeren den Körper. Als nächstes singt eine be-

rühmte griechische Sängerin aus den sechziger Jahren, Katie Grey,
einen ihrer Klassiker: »Wer immer in den Händen Fremder aufwuchs, weiß, was Schmerz bedeutet ... die Hände Fremder sind
wie Messer.« Wir biegen in einen schmalen Feldweg ein, der zu
unserem Fischerdorf führt, und die Entfernung zwischen uns und
der türkischen Küste verringert sich zusehends, bis es aussieht, als
könne man hinüberschwimmen. Das Radio bringt jetzt Lieder,
die wie _mikrasiatika_, griechische Kleinasien-Lieder, klingen, nur
daß die Texte türkisch sind. »Hier kann man den türkischen Sender besser empfangen als den griechischen«, sagt Perikles. Wir
stoßen um ein Haar mit einem Auto zusammen, das uns auf der
holprigen Straße entgegenrast, kurz danach beinahe mit einem
Lastwagen voll Obst und Gemüse. Perikles fragt: »Wissen Sie,
warum unsere Unfallrate so hoch ist?« Griechenland gehört in
der Tat zu den europäischen Ländern mit den meisten Verkehrs-
unfällen, und Zeitungen und Zeitschriften drucken regelmäßig
Unfallstatistiken ab. »Wegen Trunkenheit am Steuer. Familiäre
Probleme, geschäftliche Sorgen, und dann wird getrunken und
Auto gefahren. Genau hier ist ein Freund von mir, ein Bauer, letzten Winter mit seinem Traktor in den Straßengraben gefahren
und hat bis zum Morgengrauen darunter gelegen; als man ihn
fand, war er tot.« Wir kommen am Bauernhof seines Freundes
vorbei, und Perikles macht uns auf den Gedenkstein aufmerksam;
etwas weiter hinten steht der Traktor, isoliert wie ein Tier, das so
wild ist, daß es einen Stall für sich allein braucht. »Gott vergebe
ihm«, sagt Kostas zu Perikles, ein traditioneller Segensspruch für
Verstorbene. »Gott vergebe ihm«, echot Perikles.

»Was mich angeht«, sagt er, als wollte er seine Geschichten nicht
mit dem Tod enden lassen, »ich habe diesen Sommer geheiratet.«
Wir gratulieren ihm. »Aber verraten Sie's niemandem, es ist ein
Geheimnis. Wissen Sie, meine Frau ist fünfzig, und ich bin vierzig, und mein Boß will nicht, daß ich mit ihr ausgehe. Also erzähle
ich ihm, daß sie nur meine Freundin ist und ich vielleicht ein oder
zweimal im Monat mit ihr schlafe, um ihr einen Gefallen zu tun«,

sagt er, sexuelle Herablassung mimend. »Fragen Sie ihn«, sagt er zu mir und zeigt auf Kostas, »hierzulande ist alles *zelia*, Eifersucht, und *koutsompolia*, Gerede; du kriegst keine guten Jobs und verdienst kein gutes Geld, falls jemandem dein Lebensstil nicht paßt. In Amerika ist alles sehr locker, nicht wahr, aber hier kann man nicht tun und lassen, was man will. Im Winter, wenn wir in Athen leben, schaue ich mir jeden Tag *Reich und Schön* an, und dann sehe ich, wie locker das Leben in Amerika ist.« Wieder einmal staune ich über den unerschütterlichen Glauben an Bilder.

»Aber wissen Sie, ich liebe diese Frau so sehr, daß es mich selbst überrascht hat; ich war es, der heiraten wollte. Als ich sie in Athen kennenlernte, brachte sie vor lauter Schüchternheit kein Wort heraus. Ich fragte meine Freunde: ›Warum hat diese nette Frau nichts zu sagen?‹ Und sie erzählten mir, daß sie aus einer berühmten Militärfamilie stamme und ihr Zuhause wie ein Soldatenlager sei. Sie durfte keine kurzen Hosen tragen, und wenn ihre Bluse nicht bis oben hin zugeknöpft war, wurde sie geschlagen. Ihre Eltern schickten sie zur Arbeit in den Nahen Osten; ihre ganze Jugend hat man ihr gestohlen. Tagsüber tippte sie, und abends saß sie allein vor dem Fernseher. Ihr Bruder wurde General, mit lauter Orden an der Brust, und verhöhnte sie, wenn er über Ostern nach Hause kam: ›Du kannst nicht heiraten, bevor ich geheiratet habe, die Jüngere darf nicht vor dem Älteren heiraten, und ich werde nie heiraten.‹ Er ist jetzt 61 und hat wirklich nie geheiratet. Können Sie sich so etwas vorstellen? Aber als ich sie kennenlernte, gefiel sie mir sehr; sie hat Stil, sie sieht nicht wie fünfzig aus, hält sich in Form. Und in unserem Haus – es macht Ihnen doch nichts aus, daß ich Ihnen das erzähle – läuft sie oft den ganzen Tag nur im Slip oder nackt herum, weil sie ihr Leben lang in Kleidern eingesperrt war wie in einem Gefängnis. Zuerst konnte sie nicht glauben, daß ich sie wollte. Dann sagte sie: Aber du mußt doch Kinder haben, und ich bin zu alt dafür. Ich antwortete: ›Keine Sorge, ich habe schon einen Sohn von einem schwedischen Mädchen, sie kommen mich einmal im Jahr besuchen, ich brauche keine Kinder mehr.‹

Eine ältere Frau ist sowieso genau richtig für mich, sie weiß, wie man einen Haushalt führt, wovon die jüngeren heute keine Ahnung mehr haben. Um fünf steht sie auf, bringt mir meinen Kaffee, macht mein Bett, immer ein sauberes Haus, saubere Kleider, sie macht das wunderschön. Jeden Tag kocht sie mir etwas Besonderes. Heute gibt es *imam baildi* mit vier verschiedenen Käsesorten. Abends trinken wir Bacardi und Cola, tanzen und lieben uns; manchmal bleiben wir die ganze Nacht auf, als wolle sie all die Jahre nachholen. Und sie ist immer so lieb zu mir. Ich komme nach Hause, schmiege mich an sie, und sie sagt: ›Wie geht es meinem süßen Jungen?‹ Wie eine Mutter. Und sie hat mir gesagt: ›Ich verstehe, wenn du manchmal eine jüngere Frau brauchst, du kannst mit deinem schwedischen Mädchen schlafen, wenn sie kommt.‹ Können Sie sich eine so selbstlose Gattin vorstellen? Unser einziges Problem ist ihre Familie. Wir haben versucht, Frieden mit ihnen zu schließen, aber sie hassen diese gute Frau, sie beschimpfen sie; ihr Bruder schreit, sie sei eine Hure, die nichts als einen Penis verschlingen wolle und sich für ihre Lust einen Grünschnabel genommen habe, den sie jetzt auch noch ohne Erlaubnis heirate. Einmal hatten wir ihre Mutter zu Besuch, und ich schwöre, diese Frau hat die ganze Nacht durchs Schlüsselloch in unser Schlafzimmer geguckt. Meine Frau macht ein paar Geräusche beim *erotas*, und am nächsten Morgen sagte die Mutter: ›Die ganze Nacht höre ich dich, du Hure, wie eine läufige Hündin.‹ Abends hatten wir Freunde zum Essen eingeladen, da sagt die Mutter doch glatt: ›Ich nehme an, heute nacht vögelt ihr zu viert.‹ Ich habe zu meiner Frau gesagt: ›Das war's mit deiner Familie. Du hast jetzt mich.‹ Ich hoffe, es stört Sie nicht, daß ich Ihnen das alles erzähle, aber ich bin so glücklich mit ihr, und irgend jemandem muß ich einfach von meinem Geheimnis erzählen. Ich hatte den Eindruck, Sie würden mich verstehen.«

Perikles bekreuzigt sich, als wir an einer schlichten weißen Kapelle vorbei ins Dorf hineinfahren. In dieser Kapelle schrieb der berühmte Schriftsteller Myrivilis seinen Roman *Die Madonna*

377

mit dem Fischleib, zu dem ihn eine Ikone der Panhagia als Meerjungfrau inspiriert haben soll. Aber die Ikone ist nicht in der Kirche. Ich frage die Besitzerin des Souvenirlädchens, die einen
Roman von Marguerite Duras liest, wo wir die Ikone finden
könnten. Sie lächelt: »Nirgendwo. Sie ist nur ein Traum. Myrivilis' Traum. Es hat nie eine solche Ikone gegeben.«

Nach dem Mittagessen, Weißwein und geschmorte Zucchini, gefüllt mit Fetakäse, Eiern und frischer Minze, gehen wir zum benachbarten Dorf Molibos hinauf, wunderbar romantisch von einem
Kastell gekrönt. Es steht auf einem riesigen, dynamischen Felsen
und läßt die Steinhäuser darunter aussehen wie lauter Sandka-
stenburgen, die es gerade zur Welt gebracht hat. Auf der Kopf-
steinpflasterstraße kommt uns ein Maulesel entgegen, der in seinen beiden Körben Zucchini trägt, mit ihren flammenfarbenen
Blüten, kleinen Fackeln. Am Wegesrand treffen wir hier und da
auf ein paar schöne Marmorbrunnen mit Marmortäfelchen, auf
denen Wünsche eingemeißelt sind sowie die Namen der Stifter –
in türkischer Sprache, und zwar im arabischen Alphabet, das vor
Atatürks Reformen benutzt wurde. Lesbos war bis 1912 von den
Türken besetzt und stand bis zur Kleinasien-Katastrophe in re-
gem sozialem Austausch mit dem Hafen von Ayvali am anderen
Ufer, einer der türkischen Küstenstädte, in der zahlreiche Griechen lebten. Oben an der Festung von Molibos befindet sich eine
weitere türkische Inschrift; eine griechische Familie schaut, von
dem Aufstieg ganz außer Atem, zu ihr hoch. »Was steht denn da?«
fragt die etwa dreißigjährige Frau, links und rechts je ein Kind an
der Hand, keuchend. »Welche Sprache ist das?« Sie braucht das
nicht zu wissen. Jenseits des blauen Wassers liegt die Küste der
Türkei, sie schaut auf Griechenland. Und ich frage mich, ob wir
morgen, wenn wir nach Ayvali hinübergefahren sind, die Blicke
Griechenlands spüren werden.

Früh am nächsten Morgen steigen wir in einen Bus nach Mytilene, um die tägliche Fähre nach Ayvali zu erreichen. Außer uns
sind nur vier weitere Fahrgäste im Bus. Am Rückspiegel hängen

ein goldener Talisman gegen den bösen Blick, eine Madonna, ein Granatapfel und ein Playboy-Bunny. Der Fahrer trägt Goldarmband und Goldkettchen, beliebt auch bei Türken, Arabern und Israelis – goldene Kettenglieder, die Griechenland mit dem Osten verbinden. An den Häuserwänden entlang der Straße steht überall in grüner PASOK-Schrift: »Der Ausverkauf Griechenlands darf nicht hingenommen werden!«, eine Anspielung auf die Pläne der Opposition, die nationale Telefongesellschaft an private Investoren zu verkaufen. Zwei ältere Herren nehmen vorne im Bus Platz und befragen einander, als wollten sie sich gegenseitig soziale Diagnosen stellen. »Haben Sie Enkelkinder?« fragt der eine, und der andere erwidert: »Meine Tochter kümmert sich gerade darum.« Dann erörtern sie Pflege und Ernährung von Schweinen, was beinahe unweigerlich auf eine politische Diskussion hinausläuft. »Andreas wird aus uns allen Soublaki machen, falls er wieder Premierminister wird«, prophezeit der eine. In einem Dorf zwei Haltestellen weiter steigt er aus und ruft seiner neuen Bekanntschaft fröhlich zu: »Eine gute Reise noch und eine gute Woche!« Ein Armeepanzer ist liegengeblieben, auf der Straße wimmelt es von Soldaten.

In Mytilene angekommen, bleibt uns noch genügend Zeit, ein wenig im Marktviertel umherzuschlendern. Dort entdecke ich ein Petit-point-Sticktuch der Jahrhundertwende, von dem ich die Augen nicht abwenden kann: mit roten und grünen Fäden sind zwei Alphabete in Zierschrift darauf gestickt, das griechische und das lateinische, Reihe für Reihe, als wären die Buchstaben keimende Saat, die sich einst zur Frucht der gesprochenen Sprache entfalten wird. Die Buchstaben beider Alphabete sind mit Blättern und Blüten verziert, und am unteren Rand des Tuchs hat die Stickerin ihre Arbeit signiert: Elene in griechischer, Helena in lateinischer Schreibweise – aus ihrem zweifachen Erbe hat sie ein Kunstwerk gemacht. Kostas geht in den Laden, um es eventuell für mich zu kaufen, ich folge ihm. Der Ladeninhaber schenkt uns Kaffee ein und nennt einen gerechtfertigt unerschwinglichen Preis.

Im übrigen, fügt er hinzu, werde er sein Geschäft ohnehin für ein paar Tage schließen. Er lächelt zaghaft, aber seine Augen strahlen. Ob ich gesehen hätte, was dort hinten in der Ecke stehe? Ein glänzender Kinderwagen mit Verdeck. »Er ist für mein erstes Enkelkind, das gestern geboren wurde«, sagt er. »Meine Tochter und mein Schwiegersohn haben zehn Jahre darauf gewartet; sie hatten die Hoffnung schon aufgegeben. Können Sie sich unsere Freude vorstellen? Nach zehn Jahren endlich ein Kind. Und morgen kommt es nach Hause. Meine Frau und ich wollen dasein, um es in Empfang zu nehmen.« Wir gratulieren ihm, und er neigt den Kopf. Wer sich freut, strahlt eine Vornehmheit, eine Würde aus, die in meinen Augen genauso wundervoll ist wie die Würde eines Trauernden. Sie drückt die Bereitschaft aus, sich der Freude vollständig hinzugeben, ohne die Illusion, daß man fortan nicht mehr gefährdet sei. Dafür bedarf es eines subtilen Mutes und einer gewaltigen Festigkeit, denn nichts ist schlimmer, als zu verlieren, was einem am meisten am Herz liegt: die größte Freude. Wer rückhaltlos liebt, liefert sich der Hölle aus; der heroische Mut ist kleiner als der dieses Großvaters oder dieses jungen Paares, da sie von nun an in einer Weise lieben müssen, die sie absolut verletzbar macht.

Die türkische Küstenstadt Ayvali war die Heimat sowohl des berühmten griechischen Romanciers Elias Venesis als auch des neobyzantinischen Malers Kondoglou, dessen Unmut gegenüber dem Westen gewiß einiges damit zu tun hatte, daß er 1922 die Heimat seiner Kindheit verlor. Wie viele andere Griechen aus Ayvali fand Kondoglou Zuflucht auf Lesbos. Die Stadt liegt wie ein Säugling zwischen zwei ausgestreckten Landarmen eingebettet. Auf einer Insel sieht man die Ruine einer orthodoxen Kirche stehen, einer jener maritimen Kirchen, die sich so oft an Poseidon geweihten Stätten befinden, Schreine, deren die Seeleute gewahr werden sollten, wenn sie in See stachen oder nach Hause zurückkehrten. Manche Griechen nehmen eigens an diesem Tagesausflug teil, um die Häuser ihrer Großeltern zu fotografieren, in die sie niemals werden einziehen können.

Als wir in den Hafen einlaufen, kommt uns ein Segelschiff mit
knallroter türkischer Flagge entgegen, der dünne Bogen des Halb-
monds das Symbol einer sich zu einem Abgrund weitenden Bo-
denfalte, denn dort, wo einst nur ein schmaler Graben Ayvali und
Lesbos trennte, ist nun eine tiefe Kluft. Die Zollabfertigung geschieht unter dem obligatorischen Bildnis von Atatürk, im Pelz-
mantel und mit stechend blauen Augen, deren Farbe die Fotografie unnatürlich stark hervorhebt, spöttisch auf uns herabblickend.
Als wir uns versammeln, um auf den Bus nach Pergamon zu warten, werden wir von türkischen Händlern eingekreist, lauter Jungen und Männer, keine Frau. Einer von ihnen flüstert mir zu:
»Fruit of Dalloum, fruit of Dalloum«, und während ich mich
noch frage, ob sich dahinter irgendeine lüsterne Anspielung verbirgt, bemerke ich seinen Kompagnon mit einem Stapel Herren-
T-Shirts und Unterwäsche der Marke »Fruit of the Loom«.
Pergamon war, wie die Bäder auf Kos und in Epidauros, eines
der Heiligtümer des Heilgottes Asklepios und umfaßt, woraus
diese Anlagen bestehen: Statuen, Thermalquellen und ein Theater. Mit ihrer Mischung aus Unterhaltung und geistiger wie körperlicher Therapie müssen diese Bäder dem Baden-Baden des
neunzehnten Jahrhunderts und der Canyon Ranch oder der Golden Door unserer Tage vergleichbar gewesen sein. Unmittelbar
davor befindet sich ein Soldatenlager: Griechen wie Türken
scheinen ihre Soldaten unbeirrt an den Stellen zu konzentrieren,
die dem Nachbarland am nächsten sind. Wir gehen zum Theater,
wo es zu einem kulturellen Geplänkel zwischen einer griechischen Touristin und der türkischen Reiseleiterin kommt, einer
sympathischen jungen Frau. Sie erzählt uns, dieses Theater sei be-
züglich der Akustik mit dem Theater in Epidauros ebenbürtig.
Die Griechin in Shorts sagt daraufhin, ziemlich streng: »Mag sein,
aber Epidauros ist nun einmal für die beste Akustik der Welt bekannt.« Und eine andere Frau stimmt ein: »Das haben wir in der
Schule gelernt.« Kleinlaster voller Kameraausrüstungen stehen
herum, und einige gutaussehende, grell gekleidete und stark ge-

schminkte Statisten bestellen, während sie gefilmt werden, immer wieder dasselbe Getränk, für das sie werben sollen.

Auf dem Weg zum Mittagessen sehen wir in Straßennähe Frauen in türkischen Hosen, die sich über die Felder beugen, Wäsche aufhängen oder im Schatten sitzenden Männern etwas zu essen bringen. Für Frauen sind Hosen hier eindeutig Arbeitskluft; sie gestatten es ihnen, vornübergebeugt, bei starkem Wind und in jeder Haltung zu arbeiten, ohne Haut zu zeigen. Es sind praktische, keine romantischen Kleidungsstücke, und ich muß an ein türkisches Sprichwort denken, das ich einmal gelesen habe: »Eine Frau für die Arbeit, einen Jungen für die Liebe und eine Melone für die Ekstase.« Am Straßenrand gibt es viele Cafés, in denen Männer an Tischen unter Bäumen sitzen. Mit bösen, forschenden Blicken schauen sie auf die unverschleierten, unverhüllten Frauen in unserem Bus. In den Autos, die uns entgegenkommen, sitzen Frauen niemals am Steuer, sondern stets auf der Rückbank. Hier scheint der negative Mystizismus am Werk zu sein, mit dem man im Osten auf autofahrende Frauen blickt – die kommen und gehen können, wann es ihnen beliebt. Von Männern gelenkte hölzerne Pferdekarren fahren auf einer vorgezeichneten Asphaltspur, während Autos der Firmen Mercedes und Toyota an ihnen vorbeirasen.

Den Rest des Nachmittags verbringen wir auf dem zentralen Marktplatz von Ayvali, einem Ort hektischer Handelstätigkeit. Kostas und ich schauen in die Auslagen einiger Antiquariate, um zu sehen, ob sich das eine oder andere Kalenderblatt aus dem späten neunzehnten oder frühen zwanzigsten Jahrhundert auftreiben läßt; man hat mir erzählt, daß die hier gebräuchlichen Kalender der Jahrhundertwende oft Datum und Jahreszahl nach dem moslemischen, jüdischen, Julianischen (der östlichen Christen) und Gregorianischen Kalender (der westlichen Christen) abgedruckt haben, ein Tribut an das Bestreben all dieser Religionen, die Zeit zu kontrollieren. Es berührt seltsam, fast schmerzlich, an den Leichnamen der eleganten neoklassizistischen griechischen Häuser entlangzuschlendern, erkennbar an den Marmorreliefs über den Türen mit ihren hellenischen Motiven: ein kleiner Dionysos mit einer Weintraube in der Hand, ein selbstbewußt über Marmorwellen dahingleitendes Schiff; von dem verschwenderischen häuslichen Leben, das das reiche Ionien für so viele Griechen offenbar bereithielt, vermitteln sie nurmehr einen flüchtigen Eindruck. Der Marktplatz ist ein Wunder an Üppigkeit: gewissermaßen ein Waggon voller Oliven, Geschirr, Obst und Gemüse in allen Farben, voller enzyklopädischer Sammlungen von Gewürzen, ob sie nun beim Einschlafen helfen, dem Haar Glanz verleihen oder die Potenz steigern sollen. An den Rändern der überfüllten Kopfsteinpflasterstraßen stehen Motorräder, Esel, Zwerge, Krüppel, Händler, die mit Wasser vermischten Kirschsirup gegen den Durst verkaufen, Käfige mit Vögeln, gleich hier oder daheim zu schlachten. Ein Pferd, das einen auf beiden Seiten mit leuchtenden Mohnblumen und Reben bemalten Wagen zieht, hält an, um auf die Straße zu pissen; der Urin schießt in kleinen Strudeln durch die Ritzen der Kopfsteine, an den Füßen eines am Boden sitzenden Brotverkäufers vorbei.

Waren am Morgen unter den Händlern keine Frauen, so sind jetzt unter den Einkaufenden keine Männer. Viele Frauen tragen bodenlange, hausmantelähnliche Gewänder und Kopftücher; manche sind ganz in Schwarz gehüllt, andere, unverschleierte Frauen tragen mit Ziermünzen besetzte, flammend grelle Blusen und türkische Hosen in himmelschreienden Farbkombinationen. Während die meisten schwer mit Kleidern behängt sind, sieht man in vielen Schaufenstern Poster von Bauchtänzerinnen, Zeichen einer hoffnungslosen sexuellen Polarität: auf der einen Seite Frauen in Ziermünzen und Flammenfarben, mit Edelsteinen besetzten Büstenhaltern und Schambeinschmuck, Gegenstand sexueller Tagträume; auf der anderen Seite Frauen, die gekleidet sind, als hätten sie ein schweres Verbrechen begangen oder wären grausam entstellt, Objekte der Furcht und des Abscheus ebenso wie der Lust. Für sie gibt es diesseits wie jenseits ihres Schleiers keine Wirklichkeit. Der Schleier legt nahe, daß die sexuellen Beziehungen des

Mannes zur Frau im wesentlichen Vergewaltigungen sind, Insze-
nierungen unkontrollierbarer Begierde und Gewalt; und er stellt
in sich selbst eine Schändung dar: Die Frau, die ihn trägt, ist bereits vergewaltigt worden. Während ich beobachte, wie große
Amethyst-Auberginen und grüne Bohnen von einer Hand in die
andere wechseln, um zu Speisen verarbeitet zu werden, wie ich sie
heute abend in Griechenland verzehren werde, wird mir bewußt,
daß die Fähigkeit eines Landes zur Diplomatie, zum Kompromiß, zur Verhandlung, zur Einhaltung von Versprochenem abhängig ist von den Beziehungen zwischen einheimischen Männern und Frauen; hier wird eingeübt, wie man Bündnisse schließt,
wie man, ohne die Anwendung physischer Gewalt, gemeinsame
Interessen aushandelt, diskutiert und festigt, wie man Vertrauen
bildet und erhält.

Trotzdem, mir fällt auf, daß dies ebensogut ein Markt in Mytilene sein könnte: das Gebaren der Menschen, ihre Gesten, etwa
der erhobene Kopf und die geschlossenen Augen, mit denen sie
ein Nein signalisieren, die, abgesehen von den türkischen Texten,
vertraut klingende Radiomusik, die ausschließlich Männern vor-
behaltenen *kapheneia*, die Kombination von Mißtrauen und Neugier gegenüber Fremden, die städtische Zerstreuung auf dem *corso*,
die Begeisterung für Farben: in alledem spiegelt sich die Welt jenseits der Meerenge wider. Durch die Straßen, die wie in Mytilene
mit hübschen baufälligen Villen gesäumt sind, wandern wir zurück zur Fähre. Im Bus, auf der gesamten Rückfahrt über die pi-
nienbestandenen Hügel der Insel bis zum kleinen Küstendorf,
glänzt Lesbos im Abendlicht, karamelfarben wie die Haut des
bildhübschen Mischlingskindes, das es ist.

Wer ins Theophilos-Museum geht, sieht – neben den merk-
würdigen, wunderschönen Theophilos-Gemälden, die alles, was
sie darstellen: Helden der Geschichte, Schlachten, Flugzeuge
oder reiche Griechisch-Amerikaner auf Osterbesuch, in ein Märchen verwandeln – ein Tsarouchis-Selbstporträt, das der reisende
Maler mit Hilfe einer um 1910 aufgenommenen Fotografie von

sich anfertigte; es zeigt ihn als Alexander den Großen verkleidet, in einem Kostüm, wie es die Alexander-Figuren in Karagös-Schattenspielen tragen. Mit einem winzigen Schild in der Hand steht der stämmige kleine Maler da, sein runder Bauch läßt den billigen Brustpanzer mit der abblätternden Vergoldung schief über seine dreckigen Hosen hängen, Haare und Bart sind ungekämmt, und das fettwangige, müde Gesicht hat mit den scharfgeschnittenen Zügen Alexanders wenig gemein. In seinen Augen liegt ein zugleich tragischer und prophetischer Ausdruck, denn er weiß, daß er nicht Alexander ist, träumt aber davon, es zu sein: Karagös und Alexander in einem, ein Mann und ein Traum seiner selbst. Etwas Ähnliches muß auch Alexander zuweilen verspürt haben, und so halte ich dies für eines der großartigsten Porträts des zwanzigsten Jahrhunderts. Kostas summt ein Fragment eines seiner Lieblingslieder von Savopoulos: »Was mich zerstört und rettet/ ist, daß ich wie Karagös träume ...«

Der Marmorkönig

Ein griechischer Freund, der Türkischstunden nimmt, hat mir eine Woche vor meiner Kurzreise nach Istanbul ein Buch geliehen: *Türkische Kultur für Amerikaner.* Von einem Team türkischer Autoren zusammengestellt, enthält es kommentierte Szenarien, die türkische Sitten und Gebräuche vor Augen führen. In einem davon unterhält sich ein amerikanisches Paar immer angeregter mit einer türkischen Lehrerin über Erziehungsfragen, woraufhin deren Ehemann in mißbilligendes Schweigen verfällt. Die Erklärung: »Ayse verhielt sich wie eine unterwürfige Ehefrau, bis sich das Gespräch ihrem Beruf zuwandte. Der Rückzug ihres Mannes aus der Diskussion signalisierte Ayse, daß sie die Grenzen ihrer Rolle überschritten hatte.« In einem anderen Szenario wird ein amerikanischer Fulbright-Stipendiat, der Atatürks Mausoleum besichtigt, von einem wütenden Wärter zur Rede gestellt, weil er, als plötzlich Militärmusik ertönte, die Hände in den Hosentaschen behalten und sich weiter dem Grab genähert hat; das Buch erläutert, daß darin ein Mangel an Respekt sowohl vor Atatürk als auch vor der Nationalhymne zum Ausdruck komme. Berichtet wird auch von einem Mann, der sich beleidigt fühlte, als einer seiner westlichen Angestellten ihm ein gerahmtes Bild zweier Dorffrauen in traditioneller Tracht schenkte; er empfand es als Verunglimpfung der Türkei, das Land von Bauersfrauen anstatt von modernen Errungenschaften repräsentiert zu sehen. »Türken sind empfindlich in bezug auf die Wahrnehmung ihres Landes; sie möchten als Europäer angesehen werden ...«, schreiben die Autoren. Schließlich ist die Rede von einem Gastprofessor, der während einer Mathematikklausur den Raum verläßt und

später empört feststellt, daß die Lösungen voneinander abgeschrieben wurden. »Türkische Studenten ... helfen sich oft gegenseitig bei den Hausaufgaben. Das kann auch in Prüfungen gelten.
Es wird nicht als Betrug angesehen, sondern als Freundschafts-
dienst. Das ist ein wichtiger kultureller Aspekt ...«

Das Buch ist wenig mehr als ein nützlicher Ratgeber, aber ich
kann nicht umhin, den rigorosen Freimut der Autoren zu bewundern, mit dem sie ihrer Kultur begegnen: Wie die griechische ist
sie in einem Kreislauf von Erniedrigung und Stolz gefangen und
ganz offensichtlich mehr mit ihrer öffentlichen Wirkung als mit
dem privaten Verhalten der Menschen beschäftigt, eine Kultur,
die alles persönlich nimmt, eine Kultur der Doppelgänger. Aus
deren Hauptstadt, einst Konstantinopel, die wichtigste Stadt des
Oströmischen Imperiums, wurde nach Jahren sich ständig ver-
schlechternder Beziehungen zwischen zwei der diplomatisch un-
geschicktesten Reiche schließlich die bedeutende Stadt Istanbul,
Königin unter den Städten der moslemischen Welt. Heute scheint
sie in erster Linie Atatürkopolis zu sein, der anhaltenden Präsenz
seines Konterfeis auf türkischen Geldscheinen und Münzen nach
zu urteilen, ganz zu schweigen von den Skulpturen, Häuserwänden, Büchern und Schulen. Auch in der Person Atatürks traten
Osten und Westen gegeneinander an – er war der Bisexuelle aus
Thessaloniki, der aus der Türkei eine westliche Nation machen
wollte und, um das zu erreichen, im Stil eines östlichen Potentaten
Reformen erzwang, so daß manche dieser Reformen nicht mehr
als Tünche gewesen sind, der Versuch der Untergebenen, einem
zugleich gefürchteten und geliebten Vater zu gefallen. Kemal Atatürk, der perfekte Vater der Türken, heißt übersetzt der Name,
den Mustafa Kemal Pascha, auf der Karriereleiter stehend, angenommen hat.

In der modernen griechischen Mythologie ist Konstantinopel
die Stadt des Marmorkönigs, des letzten byzantinischen Herrschers. Eines Tages werde er wiederkommen und die Türken zum
»Roten Apfelbaum«, ihrem mythischen Geburtsort, zurückjagen.

Ironie des Schattenspiels Geschichte: Der türkische Eroberer Mehmet II. dürfte wahrscheinlich mindestens ebensosoviel griechisches Blut in den Adern gehabt haben wie ebenjener Konstantin Palaiologos, Sohn einer serbischen Mutter und eines halbitalienischen Vaters. Mehmet hatte durch seinen Vater zwar ebenfalls serbische Verwandtschaft, aber die Identität seiner Mutter liegt, erstaunlich genug, im dunkeln. Man weiß nur, daß sie nicht als Muslimin geboren wurde, es ist also durchaus vorstellbar, daß sie Griechin war.

Der letzte Herrscher von Byzanz wurde, der Legende zufolge, nach dem ersten Konstantin genannt, und wenn man sich die Volkslieder anhört, die 1922 populär waren, so gab es offenbar eine geradezu mystische Begeisterung für König Konstantin I., unter dessen Herrschaft der Kleinasien-Feldzug unternommen wurde: In diesen Liedern wird der Glücksburg-Konstantin oft mit dem Marmorkönig gleichgesetzt. Aber wie es mit Orakeln und Prophezeiungen so ist – der Marmorkönig nahm schließlich doch nicht die erwartete Gestalt an, denn jener Kleinasien-Feldzug beendete die griechisch-türkische Koexistenz auf ein und demselben Boden unwiderruflich, und das Jahr 1922 warf einen bleibenden Schatten auf die Beziehungen beider Länder. Der griechische Premierminister Venizelos, der den europäischen Verbündeten gnadenlos zusetzte, damit sie ihn in seinem Plan unterstützten, Smyrna zu erobern – letztlich hatte er es auch auf den Rest der Küste Kleinasiens sowie auf Istanbul abgesehen –, wird in Griechenland *ethnarches* genannt, der nationale Führer; in der Türkei dagegen heißt er Venizelos, der Mörder.

Als ich Venizelos' Grabmal außerhalb von Chania auf Kreta besichtigte, erzählte man mir, daß seine Mutter eines Nachts geträumt habe, er werde einmal ein großer Befreier des griechischen Volkes sein, und ihm deswegen den Vornamen Eleutherios gab, nach dem griechischen Wort für Freiheit. Doch auch die Türken haben Träume, und diese Träume fließen, wie Träume es nun einmal tun, in ihren Lebensadern. Atatürks Mutter hatte einen Traum,

der, wie ich in Istanbul erfuhr, die Zukunft des türkischen Volkes
veränderte. Ursprünglich wollte sie, daß er Koranlehrer würde,
doch als er sich sträubte, änderte sie ihren Plan und beschloß, aus
ihm einen reichen Kaufmann zu machen. Atatürk selber strebte
jedoch eine militärische Laufbahn an. Er hatte die Eingangsprü-
fung bereits bestanden und brauchte nur noch die Erlaubnis seiner Mutter, die sie ihm allerdings verweigerte. Eines Nachts sah
sie im Traum ihren Sohn auf einem goldenen Präsentierteller oben
auf einem Minarett sitzen. Eine körperlose Stimme sprach zu ihr
und sagte, eine militärische Laufbahn werde ihren Sohn zu diesen
Höhen aufsteigen lassen, jede andere werde ihn erniedrigen. Daraufhin willigte sie ein, eine Entscheidung, die aus heutiger Sicht
die militärischen Siege vorwegzunehmen scheint, dank deren die
moderne Türkei den Status einer eigenständigen Nation erlangte.
Wie Mitglieder einer gestörten Familie haben Türken und Griechen dieselben Erlebnisse gehabt, aber ihre Erinnerungen daran,
ihre Deutungen dieser Erlebnisse sind grundverschieden.

Dennoch, die Türkei ist von griechischen Adern durchzogen
wie Griechenland von türkischen. Beider Leidenschaftlichkeit und
Schönheit machen ihren Haß aufeinander tragisch, nicht nur für
sie selbst, sondern für die ganze Welt. Ich kenne keine Stadt, die
herrlicher gelegen ist als Istanbul, und keine, die die möglichen
Annehmlichkeiten des häuslichen Lebens deutlicher vor Augen
führt. Die Holzvillen am Bosporus bilden eine Verbindung zwischen Meer und Garten, die Venedig vergleichsweise kurzsichtig
erscheinen läßt; das Zusammenspiel genialer, spielerischer und
komfortabler Elemente: eine Vision häuslicher Schönheit. Viele
von ihnen weisen, wie griechische Villen, *krokalia*-Kieselmosaike
auf sowie wunderschön detaillierte Holzarbeiten, wie ich sie in
Epiros gesehen habe; von meiner Wirtin erfahre ich, daß der beste
Tischler Istanbuls Ende des neunzehnten Jahrhunderts ein Grieche namens Antonis Polites gewesen sei. Die Häuser selber heißen *gialis*, nach dem griechischen Wort für Meer. Die Türken hatten ihren eigenen Sprachenstreit: 1932 wurde geschätzt, daß nur

35 Prozent des türkischen Vokabulars türkischen Ursprungs waren, ein Prozentsatz, der sich nach den von Atatürk angeordneten linguistischen Reformen drastisch erhöhte. Ich frage mich, ein wenig traurig, wie groß der griechische Anteil des unterdrückten Wortschatzes gewesen sein mag, spüre ich doch, daß das ins Griechische eingeflossene türkische Vokabular Sprache und Sensibilität der Griechen erheblich bereichert hat; umgekehrt, denke ich, war es vermutlich genauso.

Auf dem Rückweg ins Hotel bemerke ich mehrere Jungen von fünf oder sechs Jahren in Satinkostümen, mit Federhüten und reichverzierten Zeptern. Die Kostüme wirken wie ein sonderbarer Pastiche aus Theaterrequisiten, erinnern an Kostüme maskierter Grafen in Wiener Operetten. »Ein Kinderfest?« frage ich. Der Taxifahrer – wie auf dem Land habe ich auch in Istanbul nie eine Frau am Steuer gesehen – antwortet: »Sie lassen sich heute den Pipi schneiden.« Meine Wirtin erklärt mir: »Sie feiern ihre Beschneidung. Früher gab es herrliche geschnitzte Holzbetten, auf denen die Operation stattfand. Diese Betten sind heute sehr teuer. Ich kenne Antiquitätenhändler, die sie horten.«

In meinem Hotel, luxuriöser als das feinste griechische Hotel, in dem ich je übernachtet habe, mit tadellosem Zimmerservice und Laken, die sich wie Blumenblätter anfühlen, steht auf dem Zimmer ein Kühlschrank, randvoll mit türkischem *raki*, Wein und Champagner. Auf dem Boden liegt ein kleiner Gebetsteppich bereit, den man benutzen kann, wenn von den Minaretten der Nachbarschaft die auf Band aufgenommenen Rufe zum Gebet erklingen. Ich trinke ein Glas Weißwein vor dem Abendessen und schlage die Memoiren Halide Edibs auf, der einzigen Frau in Atatürks Umkreis; ihre griechisch gefärbten Erinnerungen an ihre Kindheit in Istanbul faszinieren mich. Ihren ersten Unterricht bekam sie von einer griechischen Kindergärtnerin, zu der sie regelmäßig ging; in deren Haus gab es typisch türkische Möbel und Diwane sowie die typisch griechischen Winkel für Ikonen, vor denen Ölflammen brannten. Das Mädchen fand Vergnügen daran, griechische Leichenzüge nachzuahmen, die es durch das Viertel kommen sah, und marschierte mit einem Haustier auf dem Arm auf und ab, »Kyrie Eleison« singend. Selbst die Sprichwörter, die sie als Prüfsteine ihrer Kindheit zitiert, scheinen austauschbar. Ihre ältere Schwester sagte eines Tages zu ihr: »Kein Kind kann lernen, ohne geschlagen zu werden. Schläge kommen aus dem Himmel.« Und eine Legende vom türkischen Krieger Battal Gazi, die Halide Edib erzählt, erinnert mich an die griechisch-byzantinischen Legenden um Digenis Akritas; doch für Akritas, der die Grenzen von Byzanz verteidigte, und Battal Gazi, der sie angriff, bedeutet der glückliche Ausgang einer Geschichte nicht dasselbe: Battals magischer Schlachtruf befördert, sowie er ihn ertönen läßt, zwanzig abtrünnige Christen in die Hölle; der byzantinische Cäsar errichtet deshalb einen Turm mitten im Bosporus, um die schönste griechische Prinzessin darin zu verstecken. Aber Battal Gazi überlistet ihn, entführt die Prinzessin und heiratet sie. Es ist wie die Geschichte von Zeus und Europa; nur daß diese Prinzessin nicht Phönizierin, sondern Griechin ist.

Die Wallfahrt, die mir am meisten am Herzen liegt, jetzt, da ich nur noch sowenig Zeit habe und sie griechischen Stätten widmen muß, ist die Klosterkirche in der Chora, heute ein Vorort Istanbuls: das Werk des brillanten byzantinischen Politikers und Wissenschaftlers Metochites, der 1332 starb, nicht lange bevor das Reich zerbrach. Zu meiner Verwunderung habe ich bemerkt, wie viele Frauen selbst in Istanbul Tücher und Schleier tragen, und da ich aus Griechenland weiß, daß die sexuelle Etikette gegenüber ausländischen Frauen unvorhersehbare Formen annehmen kann, kleide ich mich mit Bedacht. Ich ziehe ein langes Kleid an, hülle mich in ein Tuch und verzichte auf Make-up. Dann betrachte ich mich im Spiegel: furchtbar. Der Taxifahrer spielt trotz alledem verrückt, und als ich nach vielen unliebsamen Vorschlägen beim Kloster ankomme, fuchtelt er wild mit den Armen, auf die Frauen deutend, allesamt verschleiert und in jene gräßlichen Umhänge

gehüllt, die mich an die Mäntel mancher Besucher von Porno-
kinos erinnern. Er kreischt: »Türkische Frauen nicht gut, nicht
sexy wie Sie!« Ich erhasche einen Blick von mir im Rückspiegel,
verwirrt angesichts seiner Reaktion auf die kleine Puritanerin, die
ich dort sehe. Ich zahle und haste zur Kirche.

Theodoros Metochites, unter dessen Aufsicht die Kirche ungefähr zwischen 1316 und 1321 restauriert wurde, zählt zu den
schillerndsten Gestalten des vierzehnten Jahrhunderts. 1270 in
Konstantinopel geboren, war er Sohn eines Verfechters der Wiedervereinigung von römisch-katholischer und orthodoxer Kirche. Als ein Kaiser an die Macht kam, der die Wiedervereinigung
ablehnte, wurde die Familie nach Kleinasien verbannt. Seiner
Ausbildung in klassischer Rhetorik verdankte es Metochites, daß
er später in den Dienst des Kaisers Andronikos II. treten konnte.
Er agierte als dessen Botschafter und wurde schließlich zum
mächtigsten Minister des Reichs; ihm gelang es sogar, eine seiner
Töchter mit einem Sprößling der Herrscherfamilie zu verheiraten. Metochites brachte es zu beträchtlichem Reichtum, indem er
Posten, Titel und kaiserliche Audienzen verkaufte, erwarb sich
einen häßlichen Ruf als Parasit der Armen und einen hervorragenden als Mathematiker und Astronom. Offenbar lag er im
Konflikt mit seiner Bewunderung der antiken Philosophie, denn
immer war er darauf bedacht, sich nicht dem Vorwurf der Häresie
auszusetzen. Seine Kenntnisse der klassischen Rhetorik führten
allerdings an manchen Stellen seines Werks zu einer sonderbaren
Vermischung der Bilder. So pries er einen befreundeten Abt mit
den Worten, er habe einen bestimmten Teil der Liturgie »mit heiliger bacchantischer Begeisterung« zelebriert. Außerdem scheint
er mit der Vorahnung gerungen zu haben, daß das Reich dem Untergang geweiht war. »Wir sind alle in einem riesigen Netz gefangen«, schrieb er, »in dem wir hin und her geworfen werden, ohne
Hoffnung auf Flucht.« Kurz nach Ostern 1321 brach zwischen
den Getreuen des Kaisers und den Anhängern seines Enkels ein
Bürgerkrieg aus. Metochites träumte von einem Dieb, der den

Schlüssel zu seiner Schatzkammer stahl; als Konstantinopel an
den Enkel des Kaisers, Andronikos III., fiel, wurde Metochites in
eine Provinzstadt namens Didimoteichon in Thrakien verbannt,
über deren schlechten Wein er sich bitter beklagte. Nach einer gewissen Zeit durfte er wieder nach Konstantinopel zurückkehren
und starb als Mönch unter dem Namen Theoleptos in dem Kloster, das er selber hatte restaurieren lassen.

Die Kirche ist berühmt sowohl für die Schönheit ihrer Mosaiken als auch für einige außergewöhnliche Fresken: einen geradezu wollüstigen Jesus als Pantokrator und einen Engel, der die
Schriftrolle des Jüngsten Gerichts hoch in die Luft hält, ein himm-
lischer Athlet, ein Gewicht stemmend, das schwer ist wie die Welt.
Weiterhin fällt mir auf, daß der Jungfrau Maria als Mädchen hier
mehr Raum gegeben wird als in anderen byzantinischen Kirchen;
zu sehen sind nicht nur Darstellungen ihrer Beziehung zu Christus, sondern Szenen aus ihrer Kindheit: die Verkündigung ihrer
Geburt, ihr Geborenwerden, die ersten sieben Schritte, die sie,
von beiden Eltern liebevoll begleitet, als kleines Kind tat. Wie immer in der byzantinischen Kunst wird die Wiedergabe der Räum-
lichkeit bewußt geopfert, so daß sich mit dem Raum auch die Zeit
in die Unendlichkeit verliert.

Als ich die Mosaiken betrachte, auf denen die Jungfrau Joseph
anvertraut wird und dieser das kleine Mädchen zu seinem Haus
führt, eine Szene, die ich noch niemals dargestellt gesehen habe,
beginne ich den Druck der Autobiographie zu spüren, der Autobiographie von Metochites. Der bärtige Joseph könnte Marias
Großvater sein. »Und der Priester sagte zu Joseph: Dir ist es bestimmt, die Jungfrau des Herrn zu nehmen und zu behalten. Und
Joseph weigerte sich und sagte: Ich habe Söhne, und ich bin ein
alter Mann, sie ist noch ein Mädchen ...«, heißt es in einem apo-
kryphen Evangelium. Auf dem Mosaik vermittelt Marias Be-
schützer, der Priester Zacharias, zwischen Joseph und der Jungfrau, indem er den blühenden Stab, das Zeichen, daß die Wahl auf
Joseph gefallen ist, in der einen Hand hält, während seine andere

zärtlich auf dem puppenhaften Kopf des kleinen Mädchens ruht. Es war Metochites, der die komplizierten Heiratsverhandlungen für die Tochter des Kaisers Andronikos II., Simonis, und den serbischen König Stefan Milutin in die Wege leitete. Auch in den Balkanländern gehörten Hochzeiten damals zu den wesentlichen Methoden, um Grenzkonflikte und andere politische Streitigkeiten beizulegen. Zur Ausarbeitung des Ehevertrages reiste Metochites fünfmal nach Serbien. Der serbische König war schon zweimal verheiratet gewesen und verstieß eine dritte Frau, um Simonis zu ehelichen. Nach der Verlobung ging Simonis nach Serbien, um zu einer Ehefrau erzogen zu werden, wie Stefan Milutin sie sich wünschte. Er war vierzig Jahre alt. Simonis war sechs. Seine sechsjährige Ehefrau vergewaltigte er, machte sie unfruchtbar. Als Simonis später in ein Kloster floh, um ihm zu entkommen, wurde sie gezwungen, ihren Schleier abzulegen und zu ihm zurückzukehren.

Ich sehe mir noch einmal die Bilder der kleinen Mädchen-Jungfrau an, die vertrauensvoll zu Joseph emporblickt, während er zu ihr herabschaut; in dieser göttlich gelenkten Prozession von Mosaiken sicher aufgehoben, wird sie von dem bärtigen Mann weder vergewaltigt noch unfruchtbar gemacht werden, sondern bald Mutter eines göttlichen Knaben sein. Die absolute Loslösung dieses heiligen Menschheitstraums von den realen Geschehnissen, die Metochites mitbestimmte, die Trennung von Historie und Kunst, von Phantasie und Zeit enthält eine Lehre: Wenn die Legende die Geschichte anhält, wenn das Bewußtsein nicht den Lauf der Welt erfassen kann, da die Legende keine Konsequenzen kennt, werden Generationen weiter leiden. Bleibt in der Legende die Zeit stehen, so ist die Hochzeit eines Kindes ein Wunder, der Tod kein Tod; bleibt jedoch in der Geschichte die Zeit stehen, ist die Folge Blutrache, in jeder Generation beginnt sie von neuem: eine Fehde ohne Ende. So, wie Maria niemals wirklich etwas geschehen kann, wird Simonis immer weiter vergewaltigt werden. Wer das große Gedicht der Christenheit achtet, kann die eine Botschaft der Inkarnation nicht leugnen: Obwohl Gottes Beziehung zu den Menschen unwandelbar sein mag – die Beziehung der Menschen zu Gott muß sich wandeln. Wie auch sein Sohn sich gewandelt hat: von der Gewißheit, mit der er den beiden Dieben versprach, daß sie mit ihm gemeinsam das Paradies schauen würden, bis hin zu dem an Gott gerichteten Schrei »Warum hast du mich verlassen?« Im Tod erlebte Jesus beides: Verzweiflung und Hoffnung.

Tanzende Statuen

An meinem letzten Abend in Athen gehe ich auf ungefähr fünf Partys und in zwei Nachtclubs. Eine Woche lang gab es letzte gemeinsame Mahlzeiten und Besuche von Nachbarn, die mir Süßigkeiten brachten, und jedesmal schwor ich mir, nicht zu weinen, um es dann doch zu tun. Heute verabschiede ich mich nach Athener Art, indem ich die ganze Nacht aufbleibe: Ich versuche die Zeit anzuhalten. Auf der dritten Party erklären die Gastgeber, ich dürfe Griechenland nicht verlassen, ohne einen griechischen Pornofilm gesehen zu haben; also spult ihr Videorecorder, während wir Wein trinken und plaudern, Filme mit Titeln wie *Heiße Nächte* und *Sinnliche Tage in der Ägäis* ab. Manche treiben es in dörflicher Tracht miteinander, vorzugsweise und mit viel optischer Witzelei in Fustanellas; andere treiben es in Fischerbooten; eine Frau vergnügt sich mit einem Sarg, der einen Aufbau hat, und dabei stöhnt sie, dies sei es, was die Engel im Paradies täten, dies sei die Auferstehung.

Ich mache mich auf den Weg zur nächsten Party und zur übernächsten und dann in einen Nachtclub. In Nachtclubs zu gehen ist für die Griechen zu einer nationalen Kunstform geworden, einer Art kollektives Liebesspiel, und in ihren Filmen signalisieren Nachtclubszenen mit Gesang und Tanz und einem von Flaschen, Gläsern, Obst bedeckten Tisch Amüsement. Man geht dorthin, um *kephi* zu suchen, heitere Zerstreuung. An diesem Abend fühlt sich eine Frau schon während des ersten Auftritts inspiriert, von Tisch zu Tisch zu springen und sich der Sängerin auf der Bühne zuzugesellen. Frauen gehen mit Körben voll Nelken herum, die man den Vortragenden, die einem gefallen, zuwerfen kann – leidenschaftliche Zustimmung zeigt, wer einen ganzen Korb kauft und ihn über seinem Idol ausschütten läßt, so daß dieses im Blumenregen weitersingt. Leute springen zu mehreren auf die Tische und tanzen den *tsiphteteli*, jenen Bauchtanz, der griechisch und türkisch zugleich ist. Heute abend klettern ein paar Teenager in Versace-Jeans nach oben, wiegen sich zu einem Hit der Saison: »Du erinnerst mich an meine Mutter / und deshalb liebe ich dich ...« So geht die Show stundenlang weiter, aber wir verlassen den Nachtclub, als drei Körbe Nelken über einer anderen Sängerin ausgeschüttet werden. Ihre letzte Zeile schnappe ich noch auf, während wir schon unsere Mäntel holen: »Denn es gibt sie nicht, die Unsterblichkeit ...«

Im *rembetika*-Club, in dem wir anschließend landen, steht eine erhöhte Holztribüne, auf der die Leute tanzen können, denn die Tische sind zu klein. Wie Menschen in der Kirche, die, wenn ihnen danach zumute ist, vortreten, um ihren Glauben zu bekennen, kommen die Tänzer also auf die Tribüne, wenn ein Lied sie bewegt. Ein alter Mann tanzt einen *zembekiko*, als wäre er ein sterbender Adler im Flug; ein Mann mittleren Alters kniet zu Füßen seiner Frau und klatscht, während sie in einem kniffligen Kreis um ihn herumtanzt. Ich beobachte den schönsten *tsiphteteli*, den ich vermutlich je sehen werde, ausgeführt von zwei Mädchen, die äußerlich völlig gegensätzliche Typen sind: die eine schwer und üppig, die andere groß und schlank; beide tragen gewöhnliche Jeans und T-Shirts, aber ihre Bewegungen sind so fließend, daß man schwören würde, sie könnten die Grenzen zwischen Traum und Realität überqueren. Wie die Ufer eines Flusses, dessen sich wandelnder Lauf die Erde verändert, die ihn birgt, können auch die sich wandelnden Grenzen zwischen Traum und Realität niemals endgültig festgelegt werden, da sie sich ständig gegenseitig zerstören, erschaffen und wieder neu erschaffen. Wie jene fruchtbaren Flüsse, die Siedlungen und Städte am Leben erhalten, ermöglichen Träume Leben, verleihen ihm Wirklichkeit; wir selber wurden in Träumen gezeugt. Aber wie reißende Flüsse können

Träume uns auch zerstören, wenn wir nicht geduldig, behutsam die kaum wahrnehmbaren Veränderungen ihrer Breite und Tiefe beobachten, die neuen Nebenflüsse und Arme, die sie ausbilden. Daran muß ich denken, während ich den Tänzerinnen zuschaue, und an den traditionellen Satz, mit dem griechische Märchen enden: »Und sie lebten glücklich, aber wir leben besser.« Doch wie die Träume gehören »sie« in unser Leben und »wir« in ihre Geschichte. Sie lebten glücklich, aber wir leben besser. Wer sind dann sie, und wer sind wir?

Ich komme kurz nach Tagesanbruch nach Hause. Die Straßen hallen schon von den Geräuschen der Motorräder wider, auf denen die Leute zur Arbeit fahren. Ich verbringe die kurze verbleibende Zeit des Vormittags damit, die letzten Sachen zu packen und auf meinen Abschiedsanruf von Kostas zu warten. »Ich wußte, daß du nicht hierbleiben würdest«, sagt er traurig. »Woher denn?« frage ich. »Weil dein Lieblingsstück von Shakespeare *Ein Wintermärchen* ist.« – »Kostaki«, sage ich, »ich bin die ganze Nacht aufgeblieben und sehr glücklich und sehr, sehr traurig gewesen. Quäl mich nicht mit deinem Shakespeare-Tarot. Woher wußtest du, daß ich nicht bleiben würde?« – »Also gut«, sagt er. »Im *Wintermärchen* wird einem Mädchen, das von seiner Vergangenheit abgeschnitten war, seine eigene Geschichte zurückgegeben, als es eine Statue sieht, die sich bewegt. Als die Statue sich bewegt, endet das Stück. Du hast gesehen, wie sich die Statue bewegte.«

Ich zwang mich, aus dem Fenster zu schauen, als das Flugzeug abhob, Klippen und Ägäis übersprang wie ein Turnierpferd die letzte Hürde. Wir ließen den diamantenen Glanz der Sonne auf den weißen Häusern und dem Saronischen Golf hinter uns und drangen in einen Himmel von durchscheinendem Blau vor. Leicht, sicher stieg das Flugzeug, wie auf einem Luftstrom, einem Atemhauch, dessen Kraft genau darauf geeicht ist, eine Kerze auszublasen.

Danksagung

Ich danke Lynn Nesbit, die diese Arbeit so sehr unterstützt hat. Dank gebührt auch der hellenistischen Fakultät der Universität Princeton, insbesondere Dimitri Gondicas. Herzlich danke ich Richard Burgi, Robert Lane, Demos Kounidis, Krista Zois sowie John und Athina Davis für die Abende bei Weißwein, Kavafis und vielem mehr. Meinen Freunden Sofia Theonas, Zacharias Thrillos, der Dichterin Katerina Anghelaki-Rooke und dem Maler Jannis Zikas spreche ich meine tiefe Verbundenheit aus; nichts wäre ohne sie möglich gewesen. Robert J. White danke ich für seine gewandte Übersetzung der *Oneirokritika*, von Artemidoros. Dem Maler Peter Devine sei für die erbaulichen Stunden der Betrachtung griechischer Kunst gedankt; meine dankbare Zuneigung gehört auch Ron, der stärker in dieses Buch verwoben ist, als er ahnt. Einige Personen wollten hier aus Gründen der Diskretion nicht genannt werden; wer gemeint ist, weiß um meine Dankbarkeit.

Mit einem Verleger wie Erroll McDonald zusammenzuarbeiten ist eine Ehre und ein Gewinn. Für das Privileg, von einem so klugen Schöngeist geführt zu werden, erscheint kein Dank groß genug.

Es ist zu Recht gesetzwidrig, griechische Altertümer außer Landes zu bringen; und doch habe ich alte Schätze in Gestalt griechischer Wörter mit nach Hause genommen. Ich danke meinen Lehrern, Tryphon Tzifis und Dora Papaioannou, ohne deren geduldige Arbeit ich an diesen Reichtümern nicht hätte teilhaben können.

Die englische Originalausgabe erschien 1996
unter dem Titel ›Dinner with Persephone‹ bei
Pantheon Books, New York
© 1996 Patricia Storace

Das Kapitel »Liebestraum nach dem Ball« enthält
Hinweise auf und Zitate aus den Büchern
»Erste Erinnerungen« und »Memoiren 1899«
des P. S. Delta-Archivs, die beim Ermis Verlag von
P. A. Zannas und Al. P. Zannas herausgegeben wurden.
Die Zitate wurden mit Genehmigung des
Ermis Verlags und Al. P. Zannas übernommen.

Deutsche Ausgabe:
© 1998 Alexander Fest Verlag, Berlin

Umschlaggestaltung: Ott + Stein, Berlin
Umschlagreproduktion: CitySatz & Nagel, Berlin
Buchgestaltung: sans serif · Lisa Neuhalfen, Berlin
Druck und Bindung: Clausen & Bosse, Leck
Printed in Germany 1998
ISBN 3-8286-0020-4